Karl Lachmann, Franz Muncker

Gotthold Ephraim Lessings sämtliche Schriften

Sechster Band

Gotthold Ephraim Lessings sämtliche Schriften

Sechster Band

Karl Lachmann, Franz Muncker

Gotthold Ephraim Lessings sämtliche Schriften
Sechster Band

ISBN/EAN: 9783741130618

Hergestellt in Europa, USA, Kanada, Australien, Japan

Cover: Foto ©Andreas Hilbeck / pixelio.de

Manufactured and distributed by brebook publishing software
(www.brebook.com)

Karl Lachmann, Franz Muncker

Gotthold Ephraim Lessings sämtliche Schriften

Gotthold Ephraim Lessings

sämtliche Schriften.

Herausgegeben von

Karl Lachmann.

Dritte, auf's neue durchgesehene und vermehrte Auflage,

besorgt durch

Franz Muncker.

Sechster Band.

Stuttgart.

G. J. Göschen'sche Verlagshandlung.

1890.

Vorwort.

Bei der „Theatralischen Bibliothek", der Vorrede zu den vermischten Schriften von Mylius und der von Lessing und Moses Mendelssohn gemeinsam verfaßten Schrift „Pope ein Metaphysiker!" welche der sechste Band dieser Ausgabe enthält, durfte ich mich nur an die ersten Drucke aus den Jahren 1754—1758 binden, da nur sie von Lessing selbst überwacht worden sind. Handschriften lagen mir hier nirgends vor, und der Text in Karl Lessings Ausgabe der sämtlichen Schriften seines Bruders ist kritisch ohne Wert. In dieselbe fand überdies nur ein Auszug aus der „Theatralischen Bibliothek" Aufnahme.

Auch ich mußte von einem vollständigen Abdrucke dieses Werkes, wie ihn die Hempel'sche Ausgabe darbietet, absehen, da die für meine Arbeit geltenden Grundsätze alles ausschließen, was bloße Übersetzung ist und als solche für das Verständnis des Zusammenhangs entbehrt werden kann. Deshalb ließ ich, wie seiner Zeit schon Lachmann, die von Lessing verdeutschten Abschnitte aus Riccobonis „Geschichte der italienischen Schaubühne", wozu auch die Auszüge aus Trissinos „Sophonisba", aus Ruccelais „Rosemonba" und aus Bibienas „Calandra" gehören, ebenso die Abhandlung des Abtes du Bos von den theatralischen Vorstellungen der Alten weg, obgleich Maltzahn einzelne dieser Übertragungen in die zweite Auflage der Lachmann'schen Ausgabe aufgenommen hatte. Hingegen druckte ich mit Lachmann und Maltzahn die Übersetzung der beiden Aufsätze von Chassiron und von Gellert über das rührende Lustspiel ab und fügte auch die von diesen frühern Herausgebern weggelassenen umfangreichen Stücke, welche Lessing aus Drydens Versuch über die dramatische Dichtung verdeutschte, vollständig ein, weil ohne sie der übrige Text bisweilen unverständlich wird. Auch durfte ich mich nicht der Gefahr aussetzen, wie Lachmann und Maltzahn mit den bloß übertragenen Abschnitten aus Drydens Essay auch einige Lessingische Originalsätze zu streichen. Stellenweise macht auch die Skizze des Lebens und der Werke des Destouches nur den Eindruck einer Übersetzung; da es bisher aber noch nicht gelungen ist, die etwaige französische Vorlage dafür aufzufinden, mußte ich unbedenklich den ganzen, ohnedies kurzen Aufsatz abdrucken. Dagegen hätte ich mit Lachmann den Auszug aus Montianos Trauerspiel „Virginia" weglassen sollen, obwohl Maltzahn ihn ausführlich mitgeteilt hatte. Denn auch dies ist nur eine mitunter freie, namentlich in der logischen Verbindung der einzelnen Sätze selbständige Übersetzung der französischen „Exposition" des Dramas von Hermilly, die Lessing selbst anführt. Ich kann meinen Abdruck dieses Auszuges nur damit entschuldigen, daß ich das französische Buch erst zu Gesichte bekam, nachdem jener bereits erfolgt war, vorher aber in der Ungewißheit, ob Lessing nicht vielleicht doch freier mit Hermillys Arbeit verfahren sei, lieber zu viel als zu wenig geben wollte. Keinem Tadel jedoch fürchte ich mich dadurch ausgesetzt zu haben, daß ich die „Geschichte der englischen Schaubühne" gleich Danzel und Maltzahn, deren Ansicht unter andern sich sofort Lachmann (in seinem Handexemplar seiner Ausgabe) und neuerdings auch Erich Schmidt aneignete, von Lessings Schriften ausschloß. Die Worte Nicolais, der sich diese Arbeit zuspricht, lassen trotz allen Einwänden, die in der Hempel'schen Ausgabe dagegen versucht worden sind, keine andere Deutung zu; überdies ist das Gepräge des Lessingischen Stiles nirgends in dem Aufsatz ersichtlich. Den Schluß des Verzeichnisses englischer Dramatiker, den Nicolai 1756 noch nicht verfaßt hatte, kann er sehr wohl bis zum Druck desselben 1758 nachgeliefert haben. Das einzige Bedenken, das dann noch gegen Nicolais Autorschaft geltend gemacht werden könnte, hoffe ich in der Anmerkung zu Seite 248 durch eine Vermutung, die man wenigstens nicht ohne weiteres unwahrscheinlich oder gesucht schelten wird, gehoben zu haben.

München, 28. Mai 1890.

Franz Muncker.

Gotth. Ephr. Leßings

Theatralische Bibliothek.

1754—1758.

[Die Theatralische Bibliothek erschien in vier Stücken „Berlin, bey Christian Friederich Voß", die beiden ersten Stücke nach der Angabe auf dem Titelblatte 1754, das dritte 1755, das vierte 1758, in Wirklichkeit vielmehr das erste Stück zur Michaelismesse 1754, das zweite zur Ostermesse 1755, das dritte zur Michaelismesse 1755, das vierte zur Ostermesse 1759. Das erste umfaßt 7 unpaginierte Blätter (Titel, Vorrede und Inhaltsverzeichnis) und 291 Seiten 8°, das zweite 284 Seiten und 1 Blatt Inhaltsverzeichnis, das dritte 312 Seiten und 2 Blätter Inhaltsverzeichnis, das vierte 298 Seiten und 1 Blatt Inhaltsverzeichnis. Jedes Stück ist mit einer Vignette versehen; das erste enthält außerdem das Bildnis des Jacob Thomson, das dritte das des Philipp Nericault des Touches.]

Erstes Stück.

1754.

Vorrede.

Man wird sich der Beyträge zur Historie und Aufnahme
des Theaters erinnern, von welchen im Jahr 1750. vier Stück zum
Vorschein kamen. Nicht der Mangel der guten Aufnahme, sondern
andere Umstände machten ihnen ein zu kurzes Ende. Ich könnte es beweisen, daß Leute von Einsicht und Geschmack öffentlich die Fortsetzung
derselben gewünscht haben. Und so viel man auch von dergleichen
öffentlichen Wünschen, nach Gelegenheit ablassen muß, so bleibt doch
noch immer so viel davon übrig, als hinlänglich ist, mein gegenwärtiges
Unternehmen zu rechtfertigen.

Man sieht leicht, daß ich hiermit diese Theatralische Bibliothek als eine Folge gedachter Beyträge ankündigen will. Ich
verliere mich, nach dem Sprichworte zu reden, nicht mit meiner Sichel
in eine fremde Erndte; sondern mein Recht auf diese Arbeit ist gegründet. Von mir nehmlich schrieb sich nicht nur der ganze Plan
jener periodischen Schrift her, so wie er in der Vorrede entworfen wird;
sondern auch der größte Theil der darinn enthaltenen Aufsätze ist aus
meiner Feder geflossen. Ja ich kann sagen, daß die fernere Fortsetzung
nur dadurch wegfiel, weil ich länger keinen Theil daran nehmen wollte.

Zu diesem Entschlusse brachten mich, Theils verschiedene allzu-
kühne und bittere Beurtheilungen, welche einer von meinen Mitarbeitern
einrückte; Theils einige kleine Fehler, die von Seiten seiner gemacht
wurden, und die nothwendig dem Leser von den Verfassern überhaupt
einen schlechten Begrif beybringen mußten. Er übersetzte, zum Exempel,

die Clitia des Machiavells. Ich konnte mit der Wahl dieses Stücks,
in gewisser Absicht, gantz wohl zu frieden seyn; allein mit seinem Vor-
berichte hatte ich Ursache, es gantz und gar nicht zu seyn. Er sagte
unter andern darinne: „Fragt man mich, warum ich nicht lieber ein
5 „gutes als ein mittelmäßiges Stück gewählt habe? so bitte ich, mir
„erst ein gutes Stück von dem italiänischen Theater zu
„nennen." = = = Diese Bitte machte mich so verwirrt, daß ich mir
nunmehr beständig vorstellte, ein jeder der in der welschen Litteratur
nur nicht gantz und gar ein Frembling sey, werde uns zuruffen: wenn
10 ihr die Bühnen der übrigen Ausländer nicht besser kennt, als die
Bühne der Italiäner, so haben wir uns feine Dinge von euch zu versprechen!

    Was war also natürlicher, als daß ich die erste die beste Gelegen-
heit ergrif, mich von einer Gesellschaft los zu sagen, die gar leicht
15 meinen Entwurf in der Ausführung noch mehr hätte verunstalten
können? Ich nahm mir vor, meine Bemühungen für das Theater in
der Stille fortzusetzen, und die Zeit zu erwarten, da ich das allein ausführen könnte, von welchem ich wohl sahe, daß es gemeinschaftlich mit
andern nicht allzuwohl auszuführen sey.

20   Ich weis nicht, ob ich mir schmeicheln darf, diese Zeit jetzt erreicht zu haben. Wenigstens kann ich versichern, daß ich seit dem nicht
aufgehöret habe, meinen erstern Vorrath mit allem zu vermehren, was,
nach einer kleinen Einschränkung des Plans, zu meiner Absicht dien-
lich war.

25   Diese Einschränkung bestand darinne, daß ich den Beyträgen,
welche, ihrer ersten Anlage nach, ein Werk ohne Ende scheinen konnten,
eine Anzahl mäßiger Bände bestimmte, welche zusammengenommen,
nicht bloß einen theatralischen Mischmasch, sondern wirklich eine critische
Geschichte des Theaters zu allen Zeiten und bey allen Völkern, obgleich
30 ohne Ordnung weder nach den einen, noch nach den andern, enthielten.
Ich setzte mir also vor, nicht alles aufzusuchen, was man von der dramatischen Dichtkunst geschrieben habe, sondern das beste und brauchbarste;
nicht alle und jede dramatische Dichter bekannt zu machen, sondern die
vorzüglichsten, mit welchen entweder eine jede Nation als mit ihren
35 größten pranget, oder welche wenigstens Genie genug hatten, hier und
da glückliche Veränderungen zu machen. Und auch bey diesen wollte

ich mich bloß auf diese von ihren Stücken einlassen, welchen sie den
größten Theil ihres Ruhms zu danken haben. Mein vornehmstes Augen=
merk blieben aber dabey noch immer die Alten, mit welchen ich das
noch gewiß zu leisten hoffe, was ich in der Vorrede zu den Beyträgen
versprochen habe.

Zweyerley wird man daselbst auch noch versprochen finden, wo=
mit ich mich aber jezt ganz und gar nicht abgeben will. Erstlich werde
ich es nicht wagen, die dramatischen Werke meiner noch lebenden Lands=
leute zu beurtheilen. Da ich mich selbst unter sie gemengt habe, so
habe ich mich des Rechts, den Kunstrichter über sie zu spielen, verlustig
gemacht. Denn entweder sie sind besser, oder sie sind geringer als ich.
Jene setzen sich über mein Urtheil hinweg; und was diese ihre Leser
bitten, das muß ich die meinigen gleichfalls noch bitten:

- - - date crescendi copiam
    Novarum qui spectandi faciunt copiam
    Sine vitiis - -

Zweytens werde ich keine Nachrichten von dem gegenwärtigen Zu=
stande der verschiedenen Bühnen in Deutschland mittheilen; Theils weil
ich für die wenigsten derselben würde stehen können; Theils weil ich
unsern Schauspielern nicht gern einige Gelegenheit zur Eifersucht geben
will. Sie brauchen, zum Theil, wenigstens eben so viel Ermunterung
und Nachsicht, als unsre Schriftsteller.

Was die äusserliche Einrichtung dieser theatralischen Bibliothek
anbelangt, so ist weiter dabey nichts zu erinnern, als daß immer zwey
Stück einen kleinen Band ausmachen sollen. Der letzte Band, von
welchem ich aber noch nicht bestimmen kann, welcher es seyn wird,
soll eine kurze chronologische Skiagraphie von allem, was in den vor=
hergehenden Bänden vorgekommen ist, enthalten, und die nöthigen Ver=
bindungen hinzuthun, damit man die Schicksale der dramatischen Dicht=
kunst auf einmal übersehen könne. An keine gewisse Zeit werde ich
mich dabey nicht binden; wohl aber kann ich versichern, daß mir selbst
daran liegt, sobald es sich thun läßt, zu Stande zu kommen.

I.

Abhandlungen

von dem weinerlichen oder rührenden Lustspiele.

Neuerungen machen, kann sowohl der Charakter eines grossen
Geistes, als eines kleinen seyn. Jener verläßt das alte, weil es un=
zulänglich, oder gar falsch ist; dieser, weil es alt ist. Was bey jenem
die Einsicht veranlaßt, veranlaßt bey diesem der Ekel. Das Genie
will mehr thun als sein Vorgänger; der Affe des Genies nur etwas
anders.

Beyde lassen sich nicht immer auf den ersten Blick von einander
unterscheiden. Bald macht die flatterhafte Liebe zu Veränderungen,
daß man aus Gefälligkeit diesen für jenes gelten läßt; und bald die
hartnäckige Pedanterey, daß man, voll unwissenden Stolzes, jenes zu
diesem erniedriget. Genaue Beurtheilung muß mit der lautersten Un=
partheylichkeit verbunden seyn, wenn der aufgeworfene Kunstrichter weder
aus wollüstiger Nachsicht, noch aus neidischem Eigendünkel fehlen soll.

Diese allgemeine Betrachtung findet hier ganz natürlich ihren
Platz, da ich von den Neuerungen reden will, welche zu unsern Zeiten
in der Dramatischen Dichtkunst sind gemacht worden. Weder das Lust=
spiel, noch das Trauerspiel, ist davon verschont geblieben. Das erstere
hat man um einige Staffeln erhöhet, und das andre um einige herab=
gesetzt. Dort glaubte man, daß die Welt lange genug in dem Lust=
spiele gelacht und abgeschmackte Laster ausgezischt habe; man kam
also auf den Einfall, die Welt endlich einmal auch darinne weinen und
an stillen Tugenden ein edles Vergnügen finden zu lassen. Hier hielt
man es für unbillig, daß nur Regenten und hohe Standespersonen
in uns Schrecken und Mitleiden erwecken sollten; man suchte sich also
aus dem Mittelstande Helden, und schnallte ihnen den tragischen Stiefel
an, in dem man sie sonst, nur ihn lächerlich zu machen, gesehen hatte.

Die erste Veränderung brachte dasjenige hervor, was seine An=
hänger das rührende Lustspiel, und seine Widersacher das
weinerliche nennen.

Aus der zweyten Veränderung entstand das bürgerliche
Trauerspiel.

Jene ist von den Franzosen und diese von den Engländern gemacht worden. Ich wollte fast sagen, daß sie beyde aus dem besondern Naturelle dieser Völker entsprungen zu seyn scheinen. Der Franzose ist ein Geschöpf, das immer grösser scheinen will, als es ist. Der Engländer ist ein anders, welches alles grosse zu sich hernieder ziehen will. Dem einen ward es verdrüßlich, sich immer auf der lächerlichen Seite vorgestellt zu sehen; ein heimlicher Ehrgeitz trieb ihn, seines gleichen aus einem ebeln Gesichtspunkte zu zeigen. Dem andern war es ärgerlich, gekrönten Häuptern viel voraus zu lassen; er glaubte bey sich zu fühlen, daß gewaltsame Leidenschaften und erhabne Gedanken nicht mehr für sie, als für einen aus seinen Mitteln wären.

Dieses ist vielleicht nur ein leerer Gedanke; aber genug, daß es doch wenigstens ein Gedanke ist. — — Ich will für diesesmal nur die erste Veränderung zu dem Gegenstande meiner Betrachtungen machen, und die Beurtheilung der zweyten auf einen andern Ort sparen.

Ich habe schon gesagt, daß man ihr einen doppelten Namen beylegt, welchen ich auch so gar in der Ueberschrift gebraucht habe, um mich nicht durch die blosse Anwendung des einen, so schlecht weg gegen den Begrif des andern zu erklären. Das weinerliche Lustspiel ist die Benennung derjenigen, welche wider diese neue Gattung eingenommen sind. Ich glaube, ob schon nicht hier, sondern anderwärts, das Wort weinerlich, um das Französische larmoyant auszudrücken, am ersten gebraucht zu haben. Und ich wüßte es noch jetzt nicht besser zu übersetzen, wenn anders der spöttische Nebenbegrif, den man damit hat verbinden wollen, nicht verlohren gehen sollte. Man sieht dieses an der zweyten Benennung, wo ihre Vertheidiger ihre Rechnung dabey gefunden haben, ihn gänzlich wegzulassen. Ein rührendes Lustspiel läßt uns an ein sehr schönes Werk denken, da ein weinerliches, ich weis nicht was für ein kleines Ungeheuer zu versprechen scheinet.

Aus diesen verschiedenen Benennungen ist genugsam, glaube ich, zu schliessen, daß die Sache selbst eine doppelte Seite haben müsse, wo man ihr bald zu viel, und bald zu wenig thun könne. Sie muß eine gute Seite haben, sonst würden sich nicht so viel schöne und scharfsinnige Geister für sie erklären: sie muß aber auch eine schlechte haben, sonst würden sich andre, die eben so schön und scharfsinnig sind, ihr nicht widersetzen.

Wie kann man also wohl sichrer hierbey gehen, als daß man jeden von diesen Theilen höret, um sich alsdann entweder auf den einen, oder auf den andern zu schlagen, oder auch, wenn man lieber will, einen Mittelweg zu wählen, auf welchem sie sich gewissermassen beyde vereinigen lassen? Zum guten Glücke finde ich, so wohl hier als da, zwey Sprecher, an deren Geschicklichkeit es wahrhaftig nicht liegt, wenn sie nicht beyde Recht haben.

Der eine ist ein Franzose und der andre ein Deutscher. Jener verdammt diese neue Gattung, und dieser vertheidiget sie; so wahr ist es, daß die wenigsten Erfindungen, an dem Orte, wo sie gemacht werden, den meisten Schutz und die meiste Unterstützung finden.

Der Franzose ist ein Mitglied der Akademie von Rochelle, dessen Name sich mit den Buchstaben M. D. C. anfängt. Er hat Betrach= tungen über das weinerlich Komische geschrieben, welche bereits im Jahr 1749. auf fünf Bogen in klein Octav herausgekommen sind. Hier ist der völlige Titel: Reflexions sur le Comique-larmoyant, par Mr. M. D. C. Trésorier de France et Conseiller au Presidial, de l'Academie de la Rochelle; adressées à M. M. *Arcere* et *Thylorier* de la même Academie.

Der Deutsche ist der Hr. Prof. Gellert, welcher im Jahr 1751. bey dem Antritte seiner Profeßur, durch eine lateinische Abhandlung pro Comoedia commovente, zu der feyerlichen Antrittsrede einlud. Sie ist in Quart, auf drey Bogen gedruckt.

Die Regel, daß man das, was bereits gethan ist, nicht noch ein= mal thun solle, wenn man nicht gewiß wüßte, daß man es besser thun werde, scheint mir so billig, als bequem. Sie allein würde mich da= her entschuldigen, daß ich jezt gleich beyde Aufsätze meinem Leser über= sezt vorlegen will, wenn dieses Verfahren eine Entschuldigung brauchte.

Mit der Abhandlung des Franzosen, die man also zuerst lesen wird, bin ich ein wenig französisch verfahren, und beynahe wäre ich noch französischer damit umgegangen. Sie ist, wie man gesehen hat, an zwey Nebenmitglieder der Akademie zu Rochelle gerichtet; und ich habe es für gut befunden, diese Anrede durchgängig zu verändern. Sie hat verschiedene Noten, die nicht viel sagen wollen; ich habe also die armseligsten weggelassen, und beynahe hätten sie dieses Schicksal alle gehabt. Sie hat ferner eine Einleitung von sechs Seiten, und

auch diese habe ich nicht übersetzt, weil ich glaube, daß sie zu vermissen
ist. Beynahe hätte ich sogar den Anfang der Abhandlung selbst über=
gangen, wo uns mit wenigen die ganze Geschichte der Dramatischen
Dichtkunst, nach dem Pater Brumoi, erzehlt wird. Doch weil der
Verfasser versichert, daß er diese Schritte zurück nothwendig habe thun
müssen, um desto sichrer und mit desto mehr Kräften auf seinen eigent=
lichen Gegenstand losgehen zu können, so habe ich alles gelassen wie
es ist. Seine Schreibart übrigens schmeckt ein wenig nach der kost=
baren Art, die auch keine Kleinigkeit ohne Wendung sagen will. Ich
habe sie größten Theils müssen beybehalten, und man wird mich ent=
schuldigen.

Ohne weitere Vorrede endlich zur Abhandlung selbst zu kommen;
hier ist sie!

Betrachtungen über das weinerlich Komische,
aus dem Französischen des Herrn W. D. C.

Die Schaubühne der Griechen, das unsterbliche Werk des
Pater Brumoi, lehret uns, daß die Komödie, nachdem sie ihre bretterne
Gerüste verlassen, ihr Augenmerk auf den Unterricht der Bürger, in
Ansehung der politischen Angelegenheiten der Regierung, gerichtet habe.
In dem ersten Alter der Bühne grif man vielmehr die Personen, als
die Laster an, und gebrauchte lieber die Waffen der Satyre, als die
Züge des Lächerlichen. Damals waren der Weltweise, der Redner, die
Obrigkeit, der Feldherr, die Götter selbst, den allerblutigsten Spöttereyen
ausgesetzt; und alles, ohne Unterscheid, ward das Opfer einer Freyheit,
die keine Grenzen kannte.

Die erstern Gesetze schränkten diese unbändige Frechheit der Dichter
einigermassen ein. Sie durften sich nicht erkühnen irgend eine Person
zu nennen; allein sie fanden gar bald das Geheimniß, sich dieses Zwangs
wegen schadlos zu halten. Aristophanes und seine Zeitgenossen schil=
derten unter geborgten Namen, vollkommen gleichende Charaktere; so
daß sie das Vergnügen hatten, so wohl ihrer Eigenliebe, als der Bos=
heit der Zuschauer, auf eine feine Art ein Gnüge zu thun.

Das dritte Alter der Atheniensischen Bühne war unendlich weniger
frech). Menander, welcher das Muster derselben ward, verlegte die

Scene an einen eingebildeten Ort, welcher mit dem, wo die Vorstellung
geschah, nichts mehr gemein hatte. Die Personen waren gleichfalls
Geschöpfe der Erfindung, und wie die Begebenheiten erdichtet. Neue
Gesetze, welche weit strenger als die erstern waren, erlaubten dieser
5 neuen Art von Komödie nicht das geringste von dem zu behalten, was
sie etwa den ersten Dichtern konnte abgeborgt haben.

   Das Lateinische Theater machte in der Art des Menanders keine
Veränderung, sondern begnügte sich, ihr mehr oder weniger knechtisch
nachzuahmen, nach dem das Genie seiner Verfasser beschaffen war.
10 Plautus, welcher eine vortrefliche Gabe zu scherzen hatte, entwarf alle
seine Schilderungen von der Seite des Lächerlichen, und wäre weit
lieber ein Nacheiferer des Aristophanes als des Menanders gewesen,
wenn er es hätte wagen dürfen. Terenz war kälter, anständiger und
regelmäßiger; seine Schilderungen hatten mehr Wahrheit, aber weniger
15 Leben. Die Römer, sagt der Pater Rapin, glaubten in artiger Gesell=
schaft zu seyn, wann sie den Lustspielen dieses Dichters beywohnten; und
seine Scherze sind, nach dem Urtheile der Frau Dacier, von einer
Leichtigkeit und Bescheidenheit, die den Lustspielbichtern aller Jahr=
hunderte zum Muster dienen kann.

20   Die persönliche Satyre und das Lächerliche der Sitten machten
also, die auf einander folgenden Kennzeichen der Gedichte von diesen
verschiedenen Arten des Komischen, aus; und unter diesen Zügen einzig
und allein suchten die Verfasser ihre Mitbürger zu bessern und zu er=
götzen. Doch diese letzte Art, welche sich auf alle Stände erstrecken
25 konnte, ward nicht so weit getrieben, als sie es wohl hätte seyn können.
Wir haben in der That kein Stück, weder im Griechischen noch im
Lateinischen, dessen Gegenstand unmittelbar das Frauenzimmer sey.
Aristophanes führt zwar oft genug Weibsbilder auf, allein nur immer
als Nebenrollen, welche keinen Antheil an dem Lächerlichen haben;
30 und auch alsdenn, wenn er ihnen die ersten Rollen giebt, wie zum
Exempel in den Rednerinnen, fällt bennoch die Critik auf die
Mannspersonen zurück, welche den wahren Gegenstand seines Gedichts
ausmachen.

   Plautus und Terenz haben uns nichts als das schändliche und
35 feile Leben der griechischen Buhlerinnen vorgestellt. Diese häßlichen
Schilderungen können uns keinen richtigen Begrif von der häuslichen

Aufführung des römischen Frauenzimmers machen; und unsre Neugierde wird beständig ein für die Critik so weitläuftiges und fruchtbares Feld vermissen. Die Neuern, welche glücklicher (oder soll ich vielmehr sagen, verwegener?) waren, haben sich die Sitten des andern Geschlechts besser zu Nutze gemacht, und ihnen haben wir es zu danken, daß es nunmehr nicht anders, als auf gemeine Unkosten lachen kann.

Das Jahrhundert des Augustus, welches fast alle Arten zur Vollkommenheit brachte, ließ dem Jahrhunderte Ludewigs des XIV. die Ehre, die komische Dichtkunst bis dahin zu bringen. Da aber die Ausbreitung des Geschmacks nur allmälich geschieht, so haben wir vorher tausend Irrthümer erschöpfen müssen, ehe wir auf den bestimmten Punkt gelangt sind, auf welchen die Kunst eigentlich kommen muß. Als unbehutsame Nachahmer des Spanischen Genies, suchten unsre Väter in der Religion den Stof zu ihren verwegenen Ergötzungen; ihre unüberlegte Andacht unterstand sich, die allerverehrungswürdigsten Geheimnisse zu spielen, und scheute sich nicht, eine ungeheure Vermischung von Frömmigkeit, Ausschweifungen und Possen auf die öffentlichen Bühnen zu bringen.

Hierauf bemächtigte sich, zufolge einer sehr widersinnigen Abwechselung, der Geschmack an verliebten Abentheuern unsrer Scene. Man sahe nichts als Romane, die aus einer Menge Liebshändel zusammen gesetzt waren, sich auf derselben verwirren und zum Erstaunen entwickeln. Alle das Fabelhafte und Unglaubliche der irrenden Ritterschaft, die Zweykämpfe und Entführungen schlichen sich in unsre Lustspiele ein; das Herz ward dadurch gefährlich angegriffen, und die Frömmigkeit hatte Ursache darüber unwillig zu werden.

Endlich erschien Corneille, welcher dazu bestimmt war, die eine Scene sowohl, als die andre berühmt zu machen. Melite brachte eine neue Art von Komödie hervor; und dieses Stück welches uns jetzt so schwach und fehlerhaft scheint, stellte unsern erstaunten Vorältern Schönheiten dar, von welchen man ganz und gar nichts wußte.

Unterdessen muß man doch erst von dem Lügner die Epoche der guten Komödie rechnen. Der grosse Corneille, welcher den Stof dazu aus einem spanischen Poeten zog, leistete damit dem französischen Theater den allerwichtigsten Dienst. Er eröfnete seinen Nachfolgern den

Weg, durch einfache Verwicklungen zu gefallen, und lehrte die sinnreiche
Art, sie unsern Sitten gemäß einzurichten.

Von dem Lügner muß man so gleich auf den Moliere kommen,
um die französische Scene auf ihrer Staffel der Vollkommenheit zu
finden. Diesem bewundernswürdigen Schriftsteller haben wir die siegen=
den Einfälle zu danken, welche unsere Lustspiele auf alle Europäische
Bühnen gebracht haben, und uns einen so besondern Vorzug vor den
Griechen und Römern geben.

Nunmehr sahe man alle Schönheiten der Kunst und des Genies
in unsern Gedichten verbunden: eine vernünftige Oekonomie in der
Eintheilung der Fabel und dem Fortgange der Handlung; sein an=
gebrachte Zwischenfälle, die Aufmerksamkeit des Zuschauers anzufeuern;
ausgeführte Charaktere, die mit Nebenpersonen in eine sinnreiche Ab=
stechung* gebracht waren, um den Originalen besto mehr Vorsprung
zu geben. Die Laster des Herzens wurden der Gegenstand des hohen
Komischen, welches dem Alterthume, und, vor Molieren, allen Völkern
Europens unbekannt war, und eine neue erhabne Art ausmacht, deren
Reitze nach Maßgebung des Umfanges und der Zärtlichkeit der Ge=
müther empfunden werden. Endlich so sahe man auch, in der von den
Alten nachgeahmten Gattung, eine auf die Sitten und Handlungen
des bürgerlichen und gemeinen Lebens sich beziehende Beurtheilung;
das Lustige und Spaßhafte wurde aus dem Innersten der Sache selbst
genommen, und weniger durch die Worte als durch die wahrhaftig
komischen Stellungen der Spiele ausgedrückt.

Bey Erblickung dieses edeln Fluges konnte man natürlicher Weise
nicht anders denken, als daß die Komödie auf diesem Grade der Vor=
trefflichkeit, welchen sie endlich erlangt hatte, stehen bleiben, und daß
man wenigstens alle Mühe anwenden würde, nicht aus der Art zu
schlagen. Allein, wo sind die Gesetze, die Gewohnheiten, die Vergleiche,
welche dem Eigensinne der Neuigkeit widerstehen, und den Geschmack
dieser gebiethrischen Göttin festsetzen könnten? Das Ansehen des Mo=

*Durch dieses Wort habe ich das Französische Contraste übersetzen wollen.
Wer es besser zu übersetzen weis, wird mir einen Gefallen thun, wann er mich
es lehret. Nur daß er nicht glaubt, es sey durch Gegensatz zu geben. Ich habe
Abstechung deswegen gewählt, weil es von den Farben hergenommen, und
also eben so wohl ein mahlerisches Kunstwort ist, als das französische. Ueb.

liere, und noch mehr, die Empfindung des Wahren, nöthigten zwar
einigermaſſen verſchiebne von ſeinen Nachfolgern, in ſeine Fußtapfen
zu treten, und laſſen ihn auch noch jetzt berühmte Schüler finden.
Doch der größte Theil unſrer Verfaſſer, und ſelbſt diejenigen, welchen
die Natur die meiſten Gaben ertheilet hat, glauben, daß ſie ein ſo
nützliches Muſter verlaſſen können, und beſtreben ſich um die Wette,
einen Namen zu erlangen, den ſie, weder der Nachahmung der Alten
noch der Neuern, zu danken hätten.

Ich will unter der Menge von Neuigkeiten, die ſie auf unſre
Scene gebracht haben, nichts von jenen beſondern Komödien ſagen,
worinne man Weſen der Einbildung zur wirklichen Perſon gemacht
und ſie anſtatt dieſer gebraucht hat: es iſt dieſes ein feyenmäßiger Ge-
ſchmack, und nur die Oper hat das Recht ſich ihn zuzueignen. Auch
von jenen Komödien will ich nichts gedenken, worinne die ſpitzige
Lebhaftigkeit des Geſprächs anſtatt der Verwicklung und Handlung
dienen muß; man hat ſie für nichts als für ſeine Zergliederungen der
Empfindungen des Herzens, und für ein Zuſammengeſetztes aus Einfällen und Strahlen der Einbildungskraft anzuſehen, welches geſchickter
iſt, einen Roman glänzend zu machen, als ein dramatiſches Gedicht
mit ſeinen wahren Zierrathen auszuputzen. Ich will mich vorjezo blos
auf diejenige neue Gattung des Komiſchen einſchränken, welcher der Abt
Desfontaines den Zunahmen der Weinerlichen gab, und für die
man in der That ſchwerlich eine anſtändigere und gemäßere Benennung
finden wird.(1)

Damit man mir aber nicht ein Unding zu beſtreiten, Schuld
geben könne, ſo muß ich hier die Maximen eines Apologiſten der
Melanide,* dieſer mit Recht ſo berühmten Komödie, von welcher
ich noch oft in der Folge zu reden Gelegenheit finden werde, einrücken.

(1) Ich geſtehe es, nichts iſt lächerlicher, als über Namen zu ſtreiten; es
iſt aber auch eben ſo lächerlich, einen bekannten und beſtimmten Namen einer Sache
beyzulegen, der er nicht zukömmt. Der Name einer Komödie kömmt dem weinerlich Komiſchen nicht beſſer zu, als der Name eines Epiſchen Gedichts den
Abentheuern des Dom Cuichott zukömmt = = Wie ſoll man alſo dieſe neue Gattung bezeichnen? Eine in Geſpräche gebrachte pathetiſche Teclamation, die durch
eine romanenhafte Verwicklung zuſammen gehalten wird ꝛc. Man ſehe Principes
pour lire les Poetes im 2ten Theile.

* Lettres sur Melanide. Paris, 1741.

„Warum wollte man, sagt er, einem Verfasser verwehren, in eben dem=
„selben Werke das Feinste, was das Lustspiel hat, mit dem Rührendsten,
„was das Trauerspiel barbiethen kann, zu verbinden. Es table diese
„Vermischung wer da will; ich, für mein Theil, bin sehr wohl damit
5 „zufrieden. Die Veränderungen sogar in den Ergötzungen lieben, ist
„der Geschmack der Natur = = = Man geht von einem Vergnügen zu
„dem andern über; bald lacht man, und bald weinet man. Diese
„Gattung von Schauspielen, wenn man will, ist neu; allein sie hat
„den Beyfall der Vernunft und der Natur, das Ansehen des schönen
10 „Geschlechts und die Zufriedenheit des Publicums für sich.“

      Von dieser Art sind die gefährlichen Maximen, gegen die ich mich
zu setzen wage; denn man merke wohl, daß ich von einer aufrichtigen
Bewunderung des Genies der Verfasser durchdrungen bin, und niemals
etwas anders als den Geschmack ihrer Werke, oder vielmehr d a s
15 w e i n e r l i c h K o m i s c h e ü b e r h a u p t g e n o m m e n, angreiffe. Ich
habe mir beständig die Freyheit vorbehalten, den liebenswürdigen Dich=
tern tausend Lobsprüche zu ertheilen, die uns durch sehr wirkliche Schön=
heiten der Ausführung, durch die Entdeckung verschiedner wahren und
sich ausnehmenden Schilderungen und Charaktere, durch die blendende
20 Neuigkeit ihrer Farbenmischung, oft dasjenige zu verbergen wußten,
was an dem Wesentlichen ihrer Fabel etwa nichtig oder fehlerhaft seyn
konnte. Das Genie des Verfassers strahlet allezeit durch, und kann
ihm, ohngeachtet der Fehler seines Werks, ein gerechtes Lob erwerben:
allein die Fehler seines Werks strahlen gleichfalls durch, und können,
25 Troz den Bezaubrungen, die das Genie des Werkmeisters angebracht
hat, mit Grund getadelt werden.

      Nachdem ich also den hochachtungswürdigen Gaben der Künstler
in dieser neuen Gattung, Gerechtigkeit wiederfahren lassen, so laßt uns
ohne Furcht den Geschmack ihrer Stücke untersuchen, und gleich An=
30 fangs sehen, ob ihnen das Alterthum Beyspiele barbiethe, die sie uns
zur Rechtfertigung ihrer Wahl entgegensetzen können.

      Aus dem leichten Entwurfe, den wir eben jetzt betrachtet haben,
ist es klar und deutlich, daß ihnen das griechische Theater keine Jdee,
die mit dem weinerlich Komischen analogisch wäre, geben konnte. Die
35 Stücke des Aristophanes sind eigentlich fast nichts, als satyrische Ge=
spräche; und aus den Fragmenten des Menanders erhellet, daß auch

dieser Dichter bloß die Farben des Lächerlichen, oder derjenigen all=
gemeinen Critik gebraucht habe, welche mehr den Witz erfreuet, als
das Gemüthe angreift.

Die Art und Weise des lateinischen Theaters ist eben so wenig
für sie.* Es ist ganz und gar nicht die Weichmachung der Herzen,
die Plautus zum Gegenstand seiner Lustspiele gewählt hat. Keine ein=
zige von seinen Fabeln, kein einziger von seinen Zwischenfällen, kein
einziger von seinen Charaktern ist dazu bestimmt, daß wir Thränen
darüber vergießen sollen. Es ist wahr, daß man bey dem Terenz
einige rührende Scenen findet; zum Exempel diejenigen, wo Pam=
philus seine zärtliche Unruhe für die Glycerium, die er verführt hatte,
ausdrückt: allein die Stellung eines jungen verliebten Menschen, der
von der Ehre und von der Leidenschaft gleich stark getrieben wird,
hat ganz und gar keine Aehnlichkeit mit den Stellungen unsrer neuen
Originale. Terenz findet unter der Hand bewegliche Stellungen, der=
gleichen die Liebe beständig hervorbringt; und er drückt sie auch mit
demjenigen Feuer und mit derjenigen ungekünstelten Einfalt aus, welche
die Natur so wohl treffen, und auf einen gewissen Punkt fest stellen.
Ist aber dieses der Geschmack der neuen Schauspielschreiber? Sie
wählen, mit allem Bedacht, eine traurige Handlung, und durch eine
natürliche Folge sind sie hernach verbunden, ihren vornehmsten Per=
sonen einen klagenden Ton zu geben, und das Komische für die Neben=
rollen aufzubehalten. Die Zwischenfälle entstehen blos um neue Thränen
vergießen zu lassen, und man geht endlich aus dem komischen Schau=
spiele mit einem von Schmerz eben so beklemmten Herze, als ob man
die Medea oder den Thyest hätte aufführen sehen.

Bey den Alten also können die Urheber der neuen Gattung ihre
klägliche Weise nicht gelernt haben; und ihr Sieg würde nicht lange
ungewiß bleiben, wenn er von ihren Beyspielen abhinge, oder auch
nur von den Beyspielen der französischen Dichter, welche bis zu An=
fange dieses Jahrhunderts auf unserm Theater geglänzt haben. Der
Zusammenfluß so vieler wichtigen Exempel könnte ohne Zweifel eine
siegende Ueberzeugung verursachen; gleichwohl aber will ich diesem
Vortheile auf einen Augenblick entsagen, und untersuchen, ob diese

* Man redet hier von dem lateinischen Theater bloß nach Beziehung auf
die zwey Schriftsteller, die uns davon übrig sind.

neue mit komischen und kläglichen Zügen vermischten Accente genau
aus der Natur hergehohlet sind. Ich räume es ein, daß der widrige
Gebrauch, dem man zwanzig Jahrhunderte hindurch gefolgt ist, die
Vernunft nicht aus ihrem Rechte verdringen kann, und daß ein von
ihm geheiligter Irrthum, deswegen nicht aufhöre ein Irrthum zu seyn.
Ich gebe meinen Gegnern folglich alle mögliche Bequemlichkeit, und
sie können, ohne ungerecht zu seyn, mehr Höflichkeit und Uneigen=
nützigkeit von mir nicht fordern.

Nach den verschiednen Rührungen des Herzens entweder lachen
oder weinen, sind, ohne Zweifel, natürliche Empfindungen: allein in
eben demselben Augenblicke lachen und weinen, und jenes in der einen
Scene fortsetzen, wenn man in der andern dieses thun soll, das ist
ganz und gar nicht nach der Natur. Dieser schleinige Uebergang von
der Freude zur Betrübniß, und von der Betrübniß zur Freude, setzet
die Seele in Zwang und verursacht ihr unangenehme und gewaltsame
Bewegungen. *

Damit man diese Wahrheit in aller ihrer [1] Stärke empfinde, so
wird man mir erlauben, ein verhaßtes Exempel anzuführen: denn wenn
man nicht überreden kann, so muß man zu überzeugen suchen. In
dem ungeheuren Lustspiele Samson, reißt dieser von einem muthigen
Eifer erfüllte Held, nachdem er das höchste Wesen angerufen, die Thore
des Gefängnisses ein, und trägt sie auf seinen Schultern fort. Den
Augenblick darauf erscheint Harlequin und bringt einen Kalekutschhahn,
und schüttelt sich in komischen Possen aus, die eben so kriechend sind, als
die Empfindungen des Helden edel und großmüthig zu seyn geschienen
hatten. Ich bitte, was kann man wohl zu einer Abstechung sagen,
die auf einmal zwey so widrige Stellungen zeiget, und zwey so wider=

* Es ist nicht der Körper, welcher in dem Schauspiele lacht oder weinet:
es ist die Seele, die von den Eindrücken, die man auf sie macht, gerühret wird.
Wann sie durch das Pathetische bewegt, und durch das Komische erfreut wird,
so ist sie zu gleicher Zeit ein Raub zweyer gegenseitigen Bewegungen == Wie
erstaunlich ist es für den menschlichen Geist, so schleinig und ohne Vorbereitung,
von dem Tragischen auf das Komische über zu gehen, und von einer zärtlichen
Erkennung, auf die Schäckereyen eines Mädchens und eines Petitmaitres ꝛc. Principes, eben daselbst.

____

1 seiner [1754]

sprechende Bewegungen verursachet? Kann man noch zweifeln, daß Vernunft und Anständigkeit ihr gleich sehr zuwider sind? Kann man verhindern, daß nicht eine Art von Verdruß gegen den Zusammenlauf nichtswürdiger Zuschauer, welche solche widerwärtige Ungereimtheiten bewundern können, in uns entstehen sollte?

Ueber eine so närrische Vermischung läßt man ohne Zweifel die Verdammung ergehen: allein es giebt eine minder merkliche, welche eine edlere Wendung hat, und diese ist es, der man wohl will, und zu deren Vertheidigung man bis zu den ersten Grundsätzen zurück geht.

Derjenige, sagt man, der das Schauspiel einer Komödie zuerst aufführte, konnte nach keinem Muster arbeiten; er machte sich einen Plan nach seiner Einsicht, und das neue Werk bekam folglich seine Natur und seine Eigenschaften aus dem Innersten seiner Begriffe. Die, welche nachfolgten, glaubten eben so wohl ein Recht zum Erfinden zu haben; unter ihren Händen bekam die Komödie eine neue Form, welche gleichfalls der Veränderung unterworfen war. Diese Veränderungen wurden nicht als Neuerungen ausgeschrien; man hatte es sich noch nicht in Sinn kommen lassen, daß es nicht erlaubt sey, Aenderungen zu machen, und die Hirngeburth eines Verfassers anders zu bearbeiten, deren Natur ziemlich willkührlich seyn muß. Denn kurz, setzt man hinzu, das Wesen der Komödie, es mag nun bestehen worinne es will, kann doch nimmermehr so unwandelbar festgesetzt seyn, als es das Wesen der geometrischen Wahrheiten ist; und hieraus schließt man endlich, daß es unsern Neuern erlaubt seyn müsse, die alte Einrichtung des komischen Gedichts zu ändern. Das Beyspiel ihrer Vorgänger muntert sie dazu auf, und die Natur der Sache erlaubt es.

So übertäubend als dieser Einwurf zu seyn scheinet, so braucht es, ihn übern Haufen zu stoßen, doch weiter nichts, als daß man die Grundsätze desselben zugiebt, und die daraus gemachte Folgerung leugnet. Es ist wahr, daß alle Geburthen des Genies, so zu reden, ihr Tappen haben, bis sie zu ihrer Vollkommenheit gelangt sind; allein, es ist auch eben so gewiß, daß verschiedne von denselben sie schon erreicht haben, als das epische Gedichte, die Ode, die Beredsamkeit und die Historie. Homer, Pindarus, Demosthenes und Thucydides sind die Lehrmeister des Virgils, des Horaz, des Cicero und des Livius gewesen. Das vereinigte Ansehen dieser grossen Männer ist zum Gesetze geworden; und dieses Gesetz haben hernach alle Nationen angenommen, und die Vollkommenheit einzig und allein an die genaue Nachahmung dieser alten Muster gebunden. Wenn es also nun wahr ist, daß das Wesen dieser verschiednen Werke so unveränderlich festgestellet ist, als es nur immer durch die aller verehrungswürdigsten Beyspiele festgestellet werden kann; aus was für einer besondern Ursache sollte es denn nur vergönnet seyn, das Wesen der Komödie zu ändern, welches durch die allgemeine Billigung nicht minder geheiliget ist.

Und man glaube nur nicht, daß diese durchgängige Uebereinstimmung schwer zu beweisen sey. Man nehme den Aristophanes, Plautus und Terenz; man durchlaufe das englische Theater und die guten Stücke des Italiänischen; man besinne sich hernach auf den Moliere und Regnard und verbinde diese thätlichen Beweise mit den Entscheidungen der dramatischen Gesetzgeber, des Aristoteles, des Horaz, des Despreaux, des P. Rapins, so wird man die einen sowohl, als die andern, dem System des kläglich Komischen gänzlich zuwider finden. Zwar wird man die nothwendigen Verschiedenheiten zwischen den Sitten und dem Genie der Dichter eines jeden Volks bemerken; zwar wird man, nach Beschaffenheit der Gegenstände, in den Stücken, welche die Laster des Herzens angreifen, einen nothwendig ernsthaften Ton antreffen, so wie man in denen, welche mit den Ungereimtheiten des Verstandes zu thun haben, eine Vermischung des Scherzes und des Ernstes, und in denen, welche nur das Lächerliche schildern sollen, nichts als komische Züge und Wendungen finden wird; zwar wird man sehen, daß die Kunst eben nicht verbunden ist, uns zum Lachen zu bewegen, und daß sie sich oft begnügt, uns weiter nicht als auf diejenige innere Empfindung, welche die Seele erweitert, zu bringen, ohne uns zu den unmäßigen Bewegungen zu treiben, welche laut ausbrechen: aber jenen traurigen und kläglichen Ton, jenes romanenhafte Gewinsle, welches vor unsern Augen der Abgott des Frauenzimmers und der jungen Leute geworden ist, wird man ganz und gar nicht gewahr werden. Mit einem Worte, diese Untersuchung wird uns überzeugen, daß es wider die Natur der komischen Gattung ist, uns unsre Fehler beweinen zu lassen, es mögen auch noch so häßliche Laster geschildert werden; daß Thalia, so zu reden, auf ihrer Maske keine andre Thränen, als Thränen der Freude und der Liebe duldet; und daß diejenigen, welche sie quasi=tragische Thränen wollen vergießen lassen, sich nur eine andre Gottheit für ihre Opfer suchen können.

Der Einwurf also, den man aus der willkührlichen Natur der Komödie hergenommen, scheint mir hinlänglich widerlegt zu seyn; weil alles, was die vornehmste Wirkung, die ein Werk hervorbringen soll, vernichtet, ein wesentlicher Fehler ist. Wollte man gleichwohl noch dar= auf bringen, daß die Komödie natürlicher Weise mehr, als irgend eine andre Geburth des Genies, dem Geschmacke des Jahrhunderts, in wel= chem man schreibt, unterworfen sey, und daß man diesem Geschmacke also folgen müsse, wenn man darinne glücklich seyn wolle; so nehme ich diese Maximen ganz gerne an: allein was kann daraus zur Ehre des weinerlich Komischen fließen? Weit gefehlt, daß der allgemeine Geschmack sich dafür erkläre; wenigstens sind die Stimmen getheilt. Es giebt ein auserwähltes Häufchen Zuschauer, bey welchem[1] das heilige Feuer der Wahrheit gleichsam niedergelegt worden, und dessen sichrer und unveränderlicher Geschmack sich niemals unter die Tyrannen der Mode geschmiegt, noch diesen Götzen weniger Tage angebethet hat.

Diesem erleuchteten Theile des Publicums hat man es zu danken, daß sich noch in allen Gattungen jene ausgesuchte Empfindung der Natur und jener vollkommene Geschmack erhält, der, indem er wider die Blendungen gefährlicher Neuigkeiten eifert, zugleich den wirklich nützlichen Erfindungen ihren wahren Werth zu bestimmen weis. Er ist eben so einfach, als die Wahrheit selbst; oder wenn man lieber dem Lehrgebäude des französischen Odendichters * folgen will, so giebt

* Der Verfasser zielt hier auf eine Stelle in des Rousseau Briefe an Thalien. Sie ist so trocken schön, daß ich sie nicht zu übersetzen wage. Wenn ich mich nicht irre, so ist es eben die, welche der Herr von Voltaire an einem Orte sehr scharf getadelt hat. Man sehe, ob Rousseau mehr darinne sagt als, daß es mit dem Geschmacke eine kützliche Sache sey, und daß er nothwendig ent= weder gut oder schlecht seyn müsse.

> Tout institut, tout art, toute police
> Subordonnée au pouvoir du caprice,
> Doit être aussi consequemment pour tous
> Subordonnée à nos differens gouts.
> Mais de ces gouts la dissemblence extreme,
> A le bien prendre, est un foible probleme;

[1] bey welchen [1764]

es nur einen gedoppelten, deren Züge hier zu entwerfen nicht unbien=
lich seyn wird, damit man den Unterscheid ihrer Charaktere desto besser
empfinde.

Der erste giebt sich mit den Lastern ab, welche verächtlich machen,
und mit den Ungereimtheiten, durch die man lächerlich wird: er belebt
seine Bilder mit lachenden und satyrischen Zügen; er will, daß sich
jeder in seinen Gemählden erkennen, und über seine eigne Abschil=
derungen eben so boshaft lachen solle, als ob alles auf Kosten seines
Nächsten gehe. Der andere hingegen greift nur gewisse Fehler an,
oder besser zu reden, er greift ganz und gar keine an: er sucht müh=
sam nichts, als traurige und außerordentliche Stellungen, und mahlt
sie mit den allerdunkelsten Farben. Der eine erfreut das Herz und
vergnügt den Geist, durch ein lebhaftes und sich ausnehmendes Spiel,
welches allen Verdruß verjagt; der andere stürzt uns durch einen
traurigen Ton wieder hinein, und giebt sich alle Mühe eure Seele
durch gehäufte Erzehlungen von Unglücksfällen zu betrüben. Nun wage
man es, den Vorzug zu entscheiden, oder leugne die Wahrheit dieser
Charaktere.

Meine Gegner werden nunmehr unter ihren Einwürfen wählen
müssen; denn ob man schon, durch die Beantwortung aller und jeder,
die Materie ergründen würde, so muß ich mich doch, zu Vermeidung
der Weitläuftigkeit nur auf die scheinbarsten einschränken.

„Die Komödie ist das Bild der Handlungen des gemeinen Lebens,
„oder, wenn man lieber will, der gewöhnlichen Laster oder Tugenden,
„die den Zirkel desselben erfüllen. In der Schilderung so wohl der
„guten, als schlechten Eigenschaften, bestehet daher ihre wesentliche Be=
„schaffenheit. Das Portrait der Menschen mit Genauigkeit entwerfen,
„ihre Gemüthsneigungen und Gesinnungen auf das deutlichste aus=
„drücken, und diese Gemählde zum Vortheile der Sitten anwenden;
„das heißt, auf einmal die grossen Gegenstände der Kunst und des
„Künstlers fassen.“

Obschon diese Grundsätze, überhaupt betrachtet, wahr sind, so
können sie doch nicht anders, als auf eine ganz indirecte Weise, auf
die komische Dichtkunst angewendet werden. Die Menschen mahlen,

Et quoi qu'on dise, on n'en sauroit jamais
Compter que deux; l'un bon, l'autre mauvais etc.   Ueb.

und ihre Gemüthsarten mit Genauigkeit ausdrücken, ist ein Zweck, den auch die la Rochefoucaults und die la Bruyere mit ihr gemein haben, die uns zwar Gemählde von Lastern und Tugenden überhaupt, niemals aber dramatische Gedichte haben liefern wollen. Die Schilderungen der guten und bösen Eigenschaften macht also nicht an und für sich selbst das Wesen der Komödie aus; die Wahl und die Mischung der Farben, die Stellung und der Ausdruck der Personen, diese sind es, die ihr vornehmlich Namen, Form und Wesen ertheilt haben.

Man muß daher den Gegenstand der Kunst und die Pflicht des Künstlers wohl unterscheiden. Der erstre ist durch den Tadel des Lasters und durch die Anpreisung der Tugend genugsam erfüllet. Der andern aber ein Genüge zu thun, muß der Poet sich nothwendig solcher Farben bedienen, welche sowohl den allgemeinen Lastern, dergleichen die Leidenschaften sind, die ihren Ursprung aus dem Herzen haben, als den besondern Lächerlichkeiten, dergleichen die thörigten Moden sind, die ihre Quelle in dem Verstande haben, eigenthümlich zukommen. Ferner muß er dazu eine anständige Handlung erwählen; er muß sie so einzurichten wissen, daß sie die vortheilhaftesten Wirkungen hervorbringen kann; und muß überall Moral, vermittelst der spielenden Personen, mit einstreuen, welche Vernunft und Erfahrung zu dieser Absicht einmüthig bestimmt zu haben scheinen.

Nun ist es aber ganz und gar keine Frage, ob diese Moral aus dem Helden des Stücks fliessen soll, oder ob sie vielmehr der Gegenstand aller Züge des Tadels und des Scherzes seyn soll. Die neue Gattung scheint die erstre Methode angenommen zu haben: allein sowohl die Grundsätze als die Beyspiele sind gleich stark darwieder. Nach den Grundsätzen ist die Komödie bestimmt, uns mehr Laster und Ungereimtheiten, die wir vermeiden, als Tugenden, die wir nachahmen sollen, vorzustellen; und nach den Beyspielen, kömmt es den Nebenpersonen zu, die Maximen der Weisheit anzubringen. So hat Moliere dem Freunde des Misanthropens, dem Schwager des Orgons, dem Bruder des Sganarelle 2c. die Sorge aufgetragen, uns die Grundsätze der Tugenden vorzulegen, die er zu dem Gegenstande unsrer Nachahmung machen wollte; seine Originale aber hat er mit allen Zügen der Satyre, des Tadels und des Lächerlichen überhäuft, von

welchen er glaubte, daß sie sowohl zu unserm Ergötzen, als zu unserm
Unterrichte dienen könnten.

Aus dem, was ich jezt gesagt, folgt unwidersprechlich, daß das
Original einer wahren Komödie keine gänzlich tugendhafte Person seyn
5 könne, wie es die Originale der neuen Gattung sind, und daß dieses
ein eingewurzelter Uebelstand ist, vor dem uns alle Schönheiten der
Ausführung niemals gänzlich die Augen verblenden können. Vergebens
wirft man ein, daß die satyrischen Züge, womit man die Originale
überhäuft, nicht mehr zum Zwecke treffen; und daß sie unsre Eigenliebe
10 auf andre uns umgebende Gegenstände abzuwenden wisse.* Umsonst
wird man uns zu überreden suchen, daß die neuen komischen Dichter
eben darum desto mehr Lob verdienten, weil sie anstatt der lasterhaften
Charaktere lauter Personen, die voller Empfindungen der Ehre wären,
eingeführet hätten; daß wir tugendhaften Maximen unser Herz von
15 selbst aufschlössen, und sie mit Vergnügen uns einflößen liessen, wenn
man nur ein wenig uns auf der rechten Seite zu fassen wüßte. Alle
diese Gründe sind verfänglicher als wahr; blendender als gründlich.
Lasset sie uns einmal aus ihren Wirkungen beurtheilen, denn diese
sind sichrer, als alle Vernünfteley.

20 Was hat denn nun jene leichte und hochmüthige Auskrahmung
schöner und grosser Gesinnungen den Sitten genützt? Was für Wir=
kungen hat denn jene glänzende Moral auf unsre Herzen und auf
unsern Verstand gehabt? Eine unfruchtbare Bewunderung, eine Blen=
dung auf wenige Augenblicke, eine überhingehende Bewegung, welche
25 ganz unfähig ist, uns in uns selbst gehen zu lassen. So viele auf das
allerfeinste vorbereitete Sittensprüche, so viel zierlich ausgekrahmte Vor=
schriften sind für die Zuschauer völlig in Wind gesagt. Man bewundert
Melaniden, und betauert sie: allein ihr unaufhörlich kläglicher Ton,
und die Erzehlung ihrer romanhaften Zufälle, machen auf uns keinen
30 nützlichen Eindruck, weil sie mit der Stellung, worinne wir uns be=
finden, ganz und gar keine Gemeinschaft haben. Das Schicksal der
Aufseherin bewegt und rühret uns, allein ihre ganz besondern Um=
stände haben mit den unsrigen gar nichts gemein.(1) Wir treffen in uns

* Lettres sur Melanide.

35 (1) Der Stoff einer Komödie muß aus den gewöhnlichen Begebenheiten
genommen seyn; und ihre Personen müssen, von allen Seiten, mit dem Volke,

selbst nichts an, was wir mit den Abentheuern in Vergleich bringen
können, die blos unter die möglichen Dinge gehören, und also gar
nicht für uns gemacht zu seyn scheinen. Man wird, wenn man es ja ge=
stehen muß, bey dem Anblicke so sinnreicher Gemählde, ergriffen, durch=
drungen, bewegt; allein man fühlet für uns selbst, in diesem Zusammen=
flusse von Begebenheiten, mit welchen der ordentliche Lauf menschlicher
Dinge uns gewiß verschonen wird, weder Reue, noch Scham, noch Furcht.

Ganz anders ist es mit den Schilderungen bewandt, welche der
Dichter von den Lastern und von dem Lächerlichen macht; sie finden
bey uns allen Statt, und auch der vollkommenste Mensch trägt sowohl
in seinem Verstande, als in seinem Herzen beständig den Saamen ge=
wisser Ungereimtheiten und gewisser Fehler, welche sich bey Gelegenheit
entwickeln. Wir finden uns also in dem Gemählde solcher mit der
Menschheit verbundenen Schwachheiten getroffen, und sehen darinne
was wir sind, oder wenigstens seyn können. Dieses Bild, welches zu
dem unsrigen wird, ist eines von den einnehmendsten Gegenständen,
und erleuchtet unsre Seelen mit gewissen Lichtstrahlen, die desto heil=
samer sind, je fähiger ihre Ursache, die Furcht vor der Schande und
dem Lächerlichen, zu seyn pflegt, uns zu heilsamen Entschliessungen zu
bewegen. So ward der stolze und unversöhnliche Hauffe der Heuchler
durch das Gemählde von den Lastern des scheinheiligen Be=
triegers zu Boden geschlagen. Tausend Schuldige wurden in Har=
nisch gejagt, und beklagten sich mit so viel grösserer Bitterkeit, je em=
pfindlicher sie waren getroffen worden. Bey den Vorstellungen des
George Dandins lassen auch die verhärtesten Ehemänner auf ihren
Gesichtern die Bewegung spüren, die sie alsdenn empfinden, wenn ihre
Umstände mit den Umständen des Originals allzusehr übereinstimmen;
diese Uebereinstimmungen sind nicht selten, ob sie schon durch den
Mangel der Bildung oder des Genies, durch den Geschmack an Ver=
änderungen und den Eigensinn, so vielfältig gemacht werden, als sie

für das sie gemacht wird, eine Aehnlichkeit haben. Sie hat nicht nöthig, diese
ihre Personen auf ein Fußgestelle zu erhöhen, weil ihr vornehmster Entzweck eben
nicht ist, Bewundrung für sie zu erwecken, damit man sie desto leichter beklagen
könne; sie will aufs höchste, durch die verdrüßlichen Zufälle, die ihnen begegnen,
uns für sie ein wenig unruhig machen. Dubos kritische Betrachtungen
Th. II. S. 225.

es durch die Verschiedenheit der Geburth sind. Die ohne Unterlaß
wieder jung werdenden Schilderungen der Diafoiren haben vielleicht
nicht wenig dazu beygetragen, daß die Aerzte ihren blinden Eigensinn
für die alte Methode verlassen haben, ohne daß sie eben zu jenen kühnen
Versuchen wären gereizt worden, von welchen man schalkhaft genug vor=
giebt, daß wir dann und wann derselben Opfer seyn müßten. Und wem
ist endlich unbekannt, daß die muntern und beissenden Züge der gelehr=
ten Weiber und der kostbar Lächerlichen, auf das plötzlichste das
schöne Geschlecht von diesen zwey Unsinnigkeiten abgebracht haben?

Ich gebe zu, daß andre Charaktere, welche eben sowohl getroffen
waren, keine so merkliche Wirkungen gehabt haben. Der eingebildete
Kranke hat nicht alle Orgons von ihren Dünsten befreyet; es sind
nicht alle Menschenfeinde gesellschaftlicher, noch alle Grafen von
Tufiere bescheidner geworden. Allein was ist der Grund davon?
Er ist dieser: weil die Fehler von dieser Art das rechtschafne Wesen
nicht angreifen, und weil man so gar in der Welt Leute antrift, die
sich eine Ehre daraus machen. Zärtliche Leibesbeschaffenheiten setzen
gemeiniglich zärtliche Seelen voraus. Eine strenge und unwillige Ge=
müthsart ist fast immer mit viel Rechtschaffenheit verbunden; der Herzog
von Montausier hielt es nicht für seiner unwürdig, ein Menschen=
feind zu seyn. Und ein gewisser Stolz endlich, entstehet nicht selten
aus einer vernünftigen Empfindung seiner eignen übersehenden Größe.
Das Vorurtheil ringet bey solchen Gelegenheiten glücklich mit den
Spöttereyen des Tadels, da es Gegentheils gegen die komische Schil=
derung eines Lasters des Herzens, oder einer Lächerlichkeit im gesell=
schaftlichen Leben, oder einer Ungereimtheit des Verstandes, gewiß nicht
bestehen wird. Der Gegenstand der beschämenden Bemerckungen der
Zuschauer, will man durchaus nicht seyn, es koste auch, was es wolle;
und wenn man sich auch nicht wirklich bessert, so ist man doch ge=
zwungen sich zu verstellen, damit man öffentlich weder für lächerlich
noch für verächtlich gehalten werde.

Und so wären wir denn endlich auf die lezte Ausflucht gebracht,
welche über alle Beyspiele und Gründe sieget. Diese neue komische
Gattung, sagt man, gefällt;* das ist genug, und die Regeln thun da=
bey nichts.

* S. den Prolog des Lustspiels Liebe für Liebe.

Man berufe sich nicht zur Bestätigung dieser zu allgemeinen und eben deswegen gefährlichen Maxime auf den Einfall Sr. Hoheit des Prinzen über die regelmäßige aber verdrüßliche Tragödie des Abts von Aubignac. Die Anwendung der Regeln verursachte den Fall dieses Stücks gar nicht; sondern die schlechte Colorite seines Pinsels schlug es nieder. Doch weil ich mir vorgenommen habe meinen Gegnern nur solche Gründe entgegen zu setzen, von welchen ich selbst überzeugt bin, so will ich es ihnen vorläufig einräumen, daß das kläglich Komische große Bewegungen und oft angenehme Empfindungen verursache. Allein, wenn ich auf einen Augenblick die ganze Frage dahinaus lauffen lasse, bey welcher Gattung das größere Vergnügen anzutreffen sey, so behaupte ich, daß jene neuere uns kein so mannichfaltiges und natürliches Vergnügen verschaffen könne, als die Gattung welche in dem Jahrhunderte des Moliere herrschte.

Zuerst findet man in den weinerlichen Komödien alle die rührungslosen leeren Plätze, die man bey Lesung eines Romans findet. Sie sind eben so wie diese mit erzwungnen Verwicklungen, mit ausserordentlichen Stellungen, mit übertriebenen Charakteren angefüllt, welche oft wahrer als wahrscheinlich sind; und wenn sie in unsrer Seele jene, nichts weniger als willkührliche, Bewegungen verursachen, die sie auf einige Augenblicke bezaubern, so kömmt es daher, weil wir bey dem Anblicke auch der erdichtesten Gegenstände gerührt werden, wenn sie nur mit Kunst geschildert sind. Allein man merke wohl, daß die Rührungen weder so einnehmend sind, noch eben dieselbe Dauer und eben denselben Charakter der Wahrheit haben, welchen die getreue Nachahmung einer aus dem Innersten der Natur geschöpften Stellung hervorbringt.

In der That, wenn die dramatischen Erdichtungen uns um so viel lebhafter rühren, je näher sie der Wirklichkeit kommen, so müssen die Erdichtungen der neuen Gattung so viel schwächere Eindrücke machen, je entgegengesetzter sie der Wahrscheinlichkeit sind. Es ist ein Wunderwerk der Kunst nöthig gewesen, um uns die Abentheuer einer Frau annehmlich zu machen, die nach siebzehn Jahren einer heimlichen Vermählung und eines eingebildeten Gefängnisses, auf einmal sich aus dem Schooße ihrer Provinz aufmacht, und nach Paris kommt, einen untreuen Mann aufzusuchen, der sie, ob er sie schon alle

Tage zu sehen bekommen könnte, doch nicht eher, als bey der Ent=
wicklung findet. So und nicht anders ist der romanenhafte Grund
beschaffen, auf welchen das Gebäude des weinerlich Komischen gemeinig=
lich aufgeführt ist, oder vielmehr nothwendig aufgeführt seyn muß;
und diesen muß sich der Zuschauer gefallen lassen, wenn er anders
Vergnügen daran finden will. Die Oper sezt bey weitem nicht so viel
Triebfedern in Bewegung, um uns durch das Glänzende ihrer Aus=
zierungen zu verblenden, als das kläglich Komische Täuschungen an=
wendet, um eine schmerzhaft angenehme Empfindung in uns zu erwecken.

Die Eindrücke des Vergnügens, welche das wahre Komische her=
vorbringt, sind von einer ganz andern Beschaffenheit. Es geschiehet
allezeit mit einem stets neuen Vergnügen, so oft wir jene von der
Natur erkannte Schilberungen, bergleichen der Menschenfeind, der Geizige,
der Stumme, der Spieler, der Mürrische, der Ruhmrebige und andre
sind, wieder vorstellen sehen, oder sie aufs neue lesen. Ober, wenn
wir uns in kleine Stücke einlassen wollen, wird man es wohl jemals
satt, die wahren komischen Auftritte zu sehen, zum Exempel die Auf=
tritte des Harpagons mit der Euphrosine, des Valers mit dem Meister
Jacob, des bürgerlichen Edelmanns mit seinem Mädchen und seinen
verschiednen Lehrmeistern, die pebantische Zänckerey des Trissotins und
des Vabius; ober auch in einer höhern Art, das feine und sinnreiche
Gespräch des Merkurs mit der Nacht, die verleumbrische Unterrebung
der Cölimene mit dem Marquis und ihre sinnreiche Art, der spröben
Arsinoe ihre spitzigen Anzüglichkeiten wieder zurück zu geben? Ver=
ursachen uns wohl die am meisten glänzenden Moralien, wann sie
auch bis zum Thränen [1] getrieben werben, jemals ein so lebhaftes, ein
so wahres und ein so daurenbes Vergnügen?

Doch die Verringerung und Schwächung unseres Vergnügens,
oder die Unnützlichkeit einer ernsthaften und traurig spruchreichen Moral,
ist der gegründeste Vorwurf noch nicht, den man ber neuen Art von
Komöbien machen kann: ihr vornehmster Fehler ist bieser, daß sie die
Grenzen gar aufhebt, welche von je her das Tragische von dem Komi=
schen getrennt haben, und uns jene ungeheure Gattung des Tragi=
komischen zurück bringet, welche man mit so vielem Grunde, nach ver=
schiebnen Jahren eines betrieglichen Triumphs, verworffen hat. Ich weis

___
[1] [vielleicht nur verdruckt für] bis zum Thränen

wohl, die neue Art hat bey weitem nicht so viele und grosse Ungereimt=
heiten; die Verschiedenheit ihrer Personen ist nicht so anstößig, und
die Bedienten dürfen darinne nicht mit Prinzen zusammen spielen:
allein im Grunde ist sie doch eben so fehlerhaft, ob schon auf eine
verschiedne Weise. Denn wie die erstre Art die heroischen Personen
erniedrigte, indem sie ihnen bloß gemeine Leidenschaften gab, und nur
die gewöhnlichen Tugenden aufführte, die zu dem heldenmäßigen der
Tragödie lange nicht erhaben genug sind; eben so erhöhet die andre
die gemeinen Personen zu Gesinnungen, welche Bewunderung erwecken,
und mahlt sie mit Zügen jenes reizenden Mitleids, welches das unter=
scheidende Eigenthum des Trauerspiels ausmachet. Beyde sind also
dem Wesen, welches man dem komischen Gedichte zugestanden hat,
gleich sehr zuwider; beyde verdienen also einen gleichen Tadel, und
vielleicht auch eine gleiche Verbannung.

    Als das Tragikomische zuerst aufkam, glaubte man, ohne Zweifel,
das Gebiethe der komischen Muse erweitert zu haben, und billigte also
anfangs diese kühne Erfindung. Mit eben dieser Einbildung geschmeichelt,
triumphiren auch jetzo die Anhänger der neuen Gattung; sie suchen
sich zu überreden, der Weg der Empfindung sey gleichfalls eine von
den glücklichen Entdeckungen, welche der französischen Scene den höchsten
Grad der Ausschmückung gegeben habe; sie wollen durchaus nicht ein=
sehen, daß die Empfindung, welche gewissen Gedichten, zum Exempel
der Elegie und dem Hirtengedichte, so wesentlich ist, sich ganz und gar
nicht mit der komischen Grundlage verbinden lasse, welche das Theater
nothwendig braucht, wenn sie ihren Originalen denjenigen Ton geben
will, der im Ergötzen bessert. Man betriege sich hier nur nicht: wir
haben zwey sehr unterschiedne Gattungen; die eine ist die nützliche, und
die andre die angenehme: weit gefehlt also, daß das weinerlich Komische
eine dritte ausmache; sie schmelzt vielmehr beyde Gattungen in eine
einzige, und machet uns ärmer, indem sie uns reicher zu machen scheinet.

    Wann die wirklich komischen Fabeln gänzlich erschöpft wären,
so könnte man die Erfindung der weinerlichen Charaktere noch eher
vergeben, weil sie wenigstens, als eine Vermischung des Wahren und
Falschen, das Verdienst haben, uns auf einen Augenblick zu rühren,
wenn sie uns auch schon durch die Ueberlegung verdrüßlich werden:
allein es ist derselben noch eine sehr große Menge übrig, welche alle

neu sind, und die man, schon seit langer Zeit, auf der Bühne geschildert
zu sehen gewünscht hat. Wir haben vielleicht nicht ein einziges getreues
Gemählde von verschiednen Sitten und Lächerlichkeiten unsrer Zeit;
zum Exempel, von der gebiethrischen Leutseligkeit unsrer Hofleute, und
von ihrem unersättlichen Durste nach Vergnügen und Gunst; von der
unbesonnenen Eitelkeit und wichtigen Aufgeblasenheit unserer jungen
Magistratspersonen; von dem wirklichen Geitze und der hochmüthigen
Verschwendung unsrer großen Rentmeister; von jener seinen und manch=
mal ausgelaßenen Eifersucht, welche unter den Hofdamen, wegen der
Vorzüge des Ranges, und noch mehr wegen der Vorzüge der Schön=
heit, herrschet; von jenen reichen Bürgerinnen, welche das Glück trunken
macht, und die durch ihre unverschämte Pracht den Gesetzen, dem Wohl=
stande und der Vernunft Hohn sprechen.

     Auf diese Art würden sich tausend nützliche und glänzende Neuig=
keiten dem Pinsel unsrer Dichter darbiethen, wenn sie nicht von der
Liebe zu dem Besondern verführt würden. Sollten sie wohl von der
Schwierigkeit, solche seine Charaktere zu schattiren, welche nur eine sehr
leichte Auftragung der Farben erlauben, zurückgehalten werden? Allein
könnten sie nicht, nach dem Beyspiele des Moliere, an den Nebenrollen
dasjenige einbringen, was ihnen an der Unterstüzung des Hauptcharakters
abgehet? Und brauchen sie denn weniger Kunst darzu, wenn sie uns
in Komödien eingekleidete Romane wollen bewundern lassen, oder we=
niger Genie, um sich in dem engen Bezirke, in welchen sie sich ein=
schliessen, zu erhalten? Da sie nur auf eine einzige Empfindung, des
Mitleidens nehmlich, eingeschränkt sind, so haben wir vielmehr zu fürch=
ten, daß sie uns, durch die Einförmigkeit ihres Tones und ihrer Ori=
ginale, Frost und Eckel erwecken werden. Denn in der That, wie die
Erkennungen beständig mit einerley Farben vorbereitet, herzugeführet,
und aufgeschlossen werden, so ist auch nichts dem Gemählde einer Mutter,
welche ihr und ihrer Tochter Unglück beklagt, ähnlicher, als das Bild
einer Frau, welche über ihr und ihres Sohnes Unglück Thränen ver=
gießt. Fliessen aber hieraus nicht nothwendig Wiederhohlungen, die
nicht anders, als verdrüßlich seyn können?

     Wie weit übertrift das wahre Komische eine so unfruchtbare Gat=
tung! Nicht allein alle Charaktere und alle Stände, nicht allein alle
Laster und Lächerlichkeiten sind seinen Pfeilen ausgesetzt; sondern es

hat auch noch die Freyheit die Farben zu verändern, womit eben dieselben Originale, und eben dieselben Ungereimtheiten gemahlt werden
können. Und auf diesem Wege findet man nirgends Grenzen; denn
obschon die Menschen zu allen Zeiten einerley Fehlern unterworfen
sind, so zeigen sie dieselben doch nicht immer auf einerley Art. Die
Alten, in dieser Absicht, sind den Neuern sehr ungleich; und wir selbst,
die wir in den jetzigen Tagen leben, haben mit unsern Vätern sehr
wenig ähnliches.

Zu den Zeiten des Moliere und der Corneillen, besonders
zu Anfange ihres Jahrhunderts, konnte man die gelehrten und witzigen Köpfe von Profeßion mit griechischen und lateinischen Citationen
ausgespickt, über ihre barbarischen Schriftsteller verdüstert, in ihren
Sitten grob und unbiegsam, und in ihrem Aeusserlichen nachläßig und
schmutzig vorstellen. Diese Züge passen schon seit langer Zeit nicht
mehr. Das pedantische Ansehen ist mit jener tiefen Gelehrsamkeit, die
aus Lesung der Originale geschöpft war, verschwunden. Man begnügt
sich, wenn ich so reden darf, mit dem blossen Vernis der Litteratur,
und den meisten von unsern Neuern ist ein leichtes und sich ausnehmendes Mundwerk anstatt der gründlichen Wissenschaft, welche ihre
Vorgänger besassen. Ihre Erkenntniß, sagt man, ist mannigfaltiger,
aber eben deswegen auch unvollkommner. Sie haben, wenn man will,
mehr Witz; aber vielleicht desto weniger wahres Genie. Kurz die
meisten von ihnen scheinen von den alten Gelehrten nichts beybehalten
zu haben, als die beklagenswürdige Erbitterung, ihre Personen und
ihre Werke unter einander zu verlästern, und sich dadurch in den Augen
ihrer Zeitgenossen und der Nachwelt verächtlich zu machen.

Es ist also nicht sowohl die Erschöpfung der Charaktere und
des Lächerlichen, noch die Begierde nützlicher zu seyn, noch die Vorstellung eines größern Vergnügens, welche uns die Gattung des weinerlich Komischen verschaft hat, sondern vielmehr die Schwierigkeit,
den Ton des Moliere zu erreichen, oder vielmehr die Begierde unsre
Bewunderung durch die glänzenden Reitze der Neuigkeit zu überraschen.
Diese Krankheit, welche dem Französischen Genie so eigen ist, erzeugt
die Moden in der Litteratur, und steckt mit ihren Sonderlichkeiten sowohl alle Schreibarten, als alle Stände an. Unsre Neugierde will
alles durchlaufen; unsre Eitelkeit will alles versuchen; und auch als-

denn, wenn wir der Vernunft nachgeben, scheinen wir nicht sowohl ihrem Reitze, als unserm Eigensinn gefolgt zu seyn.

Wann diese Betrachtungen wahr sind, so ist es leicht, das Schicksal des weinerlich Komischen vorher zu sagen. Die Mode hat es eingeführt, und mit der Mode wird es vergehen, und in das Land des Tragikomischen verwiesen werden, aus welchem es gekommen ist. Es glänzet vermöge der schimmernden Blitze der Neuigkeit, und wird eben so geschwind, als diese, verlöschen. Das schöne Geschlecht, welches der gebohrne Beschützer aller zärtlichen Neuerungen ist, kann nicht immer weinen wollen, ob es gleich immer empfinden will. Wir dürfen uns nur auf seine Unbeständigkeit verlassen.

Unter die Gründe, warum man den Geschmack an dem weinerlich Komischen wird fahren lassen, gehöret auch noch die äusserste Schwierigkeit, in dieser Gattung glücklich zu seyn: die Laufbahn ist nicht von grossem Umfange, und es wird ein eben so glänzendes und bearbeitetes Genie, als das Genie des Verfassers der Melanide ist, dazu erfordert, wenn man sie mit gutem Fortgange ausfüllen will. Der Herr von Fontenelle hat einen Ton, welcher ihm eigen ist, und der ihm allein unvergleichlich wohl läßt; allein es ist unmöglich oder gefährlich ihn nachzuahmen. Der Herr de la Chaussee hat gleichfalls seinen Ton, dessen Schöpfer er ist, und dem es mehr in Ansehung der Art von Unmöglichkeit, seine Fabeln nicht nach zu copiren, als in Ansehung der Schwierigkeit, sie mit eben so vieler Kunst und mit eben so glänzenden Farben vorzutragen, an Nachahmern fehlen wird.

Doch alle Kunst ist unnütze, wenn die Gattung an und für sich selbst fehlerhaft ist, das ist, wenn sie sich nicht auf jenes empfindbare und allgemeine Wahre gründet, welches zu allen Zeiten und für alle Gemüther verständlich ist. Aus dieser Ursache vornehmlich wird die Täuschung des neuen Komischen gewiß verschwinden; man wird es bald durchgängig überdrüßig seyn, die Auskrahmung der Tugend mit bürgerlichen Abentheuern verbunden zu sehen, und romanenhafte Originale die strengste Weisheit, in dem nachgemachten Tone des Seneca predigen, oder mit den menschlichen Tugenden, zur Nachahmung des berühmten Maximenschreibers, sinnreich zanken zu hören.

Lasset uns daher aus diesem allen den Schluß ziehen, daß keine Erfindungen vergönnt sind, als welche die Absicht zu verschönern haben,

und daß die Gattung des weinerlich Komischen eine von den gefähr=
lichen Erfindungen ist, welche dem wahren Komischen einen töblichen
Streich versetzen kann. Wenn eine Kunst zu ihrer Vollkommenheit ge=
langt ist, und man will ihr Wesen verändern, so ist dieses, nicht so=
wohl eine in dem Reiche der Gelehrsamkeit erlaubte Freyheit, als viel=
mehr eine unerträgliche Frechheit.(1)　Die Griechen und die Römer,
unsre Meister und Muster in allen Geburthen des Geschmacks, haben
die Komödie vornehmlich dazu bestimmt, daß sie uns, vermittelst der
Critik und des Scherzes, zugleich ergötzen und unterrichten soll. Alle
Völker Europens sind hernach dieser Weise mehr oder weniger gefolgt,
so wie es ihrem eigenthümlichen Genie gemäß war: und wir selbst
haben sie in den Zeiten unsers Ruhmes, in dem Jahrhunderte an=
genommen, das man so oft mit dem Jahrhunderte des Augusts in
Vergleichung gestellet hat. Warum will man jezt Thalien nöthigen
die traurige Stellung der Melpomene zu borgen, und ein ernsthaftes
Ansehen über eine Bühne zu verbreiten, deren vornehmste Zierde alle=
zeit Spiel und Lachen gewesen sind, und beständig ihr unterscheidender
Charakter seyn werden?

　　Versibus exponi tragicis res comica non vult

　　　　　　　　Horaz in der Dichtkunst.

　　　　　*　　　*　　　*

　　Hier ist die Schrift des französischen Gegners aus. Ob es nun
gleich nicht scheint, daß sie der Hr. Prof. Gellert gekannt habe, so
ist es dennoch geschehen, daß er auf die meisten ihrer Gründe glücklich
geantwortet hat. Weil sie dem Leser noch in frischem Andenken seyn
müssen, so will ich ihn nicht lange abhalten, sich selbst davon zu über=
zeugen. Nur habe ich eine kleine Bitte an ihn zu thun. Er mag so

------

　　(1) Da alle Künste aneinander grenzen, so laßt uns noch die Klagen hören,
welche Hr. Blondel in seinem 1747 gedruckten Discours sur l'Architecture führet.
Es ist zu befürchten, sagt er, daß die sinnreichen Neuerungen, welche man zu jetziger
Zeit, mit ziemlichem Glück einführt, endlich von Künstlern werden nachgeahmt
werden, welchen die Verdienste und die Fähigkeiten der Erfinder mangeln. Sie
werden daher auf eine Menge ungereimter Gestalten fallen, welche den Geschmack
nach und nach verderben, und werden ausschweifenden Sonderlichkeiten den schönen
Namen der Erfindungen beylegen. Wann dieses Gift die Künste einmal ergriffen
hat, so fangen die Alten an unfruchtbar zu scheinen, die grossen Meister frostig,
und die Regeln allzu enge zc. zc.

gut seyn, und es dem Hrn. Prof. Gellert nicht zuschreiben, wann
er finden sollte, daß er sich biesesmal schlechter ausbrücke, als er sonst
von ihm gewohnt ist. Man sagt, daß auch die besten Uebersetzer Ver=
hunzer wären.

Des Hrn. Prof. Gellerts Abhandlung
für das rührende Lustspiel.

Man hat zu unsern Zeiten, besonders in Frankreich, eine Art
von Lustspielen versucht, welche nicht allein die Gemüther der Zuschauer
zu ergötzen, sondern auch so zu rühren und so anzutreiben vermögend
wäre, daß sie ihnen so gar Thränen auspresse. Man hat dergleichen
Komödie, zum Scherz und zur Verspottung, in der französischen Sprache
comedie larmoyante,* das ist die weinerliche genennt, und von
nicht wenigen pflegt sie als eine abgeschmackte Nachäffung des Trauer=
spiels getadelt zu werden. Ich bin zwar nicht Willens, alle und jebe
Stücke, welche in diese Klasse können gebracht werden, zu vertheidigen;
sondern ich will bloß die Art der Einrichtung selbst retten, und wo
möglich erweisen, daß die Komödie, mit allem Ruhme, heftiger be=
wegen könne. Dacier** und andre, welche die von dem Aristoteles
entworfene Erklärung weitläuftiger haben erleutern wollen, setzen die
ganze Kraft und Stärke der Komödie in das Lächerliche. Nun kann
man zwar nicht leugnen, daß nicht der größte Theil derselben darauf
ankomme, obgleich, nach dem Voßius,*** auch dieses zweifelhaft
seyn könnte; allein so viel ist auch gewiß, daß in dem Lächerlichen
nicht durchaus alle ihre Tugend bestehe. Denn entweder sind die rei=

---

* S. die Vorrede des Hrn. v. Voltaire zu seiner Nanine im IX. Theile
seiner Werke, Dresbner Ausgabe.

** In den Anmerkungen zu des Aristoteles Dichtkunst Hauptst. V. S. 58.
Pariser Ausgabe von 1692. Aristote en faisant la definition de la Comedie
decide, quelles choses peuvent faire le sujet de son imitation. Il n'y a que
celles qui sont purement ridicules, car tous les autres genres de mechanceté
ou de vice, ne sçauroient y trouver place, parce qu'ils ne peuvent attirer que
l'indignation, ou la pitié, passions, qui ne doivent nullement regner dans la
Comedie.

*** In seiner Poetik. lib. I. c. V. p. 123.

zenden Stücke des Terenz keine Komödien zu nennen; oder die Ko=
mödie hat ihre ernsthaften Stellen, und muß sie haben, damit selbst
das Lächerliche durch das beständige Anhalten nicht geschwächt
werde. Denn was ohne Unterlaß artig ist, das rührt entweder nicht
genug, oder ermüdet das Gemüth, indem es dasselbe allzusehr rührt. 5
Ich glaube also, daß aus der Erklärung des Aristoteles weiter nichts
zu folgern ist, als dieses, was für eine Art von Lastern die Komödie
vornehmlich durchziehen soll. Es erhellt nehmlich daraus, daß sie sich
mit solchen Lastern beschäftigen müsse, welche niemandem ohne Schande,
obschon ohne seinem und ohne andrer Schaden, anhängen können; 10
kurz, solche Laster, welche Lachen und Satyre, nicht aber Ahndung
und öffentliche Strafe verdienen, woran sich aber doch weder Plautus,
noch diejenigen, die er unter den Griechen nachgeahmet hat, besonders
gekehrt zu haben scheinen. Ja man muß so gar zugestehen, daß es eine
Art Laster giebt, welche gar sehr mit eines andern Schaden verbunden 15
ist, als zum Exempel die Verschwendung, und dennoch in der Komödie
angebracht werden kann, wenn es nur auf eine geschickte und kunst=
mäßige Art geschieht. Ich sehe also nicht, worinne derjenige Lustspiel=
dichter sündige, welcher, in Betrachtung der Nützlichkeit, die Regeln
der Kunst dann und wann bey Seite setzt, besonders wenn man von 20
ihm sagen kann:

> Habet bonorum exemplum: quo exemplo sibi
> Licere id facere, quod illi fecerunt, putat.

Es sey also immer die sinnreiche Verspottung der Laster und
Ungereimtheiten die vornehmste Verrichtung der Komödie, damit eine 25
mit Nutzen verbundene Fröhlichkeit die Gemüther der Zuschauer ein=
nehme; nur merke man auch zugleich, daß es eine doppelte Gattung
des Lächerlichen giebt. Die eine ist die stammhafte und, so zu reden,
am meisten handgreifliche, weil sie in ein lautes Gelächter ausbricht;
die andere ist feiner und bescheidener, weil sie zwar ebenfalls Beyfall 30
und Vergnügen erweckt, immer aber nur einen solchen Beyfall und
ein solches Vergnügen, welches nicht so stark ausbricht, sondern gleich=
sam in dem Innersten des Herzens verschlossen bleibt. Wann nun
die ausgelassene und heftige Freude, welche aus der ersten Gattung
entspringt, nicht leicht eine ernsthaftere Gemüthsbewegung verstattet; 35
so glaube ich doch, daß jene gesetztere Freude sie verstatten werde.

Und wenn ferner die Freude nicht das einzige Vergnügen ist, welches
bey den Nachahmungen des gemeinen Lebens empfunden werden kann;
so sage man mir doch, worinne dasjenige Lustspiel zu tabeln sey,
welches sich einen solchen Innhalt erwählet, durch welchen es, ausser
5 der Freude, auch eine Art von Gemüthsbewegung hervorbringen kann,
welche zwar den Schein der Traurigkeit hat, an und für sich selbst
aber ungemein süsse ist.* Da nun aber dieses alsdann sehr leicht geschehen kann, wenn man die Komödie nicht nur die Laster, sondern
auch die Tugenden schildern läßt; so sehe ich nicht warum es ihr nicht
10 vergönnt seyn sollte, mit den tabelhaften Personen auch gute und liebenswürdige zu verbinden, und sich dadurch sowohl angenehmer als nützlicher zu machen, damit einigermaassen jener alten Klage des komischen
Truppe bey dem Plautus abgeholfen werde.

Hujusmodi paucas Poetae reperiunt comoedias.
15   Ubi boni meliores fiant.

Wenigstens sind unter den Alten, wie Scaliger erinnert, sowohl unter den Griechen als unter den Römern, verschiedene gewesen,
welche eine doppelte Gattung von Komödie zugelassen, und sie in die
sittliche und lächerliche eingetheilet haben. Unter der sittlichen
20 verstanden sie diejenige, in welcher die Sitten, und unter der lächerlichen, in welcher das Lächerliche herrschte. Doch wenn man nicht
allein darauf zu sehen hat, was in der Komödie zu geschehen pflegt,
sondern auch auf das, was darinne geschehen sollte, warum wollen
wir sie nicht lieber, nach Maaßgebung des Trapps,** also erklären,
25 daß wir sagen, die Komödie sey ein dramatisches Gedicht, welches Abschilderungen von dem gemeinen Privatleben enthalte, die Tugend
anpreise, und verschiedene Laster und Ungereimtheiten der Menschen,
auf eine scherzhafte und feine Art durchziehe. Ich gestehe ganz gerne,
daß sich diese Erklärung nicht auf alle und jede Exempel anwenden

30   * Permagna enim, sagt der vortrefliche Engländer, Joseph Trapp,
est discrepantia inter istam tristitiam, quae in tragoedia dominatur, et istam,
quae in comoediam admittitur. Illa tanquam hiemalis tempestas, diem pene
integrum nubibus et tenebris obvolvit; interspersis tantum raris et brevibus
lucis intervallis: haec actionem dramaticam, tanquam coelum tempore aestivo
35 plerumque sudum, nubibus non nunquam, sed rarius, intercipit. *Praelect. Poet.*
p. 323. edit. alt. Londini 1722.
    ** An angef. Orte S. 314. und folglich.

lasse; allein, wenn man auch durchaus eine solche verlangte, welche alles, was jemals unter dem Namen Komödie begriffen worden, in sich fassen sollte, so würde man entweder gar keine, oder doch ein Ungeheuer von einer Erklärung bekommen. Genug, daß diese von uns angenommene Erklärung von dem Endzwecke, welchen die Komödie erreichen soll, und auch leicht erreichen kann, abgeleitet ist, und auch daher ihre Entschuldigung und Vertheidigung nehmen darf.

Damit ich aber die Sache der rührenden Komödie, wo nicht glücklich, doch sorgfältig führen möge, so muß ich einer doppelten Anklage entgegen gehen; deren eine dahinaus läuft, daß auf diese Weise der Unterscheid, welcher zwischen einer Tragödie und Komödie seyn müsse, aufgehoben werde; und deren andre darauf ankömmt, daß diejenige Komödie sich selbst zuwieder wäre, welche die Affecten sorgfältig erregen wolle.

Was den ersten Grund anbelangt, so scheint es mir gar nicht, daß man zu befürchten habe, die Grenzen beyder Gattungen möchten vermengt werden. Die Komödie kann ganz wohl zu rühren fähig seyn, und gleichwohl von der Tragödie noch weit entfernt bleiben, indem sie weder eben dieselben Leidenschaften rege macht, noch aus eben derselben Absicht, und durch eben dieselben Mittel, als die Tragödie zu thun pflegt. Es wäre freylich unsinnig, wenn sich die Komödie jene großen und schrecklichen Zurüstungen der Tragödie, Mord, Verzweiflung und dergleichen, anmaassen wollte; allein wenn hat sie dieses jemals gethan? Sie begnügt sich mit einer gemeinen, obschon seltnen, Begebenheit, und weis von dem Abel und von der Hoheit der Handlung nichts; sie weis nichts von den Sitten und Empfindungen großer Helden, welche sich entweder durch ihre erhabne Tugend, oder durch ihre ausserordentliche Häßlichkeit ausnehmen; sie weis nichts von jenem tragischen hohen und prächtigen Ausdrucke. Dieses alles ist so klar, daß ich es nur verdunkeln würde, wenn ich es mehr aus einander setzen wollte. Was hat man also für einen Grund, zu behaupten, daß die rührende Komödie, wenn sie dann und wann Erbarmen erweckt, in die Vorzüge der Tragödie einen Eingriff thue? Können denn die kleinen Uebel, welche sie dieser oder jener Person zustoßen läßt, jene heftige Empfindung des Mitleids erregen, welche der Tragödie

eigen ist? Es sind kaum die Anfänge dieser Empfindung, welche die
Komödie zuläßt und auf kurze Zeit in der Absicht anwendet, daß sie
diese kleine Bewegung durch etwas erwünschtes wieder stillen möge;
welches in der Tragödie ganz anders zu geschehen pflegt. Doch wir
5 wollen uns zu der vornehmsten Quelle wenden, aus welcher die Ko‐
mödie ihre Rührungen herhohlt, und zusehen, ob sie sich vielleicht auf
dieser Seite des Eigenthums der Tragödie anmaasse. Man sage mir
also, wenn rühret denn diese neue Art von Komödie, von welcher wir
handeln? Geschicht es nicht meistentheils, wenn sie eine tugendhafte,
10 gesetzte und ausserordentliche Liebe vorstellet? Was ist aber nun zwischen
der Liebe, welche die Tragödie anwendet, und derjenigen, welche die
Komödie braucht, für ein Unterscheid? Ein sehr großer. Die Liebe
in der Komödie ist nicht jene heroische Liebe, welche durch die Bande
wichtiger Angelegenheiten, der Pflicht, der Tapferkeit, des größten
15 Ehrgeizes, entweder unzertrennlich verknüpfet, oder unglücklich zer‐
trennet wird; es ist nicht jene lermende Liebe, welche von einer Menge
von Gefahren und Lastern begleitet wird; nicht jene verzweifelnde
Liebe: sondern eine angenehm unruhige Liebe, welche zwar in ver‐
schiedene Hindernisse und Beschwerlichkeiten verwickelt wird, die sie ent‐
20 weder vermehren oder schwächen, die aber alle glücklich überstiegen
werden, und einen Ausgang gewinnen, welcher, wenn er auch nicht
für alle Personen des Stücks angenehm, doch dem Wunsche der Zu‐
schauer gemäß zu seyn pflegt. Es ist daher im geringsten keine Ver‐
mischung der Kunst zu befürchten, so lange sich nicht die Komödie mit
25 eben derselben Liebe beschäftiget, welche in der Tragödie vorkömmt,
sondern von ihr in Ansehung der Wirkungen und der damit ver‐
knüpften Umstände eben so weit, als in Ansehung der Stärke und
Hoheit, entfernt bleibt. Denn so wie die Liebe in einem doppelten
Bilde strahlt, welche auf so verschiedene Weise ausgedrückt werden,
30 daß man sie schwerlich für einerley halten kann; ja wie so gar die Ge‐
walt, die sie über die Gemüther der Menschen hat, von ganz ver‐
schiedner Art ist, so daß, wenn der eine mit zerstreuten Haaren, mit
verwirrter Stirn, und verzweifelnden Augen herumirret, der andere
das Haar zierlich in Locken schlägt, und mit lächelnd trauriger Mine
35 und angenehm unruhigen Augen seinen Kummer verräth: eben so,
sage ich, ist die Liebe, welche in beyden Spielen gebraucht wird, ganz

und gar nicht von einerley Art und kann also auch nicht auf einerley,
oder auch nur auf ähnliche Art rühren. Ja es fehlt so viel, daß die
Komödie in diesem Stücke die Rechte der Tragödie zu schmälern
scheinen sollte, daß sie vielmehr nichts als ihr Recht zu behaupten sucht.
Denn ob ich schon denjenigen nicht beystimme, welche, durch das An=
sehen einiger alten Tragödienschreiber bewogen, die Liebe gänzlich aus
der tragischen Fabel verbannen wollen; so ist doch so viel gewiß, daß
nicht jede Liebe, besonders die zärtlichere, sich für sie schickt, und daß
auch diejenige, die sich für sie schickt, nicht darinne herrschen darf, weil
es nicht erlaubt ist, die Liebe einzig und allein zu dem Innhalte eines
Trauerspiels zu machen. Sie kann zwar jenen heftigern Gemüths=
bewegungen, welche der Tragödie Hoheit, Glanz und Bewunderung
ertheilen, gelegentlich beygefügt werden, damit sie dieselben bald hef=
tiger antreibe, bald zurückhalte, nicht aber, damit sie selbst das Haupt=
werk der Handlung ausmache. Dieses Gesetz, welches man der Tra=
gödie vorgeschrieben hat, und welches aus der Natur einer heroischen
That hergehohlet ist, zeiget deutlich genug, daß es allein der Komödie
zukomme, aus der Liebe ihre Haupthandlung zu machen. Alles dero=
halben, was die Liebe, ihren schrecklichen und traurigen Theil bey Seite
gesetzt, im Rührenden vermag, kann sich die Komödie mit allem Recht
anmaaßen. Der vortrefliche Corneille erinnert sehr wohl, daß das=
jenige Stück, in welchem allein die Liebe herrschet, wann es auch schon
in den vornehmsten Personen wäre, keine Tragödie, sondern, seiner
natürlichen Kraft nach, eine Komödie sey.* Wie viel weniger kann
daher dasjenige Stück, in welchem nur die heftige Liebe einiger Privat=
personen aufgeführet wird, das Wesen des Trauerspiels angenommen
zu haben scheinen? Das, was ich aber von der Liebe, und von dem
Anspruche der Komödie auf dieselbe, gesagt habe, kann, glaube ich,
eben so wohl von den übrigen Stücken behauptet werden, welche die
Gemüther zu bewegen vermögend sind; von der Freundschaft, von der
Beständigkeit, von der Freygebigkeit, von dem dankbaren Gemüthe,
und so weiter. Denn weil diese Tugenden denjenigen, der sie besitzt,
zwar zu einem rechtschafnen, nicht aber zu einem grossen und der Tra=
gödie würdigen Manne machen, und also auch vornehmlich nur Zierden

* S. die erste Abhandlung des P. Corneille über das dramatische
Gedicht.

des Privatlebens sind, wovon die Komödie eine Abschilderung ist: so wird sich auch die Komödie die Vorstellung dieser Tugenden mit allem Rechte anmaassen, und alles zu gehöriger Zeit und an gehörigen Orte anwenden dürfen, was sie, die Gemüther auf eine angenehme Art zu rühren, darbiethen können. Allein auf diese Art, kann man einwenden, wird die Komödie allzu frostig und trocken scheinen; sie wird von jungen Leuten weniger geliebt, und von denjenigen weniger besucht werden, welche durch ein heftiges Lachen nur ihren Bauch erschüttern wollen. Was schadet das? Genug, daß sie alsdann, wie der berühmte Wehrenfels* saget, weise, gelehrte, rechtschafne und kunstverständige Männer ergötzen wird, welche mehr auf das schickliche, als auf das lächerliche, mehr auf das artige als auf das grimassenhafte sehen: und wann schon die, welche nur Possen suchen, dabey nicht klatschen, so wird sie doch denen gefallen, welche, mit dem Plautus zu reden, pudicitiae praemium esse volunt.

Ich komme nunmehr auf den zweyten Einwurf. Rührende Komödien, sagt man, widersprechen sich selbst; denn eben deswegen weil sie rühren wollen, können entweder die Laster und Ungereimtheiten der Menschen darinne nicht zugleich belacht werden, oder, wenn beydes geschieht, so sind es weder Komödien noch Tragödien, sondern ein drittes, welches zwischen beyden inne liegt, und von welchem man das sagen könnte, was Ovidius von dem Minotaurus sagte:

      Semibovemque virum, semivirumque bovem.

Dieser ganze Tadel kann, glaube ich, sehr leicht durch diejenigen Beyspiele nichtig gemacht werden, welche unter den dramatischen Dichtern der Franzosen sehr häufig sind. Denn wenn Destouches, de la Chaussee, Marivaux, Voltaire, Fagan und andre, deren Namen und Werke längst unter uns bekannt sind, dasjenige glücklich geleistet haben, was wir verlangen, wann sie nehmlich, mit Beybehaltung der Freude und der komischen Stärke, auch Gemüthsbewegungen an dem gehörigen Orte angebracht haben, welche aus dem Innersten der Handlung fliessen und den Zuschauern gefallen; was bedarf es alsdann noch für andre Beweise? Doch wenn wir auch ganz und gar kein Exempel für uns anführen könnten, so erhellet wenig-

* In seiner Rede von der Komödie. S. 365. Diss. var. argum. Parte altera. Amstelod. 1617.

stens aus der verschiednen Natur derjenigen Personen, welche der Dichter
auf die Bühne bringt, daß sich die Sache ganz wohl thun lasse. Denn
da, wie wir oben gezeugt haben, den bösen Sitten ganz füglich gute
entgegen gesetzt werden können, damit durch die Annehmlichkeit der
letztern, die Häßlichkeit der erstern sich desto mehr ausnehme; und da 5
diese rechtschaffnen und edeln Gemüthsarten, wenn sie sich hinlänglich
äussern sollen, in schwere und eine Zeit lang minder glückliche Zufälle,
bey welchen sie ihre Kräfte zeugen können, verwickelt seyn müssen: so
darf man nur diese mit dem Stoffe der Fabel gehörig verbinden und
kunstmäßig einflechten, wenn diejenige Komödie, die sich am meisten 10
mit Verspottung der Laster beschäftiget, nichts destoweniger die Gemüther der Zuhörer durch ernsthaftere Rührungen vergnügen soll.
Zwar ist allerdings eine grosse Behutsamkeit anzuwenden, daß dieses
zur rechten Zeit, und am gehörigen Orte und im rechten Maasse geschehe; ja der komische Dichter, wenn er unser Herz entflammen will, 15
muß glauben, daß jene Warnung, nihil citius inarescere[1] quam
lacrumas, welche man dem Redner zu geben pflegt, ihm noch weit mehr
als dem Redner angehe. Vornehmlich hat er dahin zu sehen, daß er
nicht auf eine oder die andere lustige Scene, sogleich eine ernsthafte
folgen lasse, wodurch das Gemüth, welches sich durch das Lachen ge- 20
ruhig erhohlt hatte, und nun auf einmal durch die volle Empfindung
der Menschlichkeit dahin gerissen wird, eben den verdrüßlichen Schmerz
empfindet, welchen das Auge fühlt, wenn es aus einem finstern Orte
plötzlich gegen ein helles Licht gebracht wird. Noch vielweniger muß
einer gesetzten Person alsdann, wenn sie die Gemüther der Zuschauer 25
in Bewegung setzt, eine allzulächerliche beygesellet werden; überhaupt
aber muß man nichts von dieser Gattung anbringen, wenn man nicht
die Gemüther genugsam dazu vorbereitet hat, und muß auch bey eben
denselben Affecten sich nicht allzulange aufhalten. Wenn man also die
rührenden Scenen auf den bequemen Ort versparet, welchen man als- 30
dann, wann sich die Fabel am meisten verwirret, noch öfter aber,
wenn sie sich aufwickelt, findet: so kann das Lustspiel nicht nur seiner
satyrischen Pflicht genug thun, sondern kann auch noch dabey das Gemüth in Bewegung setzen. Freylich trägt hierzu der Stoff und die
ganze Einrichtung des Stückes viel bey. Denn wenn dasjenige, was 35

---

[1] inarescere [1754] marcescere [Lachmann]

der Dichter, glückliches oder unglückliches, wider alle Hoffnung sich er=
eignen läßt, und zu den Gemüthsbewegungen die Gelegenheit geben
muß, aus den Sitten der Personen so natürlich fließt, daß es sich
fast nicht anders hätte zutragen können: so überläßt sich alsdann der
5 Zuschauer, dessen sich Verwunderung und Wahrscheinlichkeit bemächtiget
haben, er mag nun der Person wohl wollen oder nicht, willig und
gern den Bewegungen, und wird bald mit Vergnügen zürnen, bald
trauren, und bald über die Zufälle derjenigen Personen, deren er sich
am meisten annimmt, für Freuden weinen. Auf diese Art, welches
10 mir ohne Ruhmredigkeit anzuführen erlaubt seyn wird, pflegen die Zu=
schauer in dem letzten Auftritte des Looses in der Lotterie ge=
rührt zu werden. Damons Ehegattin, und die Jungfer Caroline haben
durch ihre Sitten die Gunst der Zuschauer erlangt. Jene hatte schon
daran verzweifelt, daß sie das Looß wiederbekommen würde, welches
15 für sie zehn tausend Thaler gewonnen hatte, und war auf eine an=
ständige Art deswegen betrübt. Ehe sie sichs aber vermuthet, kömmt
Caroline, und bringt ihrer Schwägerin mit dem willigsten Herzen das=
jenige wieder, was sie für verlohren gehalten hatte. Hieraus nun ent=
stehet zwischen beyden der edelste Streit freundschaftlicher Gesinnungen,
20 so wie bald darauf zwischen Carolinen und ihrem Liebhaber ein Liebes=
streit; und da sowohl dieser als jener schon für sich selbst, als ein an=
genehmes Schauspiel, sehr lebhaft zu rühren vermögend, zugleich auch
nicht weit hergehohlet, sondern in der Natur der Sache gegründet, und
freywillig aus den Charakteren selbst geflossen sind: so streitet ein solcher
25 Ausgang nicht allein nicht mit der Komödie, sondern ist ihr vielmehr,
wenn auch das übrige gehörig beobachtet worden, vortheilhaft. Mir
wenigstens scheint eine Komödie, welche, wenn sie den Witz der Zu=
hörer genugsam beschäftiget hat, endlich mit einer angenehmen Rührung
des Gemüths schließet, nicht tadelhafter, als ein Gastgeboth, welches,
30 nachdem man leichtern Wein zur Gnüge dabey genossen, die Gäste
zum Schlusse durch ein Glas stärkern Weins erhitzen und so ausein=
ander gehen läßt.

Es ist aber noch eine andre Gattung, an welcher mehr auszu=
setzen zu seyn scheinet, weil Scherz und Spott weniger darinne herr=
35 schen, als die Gemüthsbewegungen, und weil ihre vornehmsten Per=
sonen entweder nicht gemein und tadelhaft, sondern von vornehmen

Stande, von zierlichen Sitten und von einer artigen Lebensart sind,
oder, wenn sie ja einige Laster haben, ihnen doch nicht solche ankleben,
dergleichen bey dem Pöbel gemeiniglich zu finden sind. Von dieser
Gattung sind ungefehr die verliebten Philosophen des Des=
touches, die Melanide des la Chaussee, das Mündel des
Fagan, und der Sidney des Gressets. Weil nun aber diejenige
Person, auf die es in dem Stücke größten Theils ankömmt, entweder
von guter Art ist, oder doch keinen allzulächerlichen Fehler an sich hat,
so kann daher ganz wohl gefragt werden, worinne denn ein solches
Schauspiel mit dem Wesen der Komödie übereinkomme? Denn obschon
meisten Theils auch lustige und auf gewisse Art lächerliche Charaktere
darinne vorkommen, so erhellt doch genugsam aus der Ueberlegenheit
der andern, daß sie nur der Veränderung wegen mit eingemischt sind
und das Hauptwerk ganz und gar nicht vorstellen sollen. Nun gebe
ich sehr gerne zu, daß dergleichen Schauspiele in den Grenzen, welche
man der Komödie zu setzen pflegt, nicht mit begriffen sind; allein es
fragt sich, ob man nicht diese Grenzen um so viel erweitern müsse, daß
sie auch jene Gattung dramatischer Gedichte mit in sich schliessen können. *
Wenn dieses nun der Endzweck der Komödie verstattet, so sehe ich)

* Wenn der Endzweck der Komödie überhaupt eine anständige Gemüths=
ergötzung ist, und diese durch eine geschickte Nachahmung des gemeinen Lebens
verschaft wird: so werden sich die verschiednen Formen der Komödie gar leicht
erfinden und bestimmen lassen. Denn da es eine doppelte Art von menschlichen
Handlungen giebt, indem einige Lachen, und andre ernsthaftere Gemüthsbewegungen
erwecken: so muß es auch eine doppelte Art von Komödie geben, welche die Nach=
ahmerin des gemeinen Lebens ist. Die eine muß zu Erregung des Lachens, und
die andre zu Erregung ernsthaftrer Gemüthsbewegungen geschickt seyn. Und da
es endlich auch Handlungen giebt, die in Betrachtung ihrer verschiednen Theile,
und in Ansehung der verschiednen Personen von welchen sie ausgeübt werden,
beydes hervorzubringen fähig sind: so muß es auch eine vermischte Gattung von
Komödien geben, von welcher der Cyclops des Euripides, und der Ruhm=
rebige des Destouches sind. Dieses hat der jüngst in Dennemark verstorbene
Hr. Prof. Schlegel, ein Freund dessen Verlust ich nie genug betauren kann,
und ein Dichter der eine ewige Zierde der dramatischen Dichtkunst seyn wird, voll=
kommen wohl eingesehen. Man sehe was in den Anmerkungen zu der deutschen
Uebersetzung der Schrift des Herrn Batteux, Les beaux Arts reduits à un
même principe, welche vor einiger Zeit in Leipzig herausgekommen, aus einer
von seinen noch ungedruckten Abhandlungen, über diese Materie angeführet wor=
den. S. 316.

nicht, warum es nicht erlaubt seyn sollte? Das Ansehen unsrer Vor=
gänger wird es doch nicht verwehren? Es wird doch kein Verbrechen
seyn, dasjenige zu versuchen, was sie unversucht gelassen haben, oder
aus eben der Ursache von ihnen abzugehen, aus welcher wir ihnen in
andern Stücken zu folgen pflegen? Hat nicht schon Horatius gesagt:

> Nec minimum meruere decus, vestigia graeca
> Ausi deserere.

Wenn man keine andre Komödien machen darf, als solche, wie sie Ari=
stophanes, Plautus und selbst Terenz gemacht haben; so glaube
ich schwerlich, daß sie den guten Sitten sehr zuträglich seyn, und mit
der Denkungsart unsrer Zeiten sehr übereinkommen möchten. Sollen
wir deswegen ein Schauspiel, welches aus dem gemeinen Leben ge=
nommen und so eingerichtet ist, daß es zugleich ergötze und unterrichte,
als welches der ganze Endzweck eines dramatischen Stücks ist; sollen
wir, sage ich, es deswegen von der Bühne verdammen,[1] weil die Er=
klärung, welche die Alten von der Komödie gegeben haben, nicht völlig
auf dasselbe passen will? Muß es deswegen abgeschmackt und ungeheuer
seyn? In Dingen, welche empfunden werden, und deren Werth durch
die Empfindung beurtheilet wird, sollte ich glauben, müsse die Stimme
der Natur von größerm Nachdrucke seyn, als die Stimme der Regeln.
Die Regeln hat man aus denjenigen dramatischen Stücken gezogen,
welche ehedem auf der Bühne Beyfall gefunden haben. Warum sollen
wir uns nicht eben dieses Rechts bedienen können? Und wenn es,
außer der alten Gattung von Komödie, noch eine andre giebt, welche
gefällt, welche Beyfall findet, kurz welche ergötzt und nützt, übrigens
aber die allgemeinen und unveränderlichen Regeln des dramatischen
Gedichts nicht verletzet, sondern sie in der Einrichtung und Eintheilung
der Fabel und in der Schilderung der menschlichen Gemüthsarten und
Sitten genau beobachtet; warum sollten wir uns denn lieber darüber
beklagen, als erfreuen wollen? Wenn diese Komödie, von der wir
handeln, abgeschmackt wäre, glaubt man denn, daß ein so abgeschmacktes
Ding sich die Billigung, sowohl der Klugen als des Volks, erwerben
könne? Gleichwohl wissen wir, daß dergleichen Spiele, sowohl in Paris,
als an andern Orten, mehr als einmal mit vielem Glücke aufgeführet
worden, und gar leicht den Weg zu den Gemüthern der Zuhörer ge=

---

[1] [vielleicht verdruckt für] verbannen,

funden haben. Wenn nun also die meisten durch ein solches Schau=
spiel auf eine angenehme Art gerühret werden, was haben wir uns
um jene wenige viel zu bekümmern, welche nichts dabey zu empfinden
vorgeben?* Es giebt Leute, welchen die lustige Komödie auf keine
Art ein Genüge thut, und gleichwohl hört sie deswegen nicht auf, gut
zu seyn. Allein, wird man sagen, es giebt unter den so genannten
rührenden Komödien sehr viel trockne, frostige und abgeschmackte. Wohl
gut; was folgt aber daraus? Ich will ja nicht ein jedes armseliges
Stück vertheidigen. Es giebt auch auf der andern Seite eine große
Menge höchst ungereimter Lustspiele, von deren Verfassern man nicht
sagen kann, daß sie die allgemeinen Regeln nicht beobachtet hätten;
nur Schade, daß sie, mit dem Voileau** zu reden, die Hauptregel
nicht inne gehabt haben. Es hat ihnen nehmlich am Genie gefehlt.
Und wenn dieser Fehler sich auch bey den Verfassern der neuen Gattung
von Komödie findet, so muß man die Schuld nicht auf die Sache selbst
legen. Wollen wir es aber gründlich ausmachen, was man ihr für
einen Werth zugestehen müßte, so müssen wir sie, wie ich schon erinnert
habe, nach der allgemeinen Absicht der dramatischen Poesie beurtheilen.
Ohne Zweifel ist die Komödie zur Ergötzung erfunden worden, weil
es aber keine kunstmäßige und anständige Ergötzung giebt, mit welcher
nicht auch einiger Nutzen verbunden wäre, so läßt sich auch von der
Komödie sagen, daß sie nützlich seyn könne und müsse. Das erstere,
die Ergötzung nehmlich, wird theils durch den Inhalt der Fabel selbst,
theils durch die neuen, abwechselnden und mit den Personen über=
einstimmenden Charaktere, erlangt. Und zwar durch den Inhalt; erst=

* Es scheint als ob man auf unsere Komödie dasjenige anwenden könne,
was Cicero von dem Werth einer Rede gegen den Brutus behauptet. Tu artifex,
sagt er, quid quaeris amplius? Delectatur audiens multitudo et ducitur oratione
et quasi voluptate quadam perfunditur. Quid habes quod disputes? Gaudet,
dolet, ridet, plorat, favet, audit, contemnit, invidet, ad miserationem inducitur,
ad pudendum, ad pigendum, irascitur, miratur, sperat, timet: haec proinde
accidunt, ut eorum, qui adsunt, mentes verbis et sententiis et actione tractantur.
Quid est quod expectetur docti alicujus sententia? Quod enim probat multitudo, hoc idem doctis probandum est. Denique hoc specimen est popularis
judicii, in quo nunquam fuit populo cum doctis intelligentibusque dissensio.
Cic. in Bruto p. 569. s. edit. Elzev.

** In der Note zu dem ersten Verse der Dichtkunst.

lich, wenn die Erwartung sowohl erregt als unterhalten wird; und
hernach, wenn ihr auf eine ganz andere Art ein Genüge geschieht, als
es Anfangs das Ansehen hatte, wobey gleichwohl alle Regeln der Wahrscheinlichkeit genau beobachtet werden müssen. Dieses hat so gewiß
seine Richtigkeit, daß weder eine wahre noch eine erdichtete Begebenheit, wann sie für sich selbst auch noch so wunderbar wäre, auf der
Bühne einiges Vergnügen erwecken wird, wenn sie nicht zugleich auch
wahrscheinlich ist.

      Respicere exemplar vitae morumque jubebo
      Doctum imitatorem.

Bey jeder Erdichtung nehmlich verursacht nicht so wohl die Fabel selbst,
als vielmehr das Genie und die Kunst, womit sie behandelt wird, bey
den Zuschauern das Vergnügen. „Denn derjenige, sagt Wehren-
„fels,* erlangt einen allgemeinen Beyfall, derjenige ergözt durch-
„gängig, welcher alle Personen, Sitten und Leidenschaften, die er auf
„der Bühne vorstellen will, vollkommen, und so viel möglich, mit leben-
„digen Farben abschildert; welcher die Aufmerksamkeit der Zuhörer zu
„fesseln, und ihrem Busen alle Bewegungen mitzutheilen weis, die er
„ihnen mitzutheilen für gut befindet.“ Denn nicht nur deswegen gefällt die Komödie, weil sie andrer abgeschmackte und lächerliche Handlungen, den Augen und Gemüthern darstellet; (denn dieses thut eine
jede gute Satyre) sondern auch weil sie eine einfache und für sich selbst
angenehme Begebenheit so abhandelt, daß sie überall die Erwartung
des Zuschauers unterhält, und durch dieses Unterhalten Vergnügen und
Beyfall erwecket. Denn wie hätten sonst fast alle Stücke des Terenz,
so viel wir deren von ihm übrig haben, und auch einige des Plautus, als zum Exempel die Gefangnen, in welchen durch die Dar-
zwischenkunft eines Simo, eines Chremes, eines Phäbria, eines Hegio,
ein großer Theil derselben, nicht nur nicht scherzhaft, sondern vielmehr
ernsthaft wird; wie hätten sie, sage ich, sonst gefallen können? Wenn
nun aber zu dem Ergözen nicht nothwendig eine lächerliche Handlung
erfordert wird; wenn vielmehr eine jede Fabel, die der Wahrheit nachahmet, und Dinge enthält, welche des Sehens und Hörens würdig sind,
die Gemüther vergnügt: warum sollte man denn nicht auch dann und
wann der Komödie einen ernsthaften, seiner Natur nach aber angenehmen

* In angeführter Rede S. 367.

Inhalt geben dürfen?* „Auch alsdann empfinden wir eine wunder=
„bare Wollust, wenn wir mit einer von den Personen in der Komödie
„eine genaue Freundschaft errichten, für sie bekümmert sind, für sie
„uns ängstigen, mit ihr Freund und Feind gemein haben, für sie stille
„Wünsche ergehen lassen, bey ihren Gefahren uns fürchten, bey ihrem
„Unglücke uns betrüben, und bey ihrer entdeckten Unschuld und Tugend
„uns freuen.“ Es giebt viel Dinge, welche zwar nicht scherzhaft, aber
doch deswegen auch nicht traurig sind. Ein Schauspiel, welches uns
einen vornehmen Mann, der ein gemeines Mägdchen heyrathet, so vor
die Augen stellet, daß man alles, was bey einer solchen Liebe ab=
geschmacktes und ungereimtes seyn kann, genau bemerket, wird ergötzen.
Doch laßt uns diese Fabel verändern. Laßt uns setzen, der Entschluß
des vornehmen Mannes sey nicht abgeschmackt, sondern vielmehr aus
gewissen Ursachen löblich, oder doch wenigstens zu billigen; sollte wohl
alsdann die Seltenheit und Rühmlichkeit einer solchen Handlung weniger
ergötzen, als dort die Schändlichkeit derselben? Der Herr von Vol=
taire hat eine Komödie dieses Inhalts, unter dem Titel Nanine,
verfertiget, welche Beyfall auf der Bühne erhalten hat; und man kann
auch nicht leugnen, daß man nicht noch mehr dergleichen Handlungen,
welche Erstaunen erwecken, und dennoch nicht romanenhaft sind, er=
denken und auf das gemeine Leben anwenden könne, als welches von
dem Gebrauche selbst gebilliget wird.

Wir müssen uns nunmehr zu den guten Charakteren selbst wenden,
welche hauptsächlich in der Komödie, von welcher wir handeln, ange=
bracht werden, und müssen untersuchen, auf was für Weise Vergnügen
und Ergötzung daraus entspringen könne. Die Ursache hiervon ist ohne
Zweifel in der Natur der Menschen und in der wunderbaren Kraft
der Tugend zu suchen. In unsrer Gewalt wenigstens ist es nicht, ob
wir das, was gut, rechtschaffen und löblich ist, billigen wollen oder
nicht. Wir werden durch die natürliche Schönheit und den Reiz dieser
Dinge dahin gerissen: und auch der allernichtswürdigste Mensch findet,
gleichsam wider Willen, an der Betrachtung einer vortreflichen Ge=
müthsart, Vergnügen, ob er sie gleich weder selbst besitzt, noch sie zu
besitzen, sich einige Mühe giebt. Diejenigen also, aus welchen eine
große und zugleich gesellschaftliche Tugend hervorleuchtet, pflegen uns,

* Wehrenfels am angeführten Orte.

so wie im gemeinen Leben, also auch auf der Bühne werth und an=
genehm zu seyn. Doch dieses würde nur sehr wenig bedeuten wollen,
wenn nicht noch andre Dinge dazu kämen. Die Tugend selbst gefällt
auf der Bühne, wo sie vorgestellt wird, weit mehr als im gemeinen
Leben. Denn da bey Betrachtung und Bewunderung eines rechtschafnen
Mannes, auch oft zugleich der Neid sich mit einmischet, so bleibt er
doch bey dem Anblicke des bloßen Bildes der Tugend weg, und anstatt
des Neides wird in dem Gemüthe eine süße Empfindung des Stolzes
und der Selbstliebe erweckt. Denn wenn wir sehen, zu was für einem
Grade der Vortreflichkeit die menschliche Natur erhoben werden könne,
so dünken wir uns selbst etwas grosses zu seyn. Wir gefallen uns
also in jenen erdichteten Personen selbst, und die auf die Bühne ge=
brachte Tugend fesselt uns desto mehr, je leichter die Sitten sind, welche
den guten Personen beygelegt werden, und je mehr ihre Güte selbst,
welcher immer mäßig und sich immer gleich bleibet, nicht so wohl die
Frucht von Arbeit und Mühe, als vielmehr ein Geschenke der Natur
zu seyn scheint. Mit einem Worte, so wie wir bey den lächerlichen
Personen der Bühne, uns selbst freuen, weil wir ihnen nicht ähnlich
scheinen; eben so freuen wir uns über unsere eigne Vortreflichkeit,
wenn wir gute Gemüthsarten betrachten, welches bey den heroischen
Tugenden, die in der Tragödie vorkommen, sich seltner zu ereignen
pflegt, weil sie von unsern gewöhnlichen Umständen allzuentfernt sind.
Ich kann mir leicht einbilden, was man hierwieder sagen wird. Man
wird nehmlich einwerfen, weil die Erdichtung alltäglicher Dinge weder
Verlangen, noch Bewunderung erwecken könne, so müßte nothwendig
die Tugend auf der Bühne grösser und glänzender vorgestellet werden,
als sie im gemeinen Leben vorkomme; hieraus aber scheine zu folgen,
daß dergleichen Sittenschilderungen, weil sie übertrieben worden, nicht
sattsam gefallen könnten. Dieses nun wäre freylich zu befürchten, wenn
nicht die Kunst dazu käme, welche das, was in einem Charakter Maaß und
Ziel zu überschreiten scheinet, so geschickt einrichtet, daß das ungewöhn=
liche wenigstens wahrscheinlich scheinet. Ein Schauspiel, welches einem
Mägdchen von geringem Stande, Zierlichkeit, Witz und Lebensart geben
wollte, würde den Beyfall der Zuschauer wohl nicht erlangen. Denn

> Si dicentis erunt fortunis absona dicta,
> Romani tollent equites peditesque cachinnum.

Allein wenn man voraussetzt, dieses Mägdchen sey, von ihren ersten Jahren an, in ein vornehmes Haus gekommen, wo sie Gelegenheit gefunden habe, ihre Sitten und ihren Geist zu bessern: so wird alsdann die zuerst unwahrscheinliche Person wahrscheinlich. Weit weniger aber können uns auserlesene Sitten und edle Empfindungen bey denjenigen anstößig seyn, von welchen wir wissen, daß sie aus einer ansehnlichen Familie entsprungen sind, und eine sorgfältige Erziehung genossen haben. Die Wahrscheinlichkeit aber ist hier, nicht so wohl nach der Wahrheit der Sache, als vielmehr nach der gemeinen Meinung zu beurtheilen; so daß es gar nicht darauf ankömmt, ob es wirklich solche rühmliche Leute, und wie viele es derselben giebt, sondern daß es genug ist, wenn viele, so etwas zu seyn scheinen. Dieses findet auch bey den tadelhaften Charakteren Statt, die deswegen nicht zu gefallen aufhören, ob sie schon die Beyspiele des gemeinen Lebens überschreiten.* So wird der Geitzige in dem Lustspiele, ob er gleich weit geitziger ist, als alle die Geitzigen, die man alltäglich sieht, doch nicht mißfallen. Der Thraso bey dem Terenz ist so närrisch, daß er den Gnatho und seine übrigen Knechte, als ob es Soldaten wären, ins Gewehr ruft, daß er sich zu ihrem Heerführer macht, und einem jeden seine Stelle und seine Pflicht anweiset: ob nun aber gleich vielleicht niemals ein Soldate so großsprechrisch gewesen ist, so ist dennoch die Person des Thraso, weil sie sonst alles mit den Großsprechern gemein hat, der Wahrheit nicht zuwider. Eben dieses geschieht auch auf der andern Seite, wenn nehmlich die Vortreflichkeit einer Person auf gewisse Art gemäßiget, und ihr, durch die genaue Beobachtung der Wahrscheinlichkeit in den andern Stücken, nachgeholfen wird. Es finden sich übrigens in uns verschiedne Empfindungen, welche dergleichen Charaktere glaubwürdig machen, und das übertriebne in denselben zu bemerken verhindern. Wir wünschen heimlich, daß die rechtschafnen Leute so häufig als möglich seyn möchten, gesetzt auch, daß uns nicht so wohl der Reiz der Tugend, als die Betrachtung der Nützlichkeit, diesen Wunsch abzwinget; und alles was der menschlichen Natur in einem solchen Bilde

* Hiervon haben die Verfasser der Beyträge zur Historie und Aufnahme des Theaters, S. 266. und fol. sehr geschickt gehandelt.

Die Abhandlung, welche der Herr Professor hier mit seinem Beyfalle beehrt, ist von dem seel. Hrn. Mylius.

rühmliches beygeleget wird, das glauben wir, werde uns selbst bey=
gelegt. Daher kömmt es, daß die guten Charaktere, ob sie gleich noch
so vollkommen sind, und alle Beyspiele übertreffen, in der Meinung
die wir von unsrer eignen Vortreflichkeit, und von der Nützlichkeit der
Tugend haben, ihre Vertheidigung finden. Wenn nun also diese Charak=
tere schon des Vergnügens wegen, welches sie verursachen, billig in dem
Lustspiele können gebraucht werden, so hat man noch weit mehr Ur=
sache, sie in Betrachtung ihrer Nützlichkeit anzuwenden. Die Abschil=
derungen tadelhafter Personen zeigen uns bloß das Ungereimte, das
Verkehrte und Schändliche; die Abschilderungen guter Personen aber
zeigen uns das Gerechte, das Schöne und Löbliche. Jene schrecken von
den Lastern ab; diese feuern zu der Tugend an, und ermuntern die
Zuschauer, ihr zu folgen. Und wie es nur etwas geringes ist, wenn
man dasjenige, was übel anstehet, kennet, und sich vor demjenigen
hüten lernet, was uns dem allgemeinen Tadel aussetzt; so ist es Gegen=
theils etwas sehr großes und ersprießliches, wenn man das wahre
Schöne erkennt, und gleichsam in einem Bilde sieht, wie man selbst
beschaffen seyn solle. Doch diese Kraft haben nicht allein die Reden,
welche den guten Personen beygelegt werden; sondern auch dasjenige,
was in dem Stücke löbliches von ihnen verrichtet und uns vor die
Augen gestellet wird, giebt uns ein Beyspiel von dem, was in dem
menschlichen Leben schön und rühmlich ist. Wenn also schon dergleichen
Schauspiele, dem gewöhnlichen und angenommenen Gebrauche nach,
sich mit Recht den Namen der Komödien nicht anmaaßen können; so
verdienen sie doch wenigstens die Freyheiten und Vorzüge der Komödie
zu genießen, weil sie nicht allein ergötzen, sondern auch nützlich sind,
und also denjenigen Dramatischen Stücken beygezehlt werden können,
welche Wehrenfels, am angeführten Orte, mit folgenden Worten
verlangt. „Endlich sollen unsre Komödien so beschaffen seyn, daß sie
„Plato in seiner Republick dulden, Cato mit Vergnügen anhören,
„Vestalinnen ohne Verletzung ihrer Keuschheit sehen, und was das
„vornehmste ist, Christen aufführen und besuchen können.“ Diejenigen
wenigstens, welche Komöben schreiben wollen, werden nicht übel thun,
wenn sie sich unter andern auch darauf befleißigen, daß ihre Stücke
eine stärkere Empfindung der Menschlichkeit erregen, welche so gar mit
Thränen, den Zeugen der Rührung, begleitet wird. Denn wer wird

nicht gerne manchmal auf eine solche Art in Bewegung gesetzt werden
wollen; wer wird nicht dann und wann diejenige Wollust, in welcher
das ganze Gemüth gleichsam zerfließt, derjenigen vorziehen, welche nur,
so zu reden, sich an den äußern Flächen der Seele aufhält? Die
Thränen, welche die Komödie auspresset, sind dem sanften Regen gleich, 5
welcher die Saaten nicht allein erquickt, sondern auch fruchtbar macht.
Dieses alles will ich nicht darum angeführt haben, als ob jene alte
fröhliche Komödie aus ihrem rechtmäßigen Besitze zu vertreiben wäre;
(sie bleibe vielmehr ewig bey ihrem Ansehen und ihrer Würde!) sondern bloß darum, daß man diese neue Gattung in ihre Gesellschaft 10
aufnehmen möge, welche, da die gemeinen Charaktere erschöpft sind,
neue Charaktere, und also einen reichern Stof zu den Fabeln darbiethet,
und zugleich die Art des Vortrags ändert. Wenn es Leute giebt,
welche nur beßwegen den Komödien beywohnen wollen, damit sie in
laute Gelächter ausbrechen können, so weis ich gewiß, daß sich die 15
Terenze und die Destouches wenig um sie bekümmern werden.
Denjenigen aber zu mißfallen, welche nichts als eine ausgelassene und
wilde Possenlust vergnügt, wird wohl keine allzugrosse Schande seyn.
Es werden auch nach uns einmal Richter kommen; und auch auf diese
sollten wir sehen. Flaccus hat schon einmal sein critisches Ansehen 20
gebraucht, und den Ausspruch gethan:

> At proavi nostri Plautinos et numeros et
> Laudavere sales; nimium patienter utrumque
> (Ne dicam stulte) mirati.

Vielleicht werden sich auch einmal welche finden, die uns darum tadeln, 25
daß wir bey Annehmung des rührenden Lustspiels, uns allzuunleidlich,
ich will nicht sagen, allzuhartnäckig erwiesen haben.

* * *

So weit der Hr. Prof. Gellert! Ich würde meinen Lesern
wenig zutrauen, wenn ich nicht glaubte, daß sie es nunmehr von 30
selbst wissen könnten, auf welche Seite die Wage den Ausschlag thue.
Ich will zum Ueberflusse, alles, was man für und wider gesagt
hat, in einige kurze Sätze bringen, die man auf einmal übersehen
kann. Ich will sie so einrichten, daß sie, wo möglich, alles Mißverständniß heben, und alle schweifende Begriffe in richtige und genaue 35
verwandeln.

Anfangs muß man über die Erklärung der rührenden oder weinerlichen Komödie einig werden. Will man eine solche darunter verstanden haben, welche hier und da rührende und Thränen aus= pressende Scenen hat; oder eine solche, welche aus nichts als der=
5 gleichen Scenen besteht? Meinet man eine, wo man nicht immer lacht, oder wo man gar nicht lacht? Eine, wo edle Charaktere mit unge= reimten verbunden sind, oder eine, wo nichts als edle Charaktere vor= kommen?

Wider die erste Gattung, in welcher Lachen und Rührung, Scherz
10 und Ernst abwechseln, ist offenbar nichts einzuwenden. Ich erinnere mich auch nicht, daß man jemals darwieder etwas habe einwenden wollen. Vernunft und Beyspiele der alten Dichter vertheidigen sie. Er, der an Scherz und Einfällen der reichste ist, und Lachen zu er= regen nicht selten Witz und Anständigkeit, wie man sagt, bey Seite
15 gesetzt hat, P l a u t u s hat die G e f a n g n e n gemacht und, was noch mehr ist, dem P h i l e m o n seinen S c h a t z, unter der Aufschrift T r i n u m m u s abgeborgt. In beyden Stücken, und auch in andern, kommen Auftritte vor, die einer zärtlichen Seele Thränen kosten müssen. Im M o l i e r e selbst, fehlt es an rührenden Stellen nicht, die nur
20 deswegen ihre völlige Wirkung nicht thun können, weil er uns das Lachen allzugewöhnlich macht. Was man von dem schleinigen Ueber= gange der Seele von Freude auf Traurigkeit, und von dem unnatür= lichen desselben gesagt hat; betrift nicht die Sache selbst, sondern die ungeschickte Ausführung. Man sehe das Exempel, welches der Franzose
25 aus dem Schauspiele, S i m s o n, anführt. Freylich muß der Dichter gewisse Staffeln, gewisse Schattirungen beobachten, und unsre Empfin= dungen niemals einen Sprung thun lassen. Von einem Aeussersten plötzlich auf das andre gerissen werden, ist ganz etwas anders, als von einem Aeussersten allmälig zu dem andern gelangen.

30   Es muß also die andre Gattung seyn, über die man haupt= sächlich streitet; diejenige nehmlich, worinne man gar nicht lacht, auch nicht einmahl lächelt; worinne man durchgängig weich gemacht wird. Und auch hier kann man eine doppelte Frage thun. Man kann fragen, ist ein solches Stück dasjenige, was man von je her unter dem Namen
35 Komödie verstanden hat? Und darauf antwortet Hr. G e l l e r t selbst Nein. Ist es aber gleichwohl ein Schauspiel, welches nützlich und für

gewisse Denkungsarten angenehm seyn kann? Ja; und dieses kann der französische Verfasser selbst nicht gänzlich in Abrede seyn.

Worauf kömmt es also nun noch weiter an? Darauf, sollte ich meinen, daß man den Grad der Nützlichkeit des neuen Schauspiels, gegen die Nützlichkeit der alten Komödie bestimme, und nach Maaß= gebung dieser Bestimmung entscheide, ob man beyden einerley Vorzüge einräumen müsse oder nicht? Ich habe schon gesagt, daß man niemals diejenigen Stücke getadelt habe, welche Lachen und Rührung verbinden; ich kann mich dieserwegen unter andern darauf berufen, daß man den Destouches niemals mit dem la Chaussee in eine Klasse gesetzt hat, und daß die hartnäckigsten Feinde des letztern, niemals dem erstern den Ruhm eines vortreflichen komischen Dichters abgesprochen haben, so viel edle Charaktere und zärtliche Scenen in seinem Stücke auch vorkommen. Ja, ich getraue mir zu behaupten, daß nur dieses allein wahre Komödien sind, welche so wohl Tugenden als Laster, so wohl Anständigkeit als Ungereimtheit schildern, weil sie eben durch diese Vermischung ihrem Originale, dem menschlichen Leben, am nächsten kommen. Die Klugen und Thoren sind in der Welt untermengt, und ob es gleich gewiß ist, daß die erstern von den letztern an der Zahl übertroffen werden, so ist doch eine Gesellschaft von lauter Thoren, beynahe eben so unwahrscheinlich, als eine Gesellschaft von lauter Klugen. Diese Erscheinung ahmet das Lustspiel nach, und nur durch die Nachahmung derselben ist es fähig, dem Volke nicht allein das, was es vermeiden muß, auch nicht allein das, was es beobachten muß, sondern beydes zugleich in einem Lichte vorzustellen, in welchem das eine das andre erhebt. Man sieht leicht, daß man von diesem wahren und einigen Wege auf eine doppelte Art abweichen kann. Der einen Abweichung hat man schon längst den Namen des Possenspiels gegeben, dessen charakteristische Eigenschaft darinne besteht, daß es nichts als Laster und Ungereimtheiten, mit keinen andern als solchen Zügen schildert, welche zum Lachen bewegen, es mag dieses Lachen nun ein nützliches oder ein sinnloses Lachen seyn. Edle Gesinnungen, ernsthafte Leidenschaften, Stellungen, wo sich die schöne Natur in ihrer Stärke zeigen kann, bleiben aus demselben ganz und gar weg; und wenn es ausserdem auch noch so regelmäßig ist, so wird es doch in den Augen strenger Kunstrichter dadurch noch lange nicht zu einer Komödie. Worinne wird also die andre Abweichung bestehen? Ohnfehlbar darinne, wenn man nichts als Tugenden und anständige Sitten, mit keinen andern als solchen Zügen schildert, welche Bewunderung und Mitleid erwecken, beydes mag nun einen Einfluß auf die Beßrung der Zuhörer haben können, oder nicht. Lebhafte Satyre, lächerliche Ausschweifungen, Stellungen, die den Narren in seiner Blöße zeigen, sind gänzlich aus einem solchen Stücke verbannt. Und wie wird man ein solches Stück nennen? Jedermann wird mir zuruffen: das eben ist die weinerliche Komödie! Noch einmal also mit einem Worte: das Possenspiel will nur zum Lachen bewegen; das weinerliche Lustspiel will nur rühren; die wahre Komödie will beydes. Man glaube nicht, daß ich dadurch die beyden erstern in eine Klasse setzen will; es ist noch immer der Unterscheid zwischen beyden, der zwischen dem Pöbel und Leuten von Stande ist. Der Pöbel wird ewig der Beschützer der Possenspiele bleiben, und unter Leuten von Stande wird es immer gezwungne Zärtlinge geben, die den Ruhm empfindlicher Seelen auch da zu behaupten suchen, wo andre ehrliche Leute gähnen. Die wahre Komödie allein ist für das Volk, und allein fähig einen allgemeinen Beyfall zu erlangen, und folglich auch einen allgemeinen Nutzen zu stiften. Was sie bey dem einen nicht durch die Schaam erlangt, das erlangt sie durch die Bewunderung; und wer sich gegen diese verhärtet, dem macht sie jene fühlbar. Hieraus scheinet die Regel des Contrasts, oder der Abstechung, geflossen zu seyn, vermöge welcher man nicht gerne eine Untugend aufführt, ohne ihr Gegentheil mit anzubringen; ob ich gleich gerne zugebe, daß sie auch darinne gegründet ist, daß ohne sie der Dichter seine Charaktere nicht wirksam genug vorstellen könnte.

Dieses nun, sollte ich meinen, bestimme den Nutzen der weinerlichen Komödie genau genug. Er ist nehmlich nur die Hälfte von dem Nutzen, den sich die wahre Komödie vorstellet; und auch von dieser Hälfte geht nur allzuoft nicht wenig ab. Ihre Zuschauer wollen ausgesucht seyn, und sie werden schwerlich den zwanzigsten Theil der gewöhnlichen Komödiengänger ausmachen. Doch gesetzt sie machten die Helfte derselben aus. Die Aufmerksamkeit, mit der sie zuhören, ist, wie es der Herr Prof. Gellert selbst an die Hand giebt, doch nur ein Kompliment, welches sie ihrer Eigenliebe machen; eine Nahrung ihres Stolzes. Wie aber hieraus eine Beßrung erfolgen könne, sehe

ich nicht ein. Jeder von ihnen glaubt der edlen Gesinnungen, und
der großmüthigen Thaten, die er siehet und höret, desto eher fähig
zu seyn, je weniger er an das Gegentheil zu denken, und sich mit
demselben zu vergleichen Gelegenheit findet. Er bleibt was er ist, und
bekömmt von den guten Eigenschaften weiter nichts, als die Einbildung, 5
daß er sie schon besitze.

Wie steht es aber mit dem Namen? Der Name ist etwas sehr
willkührliches, und man könnte unserer neuen Gattung gar wohl die
Benennung einer Komödie geben, wenn sie ihr auch nicht zukäme.
Sie kömmt ihr aber mit völligem Recht zu, weil sie ganz und gar 10
nicht etwas anders als eine Komödie, sondern bloß eine Untergattung
der Komödie ist.

Ich wiederhohle es aber noch einmal, daß dieses alles nur auf
diejenigen Stücke gehet, welche völlig den Stücken des la Chausser
ähnlich sind. Ich bin weit entfernt, den Herrn Gellert für einen 15
eigentlichen Nachahmer desselben auszugeben. Ich habe beyde zu wohl
gelesen, als daß ich in den Lustspielen des letztern, nicht noch genug
lächerliche Charaktere und satyrische Züge angetroffen haben sollte,
welche aus den Lustspielen des erstern ganz und gar verwiesen sind.
Die rührenden Scenen sind bey dem Herrn Gellert nur die meisten; 20
und ganz und gar nicht die einzigen. Wer weis aber nicht, daß das
mehrere oder wenigere, wohl die verschiedne Gemüthsart der Verfasser
anzeigt, nicht aber einen wesentlichen Unterscheid ihrer Werke aus=
macht?

Mehr braucht es hoffentlich nicht, meine Meinung vor aller Miß= 25
deutung zu sichern.

II.

Leben des Herrn Jacob Thomson.

Thomson ist auch in Deutschland als ein großer Dichter nicht
unbekannt. Seine Jahrszeiten sind von denen, welche ihn in seiner 30
Sprache nicht lesen können, in der Uebersetzung des Herrn Brockes
bewundert worden, so viel sie auch von ihrer Schönheit darinne ver=
lohren haben. Vor einiger Zeit haben wir auch eine Uebersetzung

seines Agamemnons erhalten, deren ich weiter unten mit mehrern gedenken werde. Es wäre schlecht, wenn beydes seine Leser nicht sollte begierig gemacht haben, nähere Umstände von dem Verfasser zu wissen. Man erlaube mir also, daß ich mir schmeicheln darf, ihnen durch die Mittheilung derselben einen Gefallen zu erzeigen.

Es wird nöthig seyn vor allen Dingen meine Quelle anzuzeigen. Diese sind die Lebensbeschreibungen der Dichter Großbritanniens und Irrlands,* welche im vorigen Jahre in fünf Duodezbänden zu London herauskamen. Es haben verschiedene daran gearbeitet, der vornehmste Verfasser aber, der auf dem Titel genennt wird, ist Herr Cibber, welcher auch die Leben der berühmtesten Schauspieler und Schauspielerinnen Englands heraus gegeben hat.** Aus diesem Werke also, welches Lobsprüche genug erhalten hat, will ich dasjenige ziehen, was den Herrn Thomson angehet, und zwar vornehmlich von der Seite eines theatralischen Dichters betrachtet.

Jacob Thomson war der Sohn eines Geistlichen der Schottischen Kirche, in dem Presbyteriate von Jedburgh.

Er ward an eben dem Orte gebohren, wo sein Vater Prediger war, und zwar im Anfange des jetzigen Jahrhunderts. Seine erste Erziehung genoß er in einer Privatschule der dasigen Gegend. In seinen ersten Jahren zeigte er so wenig ein besonders Genie, daß ihm vielmehr sein Lehrmeister, und alle die mit seiner Erziehung zu thun hatten, kaum die gewöhnlichsten und schlechtesten Gaben zutrauten.

Als er auf gedachter Schule die lateinische und griechische Sprache lernte, besuchte er oft einen Geistlichen, dessen Kirchspiel mit dem Kirchspiele seines Vaters in eben demselben Presbyteriate lag. Es war dieses der Herr Rickerton, ein Mann von so besondern Eigenschaften, daß sehr viel Leute von Einsicht, und Herr Thomson selbst, welcher mit ihm umging, erstaunten, so große Verdienste an einem dunkeln Orte auf dem Lande vergraben zu sehen, wo er weder Gelegenheit hatte sich zu zeigen, noch sonst mit Gelehrten umzugehen, außer etwa bey den periodischen Zusammenkünften der Geistlichen.

---

* The Lives of the Poets of Great Britain and Ireland, by Mr. Cibber and other hands.

** The Lives and Characters of the most eminent Actors and Actresses of Great Britain, and Ireland, from Shakespear to the present Time etc.

Ob nun schon der Lehrmeister unsers Thomsons seinen Schüler kaum mit einem sehr geringen Verstande begabt zu seyn glaubte, so konnte sich doch den Augen des Hrn. Rickerton dessen Genie nicht entziehen. Er bemerkte gar bald eine frühzeitige Neigung zur Poesie bey ihm, wie er denn auch nach der Zeit noch verschiedne von den ersten Versuchen, die Hr. Thomson in dieser Provinz gemacht hatte, aufhob.

Ohne Zweifel nahm unser junge Dichter, durch den fernern Umgang mit dem Hrn. Rickerton sehr zu, welcher ihm die Liebe zu den Wissenschaften einflößte. Und die Einsicht in die natürliche und sittliche Philosophie, welche er hernach in seinen Werken zeigte, hatte er vielleicht nur den Eindrücken dieses Gelehrten zu danken.

So wenig nun aber Hr. Rickerton den jungen Thomson für einen Menschen ohne alle Gabe hielt, sondern vielmehr ein sehr feines Genie an ihm wahrnahm: so hätte er sich doch, wie er oft selbst gestanden, niemals eingebildet, daß er es so weit bringen und auf eine so erhabne Staffel unter den Dichtern gelangen sollte. Als er daher zuerst Thomsons Winter zu sehen bekam, welches in einem Buchladen zu Edinburgh geschah, erstaunete er ganz, und ließ, nachdem er die ersten Zeilen desselben, welche nicht erhabener seyn könnten, gelesen hatte, das Buch vor Verwundrung und Entzücken aus den Händen fallen.

Nachdem Hr. Thomson die gewöhnliche Zeit mit Erlernung der todten Sprachen auf der Schule zugebracht, ward er auf die Universität nach Edinburgh geschickt, wo er seine Studien enden und sich zu dem geistlichen Amte tüchtig machen sollte. Hier machte er eben so wenig als auf der Schule eine grosse Figur; seine Mitschüler dachten sehr verächtlich von ihm, und die Lehrer selbst, unter welchen er studirte, hatten keinen bessern Begrif von seiner Fähigkeit, als ihre Untergebenen. Nachdem er endlich die philosophischen Klassen durchgegangen war, ward er als ein Candidat des h. Predigtamts, in das theologische Collegium aufgenommen, in welchem die Studierenden sechs Jahr verziehen müssen, ehe sie ihre Probe ablegen dürfen.

Er war zwey Jahr in diesem theologischen Collegio, dessen Professor damals Hr. William Hamilton war, als ihm von diesem eine Rede über die Macht des höchsten Wesens auszuarbeiten, auf=

getragen ward. Als es seine Mitschüler erfuhren, hielten sie sich nicht
wenig über die schlechte Beurtheilungskraft des Professors auf, eine
so fruchtbare Materie einem jungen Menschen aufzugeben, von dem
man sich ganz und gar nichts versprechen konnte. Doch als Herr
Thomson seine Rede ablegte, fanden sie Ursache, sich ihre eigene
schlechte Beurtheilungskraft vorzuwerfen, daß sie einen Menschen ver=
achtet hatten, der dem größten Genie unter ihnen überlegen war. Diese
Rede war so erhaben, daß sowohl der Professor als die Studierenden,
welche sie halten hörten, darüber erstaunten. Sie war in reimlosen
Versen abgefaßt, welches aber Hr. Hamilton daran aussetzte, weil
es sich zu dieser Materie nicht schicke. Verschiedne von den Mitgliedern
des Collegii, welche ihm den durch diese Rede erlangten Ruhm nicht
gönnten, glaubten, er müßte einen gelehrten Diebstahl begangen haben,
und gaben sich daher alle Mühe, ihn zu entdecken. Doch ihr Nach=
forschen war vergebens, und Hr. Thomson blieb in dem unverkürzten
Besitze seiner Ehre, so lange er sich auf der Universität aufhielt.

     Man weis eigentlich nicht, warum Herr Thomson den Vor=
satz, in das heilige Predigtamt zu treten fahren ließ. Vielleicht glaubte
er, dieser Stand sey zu strenge, als daß er sich mit der Freyheit seiner
Neigung vertragen könne; vielleicht fühlte er sich auch selbst und glaubte,
daß er sich, in Ansehung seiner Gaben, auf etwas grössers Rechnung
machen könnte, als ein Presbyterianischer Geistlicher zu werden: denn
selten pflegt sich ein grosses Genie mit einer dunkeln Lebensart, und
mit einer jährlichen Einkunft von sechzig Pfund in dem entfernten
Winkel einer schlechten Provinz, zu begnügen, welches doch gewiß das
Schicksal des Herrn Thomson gewesen wäre, wenn sich seine Ab=
sichten nicht über die Sphäre eines Predigers der schottischen Kirche
erstreckt hätten.

     Nachdem er also alle Gedanken auf den geistlichen Stand auf=
gegeben hatte, so war er mit mehr Sorgfalt darauf bedacht, sich zu
zeigen und sich Gönner zu erwerben, die ihm zu einer vortheilhaften
Lebensart behülflich seyn könnten. Weil aber der Theil der Welt, wo
er sich jetzo befand, ihm ganz und gar keine Hofnung hierzu machen
konnte, so fing er an, sein Augenmerk auf die Hauptstadt zu richten.
     Das erste Gedicht des Hrn. Thomsons, welches ihm einiges
Ansehen bey dem Publico erwarb, war sein Winter, dessen schon

gedacht worden; doch hatte er auch schon wegen verschiedner andern
Stücke, noch ehe er sein Vaterland verließ, den Beyfall deren, welchen
sie zu Gesichte gekommen waren, erhalten. Er machte eine Paraphrasin
über den 104ten Psalmen, welche er seinen Freunden abzuschreiben erlaubte, nachdem sie vorher von dem Hrn. Rickerton war gebilliget
worden. Diese Paraphrasis kam endlich durch verschiedne Wege in die
Hände des Hrn. Auditor Benson, welcher seine Verwunderung
darüber entdeckte, und zugleich sagte, wenn der Verfasser in London
wäre, so würde es ihm schwerlich an einer seiner Verdienste würdigen
Aufmunterung mangeln. Diese Anmerkung warb dem Hrn. Thomson durch einen Brief mitgetheilt, und machte einen so starken Eindruck
bey ihm, daß er seinen Aufenthalt in der Hauptstadt zu nehmen, be-
schleinigte. Er machte sich alsobald nach Newcastle, wo er zu Schiffe
ging, und in Billinsgate anlandete. Als er angekommen war, ließ
er seine unmittelbare Sorge seyn, den Herrn Mallet, seinen ehemaligen
Schulkameraden zu besuchen, welcher jetzo in Hannover-Square
lebte, und zwar als Hofmeister bey dem Herzoge von Montrose
und seinem verstorbnen Bruder dem Lord Graham. Ehe er aber
in Hannover-Square anlangte, begegnete ihm ein Zufall, der
ein wenig lächerlich ist. Er hatte von einem vornehmen Manne in
Schottland Empfehlungsschreiben an verschiedne Standespersonen in
London mitbekommen, die er sehr sorgfältig in sein Schnupftuch eingewickelt hatte. Als er nun durch die Gassen schlenderte, konnte er die
Grösse, den Reichthum und die verschiednen Gegenstände, die ihm alle
Augenblicke in dieser berühmten Hauptstadt vorkamen, nicht genug bewundern. Er blieb oft stehen, und sein Geist war mit diesen Scenen
so erfüllt, daß er auf das beschäftigte Gedrenge um sich herum wenig
Achtung gab. Als er nun endlich den Weg nach Hannover-Square,
in einer zehnmahl längern Zeit, als er ordentlich nöthig gehabt hätte,
zurück gelegt hatte, und daselbst ankam, fand er, daß er seine Neugierde habe bezahlen müssen; man hatte ihm nehmlich das Schnupftuch aus dem Schupsacke gezogen, in welches die Briefe eingewickelt
waren. Dieser Zufall würde einem, der weniger philosophisch gewesen
wäre, als Hr. Thomson, sehr empfindlich gewesen seyn; doch er
lächelte darüber, und brachte hernach oft selbst seine Freunde durch die
Erzehlung desselben zum lachen.

Es ist natürlich, daß Hr. Thomson, nach seiner Ankunft in
die Stadt, verschiednen von seinen Bekannten das Gedichte auf den
Winter zeigte. Es bestand Anfangs aus abgerissenen Stücken und
gelegentlichen Beschreibungen, die er auf des Hrn. Mallets Rath her=
nach in ein Ganzes zusammenbrachte. So vielen Beyfall es nun auch
etwa fand, so wollte es ihm doch zu keiner hinlänglichen Empfehlung
bey seinem Eintritte in die Welt dienen. Er hatte den Verdruß, es
verschiednen Buchhändlern vergebens anzubiethen, welche die Schönheit
desselben ohne Zweifel nicht zu beurtheilen vermochten, noch sich eines
unbekannten Fremdlings wegen, dessen Name keine Anpreisung seyn
konnte, in Unkosten setzen wollten. Endlich both es Hr. Mallet dem
Hrn. Millan, jetzigem Buchhändler in Charing=croß an, der es
auch ohne Umstände übernahm, und drucken ließ. Eine Zeitlang glaubte
Hr. Millan sehr schlecht gefahren zu seyn; es blieb liegen und nur
sehr wenige Exemplare wurden davon verkauft, bis endlich die Vor=
treflichkeit desselben durch einen Zufall entdeckt ward. Ein gewisser Herr
Whatley, ein Mann von einigem Geschmacke in den Wissenschaften,
der aber die Bewunderung alles dessen, was ihm gefiel, bis zum En=
thusiasmus übertrieb, warf ungefehr die Augen darauf; und weil er
verschiednes fand, was ihn vergnügte, so las er es ganz durch und er=
staunte nicht wenig, daß ein solches Gedicht eben so unbekannt, als
sein Verfasser sey. Er erfuhr von dem Buchhändler die jezt gedachten
Umstände, und in der Entzückung ging er von einem Kaffehause auf
das andre, posaunte die Schönheiten seines Dichters aus, und both alle
Leute von Geschmack auf, eines von den größten Genies, die jemals
erschienen wären, aus seiner Dunkelheit zu retten. Dieses Verfahren
hatte eine sehr glückliche Wirkung; die ganze Auflage ward in kurzer
Zeit verkauft, und alle, die das Gedichte lasen, glaubten den Hrn.
Whatley keiner Uebertreibung beschuldigen zu dürfen, weil sie es
selbst so vortreflich fanden, daß sie sich glücklich schätzten, einem Manne
von solchen Verdienste Gerechtigkeit wiederfahren zu lassen.

Das Gedicht auf den Winter ist ohne Zweifel das am meisten
vollendete und zugleich das mahlerischste von seinen Jahrszeiten. Es
ist voll grosser und lebhafter Scenen. Die Schöpfung scheinet in dieser
Jahrszeit in Trauer zu seyn, und die ganze Natur nimmt eine melan=
cholische Bildung an. Eine so poetische Einbildungskraft, als des Thom=

jons seine war, konnte also keine andre, als die grausesten und schreck=
lichsten Bilder darbiethen, welche die Seele mit einem feyerlichen Schauer
über die Dünste, Stürme und Wolken, die er so schön schildert,
erfüllen. Die Beschreibung ist die eigene Gabe des Thomsons; wir
zittern bey seinem Donner im Sommer; wir frühren bey der Kälte
seines Winters; wir werden erquickt, wenn sich die Natur bey ihm er=
neuert, und der Frühling seinen angenehmen Einfluß empfinden läßt.

Eine kleine Anekdote ist hier mitzunehmen. Sobald der Winter
gedruckt war, schickte Hr. Thomson seinem Landsmanne und Bruder
in Apollo, dem Hrn. Joseph Mitchel ein Exemplar zum Geschenke.
Dieser fand sehr wenig darinne, was nach seinen Gedanken zu billigen
wäre, und schickte ihm folgende Zeilen zu:

> Beauties and faults so thick lie scatter'd here,
> Those i could read, if these were not so near.

d. i. Schönheiten und Fehler liegen hier sehr dicke unter
einander. Ich könnte jene gelesen haben, wenn diese
ihnen nicht so nahe wären. Hr. Thomson antwortete hierauf
aus dem Stegreife:

> Why all not faults, injurious Mitchell? why
> Appears one beauty to thy blasted eye?
> Damnation worse than thine, if worse can be,
> Is all i ask, and all i want from thee.

d. i. Warum siehest du nicht überall Fehler, ehreurüh=
riger Mitchell? Warum entdeckt sich deinem verdorbenen
Auge auch einige Schönheit? Noch eine ungerechtere Ver=
dammung, wenn es eine ungerechtere giebt, ist alles,
was ich von dir verlange, und alles was ich von dir er=
warte. Auf die Vorstellung, die ein Freund dem Hrn. Thomson
that, daß man den Ausdruck blasted eye (verdorbenes Auge) für
eine persönliche Anzüglichkeit annehmen könnte, weil Herr Mitchell
wirklich dieses Unglück hatte, änderte er das Beywort blasted in
blasting. (verderbend.)

Weil der Winter einen so allgemeinen Beyfall fand, so ward
Herr Thomson, besonders auf das Anrathen des Herrn Mallet
bewogen, auch die andern drey Jahrszeiten auszuarbeiten, mit welchen
es ihm eben so wohl glückte. Die, welche davon zuerst ans Licht

trat, war der Herbst; hierauf folgte der Frühling und endlich der Sommer.

Von jedem dieser vier Stücke, als ein besonders Gedicht betrachtet, hat man geurtheilet, daß es in Ansehung des Plans fehlerhaft sey. Nirgends zeigt sich ein besonderer Zweck; die Theile sind einer den andern nicht untergeordnet; man bemerkt unter ihnen weder Folge noch Verbindung: doch dieses ist vielleicht ein Fehler der von einer so abwechselnden Materie untrennbar war. Genug, daß er sich keiner Unfüglichkeit schuldig gemacht, sondern durchgängig lauter solche Scenen geschildert hat, die jeder Jahrszeit besonders zukommen.

Was den poetischen Ausbruck in den Jahrszeiten anbelangt, so ist dieser dem Herrn Thomson gänzlich eigen: er hat eine Menge zusammengesetzter Worte eingeführt, Nennwörter in Zeitwörter verwandelt, und kurz, eine Art einer neuen Sprache geschaffen. Man hat seine Schreibart als sonderbar und steif getadelt, und wenn man dieses auch schon nicht gänzlich leugnen kann, so muß man doch zugestehen, daß sie sich zu den Beschreibungen vortreflich wohl schicket. Der Gegenstand, den er mahlet, stehet ganz vor uns, und wir bewundern ihn in allem seinen Lichte; wer wollte aber eine natürliche Seltenheit nicht lieber durch ein Vergrösserungsglas, welches alle kleine Schönheiten desselben zu entdecken fähig ist, betrachten, ob es gleich noch so schlecht gefaßt ist, als durch ein anders, welches zu dieser Absicht nichts taugt, aber sonst mit vielen Zierathen versehen ist? Thomson ist in seiner Manier ein wenig steif; aber seine Manier ist neu; und es ist niemals ein vorzügliches Genie aufgestanden, welches nicht seine eigene Weise gehabt hätte. So viel ist wahr, daß sich die Schreibart des Herrn Thomsons zu den zärtlichen Leidenschaften nicht allzuwohl schickt, welches man näher einsehen wird, wenn wir ihn bald als einen dramatischen Dichter betrachten werden; eine Sphäre, in welcher er zwar sehr, aber doch nicht so sehr, als in andern Gattungen der Dichtkunst geglänzet hat.

Die Vortreflichkeit dieser Gedichte hatte unserm Verfasser die Bekanntschaft verschiedner Personen erworben, die theils wegen ihres vornehmen Standes, theils wegen ihrer erhabnen Talente berühmt waren. Unter den letztern befand sich der Dr. Rundle, nachheriger Bischof von Derry, welchem der Geist der Andacht, der überall in ben Jahrszeiten hervorstrahlet, so wohl gefallen hatte, daß er ihn der Freundschaft des verstorbenen Kanzlers Talbot empfahl, der ihm die Aufsicht über seinen ältesten Sohn anvertraute, welcher sich eben zu seiner Reise nach Frankreich und Italien fertig machte.

Mit diesem jungen Edelmanne hielt er sich drey Jahr lang in fremden Ländern auf, wo er ohne Zweifel seinen Geist durch die vortrefflichen Denkmähler des Alterthums, und durch den Umgang mit gelehrten Ausländern bereicherte. Die Vergleichung die er zwischen dem neuen Italien und dem Begriffe anstellte, den er von den alten Römern hatte, brachte ihn ohne Zweifel auf den Einfall seine Freyheit, in drey Theilen zu schreiben. Der erste Theil enthält die Vergleichung des alten und neuen Italiens; der zweyte Griechenland, und der dritte Britannien. Das ganze Werk ist an den ältesten Sohn des Lord Talbots gerichtet, welcher im Jahre 1734. auf seinen Reisen starb.

Unter den Gedichten des Herrn Thomsons findet sich auch eines zum Andenken des Isaac Newtons, von welchem wir nichts mehr sagen wollen, als dieses, daß er durch dieses Stück allein, wenn er auch sonst nichts mehr geschrieben hätte, eine vorzügliche Stelle unter den Dichtern würde verdient haben.

Um das Jahr 1728. schrieb Herr Thomson ein Gedicht, welches er Britannia nennte. Sein Vorsatz war darinne, die Nation zu Ergreifung der Waffen aufzumuntern, und in den Gemüthern des Volks eine edle Neigung anzuflammen, das von den Spaniern erlittene Unrecht zu rächen. Dieses Gedicht ist bey weiten nicht eines von seinen besten.

Auf den Tod seines großmüthigen Beförderers des Lord Talbots, welchen die ganze Nation mit dem Herrn Thomson zugleich aufrichtig betauerte, schrieb er eine Elegie, welche ihrem Verfasser, und dem Andenken des großen Mannes, den er darinne gepriesen hatte, Ehre machte. Er genoß, bey Lebzeiten des Kanzler Talbots, eine sehr einträgliche Stelle, die ihm dieser würdige Patriot als eine Belohnung für die Mühe, den Geist seines Sohnes gebildet zu haben, zugetheilt hatte. Nach seinem Tode behielt der Nachfolger desselben diese Stelle dem Hrn. Thomson vor, und wartete nur darauf, bis dieser zu ihm kommen, und durch Beobachtung einiger kleinen For-

malitäten, sie in Besitz nehmen würde. Doch dieses versäumte der
Dichter durch eine unverantwortliche Nachläßigkeit, so daß zuletzt seine
Stelle, die er ohne viele Mühe länger hätte behalten können, einem
andern zufiel.

Unter die letzten Werke des Hrn. Thomsons gehöret seine
Burg der Trägheit, (Castle of Indolence) ein allegorisches Gedicht von so ausserordentlichen Schönheiten, daß man nicht zu weit geht,
wenn man behauptet, dieses einzige Stück zeige mehr Genie und poetische Beurtheilungskraft, als alle seine andern Werke. Es ist in dem
Stile des Spencers geschrieben, welchen die Engländer in den allegorischen Gedichten eben so nachahmen, als die Franzosen den Stil
des Marots in den Erzehlungen und Sinnschriften.

Es ist nunmehr Zeit den Hrn. Thomson auf derjenigen Seite
zu betrachten, welche mit unsrer Absicht eine nähere Verwandtschaft
hat; nehmlich auf der Seite eines dramatischen Dichters. Im Jahre
1730, ungefehr in dem sechsten Jahre seines Aufenthalts in London,
brachte er seine erste Tragödie, unter dem Titel Sophonisbe, auf
die Bühne, die sich auf die Karthaginensische Geschichte dieser Prinzeßin gründet, welche der bekannte Nathanael Lee gleichfalls in
ein Trauerspiel gebracht hat. Dieses Stück ward von dem Publico
sehr wohl aufgenommen. Die Mad. Oldfield that sich in dem Cha-
racter der Sophonisbe ungemein hervor, welches Hr. Thomson
selbst in seiner Vorrede gestehet. „Ehe ich schliesse, sagte er, muß ich
„noch bekennen, wie sehr ich denjenigen, welche mein Trauerspiel vor-
„gestellt haben, verbunden bin. Sie haben in der That mir mehr
„als Gerechtigkeit wiederfahren lassen. Was ich dem Masinissa
„nur liebenswürdiges und einnehmendes gegeben hatte, alles dieses
„hat Hr. Wilk vollkommen ausgedrückt. Auch die Mad. Oldfield
„hat ihre Sophonisbe unverbesserlich gespielt; schöner als es der
„zärtlichste Eigensinn eines Verfassers verlangen, oder sich einbilden
„kann. Der Reitz, die Würde und die glückliche Abwechslung aller
„ihrer Stellungen und Bewegungen hat den durchgängigsten Beyfall
„erhalten, und ihn auch mehr als zu wohl verdient.“

Bey der ersten Vorstellung dieses Trauerspiels fiel eine kleine
lächerliche Begebenheit vor. Hr. Thomson läßt eine von seinen
Personen gegen die Sophonisbe folgende Zeile sagen:

O Sophonisbe, Sophonisbe O!

Diese Worte waren kaum ausgesprochen, als ein Spötter aus dem Parterre laut schrie:

O Jacob Thomson, Jacob Thomson O!

So ungesittet es nun auch war, die Vorstellung durch einen so lächerlichen Einfall zu unterbrechen, so kann man doch das falsch Pathetische dieser getadelten Zeile nicht leugnen, und ein tragischer Dichter muß es sich zur Warnung dienen lassen, ja wohl auf sich Acht zu haben, daß er nicht schwülstig wird, wenn er erhaben seyn will = = Hr. Thomson mußte nothwendig an dem ersten Tage seines Trauerspiels alle die Bewegungen und Besorgnisse eines jungen Schriftstellers empfinden; er hatte sich daher an einen dunkeln und abgelegenen Ort auf der obersten Gallerie gemacht, wo er die Vorstellung ungehindert abwarten könnte, ohne für den Dichter erkannt zu werden. Doch die Natur war viel zu stark bey ihm, als daß er sich hätte enthalten können, die Rollen den Schauspielern nachzusagen, und manchmal bey sich zu murmeln: „nun muß die Scene kommen; nun muß das geschehen.“ Und hierdurch ward er gar bald von einem Manne von Stande, welcher wegen des grossen Gedrengs keinen Platz, als auf der Gallerie, hatte finden können, als der Verfasser entdeckt.

Nach einem Zwischenraume von vier Jahren brachte Thomson seine zweyte Tragödie, den Agamemnon, zum Vorscheine. Hr. Pope gab bey dieser Gelegenheit einen sehr merklichen Beweis seiner grossen Gewogenheit gegen den Hrn. Thomson; er schrieb seinetwegen zwey Briefe an die Entrepreneurs der Bühne, und beehrte die erste Vorstellung mit seiner Gegenwart. Weil er seit langer Zeit in kein Schauspiel gekommen war, so wurde dieses für ein Zeichen einer ganz besondern Hochachtung aufgenommen. Ob man nun schon an dem Hrn. Thomson aussetzte, daß er in diesem Trauerspiele die Handlung allzusehr verkürzt habe; daß verschiedne Theile desselben zu lang, und andre ganz und gar überflüßig wären, weil nicht die Person, sondern der Dichter darinne rede; und obschon die Aufführung selbst erst in dem Monate April vor sich ging, so ward sie doch zu verschiednenmalen mit Beyfall wiederhohlt.

Einige Kunstrichter haben angemerkt daß die Charaktere in seinen Tragödien mehr durch Beschreibungen, als durch thätige Leiden-

schaften ausgedrückt werden; daß sie aber alle einen Ueberfluß an
den seltensten Schönheiten, an Feuer, an tiefen Gedanken, und an
edeln Empfindungen haben, und in einem nervenreichen Ausdrucke geschrieben sind. Seine Reden sind oft zu lang, besonders für ein eng-
5 lisches Auditorium, dem sie manchmal ganz übernatürlich gedehnt vorkommen. Es ist überhaupt angenehmer für das Ohr, wenn die Unterredung öftrer gebrochen wird; doch wird die angestrengtre Aufmerksamkeit desselben wohl in keinem Stücke des Thomsons besser belohnt,
als in dem Agamemnon, und besonders in der beweglichen Er-
10 zehlung, welche Melisander von seiner Aussetzung auf die wüste
Insel macht.

      = = = Als ich im Schoos der Schatten,
      Von Furcht und Argwohn frey, in stillem Schlummer lag,
      Brach ein vermummter Schwarm, von des Aegisthus Bande
15   Schnell in mein Zimmer ein: vermuthlich weil er mich
      Für eine Hinderniß der Absicht angesehen,
      Die ich errathen kann, und die vielleicht Mycen[1]
      Jetzt besser weis als ich. Man riß mich zu der See.
      In meinem Sinn war ich schon die bestimmte Speise
20   Der Fische, als das Schiff vom Ufer stieß: die Fluth,
      Die brausend klatschete, entdeckte mir mein Schicksal.
      Es schien, der Tod war selbst ein allzumilder Lohn
      Für meine Redlichkeit: ein unbewohnter Fels,
      An dessen rauhen Fuß die stärkste Brandung zürnte,
25   War mir bestimmt, daß ich von Freund und Feind entfernt
      Und hülflos, alle Pein des Todes fühlen möchte.
      Oft muß das Unrecht selbst sein eigner Rächer seyn:
      Stumm klagt sichs an, und schreit um die verdiente Strafe!
      Du öfnest ihm den Mund, unwandelbarer Rath
30   Der Götter = = Dieser Schwarm setzt 'mich die nächste Nacht
      (Die mir noch schrecklich ist) an das betrübte Ufer
      Der wildsten Insel: nie hat ausser mir ein Mensch
      Auf sie den Fuß gesetzt. Allein die Menschenliebe
      (Das glaube) ist so tief in unsre Brust gepflanzt
35   Und unser menschlich Herz ist so mit ihr durchwachsen,

[1] Mycenen, [1764; vielleicht auch zu ändern in] Mycene

Daß ich im Leben nichts erschrecklichers gehört,
Als den betrübten Schall, da mich ihr Bot verließ.
Ich seufzte ihnen nach! = = Die fürchterlichste Stille
Umschloß mich nun, die bloß das brausende Geräusch
Der nimmer müden Fluth mit einem Laut durchbrach.   5
Bisweilen blies ein Wind durch den betrübten Wald,
Und seufzte fast wie ich. Hier setzt ich mich im Schatten,
Mit einem Kummer hin, den ich noch nicht gefühlt,
Und klagte mir den Gram. Die Muse die die Wälder
Bewohnt, und (ich weis nicht ob fast aus gleichem Triebe   10
Als wir?) die Menschen sucht, sang über meinem Haupte
Ihr unvergleichlichs Lied; ihr klagend schöner Ton
Betrog mich fast, als ob sie meine Noth besänge.
Ich hört ihr traurig zu, und dichtete ein Lied
Zu ihrem Ton, bis daß der Schatten sein Geschenk,   15
Das er dem ärmsten giebt, den angenehmen Schlummer
Mir gönnete. Sobald das frühe Morgenroth
Der Vögel Dank empfing, so weckte mich ihr Lied;
Das Auge schloß sich auf; vermissend suchte es
Den alten Gegenstand, und fand doch nichts als Wellen   20
Darauf der Himmel lag, und hinter mir den Fels
Und einen grausen Wald. In einem Augenblick,
Indem ich mich vergaß, entzückte mich das Schrecken;
Ich schien mir nicht mehr Ich. Doch eben so geschwind
War dieser Traum vorbey, mein nagendes Gedächtniß   25
Erneurte meine Noth = =

Ich habe mich nicht enthalten können, diese Stelle abzuschreiben;
und zwar nach der obgedachten Uebersetzung. Sie ist in Göttingen im
Jahr 1750 auf 7 Bogen in Octav ans Licht getreten. Ihren Urheber
weis ich nicht zu nennen; zwar könnte ich mit einem vielleicht an= 30
gezogen kommen; doch dieses vielleicht könnte sehr leicht falsch seyn.
Wie man wird gemerkt haben, so ist sie, gleich dem englischen Originale,
in reimlosen Versen abgefaßt. Nur bey der Rolle der Cassandra
ist eine Ausnahme beobachtet worden; als eine Prophetin redet diese
in Reimen, um sich von den übrigen Personen zu unterscheiden. Der 35
Einfall ist sehr glücklich; und er würde gewiß die beste Wirkung von

der Welt thun, wann wir uns nur Hofnung machen dürften, diese Uebersetzung auf einer deutschen Bühne aufgeführt zu sehen. Sie ist, überhaupt betrachtet, treu, fliessend und stark. Ihr Verfasser aber gestehet, daß er die zweyte Hand nicht daran habe legen können, sondern daß er den ersten Entwurf dem Drucker ohne Abschrift habe ausliefern müssen. Diesem Umstande also müssen wir nothwendig einige kleine Versehen zuschreiben, die ich vielleicht schwerlich würde gemerkt haben, wenn ich nicht ehmals selbst an einer Verdolmetschung dieses Trauerspiels gearbeitet hätte.¹ Zum Exempel, in der ersten Scene des ersten Aufzuges werden die Worte given to the Beasts a Prey, or wilder famine übersetzt: dich gab ich den Thieren Preis: ihr wilder Hunger hat längst meinen Freund verdauet. Ich will hier nicht erinnern, daß zwar Aegisthus aber nicht Klytemnestra den Melisander auf die wüste Insel setzen lassen; auch nicht daß der Ausdruck, der wilde Hunger der Thiere hat ihn schon längst verdaut, der schönste nicht sey: sondern nur dieses muß ich anmerken, daß wilder famine gar nicht auf Beasts gehet, und daß der Dichter die Klytemnestra eigentlich sagen läßt: entweder die Thiere haben ihn umgebracht, oder er hat verhungern müssen. Auch gewisse kleine Zusätze würde der Verfasser hoffentlich ausgestrichen, und einige undeutsche, wenigstens nicht allen verständliche Worte mit gewöhnlichern vertauscht haben, wenn ihm eine Uebersetzung seiner Arbeit wäre vergönnt gewesen. Zum Exempel, am Ende des zweyten Auftritts im ersten Aufzuge, giebt er die Worte: and as a Greek rejoic'd me sehr gut und poetisch durch: es schwoll mein treu und griechisch Herz; allein der Anhang, den er dazu macht, und brohete dem überwundnen Troja, taugt gar nichts. Der Engländer schildert seine Person, als einen Mann, der sich über die Siege seines Vaterlands erfreut; der Uebersetzer aber bildet ihn durch den beygefügten Zug als einen Poltron. Denn was kann das für eine Tapferkeit seyn, einer überwundnen Stadt zu brohen? = Zur Probe der undeutlichen Worte berufe ich mich auf das Wort Brandung in der angeführten Stelle. = = Doch ich bekenne es nochmals, alles dieses

---

¹ [Diese Übersetzung, in Prosa, bis in den fünften Auftritt des zweiten Aufzugs reichend, befindet sich nebst der gleichfalls in Prosa ausgeführten Übersetzung von „Tancred und Sigismunda" unter den Breslauer Papieren.]

sind Kleinigkeiten, die ich vielleicht gar nicht einmal hätte anführen sollen. Wo das meiste glänzt, da ward auch Horaz durch wenige Flecken nicht beleidiget. Wollen wir eckeler seyn als Horaz?

Ich komme wieder zu unserm Dichter selbst. Im Jahr 1736. both Herr Thomson der Bühne ein Trauerspiel an, unter dem Titel Edward und Eleonora, dessen Vorstellung aber, aus politischen Ursachen, welche nicht bekannt geworden, untersagt wurde.

Im Jahr 1744 ward sein Tancred und Sigismunda aufgeführt; welches Stück glücklicher ausfiel, als alle andre Stücke des Thomsons, und noch jetzt gespielet wird. Die Anlage dazu ist von einer Begebenheit in dem bekannten Roman des Gil Blas geborgt. Die Fabel ist ungemein anmuthig; der Charaktere sind wenige, aber sie werden alle sehr wirksam vorgestellt. Nur den Charakter des Seffredi hat man mit Recht als mit sich selbst streutend, als gezwungen und unnatürlich getadelt.

Auf Befehl Sr. Königl. Hoheit des Prinzen von Wallis verfertigte Herr Thomson, gemeinschaftlich mit dem Herrn Mallet, die Maske des Alfred, welche zweymal in dem Garten Sr. Hoheit zu Cliffden aufgeführet ward. Nach dem Tode des Herrn Thomsons ward dieses Stück von dem Herrn Mallet ganz neu umgearbeitet, und 1751. wieder auf die Bühne gebracht.

Die letzte Tragödie des Herrn Thomsons ist sein Coriolanus, welcher erst nach seinem Tode aufgeführet ward. Die dem Verfasser davon zukommenden Einkünfte wurden seinen Schwestern in Schottland gegeben, davon eine mit einem Geistlichen daselbst, und die andre mit einem Manne von geringem Stande in Edinburgh verheyrathet ist. Dieses Trauerspiel, welches unter allen Trauerspielen des Thomsons, ohne Zweifel, das am wenigsten vollkomme ist, ward zuerst dem Herrn Garrik angebothen, der es aber anzunehmen nicht für gut befand. Der Prologus war von dem Herrn George Lyttleton verfertiget worden, und von dem Herrn Quin wurde er gehalten, welches einen sehr glücklichen Eindruck auf die Zuhörer machte. Herr Quin war ein besondrer Freund des Herrn Thomson gewesen, und als er folgende Zeilen, die an und für sich selbst sehr zärtlich sind, aussprach, stellten sich seiner Einbildungskraft auf einmal alle Annehmlichkeiten des mit ihm lange

gepflogenen Umganges bar, und wahrhafte Thränen flossen über seine
Wangen.

> He lov'd his friends (forgive this gushing tear:
> Alas! I feel i am no actor here)
> He lov'd his friends with such a warmth of heart,
> So clear of int'rest, so devoid of art,
> Such generous freedom, such unshaken zeal,
> No words can speak it, but our tears may tell.

D. i. Er liebte seine Freunde == verzeiht den herabrol=
lenden Thränen: Ach! ich fühle es, hier bin ich kein
Schauspieler mehr == Er liebte seine Freunde mit einer
solchen Inbrunst des Herzens, so rein von allem Eigen=
nutze, so fern von aller Kunst, mit einer so großmüthi=
gen Freyheit, mit einem so standhaften Eifer, daß es mit
Worten nicht auszudrücken ist. Unsre Thränen mögen
davon sprechen! Die schöne Abbrechung in diesen Worten fiel un=
gemein glücklich aus. Herr Quin übertraf sich selbst, und er schien
niemals ein größerer Schauspieler, als in dem Augenblicke, da er von
sich gestand, daß er keiner sey. Die Pause, der tiefe Seufzer, den er
damit verband, die Einlenkung, und alles das übrige war so voller
Rührung, daß es unmöglich ein bloßes Werk der Kunst seyn konnte;
die Natur mußte dabey das beste thun.

Auch der Epilogus, welcher von dem Herrn Weffington mit
außerordentlicher Laune gehalten ward, gefiel ungemein. Diese Um=
stände nun, nebst der Ueberlegung, daß der Verfasser nunmehr dahin
sey, verschaften diesem Trauerspiele eine neunmalige Vorstellung, die
es an und vor sich selbst schwerlich würde gefunden haben. Denn,
wie gesagt, es ist bey weitem nicht, irgend einem von den Thom=
sonschen Werken, an Güte gleich. Er hatte als ein dramatischer
Dichter den Fehler, daß er niemals wußte, wenn er aufhören müsse;
er läßt jeden Charakter reden, so lange noch etwas zu sagen ist; die
Handlung steht also, während dieser gedehnten Unterredungen, still, und
die Geschichte wird matt. Nur sein Tancred und Sigismunde
muß von diesem allgemeinen Tadel ausgenommen werden; dafür aber
sind auch die Charaktere darinne nicht genug unterschieden, welche sich
fast durchgängig auf einerley Art ausdrücken. Kurz, Thomson war

ein gebohrner mahlerischer Dichter, welcher die Bühne nur aus einem Bewegungsgrunde bestieg, der allzubekannt ist, und dem man allzuschwerlich widersteht. Er ist in der That der Aeltstgebohrne des Spencers, und er hat es selbst oft bekannt, daß er das beste, was er gemacht habe, der Begeisterung verdanken müsse, in die er schon in seinen jüngsten Jahren durch die Lesung dieses alten Dichters sey gesetzt worden.

Im August 1748 verlohr die Welt diese Zierde der poetischen Sphäre durch ein heftiges Fieber, welches ihn im 48ten Jahre seines Alters dahin riß. Vor seinem Tode warb ihm von dem Herrn George Lyttleton die einträgliche Stelle eines Controlleurs von America verschaft, deren wirklichen Genuß er aber kaum erlebte. Herr Thomson warb von allen, die ihn kannten, sehr geliebt. Er war von einer offnen und edelen Gemüthsart; hing aber bann und wann den gesellschaftlichen Ergötzungen allzu sehr nach; ein Fehler, von welchem selten ein Mann von Genie frey zu seyn pfleget. Sein äußerliches Ansehen war nicht sehr einnehmend, es warb aber immer angenehmer und angenehmer, je länger man mit ihm umging. Er hatte ein bankbares Herz, welches für die geringste erhaltene Gefälligkeit erkenntlich zu seyn bereit war; er vergaß, der langen Abwesenheit, der neuen Bekanntschaft und des Zuwachses eigner Verdienste ungeachtet, seine alten Wohlthäter niemals, welches er bey verschiebnen Gelegenheiten gezeigt hat. Es ist eine richtige Anmerkung, daß ein Herz, dem die Dankbarkeit mangelt, überhaupt der allergrößten Niederträchtigkeit fähig ist; wie ihm Gegentheils, wenn diese großmüthige Tugend in der Seele vorwirkt, gewiß nicht die andern liebenswürdigen Eigenschaften fehlen werden, welche eine gute Gemüthsart ausmachen. Und so war das Herz unsers vortrefflichen Dichters beschaffen, dessen Leben eben so untabelhaft als lehrreich seine Muse war: denn von allen englischen Dichtern ist er derjenige, welcher sich von allem, was unanständig war, am meisten entfernte, welches Zeugniß ihm unter andern auch Herr Lyttleton in dem angeführten Prologo ertheilt hat.

— His chaste Muse employ'd her heav'ntaught lyre
None but the noblest passions to inspire,
Not one immoral, one corrupted thought.
One line. which, dying. he could wish to blot.

d. i. Seine keusche Muse brachte ihre himmlische Leyer
zu nichts, als zu Einflössung der edelsten Gesinnungen.
Kein einziger unsittlicher, verderbter Gedanke, keine
einzige Linie, die er sterbend ausstreichen zu können,
hätte wünschen dürfen.

Zum Schlusse muß ich noch erinnern, daß sein Bildniß, welches
man vor diesem Stücke findet, nach demjenigen getreulich gestochen ist,
welches vor seinen sämtlichen Werken stehet, deren wir hoffentlich noch
einmal gedenken werden.

III.

Auszug aus dem Trauerspiele

Virginia

des Don Augustino de Montiano y Luyando.

Die Schriften der Spanier sind diejenigen, welche unter allen
ausländischen Schriften am wenigsten unter uns bekannt werden. Kaum
daß man einige ihrer jetztlebenden Gelehrten in Deutschland dem Namen
nach kennt, deren nähere Bekanntschaft uns einen ganz andern Begrif
von der Spanischen Litteratur machen würde, als man gemeiniglich
davon zu haben pflegt. Ich schmeichle mir, daß schon die gegenwärtige
Nachricht ihn um ein großes erhöhen wird, und daß meine Leser erfreut seyn werden, den größten tragischen Dichter kennen zu lernen,
den jezt Spanien aufweisen und ihn seinen Nachbarn entgegen stellen
kann. Es ist dieses Don Augustino de Montiano y Luyando, von dessen Lebensumständen ich, ohne weitre Vorrede, einige
Nachricht ertheilen will, ehe ich von einem der vorzüglichsten seiner
Werke einen umständlichen Auszug vorlege.

Don Augustino de Montiano y Luyando ist den ersten
März im Jahre 1697 gebohren, und also jezt in einem Alter von
57 Jahren. Sein Vater und seine Mutter stammten aus adlichen
Familien in Biscaya, und zwar aus den allervornehmsten dieser
Provinz. Seine Erziehung war seiner Geburth gemäß. Nachdem er
die Humaniora wohl studiret, und die gewöhnlichen Wissenschaften eines
jungen Menschen von Stande begriffen hatte, that er sich als ein ge-

schickter Weltweiser und Rechtsgelehrter vor. Er versteht übrigens die
französische und italiänische Sprache, und hat auch einige Kenntniß
von der englischen. Er fand, schon in seiner zartesten Jugend, einen
besondern Geschmak an der Dichtkunst und den schönen Wissenschaften,
so, daß er bereits in seinem zwey und zwanzigsten Jahre, nehmlich
im Jahre 1719, eine Oper zu Madrid, ohne seinem Namen, unter
dem Titel die Leyer des Orpheus, (la Lira de Orfeo) in 8vo
drucken ließ, welche zu verschiednen Zeiten zu Palma oder Majorca,
der Hauptstadt dieser Insel, gesungen ward. Im Jahr 1724 gab er
in eben derselben Stadt eine prosaische und poetische Beschreibung der
bey der Krönung Ludewigs des I. angestellten Feyerlichkeiten, in
Quart heraus. Fünf Jahr hernach entwandte man ihm ein kleines
Werk in Versen über die Entführung der Dina, der Tochter des Ja=
cobs, da er es eben noch ausbesserte, und stellte es in eben dem 1729.
Jahre zu Madrid in Quart ans Licht. Dieses Gedicht ist nachher
weit vollkommner in Barcellona in Octav, doch ohne Jahrzahl und
ohne Erlaubniß, ans Licht getreten. Es führet den Titel: El robo
de Dina.

Die Verdienste des Don Augustino bewegten den König Phi=
lipp den Vten ihn im Jahre 1732. zum Secretär bey den Conferenzen
der spanischen und englischen Commissare zu ernennen. Im Jahre
1738. ward er in der Kanzeley der allgemeinen Staatsangelegenheiten
gebraucht. Das Jahr darauf trat er in die Königl. spanische Aka=
demie; und als einer von den Stiftern und ältesten Mitgliedern der
Königl. Gesellschaft der Geschichte, ward er von der erstern in eben
dem Jahre, als sie unter Königl. Schutz genommen ward, zu ihren
Director ernennt, welche Stelle ihm 1745. auf Zeitlebens aufgetragen
ward. Im Jahre 1746 beehrte ihn Se. Majestät mit der Stelle eines
Secretärs bey der Begnadigungs= und Gerichtskammer und dem Staate
von Castilien. Auch war er im Jahre 1742. in die Gesellschaften
der schönen Wissenschaften zu Barcellona und Sevilien aufgenommen
worden.

Ausser den angeführten Werken gab er auch im Jahr 1739. zu
Madrid eine Vergleichung der Aufführung des Königs von Spanien
mit der Aufführung des Königs von England, in Quart heraus; (El
cotejo de la conducta de S. M. con la del Rey Britannico) bes=

gleichen in eben diesem Jahre eine Rede an die Königl. Aka=
demie der Geschichte; und im Jahre 1740 eine Rede an den
König Philipp den V. im Namen gedachter Akademie, über eine
Anmerkung die dieser Monarch gemacht hatte. Beyde Reden sind in
Octav gedrukt, und befinden sich in dem ersten und zweyten Theile
der Schriften dieser Akademie. Ferner hat man von ihm eine Rede
im Namen der Spanischen Akademie an den König, bey
Gelegenheit der Vermählung der Infantin Donna Maria Antoinetta
Ferdinanda mit dem Herzoge von Savoyen, in Quart; und eine Lob=
schrift auf den Doctor Don Blasio Antonio Nassarra
y Ferriz, die er auf Verlangen der Spanischen Akademie machte,
und 1751. zu Madrid in Octav drucken ließ.

Doch das vornehmste von seinen Werken sind unstreitig zwey
Tragödien, deren eine 1750. und die andre gegen das Ende des
Jahres 1753. gedruckt ward. Die eine führet den Titel Virginia,
und die andre Athaulpho. Beyden ist eine Abhandlung von
den spanischen Tragödien vorgesetzt, in welchen[1] er besonders
gegen den Herrn du Perron de Castera beweiset, daß es seiner
Nation ganz und gar nicht an regelmäßigen Trauerspielen fehle. Wir
werden ein andermal dieser Abhandlung mit mehrern gedenken, oder
sie vielmehr ganz mittheilen; vorjetzo aber wollen wir uns an das
erste der gedachten Trauerspiele machen, und dem Leser das Urtheil
überlassen, was für einen Rang unter den tragischen Dichtern er dem
Verfasser einräumen will.

Vor allen Dingen muß ich noch eine kleine Erklärung vorweg
schicken. Ich habe nicht so glücklich seyn können das Spanische Original
der Virginia zu bekommen, und bin also genöthiget gewesen mich der
Französischen Uebersetzung des Herrn Hermilly zu bedienen, die in
diesem Jahre in zwey kleinen Octavbänden in Paris an das Licht
getreten ist. Der eine Band enthält die erste der angeführten Abhand=
lungen über die Spanischen Tragödien, und der andre eine abgekürzte
Uebersetzung der Virginia; beyden ist ein historisches Register der
in der Abhandlung erwähnten Verfasser zur Helfte beygefügt, welches
eine Arbeit des Herrn Hermilly ist. Eben diesem habe ich auch
die angeführten Lebensumstände des Spanischen Dichters zu danken,

____

[1] [vermutlich verdruckt für] in welcher

die ihm dieser selbst überschrieben hat. Er hat die Virginia des=
wegen lieber in einen Auszug bringen, als ganz und gar übersetzen
wollen, weil die Franzosen keine prosaische Trauerspiele lesen mögen.
Ich kann keine ähnliche Ursache für mich geltend machen, sondern muß
mich lediglich mit der Nothwendigkeit entschuldigen, meinen Lesern eine
so angenehme Neuigkeit entweder gar nicht, oder durch die Vermittelung
des französischen Uebersetzers mitzutheilen. Es ist kein Zweifel, daß
dieses nicht noch immer besser seyn sollte, als jenes.

Die Geschichte der Virginia ist aus dem Livius und andern
zu bekannt, als daß ich mich hier mit Erzehlung ihrer wahren Um=
stände aufhalten dürfte. Man sehe, wie sich der Dichter dieselben zu
Nutze gemacht hat.

Virginia.

Erster Aufzug.

Erster Auftritt.

Virginia und Publicia eröfnen die Scene. Sie wollen sich
nach dem Foro begeben, um der Feyerung des Festes der Göttin Pales
mit beyzuwohnen. Weil es aber noch allzu früh ist, so will Virginia
wieder zurück gehen, aus Furcht, sie möchte den Decemvir Appius
antreffen. Im hereintreten spricht sie: „Ja, Publicia, ich gebe es
„zu. Die Römerinnen, welche an der freudigen Verehrung unserer alten
„Göttin Pales Theil nehmen sollen, werden mich ungesäumt abhohlen,
„so wie sie mir es versprochen haben; allein mein Herz werden sie
„wegen der Furcht, in der es stehet, nicht beruhigen noch die traurigen
„Bilder auslöschen können, die in demselben eingeprägt sind und es
„betrüben. Weil wir uns in der Stunde geirret haben, und zu früh
„hergekommen sind; ich aber wegen des Gewühls und der Menge
„Menschen, die auf dem Platze auf und nieder gehen, leicht wieder
„zurück kehren kann, ohne daß man es merkt, so widersetze dich meinem
„Willen nicht länger. Laß mich diesen Ort fliehen, wo der unver=
„schämte Decemvir Appius sein Tribunal hat, und sich so oft be=
„findet.“

Ihre Sorgfalt den Appius zu vermeiden scheinet der Publicia
sehr löblich; gleichwohl aber besteht diese darauf, sie dazubehalten, und
stellt ihr vor, daß sie, wenn sie wider die Gewohnheit dem Feste nicht

beywohne, selbst zu dem Verdachte dessen, was sie vermeiden wollte,
Gelegenheit geben und sich in die Umstände setzen würde, daß man ihr
ein Verbrechen daraus mache. „Die Gefahr, setzt sie hinzu, ist übrigens
„nicht so groß, als du dir einbildest. Wenn die Antwort, die ich in
5 „deinem Namen dem Appius wegen seiner Forderung, wegen seiner
„Anerbiethungen und seiner Drohungen gegeben habe, ihm seinen Irr=
„thum auch nicht gänzlich benommen hat, so wird sie doch wenigstens
„seinen Eifer erkältet haben. Eine Liebe, welche nur den Eigensinn
„zum Grunde und nur die Sinne zum Sporen hat, ist niemals von
10 „langer Dauer.“

Ob nun schon Virginia zugesteht, daß ihre Ehre einige Ge=
fahr laufen könne, und daß sie sorgfältig alles vermeiden müsse, was
ihr irgend nachtheilig seyn dürfte; so überredet sie sich doch, daß es
weit gefährlicher sey, dem Rathe der Publicia zu folgen. Nicht
15 zwar, als ob sie sich fürchte, sich von dem Appius endlich erweichen
zu lassen; nein, ihr Herz ist einzig und allein mit dem, was sie dem
Jcilius, dem sie von ihrem Vater zur Ehe versprochen worden,
schuldig ist, erfüllet und gänzlich unfähig, irgend einen andern Ein=
druck anzunehmen. Sie befürchtet nur, ihr Widerstand möchte die blinde
20 Liebe des Appius noch mehr erhitzen, und ihr noch empfindlichere
Verfolgungen von Seiten dieses Decemvirs zuziehen. „Sein Stolz,
„spricht sie, seine unverschämte Kühnheit, seine natürliche Treulosigkeit
„lassen mich es glauben.“

Publicia lobt die Ergebung der Virginia in den Willen
25 ihres Vaters, ihre Ueberlegung, ihre Tugend, und ihre Klugheit. Sie
erkennt sie an diesen Zügen für eine würdige Tochter des Virginius
und der Numitoria, und sich selbst schätzt sie glücklich, ihr so zärt=
liche Empfindungen beygebracht zu haben. Gleichwohl will sie sie noch
immer da behalten, und sagt: „lege alle Furcht bey Seite. Appius
30 „muß nothwendig gegen den Stand, gegen das Ansehen und gegen
„die Thaten deines Vaters Achtung haben. Sey zugleich überzeugt,
„daß ihn wichtigere und für ihn schmeichelhaftere Gegenstände von
„seinen Verfolgungen abziehen werden. Es ist auch nicht möglich, daß
„er sich ohne Schauer alle dem überlassen sollte, was ihm etwa seine
35 „sträfliche Leidenschaft eingeben könnte.“

Doch weit gefehlt, daß sich Virginia durch diese Gründe sollte

verblenden laffen; sie besteht vielmehr darauf, daß sie alles von einem
so niederträchtigen Manne befürchten müsse. „Wie sehr betriegst du dich,
„antwortet sie der Publicia, wenn du glaubst, daß ein Mann, der
„nicht den geringsten Schein der Tugend auch nicht bey der kleinsten
„seiner Handlungen beybehält, fähig sey, des Bösen überdrüßig zu 5
„werden. Hast du nicht gesehen, daß sich dieser Appius, wider die
„Erwartung des Senats, selbst zum Decemvir ernennte? Hast du nicht
„gesehn, daß er der Gesetze spottete, unter dem Vorwande sie zu er=
„weitern? Hast du ihn nicht die Consuls und Tribune unterdrücken
„sehen, welche die Stütze und der Schutz des Adels und des Volks 10
„waren? Hast du nicht gesehen, bis zu welchem Grade er seine Ty=
„rannen und Grausamkeit gegen sein eigen Vaterland getrieben? Wie
„kannst du dir denn also einbilden, daß er von seiner Ausschweifung
„wieder zu sich selbst kommen werde, wenn ihn nichts dazu zwingt?
„Gesetzt auch, daß er mich nicht als ein ungerechter Liebhaber ver= 15
„folgen sollte, so wird er mich doch immer als die Geliebte des Jci=
„lius zu beleidigen suchen. Er hat diesen Römer bey der heftigen
„Streitigkeit wegen des Tribunats zum Gegner gehabt, und sein Groll
„wird die ganze Last seiner Wuth auf mich fallen lassen, weil ich für
„die Freyheit und für den bin, welcher sie vertheidiget." 20
  Da endlich Publicia der Stärke dieser Gründe nachgeben muß,
so thut sie den Ausspruch, daß bey gegenwärtigen Umständen die Gegen=
wart des Virginius unumgänglich nöthig sey, „welcher sich auf
„dem Algido einzig und allein beschäftiget, seine Tapferkeit zu üben,
„und der kleinen Entfernung von Rom ungeachtet, von dem Schimpfe, 25
„den man ihm drohet, nichts weis."
  Virginia giebt ihr hierauf zu verstehen, daß dieses für sie eine
neue Ursache zur Unruhe sey. „Wenn ich erwäge, sagt sie, wie eifer=
„süchtig mein Vater auf seine Ehre ist; mit was für Hitze er alle Ge=
„fahren verachtet, um den Ruhm, den er sich in Rom durch seine 30
„Tapferkeit erworben hat, zu erhalten; wie ausserordentlich argwöhnisch
„und zugleich unbeweglich er ist; und kurz, daß ich mit wenigen alles
„sage, wenn ich erwäge, daß er mein Vater ist, welcher mich auf=
„erzogen hat und mit der äußersten Zärtlichkeit liebt: so stellen sich
„tausend verwirrte Gedanken auf einmal meiner Einbildungskraft dar. 35
„Wozu würde er in der That nicht fähig seyn, wenn der Decemvir

„mich zu verfolgen fortführe, und er auf eine nicht allzugenaue Art
„oder durch einen fremden Kanal davon Nachricht bekäme?“

Bey Erblickung dieser Gefahr scheint Publicia selbst vor Furcht
ausser sich zu seyn; und damit ihre junge Gebietherin zu dem, was
sich etwa gefährliches ereignen könnte, durch ihr Stillschweigen nichts
beytrage, so ist sie der Meinung, daß sie ihren Vetter Numitor und
den Icilius von allem unterrichten solle. „Wenn du, fügt sie hinzu,
„dieser ihrem Rathe folgest, so darfst du nicht fürchten, dich zu ver=
„irren. Erlaube mir, sie sogleich aufzusuchen. Andacht und Liebe
„werden sie, ohne Zweifel, schon beyde auf diesen Platz gebracht haben.“

Durch diesen Vorschlag fühlt sich Virginia ein wenig beruhiget;
sie ergreift ihn mit Eifer und Entzücken und läßt die Publicia mit
dem Befehle von sich, nur dem Numitor etwas zu entdecken, dem
Icilius aber, wenn sie ihn antreffen würde, bloß zu sagen, daß er
zu ihr kommen solle. „Wenn wir alle beysammen sind, spricht sie, so
„werden wir seine Heftigkeit leichter mäßigen können, indem er das=
„jenige erfährt, was ich ihm mit Recht nicht länger verbergen kann,
„und was er endlich wissen muß.“

Zweyter Auftritt.

Nachdem Publicia weg ist, beklaget Virginia ihr Schicksal,
welches sie ihrem Vaterlande zu einem traurigen Schauspiele mache,
ohne daß sie sich gleichwohl das geringste in ihrer Liebe für den Ici=
lius, in ihren Gedanken und Handlungen vorzuwerfen habe. Was
ihren Verdruß noch mehr vermehret, ist dieses, daß sie vorher sieht,
ihre Aufopferung werde dem Vaterlande, welches von einem Wüthriche
beherrscht werde, nicht einmal etwas nützen; der tödtliche Schlag werde
sie nicht allein treffen, sondern ihr geliebter Icilius werde die ganze
Last desselben mit ihr zu theilen haben. Sie fühlt sich stark genug,
den Tod zu erleiden, und aller der Wuth ihres Verfolgers mit Stand=
haftigkeit zu widerstehen. Selbst der Verlust ihres Lebens würde ihr
angenehm seyn, wenn alles Uebel in dem Staate mit demselben auf=
hörte; wenn ihre Besiegung der Republik zum Vortheil gereichte, deren
Ruhm man allen andern vorziehen müsse. Aber wird dieses geschehen?
Werden ihr Vater, ihr Geliebter deswegen glüklicher seyn? Dieses ist
es, dessen sich zu schmeicheln ihr die Betrübniß nicht erlaubt; dieses

ist es, was ihren Kummer aufs höchste bringt. In dieser traurigen
Stellung ruft sie aus: „Warum gabst du mir, grosser Jupiter, eine
„römische Seele, zu einer Zeit, da man nichts als Unrecht verübt,
„wenn sie nicht die Beschimpfung zu rächen dienen soll, die man der
„Stadt erweiset, welche dein Thron ist, und welche du auf eine so be=
„sondre Art schützest? War es nur deswegen, um auch an mir kund
„zu machen, daß in dem großen Rom nichts kleines ist? Hast du in
„meiner Person nur zeigen wollen, daß, wie die Glieder des Römischen
„Senats alle Monarchen an Würde und Glanz überträffen, also auch
„das Herz einer Plebejin dem erhabensten Herze in der ganzen Welt
„gar wohl gleich kommen könne? Vielleicht! doch, gerechter Himmel,
„nicht meine heroischen Gesinnungen machen mich unglücklich. Das,
„was man an mir als Schönheit erhebet, und ich als ein vergäng=
„liches Geschenke betrachte, ist die wahre Quelle meiner Noth. Dieses
„nur ist die eigentliche Ursache meines Verdrusses. Das, was ich am
„wenigsten schätze, ist das, was den Appius am meisten erhitzt; und
„das worauf ich alle meine Sorge, alle meine Aufmerksamkeit wende,
„ist das, was von den Göttern verlassen zu seyn scheinet. Wessen
„kann ich mich noch getrösten, da ich der Hülfe der Götter und der
„Menschen beraubt bin?"

Dritter Auftritt.

Mittlerweile kömmt Icilius herzu, welcher die Virginia nicht
zu Hause gefunden hatte, und also auf den Markt geeilt war, sie da
zu suchen. Er ist erfreut, sie anzutreffen, und sagt ihr gleich Anfangs
alles, was die verbindlichste und zärtlichste Liebe nur eingeben kann.
Virginia antwortet ihm nichts; Icilius, welcher über ihr Still=
schweigen, und noch mehr darüber erstaunt, daß er sie in Thränen
zerfliessen, und das Gesicht von ihm abwenden sieht, kömmt zuerst auf
den Verdacht, ob dieses nicht die Wirkung der Unbeständigkeit sey?
Doch er läßt diesen Gedanken gar bald fahren, und fragt sie, wer
der Verwegne sey, der sich unterstehe, ihr Verdruß zu verursachen,
und dadurch die erste Schönheit Roms[1] zu verdunkeln? „Kann es wohl,
„ruft er aus, eine so ungerechte Seele geben, welche für eine so voll=
„kommene Person nicht Achtung haben sollte? Kann wohl jemand seyn,

<hr>

Rom [1754]

„der sein Leben so geringe schätzet, daß er meine Wuth aufbringt,
„ohne sie zu fürchten? Bin ich es nicht, der sich, unter dem Schutze
„des Volks, zu einem Schrecken der Tyrannen Roms zu machen ge-
„wußt hat? Bin ich es nicht, welcher Tribun eben dieses Volks ge-
5 „wesen ist? Habe ich nicht noch Hofnung, es wieder zu werden? Wenn
„du einige Ursache hast, dich zu beklagen, glaubst du nicht, daß ich
„vermögend sey, dich zu rächen? Bekümmre mich also nicht länger.
„Eile, mir den Grund deines Verdrusses zu entdecken, oder fürchte,
„daß ein längers Zögern mein Tod sey!"

10   Virginia antwortet hierauf bloß durch eine Betheurung ihrer
Liebe, welche fähig ist, ihn wegen der Aufrichtigkeit ihrer Gesinnungen
zu beruhigen. Sie sagt ihm, daß er allein ihr Herz besitze, daß es
ihm nie ein andrer rauben solle, und daß es ihr unanständig seyn
würde, einer neuen Leidenschaft nachzuhangen. Sie gesteht es zu, daß,
15 ehe ihr Vater ihre Liebe gebilliget habe, ihr ein jeder Gegenstand habe
gleichgültig seyn können. „Aber jezt, setzt sie hinzu, verbinden Pflicht
„und Vergnügen unsre Herzen auf ewig."

      Ein so schmeichelhaftes Bekenntniß erfüllet den Icilius mit
Freude, und macht daß ihn sein erster Verdacht reuet. Gleichwohl aber
20 ist dieses für ihn noch nicht genung. Er will durchaus die Ursache des
Kummers seiner geliebten Virginia wissen, damit er ihn wenigstens
mit ihr theilen könne. Er dringt aufs neue in sie, ihm denselben
zu entdecken; doch Virginia sucht sich zu entschuldigen, und wendet
vor, die Ursache sey so groß, daß sie keine Worte finde, sie auszu-
25 drücken, besonders, wenn sie überlege, daß sie ihm, ihrem Icilius, die
Erzehlung davon machen solle. „Fordre also, schließt sie, nicht von mir,
„dir etwas zu sagen, das ich nicht weiß, wie ich dir es sagen soll."

      Diese abschlägliche Antwort bringt den Icilius auf den Ver-
dacht, daß es etwas sehr wichtiges seyn müsse, und daß vielleicht seine
30 eigne Ehre daran Theil nehme. Umsonst sucht Virginia ihn wegen
des letztern Puncts zu beruhigen; umsonst versichert sie ihn, daß wenn
seine oder ihre Ehre wäre beleidiget worden, sie den Schimpf, sollte
es auch mit ihrem Blute seyn, schon würde gerächet haben: Icilius
ist darum nichts ruhiger. „Aber, sagt er, wenn es weder die Liebe,
35 „noch die Ehre betrift, was ist denn sonst auf der Welt, was dich
„betrüben, und dir Thränen auspressen könne? Was kann dich be-

„wegen, mich als einen Fremden zu betrachten? Ach, Virginia,
„entweder du kennst die Ursache deines Verdrusses nicht, oder du hinter-
„gehest meine Geduld!“

Die gewöhnliche Aufrichtigkeit der Virginia wird durch diesen
Vorwurf beleidiget. Sie weis, daß sie unfähig ist, irgend eine Wahrheit zu verbergen, und läßt also den Icilius von der Gewalt urtheilen, die sie sich besonders mit ihm anthun müsse. Ihr Herz kennet
keine Verstellung. „Aber, fügt sie hinzu, es giebt Fälle, welche eine
„kluge Behutsamkeit erfordern, damit man sich nicht, aus Mangel der
„Ueberlegung, allem, was Leidenschaft und Zorn eingeben können,
„blindlings überlasse. Vielleicht würden ich und du dieser Gefahr aus-
„gesetzt seyn.“

So viel Zurückhaltung macht den Icilius ungeduldig, welcher
nichts mehr hören will, wenn es nicht eine Erläuterung auf seine Frage
sey. Virginia fürchtet sich ihn allzusehr zu erbittern, und macht sich
eben gefaßt, sie ihm zu geben, als Publicia mit dem Numitor
dazu kömmt.

Vierter Auftritt.

Numitor erstaunt, den Icilius zornig, und die Virginia
in Bewegung zu finden, und fragt, was sie beyde mit einander haben.
„Was giebt es denn? Wie? Ihr seyd beyde stumm?“ Icilius überläßt es der Virginia die Ursache ihrer Verwirrung zu erzehlen;
die Römerin nimmt also das Wort, und spricht: „Icilius sahe einige
„Thränen aus meinen Augen fliessen, und ich konnte keinen Ausdruck
„finden, ihm die Ursache davon zu sagen. Mußte er sich deswegen
„wohl erzürnen? Urtheile selbst, Numitor, und weil dir Publicia
„doch schon etwas wird gesagt haben, so bringe ihn doch, ich bitte
„dich, meinentwegen aus seinem Irrthume.“

Numitor billiget die kluge Zurückhaltung seiner Muhme, und
weil Icilius in ihn dringt, ihm den Handel zu entdecken, so giebt
er gleich Anfangs dem jungen Römer zu verstehen, daß es besser für
ihn seyn würde, wenn er in seiner Unwissenheit bliebe, als wenn man
ihn daraus zöge und er seine natürliche Hitze weder zurück zu halten,
noch sich einer so nöthigen als klugen Verstellung zu bedienen wüßte.
Er kömmt hierauf sogleich zur Sache selbst, und fügt hinzu: „Appius,

„der Tyrann Appius, begehret der Schönheit, die du, Icilius,
„verehrest. Er hat sich deswegen der Publicia entdeckt, welche ihm
„mit aller Verachtung, und mit allem Abscheu, den er verdient, und
„den seine sträflichen Absichten werth waren, geantwortet hat. Sie
5 „ist ihm wirklich so hart begegnet, daß ich ihn weder für so blind,
„noch für so verwegen halte, einen neuen Versuch zu wagen. Ich bin
„vielmehr gewiß, daß er nach dieser Abfertigung, weder Güte noch
„Drohungen mehr anwenden wird.“

Auf diese Erzehlung kann sich Icilius nicht enthalten, das
10 Stillschweigen der Virginia zu billigen. „Wie wohl hast du ge=
„than, ruft er aus, indem er sich gegen sie wendet, daß du mir eine
„solche Beschimpfung verschwiegen hast! Wie klüglich hast du gehan=
„delt! Heiligsten Götter! Wo ist das Herz, das sie erdulden könnte?
„Welcher Mensch ist so niederträchtig, daß er sich hierbey halten könne?
15 „Kann es eine so nichtswürdige und unempfindliche Seele geben, welche
„hier nicht nach Blut und Rache dürste? Was hat man noch zu ver=
„lieren, wenn Ehrgeiz, Grausamkeit und Gierde, uns Güter, Ehre,
„Freyheit und Vergnügen geraubet haben? Den Feind hinrichten und
„sterben, das ist das beste, was unser Unglück vergönnet. Lebe wohl,
20 „Virginia, lebe wohl! Ich eile mich für mein Vaterland, für meine
„Liebe, für meine Wuth, für meine Eyfersucht, aufzuopfern. Großer
„Jupiter, nimm das Opfer, das ich dir bringen will, geneigt an! Nimm
„Theil an der Handlung, auf die ich sinne. Wann ich dich beleidige,
„so laß mich umkommen; wann ich dir diene, so verleihe mir Sieg!“

25 Indem er diese lezten Worte sagt, will er fortgehen; doch er
wird von dem Numitor zurückgehalten, welcher ihm, seine Hitze zu
mäßigen, verschiedne seiner Urtheilskraft würdige Vorstellungen macht.
Die Gefahr, in welche Virginia gestürzt würde, wenn ihm sein An=
schlag mißlänge, ist ein Grund, welchen der Alte am meisten treibet.
30 Virginia steht ihm bey, und beschwöret ihren Liebhaber, sie nicht
zu verlassen. Ohne ihm würde sie das Leben verachten, aber seitdem
sie es ihm ganz geweiht habe, sey es für sie ein kostbarer Schatz, auf
dessen Erhaltung sie bedacht seyn müsse. „Wenn ich deinen Schutz habe,
„sagt sie, und dennoch in Gefahr bin, wie würde es nicht mit mir
35 „werden, wenn ich dich nicht mehr hätte? Habe doch also Mitleiden
„mit mir. Halte deinen Arm zurück. Du wirst ihn mit größerm

„Ruhme brauchen, wenn du wartest, bis er keinen zweifelhaften Stoß
„thun darf.“

Solche kluge und vernünftige Gründe machen bey dem Jcilius
Eindruck, und bringen ihn wieder zu sich selbst. Doch weil er allzu
aufgebracht ist, als daß er einigen Entschluß fassen könnte, so bittet 5
er die Virginia und den Numitor, ihm die Aufführung, die er
beobachten solle, vorzuschreiben. Dieser giebt ihm daher verschiedne
heilsame Anschläge, nehmlich, seine erste Bewegung zu unterbrücken,
sich durch sie zu keinen Ausschweifungen bringen zu lassen, seinen
Schmerz zu verbergen, damit er dem kühnen Appius keinen Verdacht 10
erwecke, sondern ihn überraschen könne, wenn er am sichersten zu seyn
glaube, und am wenigsten auf seiner Hut stehe. Die Virginia aber
ermahnt er, an den Feyerlichkeiten des Fests der Pales Theil zu
nehmen. Er verspricht ihr, für ihre Sicherheit zu wachen, dem Virginius von allen Nachricht zu geben, und ihn zu nöthigen, sogleich nach 15
Rom zu kommen. „Weil er so nahe ist, fährt er fort, so beruhige
„dich nur unterdessen. Fürchte unter der Aufsicht des Jcilius nichts.
„Die Gegenwart eines Ehegatten ist immer von großem Gewichte.“

Valerius und Horatius sind noch zwey Stützen, welche
Jcilius seiner verfolgten Freundin geben will. Diese zwey Raths- 20
herren, welche seit langer Zeit mit ihm verbunden, und heftige Feinde
des Decemvirats sind, erwarten ihn eben, sich wegen der gemeinen
Noth mit ihm zu berathschlagen; des Jcilius Begierde also, sich zu
rächen, wird gewiß für ihn ein neuer Bewegungsgrund seyn, ihre Anschläge, so bald als möglich ausbrechen zu lassen. Die Umstände scheinen 25
ihm übrigens vortheilhaft. Der tapfre Siccius ist, nach der Aus-
sage der ganzen Armee, durch die allerschimpflichste Verrätherey umgekommen. Man ist deswegen in Rom in der äussersten Bewegung.
Jcilius schmeichelt sich, das Volk werde vielleicht seinen Groll ausbrechen lassen, und das schimpfliche Joch, das man ihm auflege, ab- 30
zuschütteln suchen. Alle diese Betrachtungen scheinen ihm für Virginien eben so viel Gründe, sich zu beruhigen, zu seyn; und nachdem
er sie ihr also alle vorgelegt, setzt er hinzu: „Geh nur Virginia,
„und sey ohne Sorgen. So große und so entschloßne Seelen sind
„fürchterlich genug, wenn sie die Wuth belebet.“ 35

Gleichwohl beruhigen alle diese schöne Hofnungen Virginien

nicht völlig. Doch ohne ihre Furcht zu verrathen, begnügt sie sich, für
den Icilius und sich, um den Schutz der Götter zu flehen, und sie
zu bitten, daß Appius umkommen, Rom seine Freyheit wieder er=
langen, und sie selbst ihre Pflicht erfüllen möge. Icilius und Nu=
mitor begeben sich hierauf weg; dieser aber, welcher ein eben so eif=
riger Patriot, als guter Vetter ist, giebt jenem bey dem Weggehen
noch zu überlegen, daß er so viel als nichts würde gethan haben,
wenn aus dem kühnen Anschlage, den er etwa im Sinne habe, der
Republik einiger Schaden erwüchse, oder wenn er nicht mit seiner eignen
Rache die Rache des Vaterlandes verknüpfe.

Fünfter Auftritt.

Virginia und Publicia bleiben also allein, und diese thut
ihr möglichstes, ihrer Gebietherin zu beweisen, daß sie nichts zu fürchten
habe, weil sie sich schmeicheln könne, daß Rom selbst ihre Vertheidi=
gung auf sich nehmen werde; doch Virginia behauptet, daß sie des=
wegen nichts ruhiger zu seyn Ursache habe. So lange sie ihr Vater=
land unterdrückt sehe, so lange ihre Ehre und ihr Geliebter in Ge=
fahr sey, könne sie nicht anders, als in Furcht und Betrübniß leben.
Unterdessen zweifle sie weder an der Macht der Götter, noch an ihrer
Liebe zur Gerechtigkeit; es sey ihr aber auch nicht unbekannt, daß nach
verehrungswürdigen Rathschlüssen, deren Weisheit man nicht ergründen
könne, es oft geschehe, daß die Tugend unterliege, und das Laster
ungestraft bleibe. Und dieses sey es, weswegen sie zittere.

Sechster Auftritt.

Indem Virginia noch redet, kommen verschiedne Römerinnen,
welche sie zu dem Feste der Pales abhohlen wollen, und nach einigen
verbindlichen und bescheidenen Reden von beyden Theilen, gehen sie
alle unter Begleitung der Publicia ab.

Zweyter Aufzug.

Erster Auftritt.

Appius tritt allein auf, und beklagt sich, daß er bey Virginien,
welche er anbethe, ein Herz finde, das sich seiner Neigung widersetze.

Ohne dieses würde sein Glück vollkommen seyn. Er sieht sich als Herrn
von Rom, wo alles nach seinem Willen gehet; er sieht sich von den
andern neun Decemvirs, welche ihren Namen und ihre Würde bloß
ihm zu danken haben, weil er durch sein Ansehen die Comitialerwehlungen
abgeschaft, verehret und befolgt; er siehet die Kriegsheere in seiner
Gewalt, die nichts ohne seinen Befehl thun dürfen: was fehlet also
noch seiner Größe? Auf den höchsten Gipfel der Ehre erhaben, und
mit der höchsten Gewalt versehen, konnte er wohl vermuthen, daß ihm
etwas widerstehen werde? Gleichwohl unterstehet sich ein Weibsbild
seine Anerbiethungen auszuschlagen, über seine Drohungen zu lachen,
ihn selbst zu verachten, und auf diese Art den Lauf seines Glücks zu
unterbrechen. Da er sich eben schmeichelt, Rom zu seinen Füßen zu
sehen, will sich das Herz einer Plebejin ihm nicht unterwerfen, und
ein Plebejus ist Ursache daran. Welche Erniedrigung! Alles was er
unternimmt, hat den guten oder schlechten Ausgang, den er sich vor=
setzt, und nur die Liebe muß ihm ihre Widerwärtigkeiten entgegen
stellen. Es war für den Icilius nicht genug die Stimmen des Raths
gegen ihn im Gleichgewichte gehalten zu haben; er mußte auch hier
sein Nebenbuhler seyn, und ihm mit größerm Glücke den vornehmsten
Gegenstand seiner Begierden entreißen. Was kann die Wuth eines
hochmüthigen Liebhabers mehr aufbringen? Aus Höflichkeit gegen eine
Plebejin soll Appius seinen Zorn, und das grausame Feuer, das
ihn verzehret, auslöschen? „Nein, ruft er aus, das ist nicht möglich.
„Meine Leidenschaft ist zu starck, mein Schmerz zu heftig, als daß ich
„die Schönheit, die ich anbethe, in eines andern Armen sollte sehen
„können. Aber, gerechter Himmel, wenn die Maaßregeln, die ich ge=
„nommen habe, nicht anschlagen; wenn ich nicht darauf bestehen kann,
„ohne daß man meinen Ehrgeiz als eine Tyranney verflucht, wenn
„meine großen Anschläge zu nichte werden, ehe alles zu meinem Vor=
„theile eingerichtet ist, und wenn ein gegenseitiger Nutzen = = =“

Zwenter Auftritt.

Hier wird er durch die Ankunft des Claudius seines Lieblings
unterbrochen, welcher seine heftige Bewegung bemerkt, und ihm den
Rath giebt, sich zu mäßigen, so wohl um seine Gesundheit zu schonen,
von welcher er versichert, daß sie dem ganzen Volke kostbar sey, als

auch um an einem Tage, an welchem er öffentlich erscheinen solle, und eine Menge von Leuten die Augen auf ihn heften würden, keinen Verdacht zu erwecken.

So klug dieser Rath ist, so bedarf doch Appius desselben ganz und gar nicht. Er ist in der Kunst, sich zu verstellen, vollkommen unterrichtet, er hat seine Minen in seiner Gewalt, er weis seine Gedanken zu verbergen; er weis seine Handlungen und seine Worte zu verstecken, nur das weis er nicht, wie er sein Herz gegen die Reize der Virginia schützen soll. Dieses Geheimniß möchte er gerne erfinden, und dieses verlangt er von seinem Lieblinge zu wissen.

Claudius erkennt die Schwierigkeit, ja die Unmöglichkeit desselben, wenn die Liebe ausserordentlich stark ist. Das einzige Mittel, welches ihm einfällt und seiner würdig ist, bestehet darinne, daß er ihm räth, seine Leidenschaft zu sättigen, wenn er sie nicht erstlücken könne.

Ob nun gleich den Appius seine eigne Gemüthsart, diesen Schluß zu ergreifen, geneigt macht, so glaubt er doch, daß er noch vorsichtig gehen müsse. Weil er selbst die Gesetze gegeben habe, so scheint es ihm allzuverwegen zu seyn, wenn er sie so bald, ohne einem anständigen und scheinbaren Vorwande, selbst übertreten wollte; doch Claudius, welcher noch ein größrer Bösewicht ist als er, denkt ganz anders. „Es gehört gemeinen Seelen, sagt er, sich den Regeln der „Tugend zu unterwerfen. Große Leute und Helden sind über alles „erhaben, und scheuen sich für nichts, wenn ihnen das Laster gefällt. „Als Römer muß zwar Appius seine Handlungen im Zaume halten; „aber als Decemvir, als Herr des Volks, der Patricier und der Kriegs= „heere, kann Appius seine eigensinnigsten Begierden zu Gesetzen „machen. Gnade und Mäßigung hören, wie er sagt, auf, Tugenden „zu seyn, wenn es auf die Befestigung einer neuen Herrschaft ankömmt.“

Diese Reden schmeicheln dem Stolze und der Eitelkeit des Appius ungemein; gleichwohl aber hält er für gut, ehe er die Larve ganz und gar ablege, mit aller Klugheit und ohne Anstand die besten Maaß= regeln zu ergreifen, die ihn zu seinem Zwecke führen und alle Hindernisse aus dem Wege räumen können. Claudius überläßt diesen Punct der Klugheit des Decemvirs, und versichert ihn bloß, daß er allen seinen Befehlen, als einer der ihm weit mehr, als irgend ein andrer ergeben sey, blindlings folgen will. Appius zweifelt daran nicht. Er hat schon so viel Beweise von seiner Treue, von seinem Eifer, von seinen Gaben, daß er ihn ganz besonders hochschätzet; weil er aber jezt die Rathsherren **Valerius** und **Horatius**, zwey von seinen hartnäckigsten Feinden, und die größten Anhänger des Volks, auf sich zukommen sieht, so läßt er ihn von sich, und verschiebt es bis auf eine andre Zeit, sich umständlicher mit ihm zu berathschlagen.

Dritter Auftritt.

Die zwey Rathsherren, welche schlau und geschmeidig sind, und sich vortreflich zu verstellen wissen, reden ihn an. **Valerius** führt das Wort, und versichert ihn gleich Anfangs, daß sie in der besten Absicht, voller guten Vertrauens zu ihm kämen, ohne sich an den Ort, wo er jezt sey, noch an die Streitigkeiten zu kehren, welche sie mit einander im Senate gehabt hätten, weil sie befürchten müßten, ihre Trennung möchte dem Vaterlande, besonders bey so bringenden Gefahren, schädlich seyn. Er setzt voraus, daß **Appius** ein Römisches Herz und eine aufrichtige Liebe für Rom habe, und stellt ihm hierauf vor, daß das Volk den Tod des **Siccius** erfahren habe, und ihn durchgängig dem Decemvir und General **Cornelius** zuschreibe, daß es diese That grausam und tyrannisch schelte, daß es neue Beleidigungen von dieser Art fürchte, seufze und sich beklage; daß auch der Abel nicht weniger beunruhiget und aufgebracht sey, und daß es die äußerste Nothwendigkeit erforbre, sie insgesammt zufrieden zu stellen, ehe sie einerley Geist des Verdachts und der Wuth vereinige, und alle Hülfsmittel vergeblich mache.

Horatius ersucht den **Appius** auf diese Vorstellung wohl Acht zu haben, und den traurigen Folgen eines allgemeinen Mißvergnügens durch eine schleunige Gerechtigkeit zuvorzukommen, und sich ihres Beystandes, wenn er das Laster bestrafen wolle, zu versprechen, ja, wenn ihm dieser nicht genug sey, des Beystandes des Volks, der Ritterschaft und des Senats. „Da alle Wünsche, sagt er, nur auf die „gemeine Ruhe abzielen, so wird ein jeder, so bald es darauf ankömmt, „sie zu rächen, mit Vergnügen dazu bereit seyn; und gleichwohl wirst „du allein die Ehre der Erleichterung, nach welcher wir seufzen, ge„nießen."

Weit gefehlt, daß **Appius** gegen die Reden der zwey Raths=

glieder Achtung haben sollte; er erstaunt vielmehr, wie er sie mit so
vieler Geduld habe anhören können. Er behauptet, daß das, was sie
ihm jezt gesagt hätten, eine schändliche Verleumbung sey; und erklärt
sich, daß er es ganz wohl wisse, daß nicht sowohl der Tod des Siccius als die Begierde, die Decemvirs unter sich uneins zu machen
und ihre Gewalt zu schwächen, ihr Geschrey veranlasse. „Aber wißt,
„sagt er zu ihnen, daß ich, noch ehe euer falscher Eifer den Endzweck,
„auf welchen euch eure Kühnheit und Untreue zielen lassen, wird er-
„langt haben, das Volk durch Strenge zu bändigen, den Adel durch
„exemplarische Strafen zu bessern, und beyde durch Furcht zurück zu
„halten wissen werde, weil es doch unmöglich ist, ihnen Liebe einzu-
„flößen und die Gelindigkeit zu nichts taugt.“

  Gleichwohl weis es die ganze Welt, auf was für Weise Siccius
ist umgebracht worden. Heftigkeit und Grausamkeit werden die Gemüther nur noch mehr aufbringen. Das Volk ist schon in der Wuth.
Die Truppen stehen in der Nähe des Berges Vellejus, und man muß
fürchten, daß sie das Andenken des Siccius aufmuntern werde, zu
zeigen, was die angeerbte Liebe zur Freyheit vermögend sey. Dieses
ist es, was Valerius dem Decemvir noch vorstellet, und Horatius,
welcher diese klugen Vorstellungen unterstützt, giebt sich alle Mühe,
ihm begreiflich zu machen, daß diese Dinge wohl noch weiter gehen
könnten; daß er selbst, wenn es das Volk erführe, wie wenig er nach
den allgemeinen Trangsalen frage, und deswegen einen Aufstand machte,
gar leicht das Opfer seines unversöhnlichen Zornes werden, und die
Gefahr für ihn allein weit größer, als für alle seine Anhänger aus-
fallen könnte. Doch nichts vermag den hochmüthigen Appius zu bewegen. Er glaubt vielmehr es sey gut, wenn er nie aufhöre, sich fest und
hart zu zeigen, und drohet den ersten den besten vom Tarpejo herabstürzen zu lassen, welcher sich unterstehen würde, das Volk in Bewegung
zu setzen. „Denn, sagt er, die kluge Aufführung des Magistrats stören,
„ist kein geringer Verbrechen, als die Freyheit Roms durch eine schänd-
„liche Unterdrückung mißhandeln.“ Mit diesen Worten geht er ab.

Vierter Auftritt.

  Des Appius Vermuthung, als ob Valerius und Horatius
seine Gewalt zertheilen und ihn hernach den Gesetzen ihres Eigensinnes

unterwerfen wollten, ist für diese zwey Rathsglieder eine Art von
Genugthuung. Aus seinem Abscheu vor allem Zwange, aus seinem
heftigen Charakter schliessen sie, daß er fähig seyn werde, sich noch
größerer Verbrechen schuldig zu machen, von einer verwegnen Unter=
nehmung auf die andre zu fallen, und dadurch die Zahl seiner Gegner
zu vermehren, und sie in Stand zu setzen, das Vaterland aus seiner
Unterdrückung zu retten, und zugleich dem Icilius und der Vir=
ginia nützlich zu seyn. Sie reden es mit einander ab, die erste Ge=
legenheit zum öffentlichen Ausbruche zu ergreifen. Beyde haben ihre
Anverwandten und Freunde auf dem Markte verstreuet, welche bereit
sind, sich auf das geringste Zeichen thätig zu erweisen. Es kommt nur
darauf an, ein Wort auszumachen, an welchem sie sich alle erkennen,
sich vereinigen und gemeinschaftlich beystehen können. Dieses ist es,
was sie thun müssen. Die Unterstützung des Icilius scheinen sie
noch nöthig zu haben, weil dieser eine große Menge Anhänger hat;
sie machen sich also gefaßt, ihn aufzusuchen, als sie ihn eben mit einem
Eifer herbey kommen sehen, welcher seine Absichten und die Stärke
seiner Liebe genugsam anzeigt. Valerius schlägt sogleich vor, ihm
mit wenig Worten das, was zwischen ihnen und dem Appius vor=
gefallen, zu erzehlen, und ihn dadurch zu ihrem Vertrauten zu machen.

Fünfter Auftritt.

Die Neugierde ist es, welche den Icilius herzuführet. Er hatte
den Decemvir die beyden Rathsglieder zornig verlassen sehen, er ist
also begierig zu erfahren, wie er ihre friedsamen Reden, und ihre
klugen Rathschläge aufgenommen habe. Valerius läßt ihn nicht
lange warten. Er sagt ihm sogleich, daß Appius nur seinem Ehr=
geize folge, daß er seinen Zorn nirgends verberge, daß er sie kaum
gewürdiget habe, ihre Vorstellungen anzuhören, und daß ihn alles in
Grimm und Wuth bringe. „Er behauptet, sezt Valerius hinzu,
„daß Siccius nicht vorsetzlich sey ermordet worden; daß der Unwille
„des Volks erdichtet und unser Eifer eine Treulosigkeit sey. Kurz, nach
„seinem ausgelaßnen Betragen zu urtheilen, scheint er kein Gesetz, als
„seinen Eigensinn zu erkennen, und Leben und Ehre sind bey ihm in
„Gefahr.“

Hier unterbricht ihn Horatius, und wendet das Gespräch auf

eine geschickte Art auf das, was für Virginien zu fürchten sey, und fragt, wer sie schützen werde? Auf diese Frage antwortet der eben so unerschrokne als verliebte Icilius hitzig: „mein Degen! Ich werde „ihn brauchen so bald ich sehe, daß mir keine andre Hülfe übrig bleibt. „In einer so bringenden Noth werden meine Anhänger thun, was ich „ihnen befehlen werde. Wer wird aus dem Volke mir diese Schöne „nicht vertheidigen helfen, wenn ihr beyde selbst, aus Mitleid gegen „sie, euch ihrer annehmt?"

Valerius verspricht es ihm in beyder Namen; allein er glaubt, daß man keine Zeit zu verlieren habe. Es sey von der äußersten Wichtigkeit, die Wuth eines Ungeheuers, als Appius, so bald als möglich zu hemmen, und dem tödtlichen Gifte, welches er aushauche, ein Ende zu machen. Man müsse daher die erste Gelegenheit, die sich darbieten werde, nicht aus den Händen lassen. Icilius denkt in diesem Stücke wie Valerius, und versichert ihn, daß, so bald es darauf ankommen werde, mit einer rächenden Hand seinen Degen mit dem Blute des Tyrannen zu benetzen, und die abscheuliche Brust zu zerfleischen, in welcher so viel barbarische Anschläge verschlossen lägen, er nicht einen Augenblick anstehen wolle.

So viel Entschlossenheit ist gleichwohl nicht nach dem Geschmacke des Horatius. Es scheint ihm, der Muth müsse mit mehr Ueberlegung angewendet werden. Alles, was er von dem Icilius verlangt, ist dieses, daß er seine Leute berede, sich den Verschwornen zuzugesellen, und daß er die Virginia dahin vermöge, daß sie bloß ihren Namen hergebe, damit man überall, wo es die Nothwendigkeit erfordern werde, zusammenkommen könne. Icilius giebt sein Wort darauf, und weil die Umstände der Zeit ihrem Anschlage, in Betrachtung der Menge Volks, welche das Fest der Pales auf dem Markte versammelt, vortheilhaft sind, so begeben sich die Rathsglieder weg, um alles zur Ausführung fertig zu halten.

Sechster Auftritt.

So bald sie weg sind, spricht Icilius „Ha! erlauchte Patricier, „welche Ehre habt ihr euch nicht ehedem erworben, als die Maaß„regeln, die ihr zu Stürzung eines tyrannischen Königs nahmt, so „glücklich von Statten giengen! Möchte doch Rom, eure Mutter, euch,

„so wie euren berühmten Vorfahren, den Tod oder die Verbannung
„dieses neuen Tarquins, bald zu danken haben. Möchte doch das
„Volk, welches edelmüthig nach der ihm geraubten Freyheit seufzet,
„aus einer so harten Knechtschaft gerissen werden! Lasset uns, durch
„die gerechten Bewegungsgründe, die uns vereinigen, selbst das Werk=　5
„zeug dazu seyn! Und du Virginia, du, mein höchstes Gut, und
„Gebietherin dieses entbrannten Herzens, welches nur dich bey allem,
„nach dem es strebt, zur Absicht hat; erfülle dieses Herz dergestalt,
„daß es sich nichts vorsetze, und nach keiner andern Ehre geize, als
„deinetwegen unbesorgt seyn zu können. Sollte man mir auch vor=　10
„werfen, daß ich von allen Römern, die dieses großen Namens wirk=
„lich werth wären, der erste sey, welcher der Liebe den Vorzug ge=
„geben habe, der dem Vaterlande gehöre! Dennoch soll alles, was in
„mir ist, nur durch meinen Verdruß belebt werden. Meine wüthende
„Eifersucht will sich nicht länger in meiner Seele verschließen lassen,　15
„und schon eile ich, alle meine Anhänger aufzubringen. O gieb nicht
„zu, großer Jupiter, daß der grausame Appius einer so starken
„Verschwörung entkomme.“

Siebender Auftritt.

In dieser Gemüthsbewegung wird er von dem klugen Numitor　20
überrascht, welcher es ihm verweiset, daß er sich nicht besser mäßigen
könne. Er stellet ihm vor, daß ihn sein Gesicht und seine Handlungen
verriethen, welches dem Fortgange seiner Anschläge sehr nachtheilig
seyn könnte. Er ermahnt ihn folglich, sich den zwey Rathsgliedern
gleich zu stellen, welche viel zu klug und viel zu verschlagen wären,　25
als daß sie ihr Vorhaben merken ließen; sie zwängen sich vielmehr
in Gegenwart des Tyrannens, und verbärgen dem Icilius selbst
den ganzen Umfang ihrer Absichten, indem sie bloß mit ihm von der
Ursache seines Verdrusses offenherzig sprächen.

Diese vernünftigen Rathschläge gehen Anfangs dem Icilius　30
sehr schwer ein, weil der Decemvir gegen alle Klagen und Erinnerungen
sich zu verhärten geschienen, und er also keine Hofnung hat, Vir=
ginien ausser Gefahr zu wissen. Er glaubt so gar, es sey keine
andre Hülfe übrig, als daß sie bey dem geringsten Vergehen des treu=
losen Appius alle zu den Waffen griffen, um die Freyheit zu ver=　35

theibigen, und die allgemeine Sicherheit für Kränkungen zu schützen.
Doch da er endlich die tiefere Einsicht des klugen Numitors zu er=
kennen genöthiget wird, so giebt er nach. Er verspricht, so lange es
für Virginien nicht gefährlich sey, dem Beyspiele der zwey edeln
Senatoren zu folgen, und ihnen zur Reifung ihres Entschlusses alle
Zeit zu lassen, damit sie bey ihren Unternehmungen eines glücklichen
Ausganges könnten versichert seyn, aus welchem seine Liebe den größten
Vortheil ziehen werde. „Dem Proteus gleich, spricht er, will ich alle
„Gestalten, nach dem es nöthig seyn wird, anzunehmen wissen. Als
„ein andrer Janus mit zwey Gesichtern, will ich mir die vergangnen
„Fehler zu Nutze machen, um mich in Zukunft desto vorsichtiger auf=
„zuführen.“

Numitor erfreut sich über diesen Vorsatz und berichtet ihm,
daß er dem Virginius von allem habe Nachricht geben lassen, daß
er ihn alle Augenblicke erwarte, und daß er selbst entschlossen sey, den
Verschwornen durch seine Anhänger beyzustehen, welche weder an
Menge noch an Tapferkeit den Anhängern irgend einer Parthey nach=
zusetzen wären. Dieses bestärkt die Hofnung des Icilius, der sich
nunmehr im Stande sieht, den größten Gefahren Troz zu biethen;
doch ungeachtet dessen, was er sich von einer so mächtigen Verschwörung
versprechen kann, wird sein Herz gleichwohl von einer heimlichen Ahn=
dung beunruhiget, als ob ihm an diesem Tage ein ganz besonders
Unglück bevorstehe. Unterdessen verlassen sich beyde in ihren ersten
Entschließungen, und machen dem zweyten Aufzuge ein Ende.

Dritter Aufzug.

Erster Auftritt.

Appius und Claudius treten mit einander auf, und unter=
reden sich von dem, was die zwey Senatores dem Decemvir gesagt
haben. Dieser lobt den Appius ungemein, daß er sich nicht an sie
gekehrt, noch seinem Ansehen, durch Annehmung ihrer Rathschläge
etwas vergeben habe. Unterdessen ist es doch nicht sehr zu verwundern.
Der Decemvir hat Ursache dem Valerius und Horatius nicht zu
trauen; und auch außer seinem Stolze, welcher ihm nicht erlaubt, in
seiner angemaaßten Herrschaft sich irgend Grenzen setzen zu lassen, ist

seine Liebe zu Virginien so stark, daß er den Tod der geringsten
Verkürzung seiner Macht vorziehen würde. Alles was sich seiner heftigen Leidenschaft zu widersetzen scheinet, dienet bloß sie zu unterhalten,
und der Verlust seines Ansehens selbst würde seine Begierden nur
mehr reizen, indem er ihn von dem Gegenstande, nach welchem er   5
seufzet, entfernte.

Claudius, der ihn in dieser Verfassung sieht, bezeigt ihm sein
Erstaunen über seine Mäßigung. Umsonst sucht Appius sie unter
dem Vorwande, daß die Strenge und die Verachtung der Virginia
für ihn eine Art von Bezauberung sey, zu rechtfertigen; sein Liebling   10
giebt sich alle Mühe, ihn zu überreden, daß er im geringsten nicht
verzweifeln müße, so lange er mit dieser Römerin noch nicht selbst
gesprochen habe. „Ist sie nicht ein Weibsbild? fügt er hinzu. Sollten
„Lobsprüche, Schmeicheleyen, Eitelkeit, Eigennutz, die Ehre dich zu
„ihren Füßen zu sehen, nicht fähig seyn, den Eigensinn zu verführen,   15
„gesetzt auch, daß sie das Herz nicht gewinnen könnten? Sollte bey
„ihrem Geschlechte alles vergebens seyn? Entschließe dich nur, mit ihr
„zu sprechen. Dieser Tag ist ohne Zweifel der vortheilhafteste, den
„du nur dazu aussehen könntest.“

Der Decemvir gesteht zu, daß er alles anwenden müße, um   20
sein Uebel zu erleichtern, allein er glaubt, daß es sich für ihn nicht
schicke, öffentlich etwas zu versuchen. Seine Leidenschaft würde gar
bald allen bekannt werden, und wenn ihm sein Unternehmen mißlingen
sollte, so wäre er vor der ganzen Welt zum Gelächter gemacht. Ehe
er sich einer so großen Beschimpfung aussetzte, wolle er lieber Vir=   25
ginien aus dem Hause ihres Vaters oder ihres Gemahls zu ent=
führen und sie aus dem Schooße der Glückseligkeit zu reißen trachten.

Ob nun gleich Claudius der Mann gar nicht ist, der diesen
letztern Anschlag mißbilligen sollte, so besteht er doch auf seinem ersten
Rathschlage und muntert den Decemvir durch Gründe auf, die seiner   30
Ruchlosigkeit würdig sind. „Wenn es, sagt er, darauf ankömmt, das=
„jenige was man begehrt, zu erlangen, so setzt man alles Bedenken
„und alle Besorgniß bey Seite. Ein Mann, der die Gewalt in seinen
„Händen hat, kennet weder Furcht noch Ueberlegung. Wenn man
„sein Glück durch ein Laster erlangen kann, so ist die Tugend un=   35
„nütze. Unterlaß also ja nicht, dich der gelegenen Zeit eines Festtags

„zu bedienen. Es ist natürlich, daß sich Virginia, bloß in Beglei=
„tung der Publicia, dabey einfinden wird. Suche sie auf, und
„wenn du sie findest, so laß es sie aus deinem eignen Munde hören,
„wie viel du für sie empfindest. Wenn sie dich anhört, gesetzt auch,
„daß sie dich mit keiner Gegenliebe belohnt, so muß sie dir doch we=
„nigstens dafür verbunden seyn, und schon dieses wird für dich eine
„Art von Erleichterung seyn, die dir noch bis jezt gefehlt hat.“

Endlich entschließt sich Appius, so hart es ihm auch fällt,
diesem Rathe zu folgen; und weil er in eben dem Augenblicke Vir=
ginien mit der Publicia herbey kommen sieht, so macht er sich ein
wenig bey Seite, damit sie, wenn sie ihn erblickten, nicht wieder zurück
gehen möchten; Claudius aber geht noch weiter zurück, um ihm völlige
Freyheit zu lassen.

Zweyter Auftritt.

Virginia ist ihres geliebten Icilius wegen besorgt. Weil
sie fürchtet, daß ihn seine natürliche Hitze allzuweit treiben, und er
seine Person der Gefahr allzusehr aussetzen dürfte, so betauert sie es,
daß sie ihm nicht alle ihre Furcht entdeckt habe, um ihn dadurch zu=
rück zu halten. Sie möchte ihn gerne antreffen, um es noch zu thun,
und dieses ist es, was sie hierher bringt. Publicia hat ihrer Un=
geduld nachgegeben; allein sie fürchtet, ihr Nachgeben könne ihrer jungen
Gebietherin nachtheilig seyn, wenn sie Appius etwan antreffen sollte.
Sie findet ihre Treue dadurch beleidiget, und erkennt, daß es der
bitterste Vorwurf seyn würde, den sie sich selbst machen könnte. Diesem
Unglücke vorzukommen, nöthiget sie Virginien, mit ihr wieder fort=
zugehen; doch in eben dem Augenblicke entdeckt sie den Decemvir.
Voller Bestürzung ruft sie sogleich aus: „gerechter Himmel! Meine Be=
„sorgniß trift ein. Ich sehe den Appius.“

Bey diesem Namen erkaltet das Herz der Virginia, und diese
tugendhafte Römerin stellt ihre Aufseherin zwischen sich und den De=
cemvir, um ihr gleichsam zur Schutzwehr zu dienen. Doch dieses ver=
hindert den Appius nicht, sich ihr zu nähern, und ihr alles zu sagen,
was die Liebe nur zärtliches und lebhaftes einflößen kann. Pu=
blicia welche beständig ihrer Pflicht auf das genaueste nachzukommen
sucht, erinnert den Decemvir an die Antwort, die sie ihm schon im

Namen ihrer jungen Gebietherin gegeben habe, und setzt hinzu: „Schmeichle dir nicht, daß Virginia deinem Verlangen heut ge= „neigter seyn werde. Sie ist kein Weibsbild, welches gewohnt ist „Reden anzuhören, die ihre Tugend beleidigen. Wende dich damit zu „andern, die sie anhören wollen, wenn du dich durch ihr Stillschweigen [5] „nicht einer neuen noch größern Kränkung aussetzen willst.“

Der Decemvir ist zu verliebt, als daß er sich so plötzlich sollte abschrecken lassen, und beschwört sie, daß sie ihm erlauben wolle, Vir= ginien alle die Stärke seiner Leidenschaft zu erkennen zu geben, oder daß ihm wenigstens diese anbethenswürdige Schöne mit ihrem [10] eignen Munde die abschlägliche Antwort ertheilen dürfe. Doch die Auf= seherin erklärt ihm, daß es umsonst seyn würde, wenn sie es auch er= laubte, ja wenn auch Virginia selbst darein willigte.

Um so wohl die eine als die andre zu gewinnen, zeigt Appius beyden die Vortheile, die sie aus dem Opfer seines Herzens und seines [15] Ansehens ziehen könnten. „Fragt ihr denn, spricht er zu ihnen, so „wenig nach dem Glücke, daß ihr es so verächtlich von euch stoßet? Und „du Virginia, kannst du mit einem gleichgültigen Auge denjenigen „zu deinen Füßen sehen, welchem als Herrn von Rom, alles zu Ge= „bothe steht? Schmeichelt es dir so gar wenig, daß er dir nicht ein= [20] „mal des geringsten Zeichens des Erkenntlichkeit werth zu seyn scheinet? „Ich halte dich für zu klug, als daß du dein Glük so hassen, und den „Appius verachten solltest, der dir seine Hoheit anbiethet und auf= „opfert.“

Unterdessen kömmt er damit nicht weiter. Virginia und Pu= [25] blicia halten es für ihrer unwürdig, sich durch die Reizungen des Eigennutzes und des Glückes verführen zu lassen. Der Decemvir ge= räth darüber in Wuth, er kann sich nicht länger halten, und drohet der Virginia, ihr und ihrem Geliebten die Wirkungen seines Zorns und der Macht, die sie verachtet, empfinden zu lassen. „Ich will dich, [30] „spricht er, die Güter die du verachtest, höher schätzen lehren. Ich „will = = =“

Publicia will ihn hier unterbrechen, doch Virginia legt ihr Stillschweigen auf, und ergreift das Wort selbst. Wenn es Klughei und Anständigkeit von ihr forderten, bey verliebten Schmeicheleyen tauk zu seyn, so ist es mit Drohungen ganz anders beschaffen. Es würde eine

Niederträchtigkeit seyn, sie ruhig zu ertragen, und ihr edler Stolz er=
laubt es ihr nicht. Was kann sie auch mehr beleidigen, als daß man
sie zu der geringsten unanständigen Schwachheit für fähig hält? Ob
schon ihre Familie geringer als die Familie des Decemvirs ist, so
5 weicht sie ihr doch nicht an Verdiensten. Niemanden ist der Ruhm
unbekannt, den sie erhalten hat, und den sie noch jezt, ohne dem ge=
ringsten Fleck, behauptet. Sollte Appius allein keine Kenntniß da=
von haben? Und weis er denn übrigens nicht, daß Virginia ihr
Herz nicht mehr in ihrer Gewalt hat? Weis er denn auch nicht, daß
10 er kein Recht hat, einigen Anspruch darauf zu machen? Warum wagt
er es dennoch? Auf was gründet er sich, da er das untadelhafte Band,
welches den Icilius und die Virginia verbindet, zertrennen will?
Ist er es nicht selbst, welcher das Gesetz bekannt gemacht hat, das
die Heyrathen zwischen Patriciern und Plebejern verbiethet? Wie kann
15 er die Unverschämtheit haben, sich von demselben auszuschließen? Sollte
nicht schon das genug seyn, ihn zurück zu halten, wenn ihm die Tu=
gend der Virginia auch nicht bekannt wäre? Darf er sich wohl
schmeicheln, diese Tugend zu verführen? Heißt nicht, nur so etwas zu
denken, sie beleidigen? Daran zu zweifeln, und es zu versuchen, heißt
20 dieses nicht, sich selbst schuldig machen? Was für starke Gründe können
nicht dem Decemvir vorgelegt werden, um ihm die Ungerechtigkeit und
die Abscheulichkeit seines kühnen Unternehmens zu zeigen! Virginia
vergißt keinen einzigen, und nachdem sie sogar dem Decemvir einen
ewigen Groll geschworen, sagt sie zum Schlusse: „Mäßige also deine
25 „nichtswürdige, blinde und eitle Kühnheit, mit der du nichts suchst, als
„mich zu beleidigen. Befürchte, daß mich die Götter entweder selbst,
„oder durch die Hand eines Sterblichen, vielleicht rächen werden. ꞏ“ Mit
diesen Worten geht sie zugleich mit ihrer Aufseherin, ab.

Dritter Auftritt.

30   Appius will sie zurück halten, er ruft sie, aber es ist umsonst.
Bald aber sieht er auf sich selbst zurück, und schämt sich einer solchen
Schwachheit. Er hält es für seiner unwürdig, wie der Pöbel zu lieben
und sich den Gesetzen dabey zu unterwerfen. Wenn seine Liebe der=
gleichen erkennen müßte; so würde er glauben, daß sein Ansehen da=
35 durch eingeschränkt wäre. Er vermeint, daß seine Ehre darauf be=

ruhe, sich überall Gehorsam zu verschaffen. Er faßt hierauf den Entschluß, seine Wuth zu verbergen, ein ruhiges und freudiges Ansehen
anzunehmen, um seine Absichten desto gewisser zu erreichen, in der
That aber Gewalt, List, Betriegerey, und alles anzuwenden, wodurch
er über das hartnäckige Weigern der Virginia siegen könne. „Es   5
„empfinde dieses Weibsbild, was derjenige vermag, welcher Rom be-
„herrscht, und keinen Höhern erkennt; derjenige, welcher nur beswegen
„Gesetze gegeben hat, damit er desto freyer leben könne; kurz der-
„jenige, welcher durch seine Standhaftigkeit selbst die Religion wird
„zu zwingen wissen, sich nach seinem Gutbünken zu bequemen."   10

Vierter Auftritt.

Hier wird er durch die Zurückkunft des Claudius unterbrochen,
welchem er den schlechten Fortgang seines Unternehmens erzehlt. Ob
er gleich schon entschlossen ist, sich an nichts ferner zu kehren; ob er
gleich bereits einen Anschlag ausgedacht, dem zu Folge er dem Cor=   15
nelius einen Befehl zugeschickt, den Virginius nicht aus dem Lager
zu lassen, sondern auf alle seine Handlungen sorgfältig Acht zu haben;
und ob er gleich versichert, daß er die Gegenbemühungen des Icilius
und des Numitors, welche einzig und allein im Stande wären, sich
ihm mit ihren Anhängern zu widersetzen, auf keine Weise fürchte: so   20
gesteht er doch dem Claudius, daß die List, welche er erdacht habe,
so sonderbar sey, daß er sie noch vorher überlegen wolle, ehe er sie
zur Ausführung brächte.

Claudius, der würdige Liebling eines solchen Herren, miß-
billiget diese Langsamkeit. Bey gegenwärtigen Umständen, scheinet ihm   25
die Eilfertigkeit unumgänglich nöthig zu seyn, und da er überzeugt
ist, daß man keine Zeit zu verlieren habe, so bringt er in den Ap=
pius, auf das schleunigste seinen Entschluß zu fassen. „Entschließe
„dich noch heut, spricht er, entschließe dich noch in diesem Augen=
„blicke. Fange an, meine Treue zu beschäftigen. Bediene dich meiner;   30
„befiehl!"

Der Decemvir zweifelt an seinem Eifer nicht, und weil er endlich seiner Meinung nachgiebt, so will er ihm eben sein Vorhaben
entdecken, als er durch die Ankunft des Icilius daran verhindert
wird.   35

Fünfter Auftritt.

Dieser macht sich die Gelegenheit zu Nutze, um ihm seine Aufwartung zu machen, und ihm mit dem verbindlichsten und ehrfurchtsvollsten Bezeigen seine Dienste anzubieten. Allein Appius kehrt ihm den Rücken zu, und begiebt sich mit seinem Lieblinge fort, nachdem er hochmüthig zur Antwort gegeben: „Wenn ich mir auch selbst nicht „genug wäre, so sind doch schon die Schergen, auch alsdann, wenn „ich allein zu seyn scheine, so nahe um mich, daß alle Gesellschaft „für mich unnöthig ist; besonders weil ich bey ihnen, Icilius, nichts „zu fürchten habe, und versichert seyn kann, daß man mir gehorcht.“

Sechster Auftritt.

Es scheint als ob der Anblick und die hochmüthige Antwort dieses Tyrannen die Wuth des Icilius aufs neue angeflammt habe. Bey der Verzweiflung, Rom von seiner Höhe herab gestürzt, den Adel und das Volk unterdrückt, und die Hitze und den Eifer der Römer für die Freyheit fast ganz erkaltet zu sehen, erstaunt er eben so sehr über sich selbst, daß er, der so viele andre durch seinen Widerstand, sich unter das schimpfliche Joch zu biegen, übertroffen habe, nunmehr selbst so geduldig die schimpflichen Reden dieses verhaßten Ungeheuers anhören könne. „Numitor, ruft er aus, indem er sich des Raths dieses „klugen Alten erinnert, das also ist die Frucht, die man von der Zurück„haltung seines Zornes hat? Was gewinne ich, wenn mich der Grau„same beleidiget, und ich mich nicht den Augenblick räche? Soll ich „lieber warten, bis der Eigensinn des Schicksals mir die Gelegenheit „versagt, die es mir heute anbiethet? Ich schwöre bey dem allmäch„tigen Vater der Götter, welcher in unserm alten Latium verehret „wird, daß, wenn mir jemals die Zeit loszubrechen erlaubet, dieser „abscheuliche Barbar, dieser grausame Feind meiner Ruhe, zu seinem „Unglücke erfahren soll, daß noch unter den Ruinen des Vaterlandes „ein Römisches Herz zu finden sey.“

Siebender Auftritt.

Icilius läßt seine Wuth austoben, als eben Virginia, die ihn, in der Absicht ihn selbst anzufeuern, aufsucht, mit der Publicia

weinend herzukömmt. So bald sie den Jcilius gewahr werden, räth
Publicia ihrer jungen Gebietherin ihre Thränen zu hemmen; doch
es ist umsonst. Das Herz der Virginia ist allzuempfindlich verwun=
det, und von der kühnen Beleidigung des Decemvirs allzuschmerzlich
durchdrungen. Sie muß ihnen, wider ihren Willen freyen Lauf lassen. 5
Ihr Geliebter sieht es, wird darüber unruhig und fragt nach der Ur=
sache. „So lange Jcilius lebt, sprich, was kann dich betrüben?
„Sollte dich sein brennender Eifer, seine Liebe nicht gegen alles be=
„ruhigen? Rede doch, und verbirg mir die Ursache deines Verbrusses
„nicht länger. Du hast jezt ohne Zweifel eine neue und eine empfind= 10
„lichere als die ist, die ich schon weis.“

Virginia läßt nicht sehr in sich bringen. Ihre Thränen haben
angefangen, ihren Schmerz zu entdecken, und ihr Mund zaudert nicht,
das übrige hinzu zu thun. Nachdem sie ihrem Geliebten zu verstehen
gegeben, daß sie den Appius gesehen habe, und nicht länger seinen 15
unverschähmten Reden ausgesetzt seyn wolle, so entdeckt sie ihm, ohne
allem Umschweif, ihr Verlangen. Sie ist nicht mehr die zärtliche Lieb=
haberin, die für das Leben ihres Liebhabers und ihr eignes zittert,
und den Zorn ihres theuren Jcilius zu mäßigen sucht. Sie ist nun=
mehr ein wüthendes Weibsbild, welches nach nichts als Rache dürstet. 20
Keine Gefahr ist fähig, sie zu erschrecken. Ihr Geliebter, so werth er
ihr ist, soll alles wagen. Sie will, daß er nebst ihrem Vater, den
sie alle Augenblicke erwarte, nebst dem Numitor und den zwey Raths=
gliedern, auf das schleunigste die nöthigen Maaßregeln ergreife, um
den Tyrannen zu stürzen, und sein Vaterland indem er sie räche, aus 25
der schimpflichen Knechtschaft, in welcher es seufze, zu retten. „Jcilius
„besonders, sezt sie hinzu, darf sich an nichts weiter kehren. Was
„haben wir noch zu verlieren, wenn man uns die Freyheit sogar in
„den Gesetzen und in der Liebe raubet?“

So viel war nicht einmal nöthig, um den Jcilius aufzu= 30
muntern, das alleräußerste zu wagen. Es tauert ihn nur, daß er nicht
in dem Augenblicke alle Verschworne versammeln, und mit ihnen eilen
kann, seine Hand in das Blut des grausamen Appius zu tauchen.
Seitdem er weis, daß seiner geliebten Virginia selbst daran gelegen
ist, sind ihm alle Augenblicke kostbar. Er will sich einen jeden der= 35
selben sogleich zu Nutze machen, um alles zu einer schleunigen Aus=

führung seines Anschlages zu veranstalten. Unterdessen räth er der
Virginia, sich ohne Anstand wieder zu ihren Römerinnen zu be=
geben, welche sie bereits zur Feyerung des Festes der Pales suchten;
er verspricht ihr zugleich, daß er sie nicht aus dem Gesichte verlieren,
sondern auf ihre Sicherheit äußerst bedacht seyn wolle.

Nach diesen Versicherungen befürchtet Virginia weiter nichts.
Sie ist an Geist und Herz mit dem Icilius vereint, und scheuet
weder den verhaßten Namen, noch selbst die Gegenwart des Tyrannen.
Die zwey Verliebten nehmen hierauf auf das zärtlichste von einander
Abschied, versprechen sich eine beyderseitige Liebe, welche selbst der Tod
nicht auslöschen soll, und Publicia schließt diese letzte Scene des
dritten Aufzuges mit folgenden Worten: „Möchten doch die Götter an
„euch beyden zeigen wollen, daß sie die Tugend beschützen und belohnen,
„ob sie dieselbe gleich manchmal zu verlassen scheinen.“

Vierter Aufzug.

Erster Auftritt.

Der Anschlag des Appius in Ansehung der Virginia ist dem
Claudius kein Geheimniß mehr. Appius selbst hat ihn davon
unterrichtet, und ihm die gehörigen Befehle ertheilet. Man kann es
aus den Worten schließen, die er im hereintreten zu dem Claudius
sagt. „Dieses, Claudius, dieses ist das letzte Hülfsmittel, welches
„mir meine unumschränkte Herrschaft anbiethet, um meinen brennenden
„Begierden Genüge zu thun. Du, der du die Seele des ganzen Unter=
„nehmens seyn mußt, mache dich fertig, alles, was ich dir gesagt habe,
„zu vollziehen.“

Claudius entdeckt nunmehr vollends seinen verhaßten Charakter,
und zeigt wie viel ähnliches er mit dem Appius habe. „Wenn man,
„spricht er, so glücklich ist, eine Creatur von dir zu seyn, so weis man
„nichts zu antworten. Der Gehorsam spricht allein. Bis hierher sind
„weder Laster noch Schwierigkeiten fähig gewesen, mich zurück zu halten.
„Die Gewohnheit und das Vergnügen dir zu dienen, zerstreuen alle
„Bedenklichkeiten.“

Noch mehr wird er durch die schmeichelhaften Versprechungen
aufgemuntert, welche ihm der Decemvir macht. Er will ihm zum Lohne

in allen behülflich seyn, wornach seine Begierde nur streben werde,
und seine Unterstützung soll ihm in keiner Sache mangeln.

Zweyter Auftritt.

Nachdem aber Appius weg ist, so scheint es doch, als ob er
beynahe unentschlossen sey, was er eigentlich thun solle. So lange er
die Gefahr nur von weiten gesehen hat, so lange hat ihm seine Ver-
blendung nicht erlaubt, sie in ihrer ganzen Größe und nach allen ihren
Eigenschaften zu entdecken; jezt aber, da er sie in der Nähe betrachtet,
und sich ihr eben aussetzen soll, ist es ganz etwas anders. Ihr Anblick scheint ihn zu erschrecken. Die Ungewißheit des Ausganges, die
traurigen Folgen, welche dieses Unternehmen haben kann, bewegen ihn
einige kluge Betrachtungen anzustellen; und ob ihn diese Betrachtungen
gleich nicht anders Sinnes machen, so halten sie ihn doch einige Zeit
in Ungewißheit und seine Kühnheit geht fast verlohren. Unterdessen
sind sie viel zu schwach, als daß sie einen allzudauerhaften Eindruck
auf ein verderbtes Herz machen sollten, und es währt nicht lange, so
hat er sie gänzlich aus seiner Einbildung verjagt. Das Glück ist viel
zu reizend für ihn, als daß er es nicht zu erhalten suchen solle, wenn
es ihm auch noch so theuer zu stehen käme. Die allerabscheuligsten
Laster sind bey ihm gerechtfertiget, wenn sie geschickt sind, glücklich zu
machen. Was liegt ihm daran, daß die That die er begehen soll,
ihres gleichen nicht habe? Wenn er keine Ehre dabey einlegt, so wird
er doch Nutzen daraus ziehen, welches seine Eitelkeit eben so sehr
schmeicheln muß. Dieses ist ihm genug, und in diesem Entschlusse begiebt er sich bey Seite, weil er Virginien nebst der Publicia
und andern Römerinnen gewahr wird.

Dritter Auftritt.

Unter dem Vorwande einer kleinen Unbäßlichkeit, die ihr in der
ungesunden Luft zugestossen sey, bittet Virginia die Römerinnen, es
nicht übel zu nehmen, daß sie sich nach Hause begeben müsse. Die
Römerinnen sind wegen ihre Gesundheit besorgt und wollen sie begleiten, worein Publicia auch williget, als plötzlich der treulose
Claudius erscheint, auf Virginien los gehet, sie bey der Hand

ergreift und gebiethrisch spricht. „Du mußt mir vorher folgen, weil
„es erlaubt ist, das Seine wieder zu nehmen, wo man es findet.“

Virginia erstaunt über diese Gewaltsamkeit, und ruft aus:
„Was soll dieses sagen, mächtige Götter!“ Aber Claudius antwortet
5 ihr mit Ungestüm. „Es will sagen, daß du nicht als diejenige ge=
„bohren bist, die du dir zu seyn einbildest; sondern du bist die Tochter
„einer Sklavin, die mir zugehört, und jezt will ich mich, da es mir
„der Zufall erlaubet, meines Rechts bedienen.“

Auf diese Rede nimmt das Erstaunen der Virginia noch mehr
10 zu; und indem sie sich mit Gewalt aus den Händen ihres ungerechten
Räubers losreißen will, ruft sie den Beystand der Götter an, welchen
die Abscheulichkeit dieser Verleumdung bekannt sey. Publicia die,
wie es ihre Pflicht erfordert, bey ihrer Gebietherin fest hält, ist über
eine so gräßliche Beleidigung nicht weniger betroffen. Sie ist bey der
15 Geburth der Virginia gegenwärtig gewesen, allein ihr Zeugniß kann
hier von keinem Gewichte seyn. Uebrigens fehlt ihr auch die Stärke,
es geltend zu machen. Was kann sie also thun? Nichts, als um Rache
zu schreyen, und die andern Römerinnen zu ersuchen, ein gleiches zu
thun, weil ihre eigne Freyheit in der Entführung der Virginia an=
20 gegriffen sey. Dieses ist ihre einzige Hülfe. Eine von ihren Gefehr=
tinnen erhebt auch sogleich die Stimme und ruft: „Römer, wann ihr
„für die Ehre einer Weibsperson empfindlich seyd, so eilet schleunig
„herzu, ihr beyzustehen.“

Vierter Auftritt.

25 Sie findet auch sogleich einen Vertheidiger an dem Numitor,
welchen seine großmüthige Gesinnung den Augenblick herbey bringt.
Aber wie erstaunt dieser Römer, als er Virginien in den Händen
des Claudius gewahr wird! „Was seh ich! ruft er. Virginien
„beleidiget man! Wie kannst du dich Claudius einer solchen Aus=
30 „schweifung unterfangen?“

Doch Claudius läßt sich durch diese Frage nicht abschrecken,
sondern bestehet auf seinem Vorgeben, und antwortet mit Uebermuth:
„Weil eben dasselbe Gesetz, Numitor, welches mich berechtiget, das
„Meine zu vertheidigen, mir zugleich die Macht giebt, es dem, der sich
35 „dessen anmaaßen will, wieder zu nehmen.“

Umsonst wirft ihm Numitor seine Ungerechtigkeit vor; umsonst nimmt er Virginien bey der Hand, um sie ihm zu entreißen, und räth ihm sie fahren zu laßen; umsonst ermuntert Virginia selbst durch Reden und Thränen ihren Vetter, sie zu befreyen; der Betrieger Claudius ist unbeweglich. In der Gewißheit, daß er den Richter bey dieser Streitigkeit für sich haben werde, sagt er zu dem Numitor. „Es ist so leicht nicht, sie mir wieder zu nehmen." Und zu Virginien spricht er: „Und du, schmeichle dir nur nicht, das geringste durch deine „verstellten Thränen zu erlangen. Der, fährt er gegen beyde fort, „welcher uns richten muß, wird meine Gründe gewiß hören."

Unterdessen bestehet Numitor darauf, Virginien zu haben, und Claudius, welcher durchaus nicht nachgiebt, spricht: „Brauche „keine Gewalt bey einer Sache, die durch einen Rechtsspruch muß ent= „schieden werden. Höre nicht auf das unsinnige Geschrey eines Weibes. „Spare deine Mühe, oder = = = =" Hier machen sie beyde eine Be= wegung, der eine um Virginien zu befreyen, und der andre, um sie zu behalten, bis sie endlich den Appius, mit seinen Schergen herbey kommen sehen, da sie denn Claudius fahren läßt.

Fünfter Auftritt.

Appius thut als ob er von nichts wisse, und fragt indem er herzukömmt, mit einer angenommenen frommen Mine, woher das Ge= schrey, das er gehört habe, entstanden, und welches der Unheilige sey, der die Begehung eines so feyerlichen Tages beunruhige? „Sollte man „etwa vergessen haben, setzt er hinzu, daß es in Rom einen Beschützer „der Freyheit des Volks und seiner Andacht giebt? Gleich, entdeckt „mir die Ursache einer so großen Unordnung, oder mein Zorn wird = ="

Claudius fällt ihm ins Wort, und mit einer Mine, die allen Verdacht einiges Verständnisses unter ihnen vernichtet, bittet er ihn vor allen Dingen, seinen Zorn zu mäßigen. Hierauf entdeckt er ohne Schwierigkeit, daß er selbst der vornehmste Urheber dieses Lerms sey, und bemüht sich, ihm durch folgende Erzehlung die Ursache davon an= zugeben. „Dieses arme Weibsbild, welches sich einbildet, die Tochter „des Virginius und der Numitoria zu seyn, hat zu ihrer Mutter „eine elende Sklavin, Namens Servilia gehabt, die ich gekauft habe, „und die mir zugehört. Ihre vorgegebene Mutter kaufte sie gleich

„nach der Geburth, und gab sie für ihre Tochter aus, um durch diese
„Unterschiebung ihre Unfruchtbarkeit zu verbergen. Ich habe sie hier
„angetroffen, und da ich gewiß weis, daß sie mir zugehört, und glaubte,
„die Römerinnen würden meinem unleugbaren Rechte nur schwach wider=
5 „stehen können, so wollte ich mir sie wieder zueignen. Numitor, der
„auf das Geschrey herbey kam, setzte sich ohne Grund darwider. Und
„mittlerweile kamst du dazu, da ich dann sogleich aus Ehrfurcht von
„meinem Unternehmen abstand.“

Der Decemvir scheinet sich wieder zu besänftigen, und will von
10 dem Numitor wissen, was er hierauf zu antworten habe. Numitor
versichert, daß dieses die schändlichste Betriegerey sey, die jemals ein
Mensch erfunden habe. Ganz Rom ist für ihn, und Publicia ins=
besondre, welche allezeit Numitorien die Virginia an ihrer Brust
habe säugen sehen. „Was kannst du für dich anführen, Nichtswür=
15 „diger? sagt er zu dem Claudius. Was kannst du einem so klaren
„Zeugnisse entgegen setzen?“

Der Betrieger Claudius ist nichts weniger als betroffen. Er
verwirft Publicien als verdächtig; und wenn ihm Numitor nicht
den Augenblick Virginien wiedergeben wolle, so erbiethe er sich, so=
20 gleich glaubwürdige Zeugen, die aller Partheylichkeit unfähig wären,
darzustellen.

Doch Appius will dieser Erleuterung ausweichen. Die An=
gelegenheit ist allzuwichtig, und die Untersuchung würde allzulang seyn.
Weder Zeit noch Ort sind dazu bequem. Es sind auf dem Markte
25 eine Menge Personen in Bewegung, und er muß sich durchaus nicht
von dem vornehmsten Gegenstande seiner Aufmerksamkeit abziehen lassen.
Alle Sorgfalt der Obrigkeit muß dem andächtigen Eyfer des Volks
gewidmet seyn. Und dieses ist für den Decemvir der scheinbare Vor=
wand, warum er sich jezt die Zeugen zu hören, weigert. Alles was
30 er thun kann, ist, daß er die Entscheidung dieses Handels auf den
Nachmittag verschiebt. Die Hitze des Volks wird ohne Zweifel ein
wenig nachgelassen haben, und der Zulauf desselben wird nicht so be=
trächtlich seyn. Durch diesen Aufschub werden beyde Theile Zeit haben,
sich zur Führung ihrer Beweise vorzubereiten. Sie können alsdenn
35 vor dem Tribunale des Decemvirs erscheinen, und daselbst ihre Rechte
vortragen und vertheidigen, und bey der höchsten Macht, welche Rom

verehret, Gerechtigkeit suchen. Unterdessen aber, behauptet Appius, müsse man sich der Virginia versichern. Er kann nicht umhin, für denjenigen eingenommen zu seyn, welcher sich seinen Sklaven wieder zueignen will. Das Recht scheint ihm einigermaaßen durch die That selbst gerechtfertiget zu seyn, und er hat auch sonst noch für sich einige geheime Bewegungsgründe, welche ihn so zu denken nöthigen. Was kann er also bey diesen Umständen thun? Er muß vorläufig befehlen, daß diese Unglückliche (das sind seine eigne Worte) in die Hände des Claudius, oder einer andern sichern Person, die dieser Römer erwählen würde, geliefert werde.

Numitor bezeigt dem Decemvir sein Erstaunen, daß er ihn wider alle Gerechtigkeit einem Betrieger, einem Nichtswürdigen, auf ein blosses Vorgeben, das nicht die geringste Wahrscheinlichkeit habe, den Besitz desjenigen, was er verlangt, zusprechen höre, ohne sich an so viel rechtschafne Personen, welche wider ihn zeugen, zu kehren. Ist es erlaubt, die Ehre eines angesehenen Bürgers so zu erniedrigen? Will man ihm das Seinige, ohne ihn zu hören, rauben? Soll dieses der Lohn für die ausnehmenden Dienste seyn, die er dem Vaterlande leistet? Wird man ihm nicht erlauben, da er Rom so nahe ist, seine eigene Sache zu vertheidigen? Kann man sich weigern, einen Termin, zu seiner Verhörung anzusetzen? Wird man ihn zu Rom so verächtlich mißhandeln, jezt da er eben das seine dazu beyträgt, die siegenden Adler dem Feinde fürchterlich zu machen? Sollte sich Appius zu solchen Ausschweifungen verleiten lassen? Numitor thut, als ob er sich dieses nicht überreden könne, und beschwört daher den Decemvir, sein gesprochnes Urtheil zu wiederrufen.

Appius gesteht, daß Virginius in Ansehung seiner und seiner Vorfahren viel Achtung verdiene; allein dieses sey nicht Grundes genug, den Lauf der Gerechtigkeit aufzuhalten. Je nützlicher dieser Römer dem Vaterlande sey, bestoweniger schicke es sich, ihn zurück zu rufen. Wäre es wohl gerecht, ihn, der der allgemeinen Mutter diene, für die man alles aufopfern müße, wegen eines zweifelhaften Handels zurück kommen zu lassen, besonders da es so viele Rechtsgelehrte giebt, welche ihn untersuchen, und aufs reine bringen können? Wenn Claudius die Ausführung seines Rechts bis zu Ende des Krieges versparen wolle, so sey es der Decemvir ganz wohl zufrieden. Außerdem aber, könne

er sich, aller seiner Gewalt ungeachtet, nicht entbrechen, ihm, sobald er
es verlange, Gerechtigkeit wiederfahren zu lassen.

Claubius nimmt sich wohl in Acht, einen solchen Vorschlag
anzunehmen. Er setzt sich feyerlich darwieder, daß man den Virginius
erwarten wolle. „Die Anhänger dieses Gegners, sagt er, könnten viel=
„leicht vermögend seyn, alsdann mit Gewalt das Urtheil zu verhin=
„dern, welches sein ungegründetes Recht nicht aufhalten kann."

Dieser abschläglichen Antwort ungeachtet, beharrt Rumitor bar=
auf; er stützt sich auf die Feyerlichkeit des Tages, und auf die notorische
und empfindliche Beschimpfung, die den Virginius in Gegenwart
einer solchen Menge Menschen treffen würde, und sucht durch diese
Vorstellungen den Claubius zu bewegen. Doch Appius, dem daran
gelegen ist, das, was er gethan hat, zu behaupten, antwortet, es sey
seine eigentlichste Pflicht, die Streitigkeiten, welche unter dem Volke ent=
stehen, beyzulegen; auch die allerheiligste Beschäftigung müsse ihn nicht
davon abhalten, und der Schimpf, wenn anders einiger damit ver=
knüpft sey, könne demjenigen nicht zugerechnet werden, der aus Un=
wissenheit in der Sache nicht eher habe verfahren können.

Da Rumitor sieht, daß alles, was er vorbringt oder einwirft,
nichts nützen will, so verlangt er, daß man wenigstens ihm die Vir=
ginia aufzuheben geben solle, weil er ihr nächster Anverwandter sey,
und selbst durch die Gesetze, welche Appius auf die zwölf Tafeln
habe graben lassen, dazu berechtiget werde. Doch eitle Zuflucht! Ap=
pius, der die Gesetze gemacht hat, weis sie auch nach seinem Willen
auszulegen. Ihr Wille ist, nach seiner Meinung gar nicht, einem Vetter
dasjenige zu vergönnen, was man einem Vater, wenn er es als Vater
begehrte, ohne Grausamkeit nicht versagen könnte. Die Umstände sind
hier ganz anders. Der Decemvir verlangt also, daß man seinem Be=
fehle ohne Aufschub nachkommen solle, weil er jetzt unumgänglich An=
gelegenheiten des Staats besorgen müsse, und also nicht länger über=
lästige Reden anhören könne, die zu nichts taugten.

Sein unwürdiger Liebling scheint darüber vergnügt; Virginia
aber, welche bis hieher ein finstres Stillschweigen beobachtet hatte, glaubt
nunmehr, es brechen zu müssen. Sie will die List dieses schändlichen
Urtheils entdecken, und der ganzen Welt offenbaren, warum die Bos=
heit ein so gräßliches Verfahren wider sie beginne. Sie ist auf das

äusserste gebracht, und hat sich für nichts mehr zu scheuen. Die Men=
schen hören sie ohne Erbarmung an, sie muß also die Götter zu ihrem
Beystande anrufen, ehe Appius sie ohne Vertheidigung finde, und
seine schändliche Begierden zu stillen, vermögend sey. „So mache ich
„dann kund, sagt sie zu dem Decemvir mit erhabner Stimme, daß die 5
„viehische und strafbare Leidenschaft die einzige Ursache ist — —“ Hier
fällt ihr Appius ins Wort und sagt: „mach ein Ende, nichtswürdige
„Sklavin.“ Und hierauf befiehlt er dem Claudius die Kühnheit
dieses Weibsbildes zurück zu halten, und seinen Schergen, an die Voll=
streckung seines Befehls Hand anzulegen. 10

Der Liebling ergreift Virginien sogleich bey der Hand, und
diese unglückliche Römerin, deren Klagen nichts verhindern kann, be=
müht sich, sich mit Gewalt loszureissen, und ruft aufs neue: „Römer!
„Icilius!“

Hierdurch scheint sie den Zorn des Claudius erregt zu haben, 15
welcher ihr den Mund zuhalten will, und ihr zu schweigen befiehlt,
oder zu fürchten, daß er sie mit Gewalt dazu nöthigen werde.

Diese Härte bringt endlich den Numitor auf; er ermahnt den
Claudius die Ehre der Virginia auf solche Art nicht zu beleidigen,
sondern er und sein Herr möchten sich so lange mäßigen, bis man sie 20
angehöret habe; doch Virginia läßt ihn nicht weiter reden. Sie ist
in ihrer Verwirrung allzu aufgebracht, und glaubt fest, daß sie in ihrem
geliebten Icilius einen hitzigern und standhaftern Vertheidiger finden
werde, und fährt daher fort, zu rufen: „Komm! forbre deine Gattin
„wieder! Wo bist du? Warum hörst du mein Geschrey nicht?“ 25

Sechster Auftritt.

Sie wird in ihrer Erwartung nicht betrogen. Icilius hört sie,
antwortet ihr, erscheint den Augenblick, reißt sie mit Gewalt aus den
Händen des Claudius, und spricht zu diesem Treulosen: „Weg,
„Barbar! Du mußt keine Hand entheiligen, die mir selbst nicht er= 30
„laubt ist, zu berühren! Dein scheußliches Unternehmen ist gar bald,
„von Mund zu Mund, bis zu meinen Ohren gelangt. Das Volk
„breitet es bereits als das abscheulichste deiner Verbrechen aus, und
„die Neugierde hält noch diejenigen auf dem Markte zurück, die du
„hier und da zerstreut siehst. Deine Forderung scheint ihnen so son= 35

„derbar, daß sie dir sie kaum zutrauen. Sie warten voll Schahm
„und Wuth, daß man sie ihnen bekräftige. Du allein bist bey deiner
„frechen Unternehmung blind, und bestehst darauf, eine Person zu
„mißhandeln, die dir nichts als Ehrerbiethung einflößen sollte. Umsonst,
„Tollkühner, schmeichelst du dir, sie zu erhalten. Wie hast du dir ein=
„bilden können, daß sie dir jemand zusprechen werde, so lange Jci=
„lius noch lebt?"

Durch diese Frage fühlt sich der Decemvir beleidiget, und er=
greift sogleich das Wort, und sagt: „Wenn Rom einen obersten Richter
„erkennt, kann die Gerechtigkeit wohl noch durch die Furcht aufgehalten
„werden? Dieses zu versuchen, kömmst du zu spät, Jcilius. Deine
„Drohungen werden mich nicht bewegen, dasjenige zu wiederrufen, was
„ich einmal gesprochen habe."

Doch diese hochmüthige Antwort ist auch eben so wenig vermö=
gend, den muthigen Jcilius abzuschrecken. Er ist ganz anders als
Numitor, und erklärt dem Decemvir, daß er sich nicht werde be=
gnügen lassen, sich seinem ungerechten Urtheile durch bloße Worte zu
widersetzen. Er hat noch in seinem Arme Stärke genung, die grau=
same Wuth des Appius und seiner Anhänger zurück zu halten. So
lange er lebet, wird er es zu verwehren wissen, daß ihm Claudius
seine Gattin entreiße, und sie zu einer Beute der viehischen Lust des
Decemvirs mache. War es für den grausamen Appius nicht genug,
daß er die Consuls und Tribune, welche eine sichre Zuflucht für den
Adel und für das Volk waren, aufhob? Hätte er sich nicht damit
sollen begnügen lassen, daß er den Römern die stärkste Stütze ihrer
Freyheit geraubet, indem er dem Volke, durch seine Treulosigkeit, die
Berufung auf die allgemeinen Versammlungen benommen? Will er
noch durch eine andre abscheuliche List die Ehre der keuschen Röme=
rinnen kränken, und sie zu seinen Ausschweifungen mißbrauchen? Mag
er doch mit allem, was er als Reichthum ansieht, den Durst, der ihn
verzehret, löschen. Mag er ihn doch, wenn dieses nicht genug ist, in
dem reinen und edeln Blute der Römer kühlen: nur verehre er we=
nigstens ihre Gattinnen, und suche sie nicht zu Opfern seiner müthenden
Wollust zu machen. Es schickt sich für römische Seelen nicht, sich bis
zur Erduldung einer solchen Entehrung herabzulassen. Als Erben der
Keuschheit ihrer Vorfahren, bewahren sie in dieser Tugend das

Andenken ihrer ersten Stifter. Appius, wenn er es darauf an-
kommt läßt, soll erfahren, daß es noch Männer giebt, welche dem Beyspiele des Brutus zu folgen, fähig sind. Er soll wissen, daß obgleich
die Furcht die Bewegungen, die unter dem Volke entstehen, unterdrückt,
er dennoch deswegen nichts mehr gesichert ist. Der, der den Brutus
in der Liebe nachahmet, wird es ihm auch an Entschlossenheit und
Muthe gleich thun. Wie? Icilius sollte von der Hand des nichtswürdigen Unterhändlers der unreinen Lüste des Decemvirs, die an-
betenswürdige Schönheit empfangen, die ihm von ihrem Vater selbst
versprochen ist. Nein, nein. Appius schmeichle sich dessen nur nicht.
Er lege diesen Wahn ab, und lasse sich von seiner Leidenschaft nicht
verblenden. Die Römer, welche den Icilius begleiten, und mit einem
scharfen Blick alles, was vorgehet, bemerken, werden sein unbilliges
Urtheil niemals unterschreiben. Die Soldaten kennen gleichfalls die
Tapferkeit und Verdienste des Virginius allzugut, als daß sie bey dergleichen Gelegenheit einem so großen Manne entstehen sollten. Wenn
sich aber auch niemand dieser Ungerechtigkeit widersetzen, noch sich der
Ehre des Schwiegervaters und des Eidamms annehmen sollte, so sind
die zwey Verliebten allein vermögend genug, die sträflichen Anschläge
des Decemvirs fehl schlagen zu lassen.

Durch die Entschlossenheit, mit welcher Icilius dieses spricht,
wird einer von den Römern aus seinem Gefolge dreiste gemacht, und
erklärt öffentlich, daß er bey einem so gerechten Unternehmen auf den
Beystand aller seiner Mitbürger, so bald er ihn nöthig haben werde,
Rechnung machen könne.

Alle diese Reden werden von dem Appius frech und unverschämt
gescholten; gleichwohl aber machen sie einigen Eindruck bey ihm. Er
thut, als ob er sie nicht so wohl für eine Folge der Liebe des Icilius gegen Virginien, sondern für eine Wirkung des boshaften
Neides dieses Römers hielte, welcher gerne einen Aufstand unter dem
Volke anspinnen, und vermittelst desselben das Ansehen des Tribunats,
nach dem er strebe, wieder herstellen möchte. Unter dem Vorwande
also, daß er mehr Klugheit als Rache zeigen wolle, um seine Aufführung zu rechtfertigen und dem Icilius alle Gelegenheit zu einem
Aufruhre zu benehmen, ist er es zufrieden, daß Virginia ihre Freyheit so lange wieder erhalte, bis der Handel vor seinem Richterstuhle

geschlichtet sey. „Ich befehle, spricht er, daß diese Unglückliche, deren
„Namen ich noch nicht einmal weis, frey bleibe, und ich hoffe, daß
„Claudius, aus Liebe zur Ruhe des Vaterlandes, darein willigen
„werde.“

5   Claudius findet keine Ursache sich darwider zu setzen. Die vor=
gegebene Gerechtigkeit, die er begehrt, ist bloß aufgeschoben. Alles
was er verlangt, ist dieses, daß Icilius Virginien nicht ohne
Gewehrleistung überkomme. Ein Römer von dem Gefolge des Ici=
lius erbiethet sich, mit allen seinen Gefehrten dafür zu stehen; doch
10 Icilius, welcher ihre Dienste auf eine wichtigere Gelegenheit ver=
sparen will, wenn sich dergleichen zeigen sollte, dankt ihnen, und schlägt
sich mit den Anverwandten der Virginia selbst als hinlänglich sichere
Gewehrleister vor, die Appius in Ansehung ihrer Personen, und des
Ranges, den sie bekleiden, nicht ausschlagen könne.

15   Der Decemvir, welcher genöthiget ist, sich in die Zeit zu schicken,
macht auch nicht die geringste Schwierigkeit sie anzunehmen, und wendet
dieses zur Ursache vor, daß er dadurch seine Redlichkeit rechtfertigen,
und seine größere Neigung zur Gnade als Strenge, an den Tag legen
wolle, ob er gleich, dem Rechte nach, befugt sey, sie nicht anzunehmen,
20 wenn er nicht wolle, wie er den Numitor davon überzeugt zu haben,
sich schmeichle.

Siebender Auftritt.

     Nachdem sich Appius und sein Liebling hierauf wegbegeben
haben, so drückt Virginia ihrem Befreyer alle ihre Dankbarkeit aus.
25 Sie ist ihm ihre Ehre und ihre Freyheit schuldig; zwey Schätze, die
sie für kostbarer hält, als ihr Leben. Sie wollte daher fast, daß sie
ihn noch nicht zu ihrem Gemahl erwählt hätte, damit sie ihm so große
Wohlthaten durch das Geschenk ihres Herzens bezahlen könne. Alles
was sie thun kann, ist, ihm auf ewig diese Freyheit, die sie von ihm
30 habe, zu weihen, wenn er sie, als ein Gut, das ihm ohnedem zu=
gehöret, annehmen will.

     Diese Belohnung ist allzuschmeichelhaft, als daß sie Icilius
nicht mit dem größten Eifer annehmen sollte. Je reizender sie ihm
aber vorkömmt, desto mehr betauert er es, daß er nicht alle seine An=
35 hänger bey sich habe, um Virginien von aller Unruhe durch die

gänzliche Stürzung ihres Feindes befreyen zu können; allein er hat der=
selben nur eine Handvoll aufraffen können, und auch die zwey Raths=
glieder mangeln ihm, weil sie entweder, was ihm begegnet sey, nicht
erfahren haben, oder, wie er vermuthet, so schleunig ihm nicht zu Hülfe
haben kommen können. In Ansehung seiner wenigen Kräfte hat er sich
also noch Glück zu wünschen, daß er dem ungerechten Appius nur
so viel Furcht eingejagt, daß er nicht nach aller Härte seiner Gewalt=
samkeit verfahren.

Virginia giebt dem Icilius zu verstehen, daß sie, was den
Valerius und Horatius anbelange, ganz anders denke; sie ver=
spart es aber bis auf eine andre Zeit, sich deutlicher zu erklären, weil
jezt keine vortheilhafte Gelegenheit dazu ist, und sie übrigens beyde
herzu kommen sieht.

Achter Auftritt.

Valerius und Horatius rennen eiligst herbey, und versichern
den Icilius, daß sie, so bald sie das, was vorgegangen sey, erfahren
hätten, auf das ungesäumteste zu ihm geeilet wären, sogar, daß sie
sich nicht einmal Zeit genommen, ihre Leute davon zu unterrichten.

Icilius antwortet ihnen, daß die Eilfertigkeit sehr wichtig hätte
seyn können, wenn der kühne Appius auf seiner gräßlichen Treu=
losigkeit bestanden wäre; daß er aber auf ihre Tapferkeit Rechnung
mache, im Fall diesen Nachmittag die ungerechten Forderungen des
Claudius, über welche der Decemvir alsdann sprechen werde, über
das Recht siegen sollten.

Ob ihm nun schon die zwey Rathsglieder ihr Wort geben, daß
sie ihm mit allen ihren Leuten beystehen wollen, so scheint doch Vir=
ginia, welche noch immer mißtrauisch ist, ihnen nicht viel Glauben
beyzumessen. Sie bemüht sich daher, durch Vorstellungen, wie sie nur
immer, ihren Ehrgeiz rege zu machen, fähig seyn können, sich der Wir=
kungen dieses Versprechens zu versichern, und bringet ihnen eine neue
Bekräftigung ab, daß sie sie nicht verlassen wollen.

Nach so oft wiederhohlten Angelobungen, glaubt Icilius, daß
er nichts mehr zu fürchten habe, und legt alles Mißtrauen bey Seite.
Endlich ist Numitor der Meinung, daß man zusehen müsse, ob Vir=
ginius, welchen man erwarte, angekommen ist, um mit ihm zu über=

legen, was nunmehr zu thun sey. Es gehet also ein jeder ab, ausgenommen Valerius und Horatius.

Neunter Auftritt.

Diese zwey sind erfreut, daß sie alle Gemüther zur Rache geneigt sehen, und die Geschicklichkeit gehabt haben, dem Icilius ihre wahre Triebfeder zu verbergen. Sie argwohnen zwar, daß Virginius und Numitor viel zu scharfsichtig sind, als daß sie sich hinters Licht sollten führen lassen. Aber was verschlägt es ihnen, wenn einem jeden für sich daran gelegen ist, die Sache zu treiben, und ein jeder seinen besondern Vortheil in der Verschwörung findet. Sie beschliessen also, ehe sie abgehen, daß sie fortfahren wollen, die Hofnung dieser zwey Alten zu unterstützen, ihren Zorn in Gluth zu erhalten, und alles zu einem glücklichern Ausgange vorzubereiten. „Das hieße nicht siegen, „sagt Horatius, wenn Virginia frey und Rom in Knechtschaft „bliebe.“

Fünfter Aufzug.
Erster Auftritt.

Nachdem Virginius aus dem Lager angelangt, begiebt er sich auf den Markt, in Begleitung des Icilius, des Numitors, der Virginia, der Publicia und eines Trupps von Römern und Römerinnen. Hier nun beklagt er sich gleich Anfangs, seine Ehre den viehischen Lüsten des Appius, und der Betriegerey des Claubius zum Raube ausgesetzt zu sehen. Da ihm die Götter Numitorien genommen, so hätten sie ihm wenigstens Virginien gelassen, um ihm in seinem Alter zum Troste zu dienen; aber nun muß diese unschuldige Schöne die Leidenschaft eines ehrlosen Wollüstlings erwecken, und dadurch ihrem Vaterlande zu einem Gegenstande des Aergernisses werden. Was für Kränkung ist dieses nicht für ihn! Wenn er nur noch einige Hofnung, einige Zuflucht vor sich sähe! Aber so fehlt ihm alles. So viel Eifer Valerius und Horatius zu haben, sich auch stellen, so glaubt er doch nicht, daß er große Rechnung auf sie machen dürfe. Hat man ihm nicht gesagt, daß sie sich nicht eher gezeigt hätten, als bis Icilius Virginien schon wieder frey ge-

macht, und daß sie noch darzu ganz allein gewesen? Hätten sie eine
vorsichtigere Aufführung beobachten können? Virginius kennt ihre
Maximen. Sie mögen sagen oder thun, was sie wollen, so weis er
doch, daß sein Nutzen dasjenige gar nicht ist, was sie zur Absicht haben.
Ihre verschlagne Staatsklugheit hat sie die Ausführung hochmüthiger
Anschläge, die sie gemacht haben, bis jezt versparen lassen. Diese zu
Stande zu bringen, ist das einzige, worauf sie sinnen; sie suchen nichts
als die Gemüther zu erbittern, und alsdann sich die Gelegenheit zu
Nutze zu machen. Sobald die Sachen so beschaffen seyn werden, daß
sie nichts mehr zu fürchten haben, werden sie sich aller Heftigkeit ihrer
herrschsüchtigen Wuth überlassen. Was wird die Frucht des glücklichen
Ausganges ihrer Unternehmungen seyn? Die Wiederherstellung der
Consuls. Sie werden die Namen der Obrigkeit ändern, in der That
aber wird die Unterdrückung immer eben dieselbe bleiben. Auf das
Volk darf man auch keine Rechnung machen, weil ein Nichts es in
Bewegung setzt, und ein Nichts es auch beruhiget. Wenn es einmal
aufgebracht ist, so wird es sich der Gefahr mit Ungestüm aussetzen,
so lange es sich nehmlich einbildet, daß man ihm nur wenig wiederstehe,
oder gar vor ihm fliehe; merkt es aber, daß man sich nicht vor ihm
scheuet, so wird es gar bald seiner natürlichen Furchtsamkeit nachgeben.
Man muß sich übrigens nicht einbilden, daß Appius noch einmal
sein tyrannisches Ansehen brauchen werde, ohne vorhero alle nöthige
Maaßregeln genommen zu haben. Die ungerechten Urthelssprüche seiner
Leidenschaft vollziehen zu lassen, wird er ohne Zweifel die Truppen zu
Hülfe nehmen, deren eine grosse Anzahl in dem Capitolio ist. Er läßt
gemeiniglich nichts auf den Zufall ankommen. Er thut alles mit Vor=
sichtigkeit. Hat man nicht einen Beweis von seiner List an dem Be=
fehle, welchen er an den Cornelius stellte, daß er den Virginius
nach Rom zu kommen verhindern solle? Dieser Befehl kam zu eben
der Zeit im Lager an, als Virginius von dem Numitor Bericht
erhielt; und es war bereits alles so wohl veranstaltet, daß er schwer=
lich würde haben durchkommen können, wenn er nicht die allerun=
bekanntesten Schleifwege genommen hätte. Kurz, alles bringt ihm das
größte Mißtrauen gegen den Decemvir bey. Virginius sieht nichts,
was seine Verwirrung und seine Unruhe nicht vermehre. Je mehr er
nachdenkt, desto bestürzter wird er. Er fürchtet zwar nicht, daß es ihm

an Muthe, allem zu widerstehen, fehlen werbe; aber Virginiens
Zustand zerreißt ihm das Herz. Gesetzt auch, daß die gute Sache siege,
so wird es doch gewiß nicht anders, als durch die Gewalt der Waffen
geschehen können, und seine geliebte Tochter wird allzeit Gefahr laufen,
5 entweder die Ehre oder das Leben zu verlieren. „So habt ihr mich,
„mächtige Götter, ruft er aus, keiner andern Ursache wegen so vielen
„Gefahren, in welchen ich mich befunden habe, entrissen, als um mich
„heut solchen Widerwärtigkeiten Preis zu geben? Habt ihr nur des=
„wegen die Dauer meines hohen Alters verlängert? Habt ihr nur
10 „deswegen — — —“

Hier unterbricht Virginia ihren Vater, und will seinen Schmerz
zu lindern, versuchen. Sie bemüht sich, ihm die Hofnung einzuflößen,
daß das Glücke vielleicht Mitleiden mit ihr haben, oder auch nach seiner
eignen Unbeständigkeit, sich für sie erklären werde. Allenfalls aber,
15 versichert sie, lieber das edle Blut, welches in ihren Abern rinne, zu
vergießen, als entehren zu lassen. Dieser heldenmüthige Entschluß thut
dem Alten Genüge, welcher, so lange seine Tochter darinne beharren
werde, kein widriges Schicksal fürchten zu dürfen versichert.

Numitor will ihn des Valerius und Horatius wegen be=
20 ruhigen. Ob er schon selbst in ihre Treue ein Mißtrauen setzt, so be=
hauptet er doch, daß sie bey gegenwärtiger Gelegenheit, ihren Beystand
nimmermehr versagen können. Es scheint ihnen zu viel daran gelegen
zu seyn, daß Appius über den Widerstand des Virginius und
des Volkes, auf welchen sie alle ihre Hofnung gründen, nicht siege.

25 Icilius geht noch weiter. Wenn auch alle beyde, Valerius
und Horatius ausbleiben sollten, so versichert er doch, daß Vir=
ginius Numitor und er, unter dem Beystande der jungen Mann=
schaft, welche ihn begleite, und deren Tapferkeit schon bekannt sey, über
die Gewalt und den Stolz des Decemvirs lachen könnten. Unterdessen
30 ist er aber noch immer für diese zwey Patricier eingenommen, und ist
nicht damit zufrieden, daß man sie durch einen schimpflichen Verdacht
beleidige. Sie sind nur noch vor einem Augenblicke bey ihm gewesen,
und haben ihm die Versicherungen ihrer Treue und ihrer Freundschaft
erneuret. Dieses ist, nach seiner Meinung genug, blindlings auf sie
35 und ihre Anhänger, welche zahlreich, tapfer und entschlossen sind, zu
trauen.

Auf diese Rede versichert Virginius, daß es gar nicht sein Wille sey, diese zwey Rathsglieder zu verschreyen. Sein hohes Alter und seine lange Erfahrung haben ihn gelehrt, daß sie es nicht für schimpflich halten, ihren eignen Nutzen dem zufälligen Vortheile ihrer Freunde vorzuziehen. Er zweifelt auch eben so wenig an der Tapferkeit und Entschlossenheit der Anhänger des Icilius; er befürchtet nur, daß nicht alle, die sich einlassen möchten, eben dieselbe Tapferkeit zeigen, und daß sie nicht sowohl Vertheidiger abgeben, als bloß die Zahl vermehren werden. Wollte sich wohl Icilius unterfangen, ihm diesen Argwohn zu benehmen? Oder wollte er ihm wohl beweisen, daß dieses weder natürlich, noch glaublich, noch wahrscheinlich wäre? Uebrigens lassen den Virginius sein Alter, seine Gemüthsart, seine väterliche Liebe nichts glückliches voraussehen. Er setzt alle seine Hofnung auf die jungen Römer, welche ihm Icilius so sehr rühmet. Ihnen kömmt es zu, die Vertheidigung eines unglücklichen und betrübten Alten über sich zu nehmen. Ihnen kömmt es zu, Virginien, diese traurige Schöne von einem Schicksale zu befreyen, von welchem die Freyheit der keuschen Römerinnen abhängt. Alles, was Virginius von ihnen verlangt, um die Frucht eines so wichtigen Unternehmens nicht zu verlieren, ist dieses, daß sie alle ihre Thaten nach dem Plane, den er ihnen durch sein Beyspiel zeigen werde, einrichten möchten. Er will auch, daß Icilius die Klugheit allem vorziehe, und so lange an sich halte, bis er den Dolch in seiner Hand sehen werde.

Ob nun gleich so viel Mäßigung gar nicht nach dem Geschmacke des Icilius ist, so bequemt er sich doch, aus Achtung und Ehrfurcht gegen den alten Virginius, nach dessen Willen. Die Römer folgen seinem Beyspiel, und nachdem Virginius verlangt, daß sie sich durch einen Eid anheischig machen sollen, so willigen Icilius und die übrigen darein. Endlich muß ihm auch Virginia versprechen, ihre Thränen und ihr Geschrey nach seinem Befehle einzurichten.

Zweyter Auftritt.

In dem Augenblicke kömmt der Decemvir in Begleitung des Claudius, und unter Bedeckung der Schergen und Soldaten dazu, welche sich um den Richterstuhl, auf den er sich setzt, stellen. Er thut

gleich Anfangs, als ob er von allen Bemühungen, die man, das Volk
aufzubringen, angewendet habe, hinlänglich unterrichtet sey), und drohet
daher alle seine Gewalt und Entschlossenheit anzuwenden, diejenigen
zurück zu halten und zu bestrafen, welche kühn genug seyn würden,
die öffentliche Ruhe zu stören, und die Gerechtigkeit zu verhindern,
welche in dem Staate die Grundfeste der Freyheit sey. Er wirft hierauf dem Virginius vor, daß er aus dem Lager entlaufen und nach
Rom ohne Urlaub, seinem Eide zuwider, gekommen sey. Er setzt voraus, daß er von dem Cornelius Nachricht davon müsse bekommen
haben, und will, daß eine weit wichtigere Sache darunter verborgen
sey, als der Handel mit Virginien. Damit er unterdessen zeige,
wie wenig er sich deswegen beunruhige, so befiehlt er dem Claudius,
sogleich seine Forderung vorzutragen, und dem Virginius, seine
Sache zu vertheidigen.

Claudius gehorcht ohne Anstand; und behauptet zu Unterstützung seines Vorgebens, daß Numitoria unfruchtbar gewesen sey,
und erbiethet sich, seine Sklavin Servilia und verschiedne andre
Personen abhören zu lassen, welche an dem Verkaufe und an der Unterschiebung Theil gehabt hätten.　　　　　.

Virginius hebt damit an, daß er seine Zurückkunft nach Rom
vertheidiget. „Auf die Nachricht, sagt er zu dem Decemvir, die man
„mir von dem, was Virginien zugestoßen, ertheilte, und von deren
„Wahrheit ich jezt durch die Gefahr, welcher sie deine Leidenschaft aus-
„setzet, nur allzuwohl überzeugt werde, habe ich das Lager verlassen,
„um zu ihrem Beystande herzueilen. Was die Erlaubniß des Cor-
„nelius anbelangt, von welcher du vorgiebst, daß sie unumgänglich
„nothwendig gewesen sey, wenn man mich nicht als einen treulosen
„Ueberläufer betrachten solle, so glaube ich, daß ich sie deswegen ganz
„wohl habe entbehren können, weil man noch zweifelt, ob das An-
„sehen dieser obrigkeitlichen Person rechtmäßig ist. Vorausgesetzt also,
„daß mich bloß meine Ehre, und nicht das, was du etwa erdenken
„willst, nach Rom gebracht habe; so laß uns nunmehr zu der Sache
„selbst kommen, welche dieser Rechtshandel betrift.“

Er wendet sich hierauf gegen den Claudius und bestreitet dessen
Vorgeben bis auf den ersten Grund. „Weit gefehlt, fährt er fort,
„daß Numitoria unfruchtbar gewesen ist; ich habe vielmehr von ihr

„eine zahlreiche Nachkommenschaft erhalten, die mir aber, bis auf die
„schöne Virginia, das genaueste Ebenbild aller meiner übrigen Kinder,
„der Tod entrissen hat. Dieses werden verschiedne von denen, die
„mich jezt hören, bezeugen können. Doch wenn auch niemand etwas
„davon wüßte, ist es wohl wahrscheinlich, daß sie ihrer Unfruchtbar=
„keit durch die Tochter einer Sklavin würde haben aushelfen wollen?
„Sollte sie sich nicht viel eher an eine Freygebohrne gewendet, und
„von dieser etwa einen Sohn zu erhalten gesucht haben, welcher den
„Glanz seiner ehrlichen Herkunft nicht verleugnet hätte? Und wenn
„auch noch dieses einigen Zweifel litte, und die Lügen dieses nichts=
„würdigen Betriegers noch nicht deutlich genug an den Tag legte;
„kann man wohl glauben, daß dieser Elende es so lange sollte haben
„anstehen lassen, ein Gut, das ihm zugehöre, wieder zurück zu fordern?
„Ist es wohl zu glauben, daß er so lange werde gewartet haben,
„bis die ganz besondere und vollkommene Schönheit der Virginia,
„welche von dem Neide selbst gepriesen wird, ein Gegenstand seiner
„Unverschämtheit, welche das Eigenthum aller Lasterhaften ist, geworden
„wäre? Beweiset diese Aufführung nicht, daß in Ermangelung eines
„gegründeten Rechts, die Ursache, die ihm seine böse Gemüthsart dar=
„gebothen, falsch und erdichtet sey?"

    Ein jeder andrer, als Appius, würde vielleicht nicht wissen, was
er auf so triftige Vertheidigungen antworten solle; ihm aber, der in
allen Ränken so geübt ist, fehlt es an Ausflucht gar nicht. Er ist es
selbst, der für den Claudius antworten will. Er ist, seines Ge=
wissens wegen dazu verbunden. Jedermann weis, wie ergeben ihm
Claudius sey, und kann sich also leicht einbilden, daß er bey aller
vorfallenden Noth seine Zuflucht zu seinem Beschützer werde genommen
haben. Er nimmt also daher den Vorwand zu versichern, daß ihn
Claudius schon vor vielen Jahren inständigst gebeten habe, ihn zu
dem Eigenthume derjenigen wieder zu verhelfen, welche Virginius
für seine Tochter halte. Er betheuert es, daß dieser Römer beständig
wegen seines Rechts bey einerley Gründen geblieben sey, und sich allezeit
auf eben dieselben Zeugen beruffen habe, auf die er sich heut beruffe.
„Die öffentlichen Angelegenheiten, setzt er hinzu, und die vorgefallenen
„Veränderungen der Regierung, sind wegen der vielen Beschäftigungen,
„die ich dabey gehabt, die Ursache dieses langen Aufschubes. Nun

„aber, da Claudius auf seiner Forderung besteht, kann ich mich
„nicht weigern, ihm Gerechtigkeit wiederfahren zu lassen.“

   „Wie? ruft Virginius. Ist es möglich, Appius, daß dich
„deine Blindheit, der offenbaren Wahrheit ungeachtet, ein solches Ur=
5 „theil fällen läßt? Bemerkst du denn nicht, daß sich dieser Betrieger
„auf Zeugen beruft, und doch keine vorstellt? Willst du das Volk aufs
„neue zu schreyen bewegen? Willst du seine Ruhe nochmals auf das
„Spiel setzen? Verdienen die Töchter der Römer, daß du ihnen ohne
„Untersuchung, mit so vieler Härte und Verachtung begegnest? Nimm
10 „dich in Acht, daß ein solches Verfahren = =“

   Diese Rede beleidiget den Appius zu sehr, als daß er sie nicht
unterbrechen sollte. Er steht zornig auf und spricht: „Meine Wuth
„wird aufgebracht, da ich die Vollziehung meines Urtheils durch deine
„boshaften Ausflüchte so lange verzögern sehe. Du willst ohne Zweifel
15 „die Anhänger des Icilius dadurch Zeit gewinnen lassen, sich zu
„versammeln; doch meine Wache soll mir bald Gehorsam verschaffen.
„Gleich, Schergen und Soldaten, macht, daß dem Eigenthümer seine
„Sklavin wieder zugestellt werde.“

   Diese setzen sich hierauf sogleich in Bewegung; doch Virginius
20 hält sie zurück, indem er vorstellt, daß die Gewalt gegen ein Weibs=
bild, welche nichts als ihre Thränen entgegen stellen könne, ganz un=
nöthig seyn würde. Es scheint ihm übrigens, daß Claudius, ohne
etwas zu befürchten, warten, und Appius einige Vorschläge, die er
thun wolle, anhören könne, weil sie doch die Macht in Händen hätten.
25 Dieser unglückliche Vater will noch einen neuen Versuch wagen, Vir=
ginien zu retten. Es ist ihm nicht möglich die natürliche Zärtlichkeit
abzulegen, er will also lieber sein ganzes Vermögen hingeben, wenn man
ihm nur diese geliebte Tochter lassen wolle. Er will nichts als die
Waffen behalten, das Eigenthum eines jeden würdigen Bürgers. Seine
30 langen Dienste, seine bekannten Thaten, seine Lorbeern, seine Wunden,
sein hohes Alter, sein durch die Last und Beschwerlichkeiten des Krieges
entkräfteter Körper, sind die Gründe die er zur Genehmhaltung dieses
Vergleichs anführt. Er beschwört den Decemvir einige Achtung davor
zu haben, und nicht zuzugeben, daß ein so schlechtes und unschuldiges
35 Mittel die Partheyen zu vereinigen, fruchtlos bleibe.

   Doch Claudius will von keinem Vergleiche hören. „Kein Vor=

„theil, sagt er, kann die Beschimpfung wieder gut machen, die man „meiner Redlichkeit erwiesen hat.“

Und Appius seines Theils behauptet, daß diese Betrachtung, welche die Ehre zum Grunde habe, ihm den Mund schließe, und die Hände binde.

Umsonst bestehet Virginius[1] sowohl bey dem einen als bey dem andern darauf. Claudius versichert, daß seine eigne Ehre ihn einen so vortheilhaften Vergleich auszuschlagen nöthige; und der Decemvir schützt seine Unpartheylichkeit vor, ihn zu befehlen. Alles, was der verzweifelnde Vater erhalten kann, ist, daß er mit seiner Tochter noch insgeheim reden darf, und zwar unter dem Vorwande, wo möglich, einige Erläuterungen von ihr zu erhalten, die seinen Schmerz etwa lindern könnten. Appius legt ihm aber gleichwohl die Bedingung auf, daß sie Claudius nicht aus dem Gesichte verlieren solle, worein Virginius auch willigen muß, und es verspricht. Der Vater und die Tochter begeben sich also zusammen weg, und Claudius folgt ihnen.

Dritter Auftritt.

Nachdem sie weg sind, befiehlt der Decemvir allen übrigen sich gleichfalls fortzubegeben, weil, wie er sagt, der Proceß aus sey, und sein Urtheil nicht aufgehoben werden könne. Er droht so gar, sie mit Gewalt dazu zu zwingen; doch der muthige Icilius, welcher bis jezt ein tiefes Stillschweigen beobachtet hat, antwortet ihm. „Deine „Befehle, Appius, erschrecken mich nicht. In Erwartung anbrer, „kann ich mich noch nicht von hier begeben.“

„Wie? versetzt Appius; so ist mein Zorn nicht vermögend „deine Kühnheit im Zaume zu halten. Auf dann, Schergen und Sol= „daten = =“

Vierter Auftritt.

Hier wird er durch die Ankunft des Valerius und Hora= tius unterbrochen, welche an der Spitze einer Menge Römer herbey eilen. Diese zwey Rathsherrren brauchen weiter keine Mäßigung. Sie werfen dem Decemvir öffentlich seine Tyranney und seine Ausschwei= fungen vor. Sie dringen darauf, daß er Virginien ihrem Vater zu= rückgeben, oder des Mißvergnügens so vieler rechtschafnen Leute, die

[1] Appius [1754]

sie zurück verlangen, und die ihn ohne dieses Verbrechen schon verab=
scheuen, gewärtig seyn solle. Doch Appius beharrt halsstarrig bey
seiner Verirrung und antwortet mit zuversichtlicher Mine: „Ob ich
„gleich den ungestümen Lerm sehe, auf welchen sich eure Kühnheit
5 „stützet, so werden die Drohungen meinen Arm doch nicht abwenden,
„so lange ihn die Gerechtigkeit selbst lenket.“

Fünfter Auftritt.

In diesem Augenblicke erscheint Virginius wieder, mit einem
blutigen Dolche in der Hand, und spricht einige abgebrochne Worte,
10 welche seine Verwirrung, seinen Schmerz und seine Verzweiflung aus=
brücken. Alle die ihn sehen sind in der größten Erwartung, und einen
jeden schauert, als endlich der unglückliche Greis anhebt: „Es ist ge=
„schehen, Barbar; es ist geschehen. Ich habe für meine Ehre nichts
„mehr zu fürchten. Dieser Dolch hat eben der schönen Virginia
15 „das Leben genommen, welche mit Vergnügen ihre Jugend und ihre
„Reize aufgeopfert, um ihre Tugend zu retten und sie gegen beine
„strafbaren Begierden in Sicherheit zu setzen. Auch der nichtswürdige
„Claudius ist durch mein Schwerd umgekommen.

„Nun aber, liebsten Freunde, = = welche Wuth bemeistert sich
20 „meiner! = = Wenn meine grauen Haare einigen Trost von euch hoffen
„können; wenn das schöne und unschuldige Opfer, welches ich habe
„schlachten müssen, die unbeweglichsten Herzen rühren kann; wenn die
„mächtige Liebe des Vaterlandes ihre Rechte zurück heischt; wenn der
„offenbare Mißbrauch der obersten Gewalt, eure alten Gesinnungen
25 „wieder erwekt; wenn euch die Knechtschaft schimpflich und entehrend
„scheinet: so steht mir wider dieses Ungeheuer bey. Halte nicht länger
„an dich, tapfrer Icilius. Und ihr, edle Rathsglieder, verbindet
„euch mit mir. Ob ihr schon bis jezt, uns zu Hülfe zu kommen, ge=
„zaudert habt, so erlaubt euch doch noch die Zeit, an der gemeinen
30 „Rache Theil zu nehmen.

„Die erniedrigte Vernunft verlangt den Tod des Tyrannen.
„Das Blut einer unglücklichen Römerin verlangt ihn.“

Welchen Streich versetzt diese Nachricht dem verliebten Icilius!
Sein Haß, seine Wuth, sein gerechter Zorn gegen den Decemvir kennen
35 weiter keine Grenzen. Er zieht so gleich den Degen, und da die übrigen

alle ein gleiches thun, so stürzen sie insgesammt auf den Appius und seine Wache. Die zwey Rathsglieder treten auf ihre Seite, und der stolze Appius, welcher viel zu schwach ist, einen so harten Anfall auszuhalten, ist genöthiget mit seinen Leuten in das Capitolium zu fliehen.

Sechster Auftritt.

Indem man ihn verfolgt, beklagt Publicia mit den andern Römerinnen das traurige Schiksal der Virginia, und die unglücklichen Umstände, in welchen sie sich selbst befinden. Sie sehen überall nichts als Grauß, Verwirrung und Schrecken. Und indem sie so zwischen Furcht und Hofnung schweben, bitten sie die Götter das Leben der tapfern Verschwornen zu erhalten, und ihren Waffen Sieg zu verleihen.

Siebender und lezter Auftritt.

Unterdessen verbleiben sie nicht lange in dieser grausamen Ungewißheit. Icilius kömmt, mit seinem vom Blute rauchenden Degen in der Hand, zurück, und meldet ihnen den Tod des verhaßten Appius.

Diese Nachricht lindert ein wenig den Schmerz der Publicia; doch ist dieses für sie, deren Herz von dem Verluste ihrer Gebietherin auf das empfindlichste durchdrungen ist, und die nach nichts als nach Rache dürstet, noch nicht genug. Sie muß zu ihrer Tröstung noch wissen, wie der Barbar umgekommen ist. Sie ersucht den Icilius, es ihr zu erzehlen, damit sie an der Ehre dieses Ausganges Theil nehmen könne; und Icilius thut ihr mit folgenden ein Genüge.

„Kaum waren wir, Publicia, über ihn her gefallen, als ihn „seine Schergen und seine Soldaten verließen. Sie flohen und zer„streuten sich, ohne einen Streich zu wagen, die einen aus Haß, die „andern aus Furcht. Als der Tyrann sich von Schwerdtern umringt „sahe, und gewahr ward, daß ich bereits den Arm erhoben hatte, ihn „ohne Erbarmen zu durchstossen, so stieß er sich sein eigen Schwerd „durch die nichtswürdige Brust, fast in eben dem Augenblicke, als er „von dem meinigen durchbohrt ward. Der Geschwindigkeit also un„geachtet mit welcher er sich den Streich versetzte, kann ich sagen, daß „ich zu seinem Tobe etwas beygetragen habe, ob ich ihn schon nicht „zuerst verwundet. So bald man ihn in seinem Blute schwimmend,

„auf den Boden gestürzt, und unter schrecklichen Gebrülle den Geist
„aufgeben sahe, beschlossen alle Verschworne, ein so grosses Werk nicht
„unvollendet zu lassen, sondern gingen einmüthig, auch die übrigen
„Tyrannen, die an seinen Gewaltthätigkeiten Theil gehabt, aufzu=
„suchen und zu bestrafen. Ich aber, als ein betrübter und aufrichtiger
„Liebhaber, den kein andrer Gegenstand von dem kostbaren Gute, das
„ich verlohren habe, so leicht abwendig machen kann, eile, meiner ge=
„liebten Virginia mit gefälligen Händen die letzte Ehre zu erweisen.
„Ich will, ihr Gedächtniß zu verewigen, ihrer Asche ein Grabmahl
„errichten, welches sie den spätesten Jahrhunderten überliefern soll.
„Kommt, begleitet mich, ihr getreuesten Freundinnen meiner Geliebten!
„Ihr Verdienst und meine Liebe heischen es. Ihr werdet meine Thränen
„rechtfertigen, und sie eines so grossen Gegenstandes würdig machen
„helfen.“

Publicia ist über das, was sie gehört hat, vergnügt, und be=
schließt das ganze Stück mit folgenden Worten: „Komm, Icilius,
„komm; und vergiß nicht, dadurch, daß die zwey Bösewichter un=
„begraben liegen bleiben, und durch das prächtige Leichenbegängniß,
„welches du für Virginien vorhast, der Welt zwey Beweise zu geben,
„daß die Tugend niemals ohne Belohnung, und das Laster niemals
„ohne Strafe bleibe!“

<hr>

IV.

Auszug aus dem

Schauspieler

des Herrn Remond von Sainte Albine.

Ich habe lange Zeit vorgehabt, dieses Werk des Herrn von
Sainte Albine zu übersetzen. Doch Gründe, die ich am Ende an=
führen will, haben mich endlich bewogen, die Uebersetzung in einen
Auszug zu verwandeln. Ich werde mich bemühen, ihn so unterrichtend,
als möglich, zu machen.

Unsre Schrift ist schon im Jahr 1747. zu Paris auf zwanzig
Bogen in Octav unter folgendem Titel ans Licht getreten: Le Co-

medien. Ouvrage divisé en deux Parties: par M. *Remond de Sainte Albine*. Ich kann von ihrem Verfasser weiter keine Nachricht geben, als daß er selbst kein Schauspieler ist, sondern ein Gelehrter, der sich auch um andre Dinge bekümmert, welche die meisten, ohne Zweifel, wichtiger nennen werden. Ich schliesse dieses aus seinem Aufsatze sur le Laminage (vom Blechschlagen) wovon ich bereits die dritte Ausgabe habe angeführt gefunden.

Sein Schauspieler ist, wie gleich auf dem Titel gesagt wird, ein Werk, welches aus zwey Theilen besteht. Zu diesen kommt noch eine Vorrede und eine kurze Einleitung.

In der Vorrede wundert sich der Verfasser, daß noch niemand in Frankreich darauf gefallen sey, ein eigentliches Buch über die Kunst Tragödien und Komödien vorzustellen, zu verfertigen. Er glaubt, und das mit Recht, seine Nation habe es mehr als irgend eine andre verdient, daß ihr ein philosophischer Kenner ein solches Geschenk mache. — — Was er sonst in der Vorrede sagt, sind Complimente eines Autors, die eines Auszuges nicht wohl fähig sind. Man läßt ihnen nichts, wenn man ihnen die Wendungen nicht lassen will.

Die Einleitung fängt mit einer artigen Vergleichung der Mahlerey und Schauspielkunst an. Diese erhält den Vorzug. „Umsonst rühmt sich die Mahlerey, daß sie die Leinewand belebe; es „kommen aus ihren Händen nichts als unbelebte Werke. Die dra„matische Dichtkunst hingegen, giebt den Wesen, welche sie schaft, Ge„danken und Empfindungen, ja so gar, vermittelst des theatralischen „Spiels, Sprache und Bewegung. Die Mahlerey verführt die Augen „allein. Die Zauberey der Bühne fesselt die Augen, das Gehör, den „Geist und das Herz. Der Mahler stellt die Begebenheiten nur vor. „Der Schauspieler läßt sie auf gewisse Weise noch einmal geschehen. „Seine Kunst ist daher eine von denjenigen, welchen es am meisten „zukömmt, uns ein vollständiges Vergnügen zu verschaffen. Bey den „übrigen Künsten, welche die Natur nachahmen, muß unsre Einbil„dungskraft ihrem Unvermögen fast immer nachhelfen. Nur die Kunst „des Schauspielers braucht diese Nachhülfe nicht; und wenn ihre Täu„scherey unvollkommen ist, so liegt es nicht an ihr, sondern an den „Fehlern derjenigen, welche sie ausüben. — —" Hieraus folgert der Verfasser, wie unumgänglich nöthig es sey, daß sich diejenigen, die

sich damit abgeben wollen, vorher genau prüfen. Sie müssen untersuchen, ob ihnen nicht diejenigen natürlichen Gaben fehlen, ohne welche
sie nicht einmal dem allergemeinsten Zuschauer gefallen können. Besitzen sie diese, so kömmt es darauf an, diejenigen Vollkommenheiten
zu erlangen, welche ihnen den Beyfall der Zuschauer von Geschmack
und Einsicht erwerben.   „Die Natur muß den Schauspieler entwerfen.
„Die Kunst muß ihn vollends ausbilden."

Nach diesen zwey Puncten ist das ganze Werk geordnet. In
dem ersten Theile nehmlich wird von den vorzüglichsten Eigenschaften geredet, welche die Schauspieler von der Natur müssen bekommen haben. In dem zweyten Theile wird von dem gehandelt,
was sie von der Kunst erborgen müssen.

Der erste Theil sondert sich wiederum in zwey Bücher ab.
Das erste Buch macht verschiedne Anmerkungen über die natürlichen
Gaben, welche allen Schauspielern überhaupt unentbehrlich sind. Das
zweyte Buch betrachtet diejenigen natürlichen Gaben, welche zu dieser
oder jener Rolle insbesondere erfordert werden.

Wir wollen das erste Buch näher zu betrachten anfangen. Es
besteht aus vier Hauptstücken und zwey angehängten Betrachtungen.
Gleich das erste Hauptstück untersucht, ob es wahr sey, daß es
vortreflichen Schauspielern an Witze gefehlt habe? Man
glaubt zwar fast durchgängig, daß man sich auch ohne Witz auf der
Bühne Ruhm erwerben könne; allein man irrt gewaltig. Kann ein
Schauspieler wohl in seiner Kunst vortreflich seyn, wenn er nicht, in
allen verschiednen Stellungen mit einem geschwinden und sichern Blicke
dasjenige, was ihm zu thun zukömmt, zu erkennen vermag? Eine feine
Empfindung dessen, was sich schickt, muß ihn überall leiten.   „Doch
„nicht genug, daß er alle Schönheiten seiner Rolle faßt. Er muß die
„wahre Art, mit welcher jede von diesen Schönheiten auszudrücken ist,.
„unterscheiden. Nicht genug, daß er sich bloß in Affect setzen kann;
„man verlangt auch, daß er es niemals als zur rechten Zeit, und
„gleich in demjenigen Grade thue, welchen die Umstände erfordern.
„Nicht genug, daß sich seine Figur für das Theater schickt, daß sein
„Gesicht des Ausdrucks fähig ist; wir sind unzufrieden, wenn sein Aus-
„druck nicht beständig und genau mit den Bewegungen zusammen trift,
„die er uns zeigen soll. Er muß nicht bloß von der Stärke und

„Feinheit seiner Reden nichts lassen verlohren gehen; er muß ihnen
„auch noch alle die Annehmlichkeiten leihen, die ihnen Aussprache und
„Action geben können. Es ist nicht hinreichend, daß er bloß seinem
„Verfasser treulich folgt; er muß ihm nachhelfen; er muß ihn unter=
„stützen. Er muß selbst Verfasser werden; er muß nicht bloß alle Fein=
„heiten seiner Rolle ausdrücken; er muß auch neue hinzuthun; er muß
„nicht bloß ausführen, er muß selbst schaffen. Ein Blick, eine Be=
„wegung ist zuweilen in der Komödie ein sinnreicher Einfall, und in
„der Tragödie eine Empfindung. Eine Wendung der Stimme, ein
„Stillschweigen, die man mit Kunst angebracht, haben zuweilen das
„Glück eines Verses gemacht, der nimmermehr die Aufmerksamkeit würde
„an sich gezogen haben, wenn ihn ein mittelmäßiger Schauspieler, oder
„eine gemeine Schauspielerin ausgesprochen hätte. = =“ Der Witz ist
ihnen also eben so unumgänglich nöthig, als der Steuermann dem
Schiffe. Eine lange Erfahrung auf der Bühne kann zwar dann und
wann den Mangel desselben verbergen, und ein Schauspieler ohne
Witz kann andre Gaben in einem hohen Grade haben, und sie oft zu=
fälliger Weise so glücklich anwenden, daß wir ihm Beyfall geben müssen.
Doch es währt nicht lange, so erinnert uns wieder ein Mißverstand in
dem Tone, in der Bewegung, in dem Ausdrucke des Gesichts, daß wir
seiner Organisation, und nicht ihm den Beyfall schuldig sind. — —
Sonst hat man noch bemerkt, daß man die tragischen Schauspieler weit
öftrer, als die komischen des Mangels am Witze beschuldiget hat. Dieser
Unterschied kömmt ohne Zweifel daher, weil das Feine in dem Spiele
der letztern von den gemeinen Zuschauern leichter kann erkannt werden,
als das Feine in dem tragischen Spiele. Der Witz in der Tragödie
muß sich größten Theils, sowohl bey dem Verfasser als bey dem Acteur,
unter der Gestalt der Empfindung zeigen, und man hat Mühe ihn
unter dieser Verkleidung zu erkennen. Und überhaupt geht man nicht
sowohl in die Tragödie seinen Witz, als sein Herz zu brauchen. Man
überläßt sich den Bewegungen, die der Schauspieler erweckt, ohne zu
überlegen, durch welchen Weg er dazu gelangt ist. — — Man muß
aber nur hier merken, von was für einem Witze die Rede ist. An
dem leichten Witze, welcher nur zur Prahlerey dienet, und uns nur
in Kleinigkeiten und unnützen Dingen ein Ansehen giebt, kann es ganz
wohl grossen Schauspielern gemangelt haben: aber niemals an dem

gründlichen Witze, welcher uns das verborgenste an einem Dinge ent=
deckt, und es uns anzuwenden lehret — ·— Von dem Witze kommt der
Verfasser im zweyten Hauptstücke auf die Empfindung. Er unter=
sucht, was die Empfindung sey, und ob sie bey dem tra=
gischen Schauspieler wichtiger sey, als bey dem komischen.
Unter der Empfindung wird hier nicht bloß die Gabe zu weinen ver=
standen, sondern dieses Wort hat einen größern Umfang, und bedeutet
bey den Schauspielern die Leichtigkeit in ihren Seelen die verschiedenen
Leidenschaften, deren ein Mensch fähig ist, auf einander folgen zu lassen.
Aus dieser Erklärung ist das übrige zu entscheiden. In den Bezirk
des Trauerspiels gehören nur sehr wenig Leidenschaften, Liebe, Haß,
Ehrgeiz, welche noch dazu in dem Schrecklichen und Traurigen alle
mit einander übereinkommen. Die Komödie hingegen schließt keine
einzige Leidenschaft aus; und diese alle muß der Schauspieler annehmen
und von einer auf die andre überspringen können. Weil aber die
Leidenschaften in der Komödie nicht so gewaltsam sind, als in der
Tragödie: so muß der komische Schauspieler zwar die Empfindung
in einem größern Umfange, der tragische aber in einem männlichern
Grade besitzen. — — Mit der Empfindung hat das Feuer einige
Verwandtschaft, und von diesem untersucht der Verfasser im dritten
Hauptstücke, ob ein Schauspieler dessen zu viel haben
könne? Das Feuer besteht nicht in der Heftigkeit der Declamation,
oder in der Gewaltsamkeit der Bewegungen, sondern es ist nichts an=
ders als die Geschwindigkeit und Lebhaftigkeit, mit welcher alle Theile,
die einen Schauspieler ausmachen, zusammen treffen, um seiner Action
das Ansehen der Wahrheit zu geben. In diesem Verstande nun
ist es unmöglich, daß eine spielende Person allzuviel Feuer haben
könne. „Man wird sie zwar mit Recht tadeln, wenn ihre Action mit
„ihrem Charakter, oder mit der Stellung, in welcher sie sich befindet,
„nicht überein kömmt, und wenn sie, anstatt Feuer zu zeigen, nichts
„als convulsivische Verzückungen sehen, und nichts als ein überlästiges
„Geschrey hören läßt. Allein alsdenn werden Leute von Geschmack
„ihr nicht allzuviel Feuer Schuld geben, sondern sie werden sich viel=
„mehr beklagen, daß sie nicht Feuer genug hat; so wie sie, anstatt
„mit dem Publico bey gewissen Schriftstellern allzuviel Witz zu finden,
„vielmehr finden, daß es ihnen daran fehlt. Ein Schriftsteller leihet

„zum Exempel in einem Lustspiele dem Bedienten oder dem Mägdchen
„die Sprache eines witzigen Kopfes; er legt einer Person, welche von
„einer heftigen Leidenschaft getrieben wird, Madrigale oder Sinn=
„schriften in Mund: und alsdenn sagt man, er habe allzuviel Witz.
„Genauer zu reden, sollte man vielmehr sagen, er habe nicht Witz
„genung, die Natur zu erkennen, und sie nachzuahmen. So auch mit
„dem Schauspieler; kömmt er bey Stellen außer sich, wo er nicht
„außer sich kommen soll, so ist dieses unnatürlich. Allein er verfällt
„in diesen Fehler nicht aus Ueberfluß, sondern aus Mangel der Hitze.
„Er empfindet alsdenn nicht das, was er empfinden sollte; und drückt
„das nicht aus, was er ausdrücken sollte. Es ist daher kein Feuer,
„was wir bey ihm gewahr werden, sondern es ist Ungeschicklichkeit;
„es ist Unsinn — —“ Aus diesem wird man leicht urtheilen können,
ob ein Schauspieler des Feuers ganz und gar überhoben seyn könne.
Unmöglich; wenn man anders das, was wir angeführt haben, und
nicht die blosse äußerliche Heftigkeit in der Stimme und in den Be=
wegungen darunter versteht — — Bis hierher hat der Verfasser die
innerlichen natürlichen Gaben betrachtet, nun kömmt er auf die äußer=
lichen, und untersucht in dem vierten Hauptstücke, ob es vor=
theilhaft seyn würde, wenn alle Personen auf dem
Theater von ausnehmender Gestalt wären? „Gewisse Zu=
„schauer, welche das sinnliche Vergnügen dem geistigen vorziehen,
„werden mehr durch die Schauspielerinnen, als durch die Stücke vor
„die Bühne gelockt. Als Leute, die nur gegen die Gestalt empfindlich
„und immer geneigt sind, ein liebenswürdiges Gesicht für Talente an=
„zunehmen, wollten sie lieber gar, daß auch die alte Mutter des Or=
„gons im Tartüff, die Madam Pernelle, reizend wäre. — —“
Doch diese Herren verstehen den Vortheil der Zuschauer sehr schlecht,
und noch schlechter verstehen sie das, was die Einrichtung der Komödie
selbst erfordert. Den erstern verstehen sie deswegen nicht, weil, wenn
es wahr wäre, daß nur ausnehmend schöne Gestalten auf dem Theater
erscheinen dürften, das Publicum nicht selten die vortreflichsten Schau=
spieler entbehren würde, denen es sonst an keiner Art von Geschick=
lichkeit mangelt. Noch schlechter, wie gesagt, verstehen sie das, was
die Einrichtung der Komödie erfordert, nach welcher die äusserlichen
Vollkommenheiten unter die Acteurs nicht gleich vertheilt seyn müssen,

ja nach welcher es so gar oft gut ist, wenn gewisse Acteurs einige
von diesen Vollkommenheiten ganz und gar nicht besitzen. „Regel=
„mäßige Gesichtszüge, ein edles Ansehen nehmen uns freylich über=
„haupt für eine Person auf dem Theater ein; allein es giebt Rollen,
5 „welche ihr weit besser anstehen, wenn ihr die Natur diese Vorzüge
„nicht ertheilt hat. Ich weis wohl, daß man, ohne von dem Mangel
„der Wahrscheinlichkeit beleidiget zu werden, ja daß man sogar mit
„Vergnügen eine junge Schöne die Person einer Alten, und einen
„liebenswürdigen Schauspieler einen groben und tölpischen Bauer vor=
10 „stellen sieht. Ich weis wohl, daß wir nicht in die Komödie gehen,
„die Gegenstände selbst, sondern blos ihre Nachahmung zu sehen = =
„Gleichwohl aber muß man doch unter den Gattungen der komischen
„Rollen einen Unterschied machen. Einige ergötzen uns durch die blosse
„Nachahmung gewisser lächerlichen Fehler. Andre aber ergötzen uns
15 „durch die Abstechung, die sich entweder zwischen dem Vorgeben der
„Person und den Beweisen, auf welche sie dasselbe gründet, oder
„zwischen dem Eindrucke befindet, den sie bey denjenigen Personen, die
„mit ihr spielen, machen sollte, und zwischen dem Eindrucke, welchen
„sie wirklich bey ihnen macht. Je mehr ein Schauspieler, in den
20 „Rollen von der ersten Art, die Vollkommenheiten hat, die den Fehlern,
„welche er nachahmt, entgegen gesetzt sind; desto mehr wissen wir es
„ihm Dank, wenn er uns gleichwohl eine vollkommene Abschilderung
„von diesen Fehlern macht. Je weniger aber, in den Rollen von der
„zweyten Art, ein Schauspieler die Vollkommenheiten hat, welche die
25 „Person, die er vorstellt, haben will, oder welche ihm die andern aus=
„schweifenden Personen des Stücks beylegen, desto lächerlicher macht
„er die närrische Einbildung des einen und das abgeschmackte Urtheil
„der andern, und desto komischer folglich wird seine ganze Action.
„Die Rolle eines Menschen, der nach der Meinung des Verfassers,
30 „mit aller Gewalt den Titel eines Schönen haben will, wird weit
„weniger belacht werden, wenn sie von einem Komödianten gespielt
„wird, der sich dieses Titels in der That annaaßen könnte, als wenn
„sie einer vorstellt, der der Natur in diesem Stücke weniger zu danken
„hat. Der Irrthum eines albernen Tropps, welcher einen Bedienten
35 „für einen Menschen von Stande ansieht, wird uns weniger ergötzen,
„wenn das gute Ansehen des Bedienten den Irrthum entschuldigen

„kann, als wenn er ganz und gar nichts an sich hat, das ihn recht=
„fertigen könnte. Weit gefehlt also, daß es gut seyn sollte, wenn alle
„Schauspieler von reizender und ausnehmender Gestalt wären; es ist
„vielmehr unserm Vergnügen zuträglicher, wenn sie nicht alle nach
„einem Muster gebildet sind. Unterdessen aber muß man diese Maxime
„nicht allzuweit ausdehnen. Wir erlauben ihnen zwar, gewisse Voll=
„kommenheiten nicht zu haben; aber die gegenseitigen Fehler zu be=
„sitzen, verstatten wir ihnen durchaus nicht. Sie müssen so gar völlig
„von gewissen Mängeln frey seyn, die uns bey andern Personen, die
„sich dem Schauspiele nicht widmen, wenig oder gar nicht anstößig
„seyn würden. Dergleichen sind, zu lange oder kurze Arme, ein zu
„großer Mund, übelgestaltene Füße ꝛc. = =“ Zu diesen vier Haupt=
stücken fügt der Verfasser noch zwey Anmerkungen, die mit dem In=
halte des ersten Buchs genau verbunden sind. Die erste ist diese: Die
Schauspieler können in den Nebenrollen, des Witzes,
des Feuers und der Empfindung eben so wenig ent=
übrigt seyn, als in den Hauptrollen. Die Ursache ist, weil
in guten Stücken auch die Nebenrollen, nicht etwa zum Ausflicken da
sind, sondern einen Einfluß in das Ganze haben, und sich oft eben
so thätig erweisen, als die allervornehmsten Personen. Die Vertrauten,
zum Exempel, in den Trauerspielen, haben oft so vortrefliche Stellen,
besonders in den Erzehlungen, die ihnen meisten Theils aufgetragen
werden, zu sagen, daß sie ohne Witz, ohne Feuer und ohne Empfin=
dung gewiß alles verderben würden. Die zweyte Anmerkung ist
diese: Wenn man auch schon die vornehmsten Vollkommen=
heiten hat, die zu einem Schauspieler erfordert werden,
so muß man doch in einem gewissen Alter zu spielen
aufhören. Denn in den Schauspielen beleidiget uns unumgänglich
alles dasjenige, was uns Gelegenheit giebt, die Schwachheiten der
menschlichen Natur zu überlegen, und auf uns selbst verdrüßliche Blicke
zurück zu werfen. Es werden hier bloß diejenigen Rollen ausgenommen,
deren Lächerliches durch das wahre Alter des Schauspielers vermehrt
wird, zum Exempel, die Rollen der Alten, die mit aller Gewalt noch
jung seyn wollen; auch muß man gegen Acteurs von ausserordent=
lichen Gaben einige Nachsicht haben; nur werden diese alsdann so billig
seyn, wenn es in ihrer Gewalt stehet, keine andre als solche Rollen

zu wählen, welche mit ihrem Alter nicht allzusehr abstechen. Frank=
reich hat es selbst seinem Baron nicht vergeben, daß er noch in
seinen letzten Jahren so gern junge Prinzen vorstellte. Es konnte es
durchaus nicht gewohnt werden, ihn von Schauspielerinnen Sohn
nennen zu hören, deren Großvater er hätte seyn können.

In dem zweyten Buche des ersten Theils handelt der Ver=
fasser von einigen Vorzügen, welche gewisse Schauspieler insbeson=
dere haben müssen. Diese Schauspieler sind erstlich diejenigen, welche
man in der Komödie Vorzugsweise, die komischen nennt; zweytens
diejenigen, welche sich in der Tragödie durch ihre Tugenden unsere
Bewunderung, und durch ihre Unglücksfälle unser Mitleiden erwerben
sollen; und drittens diejenigen, welche so wohl in der Tragödie als
Komödie die Rollen der Liebhaber vorstellen. Alle diese haben gewisse
besondere Gaben nöthig, welche Theils innerliche, Theils äußerliche
sind. Dieser Eintheilung gemäß macht der Verfasser in diesem zwey=
ten Buche zwey Abschnitte, deren erster die innerlichen, und der
zweyte die äußerlichen Gaben untersucht. Wir wollen uns zu dem
ersten Abschnitte wenden, welcher aus fünf Hauptstücken besteht.
In dem ersten Hauptstücke zeigt er, daß die Munterkeit den=
jenigen Schauspielern, welche uns zum lachen bewegen
sollen, unumgänglich nöthig sey. „Wenn man, sind seine
„Worte, eine komische Person vorstellt, ohne selbst Vergnügen daran
„zu haben, so hat man das bloße Ansehen eines gedungenen Menschen,
„welcher nur deswegen Komödiant ist, weil er sich seinen Lebensunter=
„halt auf keine andre Art verschaffen kann. Theilt man aber das
„Vergnügen mit dem Zuschauer, so kann man sich allezeit gewiß
„versprechen, zu gefallen. Die Munterkeit ist der wahre Apollo der
„komischen Schauspieler. Wenn sie aufgeräumt sind, so werden sie
„fast immer Feuer und Genie haben. ==“ Es ist aber hierbey wohl
zu merken, daß man diese Munterkeit mehr in ihrem Spiele als auf
ihren Gesichtern zu bemerken verlangt. Man giebt tragischen Schau=
spielern die Regel: weinet wenn ihr wollt, daß ich weinen
soll; und den komischen Schauspielern sollte man die Regel geben:
Lachet fast niemals, wenn ihr wollt, daß ich lachen
soll. == Das zweyte Hauptstück zeigt, daß derjenige, wel=
cher keine erhabne Seele habe, einen Helden schlecht

vorstelle. Unter dieser erhabnen Seele muß man nicht die Narrheit gewisser tragischen Schauspieler verstehen, welche auch außer dem Theater noch immer Prinzen zu seyn sich einbilden. Auch nicht das Vorurtheil einiger von ihnen, welche große Acteurs den allergrößten Männern gleich schätzen, und lieber gar behaupten möchten, es sey leichter ein Held zu seyn, als einen Helden gut vorzustellen. Die Hoheit der Seele, von welcher hier geredet wird, besteht in einem edeln Enthusiasmo, der von allem was groß ist in der Seele gewirkt wird. Dieser ist es, welcher die vortreflichen tragischen Schauspieler von den mittelmäßigen unterscheidet, und sie in den Stand setzt, das Herz des gemeinsten Zuschauers mit Bewegungen zu erfüllen, die er sich selbst nicht zugetrauet hätte = = Mit diesem Enthusiasmo, welcher für diejenige Person gehöret, die Bewunderung erwecken soll, muß derjenige Theil der Empfindung verbunden werden, welchen die Franzosen unter dem Namen des Eingeweides (d'Entrailles) verstehen, wenn eben dieselbe Person unser Mitleiden erregen will. Hiervon handelt das dritte Hauptstück. „Wollen die tragischen Schau-„spieler, sagt der Verfasser, uns täuschen; so müssen sie sich selbst „täuschen. Sie müssen sich einbilden, daß sie wirklich das sind, was „sie vorstellen; eine glückliche Raserey muß sie überreden, daß sie selbst „diejenigen sind, die man verräth, die man verfolgt. Dieser Irrthum „muß aus ihrer Vorstellung in ihr Herz übergehen, und oft muß ein „eingebildetes Unglück ihnen wahrhafte Thränen auspressen. Alsdann „sehen wir in ihnen nicht mehr frostige Komödianten, welche uns durch „gelernte Töne und Bewegungen für eingebildete Begebenheiten ein-„nehmen wollen. Sie werden zu unumschränkten Gebiethern über „unsre Seelen; sie werden zu Zaubrern, die das unempfindlichste em-„pfindlich machen können = = Und dieses alles durch die Gewalt der „Traurigkeit, welche Leidenschaft eine Art von epidemischer Krankheit „zu seyn scheinet, deren Ausbreitung eben so schnell als erstaunlich ist. „Sie ist von den übrigen Krankheiten darinne unterschieden, daß sie sich „durch die Augen und durch das Gehör mittheilet; wir brauchen eine „mit Grund wahrhaft betrübte Person nur zu sehen, um uns zugleich „mit ihr zu betrüben. Der Anblick der andern Leidenschaften ist so „ansteckend nicht. Es kann sich ein Mensch in unsrer Gegenwart dem „allerheftigsten Zorne überlassen; wir bleiben gleichwohl in der voll-

„kommensten Ruhe. Ein andrer wird von der lebhaftesten Freude
„entzückt, wir aber legen unsern Ernst deswegen nicht ab. Nur die
„Thränen, wenn es auch schon Thränen einer Person sind, die uns
„gleichgültig ist, haben fast immer das Vorrecht uns zu rühren. Da
5 „wir uns zur Mühe und zum Leiden gebohren wissen, so lesen wir
„voll Traurigkeit unsere Bestimmung in dem Schicksale der Unglück-
„lichen, und ihre Zufälle sind für uns ein Spiegel, in welchem wir
„mit Verdruß das mit unserm Stande verknüpfte Elend betrachten. = =“
Dieses bringt den Verfasser auf eine kleine Ausschweifung, welche viel
10 zu artig ist, als daß ich sie hier übergehen sollte. = = „Es ist nicht
„schwer, spricht er, von unsrer Leichtigkeit uns zu betrüben einen Grund
„anzugeben. Allein desto schwerer ist es die Natur desjenigen Ver-
„gnügens eigentlich zu bestimmen, welches wir, bey Anhörung einer
„Tragödie, aus dieser Empfindung ziehen. Daß man in der Absicht
15 „vor die Bühne geht, diejenigen Eindrücke, welche uns fehlen, daselbst
„zu borgen, oder uns von denjenigen, die uns mißfallen, zu zerstreuen,
„darüber wundert man sich gar nicht. Das aber, worüber man er-
„staunt, ist dieses, daß wir oft durch die Begierde Thränen zu ver-
„gießen dahin geführt werden. Unterdessen kann man doch von dieser
20 „wunderlichen Neigung verschiedne Ursachen angeben, und die Schwierig-
„keit dabey ist bloß, die allgemeinste davon zu bestimmen. Wenn ich
„gesagt habe, daß das Unglück andrer ein Spiegel für uns sey, in
„welchem wir das Schicksal, zu dem wir verurtheilet sind, betrachten,
„so hätte ich einen Unterscheid dabey machen können. Dieser Unter-
25 „schied kann hier seine Stelle finden, und er wird uns eine von den
„Quellen desjenigen Vergnügens, dessen Ursprung wir suchen, entdecken.
„Der Anblick eines fremden Elends ist für uns schmerzlich, wenn es
„nehmlich ein solches Elend ist, dem wir gleichfalls ausgesetzt sind.
„Er wird aber zu eine Tröstung, wenn wir das Elend nicht zu
30 „fürchten haben, dessen Abschilderung er uns vorlegt. Wir bekommen
„eine Art von Erleichterung, wenn wir sehen, daß man in demjenigen
„Stande, welchen wir beneiden, oft grausamen Martern ausgesetzt sey,
„für die uns unsre Mittelmäßigkeit in Sicherheit stellet. Wir ertragen
„alsdenn unser Uebel nicht nur mit weniger Ungeduld, sondern wir
35 „wünschen uns auch Glück, daß wir nicht so elend sind, als wir uns
„zu seyn eingebildet haben. Doch daher, daß uns fremde Unglücks-

„fälle, welche größer als die unsrigen sind, unsrer geringen Glücks=
„umstände wegen trösten, würde noch nicht folgen, daß wir in der
„Betrübniß über diese Unglücksfälle ein Vergnügen finden müßten,
„wenn unsre Eigenliebe, indem sie ihnen diesen Tribut bezahlt, nicht
„dabey ihre Rechnung fände. Denn die Helden, welche durch ihr Un=
„glück berühmt sind, sind es zugleich auch durch ausserordentliche Eigen=
„schaften. Je mehr uns ihr Schicksal rührt, desto deutlicher zeigen
„wir, daß wir den Werth ihrer Tugenden kennen, und der Ruhm,
„daß wir die Größe gehörig zu schätzen wissen, schmeichelt unserm
„Stolze. Uebrigens ist die Empfindlichkeit, wenn sie von der Unter=
„scheidungskraft geleitet wird, schon selbst eine Tugend. Man setzt sich
„in die Klasse edler Seelen, indem man durchlauchten Unglücklichen
„das schuldige Mitleiden nicht versaget. Auf der Bühne besonders
„läßt man sich um so viel leichter für vornehme Personen erweichen,
„weil man weis, daß diese Empfindung durch die allzulange Dauer
„uns nicht überlästig fallen, sondern eine glückliche Veränderung gar
„bald ihrem Unglücke, und unsrer Betrübniß ein Ende machen werde.
„Werden wir aber in dieser Erwartung betrogen, und werden diese
„Helden zu Opfern eines ungerechten und barbarischen Schicksals;
„so werfen wir uns alsbann zwischen ihnen und ihren Feinden zu
„Richtern auf. Es scheint uns sogar, wenn wir die Wahl hätten,
„entweder wie die einen umzukommen, oder wie die andern zu trium=
„phiren, daß wir nicht einen Augenblick in Zweifel stehen würden,
„und dieses macht uns in unsern Augen desto größer. Vielleicht würde
„die Untersuchung, welche von diesen Ursachen den meisten Einfluß in
„das Vergnügen habe, mit dem wir in einem Trauerspiele weinen,
„ganz und gar vergebens seyn. Vielleicht wird jede von denselben
„nach Beschaffenheit derjenigen Seele auf welche sie wirken, bald die
„vornehmste, bald die geringste = = =“ Wir kommen von dieser Aus=
schweifung wieder auf den geraden Weg. Das vierte Haupt=
stück beweiset, daß nur diejenigen Personen allein, welche
geboren sind zu lieben, das Vorrecht haben sollten,
verliebte Rollen zu spielen. „Eine gewisse Sängerin, erzehlt
„der Verfasser, stellte in einer neuen Oper eine Prinzeßin vor, die
„gegen ihren Ungetreuen in einem heftigen Feuer ist; allein sie brachte
„diejenige Zärtlichkeit, welche ihre Rolle erforderte, gar nicht hinein.

„Eine von ihren Gesellschafterinnen, die der Ursachen ungeachtet, war-
„um zwey Personen von einerley Profeßion und von einerley Ge-
„schlecht einander nicht zu lieben pflegen, ihre Freundin war, hätte
„gar zu gerne gewollt, daß sie diese Rolle mit Beyfall spielen möchte.
5 „Sie gab ihr daher verschiedene Lehren, aber diese Lehren blieben
„ohne Wirkung. Endlich sagte die Lehrerin einmal zu ihrer Schülerin:
„Ist denn das, was ich von Ihnen verlange, so schwer?
„Setzen Sie sich doch an die Stelle der verrathenen Ge-
„liebte! Wenn Sie von einem Menschen, den Sie zärt-
10 „lich liebten, verlassen würden, würden Sie nicht von
„einem lebhaften Schmerze durchdrungen seyn? Wür-
„den Sie nicht suchen — — Ich? antwortete die Actrice, an die
„dieses gerichtet war; ich würde auf das schleunigste, einen
„andern Liebhaber zu bekommen suchen. Ja, wenn das
15 „ist, antwortete ihre Freundin, so ist Ihre und meine Mühe
„vergebens. Ich werde Sie Ihre Rolle nimmermehr ge-
„hörig spielen lehren.“ Diese Folge war sehr richtig; denn eine
wahre Zärtlichkeit auszudrücken, dazu ist alle Kunst nicht hinlänglich.
Man mag sich auch noch so sehr bestreben, das unschuldige und rührende
20 Wesen derselben zu erreichen; es wird doch noch immer von der Natur
eben so weit unterschieden seyn, als es die frostigen Liebkosungen einer
Buhlerinn, von den affektvollen Blicken einer aufrichtigen Liebhaberin
sind. Man stellt alle übrige Leidenschaften unvollkommen vor, wenn
man sich ihren Bewegungen nicht überläßt, aber wenigstens stellt man
25 sie doch unvollkommen vor. Man ahmet mit kaltem Blute den Ton
eines Zornigen schlecht nach, allein man kann doch wenigstens einige
von den andern äusserlichen Zeichen, durch welche er sich an den Tag
legt, entlehnen; und wenn man in verschiedenen Rollen schon nicht die
Ohren betriegt, so betriegt man doch wenigstens die Augen. In den
30 zärtlichen Rollen aber kann man eben so wenig die Augen, als die
Ohren betriegen, wenn man nicht von der Natur eine zur Liebe gemachte Seele bekommen hat. — — „Will man, fährt der Verfasser
„fort, die Ursache wissen, warum man zwar die Larve der andern
„Leidenschaften borgen, die Entzückungen der Zärtlichkeit aber nur auf
35 „eine sehr ungetreue Art nachbilden kann, wenn man nicht selbst liebt,
„oder wohl gar zu lieben nicht fähig ist, so will ich es wagen eine

„Vermuthung hierüber vorzutragen. Die übrigen Leidenschaften mahlen
„sich blos dadurch auf dem Gesichte, daß sie in den Zügen eine ge=
„wisse Art von Veränderung verursachen; die Zärtlichkeit hingegen
„hat, so wie die Freude, das Vorrecht, der Gesichtsbildung neue Schön=
„heiten zu geben und ihre Fehler zu verbessern. Daher also, daß man   5
„uns von gewissen Leidenschaften ein unvollkommenes Bild vorstellen
„kann, ohne von ihnen selbst beherrscht zu werden, folgt noch nicht,
„daß man auch die sanfte Drunkenheit der Liebe auch nur unvoll=
„kommen nachahmen könne, ohne sie selbst zu fühlen. — —“ Aus
allem diesen zieht der Verfasser in dem fünften Hauptstücke die 10
Folgerung, daß man sich nicht mehr mit diesen Rollen abgeben müsse,
wenn man nicht mehr in dem glücklichen Alter zu lieben sey. Die
Wahrheit dieser Folgerung fällt zu deutlich in die Augen, als daß es
nöthig wär, seine Gründe anzuführen, die ohnedem auf das vorige
hinaus lauffen. — — Wir kommen vielmehr sogleich auf den zwey= 15
ten Abschnitt dieses zweyten Buchs, worinn, wie schon gesagt, die
äusserlichen Gaben abgehandelt werden, welche zu gewissen Rollen ins=
besondere nöthig sind. Es geschieht dieses in vier Hauptstücken, wo=
von das erste die Stimme angeht, und zeiget, daß eine Stimme,
welche in gewissen Rollen hinlänglich ist, in andern 20
Rollen, welche uns einnehmen sollen, es nicht sey. Bey
komischen Schauspielern ist es fast genug, wenn wir ihnen nur alles,
was sie sagen sollen, hinlänglich verstehen können, und wir können
ihnen eine mittelmäßige Stimme gar gern übersehen. Der tragische
Schauspieler hingegen muß eine starke, majestätische und pathetische 25
Stimme haben; der, welcher in der Komödie Personen von Stande
vorstellt, eine edle; der, welcher den Liebhaber macht, eine angenehme,
und die, welche die Liebhaberin spielt, eine bezaubernde. Von der
letztern besonders verlanget man diejenigen überredenden Töne, mit
welchen eine Schöne aus dem Zuschauer, alles was sie will, machen 30
und von ihrem Liebhaber, alles was sie begehrt, erlangen kann. Eine
reizende Stimme kann anstatt vieler andern Vorzüge seyn. Bey mehr
als einer Gelegenheit hat die Verführung der Ohren über das Zeugniß
der Augen gesiegt, und eine Person, der wir unsere Huldigung ver=
weigerten, wenn wir sie blos sahen, hat sie vollkommen zu verdienen 35
geschienen, wenn wir sie gehöret haben — — Von der Stimme kommt

der Verfasser auf die Gestalt und zeigt in dem zweyten Hauptstücke,
daß die Liebhaber in der Komödie eine liebenswürdige,
und die Helden in der Tragödie eine ansehnliche Ge=
stalt haben müssen. Weil es wahrscheinlich ist, daß die erhabenen
Gesinnungen einer Prinzeßin sie bewegen können, bey einem Helden
die nicht allzu regelmässige Bildung seines Gesichts in Ansehung seiner
übrigen grossen Eigenschaften, zu vergessen: so ist es eben nicht so un=
umgänglich nöthig, daß der Liebhaber in der Tragödie von einer
durchaus reitzenden Gestalt sey, wenn seine Rolle sich nur ungefehr zu
seinem Alter schikt. In der Komödie aber pflegen wir strenger zu
seyn. Weil diese uns in den Gesinnungen und Handlungen ihrer Per=
sonen nichts als das Gemeine zeigt, so bilden wir uns ihre Helden
auch von keinen so ausnehmenden Verdiensten ein, daß sie über das
Herz siegen könnten, ohne die Augen zu reitzen, und ihre Helbinnen
stellen wir uns nicht so gar zärtlich vor, daß sie bey dem Geschencke
ihres Herzens nicht ihre Augen zu Rathe ziehen sollten. Die Gestalt
des Liebhabers muß die Zärtlichkeit derjenigen, von welcher er geliebet
wird, rechtfertigen; und die Liebhaberin muß uns ihre Liebe nicht
blos mit lebendigen Farben abschildern, sondern wir müssen sie auch
nicht für unwahrscheinlich halten, noch ihren schlechten Geschmak dabey
tadeln können. Man wirft zwar ein, daß man im gemeinen Leben
oft genug eine Schöne nach einem gar nicht liebenswürdigen Menschen
seufzen sehe, und daß uns daher ein klein wenig Ueberlegung gleiche
Ereignungen auf dem Theater erträglich machen könne. Hierauf aber
ist zu antworten, daß man in der Komödie das Vergnügen durchaus
nicht von der Ueberlegung will abhangen lassen. Bey den Lieb=
haberinnen ist diese Bedingung noch nothwendiger, als bey den Lieb=
habern. Es ist zwar nicht eigentlich Schönheit, was sie besitzen müssen;
sondern es ist etwas, was noch mehr als Schönheit ist, und welches
noch allgemeiner und noch mächtiger auf die Herzen wirkt; es ist ein
ich weis nicht was, wodurch ein Frauenzimmer reitzend wird, und ohne
welches sie nur umsonst schön ist; es ist eine gewisse siegende Anmuth,
welche eben so gewiß allezeit rührt, als es gewiß ist, daß sie sich nicht
beschreiben läßt. — — Gleiche Bewandniß hat es auch mit denjenigen
Personen, welche der Verfasser in Ansehung ihres Standes und ihrer
Gesinnungen über das Gemeine hinaus setzt; ihre äusserliche Gestalt

muß ihre Rolle nicht erniedrigen. Obgleich die Natur ihre Gaben
nicht allezeit dem Glanze der Geburth gemäß einrichtet, und obgleich
oft mit einer sehr schlechten Physiognomie sehr ehrwürdige Titel verbunden sind: so ist es uns doch zuwider, wenn wir einen Schauspieler
von geringen Ansehen eine Person von Stande vorstellen sehen. Seine
Gestalt muß edel, und seine Gesichtsbildung muß sanft und glücklich
seyn, wenn er gewiß seyn will, Hochachtung und Mitleiden in uns zu
erregen. Man weis in Paris noch gar wohl, was einem gewissen
Schauspieler wiederfuhr, welcher seine Probe spielen sollte. Es fehlte
ihm weder an Empfindung, noch an Witze, noch an Feuer; nur sein
äusserliches war gar nicht heldenmäßig. Einsmals stellte er die Person
des Mithridats vor, und stellte sie so vor, daß alle Zuschauer mit
ihm hätten zufrieden seyn müssen, wenn er lauter Blinde zu Zuschauern
gehabt hätte. In dem Auftritte, wo Monime zu dem Könige sagt:
Herr, du änderst dein Gesicht, rufte ein Spottvogel aus dem
Parterre der Schauspielerin zu: Laßt ihn doch ändern. Auf einmal verlohr man alle Gaben des Schauspielers aus den Augen, und
dachte bloß und allein an die wenige Uebereinstimmung, die sich zwischen
ihm und seiner Person befände. — — In dem dritten Hauptstücke kömmt der Verfasser auf das wahre oder anscheinende
Verhältniß, welches zwischen dem Alter des Schauspielers und dem Alter der Person seyn muß. Ein Portrait, das wegen seiner Zeichnung und seiner Farbenmischung auch
noch so schätzbar ist, wird doch mit Recht getadelt, wenn es diejenige
Person, die es vorstellen soll, älter macht. Eben so wird uns auch
ein Schauspieler, wenn er auch sonst noch so vollkommen spielt, nur
mittelmäßig gefallen, wenn er für seine Rolle allzu alt ist. Es ist
nicht genug, daß man uns Iphigenien nicht mit Runzeln und
den Britannicus nicht mit grauen Haaren zeiget; wir verlangen
beyde in allen Reitzungen ihrer Jugend zu sehen. Einige Jahre zwar
kann der Acteur älter als seine Person seyn, weil er uns alsdann, wenn
er diesen Unterscheid wohl zu verbergen weis, das Vergnügen einer
doppelten Täuschung verschaft, welches wir nicht haben würden, wenn
er in diesem Falle nicht wäre. — — Dieses ist zu deutlich, als daß
der Verfasser nöthig haben sollte viel Worte damit zu verschwenden.
Er thut es auch nicht, sondern eilt mit dem ersten Theile seines Werks

zu Ende, indem er nur noch ein kleines Hauptstück, welches das
vierte ist, und besonders die Mägdchen und die Bedienten
angehet, hinzu thut. Bey einigen Rollen ist es gut, wenn die Schau=
spielerinnen, welche die Mägdchen vorstellen, nicht allzu jung mehr sind;
bey einigen aber müssen sie nothwendig jung seyn, oder wenigstens
jung scheinen, um ihre Jugend zu einer Art von Entschuldigung für
die unbedachtsamen Reden, welche sie meistentheils führen, oder für
die nicht allzuklugen Rathschläge, die sie ihren Gebietherinnen oft bey
Liebeshändeln geben, zu machen. Wenn aber das Mägdchen eben nicht
allezeit jung seyn darf, so muß sie doch immer eine ausserordentliche
Flüchtigkeit der Zunge besitzen. Diese Eigenschaft ist besonders in den
Lustspielen des Regnards sehr nöthig, wo ohne dieselbe bey ver=
schiednen Rollen alle Anmuth wegfällt. Auch fordert man von den
Mägdchen eine schalkhafte Mine, und von den Bedienten Geschwindig=
keit und Hurtigkeit. Ein dicker Körper schickt sich daher für die Bedienten
eben so wenig, als sich für die Mägdchen das Stottern schicken würde.

Dieses also wäre der Inhalt des ersten Theils. Er handelt,
wie man gesehen hat, nichts anders ab, als diejenigen natürlichen
Gaben, ohne welche es nicht einmal möglich ist, ein guter Schauspieler
zu werden. Wie viel häßliche Gegenstände würden wir unter ihnen
entbehren, wenn sie alle so billig gewesen wären, sich darnach zu prüfen.
Noch weniger Stümper aber würden wir sehen, wenn diejenigen die
diese Prüfung vorgenommen, und darinne bestanden haben, nicht ge=
glaubt hätten, daß sie nunmehr schon vollkommne Schauspieler wären,
und nichts mehr als diese natürlichen Vorzüge nöthig hätten, um den
Beyfall der Zuschauer zu erzwingen. Sie mögen sich ja nicht be=
triegen; sie haben aufs höchste nur die Anlage von dem, was sie seyn
müssen, und wenn sie sich nicht durch Kunst und Fleiß ausarbeiten
wollen, so werden sie zeitlebens auf dem halben Wege stehen bleiben.
Wie dieses aber geschehen müsse und worauf sie insbesondere zu sehen
haben, handelt unser Verfasser in seinem zweyten Theile ab, wel=
cher, ohne einige Unterabtheilungen, aus neunzehn Hauptstücken be=
steht, deren Inhalt ich gleichfalls anzeigen will.

Das erste Hauptstück untersucht worinne die Wahrheit
der Vorstellung bestehe? Diese Wahrheit bestehet in dem Zu=
sammenflusse aller Wahrscheinlichkeiten, welche den Zuschauer zu be=

triegen geschickt sind. Sie theilen sich in zwey Klassen. Die einen
entstehen aus dem Spiele des Acteurs; und die andern aus gewissen
Modificationen des Schauspielers, in Ansehung seiner Verkleidung oder
der Auszierung des Orts, wo er spielt. Die Wahrscheinlichkeiten von
der ersten Art gehören vornehmlich hierher, und bestehen in der ge- 5
nauen Beobachtung alles dessen, was sich geziemt. Das Spiel des
Acteurs ist nur alsbann wahr, wenn man alles darinne bemerkt,
was sich für das Alter, für den Stand, für den Charakter und für die
Umstände der Person, die er vorstellt, schicket. Diese Wahrheit aber theilt
sich in die Wahrheit der Action, und in die Wahrheit der Recitation. 10

Von der ersten handelt das zweyte Hauptstück. Diese Wahrheit ist oft diejenige gar nicht, welche dem Schauspieler zuerst in die Gedanken kömmt. Agamemnon zum Exempel, (Iphigenia Aufz. II.
Auft. 2.) als ihn Iphigenia fragt, ob er ihr erlauben werde, dem
Opfer, das er vorhabe, beyzuwohnen, antwortet ihr: Du bist da- 15
ben, meine Tochter. Verschiedne Schauspieler glauben diese Stellung recht pathetisch auszubrücken, wenn sie Blicke voll Zärtlichkeiten
auf Iphigenien heften, allein diese Action ist ganz wider die Wahrscheinlichkeit, weil Agamemnon, indem er dieses zu seiner Tochter
gesagt, die Augen gewiß wird abgewendet haben, damit sie den töb- 20
lichen Schmerz, der sein Herz zerfleischte, nicht darinne lesen möge.
Die Schwierigkeit alle kleine Schattirungen zu bemerken, aus welchen
die Wahrheit der Action bestehet, zeigt sich besonders in den ver-
wickelten Stellungen. Der Verfasser verstehet unter dieser Benennung diejenigen Stellungen, in welchen die Person entgegengesetzten 25
Absichten ein Genüge thun muß. In diesem Falle ist Isabelle in
der Männerschule, wenn sie sich zwischen dem Sganarelle und
Valere befindet, und den einen umfaßt indem sie dem andern die
Hand giebt, und zu dem einen[1] etwas spricht, was sich der andre annehmen soll. Die Schauspielerin, die dieses spielt, hat sehr viel Ge- 30
nauigkeit anzuwenden, damit ihr die Zuschauer weder allzuwenige Vorsicht in Ansehung ihres Eifersüchtigen, noch allzuwenig Zärtlichkeit gegen
ihren Liebhaber Schuld geben können.

In dem dritten Hauptstücke betrachtet[2] der Verfasser die zwey
vornehmsten Stücke der Action; die Minen nehmlich und die Gestus. 85

---

[1] zu den einen [1754]   [2] betracht [1754]

Beyde müssen hauptsächlich wahr seyn. Der Schauspieler muß die Leidenschaften nicht allein in seinem Gesichte ausdrücken, sondern er muß sie auch lebhaft ausdrücken können. Nur muß es nicht so weit gehen, daß er sein Gesicht dadurch verstellet. Gemeiniglich aber fällt man in diesen Fehler nur alsdenn, wenn man nicht wirklich, nachdem es die Stellung der Person erfordert, aufgebracht oder gerührt ist. Empfindet man wirklich eine von diesen beyden Eindrückungen,[1] wie man sie empfinden soll, so wird sie sich ohne Mühe in den Augen abmahlen. Muß man aber seine Seele erst mit aller Gewalt aus ihrem Todenschlafe reissen, so wird sich der innere gewaltsame Zustand auch in dem Spiele und in den Minen verrathen. — — Die Gestus theilt der Verfasser in zwey Arten; einige, spricht er, haben eine bestimmte Bedeutung, andre aber dienen bloß die Action zu beleben. Die erstern sind nicht willkührlich, sondern sie machen eine gewisse Sprache aus, die wir alle reden, ohne sie gelernt zu haben, und durch die uns alle Nationen verstehen können. Die Kunst kann sie weder deutlicher noch nachdrücklicher machen; sie kann sie aufs höchste nur ausputzen, und den Schauspieler lehren, sich ihrer so zu bedienen, wie es sich für seine Rolle schickt. Sie kann ihn zum Exempel lehren, daß das edle Komische wenigere heftige Gestus erfordert, als das niedrig Komische; und das Tragische noch wenigere, als das edle Komische. Die Ursache hiervon ist leicht zu errathen. Die Natur nehmlich macht, wenn sie sich selbst gelassen ist, weit unmäßigere Bewegungen, als wenn sie von dem Zaume der Erziehung, oder von der Ernsthaftigkeit eines zu beobachtenden Ansehens zurück gehalten wird. Was die andre Art der Gestus anbelangt, so müssen sie wenigstens eine Art des Ausdruckes haben; sie müssen nicht studirt seyn, und müssen oft abgewechselt werden. Bey denjenigen komischen Rollen, bey welchen man gewisser Maassen die Natur nicht vor sich haben kann, dergleichen die erdichteten Rollen der Crispins, der Pourceaugnacs und andre sind, thut man wohl, wenn man seinen Vorgänger in denselben, dessen Art Beyfall gefunden hat, so viel wie möglich nachahmt. Vielleicht ist es gut, wenn man manchmal auch sogar dessen Fehler nachahmt, um den Zuschauern die Action desto wahrer scheinen zu lassen.

     Von der Action kömmt nunmehr der Verfasser in dem vierten

---

[1] Eindrücken, [1754]

Hauptstücke auf die Recitation und derselben Wahrheit.
Nach einigen Stellen bey den Alten muß man glauben, daß sie die
Declamation ihrer dramatischen Werke nach Noten abgemessen haben.
Wenn dieses harmonische Noten gewesen sind, so haben sich ihre Schauspieler in eben den Umständen befunden, in welchen sich die heutigen
Opersänger in Ansehung der Recitative befinden, allein die Wahrheit
der Recitation kann dabey nichts gewonnen haben, weil die Musik keine
an und vor sich bestimmten Mittel hat, die verschiednen Leidenschaften
auszudrücken. Sollen aber diese Noten bloß die Töne der gemeinen
Unterredung angegeben haben, wie der Abt du Bos behauptet, so
muß man voraussetzen, daß sich dergleichen Töne, in Vergleichung mit
andern gegebenen Tönen wirklich ausdrücken lassen, und daß jede
Empfindung nur einen Ton habe, welcher ihr eigentlich zukomme.
Allein beydes ist falsch. Die verschiednen Veränderungen der Stimme,
welche aus einerley Eindrücken entstehen, haben zwar mit einander
etwas gemein; allein sie sind auch wegen der verschiednen Sprachwerk-
zeuge nothwendig unterschieden. Wer daher die Kunst zu recitiren
methodisch abhandeln wollte, der müßte eben so vielerley Regeln geben,
als Arten von Stimmen sind. Kurz, es gehört allein der Natur zu,
die Töne, welche sich am besten schicken, vorzuschreiben, und die Empfindung ist die einzige Lehrerin in dieser bezaubernden Beredsamkeit der
Schälle, durch welche man in den Zuhörern alle beliebige Bewegungen
erregen kann. Das vornehmste Geheimniß ist dabey dieses, daß man
diejenigen Töne, welche dem Anscheine nach einerley sind, in der That
aber unterschieden werden müssen, nicht unter einander verwechsele, und
die einen für die andern brauche. Man betrachtet zum Exempel den
naifen Ton und den aufrichtigen Ton als zwey Töne, die unter einerley Art gehören, allein es würde ganz unrecht gethan seyn, wenn man
den einen anstatt des andern nehmen wollte. Der eine gehört derjenigen Person zu, welche nicht Witz oder Stärke genug hat, ihre Gedanken und ihre Gesinnungen zu verbergen, sondern die Geheimnisse
ihrer Seele wider ihren Willen, und wohl gar zu ihrem Schaden,
entwischen läßt. Der andre ist vielmehr das Zeichen der Redlichkeit,
als der Dummheit oder Schwachheit, und gehört für diejenigen Personen, welche Geschicke und Herrschaft über sich selbst genug hätten,
um ihre Art zu denken und zu empfinden zu verbergen, gleichwohl

aber sich nicht entschliessen können, der Wahrheit Abbruch zu thun. Es giebt übrigens auch Töne, welche zu mehr als einer Art gehören. Die Ironie kann, zum Exempel, aus Zorn, aus Verachtung, und aus blosser Munterkeit gebraucht werden. Allein der ironische Ton, welcher sich bey dem einen Falle schickt, schickt sich ganz und gar nicht bey dem andern, und so weiter.

Dieses war von der Recitation überhaupt. In dem fünften Hauptstücke handelt der Verfasser mit wenigen, von der Art, wie die Komödie recitirt werden müsse. Sie muß durchaus nicht declamirt werden; wenige Stellen ausgenommen, die man, um sie den Zuhörern desto lächerlicher zu machen, declamiren kann. „Es „ist überhaupt ein unverbrüchliches Gesetz für die komischen Schau=„spieler, daß sie eben so recitiren müssen, als sie außer dem Theater „reden würden, wenn sie sich wirklich in den Umständen befänden, in „welchen sich die Person, die sie vorstellen, befindet. In den pro=„saischen Komödien wird es ihnen eben nicht schwer, dieser Regel zu „folgen; allein in den Komödien in Versen haben sie schon mehr Mühe „damit. Sie sollten dahero wünschen, daß sie alle in Prose möchten „geschrieben seyn. Dennoch aber, ob schon oft in ganzen Gesellschaften „von Komödianten kaum eine Person Verse gehörig herzusagen weis, „ziehen sie die Stücke in Versen vor, weil diese sich leichter lernen „und behalten lassen. Der größte Theil der Zuhörer giebt diesen Stücken „gleichfalls den Vorzug. Ohne hier zu untersuchen, ob sich die Sprache „der Poesie für die Komödien schickt, und in welchem Falle sie zu „dulden sey, will ich nur anmerken, daß man sich ihrer gewiß seltner „bedienen würde, wenn man nicht in Prose mehr Witz haben müßte; „daß das Sylbenmaaß und der Reim die Wahrheit der Unterredung „nothwendig verringert, und daß folglich die Schauspieler sich nicht „Mühe genug geben können, das eine zu unterbrechen, und den andern „zu verstecken.“

In dem sechsten Hauptstücke untersucht der Verfasser, ob die Tragödie declamirt werden müsse? Man ist dieser Frage wegen nur deswegen so sehr uneinig, weil man sich allzu verschiedne Begriffe von der Declamation macht. Einige verstehen darunter eine gewisse schwülstige und prahlende Recitation, ein gewisses un=sinniges und monotonisches Singen, woran die Natur keinen Antheil nimmt, und welches bloß die Ohren betäubt, und niemals das Herz angreift. Eine solche Declamation muß aus der Tragödie verbannt seyn; nicht aber die Majestät des Vortrags, welche bey einer natür= lichen Recitation ganz wohl bestehen kann. Dieser prächtige Vortrag schickt sich besonders an gewisse Stellen in den Tragödien, deren Be= 5 gebenheiten aus den fabelhaften Zeiten erborgt sind. Man muß zwar auch da die Natur nicht übertreiben; allein man muß sie doch in aller ihrer Größe und in allem ihrem Glanze zeigen. Von einer mächtigen Zauberin glaubt man, daß sie etwas mehr als menschliches besitze. Wenn daher Medea nichts als ihren untreuen Gemahl zurückrufen will, 10 so kann sie ganz wohl als eine andre Weibsperson reden. Wenn sie aber die breyförmige Hecate citirt, wenn sie mit ihren geflügelten Drachen durch die Luft fährt, alsdann muß sie donnern.

In dem siebenden Hauptstücke werden einige Hinder= nisse angegeben, welche der Wahrheit der Recitation 15 schaden. Eine von den vornehmsten ist die Gewohnheit verschiedener Schauspieler, ihre Stimme zu zwingen. So bald man nicht mehr in seinem natürlichen Tone redet, ist es sehr schwer, der Wahrheit gemäß zu spielen. Eine andere Hinderniß ist die Monotonie, deren es breyerley Arten giebt. Die eine ist die Verharrung in eben derselben Modu= 20 lation, die zweyte die Gleichheit der Schlußtöne, und die dritte die allzuofte Wiederhohlung eben derselben Wendungen der Stimme. Der erste von diesen Fehlern ist den tragischen und comischen Schauspielern gleich gemein. Verschiedene von ihnen bleiben ohn Unterlaß in einem Tone, so wie die kleinen Instrumente, mit welchen man gewisse Vögel 25 abrichtet. In den zweyten Fehler fallen die tragischen Acteurs öfterer als die komischen; sie sind gewohnt, fast immer mit der tiefen Octave zu schliessen. Eben so ist es mit dem dritten Fehler, welchen man gleichfalls den komischen Schauspielern weit seltner als den tragischen vorzuwerfen hat, die besonders durch die Nothwendigkeit, von Zeit zu 30 Zeit eine lange Reihe von Versen majestätisch auszusprechen, dazu ver= leitet werden. Man würde auch dem geringsten Anfänger unter ihnen Unrecht thun, wenn man ihm noch rathen wollte, so viel möglich den Ruhepunct der Cäsur zu vermeiden. Es ist dieses blos ein Anstoß für diejenigen Komödianten, welche ohne Verstand und ohne Geschmack 35 mehr auf die Zahl der Sylben, als auf die Verbindung der Gedanken

Achtung geben. Weil aber die Poesie die natürliche Sprache der
Tragödie ist, so sind die tragischen Acteurs nicht so wie die komischen
verbunden, den Reim allezeit zu verstecken. Gemeiniglich würde es
auch nicht einmal angehen, wenn sie auch gerne wolten. Der Abschnitt
des Verstandes zwingt sie oft, bey dem Schlusse eines jeden Verses
inne zu halten, und dieses verursacht eine Art von Gesang, welchem
man am besten dadurch abhilft, wenn man diesen Abschnitt nach Be=
schaffenheit der Umstände entweder verkürzt oder verlängert, und nicht
alle Verse in einerley Zeit ausspricht. — — Ferner gehöret unter die
Hindernisse der vorherrschende Geschmak, welchen gewisse Schauspieler
für eine besondere Art zu spielen haben. Besitzen sie zum Exempel die
Kunst zu rühren, so wollen sie diese Kunst überall anwenden, und weil
ihnen der weinende Ton wohl läßt, so sind sie fast nie daraus zu bringen.

　　　Das achte Hauptstück untersucht in welcher Vollkommen=
heit die Schauspieler ihre Rollen auswendig wissen
sollen, damit die Wahrheit der Vorstellung nichts dar=
unter leide? Die Antwort hierauf ist offenbar: in der allermög=
lichsten. „Denn die vornehmste Aufmerksamkeit des Schauspielers, sagt
„der Verfasser, muß dahin gerichtet seyn, daß er uns nichts als die
„Person, die er vorstellt, sehen lasse. Wie ist dieses aber möglich,
„wenn er uns merken läßt, daß er blos das wiederhohlt, was er aus=
„wendig gelernt hat? Ja noch mehr. Wie kann er uns nur den
„blossen Schauspieler zeigen, wenn sein Gedächtniß arbeiten muß?
„Wenn der Lauf des Wassers, das durch seine Erhöhung oder durch
„seinen Fall eine Fontaine zu verschönern bestimmt ist, in seinen
„Kanälen durch etwas aufgehalten wird, so kann es unmöglich die
„verlangte Wirkung thun. Wenn dem Schauspieler seine Rede nicht
„auf das schleunigste beyfällt, so kann er fast nicht den geringsten Ge=
„brauch von seinen Talenten machen. — —“ Ja, der Verfasser geht
noch weiter und behauptet, daß die Schauspieler nicht allein ihre eigne
Rolle, sondern auch die Rollen aller andern, mit welchen sie auf der
Bühne zusammen kommen, wenigstens zum Theil, wissen müssen. Man
muß fast immer auf dem Theater, ehe man das Stillschweigen bricht,
seine Rede durch einige Action vorbereiten, und der Anfang dieser Action
muß, nach Beschaffenheit der Umstände, eine kürzere oder längere Zeit
vor der Rede vorhergehen. Wenn man aber nichts als die letzten Worte

von der Rede, auf die man antworten soll, weis, so ist man oft der
Gefahr ausgesetzt, seine Antwort nicht gehörig vorbereiten zu können.

Bis hieher hat der Verfasser die Wahrscheinlichkeiten betrachtet,
die der Schauspieler in seinem Spiele beobachten muß, wenn die Vorstellung wahr scheinen soll. In dem neunten Hauptstücke betrachtet
er nunmehr diejenigen Wahrscheinlichkeiten, welche von
den äusserlichen Umständen, in welchen sich der Schauspieler befindet, abhangen. Es muß zum Exempel der Ort
der Scene allezeit dem Orte ähnlich seyn, in welchem man die Handlung vorgehen läßt. Die Zuschauer müssen sich nicht mit auf dem
Theater befinden, welches in Paris besonders Mode ist. Die Schauspieler müssen gehörig gekleidet seyn; wenn sie ihre Rolle in einem
prächtigen Aufzuge zu erscheinen verbindet, so müssen sie nicht in einem
schlechten erscheinen; auch diejenigen Schauspielerinnen, welche die Mägdchen vorstellen, müssen sich nicht allzusehr putzen, sondern ihrer Eitelkeit
ein wenig Gewalt anthun. Besonders müssen die Schauspieler die
Wahrscheinlichkeit beobachten, wenn sie sich den Zuschauern nach einer
That zeigen, die ihre Person nothwendig in einige Unordnung muß
gesetzt haben. Orest, wenn er aus dem Tempel kömmt, wo er,
Hermionen ein Gnüge zu thun, den Pirrhus umgebracht hat,
muß nicht in künstlich frisirten und gepuderten Haaren erscheinen. = =
Noch eine gewisse Gleichheit muß zwischen dem Schauspieler und der
Person, die er vorstellt, ausser der, deren wir oben gedacht haben,
beobachtet werden. Derjenige Acteur, welcher zuerst den verlohrnen
Sohn vorstellte, schien seiner Vortreflichkeit in dem hohen Komischen
ungeachtet, dennoch an der unrechten Stelle zu seyn, weil man ihn
unmöglich für einen jungen Unglücklichen halten konnte, der sich durch
seine üble Aufführung in die äusserste Armuth gestürzt, und das härteste
Elend erduldet habe. Hingegen war das gesunde Ansehen des Mont-
meny, welcher den eingebildeten Kranken vorstellte, in dieser Rolle
gar nicht anstößig, sondern um so viel angenehmer, je lächerlicher es
war, daß ein Mensch, dem alles das längste Leben zu versprechen schien,
sich beständig in einer nahen Todesgefahr zu seyn einbildete.

Aus den jetzt angeführten Betrachtungen über die Wahrheit der
Vorstellung fliessen einige andere Betrachtungen, welche das zehnte
Hauptstück ausmachen. Sie betreffen die Vorbereitung grosser Be-

wegungen, das stuffenweise Steigen derselben und die Verbindung in
dem Uebergange von einer auf die andre. Ein dramatischer Dichter,
welcher seine Kunst verstehet, läßt die Zuschauer mit Fleiß nicht merken,
wohin er sie führen will. Der Schauspieler muß sich hierinne nach
dem Verfasser richten, und muß uns das letzte nicht eher sehen lassen,
als bis wir eben darauf kommen sollen. Allein, wie wir das, was
uns vorbehalten wird, nicht gern errathen mögen, so mögen wir auch
eben so wenig uns gern betriegen lassen. Es ist uns lieb, wenn wir
das zu sehen bekommen, was wir nicht erwarteten, allein mißvergnügt
sind wir, wenn man uns etwas anders hat erwarten lassen, als das,
was wir sehen. Dieses erläutert der Verfasser durch eine Stelle aus
der Phädra, wo diese den Hippolyt zu einer Liebeserklärung vorbereitet. Das stuffenweise Steigen besteht darinne, daß sich die heftige
Bewegung immer nach und nach entwickle, welches eben so nothwendig
als die Vorbereitung ist, weil jeder Eindruck, welcher nicht zunimmt,
nothwendig abnimmt. Die fernere Folge der angeführten Stelle aus
der Phädra muß auch dieses erläutern. — — Was aber die Verbindung verschiedner Bewegungen, besonders diejenigen,[1] die einander
vernichten, anbelangt, so wird die Stelle aus der Zaire zum Muster
angeführt, wo Orosman bald Wuth, bald Liebe, und bald Verachtung gegen den unschuldigen Gegenstand seines Verdachts äussert.
Ich müßte sie ganz hersetzen, wenn ich mehr davon anführen wollte.

Ein Schauspieler kann die meisten der nur gedachten Bedingungen
beobachten, und dennoch nicht natürlich spielen. Der Verfasser untersucht also in dem eilften Hauptstücke, worinne das natürliche Spiel bestehe, und ob es auf dem Theater allezeit nöthig
sey. Wenn man unter dem natürlichen Spiele dasjenige meint, welches
nicht gezwungen und mühsam läßt, so ist es wohl gewiß, daß es überhaupt alle Schauspieler haben müssen. Versteht man aber eine durchaus genaue Nachahmung der gemeinen Natur darunter, so kann man
kühnlich behaupten, daß der Schauspieler unschmackhaft werden würde,
wenn er beständig natürlich spielen wollte. Der komische Schauspieler
darf nicht nur, sondern muß auch dann und wann seine Rolle übertreiben. Allein man merke wohl, daß unter diesem Uebertreiben nicht die Heftigkeit der Declamation eines tragischen Acteurs

---

[1] [vermuthlich verdruckt für] derjenigen,

begriffen ist, und daß man sie nur dem komischen Acteur erlaubet,
um etwas lächerliches besto stärker in die Augen fallen zu lassen.
Doch auch hier müssen gewisse Bedingungen und Umstände beobachtet
werden. Der Schauspieler muß noch immer bey seinem Uebertreiben
eine Art von Regeln beobachten; er kann wohl weiter gehen, als die
Natur geht, aber keine Ungeheuer muß er uns deswegen nicht vorstellen.
So erlaubt man zum Exempel wohl einem Mahler, daß er, in der
Hitze einer lustigen Raserey, eine Figur mit einer außerordentlich langen
Nase mache; aber diese Nase muß doch sonst mit den andern Nasen
übereinkommen, und muß sich an der Stelle befinden, welche ihr die
Natur angewiesen hat. Gleichfalls muß der Schauspieler, wenn er
übertreiben will, zuerst eine Art von Vorbereitung anwenden, und es
nicht eher wagen, als bis er den Zuschauer in eine Art von freudiger
Trunkenheit versetzt hat, welche ihm nicht so strenge zu urtheilen er=
laubt, als wenn er bey kaltem Blute wäre. Außer diesen zwey Be=
dingungen muß das Uebertreiben auch nicht allzuhäufig und auch nicht
am falschen Orte angebracht werden. Am falschen Orte würde es zum
Exempel angebracht seyn, wenn es diejenigen Acteurs brauchen wollten,
die das, was man in der Welt rechtschafne ehrliche Leute nennt, vor=
zustellen haben, und uns für sich einnehmen sollen. Ein deutliches
Exempel übrigens daß das Uebertreiben durchaus nothwendig seyn
könne, kömmt in den Betriegereyen des Scapins, (Aufz. 1.
Auft. 3.) vor, wo Scapin den Argante nachmacht, um den Octavio
die Gegenwart eines aufgebrachten Vaters aushalten zu lehren. Der
Acteur kann hier übertreiben so viel als er will, weil die Wahrschein=
lichkeit dadurch mehr aufgeholfen, als verletzet wird. Es würde nehm=
lich weniger wahrscheinlich seyn, daß Octav ganz betäubt wird, und
nicht weis, was er sagen soll, wenn nicht die außerordentliche Heftig=
keit des Scapins und die Gewaltsamkeit seines Betragens, diesen
jungen Liebhaber so täuschte, daß er wirklich den fürchterlichen Argante
in dem Scapin zu sehen glaubte.

Alles was unser Verfasser bisher angeführt hat, thut, wenn es
von dem Schauspieler beobachtet wird, nur denjenigen Zuschauern Ge=
nüge, welche das Gute, was sie sehen, empfinden, und damit zufrieden
sind, nicht aber denen, welche zugleich untersuchen, ob das Gute nicht
noch besser hätte seyn können. Für diese hat der Schauspieler gewisse

Feinheiten von Nöthen, die der Verfasser in den folgenden drey
Hauptstücken erklärt. In dem zwölften Hauptstücke handelt er
von diesen Feinheiten überhaupt. Eine von den größten bestehet darinne, daß er dem Verfasser nachhilft, wo er etwa durch Unterdrückung eines Worts, oder durch sonst eine kleine Unrichtigkeit, die
er vielleicht aus Nothwendigkeit des Reims begangen hat, einen schönen
Gedanken nicht deutlich genug ausgedrückt hat. „Wenn zum Exempel
„Sever nach dem Tode des Polieuct (Aufz. 5. letzter Auftritt)
„zu dem Felix und zu der Paulina sagt:

   Servez bien votre Dieu, servez votre Monarque,
„so bekümmert er sich wenig darum, daß sie bey ihrer Religion bleiben,
„allein die Treue gegen den Kayser betrachtet er, als eine Schuldig-
„keit, deren sie sich auf keine Weise entbrechen können. Daher sprach
„auch Baron, welcher dasjenige, was die Verfasser nicht sagten, aber
„doch gerne sagen wollten, ungemein glücklich zu errathen wußte, die
„letztern Worte: dienet eurem Monarchen auf eine ganz andre
„Art aus, als die erstern dienet nur eurem GOtt. Er ging
„über die erste Helfte ganz leicht weg, und legte allen Nachdruck auf
„die andere. In der ersten nahm er den Ton eines Mannes an,
„welcher von den Tugenden der Christen zwar gerührt, aber von der
„Wahrheit ihrer Religion noch nicht überzeugt ist, und also ganz wohl
„zugeben konnte, daß man ihr anhing, aber es gar nicht für nöthig
„hielt, sie selbst zu ergreifen. In der andern aber gab er durch eine
„sehr feine Bewegung und durch eine sehr künstliche Veränderung der
„Stimme zu verstehen, daß ihm der Dienst des Kaysers ein weit wich-
„tigerer Punct zu seyn scheine, als die genaueste Beobachtung des
„Christenthums. — —“ Eine andre Art von den Feinheiten des Schauspielers kommt auf die Verbergung der Fehler eines Stücks an. Läßt,
zum Exempel, der Verfasser eine Person, mit der er in Unterredung
ist, allzulange sprechen, so macht er es nicht, wie es wohl oft gewisse
Schauspielerinnen machen, und läßt seine Augen unterdessen unter den
Zuschauern herumschweifen, sondern er bemüht sich, durch ein stummes
Spiel auch alsdenn zu sprechen, wenn ihm der Dichter das Stillschweigen auflegt.

  In dem breyzehnten Hauptstücke nimt der Verfasser, um
die Feinheiten des Schauspielers näher zu betrachten, diejenigen

vor, welche dem Tragischen insbesondere zugehören. „Man glaubt mit Recht, daß die Tragödie grosse Bewegungen in „uns erregen müsse. Wenn man aber daraus schließt, daß sich folg= „lich der Schauspieler diesen Bewegungen nicht ununterbrochen genug „überlassen könne, so betriegt man sich. Oft ist es sehr gut, wenn er „in denjenigen Augenblicken, in welchen gemeine Seelen denken, daß „er sich in der allergewaltsamsten Bewegung zeigen werde, ganz voll= „kommen ruhig zu seyn scheinet. In dieser Abstechung liegt der größte „und vornehmste Theil der Feinheiten, welche in dem tragischen Spiele „anzubringen sind.“ Ein Paar Exempel werden dieses deutlicher machen. „Die ausnehmende Gunst, womit Augustus den Cinna „beehrte, hatte den letztern doch nicht abhalten können, sich in eine „Verschwörung wider seinen Wohlthäter einzulassen. Das Vorhaben „des Cinna wird entdeckt. Augustus läßt ihn vor sich fordern, um „ihm zu entdecken, daß er alle seine Untreue wisse. Wer sieht nicht „sogleich ein, daß dieser Kayser um so vielmehr Ehrfurcht erwecken „muß, je weniger er seinen Unwillen auslassen wird? Und je mehr „er Ursache hat über die Undankbarkeit eines Verräthers erbittert zu „seyn, den er mit Wohlthaten überschüttet hat, und der ihm gleich= „wohl nach Thron und Leben steht, desto mehr wird man erstaunen, „die Majestät eines Regenten, welcher richtet, und nicht den Zorn „eines sich rächenden Feindes in ihm zu bemerken. — — Eben so „deutlich fällt es in die Augen, daß je weniger man über die Grösse „seiner entworfnen Unternehmungen erstaunt scheint, desto grösser der „Begrif ist, den man bey andern von seinem Vermögen, sie auszu= „führen, erweckt. Mithridat muß daher einen weit grössern Ein= „druck machen, wenn er seinen Söhnen die Entwürfe, die er den „Stolz der Römer zu erniedrigen gemacht hat, mit einer ganz ge= „lassenen und einfältigen Art mittheilet, als wenn er sie mit Schwulst „und Praleren auskrahmet, und in dem Tone eines Menschen vor= „trägt, welcher den weiten Umfang seines Genies und die Grösse „seines Muths gern möchte bewundern lassen. — —“ Wenn man dieses gehörig überlegt, so wird man hoffentlich nicht einen Augenblick länger daran zweifeln, daß grosse Gesinnungen zur Vorstellung einer Tragödie nothwendig erfordert werden. Ein Acteur, welcher keine erhabene Seele hat, wird diese verlangten Abstechungen auf keine

Weise anbringen können; kaum daß er fähig seyn wird, dieselben sich
vorzustellen.

Das vierzehnte Hauptstücke handelt von denjenigen
Feinheiten insbesondere, welche für das Komische gehören. Diese sind zweyerley. Entweder der komische Schauspieler
macht uns über seine eigne Person zu lachen, oder über die andern
Personen des Stücks. Das erste zu thun, sind eine unzählige Menge
Mittel vorhanden. Das vornehmste aber besteht darinne, daß man
sich der Umstände zu Nutze macht, welche den Charakter der Person
an den Tag legen können. Ist zum Exempel diese Person ein Geiziger
und es brennen zwey Wachslichter in dem Zimmer, so muß er nothwendig das eine auslöschen. Auch bey den Leidenschaften kann man
viel komische Feinheiten von dieser Art anbringen; wenn man nehmlich thut, als ob sie sich wider Willen der Person, die sie gerne verbergen
will, verriethen. Ferner kann man über seiner Person zu lachen machen,
wenn man sie etwas thun läßt, was ihren Absichten zuwider ist. Ein
Liebhaber, der wider seine Schöne in dem heftigsten Zorne ist und sie
fliehen will, ergötzt uns allezeit, wenn wir ihn aus Gewohnheit den
Weg zu dem Zimmer seiner Geliebten nehmen sehen; desgleichen ein
unbedachtsam Dummer, wenn er dasjenige, was er gerne verschweigen
möchte, ganz laut erzehlt. — — Unter den komischen Feinheiten, von
der andern Art, wodurch man nehmlich andre Personen lächerlich zu
machen sucht, gehöret der rechte Gebrauch der Anspielungen, und besonders das Parodiren, welches entweder aus Unwillen, oder aus
bloſſer Munterkeit geschieht. Gleichfalls gehören die Hindernisse hierher, die man der Ungeduld eines andern in Weg legt. Zum Exempel
ein Herr glaubt den Brief, den ihm der Bediente bringt, nicht hurtig
genug lesen zu können; und dieser zieht ihn entweder durch die Langsamkeit, mit welcher er ihn sucht, oder durch die Unvorsichtigkeit, ein
Pappier für das andre zu ergreifen, auf.

In dem funfzehnten Hauptstücke fügt der Verfasser zu
dem, was von den Feinheiten gesagt worden, einige Regeln, die man
bey Anwendung derselben beobachten muß. Sie müssen vor allen
Dingen diejenige Person nicht witzig machen, welche entweder gar keinen
oder nur sehr wenig Witz haben soll. Sie müssen auch alsdenn nicht
gebraucht werden, wenn die Person in einer heftigen Bewegung ist,

weil die Feinheiten eine völlige Freyheit der Vernunft voraussetzen. Ferner muß man sich lieber gar nicht damit abgeben, als solche anzuwenden wagen, von deren guten Wirkung man nicht gewiß überzeugt ist; denn in Absicht auf angenehme Empfindungen, wollen wir lieber gar keine, als unvollkommene haben.

Alle diese Feinheiten sind von der Art, daß sie fast immer so wohl gesehen als gehöret werden müssen. Es giebt deren aber auch noch eine Art, welche blos gesehen werden dürfen, und diese sind das, was man Theaterspiele nennt. Der Verfasser widmet ihnen das sechszehnte Hauptstück. Sie helfen entweder die Vorstellung blos angenehmer, oder wahrer machen. Die letztern, welche die Vorstellung wahrer machen, gehören für die Tragödie so wohl, als für die Komödie; die andern aber, insbesondre nur für die Komödie. Ferner hangen sie entweder nur von einer Person, oder von allen Personen, die sich mit einander auf der Bühne befinden, zusammen ab. Die letztern müssen so eingerichtet seyn, daß in aller Stellungen und Bewegungen eine vollkommene Uebereinstimmung herrsche. Wenn Phädra dem Hippolyt den Degen von der Seite reißt, so müssen der Schauspieler und die Schauspielerin sich wohl vorgesehen haben, damit sie sich in dem Augenblicke nicht allzuweit von einander befinden, und damit die Schauspielerin nicht nöthig hat, das Gewehr, dessen sie sich bemächtigen will, erst lange zu suchen. — — Ueberhaupt muß in den Theaterspielen eine große Abwechselung zu bemerken seyn; und von dieser handelt der Verfasser

In dem siebzehnten Hauptstücke. Die Abwechselung gehöret nicht allein für diejenigen Schauspieler, welche sich zugleich in der Tragödie und Komödie zeigen wollen; auch nicht für die alleine, die nur in der einen oder in der andern spielen: sondern auch für die, die sich nur zu gewissen Rollen bestimmen, die alle einigermaaßen mit einander übereinkommen. Die Ursache davon ist diese, weil auch diejenigen Personen, die einander am meisten ähnlich sind, dennoch gewisse Schattirungen haben, die sie von einander unterscheiden. Diese Schattirungen muß der Schauspieler aufsuchen, und seine Rolle genau zergliedern, wenn er nicht alles unter einander mengen, und sich nicht einer eckeln Einförmigkeit schuldig machen will. — — Doch auch nicht einmal in den ähnlichen Rollen allein muß der Schauspieler sein Spiel abwechseln; er muß es auch alsbann abwechseln, wenn er eben die-

selben Rollen spielt. Die wenige Aufmerksamkeit, die man auf diesen
Artickel richtet, ist eine von den vornehmsten Ursachen, warum wir
nicht gerne einerley Stück mehr als einmal hintereinander sehen
mögen. — — Meistentheils sind die Schauspieler aber nur deswegen
5 so einförmig, weil sie mehr nach dem Gedächtnisse, als nach der
Empfindung spielen. Wenn ein Acteur, der Feuer hat, von seiner
Stellung gehörig eingenommen ist; wenn er die Gabe hat, sich in seine
Person zu verwandeln, so braucht er auf die Abwechselung weiter nicht
zu denken. Ob er gleich verbunden ist, so oft er eben dieselbe Rolle
10 spielt, eben derselbe Mensch zu bleiben, so wird er doch immer ein
Mittel finden, den Zuschauern neu zu scheinen.

Gesetzt nun, daß das Spiel eines Komödianten vollkommen wahr
ist; gesetzt, daß es natürlich ist; gesetzt, daß es fein und abwechselnd
ist: so werden wir ihn zwar bewundern, wir werden aber doch immer
15 noch etwas vermissen, wenn er nicht die Anmuth des Vortrags und
der Action damit verbindet. Von dieser Anmuth handelt das acht=
zehnte Hauptstück. Bey Vorstellung der Tragödie, ist sie mit
unter der Majestät begriffen, welche überall darinne herrschen muß.
Was aber die Anmuth in dem Komischen sey, besonders in dem hohen
20 Komischen, das läßt sich schwer erklären, und eben so schwer lassen
sich Regeln davon geben; überhaupt kann man sagen, daß sie darinne
bestehe, wenn man der Natur auch so gar in ihren Fehlern Zierde
und Reiz giebt. Man muß närrische Originale nachschildern, aber
man muß sie auf ihrer schönsten Seite nachschildern. Ein jeder Gegen=
25 stand ist einer Art von Vollkommenheit fähig, und ein jeder, den man
auf der Bühne zeigt, muß so vollkommen seyn, als er nur immer seyn
kann. Ein Landmägdchen, zum Exempel, ist auf dem Theater diejenige
gar nicht, die es auf dem Dorfe ist. Es muß unter ihrem Betragen
und dem Betragen ihres gleichen, eben der Unterschied seyn, welcher
30 zwischen ihren Kleidern und den Kleidern einer gemeinen Bäuerin ist.

Das neunzehnte Hauptstück, welches das letzte unsers
Schauspielers ist, enthält nichts als einen kurzen Schluß, welcher
aus einer Betrachtung besteht, der die natürliche Folge aus den vor=
hergemachten Anmerkungen ist. „Je schwerer nun, sagt der Verfasser,
35 „die Kunst ist, desto mehr Nachsicht sollten wir gegen die jungen Schau=
„spieler haben, wenn sie mit den natürlichen Gaben, die ihnen nöthig

„sind, auch den gehörigen Eifer, in ihrem Werke vortreflich zu werden,
„verbinden. Wenn es aber unser Nutzen erfordert, mit diesen nicht
„allzustrenge zu verfahren, so fordert es auch unsre Billigkeit, vor=
„treflichen Schauspielern alle die Achtung wiederfahren zu lassen, welche
„sie verdienen. — — —"

Ich bin überzeugt, daß meine Leser aus diesem Auszuge eine sehr
gute Meinung von dem Werke des Herrn Remond von Sainte
Albine bekommen werden. Und vielleicht werden sie mir es gar ver=
denken, daß ich sie mit einem blossen Auszuge abgefertiget habe. Ich
muß also meine Gründe entdecken, warum ich von einer förmlichen
Uebersetzung, die doch schon fast fertig war, abgestanden bin. Ich habe
deren zwey. Erstlich glaube ich nicht, daß unsre deutschen Schauspieler
viel daraus lernen können; zweytens wollte ich nicht gerne, daß deutsche
Zuschauer ihre Art zu beurtheilen daraus borgen möchten. Das erste
zu beweisen berufe ich mich Theils darauf, daß der Verfasser seine
feinsten Anmerkungen zu erläutern sehr oft nur solche französische
Stücke anführt, die wir auf unsrer deutschen Bühne nicht kennen;
Theils berufe ich mich auf die ganze Einrichtung des Werks. Man
sage mir, ist es wohl etwas mehr, als eine schöne Metaphysik von der
Kunst der Schauspielers? Glaubt wohl jemand, wenn er auch schon
alles, was darinne gesagt wird, inne hat, sich mit völliger Zuversicht
des Beyfalls auf dem Theater zeigen zu können? Man bilde sich
einen Menschen ein, dem es an dem äußerlichen nicht fehlt, einen
Menschen, der Witz, Feuer und Empfindung hat, einen Menschen, der
alles weis, was zur Wahrheit der Vorstellung gehört: wird ihm denn
deswegen sogleich sein Körper überall zu Diensten seyn? Wird er des=
wegen alles durch äußerliche Merkmahle ausdrücken können, was er
empfindet und einsieht? Umsonst sagt man: ja, wenn er nur alsdenn
Action und Aussprache seiner Person gemäß, natürlich, abwechselnd
und reitzend einrichtet. Alles dieses sind abgesonderte Begriffe von dem,
was er thun soll, aber noch gar keine Vorschriften, wie er es thun
soll. Der Herr Remond von Sainte Albine setzet in seinem
ganzen Werke stillschweigend voraus, daß die äußerlichen Modificationen
des Körpers natürliche Folgen von der innern Beschaffenheit der Seele
sind, die sich von selbst ohne Mühe ergeben. Es ist zwar wahr, daß
jeder Mensch ungelernt den Zustand seiner Seele durch Kennzeichen,

welche in die Sinne fallen, einigermaaßen ausdrücken kann, der eine
durch dieses, der andre durch jenes. Allein auf dem Theater will man
Gesinnungen und Leidenschaften nicht nur einigermaaßen ausgedrückt
sehen; nicht nur auf die unvollkommene Weise, wie sie ein einzelner
Mensch, wenn er sich wirklich in eben denselben Umständen befände,
vor sich ausdrücken würde; sondern man will sie auf die allervoll=
kommenste Art ausgedrückt sehen, so wie sie nicht besser und nicht voll=
ständiger ausgedrückt werden können. Dazu aber ist kein ander Mittel,
als die besondern Arten, wie sie sich bey dem und bey jenem aus=
drücken, kennen zu lernen, und eine allgemeine Art daraus zusammen
zu setzen, die um so viel wahrer scheinen muß, da ein jeder etwas
von der seinigen darinnen entdeckt. Kurz, ich glaube, der ganze Grund=
satz unsers Verfassers ist umzukehren. Ich glaube, wenn der Schau=
spieler alle äußerliche Kennzeichen und Merkmale, alle Abänderungen
des Körpers, von welchen man aus der Erfahrung gelernet hat, daß
sie etwas gewisses ausdrücken, nachzumachen weis, so wird sich seine
Seele durch den Eindruck, der durch die Sinne auf sie geschieht, von
selbst in den Stand setzen, der seinen Bewegungen, Stellungen und
Tönen gemäß ist. Diese nun auf eine gewisse mechanische Art zu er=
lernen, auf eine Art aber, die sich auf unwandelbare Regeln gründet,
an deren Daseyn man durchgängig zweifelt, ist die einzige und wahre
Art die Schauspielkunst zu studiren. Allein was findet man hiervon
in dem ganzen Schauspieler unsers Verfassers? Nichts, oder aufs
höchste nur solche allgemeine Anmerkungen, welche uns leere Worte
für Begriffe, oder ein ich weis nicht was für Erklärungen geben. Und
eben dieses ist auch die Ursache, warum es nicht gut wäre, wenn unsre
Zuschauer sich nach diesen Anmerkungen zu urtheilen gewöhnen wollten.
Feuer, Empfindung, Eingeweide, Wahrheit, Natur,
Anmuth würden alle im Munde führen, und kein einziger würde
vielleicht wissen, was er dabey denken müsse. Ich hoffe ehestens Ge=
legenheit zu haben, mich weitläuftiger hierüber zu erklären, wenn ich
nehmlich dem Publico ein kleines Werk über die körperliche Be=
redsamkeit vorlegen werde, von welchem ich jetzt weiter nichts sagen
will, als daß ich mir alle Mühe gegeben habe, die Erlernung der=
selben eben so sicher, als leicht zu machen.

V.
Leben des Herrn Philipp Nericault Destouches.

Der nur vor kurzen erfolgte Tod dieses berühmten komischen Dichters hat die Vorstellung seiner Vollkommenheiten bey mir so lebhaft gemacht, daß ich nicht umhin kann, in dieser Bibliothek seiner unter allen Franzosen am ersten zu gedenken. Vor jezt will ich nur einige historische Umstände seines Lebens mittheilen, und die nähere Bekanntmachung seiner Werke, deren vornehmste ich mit allem Fleis zergliedern werde, auf die nächste Fortsetzung versparen.

Philipp Nericault Destouches, Herr von Fortoiseau, von Vosves, von Vives-Eaux, u. Gouverneur der Stadt und des Schlosses Melun, und eines von den vierzig Gliedern der französischen Akademie, war im Jahr 1680 gebohren. In seinem neunzehnten Jahre kam er zu dem Marquis von Puyzieulx, damaligen Generallieutenant der französischen Armeen, und Gouverneur von Hünningen, in dessen Diensten und unter dessen Aufsicht er sich ganzer sieben Jahr zu öffentlichen Angelegenheiten geschickt machte. Dieser Herr hatte sich ehedem nicht nur im Felde einen grossen Ruhm und das Vertrauen des Turenne erworben, sondern war auch königlicher Abgesandter bey den Schweizerischen Cantons gewesen. Er besas sehr besondere Verdienste, und wußte zwen ganz entgegen gesetzte Eigenschaften, die Klugheit nehmlich und das Phlegma eines Staatsmanns mit der Kühnheit und Thätigkeit eines Soldaten zu verbinden. Der junge Destouches befand sich noch in dem Hause des Marquis, als er seine erste Komödie ans Licht stellte. Es war dieses der unverschämte Neugierige (le Curieux impertinent) in Versen und fünf Aufzügen. Sie hatte Beyfall gefunden, und er glaubte verbunden zu seyn, sie seinem Wohlthäter zuzueignen; ja, wenn er in dieser Zueignungsschrift nicht so wohl die Sprache der Schmeichelen, als der Wahrheit geredet hat, so war er es auch in der That. Er und seine Familie hatten ihm den löblichen Ehrgeiz, sich auch in der gelehrten Republik einen Rang zu erwerben, beygebracht; unter ihm hatte er seinen Geist gebildet und sein Herz gebessert, ja von ihm hatte er so gar manche vortrefliche Einsicht in die Kunst, in welcher er sich zu zeigen anfing, erlangt.

So viel ist gewiß, daß unser Dichter schon in seinem ersten Stücke
eine besondre Kenntniß der grossen Welt und der Art, durch welche
sich das Lächerliche derselben von den Lächerlichkeiten des Pöbels unter=
scheidet, zeigte, und überall diejenige Anständigkeit auch bey Schilderung
der Laster blicken ließ, die fast nur denen, die unter Leuten von Stande
aufgewachsen sind, natürlich zu seyn scheinet. Nachdem er das Haus
des Marquis von Puyzieulx verlassen, ward er nach und nach in
verschiedenen Staatsunterhandlungen gebraucht, in welchen er immer
glücklich war. Er unterließ dabey nicht, ein vortrefliches Stück nach
dem andern dem Theater zu liefern, und wiederlegte durch sein Bey=
spiel auf eine sehr nachdrückliche Art das Vorurtheil, daß sich ein Dichter
zu weiter nichts als zum Dichten schicke, und besonders die geringsten
öffentlichen Angelegenheiten zu verwalten unfähig sey. Die Beloh=
nungen seiner Verdienste blieben nicht aus. Im Jahr 1723 machte
ihn die französische Akademie zu ihrem Mitgliede, und einige Jahre
darauf erhielt er das gedachte Gouvernement von Melun. Er hörte
auch in seinem höchsten Alter nicht auf, sich immer neue komische
Lorbeerkränze zu flechten, und trieb diese seine gelehrte Beschäftigung
mit dem mühsamsten Fleise. Er arbeitete unter andern ganzer zehn
Jahr an dramatischen Commentariis über alle tragische und komische,
so wohl alte als neue Dichter, ohne die Spanischen, Englischen und
Italiänischen auszunehmen. Er machte über jeden derselben kritische
Anmerkungen, und der erste Theil, welcher Versuche über den So=
phokles, Euripides, Aristophanes, Plautus und Terenz
enthält, ist bereits vor verschiedenen Jahren fertig gewesen. In dem
andern Theile war er auch schon bis auf die beyden Corneilles
gekommen, und fand den jüngern, jemehr er ihn untersuchte, besonders
in Ansehung der Erfindung und Einrichtung seiner Stücke, immer
schätzbarer, als man sich ihn gemeiniglich einbildet. Ob der Verfasser
dieses Werk noch vor seinem Tode zu Stande gebracht, und ob es
das Licht sehen werde, wird die Zeit lehren. Niemand kann über
grosse Meister besser urtheilen, als wer selbst ein grosser Meister ist,
und zugleich die edle Bescheidenheit besitzt, welche den Herrn Destouches
allezeit liebenswerth gemacht hat. Er starb zu Melun, den 5ten Ju=
lius dieses Jahres.

Seine dramatischen Stücke sind zu verschiedenen malen zusammen

gedruckt worden. Die neuste Ausgabe davon ist ohne Zweifel die,
welche ich vor mir habe und zu Haag 1752 in vier Theilen in Duodez
gedruckt ist. Der Buchhändler Benjamin Gibert hat sie dem Herrn
Destouches selbst zugeeignet, und bittet ihn in der Zueignung um
Verzeihung, daß er ohne seine Erlaubniß alles, was er von seiner
Arbeit auftreiben können, zusammen gedruckt, und der Welt mitgetheilt
habe. Ich glaube eine Zueignungsschrift ist in solchen Fällen die geringste Genugthuung, die der gewinsüchtige Buchhändler dem beschämten
Verfasser kann wiederfahren lassen. Doch ohne mich um die Recht-
mäßigkeit dieser Ausgabe viel zu bekümmern, will ich mir vielmehr
ihre Vollständigkeit zu Nutze machen, und den Inhalt daraus anzeigen.

Der erste Theil enthält sechs Stück. Das erste ist der unverschämte Neugierige, dessen ich schon gedacht habe. Der Prolog,
den ihm der Dichter vorgesetzt hat, ist erst lange nach der Zeit dazu
gekommen, und ist auf die Feyerlichkeit gerichtet, bey welcher er von
einer Gesellschaft Freunde auf dem Lande vorgestellet ward. Das
zweyte Stück ist der Undankbare (l'Ingrat) in Versen und fünf
Aufzügen. Dieses folgte in der That gleich auf das erste, wie denn
überhaupt alle folgende Stücke nach der Zeitrechnung geordnet sind.
Das dritte Stück ist der Unentschlüßige (l'Irresolu) auch in Versen
und fünf Aufzügen. Der Verfasser hat es dem Marquis von
Courcillon zugeeignet, welcher zu eben der Zeit das Gouvernement
von Touraine, der Provinz in welcher unser Destouches gebohren
war, erhalten hatte. Das vierte Stück ist der Verleumder, (le
Medisant) gleichfalls in Versen und fünf Aufzügen. Das fünfte Stück
ist nur in einem Aufzuge, in Prosa, und heißt: Die dreyfache
Heyrath (le triple Mariage.) Das sechste Stück ist auch nur in
einem Aufzuge, aber in Versen, und führt den Titel: Die schöne
Stolze, oder das verwöhnte Kind (la belle Orgueilleuse ou
l'Enfant gaté.)

Der zweyte Theil bestehet aus fünf Stücken. Erstlich aus der
unvermutheten Hinderniß, oder der Hinderniß ohne
Hinderniß, (l'obstacle imprevu ou l'obstacle sans obstacle)
einem Lustspiele in Versen und fünf Aufzügen. Dieses Stück ist dem
Herzoge von Orleans, damaligem Regenten von Frankreich zugeeignet.
Zweytens aus dem Verschwender oder der ehrlichen Be-

triegerin, (le Dissipateur ou l'honnete friponne) in Versen und
fünf Aufzügen. Drittens aus dem Ruhmredigen (le Glorieux)
auch in Versen und fünf Aufzügen. Dieses ist ohne Zweifel dasjenige
Stück, welches dem Herrn Destouches den meisten Beyfall erworben
hat. Er ist so bescheiden einen grossen Theil dieses Beyfalls den
Schauspielern zuzuschreiben, welche sich alle mögliche Mühe gegeben
hatten, ihren Rollen ein Genüge zu thun. Wie glücklich ist der dramatische Dichter, der sich eines solchen Schicksals rühmen kann, und
dem nicht das Herz brechen darf, seine Arbeit durch Eigensinn und
Unwissenheit verhunzt zu sehen! Der ältere Quinault hatte die Rolle
des Licanders darinne gemacht, und sich als der unglückliche Vater
des Grafen Tufiere und der Lisette die Hochachtung und die Bewunderung aller Zuschauer erworben. Der Herr Dufresne hatte den
Ruhmredigen vorgestellt, und seinen Charakter, noch ehe er ein Wort
geredet, durch die blosse Art, sich auf der Bühne zu zeigen, auszudrücken gewußt. Solche Leute können auch das schlechteste Stück aufrecht erhalten; doch sollten nur diejenigen Verfasser das Vorrecht haben,
sie für ihre Geburthen zu finden, die auch die schlechtesten Schauspieler
nicht so vorstellen können, daß sie nicht noch immer Schönheiten genug
behalten sollten. — Das vierte Stück in diesem Theile sind die verliebten Philosophen (les philosophes amoureux) gleichfalls in
Versen und fünf Aufzügen; und das sechste Stück ist der poetische
Dorfjunder (le poete Campagnard). Dieses letztere hat einen
besondern Prolog, welcher der Triumph des Herbstes (le Tri-
omphe de l'Automne) heißt.

   Der dritte Theil begreift ebenfalls fünf Schauspiele, und einige
Kleinigkeiten. Das erste Stück ist das Gespenst mit der Trom-
mel, (le Tambour nocturne) in Prosa und fünf Aufzügen. Es ist
eigentlich nicht von der Erfindung des Herrn Destouches, sondern
eine Nachahmung eines englischen Stückes des Herrn Abbisons,
welches in seiner Sprache The Drummer heißt, und auch in Deutschland bekannt genug ist. Unser Dichter war in England gewesen, und
hatte den Herrn Abbison persönlich kennen lernen. Er giebt ihm das
Zeugniß, daß er unter allen schönen Geistern seiner Nation die wenigste
Entfernung für das französische Theater gehabt habe, und mit den
regellosen Unanständigkeiten der englischen Bühne gar nicht zufrieden

gewesen sey. Er hatte auch seinen Drummer in keiner andern Ab=
sicht geschrieben, als seinen Landsleuten zu zeigen, daß sich Regeln und
Witz, Anständigkeit und Satyre ganz wohl vertrügen. Gleichwohl aber
behielt sein Stück noch allzuviel Englisches, als daß es ohne Verän=
derungen auf dem französischen Theater hätte gefallen können. Diese
nun machte der Herr Destouches mit aller möglichen Geschicklichkeit,
und wenn er die stolze Treulosigkeit der englischen Schriftsteller, be=
sonders Drydens hätte nachahmen wollen, so hätte er ganz wohl
das ganze Schauspiel für sein eigen ausgeben, und in der Vorrede
noch dazu auf den englischen Urheber schimpfen können. — — Der
verheyrathete Philosoph (le Philosophe marié) ist das zweyte
Lustspiel im dritten Theile. Es ist in Versen und fünf Aufzügen.
Auch dieses fand ungemeinen Beyfall, und sein Verfasser schrieb es dem
Minister und Staatssecretair Grafen von Morville zu. Das dritte
Stück ist eigentlich nichts als eine dramatische Satyre über die un=
billigen Urtheile, welche einige neidische Kunstrichter über das vorher=
gehende Stück gefällt hatten. Es ist in Prosa abgefaßt, hat nur einen
Aufzug und heißt der Neidische. (l'Envieux) Der Kürze unge=
achtet ist der Charakter darinne vortreflich ausgedrückt. — — Das
vierte Stück nennt der Verfasser eine Tragikomödie. Es führt den
Titel: Der Ehrgeizige und die Unbesonnene. (l'Ambitieux
et l'Indiscrete) Er hat ihm deswegen den Namen eines blossen Lust=
spiels nicht geben wollen, weil alle Personen darinnen von einem ge=
wissen Range sind, und er die Scene bey Hofe hat annehmen müssen,
wollte er anders seine Helden in die vortheilhaftesten Umstände für
die Entwickelung ihrer Charaktere setzen. Es ist ein Prolog bey dem
Ehrgeizigen, der die innre Einrichtung des Stücks betrift, und worinne
verschiedene Personen aufgeführet werden, die dafür oder darwider reden.
Das fünfte Schauspiel in diesem Theile ist die abgenutzte Liebe,
(l'Amour usé) ein prosaisches Lustspiel in fünf Aufzügen. Mit diesem
Stücke ging es dem Verfasser ein wenig unglücklich. Feinde und un=
billige Richter brachten es bey der ersten Vorstellung um allen Beyfall.
Er beklagt sich deswegen in einem Briefe an den Grafen von L**,
welcher dem Lustspiele vorgedruckt ist, sehr empfindlich darüber, und
es schmerzte ihm, daß eine fünf und dreyßigjährige Bemühung für
das Vergnügen des Publici, ihn vor dieser Beschimpfung nicht habe

sichern können. — — Außer diesen fünf Stücken findet man noch in
dem dritten Theile drey kleine Divertissements, welche aber durchaus
nichts sagen wollen, und beynahe ihres Verfassers unwerth wären,
wenn sie vielleicht nicht in dem Zirkel der Freunde, in welchem sie
5 gespielt worden, gewisse gesellschaftliche Vollkommenheiten gehabt hätten,
die für fremde Leser durchaus unmerklich sind.

Der vierte Theil enthält nur drey ganze Stücke. Das erste ist
der Sonderling (l'Homme singulier) ein Lustspiel in Versen und
fünf Aufzügen. Es ist eher gedruckt als aufgeführt worden. Der Ver-
10 fasser bezeigt eine besondre Liebe für dasselbe und schmeichelt sich selbst,
daß man nicht allein das hohe Komische und die lebhafte und männliche Moral, welche seinen übrigen Stücken so viel Beyfall erworben,
sondern auch einen ziemlich neuen und sehr lehrreichen Charakter, darinnen antreffen werde. Das zweyte Stück ist die Stärke des Na-
15 turells, (la force du naturel) ebenfalls in Versen und fünf Aufzügen. Man ist mit dem Inhalte dieses Lustspiels nicht zufrieden
gewesen, und kann es auch gewissermaaßen nicht wohl seyn, wie wir
ein andermal zeigen wollen. Es ist gleich das Gegenspiel von der
Nanine des Herrn von Voltaire, welcher wenigstens in diesem
20 Stücke ein besserer Kenner der Natur als der alte Destouches gewesen ist. Das dritte Stücke endlich heißt le jeune homme à l'epreuve,
der junge Mensch, der die Probe aushält; es ist in Prosa
und in fünf Aufzügen. Wenn auch dieses gleich die Frucht des Alters
ist, so ist es doch die Frucht des Alters eines Destouches, und
25 würde der Blüthe eines andern Schriftstellers Ehre machen. Der übrige
Inhalt des vierten Theils bestehet aus den ersten Auftritten verschie-
bener Lustspiele, die der Verfasser ohne Zweifel noch hat ausarbeiten
wollen, ob er sie gleich für nichts, als für bloße Entwürfe ausgiebt,
die er für einen jungen Chevalier von B. der sich in der komischen
30 Dichtkunst üben wollen, gemacht habe. Die vornehmsten davon sind
Anfangsscenen zu einem Lustspiele, welches der liebenswürdige
Alte heißen sollen; desgleichen zu einem über den Charakter des
Rachsüchtigen. Auch ist der Anfang zu einem Lustspiele Protheus
da, worinne der Dichter einen Betrieger aufführen wollen, der jeden
35 Charakter anzunehmen fähig ist. Wird wohl jemand so kühn seyn,
und dasjenige auszuführen wagen, was ein solcher Dichter entworfen

hat? — — Noch findet man in diesem vierten Theile eine Sammlung
von hundert und drey und siebenzig Sinnschriften, und ein poetisches
Schreiben an den König über seine Genesung. Nur die Lieder des
Hrn. Destouches, deren er verschiedene und gewiß sehr artige ge=
macht hat, vermisse ich in dieser ganzen Sammlung seiner Werke. Sie
ist übrigens noch mit dem in Kupfer gestochnen Bilde unsers Dichters
geziert, von welchem der Verleger versichert, daß er es nicht ohne Mühe
erhalten habe. Ich weis nicht ob es ähnlicher ist als das, welches
Petit bereits 1740, nach dem Gemählde eines Largilliere ge=
stochen hat; so viel weis ich, daß dieses von besserm Geschmack ist.

VI.

Ueber das Lustspiel

die Juden,

im vierten Theile der Leßingschen Schriften.

Unter den Beyfall, welchen die zwey Lustspiele in dem vierten
Theile meiner Schriften gefunden haben, rechne ich mit Recht die An=
merkungen, deren man das eine, die Juden, werth geschätzt hat. Ich
bitte sehr, daß man es keiner Unleiblichkeit des Tadels zuschreibe, wenn
ich mich eben jezt gefaßt mache, etwas darauf zu antworten. Daß ich
sie nicht mit Stillschweigen übergehe, ist vielmehr ein Zeichen, daß sie
mir nicht zuwider gewesen sind, daß ich sie überlegt habe, und daß
ich nichts mehr wünsche, als billige Urtheile der Kunstrichter zu er=
fahren, die ich auch alsdenn, wenn sie mich unglücklicher Weise nicht
überzeugen sollten, mit Dank erkennen werde.

Es sind diese Anmerkungen in dem 70ten Stücke der Götting=
schen Anzeigen von gelehrten Sachen, dieses Jahres, gemacht worden,
und in den Jenaischen gelehrten Zeitungen hat man ihnen beygepflichtet.
Ich muß sie nothwendig hersetzen, wenn ich denjenigen von meinen
Lesern, welchen sie nicht zu Gesichte gekommen sind, nicht undeutlich
seyn will. „Der Endzweck dieses Lustspiels, hat mein Hr. Gegner die
„Gütigkeit zu sagen, ist eine sehr ernsthafte Sittenlehre, nehmlich die
„Thorheit und Unbilligkeit des Hasses und der Verachtung zu zeigen,

„womit wir den Juden meistentheils begegnen. Man kann daher dieses
„Lustspiel nicht lesen, ohne daß einem die mit gleichem Endzweck ge=
„dichtete Erzählung von einem ehrlichen Juden, die in Hrn. Gellerts
„Schwedischer Gräfin stehet, beyfallen muß. Bey Lesung beyder aber
„ist uns stets das Vergnügen, so wir reichlich empfunden haben, durch
„etwas unterbrochen worden, das wir entweder zu Hebung des Zweifels
„oder zu künstiger Verbesserung der Erdichtungen dieser Art bekannt
„machen wollen. Der unbekannte Reisende ist in allen Stücken so voll=
„kommen gut, so edelmüthig, so besorgt, ob er auch etwann seinem
„Nächsten Unrecht thun und ihn durch ungegründeten Verdacht belei=
„digen möchte, gebildet, daß es zwar nicht unmöglich, aber doch allzu
„unwahrscheinlich ist, daß unter einem Volke von den Grundsätzen,
„Lebensart und Erziehung, das wirklich die üble Begegnung der Christen
„auch zu sehr mit Feindschaft, oder wenigstens mit Kaltsinnigkeit gegen
„die Christen erfüllen muß, ein solches edles Gemüth sich gleichsam
„selbst bilden könne. Diese Unwahrscheinlichkeit stört unser Vergnügen
„desto mehr, jemehr wir dem edeln und schönen Bilde Wahrheit und
„Daseyn wünscheten. Aber auch die mittelmäßige Tugend und Red=
„lichkeit findet sich unter diesem Volke so selten, daß die wenigen Bey=
„spiele davon den Haß gegen dasselbe nicht so sehr mindern, als man
„wünschen möchte. Bey den Grundsätzen der Sittenlehre, welche zum
„wenigsten der größte Theil derselben angenommen hat, ist auch eine
„allgemeine Redlichkeit kaum möglich, sonderlich da fast das ganze Volk
„von der Handlung leben muß, die mehr Gelegenheit und Versuchung
„zum Betruge giebt, als andre Lebensarten.“

Man sieht leicht, daß es bey diesen Erinnerungen auf zwey
Puncte ankömmt. Erstlich darauf, ob ein rechtschafner und edler Jude
an und vor sich selbst etwas unwahrscheinliches sey; zweytens ob die
Annehmung eines solchen Juden in meinem Lustspiele unwahrscheinlich
sey. Es ist offenbar, daß der eine Punct den andern hier nicht nach
sich zieht; und es ist eben so offenbar, daß ich mich eigentlich nur
des letztern wegen in Sicherheit setzen dürfte, wenn ich die Menschen=
liebe nicht meiner Ehre vorzöge, und nicht lieber eben bey diesem,
als bey dem erstern verlieren wollte. Gleichwohl aber muß ich mich
über den letztern zuerst erklären.

Habe ich in meinem Lustspiele einen rechtschafnen und edeln

Juden wider die Wahrscheinlichkeit angenommen? — — Noch muß
ich dieses nur bloß nach den eignen Begriffen meines Gegners untersuchen. Er giebt zur Ursache der Unwahrscheinlichkeit eines solchen
Juden die Verachtung und Unterdrückung, in welcher dieses Volk
seufzet, und die Nothwendigkeit an, in welcher es sich befindet, blos
und allein von der Handlung zu leben. Es sey; folgt aber also nicht
nothwendig, daß die Unwahrscheinlichkeit wegfalle, so bald diese Umstände sie zu verursachen aufhören? Wenn hören sie aber auf, dieses
zu thun? Ohne Zweifel alsdann, wenn sie von andern Umständen
vernichtet werden, das ist, wenn sich ein Jude im Stande befindet,
die Verachtung und Unterdrückung der Christen weniger zu fühlen,
und sich nicht gezwungen sieht, durch die Vortheile eines kleinen nichtswürdigen Handels ein elendes Leben zu unterhalten. Was aber wird
mehr hierzu erfordert, als Reichthum? Doch ja, auch die richtige Anwendung dieses Reichthums wird dazu erfordert. Man sehe nunmehr,
ob ich nicht beydes bey dem Charakter meines Juden angebracht habe.
Er ist reich; er sagt es selbst von sich, daß ihm der GOtt seiner Väter
mehr gegeben habe, als er brauche; ich lasse ihn auf Reisen seyn;
ja, ich setze ihn so gar aus derjenigen Unwissenheit, in welcher man
ihn vermuthen könnte; er liefet, und ist auch nicht einmal auf der
Reise ohne Bücher. Man sage mir, ist es also nun noch wahr, daß
sich mein Jude hätte selbst bilden müssen? Besteht man aber darauf,
daß Reichthum, bessere Erfahrung, und ein aufgeklärterer Verstand
nur bey einem Juden keine Wirkung haben könnten: so muß ich sagen,
daß dieses eben das Vorurtheil ist, welches ich durch mein Lustspiel
zu schwächen gesucht habe; ein Vorurtheil, das nur aus Stolz oder
Haß fliessen kann, und die Juden nicht blos zu rohen Menschen macht,
sondern sie in der That weit unter die Menschheit setzt. Ist dieses
Vorurtheil nun bey meinen Glaubensgenossen unüberwinblich, so darf
ich mir nicht schmeicheln, daß man mein Stück jemals mit Vergnügen
sehen werde. Will ich sie denn aber bereden, einen jeden Juden für
rechtschaffen und großmüthig zu halten, oder auch nur die meisten dafür
gelten zu lassen? Ich sage es gerade heraus: noch alsdenn, wenn
mein Reisender ein Christ wäre, würde sein Charakter sehr selten seyn,
und wenn das Seltene blos das Unwahrscheinliche ausmacht, auch
sehr unwahrscheinlich. — —

Ich bin schon allmälich auf den ersten Punkt gekommen. Ist denn ein Jude, wie ich ihn angenommen habe, vor sich selbst unwahrscheinlich? Und warum ist er es? Man wird sich wieder auf die obigen Ursachen berufen. Allein, können denn diese nicht wirklich im gemeinen Leben eben so wohl wegfallen, als sie in meinem Spiele wegfallen? Freylich muß man, dieses zu glauben, die Juden näher kennen, als aus dem lüderlichen Gesindel, welches auf den Jahrmärkten herumschweift. — — Doch ich will lieber hier einen andern reden lassen, dem dieser Umstand näher an das Herz gehen muß; einen aus dieser Nation selbst. Ich kenne ihn zu wohl, als daß ich ihm hier das Zeugniß eines eben so witzigen, als gelehrten und rechtschafnen Mannes versagen könnte. Folgenden Brief hat er bey Gelegenheit der Göttingischen Erinnerung, an einen Freund in seinem Volke, der ihm an guten Eigenschaften völlig gleich ist, geschrieben. Ich sehe es voraus, daß man es schwerlich glauben, sondern vielmehr diesen Brief für eine Erdichtung von mir halten wird; allein ich erbiethe mich, denjenigen, dem daran gelegen ist, unwidersprechlich von der Authenticität desselben zu überzeugen.   Hier ist er.[1]

Mein Herr,

"Ich überschicke Ihnen hier, das 70 Stück der Göttingschen ge-
"lehrten Anzeigen. Lesen Sie den Artickel von Berlin. Die Herren
"Anzeiger recensiren den 4ten Theil der Leßingschen Schriften, die
"wir so oft mit Vergnügen gelesen haben. Was glauben Sie wohl,
"daß sie an dem Lustspiele, die Juden, aussetzen? Den Hauptcharakter,
"welcher, wie sie sich ausdrücken, viel zu edel und viel zu großmüthig
"ist. Das Vergnügen, sagen sie, das wir über die Schönheit eines
"solchen Charakters empfinden, wird durch dessen Unwahrscheinlichkeit
"unterbrochen, und endlich bleibt in unsrer Seele nichts, als der blosse
"Wunsch für sein Daseyn übrig. Diese Gedancken machten mich scham-
"roth. Ich bin nicht im Stande alles auszubrücken, was sie mich
"haben empfinden lassen. Welche Erniedrung für unsere bedrengte
"Nation! Welche übertriebene Verachtung! Das gemeine Volck der

---

[1] ["Michaelis war der Göttingische Recensent. Der Brief ist von Moses Mendelssohn, und an den Doctor Gumperz, einen Arzt in Berlin, der aber nicht praktisirte, sondern von seinen Mitteln lebte, und sich eigentlich mit Mathematik beschäftigte. Gumperz war um die damalige Zeit Secretair bey Maupertuis." Karl G. Lessing im 23. Teil von G. E. Lessings sämtlichen Schriften, Berlin 1794, S. 119.]

„Christen hat uns von je her als den Auswurf der Natur, als Ge=
„schwüre der menschlichen Gesellschaft angesehen. Allein von gelehrten
„Leuten erwartete ich jederzeit eine billigere Beurtheilung; von diesen
„vermuthete ich die uneingeschränkte Billigkeit, deren Mangel uns
„insgemein vorgeworfen zu werden pflegt. Wie sehr habe ich mich
„geirrt, als ich einem jeden Christlichen Schriftsteller so viel Aufrichtig=
„keit zutrauete, als er von andern fordert.

„In Wahrheit! mit welcher Stirne kann ein Mensch, der noch
„ein Gefühl der Redlichkeit in sich hat, einer ganzen Nation die Wahr=
„scheinlichkeit absprechen, einen einzigen ehrlichen Mann aufweisen zu
„können? Einer Nation, aus welcher, wie sich der Verfasser der Juden
„ausdrückt, alle Propheten und die grössesten Könige aufstanden? Ist
„sein grausamer Richterspruch gegründet? Welche Schande für das
„menschliche Geschlecht! Ungegründet? Welche Schande für ihn!

„Ist es nicht genug, daß wir den bittersten Haß der Christen
„auf so manche grausame Art empfinden müssen; sollen auch diese Un=
„gerechtigkeiten wider uns durch Verleumdungen gerechtfertiget werden?

„Man fahre fort uns zu unterdrücken, man lasse uns beständig
„mitten unter freyen und glückseligen Bürgern eingeschränkt leben,
„ja man setze uns ferner dem Spotte und der Verachtung aller Welt
„aus; nur die Tugend, den einzigen Trost bedrengter Seelen, die
„einzige Zuflucht der Verlassenen, suche man uns nicht gänzlich abzu=
„sprechen.

„Jedoch man spreche sie uns ab, was gewinnen die Herren
„Recensenten dabey? Ihre Kritik bleibet dennoch unverantwortlich.
„Eigentlich soll der Charakter des reisenden Juden (ich schäme mich,
„wann ich ihn von dieser Seite betrachte) das wunderbare, das un=
„erwartete in der Komödie seyn. Soll nun der Charakter eines hoch=
„müthigen Bürgers der sich zum türkischen Fürsten machen läßt, so
„unwahrscheinlich nicht seyn, als eines Juden, der großmüthig ist?
„Laßt einen Menschen, dem von der Verachtung der jüdischen Nation
„nichts bekannt ist, der Aufführung dieses Stückes beywohnen; er wird
„gewiß, während des ganzen Stückes für lange Weile gähnen, ob es
„gleich für uns sehr viele Schönheiten hat. Der Anfang wird ihn
„auf die traurige Betrachtung leiten, wie weit der Nationalhaß ge=
„trieben werden könne, und über das Ende wird er lachen müssen.

„Die guten Leute, wird er bey sich denken, haben doch endlich die
„grosse Entdeckung gemacht, daß Juden auch Menschen sind. So mensch=
„lich denkt ein Gemüth, das von Vorurtheilen gereinigt ist.

„Nicht daß ich durch diese Betrachtung dem Leßingschen Schau=
„spiele seinen Werth entziehen wollte; keines weges! Man weis daß
„sich der Dichter überhaupt, und ins besondere wenn er für die Schau=
„bühne arbeitet, nur nach der unter dem Volke herrschenden Meinung
„zu richten habe. Nach dieser aber muß der unvermuthete Charakter
„des Juden eine sehr rührende Wirkung auf die Zuschauer thun. Und
„in so weit ist ihm die ganze jüdische Nation viele Verbindlichkeit
„schuldig, daß er sich Mühe giebt, die Welt von einer Wahrheit zu
„überzeugen, die für sie von grosser Wichtigkeit seyn muß.

„Sollte diese Recension, diese grausame Seelenverdammung nicht
„aus der Feder eines Theologen geflossen seyn? Diese Leute denken
„der Christlichen Religion einen grossen Vorschub zu thun, wenn sie
„alle Menschen, die keine Christen sind, für Meichelmörder und Straßen=
„räuber erklären. Ich bin weit entfernt, von der Christlichen Religion
„so schimpflich zu denken; das wäre ohnstreitig der stärkste Beweis
„wider ihre Wahrhaftigkeit, wenn man sie festzustellen alle Mensch=
„lichkeit aus den Augen setzen müßte.

„Was können uns unsere strengen Beurtheiler, die nicht selten
„ihre Urtheile mit Blute versiegeln, erhebliches vorrücken? Laufen
„nicht alle ihre Vorwürfe auf den unersättlichen Geitz hinaus, den sie
„vielleicht durch ihre eigene Schuld, bey dem gemeinen jüdischen Haufen
„zu finden, frohlocken? Man gebe ihnen diesen zu; wird es denn des=
„wegen aufhören wahrscheinlich zu seyn, daß ein Jude einem Christen
„der in räuberische Hände gefallen ist, das Leben gerettet haben sollte?
„Oder wenn er es gethan, muß er sich nothwendig das edle Ver=
„gnügen, seine Pflicht in einer so wichtigen Sache beobachtet zu haben,
„mit niederträchtigen Belohnungen versalzen lassen? Gewiß nicht!
„Zuvoraus wenn er in solchen Umständen ist, in welche der Jude im
„Schauspiele gesetzt worden.

„Wie aber, soll dieses unglaublich seyn, daß unter einem Volke
„von solchen Grundsätzen und Erziehung, ein so edles und erhabenes
„Gemüth sich gleichsam selbst bilden sollte? Welche Beleidigung! so
„ist alle unsere Sittlichkeit dahin! so regt sich in uns kein Trieb mehr

„für die Tugend! so ist die Natur stiefmütterlich gegen uns gewesen,
„als sie die edelste Gabe unter den Menschen ausgetheilt, die natür=
„liche Liebe zum Guten! Wie weit bist du, gütiger Vater, über solche
„Grausamkeit erhaben!

„Wer Sie näher kennt, theuerster Freund! und Ihre Talente
„zu schätzen weis, dem kann es gewiß an keinem Exempel fehlen, wie
„leicht sich glückliche Geister, ohne Vorbild und Erziehung empor
„schwingen, ihre unschätzbaren Gaben ausarbeiten, Geist und Herz
„bessern, und sich in den Rang der größten Männer erheben können.
„Ich gebe einem jeden zu bedenken, ob Sie, großmüthiger Freund!
„nicht die Rolle des Juden im Schauspiel übernommen hätten, wenn
„Sie auf Ihrer gelehrten Reise, in seine Umstände gesetzt worden
„wären. Ja ich würde unsere Nation erniedrigen, wenn ich fortfahren
„wollte, einzelne Exempel von edlen Gemüthern anzuführen. Nur das
„Ihrige konnte ich nicht übergehen, weil es so sehr in die Augen
„leuchtet, und weil ich es allzuoft bewundere.

„Ueberhaupt sind gewisse menschliche Tugenden den Juden ge=
„meiner, als den meisten Christen. Man bedenke den gewaltigen Ab=
„scheu, den sie für eine Mordthat haben. Kein einziges Exempel wird
„man anführen können, daß ein Jude, (ich nehme die Diebe von Pro=
„feßion aus) einen Menschen ermordet haben sollte. Wie leicht wird
„es aber nicht manchem sonst redlichen Christen seinem Nebenmenschen
„für ein bloßes Schimpfwort das Leben zu rauben? Man sagt, es
„sey Niederträchtigkeit bey den Juden. Wohl! wenn Niederträchtigkeit
„Menschenblut verschont; so ist Niederträchtigkeit eine Tugend.

„Wie mitleidig sind sie nicht gegen alle Menschen, wie milde
„gegen die Armen beyder Nationen? Und wie hart verdient das Ver=
„fahren der meisten Christen gegen ihre Arme genennt zu werden?
„Es ist wahr, sie treiben diese beyden Tugenden fast zu weit. Ihr
„Mitleiden ist allzu empfindlich, und hindert beynah die Gerechtigkeit,
„und ihre Mildigkeit ist beynah Verschwendung. Allein, wenn doch
„alle, die ausschweifen, auf der guten Seite ausschweifeten.

„Ich könnte noch vieles von ihrem Fleiße, von ihrer bewunderns=
„würdigen Mäßigkeit, von ihrer Heiligkeit in den Ehen hinzusetzen.
„Doch schon ihre gesellschaftliche Tugenden sind hinreichend genug,
„die Göttingsche Anzeigen zu widerlegen; und ich betaure den, der

„eine so allgemeine Verurtheilung ohne Schauern lesen kann.   Ich
„bin ꝛc.“

*   *   *

Ich habe auch die Antwort auf diesen Brief vor mir. Allein
ich mache mir ein Bedenken, sie hier drucken zu lassen. Sie ist mit
zuviel Hitze geschrieben, und die Retorsionen sind gegen die Christen
ein wenig zu lebhaft gebraucht. Man kann es mir aber gewiß glauben,
daß beyde Correspondenten, auch ohne Reichthum, Tugend und Ge=
lehrsamkeit zu erlangen gewußt haben, und ich bin überzeugt, daß sie
unter ihrem Volke mehr Nachfolger haben würden, wenn ihnen die
Christen nur vergönnten, das Haupt ein wenig mehr zu erheben. — —
Der übrige Theil der Göttingschen Erinnerungen, worinne man
mich zu einem andern ähnlichen Lustspiele aufmuntert, ist zu schmeichel=
haft für mich, als daß ich ihn ohne Eitelkeit wiederhohlen könnte.
Es ist gewiß, daß sich nach dem daselbst angegebnen Plane, ein sehr
einnehmendes Stück machen liesse. Nur muß ich erinnern, daß die
Juden alsdenn bloß als ein unterbrücktes Volk und nicht als Juden
betrachtet werden, und die Absichten, die ich bey Verfertigung meines
Stücks gehabt habe, größten Theils wegfallen würden.

Zweytes Stück.

1754.

VII.

Von den lateinischen Trauerspielen

welche unter dem Namen

des Seneca

bekannt sind.

Die einzigen Ueberreste, woraus man die tragische Bühne der Römer einigermaſſen beurtheilen kann, ſind diejenigen zehn Trauerſpiele, welche unter dem Namen des Seneca geleſen werden.

Da ich jetzt vorhabe, ſie meinen Leſern bekannter zu machen, ſo ſollte ich vielleicht verſchiedene hiſtoriſchkritiſche Anmerkungen und Nachrichten voraus ſchicken, die ihnen die Meinungen der Gelehrten von den wahren Verfaſſern dieſer Trauerſpiele, von ihrem Alter, von ihrem innern Werthe ꝛc. erklärten. Doch weil ſich hiervon ſchwerlich urtheilen läßt, wenn man die Stücke nicht ſchon ſelbſt geleſen hat, ſo will ich in dieſer meiner Abhandlung eben der Ordnung folgen, die jeder wahrſcheinlicher Weiſe beobachten würde, der ſich ſelbſt von dieſen Dingen unterrichten wollte. Ich will alle zehn Trauerſpiele nach der Reihe durchgehen, und Auszüge davon mittheilen, in welchen man die Einrichtung und die vornehmſten Schönheiten derſelben erkennen kann. Ich ſchmeichle mir, daß dieſe Auszüge deſto angenehmer ſeyn werden, je gröſſer die Schwierigkeiten ſind, mit welchen die Leſung der Stücke ſelbſt verbunden iſt.

Es ſind, wie ſchon geſagt, deren zehne, welche folgende Ueberſchriften führen. I. der raſende Herkules. II. Thyeſt. III. Thebais. IV. Hippolytus. V. Oedipus. VI. Troas. VII. Medea. VIII. Agamemnon. IX. Herkules auf Oeta. X. Octavia. Ich will mich ſogleich zu dem erſten Stücke wenden.

I.

Der rasende Herkules.

Inhalt.

Herkules hatte sich mit der Megara, der Tochter des Creons,
Königs von Theben vermählt. Seine Thaten und besonders seine Reise
in die Hölle nöthigten ihn, lange Zeit von seinem Reiche und seiner
Familie abwesend zu seyn. Während seiner Abwesenheit empörte sich
ein gewisser Lycus, ließ den Creon mit seinen Söhnen ermorden
und bemächtigte sich des Thebanischen Scepters. Um seinen Thron zu
befestigen, hielt er es vor gut, sich mit der zurückgelassenen Gemahlin
des Herkules zu verbinden. Doch indem er am heftigsten darauf
bringt, kömmt Herkules aus der Hölle zurück, und tödtet den tyran=
nischen Lycus mit allen seinen Anhängern. Juno, die unversöhn=
liche Feindin des Herkules, wird durch das beständige Glück dieses
Helden erbittert, und stürzt ihn durch Hülfe der Furien, in eine schreck=
liche Raserey; deren traurige Folgen der eigentliche Stof dieses Trauer=
spiels sind. Ausser dem Chore kommen nicht mehr als sechs Personen
darinne vor: Juno, Megara, Lycus, Amphitryo, Herkules,
Theseus.

Auszug.

Juno eröfnet die Scene. Herkules ist in den zwey ersten
Acten zwar noch nicht gegenwärtig. Als Juno aber weis sie doch
schon, daß er gewiß erscheinen werde, und schon bereits siegend die
Hölle verlassen habe. Man muß sich erinnern, daß Herkules ein
Sohn des Jupiters war, den er mit der Alcmene erzeugt hatte.
Sie tobt also in diesem ersten Auftritte wider die Untreue ihres Ge=
mahls überhaupt, und wider diese Frucht derselben insbesondere. End=
lich faßt sie wider den Herkules den allergrausamsten Anschlag. — —
Wir wollen sehen, wie dieses der Dichter ungefehr ausgeführt hat.

Sie sagt gleich Anfangs, daß sie, die Schwester des Donnergotts
— — denn nur dieser Name bleibe ihr noch übrig — — die äthe=
rischen Wohnungen, und den von ihr immer abgeneigten Jupiter ver=
lassen habe. „Ich muß auf der Erde wandeln, um den Kebsweibern
„Platz zu machen. Diese haben den Himmel besetzt! Dort glänzt von

„dem erhabensten Theile des eisreichen Pols Callisto in der Bärin,
„und regieret argolische Flotten. Da, wo in verlängerten Tagen der
„laue Frühling herab fließt, schimmert der schwimmende Träger Euro=
„pens. Hier bilden des Atlas schweifende Töchter das den Schiffern
„und der See furchtbare Gestirn; dort schreckt mit drohendem Schwerd
„Orion die Götter. Hier hat der gülbne Perseus seine Sterne;
„dort Castor und Pollux ꝛc. Und damit ja kein Theil des Him=
„mels unentehrt bleibe, so muß er auch noch den Kranz des Cnoßischen
„Mädchens tragen. Doch was klage ich über alte Beleidigungen? Wie
„oft haben mich nicht des einzigen gräßlichen Thebens ruchlose Dirnen
„zur Stiefmutter gemacht! Ersteige nur den Himmel, Alcmene; be=
„mächtige dich nur siegend meines Sitzes; und du, ihr Sohn, um
„dessen Geburth die Welt einen Tag einbüßte und der langsame Phöbus
„später aus dem Coischen Meere aufstieg, nimm die versprochnen Ge=
„stirne nur ein! Ich will meinen Haß nicht fahren lassen; mein rasen=
„der Schmerz, mein tobender Zorn soll mich zu ewigen Kriegen reitzen
„— — Aber, zu was für Kriegen? Was die feindselige Erde nur
„scheusliches hervorbringt; was Meer und Luft nur schreckliches, gräß=
„liches, wildes und ungeheures tragen, alles das ist von ihm gebändigt
„und besiegt. Das Ungemach stärkt ihn; er nützet meinen Zorn; er
„verkehret meinen Haß in sein Lob, und je härtere Dinge ich ihm
„auflege, je mehr beweiset er seinen Vater! — —“ Die Göttin be=
rührt hierauf die Thaten des Herkules näher, der als ein Gott
schon in der ganzen Welt verehrt werde, und der ihre Befehle leichter
vollziehe, als sie dieselben erdencke. Die Erde sey ihm nicht weit genug
gewesen; er habe die Pforten der Hölle erbrochen, den Weg aus dem
Reiche der Schatten zurück gefunden, und schleppe, über sie triumphi=
rend, mit stolzer Faust den Höllenhund durch die Städte Griechenlands
zur Schau. „Der Tag, fährt sie fort, erblaßte, die Sonne zitterte,
„als sie den Cerberus erblickte; mich selbst überfiel ein Schauer, da
„ich das überwältigte dreyköpfigte Ungeheuer sahe, und ich erschrak
„über meinen Befehl. — —“ Sie fürchtet, Herkules werde sich auch
des obern Reichs bemächtigen, da er das unterirrdische überwunden habe;
er werde seinem Vater den Scepter entreissen, und nicht, wie Bacchus,
auf langsamen Wegen sich zu den Sternen erheben; er werde auf den
Trümmern der Welt sie ersteigen und über den öden Himmel gebiethen

wollen. — „Wüthe nur also fort, mein Zorn; wüthe fort! Unterdrücke
„ihn mit seinem grossen Anschlage; falle ihn an, Juno, zerfleische ihn
„mit deinen eignen Händen. Warum überträgst du andern deinen
„Haß? — — Welche Feinde kannst du ihm erwecken, die er nicht
5 „überwunden habe? Du suchst einen, der ihm gewachsen sey? Nur er
„selbst ist sich gewachsen. So bekriege er sich dann also selbst! Her=
„bey ihr Eumeniden! Herbey aus dem tiefsten Abgrunde des Tartarus!
„Schüttelt das flammende Haar; schlagt ihm mit wüthenden Händen
„vergiftete Wunden! — — Nun, Stolzer, kannst du nach den himm=
10 „lischen Wohnungen trachten! — — Umsonst glaubst du dem Styx
„entflohen zu seyn! Hier, hier will ich dir die wahre Hölle zeigen!
„Schon rufe ich die Zwietracht aus ihrer finstern Höhle, noch jenseits
„dem Reiche der Verdammten, hervor! Was du noch schrekliches da
„gelassen hast, soll erscheinen. Das lichtscheue Verbrechen, die wilde
15 „Ruchlosigkeit, die ihr eigen Blut leckt, und die irre stets wider sich
„selbst bewafnete Raserey; diese, diese sollen erscheinen und Rächer
„meines Schmerzes seyn! Fanget dann also an, ihr Dienerinnen des
„Pluto! Schwinget die lodernden Fackeln! Strafet des Styx kühnen
„Verächter! Erschüttert seine Brust und laßt sie ein heftiger Feuer
20 „durchrasen, als in den Höhlen des Aetna tobet! — — Ach, daß
„Herkules rasen möge, muß ich vorher erst selbst rasen. Und warum
„rase ich nicht schon? — —“ Auf diese Art beschließt Juno, daß
ihr Feind immerhin aus der Hölle unverletzt und mit unverringerten
Kräften zurückkommen möge; sie wolle ihn seine Kinder gesund wieder
25 finden lassen, aber in einer plötzlichen Unsinnigkeit solle er ihr Mörder
werden. „Ich will ihm selbst die Pfeile von der gewissen Senne
„schnellen helfen; ich will selbst die Waffen des Rasenden lenken, und
„endlich einmal selbst dem kämpfenden Herkules beystehen. Mag ihn
„doch nach dieser That sein Vater in den Himmel aufnehmen —“
30 Mit diesem Vorsatze begiebt sich Juno fort, weil sie den Tag an-
brechen sieht.

    Diesen Anbruch des Tages beschreibt der darauf folgende Chor.
Er beschreibt ihn nach den Veränderungen, die an dem Himmel vor=
gehen, und nach den verschiedenen Beschäftigungen der Menschen, welche
35 nun wieder ihren Anfang nehmen. „Wie wenige, fügt er hinzu, be=
„glückt die sichere Ruhe! Wie wenige sind der Flüchtigkeit des Lebens

„eingedenk, und nützen die nie wieder zurückkehrende Zeit. Lebt, weil
„es noch das Schickſal erlaubt, vergnügt! Das rollende Jahr eilt mit
„ſchnellen Tagen dahin, und die unerbittlichen Schweſtern ſpinnen fort,
„ohne den Faden wieder aufzuwinden. — —“ Er tadelt hierauf die=
jenigen, welche gleichwohl freywillig ihrem Schickſale entgegen eilen,
und wie Herkules das trübe Reich der Schatten nicht bald genug er=
blicken können. Er verlangt die Ehre, die dieſe treibt, nicht, ſondern
wünſcht ſich, in einer verborgenen Hütte ruhig zu leben, wo das Glück
auf einem zwar niedrigen aber ſichern Orte feſt ſtehe, wenn die kühne
Tugend hoch herab ſtürzet. — — Hier ſieht er die traurige Megara,
mit zerſtreuten Haaren näher kommen, welcher der alte Amphitryo,
der Halbvater des Herkules, langſam nachfolgt. Er macht ihnen alſo
Platz und Megara eröfnet den

Zweyten Aufzug.

Sie bittet den Jupiter, ihren und ihres Gemahls Mühſeligkeiten
endlich einmal ein Ende zu machen. Sie klagt, daß noch nie ein Tag
ſie mit Ruhe beglückt habe; daß immer das Ende des einen Uebels
der Uebergang zu dem andern ſey; daß dem Herkules nicht ein Augenblick Ruhe gelaſſen werde; daß ihn Juno ſeit der zarteſten Kindheit
verfolge, und ihn Ungeheuer zu überwinden genöthiget habe, noch ehe
er fähig geweſen ſey, ſie zu kennen. Sie fängt hierauf von den zwey
Schlangen an, die er ſchon in der Wiege, ſo feſt ſie ihn auch um=
ſchlungen hatten, mit lächelnden Blicke zerquetſchte, und berührt alle
ſeine übrigen Thaten mit kurzen mahleriſchen Zügen, bis auf die
ſchimpfliche Arbeit im Stall des Augias. „Aber, fährt ſie fort, was
„hilft ihn alles dieſes? Er muß der Welt, die er vertheidigte, ent=
„behren. Und ſchon hat es die Erde empfunden, daß der Urheber ihres
„Friedens nicht zugegen ſey! Das glückliche Laſter heißt Tugend; die
„Böſen herrſchen über die Guten; Gewalt geht vor Recht und die
„Geſetze verſtummen vor Furcht. — —“ Zum Beweiſe führt ſie die
Grauſamkeiten des Lycus an, welcher ihren Vater den Creon und
ihre Brüder, deſſen Söhne, ermordet und ſich des Thebaniſchen Reichs
bemächtiget habe. Sie betauret, daß dieſe berühmte Stadt, aus welcher
ſo viel Götter entſproſſen, deren Mauern Amphion mit mächtigen
Melodien aufgeführt, und in welche ſelbſt der Vater der Götter ſich

so oft herab gelaſſen habe, jetzt einem nichtswürdigen Verbannten ge=
horchen müſſe. „Der, welcher zu Waſſer und Land die Laſter verfolgt,
„und tyranniſche Scepter mit gerechter Fauſt zerbrochen hat, muß ſelbſt
„abweſend dienen, und das Joch tragen, wovon er andre befreyet.
5 „Dem Herkules gehöret Theben und Lycus hat es inne. Doch lange
„wird er es nicht mehr inne haben. Plötzlich wird der Held an das
„Tageslicht wieder hervor bringen; er wird den Weg zurück entweder
„finden, oder ſich machen. — — Erſcheine denn, o Gemahl, und komm
„als Sieger zu deinem beſiegten Hauſe zurück! Entreiſſe dich der Nacht,
10 „und wann alle Rückgänge verſchloſſen ſind, ſo ſpalte die Erde, ſo wie
„du einſt das Gebirge ſpalteteſt, und dahin den Oſſa und dorthin den
„Olympus warfſt und mitten durch den Theſſaliſchen Strom einen
„neuen Weg führteſt. Spalte ſie; treibe was in ewigen Finſterniſſen
„begraben war, zitternde Schaaren des Lichts entwöhnter Schatten,
15 „vor dir her, und ſo ſtelle dich deinen Aeltern, deinen Kindern, deinem
„Vaterlande wieder dar! Keine andre Beute davon bringen, als die
„man dir befohlen hat, iſt deiner unwürdig! — —“ Doch hier be=
ſinnt ſich Megara, daß dieſe Reden für ihre Umſtände zu groß=
ſprecheriſch ſind; und wendet ſich lieber zu den Göttern, welchen ſie
20 Opfer und heilige Feſte verſpricht, wenn ſie ihr den Gemahl bald
wieder ſchenken wollen. „Hält dich aber, fügt ſie hinzu, eine höhere
„Macht zurück; wohl, ſo folgen wir! Entweder ſchütze uns durch deine
„Zurückkunft alle, oder ziehe uns alle nach dir! — — Ja, nachziehen
„wirſt du uns dir; denn uns Gebeugte vermag auch kein Gott auf=
25 „zurichten.“
     Hier unterbricht ſie der alte Amphitryo. „Hoffe ein beſſeres,
„ſpricht er, und laß den Muth nicht ſinken. Er wird gewiß auch aus
„dieſer Mühſeligkeit, wie aus allen, gröſſer hervorgehen!“
     Meg. Was die Elenden gern wollen, das glauben ſie leicht.
30   Amphit. Oder vielmehr, was ſie allzuſehr fürchten, dem ver=
meinen ſie auf keine Weiſe entgehen zu können.
     Meg. Aber jetzt, da er in die Tiefe verſenkt und begraben iſt,
da die ganze Welt auf ihm liegt, welchen Weg kann er zu den Leben=
digen zurückfinden?
35   Amph. Eben den, welchen er durch den brennenden Erdſtrich,
und durch das trockne Meer ſtürmender Sandwogen fand ꝛc.

Meg. Nur selten verschonet das unbillige Glück die größten Tugenden. Niemand kann sich lange so häufigen Gefahren sicher blos stellen. Wen das Verderben so oft vorbey gegangen ist, den trift es endlich einmal.

Hier bricht Megara ab, weil sie den wüthenden Lycus mit brohendem Gesicht, und mit Schritten, die seine Gemüthsart verrathen, einhertreten sieht. Er redet die ersten zwanzig Zeilen mit sich selbst, und schildert sich als einen wahren Tyrannen. Er ist stolz darauf, daß er sein Reich nicht durch Erbschaft besitze, daß er keine edeln Vorfahren, kein durch erhabne Titel berühmtes Geschlecht aufweisen könne. Er trozt auf seine eigene Tapferkeit, und findet, daß seine fernere Sicherheit nur auf dem Schwerde beruhe. „Nur dieses, sagt er, kann „bey dem schützen, was man wider Willen der Unterthanen besitzt — —" Unterdessen will er doch auch nicht unterlassen, einen Staatsgriff anzuwenden. Er bildet sich nehmlich ein, daß er sein neu erobertes Reich durch nichts mehr befestigen könne, als wenn er sich mit der Megara vermählte. Er kann sich nicht vorstellen, daß sie seinen Antrag verachten werde: sollte sie es aber thun, so hat er bereits den festen Entschluß gefaßt, das ganze Herkulische Haus auszurotten. Er fragt nichts darnach, was das Volk von so einer That urtheilen werde; er hält es für eines von den vornehmsten Stücken der Regierungskunst, gegen die Nachreden des Pöbels gleichgültig zu seyn. In dieser Gesinnung will er sogleich den Versuch machen, und geht auf die Megara los, die sich schon im voraus von seinen Vorhaben nichts gutes verspricht. Seine Anrede ist nicht schlecht; er macht ihr eine kleine Schmeicheley wegen ihrer edeln Abkunft, und bittet sie, ihn ruhig anzuhören. Er stellt ihr hierauf vor, wie übel es um die Welt stehen würde, wenn Sterbliche einander ewig hassen wollten. „Dem Sieger und dem Besiegten liegt daran, daß der Friede endlich „wieder hergestellet werde. Komm also und theile das Reich mit mir; „laß uns in ein enges Bündniß tretten, und empfange meine Rechte, „als das Pfand der Treue. — —" Megara sieht ihn mit zornigen Blicke an. „Ich, spricht sie, sollte deine Rechte annehmen, an welcher „das Blut meines Vaters, und meiner Brüder klebt? Eher soll man „die Sonne im Ost untergehen, und im West aufgehen sehen; eher „sollen Wasser und Feuer ihre alte Feindschaft in Friede verwandeln 2c.

„Du haſt mir Vater, Reich, Brüder und Götter geraubt. Was blieb
„mir noch übrig? Eins blieb mir noch übrig, welches mir lieber als
„Vater, Reich, Brüder und Götter iſt: das Recht dich zu haſſen. Ach!
„warum muß auch das Volk dieſes mit mir gemein haben. — —
5 „Doch herrſche nur, Aufgeblaſener; verrathe nur deinen Uebermuth!
„Gott iſt Rächer und ſeine Rache folget hinter dem Rücken der Stolzen.“
Sie ſtellt ihm hierauf vor, was für ein ſtrenges Schickſal faſt alle
Thebaniſche Regenten betroffen habe. Agave und Jno, Oedipus und
ſeine Söhne, Niobe und Cadmus ſind ihre ſchrecklichen Beyſpiele.
10 „Sieh, fährt ſie fort, dieſe warten deiner! Herrſche wie du willſt,
„wenn ich dich nur endlich in eben das Elend, das von unſerm Reiche
„ſo unzertrennlich iſt, verwickelt ſehe. — —“ Lycus wird über dieſe
Reden unwillig, und giebt ihr auf eine höhniſche Art zu verſtehen,
daß er König ſey, und ſie gehorchen müſſe. „Lerne, ſagt er, von
15 „deinem Gemahl, wie unterwürfig man Königen ſeyn müſſe.“ Er
zielet hiemit auf die Befehle des Euryſtheus, die ſich Herkules zu voll=
ziehen bequemte. „Doch, ſpricht er weiter, ob ich ſchon die Gewalt
„in meinen Händen habe, ſo will ich mich doch ſo weit herablaſſen,
„meine Sache gegen dich zu rechtfertigen.“ Er bemüht ſich hierauf,
20 den Tod ihres Vaters und ihrer Brüder von ſich abzuwelzen. „Sie
„ſind im Streite umgekommen. Die Waffen wiſſen von keiner Mäßi=
„gung; und die Wuth des gezückten Schwerdes kennet kein Schonen.
„Es iſt wahr, dein Vater ſtritt für ſein Reich, und mich trieben ſträf=
„liche Begierden. Doch jetzt kömmt es nicht auf die Urſache, ſondern
25 „auf den Ausgang des Krieges an. Laß uns daher an das geſchehene
„nicht länger denken. Wenn der Sieger die Waffen ablegt, ſo ge=
„ziemet es ſich, daß auch der Beſiegete den Haß ablege. Ich verlange
„nicht, daß du mich mit gebogenem Knie verehren ſollſt. Es gefällt
„mir vielmehr, daß du deinen Unfall mit ſtarken Muthe zu tragen
30 „weißt. Und da du die Gemahlin eines Königs zu ſeyn verdieneſt,
„ſo ſey es denn an meiner Seite.“ Megara geräth über dieſen
Antrag auſſer ſich. „Ich deine Gemahlin? Nun empfinde ich es erſt,
„daß ich eine Gefangene bin — — Nein, Alcides, keine Gewalt ſoll
„meine Treue überwinden; als die Deinige will ich ſterben.“
35 Lycus. Wie? ein Gemahl, der in der Tiefe der Hölle ver=
graben iſt, macht dich ſo kühn?

Megara. Er stieg in die Hölle herab, um den Himmel zu ersteigen.

Lycus. Die ganze unendliche Last der Erde liegt nun auf ihm.[1]

Megara. Kann eine Last für den zu schwer seyn, der den Himmel getragen hat?

Lycus. Aber du wirst gezwungen werden.

Megara. Wer gezwungen werden kann, weis nicht zu sterben.

Lycus. Kann ich dir ein königlicher Geschenk anbieten, als meine Hand?

Megara. Ja; deinen oder meinen Tod.

Lycus. Nun wohl; du sollst sterben.

Megara. So werde ich denn meinem Gemahl entgegen gehen.

Lycus. So ziehst du meinem Throne einen Knecht vor?

Megara. Wie viel Könige hat dieser Knecht dem Tode geliefert!

Lycus. Warum dient er denn aber einem Könige?

Megara. Was wäre Tapferkeit ohne harte Dienste?

Lycus. Wilden Thieren und Ungeheuern vorgeworfen werden, nennst du Tapferkeit?

Megara. Das eben muß die Tapferkeit überwinden, wofür sich alle entsetzen.

Diese kurzen Gegenreden, welche gewiß nicht ohne ihre Schön=heiten sind, werden noch einige Zeilen fortgesetzt, bis Lycus zuletzt auch die Abkunft des Herkules antastet, und den alten Amphitryo also nöthiget, das Wort zu ergreifen. „Mir, spricht er, kömmt es zu, „ihm seinen wahren Vater nicht streitig machen zu lassen." Er führt hierauf seine erstaunlichen Thaten an, durch die er den Frieden in der ganzen Welt hergestellet, und die Götter selbst vertheidiget habe. „Zeigen diese nicht deutlich genug, daß Jupiter sein Vater sey, oder „muß man vielmehr dem Hasse der Juno glauben? Was lästerst „du den Jupiter, erwiedert Lycus? Das sterbliche Geschlecht ist keiner „Verbindung mit dem Himmel fähig. — —" Er sucht hierauf alles hervor, was die göttliche Herkunft des Herkules verdächtig machen könne. Er nennt ihn einen Knecht, einen Elenden, der ein unstätes und flüchtiges Leben führe, und alle Augenblicke der Wuth der wilden Thiere Preis gegeben werde. Doch Amphitryo setzt diesen Be=schuldigungen das Exempel des Apollo entgegen, der ein Hirte gewesen

[1] auf ihn. [1754]

sen, der auf einer herumirrenden Insel sogar gebohren worden, und mit dem ersten Drachen gekämpft habe. Er fügt hierzu noch das Beyspiel des Bacchus, und zeigt auch an diesem, wie theuer das Vorrecht, als ein Gott gebohren werden, zu stehen komme.

Lycus. Wer elend ist, ist ein Mensch.

Amph. Wer tapfer ist, ist nicht elend.

Lycus will ihm auch diesen Ruhm zu Schanden machen, und erwähnt mit einer sehr spöttischen Art seines Abentheuers mit der Omphale, bey welcher Herkules die Rolle eines Helden in die Rolle eines Weichlings verwandelte. Doch auch hier beruft sich Amphitryo auf den Bacchus, welcher sich nicht geschämt habe, das Haar zierlich fliegen zu lassen, den leichten Thyrsus mit spielender Hand zu schwenken, und im sanften Gange den güldnen Schweif des herabfallenden Kleides hinter sich her zu ziehen. Nach vielen und schweren Thaten, fügt er hinzu, ist es der Tapferkeit ganz wohl erlaubt, sich zu erhohlen. — —

Lycus. Dieses beweiset das Haus des Theſpius, und die nach Art des Viehes durch ihn befruchtete Heerde von Mädchen. Dieses hatte ihm keine Juno, kein Eurystheus befohlen; es waren seine eigne Thaten.

Auf diese höhnische Anmerkung erwiedert Amphitryo, daß Herkules auch noch andre Thaten ungeheissen verrichtet habe. Er gedenkt des Eryx, des Antäus, des Busiris, des Geryon. „Und „auch du, Lycus, wirst noch unter die Zahl dieser Ermordeten kommen, „die doch durch keine Schändung sein Ehebette zu beflecken gesucht.“

Lycus. Was dem Jupiter erlaubt ist, ist auch dem Könige vergönnt. Jupiter bekam von dir eine Gemahlin; von dir soll auch der König eine bekommen 2c. — — Hier treibt Lycus seine Ruchlosigkeit auf das höchste. Er wirft dem guten Alten seine gefällige Nachsicht gegen den Jupiter vor, und will, daß sich Megara nur ein Exempel an der Alcmene nehmen solle. Er droht sogar Gewalt zu brauchen, und sagt, was ich keinem tragischen Dichter jetziger Zeit zu sagen rathen wollte: vel ex coacta nobilem partum feram. Hierüber geräth Megara in eine Art von Wuth, und erklärt sich, daß sie in diesem Falle die Zahl der Danaiden voll machen wolle. Sie zielet hier auf die Hypermnestra, welches die einzige von den

funfzig Schwestern war, die in der blutigen Hochzeitnacht ihres Mannes
schonte. Auf diese Erklärung ändert Lycus die Sprache. „Weil
„du denn also unsre Verbindung so hartnäckig ausschlägst, so erfahre
„es, was ein König vermag. Umfasse nur den Altar; kein Gott soll
„dich mir entreissen; und wenn auch Alcides selbst triumphirend aus
„der Tiefe zurückkehrte. — —“ Er befiehlt hierauf, daß man den
Altar und den Tempel mit Holz umlegen solle. Er will das ganze
Geschlecht des Herkules in seinem Schutzorte, aus welchem er es nicht
mit Gewalt reissen durfte, verbrennen. Amphitryo bittet von ihm
weiter nichts als die Gnade, daß er zuerst sterben dürfe. „Sterben?
„spricht Lycus. Wer alle zum Sterben verdammt, ist kein Tyrann.
„Die Strafen müssen verschieden seyn. Es sterbe der Glückliche; der
„Elende lebe.“ Mit diesen Worten geht Lycus ab, um dem Nep=
tunus noch vorher ein Opfer zu bringen. Amphitryo weis weiter
nichts zu thun, als die Götter wider diesen Wütrich anzurufen. „Doch
„was flehe ich umsonst die Götter an. Höre mich, Sohn, wo du auch
„bist! — Welch plötzliches Erschüttern? Der Tempel wankt; der Boden
„brüllet! Welcher Donner schallt aus der Tiefe hervor — — Wir
„sind erhört! — — Ich höre, ich höre sie, des Herkules nahende
„Tritte.“

Hier läßt der Dichter den Chorus einfallen. Der Gesang des=
selben ist eine Apostrophe an das Glück, welches seine Wohlthaten so
ungleich austheile und den Eurystheus in leichter Ruhe herrschen
lasse, während der Zeit, da Herkules mit Ungeheuern kämpfen müsse.
Hierauf wird die Anrede an diesen Held selbst gerichtet. Er wird er=
muntert, siegend aus der Hölle hervor zu gehen, und nichts geringers
zu thun, als die Banden des Schicksals zu zerreissen. Das Exempel
des Orpheus, welcher durch die Gewalt seiner Saiten, Eurydicen von
den unerbittlichen Richtern, obschon unter einer allzustrengen Bedingung,
erhalten, wird ziemlich weitläuftig berührt, und endlich wird geschlossen,
daß ein Sieg, der über das Reich der Schatten durch Gesänge erhalten
worden, auch wohl durch Gewalt zu erhalten sey.

Dritter Aufzug.

Die erwünschte Erscheinung des Herkules erfolgt nunmehr.
Er eröfnet den dritten Aufzug, welcher von dem zweyten durch nichts

als durch den vorigen Chor unterschieden wird. Megara und Am=
phitryo sind nicht von der Bühne gekommen.

Herkules redet die Sonne an, und bittet sie um Verzeihung,
daß er den Cerberus ans Licht gebracht habe. Er wendet sich hier=
auf an den Jupiter, an den Neptun und an alle andere Götter,
die von oben auf das Irrdische herabsehen. Dem Jupiter giebt er den
Rath, wenn er dieses Ungeheuer nicht sehen wolle, sich unterdessen den
Blitz vor die Augen zu halten: visus fulmine opposito tege; dem
Neptun, auf den Grund des Meeres herabzufahren, und den übrigen,
das Gesicht wegzuwenden. „Der Anblick dieses Scheusals, fährt er
„fort, ist nur für zwey; für den, der es hervorgezogen, und für die,
„die es hervorzuziehen befohlen.“ Dieser, der Juno nehmlich, spricht
er hierauf förmlich Hohn. Er rühmt sich das Chaos der ewigen
Nacht, und was noch ärger als Nacht sey, und der Finsterniß schreck=
liche Götter, und das Schicksal überwunden zu haben. Er fordert sie,
wo möglich, zu noch härtern Befehlen auf, und wundert sich, daß sie
seine Hände so lange müßig lasse. — — Doch in dem Augenblicke wird
er die Anstalten gewahr, die Lycus in dem vorigen Aufzuge machen
lassen. Er sieht den Tempel mit bewafneter Mannschaft umsetzt, und
da er noch darüber erstaunt, wird er von dem Amphitryo angeredet.

Dieser zweifelt noch vor Freuden, ob es auch der wahre Her=
kules, oder nur der Schatten desselben sey. Doch endlich erkennt er
ihn. Herkules fragt sogleich, was diese traurige Tracht seines Vaters
und seiner Gemahlin, und der schmutzige Aufzug seiner Kinder bedeute.
„Welch Unglück drückt das Haus?“ Amphitryo antwortet auf diese
Frage in wenig Worten, daß Creon ermordet sey, daß Lycus herrsche,
und daß dieser Tyrann Kinder, Vater und Gemahlin hinrichten wolle.

Herkules. Undanckbare Erde! So ist niemand dem Herkulischen
Hause zu Hülfe gekommen? So konnte die von mir vertheidigte Welt
solch Unrecht mit ansehen? Doch was verliere ich die Zeit mit Klagen?
Es sterbe der Feind!

Hier fällt ihm Theseus, den er aus der Hölle mit zurück gebracht,
und der mit ihm zugleich auf der Bühne erschienen, ins Wort. „Diesen
„Fleck sollte deine Tapferkeit tragen? Lycus sollte ein würdiger Feind
„Alcidens seyn? Nein; ich muß sein verhaßtes Blut vergiessen.“

Doch Herkules hält den Theseus zurück, entreißt sich den

Umarmungen seines Vaters und seiner Gemahlin, und eilet zur Rache. „Es bringe Lycus dem Pluto die Nachricht, daß ich angekommen „sey — —" So sagt er und geht ab. Theseus wendet sich hierauf gegen den Amphitryo, und ermuntert ihn, sein Gesicht aufzuheutern, und die herabfallenden Thränen zurück zu halten. „Wenn ich, sagt „er, den Herkules kenne, so wird er gewiß an dem Lycus des er= „mordeten Creons wegen Rache üben. Er wird? Nein er übt sie „schon. Doch auch dieses ist für ihn zu langsam: er hat sie bereits „geübt. — —" Hierauf wünscht der alte Amphitryo, daß es Gott also gefallen möge, und wendet auf einmal die Aufmerksamkeit der Zuhörer auf eine andere Seite. Er verlangt nehmlich von dem Ge= fehrten seines unüberwindlichen Sohnes nähere Umstände von dem unterirrbischen Reiche und dem gebändigten Cerberus zu wissen. The= seus weigert sich Anfangs; endlich aber, nachdem er die vornehmsten Gottheiten um Erlaubniß gebethen, fängt er eine lange und prächtige Beschreibung an, welche an einem jeden andern Orte Bewunderung verdienen würde. Das letzte Stück derselben besonders, welches den Kampf des Herkules mit dem höllischen Ungeheuer schildert, ist von einer ausserordentlichen Stärke. Die ganze deutsche Sprache, — — wenigstens so wie ich derselben mächtig bin, — — ist zu schwach und zu arm, die meisterhaften Züge des Römers mit eben der kühnen und glücklichen Kürze auszubrücken. Das starrende Wasser des Styx, der barüber hangende fürchterliche Fels, der alte scheusliche Fuhrmann schrecken in den traurigsten Farben — — Charon war eben an dem bißeitigen Ufer mit dem leeren Nachen angelangt; als sich Herkules durch die Schaar wartender Schatten drengte, und zuerst hinüber ge= setzt zu werden begehrte. „Wohin, Verwegener? schrie der gräßliche „Charon. Hemme die eilenden Schritte!" Doch nichts konnte den Alcides aufhalten; er bändigte den alten Schiffer mit dem ihm ent= rissenen Ruder, und stieg ein. Der Nachen, der Völkern nicht zu enge, sank unter der Last des einzigen tiefer herab, und schöpfte überladen mit schwankendem Rande letheische Fluth — — Endlich näherten sie sich den Wohnungen des geizigen Pluto, die der Stygische Hund be= wacht. Die Gestalt dieses dreyköpfigten Wächters ist die gräßlichste, und der Gestalt gleicht seine Wuth. Fähig auch den leisen Schritt wandelnder Schatten zu hören, horcht er mit gespitzten Ohren auf das

Geräusche nahender Füsse. Er blieb ungewiß in seiner Höle sitzen,
als der Sohn des Donnergottes vor ihm stand; und beyde fürchten
sich. Doch jezt erhebt er ein brüllendes Bellen, die Schlangen um=
zischen das dreyfache Haupt, die stillen Wohnungen ertönen und auch
5 die seeligen Schatten entsetzen sich. Herkules löset unerschrocken den
cleonäischen Raub von der linken Schulter, und schützt sich hinter dem
noch schreckenden Rachen des Löwen. Er schwingt mit siegender Hand
die Keule, und Schlag auf Schlag trift das endlich ermüdende Ungeheuer.
Es läßt ein Haupt nach dem andern sinken, und räumet seinem Ueber=
10 winder den Eingang. Die unterirrdischen Gottheiten entsetzen sich, und
lassen den Cerberus abfolgen, und auch mich, spricht Theseus, schenkte
Pluto dem bittenden Alciden. Dieser sträuchelt des Ungeheuers ge=
bändigte Nacken und fesselt sie mit diamantenen Ketten. Es vergaß,
daß es der Wächter der Höllen sey, ließ furchtsam die Ohren sinken,
15 und folgte dem Bändiger bemüthig nach. Doch als es an den Aus=
gang des Tänarus kam, und der Glanz des ihm unbekannten Lichts
die Augen traf, sträubte es sich, faßte neue Kräfte, schüttelte wüthend
die tönenden Ketten, und fast hätte es den Sieger zurück geschleppt.
Doch hier nahm Herkules die Fäuste des Theseus zu Hülfe, und so
20 rissen beyde den vergebens rasenden Cerberus auf die Welt heraus.
Noch einen Zug setzt der Dichter zu diesem Bilde, der gewiß wenige
seines gleichen hat. Er sagt nehmlich, der Höllenhund habe die Köpfe
in den Schatten des Herkules verborgen, um das Tageslicht so wenig
als möglich in die verschloßenen Augen zu lassen:

25   — — — Sub Herculea caput
  Abscondit umbra.

  Die nahende Schaar des über die Zurückkunft des Herkules froh=
lockenden Volckes macht der Beschreibung ein Ende. Mit viel mattern
Beschreibungen und ziemlich kalten Sittensprüchen ist der Chorus an=
30 gefüllt. Sie betreffen das unterirrdische Reich und die traurige Noth=
wendigkeit, daß alle und jede einmal dahin absteigen müssen. „Nie=
„mand, heißt es, kömmt dahin zu spät, von wannen er, wenn er ein=
„mal dahin gekommen ist, nicht wieder zurück kann. — Schone doch,
„o Tod, der Menschen, die dir ohne dem zueilen. — — Die erste
35 „Stunde, die uns das Leben schenkte, hat es auch wieder genommen ꝛc.“
Und andere dergleichen Blümchen mehr.

Vierter Aufzug.

Es ist geschehen. Herkules hat den Lycus mit allen seinen Anhängern ermordet, und macht sich nunmehr gefaßt, den Göttern ein Opfer zu bringen. Er ruft sie insgesamt dazu an, und nur die Kinder der Juno schließt er davon aus. Er will ganze Heerden schlach-ten, und ganze Erndten von Weyhrauch anzünden. Amphitryo der noch das Blut an den Händen seines Sohnes kleben sieht, erinnert ihn, sie vorher zu reinigen; doch Herkules antwortet: „ich wünschte, „selbst das Blut des verhaßten Hauptes den Göttern opfern zu können. „Kein angenehmeres Naß würde je den Altar benetzt haben; denn „dem Jupiter kann kein fetteres Opfer geschlachtet werden, als ein un-„gerechter König. —" Hierauf will er selbst das Opfergebeth anfangen, ein Gebeth, das, wie er sagt, des Jupiters und seiner würdig sey. Er fängt auch wircklich an, und bittet nichts geringeres, als daß der Himmel und die Erde auf ihrer Stelle bleiben, und die ewigen Ge-stirne ihren Lauf ungestört fortsetzen mögen; daß ein anhaltender Friede die Völcker nähre, daß kein Sturm das Meer beunruhige, daß kein erzürnter Blitz aus der Hand des Jupiters schieße, daß kein aus-getretener Fluß die Felder überschwemme, und daß nirgends ein wilder Tyrann regiere ꝛc. Schon dieses Gebet ist unsinnig genug, um der Anfang zu einer förmlichen Raserey zu seyn. Diese äussert sich nun-mehr auch auf einmal. „Doch wie? Welche Finsternisse umhüllen den „Mittag? Warum schießt Phöbus so trübe Blicke, ohne von einer „Wolke verdunkelt zu seyn? Wer treibet den Tag zu seiner Dem-„merung zurück? Welche unbekannte Nacht breitet ihr schwarzes Ge-„fieder aus? Woher diese zu frühen Sterne, die den Pol erfüllen? „Seht, dort durchglänzet das erste der von mir gebändigten Ungeheuer, „der Löwe, ein weites Gefielde! Er glüet vor Zorn, und drohet töd-„liche Bisse. Er speiet aus dem offenen Rachen Feuer, und schüttelt „die röthliche Mähne. Jezt wird er ein Gestirn herab reissen; jezt „wird er des harten Herbstes und des frostigen Winters breite Zeichen „überspringen, den Stier im Felde des Frühlings anfallen, und seinen „Nacken zermalmen. — —" Amphitryo erstaunet über diesen plötz-lichen Wahnwitz, doch Herkules fährt fort. Er kömmt auf seine Thaten, und will sich mit Gewalt den Eingang in den Himmel

eröfnen. Er drohet, wenn Jupiter geschehen lasse, daß ihm Juno noch
länger zuwider sey, den Saturn zu befreyen, die Riesen zu neuen
Kriegen aufzufrischen und sie selbst anzuführen. Diese Kriege glaubt
er bereits mit allen ihren schrecklichen Verwüstungen zu sehen, bis er
endlich seine eigne Kinder, die mit der **Megara** bey dem Opfer
gegenwärtig seyn sollten, gewahr wird, und sie für die Kinder des
Lycus ansieht. Dieser Wahn bringt seine Wuth aufs höchste. Er
spannt seinen Bogen und durchschießt das eine, und das andere, welches
seine Knie mit den kleinen Händen umfaßt, und mit erbärmlicher
Stimme bittet, ergreift er mit gewaltiger Faust, schwenkt es in der
Luft herum, und zerschmettert es gegen den Boden. Indem er das
dritte verfolgt, welches seine Zuflucht zu seiner Mutter nimt, sieht er
diese für die **Juno** an. Erst richtet er das Kind hin, und alsdann
seine Gemahlin. — — Alles dieses, wird man sagen, müsse einen sehr
gräßlichen und blutigen Anblick machen. Allein der Dichter hat, durch
Hülfe der römischen Bühne, deren Bauart von den unsrigen ganz
unterschieden war, ein vortrefliches Spiel hier angebracht. Indem
nehmlich **Herkules** seine Kinder und seine Gemahlin verfolgt, und
von Zeit zu Zeit den Zuschauern aus dem Gesichte kömmt, so gehen
alle die Ermordungen hinter der Scene vor, wo sie nur von den
übrigen Personen auf der Bühne können gesehen werden. Von
dem **Amphitryo** vornehmlich, welcher alles was er sieht in eben
dem Augenblicke sagt, und die Zuschauer also eben so lebhaft davon
unterrichtet, als ob sie es selbst gesehen hätten. Zum Exempel, wenn
Herkules dem dritten Kinde nachgeht, so schreyt Megara: „Wohin,
„Unsinniger? Du vergießest dein eigen Blut.“ Mit diesen Worten
eilt sie beyden nach, daß sie also bereits hinter der Scene ist, wenn
Amphitryo folgende Erzehlung macht: „das zitternde Kind stirbt vor
„dem feurigen Blicke des Vaters, noch ehe es verwundet worden. Die
„Furcht hat ihm das Leben genommen. Und nun, nun schwenkt er
„die tödliche Keule auf seine Gemahlin. Sie ist zermalmt, und nir=
„gends sieht man den Kopf des zerstümmelten Körpers. — —“ Am=
phitryo geräth hierüber außer sich, er verwünscht sein Alter, das
ihn zu diesem Unglücke gespart; er will nicht länger leben, sondern
eilt den Pfeilen und der Keule des unsinnigen Mörders entgegen.
Doch **Theseus** hält ihn zurück, und beschwört ihn, dem **Herkules**

das letzte und größte Verbrechen zu ersparen. Dieser kömmt unter=
dessen allmälig wieder zu sich, und Amphitryo erstaunt ihn in
einen tiefen Schlaf fallen zu sehen. Er zweifelt zwar Anfangs, ob es
nicht ein töbtlicher Schlaf sey, und ob ihn nicht eben die Wuth, welche
die Seinigen umgebracht, hingeraft habe; doch das starke Athemhohlen 5
überzeugt ihn von dem Gegentheile. Er findet es also für gut, ihn
ruhen zu lassen; nur läßt er vorher von den Dienern die Pfeile weg=
nehmen, damit er sie nicht in einer neuen Raserey brauchen könne.

Der nunmehr einhertretende Chor, wie man leicht errathen kann,
beklaget die dem Herkules zugestoßene Unsinnigkeit. Er flehet die 10
Götter an, ihn davon zu befreyen, und wendet sich besonders an den
Schlaf, den er zur Unzeit allzu poetisch apostrophirt. „Besänftige die
„rasenden Aufwallungen seines Gemüths; und gieb dem Helden Fröm=
„migkeit und Tugend wieder. Wo nicht, so laß ihn fortrasen, und
„in steter Unsinnigkeit dahin leben. In ihr allein beruhet jetzt seine 15
„Unschuld. Reinen Händen kommen diejenigen am nächsten, die ihr
„Verbrechen nicht kennen. — —“ Er beschreibt nunmehr, wie ver=
zweifelnd sich Herkules anstellen werde, wenn er wieder zu sich selbst
kommen, und sein Unglück erfahren sollte. Und zuletzt beweinet er
noch den zufrühzeitigen Tod der Kinder. 20

Fünfter Aufzug.

Herkules erwacht, und Amphitryo und Theseus stehen
schweigend von ferne. „Wo bin ich? In welchem Lande? Unter welchem
„Himmelsstriche? ꝛc. Welche Luft schöpfe ich? Ich bin doch wenigstens
„aus der Hölle wieder zurück? Aber, welche blutige Leichname sehe ich 25
„hier gestreckt? Welche höllischen Schattenbilder schweben mir noch vor
„den Augen? Ich schäme mich, es zu sagen: ich zittere. Ich weis
„nicht, welcher schreckliche Unfall mir ahndet. Wo ist mein Vater?
„Wo meine Gemahlin, die auf die kleine Heerde ihrer muthigen Kinder
„so stolz ist? Warum vermisse ich an meiner Linken die Beute des 30
„überwundenen Löwens? — — Wo sind meine Pfeile? Wo der Bogen?
„Ich lebe, und man hat mir meine Waffen abnehmen können? Wer
„hat diesen Raub davon getragen? Wer hat auch den schlafenden
„Herkules nicht gescheuet? Ich muß ihn doch sehen, meinen Sieger;
„ich muß ihn doch sehen. Stelle dich, Sieger, den zu zeugen, der 35

„Vater den Himmel nochmals verlaßen, und dem zu gefallen die Nacht
„länger, als mir, stille gestanden — — Was sehe ich? Meine Kinder
„ermordet? Meine Gemahlin todt? Welcher zweyte Lycus hat sich
„des Reichs bemächtiget? Herkules ist wieder gekommen, und doch er=
5 „kühnt man sich zu Theben solcher Verbrechen? Herbey Boeotier,
„Phryger 2c. Zeiget mir den Urheber dieser gräßlichen Morde! — —
„So breche denn mein Zorn auf meine Feinde los! Alle sind meine
„Feinde, die mir meinen Feind nicht zeigen. — — Du verbirgest dich,
„Alcidens Sieger? Erscheine 2c. Laß uns ohne Anstand kämpfen. Hier
10 „stehe ich frey und bloß; auf! greife mich mit meinen eigenen Waffen
„an. — — Doch warum entziehet sich Theseus, warum entzieht sich
„der Vater meinen Blicken? Warum verbergen sie ihr Antlitz? Hemmet
„dies Winseln! Saget, wer hat meine Söhne ermordet? Vater, warum
„schweigst du? Rede, Theseus; aber rede so, wie ichs vom Theseus
15 „gewohnt bin. Schweigt ihr noch? Noch wendet ihr voll Scham euer
„Gesichte weg? Noch fallen verstohlne Thränen herab? — — — Wessen
„hat man sich bey solchem Unglücke zu schämen? Ist es Eurystheus;
„ist es das feindliche Heer des ermordeten Lycus, von dem diese
„Niederlage kömmt? Ich bitte dich, Vater, bey allen meinen ruhm=
20 „vollen Thaten bitte ich dich, sage, wer ist der Mörder meines Ge=
„schlechts? Als wessen Beute habe ich untergelegen?“

Amph. Laß uns dies Unglück mit Stillschweigen übergehen.

Herkules. Und ich sollte ungerochen seyn?

Amph. Schon oft ist die Rache schädlich gewesen.

25 Herkules. Wer war je träge genug dergleichen Unglück zu
erdulden?

Amph. Der, welcher noch grösser Unglück zu fürchten hatte.

Herkules. Kann wohl ein grösseres Unglück zu fürchten seyn,
als dieses?

30 Amph. Was du davon weißt, ach! was für ein kleiner Theil ist es.

Herkules. Erbarme dich, Vater. Flehend strecke ich meine Hände
gegen dich aus. — — Indem Herkules dieses thut, wird er ge=
wahr, daß seine eigenen Hände voller Blut sind. Er wird gewahr,
daß es seine eigenen Pfeile sind, an welchen das Blut der Kinder
35 klebt. In der Gewißheit, daß niemand, als er selbst, seinen Bogen
habe spannen können, ist er genöthiget sich selbst für den Mörder zu

erkennen. „Wie? Vater, Freund, so bin ich es selbst der dieses Ver=
„brechen begangen hat? Ach! sie schweigen; ich bin es." Amphitryo
will ihn trösten, und schiebt alle Schuld auf die Juno. Doch um=
sonst; er geräth in eine so wüthende Verzweiflung, daß es scheint, die
Raserey habe ihn nicht sowohl verlassen, als nur ihre Richtung ver=
ändert und sich gegen ihn selbst gewendet. Er bittet seinen wahren
Vater, den Jupiter, daß er ihn vergessen, und zornig von dem ge=
stirnten Pole auf ihn donnern möge. Er will an des Prometheus
Statt an den leeren Caucasus gefesselt, oder zwischen den Symplegaden
zerschmettert seyn. Er will Wälder zusammen häufen, und sich, befleckt
von sträflichen Blute, in den brennenden Holzstoß stürzen. Er will
den Herkules der Hölle wieder zurück geben. Diese soll ihn, wo möglich,
an einem Orte, welcher noch jenseits dem Erebus liege, verbergen;
an einem Orte, der ihm und dem Cerberus unbekannt sey. — — Er
beklagt, daß sein Gesicht zu verhärtet sey, und keine Thränen kenne,
welche um den Tod seiner Kinder nicht reichlich genug fließen könnten.
Er will sein Schwerd, seine Pfeile, seinen Bogen zerbrechen; er will
seine Keule, er will seine Hände, die sie geführt haben, verbrennen.
— — Hier wagt es Theseus, ihm zuzureden.

Thes. Wer hat dem Irrthume jemals den Namen des Ver=
brechens gegeben?

Herk. Oft ist ein zu grosser Irrthum anstatt des Verbrechens
gewesen.

Thes. Hier ist Herkules nöthig. Ertrage diese Last von Uebeln!

Herkules. Noch habe ich in der Raserey nicht alle Scham ver=
loren, daß ich meinen abscheulichen Anblick nicht vor allen Völkern ver=
bergen sollte, die ihn ohnedem fliehen müßten. Meine Waffen, Theseus,
meine Waffen, die man mir so schimpflich genommen hat, verlange ich
wieder. Rase ich nicht mehr; so gieb mir sie zurück. Rase ich aber noch,
so entferne dich, Vater. Ich will schon einen Weg zum Tode finden.

Amphitryo fängt nunmehr an, den Herkules auf das zärt=
lichste zu bitten. Er beschwört ihn bey allen den Verbindungen, die
zwischen ihnen beyden obwalteten; es sey nun, daß er ihn als seinen
Vater, oder als seinen Pfleger betrachte. Er stellt ihm vor, daß er die
einzige Stütze seines Hauses sey; daß er ihn noch nie genossen habe,
sondern immer in der äussersten Furcht seinetwegen habe leben müssen.

Herkules. Und warum sollte ich noch länger leben? Habe ich nicht alles verlohren? Sinnen, Waffen, Ruhm, Gemahlin, Kinder, meine Raserey selbst, habe ich verloren. Es ist kein Rath für meine befleckte Seele. Mit dem Tode muß ich mein Verbrechen büssen.

Theseus. Du wirst deinen Vater ums Leben bringen.

Herk. Damit ich es nicht etwa thue, eben deswegen will ich sterben.

Thes. In Gegenwart des Vaters?

Herk. Solchen Gräul anzusehen, habe ich ihn schon gelehrt.

Amph. Siehe doch vielmehr auf deine andern rühmlichen Thaten zurück, und verzeihe dir selbst diese einzige Schuld.

Herk. Der sollte sich etwas verzeihen, der niemanden verziehen hat? Was ich löbliches gethan habe, that ich auf Befehl. Dieses einzige that ich von mir selbst — —

Kurz, er dringt mit aller Gewalt darauf, daß man ihm seine Waffen wieder zurück geben solle. Umsonst verbindet Theseus seine Bitten mit den Bitten des Vaters, und erinnert ihn, daß es dem Herkules unanständig sey, irgend einem Unglücke unterzuliegen. Er aber antwortet: „Ich habe meine Verbrechen nicht freywillig, sondern „gezwungen gethan. Jenes würde man glauben, wenn ich leben bliebe; „dieses kann nur mein Tod bekräftigen. — —“ Der Dichter hat dieses in wenig Worten auszudrücken gewußt: Si vivo, feci scelera: si morior, tuli. — Herkules fährt also fort, sich als ein Ungeheuer anzusehen, von welchem er die Welt reinigen müsse. Er drohet, wenn ihm die Waffen nicht wieder gegeben würden, die Wälder des Pindus und die dem Bacchus geheiligten Hayne auszurotten, und sich mit ihnen zu verbrennen; oder auch die Häuser mit ihren Einwohnern, die Tempeln mit ihren Göttern auf sich zu reissen, und sich unter dem Schutte der ganzen Stadt zu begraben. Sollte aber auch diese Last ihm zu leicht seyn, sollten sieben Thore noch nicht schwer genug auf ihm liegen: so soll die halbe Welt auf sein Haupt stürzen, und ihn in dem Mittelpuncte der Erde erdrücken. — — Diese Hartnäckigkeit des Herkules bringt endlich den alten Amphitryo gleichfalls zur Verzweiflung, und die Stellungen werden numehr ungemein rührend. Es ist nur zu betauren, daß der Text hier eine sehr merkliche Verwirrung der Personen gelitten hat. Bald wird der einen etwas in den Mund gelegt,

was wahrscheinlicher Weise die andre sagen soll; bald hat man aus
zwey Reden eine, und bald aus einer zwey Reden gemacht. Was man
noch zuverläßiges daraus erkennen kann, ist dieses, daß Amphitryo
selbst sich einen von den Pfeilen an die Brust setzt, und sich zu durch=
stechen drohet, wenn Herkules seinen Schluß nicht ändern wolle.
„Entweder, spricht er, du lebst, oder du wirst auch an mir zum Mörder.
„Schon schwebt meine durch Unglück und Alter geschwächte Seele auf
„den äussersten Lippen. Wer überlegt es so lange, ob er seinem Vater
„das Leben schenken wolle? Jezt drüke ich, des Verzögerns satt, das
„tödliche Eisen durch die Brust. Hier, hier wird des vernünftigen
„Herkules Verbrechen liegen.“ Und hiermit gelingt es dem Am=
phitryo den Herkules so zu erweichen, daß er sich zu leben, und
diesen Sieg über sich selbst zu seinen übrigen Siegen hinzu zu thun,
entschließt. Er ist nun weiter auf nichts bedacht, als Theben zu ver=
lassen. „Doch wohin soll ich fliehen? Wo werde ich mich verbergen?
„Welcher Tanais, welcher Nil, welcher gewaltige Tigris, welcher wilde
„Rhein wird meine Rechte abwaschen können? Und wenn auch der
„ganze Ocean über meine Hände dahin strömte, so würden doch noch
„die gräßlichen Morde daran kleben. — —“ Er ersucht hierauf den
Theseus ihn in dieser Noth nicht zu verlassen, einen Ort, wo er
verborgen seyn könnte, für ihn auszusuchen, oder, wo möglich, ihn in
das unterirrdische Reich wieder zurück zu bringen. „Da, da will ich
„mich verborgen halten. Doch auch da bin ich bekannt. — —“
Theseus schlägt ihm sein eigen Land, Athen, zum Zufluchtsorte vor,
und zwar deswegen, weil es das Land sey, wo Mars selbst wegen
Ermordung seines Sohnes, losgesprochen worden. „Dieses Land, welches
„die Unschuld der Götter richtet; dieses Land, Alcides, rufet dich.“

Und so schließt der rasende Herkules. Ohne Zweifel er=
wartet man nun eine kurze

Beurtheilung desselben.

Ueberhaupt werde ich mich hoffentlich auf die Empfindung der
Leser zum Vortheile meines Dichters berufen können. Starke Schilde=
rungen von Leidenschaften können unsre Leidenschaften unmöglich ganz
ruhig lassen. Und diese wollen wir vornehmlich in den Trauerspielen
erregt wissen. Hat man den Zorn der Juno, die Drohungen des

Lycus, den edlen Stolz der Megara, den kühnen Uebermuth des
Herkules, das Unglück einer blinden Raserey, die Verzweiflung eines
Reuenden, die Bitten eines Vaters gefühlt, so kann der Dichter gewiß
seyn, daß man ihm seine Fehler willig vergeben wird. Und was sind
es denn endlich auch für Fehler? Er ist mit den poetischen Farben
allzuverschwenderisch gewesen; er ist oft in seiner Zeichnung zu kühn;
er treibt die Grösse hier und da bis zur Schwulst; und die Natur
scheinet bey ihm allzuviel von der Kunst zu haben. Lauter Fehler,
in die ein schlechtes Genie niemals fallen wird! Und wie klein werden
sie, wenn man sie nach dem Stoffe des Trauerspiels beurtheilet, welcher,
wie man gesehen hat, gänzlich aus der Fabel entlehnt ist. Die Thaten
des Herkules sind für uns unsinnige Erdichtungen, und bey den
Heiden waren sie Glaubensartikel. Sie überfiel ein heiliger Schauer,
wenn sie hörten, daß er Gebirge zerrissen, daß er die Hölle gestürmt,
daß er den Himmel getragen: und wir wollen uns kaum des Lachens
dabey enthalten können. Allein, ist es billig einen Dichter anders,
als nach den Umständen seiner Zeit zu beurtheilen? Ist es billig, daß
wir das, was seine Zeitverwandten in dem Munde des Herkules für
schreckliche Drohungen hielten, für unsinnige Großsprechereyen halten,
und sie als solche, mit samt dem Dichter, auspfeifen wollen? Ich will
auf diesen Umstand nicht weiter bringen, weil man schon zu oft darauf
gedrungen hat. Daß unser Verfasser sonst die Regeln der Bühne
gekannt, und sich ihnen mit vieler Klugheit zu unterwerfen gewußt
habe, ist nicht zu leugnen. Er hat die Einheit der Zeit genau be=
obachtet. Die Handlung fängt kurz vor Tage an, und endet sich noch
vor einbrechendem Abend. Daß dem also sey, beweiset die Stelle der
Juno im ersten Aufzuge. Z. 124.

clarescit dies
Ortuque Titan lucidus croceo subit.

und die Stelle im vierdten Aufzuge: Z. 939.

Sed quid hoc? medium diem
Cinxere tenebrae.

Wenn es also da noch Mittag ist, so bleibt für den Schlaf des Herkules
Zeit genug übrig, daß er noch vor Abend aufwachen kann. Auch die
Einheit des Orts wird man nicht unterbrochen finden. Die Scene ist
bey dem Altare, welcher dem Jupiter vor dem Pallaste des Herkules

aufgebauet war. Zu diesem nehmen Amphitryo und Megara
nebst ihren Kindern mit Anbruch des Tages ihre Zuflucht. An diesem
wollte sie Lycus verbrennen lassen, weil er sie nicht mit Gewalt da=
von wegreissen durfte. Bey diesem findet sie Herkules, als er plötzlich
erscheinet. Auf diesem will er den Göttern ein Dankopfer anzünden ꝛc. 5
Endlich ist auch die Einheit der Handlung ohne Tadel. Die Ermor=
dung des Lycus ist eine blosse Episode, welche mit vieler Kunst in das
Ganze eingewebt worden. Sie ist nicht die Haupthandlung, sondern bloß
die Gelegenheit zu derselben. — — Dieser Umstand führt mich auf eine

Vergleichung mit des Euripides rasendem Herkules. 10

Der Ἡρακλῆς μαινόμενος ist das achtzehnte unter den übrig
gebliebenen Trauerspielen des Griechen. Daß sich der Römer dasselbe
zum Muster vorgestellet habe, ist nicht zu leugnen. Allein er hat nicht
als ein Sklave, sondern als ein Kopf, welcher selbst denkt, nachgeahmt,
und verschiedne Fehler, welche in dem Vorbilde sind, glücklich verbessert. 15
Ich kann mich hier in keinen weitläuftigen Auszug des griechischen
Stücks einlassen, so viel aber muß ich anmerken, daß Euripides die
Handlung offenbar verdoppelt hat. Bey ihm eröfnet Amphitryo
das Stück, welcher die Zuhörer von den nöthigsten historischen Um=
ständen unterrichtet. Megara kömmt dazu, und beyde beklagen ihr 20
Unglück. Lycus eröfnet ihnen ihr Todesurtheil, mit den bittersten
Verspottungen des Herkules. Megara und Amphitryo ergeben
sich in ihr Schicksal, und bitten nur noch um eine kurze Frist, unter
dem Vorwande, den Kindern ihre Todtenkleider anzulegen. Als dieses
geschehen, und sie vor dem Altar auf die Hinrichtung warten, erscheinet 25
Herkules, welcher unerkannt in die Stadt gekommen war. Er er=
fährt das Unglück, welches seinem Hause drohe, und ermordet den
Lycus. Was erwartet man nunmehr noch weiter? Nichts, ohne
Zweifel. Doch ehe man sichs versieht erscheinen mitten in dem dritten
Aufzuge Iris und eine Furie. Die Furie soll dem Herkules auf 30
Befehl der Juno den Verstand verrücken; die Furie weigert sich, doch
endlich muß sie wider ihren Willen gehorchen. Hierauf werden im
vierten Aufzuge die Wirkungen der Raserey des Herkules nur erzehlt,
und in dem fünften kömmt Theseus dazu, welcher seinen Freund,
der sich aus Verzweiflung durchaus das Leben nehmen will, wieder 35

zurechte bringt. — — Nun sehe man, wie geschickt der römische Dichter
durch eine kleine Veränderung ein zusammenhangendes Stück daraus
gemacht hat, in welchem die Neubegierde keinen solchen gefährlichen
Ruhepunkt findet, sondern bis ans Ende in einem Feuer erhalten wird.
Er fängt nehmlich mit dem grausamen Entschlusse der Juno an, und
bereitet dadurch alles vor, was er in der Folge den Zuschauern zeigen
will. Es ist wahr, daß er den Ausgang dadurch ein wenig zu sehr
verräth; doch verräth ihn Euripides in dem dritten Aufzuge nicht
gleichfalls? — — Einen andern Kunstgrif des lateinischen Dichters
habe ich bereits angemerkt; die Art nehmlich, wie er die Grausam=
keiten des Herkules zugleich zeigt, und auch nicht zeigt. Euripides
läßt sie bloß erzehlen, und unterrichtet den Zuschauer nicht einmal
so lebhaft davon, als er ihn von dem Tode des Lycus unterrichtet,
dessen Geschrey, da er ausser der Bühne ermordet wird, man doch
wenigstens vernimt. Wie viel besser läßt der Römer bloß den Tod
des Lycus erzehlen, und spart seine Theaterspiele auf den Tod der=
jenigen, für die er uns vornehmlich einnehmen will. — Dieses aber,
was ich jezt gesagt habe, muß man nicht so auslegen, als ob ich dem
Euripides auch in andern Stücken eben so wenig, als in diesen
mechanischen Einrichtungen, den Vorzug zugestehen wollte. Er hat
eigenthümliche Schönheiten, welche Seneca, oder wer sonst sein Nach=
ahmer ist, nur selten gekannt zu haben scheinet. Der Affect drückt
sich bey ihm allezeit in der Sprache der Natur aus; er übertreibt
nichts, und weis nicht was es heißt, den Mangel der Empfindung mit
Witz ersetzen. Aber glücklich sind die, welche ihn noch so ersetzen
können! Sie entgehen doch wenigstens der Gefahr, platt, eckel und
wäßrigt zu werden.

Unbilliges Urtheil des Pater Brumoy.

Ich glaube, es wird hier noch meine Pflicht seyn, einige unbillige
Urtheile des Pater Brumoy zu widerlegen. Man kennet das Ver=
dienst dieses Jesuiten um die Bühne der Griechen. Er hat überall,
wo es möglich gewesen, seinen Auszügen aus den griechischen Trauer=
spielen, Auszüge aus den ähnlichen römischen Tragödien beygefügt.
Man kann also leicht glauben, daß er auch unsern rasenden Her=
kules, bey Gelegenheit des Euripidischen, nicht werde vergessen haben.

Ich habe nichts darwider, daß er diesen weit vorzieht; allein daß er
jenen durch nichtswürdige Einfälle lächerlich zu machen sucht, wo er
es nicht ist, dieses kann ich unmöglich so hingehen lassen. Ich muß
einige Proben anführen, um zu zeigen, wie lächerlich der Jesuit selbst
ist. Man wird sich der Stelle erinnern, die ich oben auf der 24
Seite,[1] aus dem dritten Aufzuge angeführt habe:

> — — — — si novi Herculem,
> Lycus Creonti debitas poenas dabit.
> Lentum est, dabit; dat: hoc quoque est lentum; dedit.

Theseus will dem Amphitryo damit Trost zusprechen. Ich habe
schon so viel Zutrauen zu meinem Geschmacke, daß ich mich nicht zu
gestehen schäme, diese Zeilen allezeit für sehr schön gehalten zu haben.
Mußte ich also nicht erstaunt seyn, als ich folgendes Urtheil des Brumoy las. „Das ich sterbe, ich bin tod, ich bin begraben, des
„Geitzigen bey dem Moliere (Aufz. 4. Auft. 7.) ist ohne Zweifel aus
„dieser Quelle entsprungen. Allein dieses sagt ein Narr, welchen der
„Dichter in einer lächerlichen Unsinnigkeit seinem Charakter gemäß
„sprechen läßt; und Theseus hätte sich, wo nicht als ein König,
„doch wenigstens als ein vernünftiger Mann ausdrücken sollen. — —"
Wenn es auch wahr wäre, daß Moliere bey Gelegenheit dieser Stelle
auf seinen Einfall gerathen sey, so würde dieses doch nichts mehr beweisen, als so viel, daß kein ernsthafter Gedancke, keine Wendung so
schön sey, die sich nicht ziemlich lustig parobiren lasse. Hieraus aber
zu schliessen, daß die Parodie, und die parobirte Stelle gleich unge-
reimt seyn müßten, ist eine sehr kindische Uebereilung. Das Ungereimte in der Stelle des Moliere liegt eigentlich nicht in dem Kli-
max selbst, sondern darinne, daß er einen Narren von sich etwas sagen
läßt, welches gleich dadurch, daß er es noch von sich sagen kann, widerlegt wird: nicht darinne, daß der Tod so geschwind auf das Sterben,
und das Begräbniß so geschwind auf den Tod folgt; sondern darinne,
daß er einen Menschen vorgeben läßt, dieses alles wiederfahre ihm
bey lebendigem Leibe. Was hat denn nun also die Rede des Theseus, ausser dem breyfachen Steigen, hiermit für Gleichheit? Oder
ist sie an und vor sich selbst abgeschmackt? Hätte doch der Pater dieses
gezeigt; hätte er doch auch beyläufig gezeigt, wie es der Dichter schöner

----

[1] [S. 179 dieser Ausgabe]

ausdrücken sollen, daß Herkules den Lycus ganz gewiß, und ganz
gewiß unverzüglich strafen werde. — — Mit eben so wenig Grunde
tadelt Brumoy diejenigen Stellen, in welchen Herkules raset. „Her-
„kules, sagt er, bildet sich ein den himmlischen Löwen, den er in dem
5 „Nemeäischen Walde überwunden, zu sehen, wie er eben bereit ist, die
„Zeichen des Herbstes und des Winters zu überspringen, um den Stier
„zu zerreissen, welcher ein Zeichen des Frühlings ist. Das ist wahr-
„haftig eine gelehrte Raserey! — —“ Wie artig der Jesuit spottet.
Aber warum ist sie denn gelehrt? Ohne Zweifel darum, weil ein
10 Jesuiterschüler nicht ganz und gar ein Ignorante seyn muß, wenn er
wissen will, daß Herkules einen Löwen umgebracht habe. Aber was
für eine Gelehrsamkeit braucht denn Herkules, dieses von sich selbst
zu wissen? Oder steckt etwa die Gelehrsamkeit in der Kenntniß der
Zeichen des Thierkreisses? Wenn das ist, so werden ziemlich alle Bauern
15 gelehrt seyn. — — Ich muß noch einen Tadel dieses französischen
Kunstrichters anführen, welcher entweder sehr viel leichtsinnige Uebereilung, oder sehr viel Bosheit verräth. In dem fünften Aufzuge, wie
man gesehen hat, kömmt Herkules wieder zu sich selbst, und geräth in
die äusserste Verzweiflung, als er erfährt, was er in seiner Raserey be-
20 gangen. Man könnte sagen, er werde aufs neue rasend; so schreckliche
Dinge erbittet er über sich selbst. „Allein, sagt Brumoy, seiner Ge-
„wohnheit gemäß, mengt er auch lächerliches Zeug darunter. Er will
„seine Keule, seine Pfeile, und selbst die Hände der Juno, die sie so
„unglücklich geführt haben, verbrennen. — —“ Nun sehe man, ob es
25 wahr ist, daß ihn der Dichter dieses sagen läßt. Die Stelle ist diese:

> Tibi tela frangam nostra, tibi nostros puer
> Rumpemus arcus, ac tuis stipes gravis
> Ardebit umbris: ipsa Lernaeis frequens
> Pharetra telis in tuos ibit rogos.
>
30 > Dent arma poenas: vos quoque infaustas meis
> Cremabo telis, ô novercales manus.

Er redet die ermordeten Kinder, eines nach dem andern an, und will
zu dessen Genugthuung die Pfeile, zu dessen den Bogen, zu dessen
Keule und Köcher zerbrechen und verbrennen. „Auch euch, spricht er,
35 „auch euch, unselige stiefmütterliche Hände, will ich mit meinen Pfeilen
„verbrennen. — —“ Wer heißt denn nun hier den Jesuiten, unter

novercales manus die Hände der Juno verstehen? Warum können
es denn nicht die eignen Hände des Herkules seyn? Ja freylich
wäre alsdann die Stelle nicht mehr lächerlich! Aufs höchste liegt in
dem Worte novercales blos eine Anspielung auf die Juno, und er
nennt seine Hände bloß darum stiefmütterlich, weil sie nicht minder
grausam gegen seine Kinder gewesen waren, als die Juno gegen ihn
zu seyn pflegte. — — Ich will mich nicht länger hierbey aufhalten.

Von neuern Trauerspielen auf den rasenden Herkules.

Es fehlt an neuern Dichtern nicht, welche gleichfalls diesen Stof
bearbeitet haben. Bey den Franzosen führen eine Menge Tragödien
den Titel Herkules; ich kann es aber jezt nur von zweyen mit Ge=
wißheit sagen, daß sie den rasenden Herkules angehen. Die
mehresten werden ohne Zweifel den sterbenden Herkules aufstellen.
Roland Brisset ist der erste, von welchem ich einen Hercule furieux
anzugeben weis. Sein Theater ist zu Tours 1589. in 4to gedruckt,
und enthält ausser genanntem Stücke, noch folgende: Baptiste; Agamemnon; Octavie; und Thieste. Der zweyte Franzose ist Nicolas
L'Heritier Nouvellon, welcher 1638. ein Trauerspiel unter der
Aufschrift: Amphitrion ou Hercule furieux, verfertigte. Ich habe
jezt weder des einen noch des andern Arbeit bey der Hand, und kann
also nicht urtheilen, wie sie zu Werke gegangen sind; ob sie mehr den
Euripides oder den Seneca nachgeahmt, oder ob sie gar nur einen
von beyden übersezt haben. Auf dem italiänischen Theater finde ich
einen Ercole furioso vom Lodovico Dolce; allein von diesem weis
ich es zuverläßig, daß es bloß eine poetische Uebersetzung des Seneca
ist. Dolce hat noch sieben Trauerspiele unsers lateinischen Dichters
übersezt, die ich an ihrem Orte anführen will.

Da ich also nicht eigentlich sagen kann, mit wie viel Glück man
in den neuern Zeiten den rasenden Herkules auf die Bühne ge=
bracht habe: so will ich wenigstens meine Gedanken entdecken, wie er
am besten darauf zu bringen sey.

Vorschlag für einen heutigen Dichter.

So viel ist augenscheinlich, daß aus dem Stücke des Seneca,
mit kleinen Veränderungen, eine vollkommene Oper zu machen sey. Die
Maschinen finden ihren natürlichen Platz darinne, und wenn die blosse

Erscheinung der Juno für die Verzierung des Theaters zu einfach
wäre, so könnte man die Erscheinungen aus dem Euripides borgen.
Dieser nehmlich, wie ich schon angemerkt habe, führt anstatt der Juno
selbst, die Iris, ihre Bothschafterin, und eine Furie auf. Zwey Gegenstände, an welchen Maschinenmeister und Mahler ihre Kunst hinlänglich
zeigen könnten. Auch der Tonkünstler würde sich nicht beschweren dürfen,
daß man seine Kunst durch eine verhaßte Monotonie der Leidenschaften
einschränkte. Sie sind durchgängig in dem stärcksten Spiele. Das Zor-
nige, das Klagende, das Stolze, das Erfreute, das Rasende, das Zärtliche, das Gesetzte, das Freundschaftliche, wechselt unaufhörlich ab, und
oft treffen sie so glücklich zusammen, daß sie der schönsten Abstechungen
unter einander fähig sind. Auch die Erfindung des Balletmeisters
würde sich hier nicht auf dem Trockenen befinden, auf welchen man in
einem Schauspiele, das so vorzüglich zum Vergnügen des Gesichts und
des Gehörs bestimmt ist, billig auch mit sehen muß. Doch da die Oper
mehr in das musikalische, als in das poetische Fach gehöret, so will
ich mich nicht weiter damit einlassen. Ich will vielmehr meine Absicht
auf ein regelmäßiges Stück richten. Die mechanische Einrichtung desselben würde man gänzlich dem Seneca absehen können. Nur mit
der Juno, welche bey ihm ziemlich das Ansehen eines Prologen hat,
müßte man eine Aenderung treffen. Unsere neuere tragische Bühne
will die Gottheiten nicht mehr leiden. Man hat sie in die allegorischen
Stücke verwiesen, und das mit Recht. Was also zu thun? Ich wollte
rathen die persönliche Erscheinung der Juno in einen göttlichen Traum
eines Priesters zu verwandeln. Er müßte selbst kommen, und es dem
Herkulischen Hause erzehlen, was er in seiner Entzückung gesehen, und
welche schreckliche Drohungen er gehöret. Diese Drohungen aber müßten
in allgemeinen Ausdrücken abgefaßt seyn; sie müßten etwas orakel-
mäßiges haben, damit sie den Ausgang so wenig, als möglich verriethen, und den Amphitryo und die Megara nicht verhinderten,
den Herkules bey seiner Zurückkunft mit aller Zärtlichkeit zu empfangen. In Ansehung der Sitten, wollte ich, daß sich der neuere
Dichter den Euripides zum Muster vorstellte; doch mit Beybehaltung
des Senecaschen Lycus. Dieser ist bey dem Griechen viel gröber und
grausamer geschildert. Er sagt es gerade heraus, daß er die ganze
Familie des Herkules umbringen müsse, wenn er sicher herrschen

wolle, und thut der Megara den Vorschlag nicht, den ihn der Römer ihun läßt. Dahingegen sind in dem Griechischen der Herkules weit menschlicher, die Megara weit zärtlicher, und Theseus weit freund= schaftlicher gebildet. Das Abentheuerliche des erstern ist da ungemein versteckt, und aller seiner Thaten wird nur mit ganz kurzen Zügen in einer Entfernung gedacht, in welcher ihre Unglaublichkeit nicht so sehr in die Augen fällt. Die prächtige Beschreibung des Kampfes mit dem Cerberus müßte, als eine unnöthige Zierrath, wegbleiben. Der Römer hatte noch einigen Grund sie zu wagen, ob er gleich freylich besser gethan hätte, wenn er hier der vorsichtigen Anständigkeit seines Musters gefolgt wäre. Seine Stärke war im Schildern, und welcher Dichter läßt sich nicht gerne von der Begierde, seine Stärke zu zeigen, dahin reissen? Was die Person des Theseus anbelangt, so würde man auch bey dieser besser der Einrichtung des lateinischen als des griechischen Dichters folgen. Jener bringt ihn gleich mit dem Herkules auf die Bühne; dieser aber läßt ihn erst in dem fünften Aufzuge darzu kom= men, wo er recht vom Himmel fällt. Wenn der neure Dichter übrigens eine Vermehrung der Personen vorzunehmen für nöthig befände, so würde er, vielleicht nicht ohne Glück eines von den Kindern des Her= kules, welche seine beyden Vorgänger nur stumm aufführen, münbig machen können. Er müßte den Charakter desselben aus Zärtlichkeit und Unschuld zusammen setzen, um unser Mitleiden desto schmerzlicher zu machen, wenn wir es von den blinden Händen seines geliebten Vaters sterben sehen. Doch würde es wohl unsre Bühne zulassen, in An= sehung der Ermordung selbst, das Kunststücke des Römers anzubringen? In seinem ganzen Umfange möchte sie es wohl schwerlich zulassen, doch wollte ich auch nicht, daß man dem Zuschauer deswegen diesen ganzen schrecklichen Anblick zu entziehen suchte. Wenigstens müßte den Her= kules auf der Bühne die Raserey befallen; voller Bestürzung müßten Gemahlin und Kinder furchtsam von ihm fliehen, er ihnen nacheilen, und sie ausser dem Gesichte des Zuschauers tödten. Dieses würde das Mittel zwischen dem, was der römische und was der griechische Dichter geschehen lassen, seyn. Amphitryo könnte alsdann den folgenden Aufzug mit der traurigsten und lebhaftesten Beschreibung anfangen; er könnte sich mit dem Theseus berathschlagen, wie sie sich gegen den schlafenden Herkules verhalten sollten, und während der Be=

rathschlagung könnte der erwachte Herkules dazu kommen, und die
Rolle, die ihn der Römer spielen läßt, ausführen. — — Doch, wird
man nunmehr fragen, ist denn überhaupt ein Held, den eine haſſende
Gottheit, in einer plötzlichen Raserey, Grauſamkeiten begehen läßt, ein
würdiges Schauſpiel? Iſt es lehrreich, oder enthält es nicht vielmehr
eben ſo abſcheuliche und die Menſchen zur Verzweiflung bringende
Grundſätze als der Oedip? Dieſer iſt zu den ſchrecklichſten Verbrechen
beſtimmt, und kann ihnen, aller angewandten Mühe ungeachtet, nicht
entgehen. Jener thut alles mögliche, ein tugendhafter und der Welt
nützlicher Mann zu ſeyn, und wird mitten unter dieſen Beſtrebungen,
durch die Eiferſucht einer obern Macht, der Elendeſte. Soll dies das
Schickſal derer ſeyn, die auf dem ſauren Wege zu der Ewigkeit wan=
deln? Eine ſchöne Ermunterung für die, welche als neue Alciden
die Laſter überwinden, und die Ungeheuer ausrotten wollen! — —
Dieſen Einwurf wegzuſchaffen, muß ich nothwendig

Die Moral des raſenden Herkules

unterſuchen; ſo wohl die, welche jezt darinne liegt, als die, welche
darein gelegt werden kann. Eigentlich halte ich es eben für keine Noth=
wendigkeit, daß aus der Fabel eines Trauerſpiels eine gute Lehre
flieſſen müſſe, wenn uns nur einzelne Stellen von nützlichen Wahrheiten
unterrichten. Allein ſo viel wird doch wenigſtens nothwendig ſeyn, daß
man auch keine böſe Lehre daraus folgern könne. Und dieſe, — —
ch mag es ſo ungern geſtehen, als ich will — — liegt allerdings in
dem raſenden Herkules. Es liegt, ſage ich, eine böſe Lehre darinne,
oder eine abgeſchmackte. Entweder die Lehre, daß Tugenden und Helden=
thaten eine erzürnte Gottheit ſo wenig verſöhnen, daß ſie vielmehr die=
ſelbe noch heftiger aufbringen: oder die Lehre, daß man ſich hüten
müſſe, von dem Jupiter aus verſtohlener Ehe erzeugt zu werden,
wenn man allen den grauſamen Verfolgungen der Juno entgehen wolle.
Bey dem Euripides zwar, deſſen Fabel gleichwohl von dem Weſent=
lichen der lateiniſchen Fabel um nichts unterſchieden iſt, will der Pater
Brumoy eine ganz andere Moral entdeckt haben. Weil bey dem
Griechen Herkules, der durch die Freundſchaft des Theſeus ge=
rühret worden, das ganze Stück mit den Worten ſchlieſſet: „Unglücklich
„iſt der, welcher Güter oder Ehre einem wahren Freunde vorzieht;“

so setzt der Jesuit hinzu: „Dieser Gedanke ist, wie mich dünkt, die
„Moral dieses Trauerspiels, weil alles darinnen auf die Entwicklung
„des Theseus abzuzielen scheinet. — —“ Doch es ist offenbar, daß
Brumoy den letzten Sittenspruch für die Hauptlehre genommen hat.
Wenn seine Meinung wahr wäre, so hätte Euripides wahrhaftig
den Werth eines wahren Freundes durch keine weniger passende Fabel,
als durch diese, erleutern können. Die ganzen vier ersten Aufzüge
würden in dieser Absicht umsonst geschrieben seyn. Alles, was man
also zur Entschuldigung dieser beyden alten Muster anführen kann, ist
dieses, daß sie es für ganz unnöthig gehalten haben, an die Moral des
Ganzen zu denken, und daß sie ihre Tragödien nicht so gemacht haben,
wie sie uns eine sogenannte critische Dichtkunst zu machen lehret.
Erst eine Wahrheit sich vorzustellen, und hernach eine Begebenheit dazu
zu suchen, oder zu erdichten, war die Art ihres Verfahrens gar nicht.
Sie wußten, daß bey jeder Begebenheit unzählige Wahrheiten anzu=
bringen wären, und überliessen es dem Strome ihrer Gedanken, welche
sich besonders darinne ausnehmen würde. Da sie übrigens in gewissen
Fällen ziemlich genau bey der hergebrachten Geschichte zu bleiben ge=
zwungen waren, so mußte es ihnen entweder gleichgültig seyn, ob die
moralische Folge aus der Begebenheit selbst gut oder böse sey, oder
sie mußten überhaupt von der Aufführung gewisser Begebenheiten ab=
stehen. Allein kann ein neuer Dichter eben diese Entschuldigung haben?
Und ist seine Freyheit eben so eingeschränkt? Gewiß nicht; er kann
ändern was er will, und es liegt nur an ihm, wenn das Ganze bey
ihm nicht eben so lehrreich ist, als die besondern Theile. — — Nun
kömmt es darauf an, was er in dieser Absicht mit dem rasenden
Herkules thun müßte. Ohne Zweifel würde es auf eine feinere Be=
arbeitung dieses Charakters selbst ankommen. Seine Raserey müßte
eine natürliche Folge aus demselben werden. Juno müßte sich dar=
an nur erfreuen, nicht aber sie selbst bewirken. Und dieses ist leicht: denn
was ist näher verbunden als Tapferkeit und Uebermuth, als Ueber=
muth und Wahnwitz. Man schildre also den Herkules als einen
Helden voll Muth und Tapferkeit; man lasse ihn die größten Thaten
glücklich ausgeführt haben; man lasse ihn noch grössere sich vorsetzen.
Allein sein allzugrosses Vertrauen auf eigene Kräfte bringe ihn zu einer
stolzen Verachtung der Götter. Man lasse ihn nach und nach sich in seine

eigne Anschläge verwickeln; man gebe ihm einen Schmeichler zu, der
durch übertriebene Lobsprüche das ohnedem geringe Gefühl seiner Menschheit unterdrückt. Wenn der Dichter alle diese Stafeln glücklich hinan
zu gehen weis, so bin ich gewiß, der Zuschauer wird endlich geneigt
5 seyn, die völlige Raserey des Herkules als einen ganz natürlichen Erfolg
anzusehen. Ich habe schon angemerkt, daß das Gebet, welches ihm der
Römer in den Mund giebt, eine sehr feine Vorbereitung ist; und wenn
man auch das Gebet wieder vorbereitet, so wird sich eines aus dem
andern ungezwungen ergeben. — — Welche schreckliche Lection würde
10 dieses für unsre wilden Helden; für unsre aufgeblasenen Sieger seyn!
Ehe ich dieses Trauerspiel ganz verlasse, will ich vorher noch einen

Versuch über das in Unordnung gebrachte Stück
des lateinischen Dichters,

dessen ich auf der 37ten Seite[1] gedacht habe, wagen. Es gehet von
15 der 1295sten Zeile bis zu der 1315ten. Ich ordne die Personen
darinne folgender Gestalt.

1295. *Am.* Redde arma. *Her.* Vox est digna genitore Herculis.
     Am. Hoc en peremptus spiculo cecidit puer:
     Hoc Juno telum manibus emisit tuis:
20   Hoc nunc ego utar. *Th.* Ecce, jam miserum metu
     Cor palpitat, corpusque sollicitum ferit.
1300. *Am.* Aptata arundo est: ecce jam facies scelus
     Volens, sciensque. Pande quid fieri jubes?
     Her. Nihil rogamus, noster in tuto est dolor.
25   *Am.* Natum potes servare tu solus mihi,
     Eripere nec tu: maximum evasi metum.
1305. Miserum haud potes me facere, felicem potes.
     Sic statue quidquid statuis, ut causam tuam
     Famamque in arcto stare et ancipiti scias.
30   Aut vivis aut occidis. Hanc animam levem
     Fessamque senio, nec minus quassam malis
1310. In ore primo teneo. Tam tarde patri
     Vitam dat aliquis? Non feram ulterius moram,
     Letale ferro pectus impresso induam.

---

[1] [S. 180 f. dieser Ausgabe]

Hic, hic jacebit Herculis sani scelus.

Her. Jam parce, genitor etc.

Herkules will kurz vor dieser Stelle, wie man gesehen hat, durchaus sterben. Er verlangt seine Waffen mit Ungestimm zurück. Die gemeinsten Ausgaben lassen daher ihn selbst redde arma sagen und legen das folgende Vox est etc. dem Amphitryo in den Mund. Doch wenn man diesen letztern Worten weder eine abgeschmackte noch eine zu weit hergehohlte Erklärung geben will, so muß sie kein andrer als Herkules sagen, zur Bezeigung nehmlich seiner Zufriedenheit über das redde arma seines Vaters. Gronov hat dieses durch Hülfe seiner Handschriften sehr wohl eingesehen, nur daß er das redde in reddo verwandelt. Er glaubt nehmlich, daß Amphitryo hier wirklich dem Herkules seine Waffen wiedergebe, und dieser Irrthum hat gemacht, daß er alles das andere unrecht, obgleich scharfsinnig genug erklärt hat. Ich schmeichle mir den rechten Punct getroffen zu haben. Da nehmlich Amphitryo sieht, daß Herkules unbeweglich ist, so sagt er endlich voller Unwillen zu einem von den Dienern: redde arma. Daß er dieses zu einem Diener sagen könne, beweise ich aus einer vorhergehenden Stelle, in welcher er dem schlafenden Herkules die Pfeile wegnehmen läßt:

Removete *famuli* tela, ne repetat furens.

Wer das Theater ein wenig versteht, wird nunmehr gleich einsehen, daß die Zweydeutigkeit des *redde arma* ein vortrefliches Spiel ausmache. Herkules glaubt, der Bediente werde ihm die Waffen wiedergeben, und sagt daher sich und dem Amphitryo die Schmeicheley: vox est digna genitore Herculis. Allein der Bediente hat den Befehl entweder genauer verstanden und giebt den Pfeil dem Amphitryo, oder indem der Bediente dem Herkules den Pfeil geben will, reißt ihm Amphitryo denselben weg, und sezt ihn mit den Worten an seine eigne Brust: Hoc en peremptus spiculo etc. „Dieser Pfeil „war es, durch den dein Sohn fiel; dieser war es, den Juno selbst „durch deine Hände abschoß: dieser soll es seyn, den ich nun gegen „mich selbst brauchen will." Die folgenden Worte ecce jam miserum bis sollicitum ferit, kann weder Herkules noch Amphitryo sagen. Sie müssen dem Theseus zugehören, und ich nehme sie so an, daß sie den erbärmlichen Anblick des sich zu erstechen drohenden Alten

schildern, und den Herkules zur Barmherzigkeit bewegen sollen. Doch
weil dieser schweigt, so fährt der Vater fort: aptata arundo est etc.
„Der Pfeil ist angesetzt. Siehe, dieses Verbrechen wirst du mit Wissen
„und Willen begehen. Sprich: was soll ich thun? Ich schreibe dir
5 „nichts vor, antwortet ihm Herkules. Mein Schmerz ist gesichert.“
Alles das übrige lasse ich nunmehr den Amphitryo sagen. Das
Eripere nec tu ist eine Verbesserung welche Gronov aus seiner Handschrift vorgebracht hat, und ohne Widerrede angenommen zu werden
verdient. Da Amphitryo fest[1] entschlossen ist, sich zu durchstechen,
10 wenn Herkules bey dem Vorsatze zu sterben, bleiben sollte, da er
sich auf keine Weise von ihm will trennen lassen: so kann man leicht
einsehen, was er mit folgenden Worten sagen will: „Den Sohn mir
„erhalten, das kannst du allein: aber mir ihn rauben, kannst du nicht.
„Der größten Furcht bin ich entlediget. Elend kannst du mich nicht
15 „machen; glücklich machen kannst du mich ꝛc.“ D. i. da ich einmal
beschlossen habe dir zu folgen, so kannst du dich mir zwar erhalten,
aber nicht rauben. Du kannst mich glücklich machen, wenn du leben
bleibst; aber nicht elend, wenn du stirbst, weil du ohne mich nicht
sterben sollst == Die folgenden Zeilen passen in dem Munde des Am-
20 phitryo eben so wohl. Sollte aber seine Rede ein wenig zu lang
scheinen, so könnte man sie durchschneiden, und die Worte Tam tarde
patri vitam dat aliquis? den Theseus sagen lassen. Auf diese
nun müßte Amphitryo weiter fortfahren: non feram ulterius mo-
ram etc. bis endlich Herkules jam parce genitor. saget. Das
25 jam, welches in eben dieser Zeile nochmals wiederhohlt wird, zeigt
gnugsam wider Gronoven, daß Amphitryo sich nicht erst in
den gleich vorhergehenden zwey Zeilen zu erstechen gedroht, sondern
daß er es gleich von Anfange dieser Stelle gethan, und daß man also
ihm und nicht dem Herkules das hoc nunc ego utar, und das
30 aptata arundo est müsse sagen lassen. Leser von Geschmack werden
mir gewiß recht geben, wenn sie sich die Mühe nehmen wollen, auch
in den übrigen Stücken meine Ordnung der Personen mit der seinigen
zu vergleichen. Andere Kunstrichter haben noch weniger zum Ziele getroffen. — — Ich komme zu dem zweyten Trauerspiele.

---

[1] faſt [1754]

II.

Thyest.

Innhalt.

Atreus und Thyest, die Söhne des Pelops, regierten beyde zu Argos, ein Jahr um das andre. Thyest verliebte sich in die Gemahlin seines Bruders, in die Aerope, und entwendete durch deren Hülfe den güldnen Widder, mit dessen Besitze das Schicksal des Reichs verknüpft war. Er flohe davon, und entging auf einige Zeit der Rache des Atreus. Doch dieser dachte unaufhörlich auf die Vollziehung derselben, und hielt endlich eine verstellte Versöhnung für das sicherste Mittel. Seine eignen Kinder mußten den Thyest bereden, daß er sicher zurückkommen könne, weil sein Bruder alle Feindschaft bey Seite gelegt habe. Er kam. Atreus empfing ihn mit aller Freundlichkeit, deren die Bosheit fähig ist, wenn sie eine leichtgläubige Beute in ihr Netz lockt. Allein wie unmenschlich waren die Folgen. Atreus ermordete die Kinder seines Bruders am Altare; und machte seinem Bruder ein Mahl daraus, über welches die Welt nicht aufhören wird, sich zu entsetzen — — Mehr braucht man hoffentlich, zur Einleitung in das Stück selbst, nicht zu wissen.

Auszug.

Die Bühne eröffnen der Schatten des Tantalus und die Furie Megära. Tantalus war der Großvater des Atreus und des Thyest. Man kennet seine Verbrechen, und seine Strafe in der Hölle. Jezt bringt ihn Megära auf die Oberwelt. Er erstaunt und glaubt, daß man eine Veränderung der Quaalen mit ihm vornehmen wolle. Doch Megära entdeckt ihm gar bald, daß er seine Familie mit Wuth und Haß anstecken und zu den grausamsten Verbrechen geneigt machen solle. „In diesen werde um den Vorzug gekämpft, und wechselsweise „zücke man den Dolch. Der Zorn kenne weder Maaß noch Scham, „und blinde Raserey reitze die Gemüther. Die Wuth der Aeltern „daure fort, und anhaltende Bosheit pflanze sich von einem Enkel „auf den andern. Ohne jemandem Zeit zu gönnen, sein Verbrechen „zu hassen, fehle es nie an einem neuen, und nie sey eines allein in „einem allein. Es wachse, indem es gestraft wird. Den übermüthigen

„Brüdern entfalle der Scepter, und ein zweifelhaftes Glück scheine sich
„ihrer im Elende anzunehmen. Es wanke betriegrisch zwischen ihnen,
„und mache jezt aus dem Mächtigen den Unglücklichen, und jezt aus
„dem Unglücklichen den Mächtigen. Ein beständiger Wechsel treibe
5 „ihr Reich umher. Abscheulicher Laster wegen mögen sie vertrieben
„werden, und in eben so abscheuliche Laster mögen sie wieder fallen,
„wenn sie Gott in ihr Vaterland zurück bringt. Allen müssen sie so
„verhaßt seyn, als sich selbst. Nichts halte sich ihr Zorn vor uner=
„laubt. Der Bruder fürchte den Bruder, den Sohn der Vater, und
10 „den Vater der Sohn. Böse sollen die Kinder umkommen, und noch
„böser erzeugt werden. Die feindselige Gattin laure auf ihren Mann.
„Man führe den Krieg über das Meer; vergoßnes Blut überschwemme
„die Länder, und die siegende Wollust triumphire über mächtige Führer
„der Völker. Unzucht sey in dem gottlosen Hause das geringste ꝛc.“
15 Alle diese Verwünschungen, und noch mehrere, sind prophetisch und
beziehen sich weit auf das zukünftige hinaus; auf das, zum Exempel,
was sich mit der Clytämnestra, mit dem Orest, mit dem Aga=
memnon und Menelaus und andern Verwandten des Pelopeji=
schen Hauses zutragen sollte. Endlich kömmt Megära auf die nähern
20 Gräuel mit mehrer Deutlichkeit, und verkündiget dem Tantalus das
grausame Mahl, vor welchem sich die Sonne zurück ziehen werde. „An
„diesem sollst du deinen Hunger stillen. Vor deinen Augen soll der
„mit Blut gemischte Wein getrunken werden. Endlich habe ich die
„Speisen gefunden, die du selbst fliehen wirst. — —“ Auf diese schreck=
25 lichen Worte, will der Schatten davon eilen, und alle seine höllischen
Strafen scheinen ihm dagegen geringe. Doch die Furie zwingt ihn,
mit Streit und Mordlust vorher das Haus und die Gemüther der
Könige zu erfüllen. Umsonst wendet er ein, es sey zwar billig, daß
er Strafe leide, aber nicht, daß er andern zur Strafe diene. Um=
30 sonst beklagt er sich, daß er gleichsam, als ein giftiger Dampf aus
der geborstenen Erde geschickt werde, welcher Pest und Seuchen unter
die Völker bringen müsse. Umsonst will er es wagen, nochmals
schwazhaft zu seyn, und seine Enkel vor allen Verbrechen vielmehr
zu warnen. Doch die Furie droht und vermehrt in dem Schatten
35 das innere Gefühl seiner Quaalen so heftig, daß er ihr in den
Pallast folgen muß, wo er überall Raserey und Blutdurst ver=

breitet. — — Man muß sich einbilden, daß dieses sogleich geschieht, sobald er über die Schwelle getreten. Der Pallast empfindet es, daß er von einem unseligen Geiste berührt wird, und zittert. Die Furie ruft ihm zu, daß es genug sey, und befiehlt ihm, in die unterirdischen Höhlen zu seinen Martern zurückzukehren, weil die Erde ihn nicht länger tragen wolle, und die ganze Natur sich über seine Gegenwart entsetze. Sie beschreibt dieses Entsetzen in ein Dutzend schönen Versen, die sie hier hätte ersparen können, und macht dem Chore Platz. Der Inhalt seines Gesanges ist eine Bitte an die Götter, alle Verbrechen von dem königlichen Hause abzuhalten, und nicht zuzugeben, daß auf einen bösen Großvater ein schlimmrer Enkel folge. Er sagt, es sey bereits genug gesündiget worden; und führt dieses zu beweisen, die Geschichte des Myrtilus und die blutige Mahlzeit an, welche Tantalus den Göttern vorgesetzt. Von der Strafe des letztern macht er ein sehr künstliches Gemählde, welches aber den Leser kalt läßt, und beschließt es so abgebrochen, daß einige Kunstrichter zu glauben bewogen worden, es müsse das eigentliche Ende hier fehlen.

Zwenter Aufzug.

Auch dieser Aufzug besteht nur aus einer einzigen Scene, zwischen dem Atreus und einem Vertrauten. Atreus ist gleich Anfangs gegen sich selbst unwillig, daß er noch bis jezt, wegen den schimpflichen Beleidigungen seines Bruders, ungerochen sey. Er tadelt sich, daß er nicht schon längst alles in Blut und Flammen gesetzt. Wie gern hätte er sich wollen unter dem einstürzenden Pallaste begraben lassen, wenn er nur zugleich auch den Bruder zerschmettert hätte. „Auf Atreus, „beginne etwas, was keine Nachwelt billige, aber auch keine verschweige. „Auf! erkühne dich einer blutigen gräßlichen Schandthat; einer Schand= „that, auf die mein Bruder neidisch werde; die er selbst begangen zu „haben wünschen möchte. Du kannst seine Verbrechen nicht rächen, „ohne sie zu übertreffen. Doch durch welche Abscheuligkeit werde ich „ihm überlegen seyn können? Auch in seinem Elende ruhet er nicht. „Das Unglück macht ihn eben so hartnäckig, als übermüthig ihn das „Glück macht. Ich kenne seinen ungelehrigen Geist. Biegen läßt er „sich nicht, aber brechen läßt er sich. Ehe er sich also wieder erhohlt, „ehe er neue Kräfte sammelt, muß ich ihn angreifen: denn bleib ich

„ruhig, so greift er mich an. Ich komme durch ihn um, oder er muß
„durch mich umkommen. Das Verbrechen ist mitten zwischen uns,
„gleich einem Preise, aufgestellt, welcher dem gehört, der es zuerst
„unternimt.“

Der Vertraute. So kann dich das widrige Urtheil des Volks
nicht schrecken?

Atreus. Das ist eben das beste an einem Reiche, daß das Volk
die Thaten seines Beherrschers eben sowohl dulden als loben muß.

Der Vertraute. Die, welche man aus Furcht loben muß, eben
die haßt man auch aus Furcht. Der aber, welcher nach dem Ruhme
einer wahren Liebe strebt, will sich lieber von den Herzen, als von
den Stimmen loben lassen.

Atreus. Ein wahres Lob kann auch oft einem geringen Manne
zu Theile werden; aber ein falsches nur dem Mächtigen. Die Unterthanen müssen wohl wollen, was sie nicht wollen.

Der Vertraute. Wenn der König, was recht ist, will, so wird
sein Wille gern aller Wille seyn.

Atreus. Derjenige König ist nur halb König, welcher nur
das, was recht ist, wollen darf.

Der Vertraute. Wo weder Scham, noch Liebe zum Recht,
weder Frömmigkeit noch Treue und Glaube ist, da ruhet das Reich
auf schwachem Grunde.

Atreus. Scham, Liebe zum Recht, Frömmigkeit, Treu und
Glaube sind kleine Tugenden für Bürger. Ein König thue, was
ihm nützt.

Der Vertraute. Auch einem bösen Bruder zu schaden, mußt
du für Unrecht halten.

Atreus. Alles ist gegen ihn billig, was gegen einen Bruder
unbillig ist. Denn welcher Verbrechen hat er sich enthalten? Von
welcher Schandthat ist er abgestanden? Durch Schändung hat er mir
die Gemahlin, und durch List das Reich entrissen. — — Mit diesem
letztern zielet Atreus auf die schon erwehnte Raubung des goldnen
Widders, mit dessen Besitze das Reich verbunden war. Es gehen verschiedene Zeilen auf die Beschreibung desselben, bis er endlich wieder
schließt: „Meine Gemahlin ist verführt; die Sicherheit des Reichs ist
„untergraben; das Haus ist beschimpft; das Blut ist ungewiß worden.

„Und nichts ist gewiß, als daß mein Bruder mein Feind ist. Du
„zitterst?“ — — fährt er zu dem Vertrauten fort. — — „Sieh auf den
„Tantalus und Pelops. Dieser ihren Beyspielen zu folgen, werden
„meine Hände aufgebothen. Sprich, wie soll ich das verhaßte Haupt
„verderben?“

Der Vertraute. Ein töblicher Stahl vergiesse sein feind=
seliges Blut.

Atreus. Du redest von dem Ende der Strafe, und ich will
von der Strafe selbst hören. Ein sanftmüthiger Tyrann mag um=
bringen lassen. In meinem Reiche wird der Tod als eine Gnade
erlangt.

Der Vertraute. So ist alle Frömmigkeit bey dir hin?

Atreus. Fort, Frömmigkeit! wenn du anders jemals in un=
serm Hause gewesen bist. Das wüthende Heer der Furien, die zwist=
liebende Erynnis, und sie, die in beyden Händen schreckliche Fackeln
schüttelt, Megära, ziehe dafür ein. Ich brenne vor Wuth, und dürste
nach unerhörten unglaublichen Verbrechen. — — Der Vertraute
fragt ihn, worinne diese Verbrechen bestehen sollen, und ob er sich des
Schwerdts oder des Feuers zu seiner Rache bedienen werde. Doch
beydes ist ihm zu geringe; Thyest selbst soll das Werkzeug seiner
Rache seyn. Er entdeckt hierauf sein unmenschliches Vorhaben, und
ermuntert sich von Zeit zu Zeit selbst, den Muth darüber nicht sinken
zu lassen, sondern es, so gräßlich es auch sey, unerschrocken auszuführen.
Auf den Einwurf, welchen ihm der Vertraute macht, daß es sehr schwer
halten werde, seinen Bruder in das Netz zu locken, antwortet er, daß
er ihn schon durch das anzukörnen wissen werde, was ihm wichtig genug
scheine, sich der äussersten Gefahr deswegen auszusetzen. Nehmlich durch
die Hofnung zu regieren. „Voll von dieser Hofnung, wird er dem
„Blitze des drohenden Jupiters entgegen zu eilen kein Bedenken tragen.
„Voll von dieser Hofnung, wird er, was er für das größte Uebel hält,
„selbst den Bruder zu sehen, nicht anstehen. — —“ Und diese Hof=
nung will er ihm durch seine eignen Söhne machen lassen, durch den
Agamemnon und Menelaus nehmlich, die er mit der Aerope
noch vor ihrer Untreue erzeugt hatte. Der Vertraute räth ihm, andre
Mittelspersonen darzu zu erwehlen, damit die Kinder nicht einmal das
an dem Vater thun möchten, was er sie jezt an dem Vetter zu thun

lehre. Doch Atreus ist von der Ruchlosigkeit seines Bluts schon so
überzeugt, daß er zur Antwort giebt: „Wenn sie auch niemand die
„Wege des Betrugs und der Verbrechen lehret, so wird sie doch das
„Reich dieselben lehren. Du fürchtest, sie möchten böse werden? Sie
5 „werden böse gebohren. — —“ Der Vertraute macht ihm noch eine
Einwendung, und giebt ihm zu überlegen, ob er sich auch wohl auf
die Verschwiegenheit so junger Leute verlassen dürfe? „Oder, spricht
„er, willst du sie etwa selbst hintergehen, und ihnen deine wahre Ab-
„sicht nicht entdecken? Ja, antwortet Atreus; sie sollen keinen An-
10 „theil an meinem Verbrechen haben. Und was ist es auch nöthig,
„daß ich sie zu Mitschuldigen machen will? — —“ Doch den Augenblick besinnt er sich, daß dieses für ihn zu gut gedacht sey. Er schilt
sich selbst feig, und vermuthet, daß wenn er seiner Kinder hierinne
schonen wolle, er auch seines Bruders schonen werde. Agamemnon
15 und Menelaus sollen es wissen, wozu er sie brauche, und eben daran
will er es zugleich erkennen, ob sie auch wirklich seine Kinder sind.
„Wenn sie ihn nicht verfolgen, wenn sie ihn nicht hassen wollen; wenn
„sie ihn Vetter nennen: so ist er ihr Vater. — —“ Er will eben
fortgehen, als er sich gleichwohl noch plötzlich anders besinnet. „Ein
20 „schüchtern Gesicht, sagt er, pflegt manches zu entdecken, und grosse
„Anschläge verrathen sich wider Willen. Nein; sie sollen es nicht wissen,
„zu welcher That sie die Werkzeuge werden. Und du — — (zum
„Vertrauten) halte unser Vorhaben geheim! — —“ Dieser versichert, daß er sowohl aus Furcht, als aus Treue verschwiegen seyn
25 werde, und geht mit dem Atreus ab.

Der Chor, welcher zu diesem Aufzuge gehöret, nimmt von der
Herrschsucht der zwey Brüder Gelegenheit, eine Menge Sittensprüche
über den falschen Ehrgeiz anzubringen, und mehr spitzig als gründlich zu bestimmen, worinne das wahre Königreich bestehe. „Ihr wißt
30 „es nicht, die ihr nach Schlössern geitzet! Nicht der Reichthum, nicht
„der Glanz des Tyrischen Purpurs, nicht das strahlende Diadem macht
„den König. Nur der ist König, welcher alle Furcht abgelegt, und
„alles Böse aus der wilden Brust vertrieben hat. Nur der, welchen
„nicht der ohnmächtige Ehrgeiz, welchen nicht die immer wankende
35 „Gunst des Pöbels bewegt. — — Nur der, welcher von seiner sichern
„Höhe alles weit unter sich sieht. Nur der, welcher seinem Schicksale

„willig entgegen eilt, und ohne zu klagen stirbt. — — Es ersteige,
„wer da will, die schlüpfrige Spitze des Hofes; mich soll die süsse
„Ruhe sättigen, und verborgen will ich in sanfter Stille dahin leben.
„Allen Quiriten unbekannt, sollen meine Jahre sachte vorüber fliessen.
„Und wenn meine Tage ohne Geräusche verschwunden sind, will ich
„Lebens satt und ohne Titel erblassen. Auf den wartet ein harter
„Tod, der, wenn er sterben muß, allen viel zu bekannt ist, sich selbst
„aber nicht kennet."

Dritter Aufzug.

Diesen eröfnet Thyest mit seinen Söhnen, und unter diesen
führet Plisthenes das Wort. Sie langen auf die betriegerische Ein=
ladung des Atreus, an. Thyest erfreuet sich Anfangs, daß er end=
lich seine Vaterstadt, und die Götter seiner Väter, wenn anders, setzt
er hinzu, Götter sind, wieder siehet. „Bald, spricht er, wird mir nun
„das Volk aus Argos fröhlig entgegen kommen. Doch auch Atreus
„wird mit kommen. O fliehe Thyest, und suche die dunkeln Wälder
„wieder, wo du unter dem Wilde ein ihm ähnliches Leben führtest.
„Laß dich nicht den falschen Glanz des Reiches blenden. Wenn du
„auf das siehest, was dir angebothen wird, so siehe auch auf den, der
„dir es anbietet. Unter den härtesten Beschwerlichkeiten bin ich bisher
„muthig und frölich gewesen. Doch nun falle ich in marternde Furcht
„zurück; der Geist ist in banger Erwartung, und möchte den Körper
„nur allzugern zurück bewegen. Jeder Schritt stockt, den ich thun
„will. — —" Plisthenes erstaunt über die Unentschlossenheit seines
Vaters, doch Thyest fährt fort: „Warum stehe ich noch an? War=
„um quäle ich mich noch über einen so leichten Entschluß? Da ich
„niemanden trauen darf, soll ich meinem Bruder, soll ich der Hofnung
„zu regieren trauen? Was fürchte ich schon überwundene, von mir
„schon gebändigte Uebel? Warum fliehe ich Trübsalen, in die ich mich
„bereits geschickt? Ich will, ich will elend seyn. Zurück also, Thyest,
„zurück, und rette dich, da es dir noch vergönnt ist."

Plisthenes. Was bewegt dich, o Vater, deinen Schritt von
der nun wieder erblickten väterlichen Burg zurück zu wenden? War=
um willst du dich selbst so grossen angebothenen Gütern entziehen?
Dein Bruder hat seinen Zorn abgelegt, und wird aufs neue dein

Bruder. Er giebt dir deinen Antheil an dem Reiche zurück, sammelt die Glieder des zerrütteten Hauses, und setzt dich wieder in den Besitz deiner selbst.

Thnest. Du willst die Ursache der Furcht wissen, die ich selbst nicht weis. Ich sehe nichts, wovor ich mich fürchten sollte, und fürchte mich dennoch. Ich will gern gehen, aber die Knie sinken unter mir zusammen, und ich werde mit Gewalt von dem Orte zurück getrieben, zu dem ich doch will. — —

Plisth. O schlage alles nieder, was dein Gemüth so unent= schlüßig macht, und betrachte, was für Belohnungen deiner warten. Du kannst regieren, Vater — —

Thnest. Unter beständiger Furcht des Todes.

Plisth. Du sollst die höchste Gewalt erlangen. — —

Thnest. Die höchste Gewalt ist die, nichts zu begehren.

Plisth. Du kannst nun deinen Kindern ein Reich lassen.

Thnest. Kein Reich fasset zwey Regenten.

Plisth. Wer will wohl elend seyn, wenn er glücklich seyn kann?

Thnest. Glaube mir; das Grosse gefällt nur durch die falschen Namen, die wir ihm beylegen. Mit Unrecht fürchtet man ein geringes und hartes Schicksal. So lange ich auf der Spitze der Ehren stand, habe ich nicht einen Augenblick zu zittern aufgehört, und mich selbst für mein eignes Schwerd an meinen Lenden gefürchtet. O welch ein Glück ist es, niemanden im Wege zu stehen, und auf dem Boden hin= gestreckt, sichre Speisen zu geniessen! Kein Verbrechen schleicht sich in schlechte Hütten, wo man sich an einem geringen Tische sorglos sättigen kann. Das Gift wird aus Golde getrunken; und ich weis es aus der Erfahrung, wie weit das schlechte Glück dem guten vorzuziehen ist. — — Hier verirrt sich Thnest in eine poetische Beschreibung der ausschweifenden Pracht und Ueppigkeit der Grossen. Sie ist schön und paßt sehr wohl auf die damaligen Zeiten der Römer; aber auch deswegen verliert sie in dem Munde des Thnest sehr vieles von ihrer Schönheit. End= lich schließt er mit den Worten: „Es ist ein Reich über alle Reiche, „das Reich entbehren zu können."

Plisth. Man muß das Reich nicht ausschlagen, wenn es Gott giebt.

Thnest. Noch weniger muß man darnach trachten.

Plisth. Dein Bruder bittet dich ja, zu regieren.

Thyest. Er bittet und das ist schrecklich. Hier muß eine List verborgen liegen.

Plisth. Die brüderliche Liebe kann ja wohl das Herz, woraus sie vertrieben worden, wieder einnehmen, und neue Kräfte, anstatt der verlohrnen, sammeln.

Thyest. Wie? Atreus sollte seinen Bruder lieben? — — Eher wird die Nacht die Erde erleuchten; eher wird das Feuer mit dem Wasser, der Tod mit dem Leben, der Wind mit der See Bündniß und Friede schliessen.

Plisth. Vor welchem Betruge fürchtest du dich denn aber?

Thyest. Vor allem! Und was kann ich meiner Furcht für Grenzen setzen, da seine Macht so groß ist, als sein Haß?

Plisth. Was kann er gegen dich vermögen?

Thyest. Für mich fürchte ich auch nichts, sondern ihr allein, meine Kinder, macht, daß ich den Atreus fürchte.

Plisth. Aber du bist schon gefangen, und fürchtest dich, gefangen zu werden? Mitten in der Noth ist es zu spät, sich dafür zu hüten.

Thyest. So kommt denn. Nur dieses einzige will ich, euer Vater, noch betheuern: Ich folge euch, nicht ihr mir.

Plisth. Gott wird unsere gute Absicht gnädig ansehen. Setze den zweifelhaften Fuß nur weiter.

Hier kommt Atreus darzu und macht durch seine Erscheinung die zweyte Scene dieses Aufzuges. In den ersten Zeilen, welche er in der Entfernung vor sich sagt, freut er sich, daß er seinen Bruder nunmehr im Netze habe; und zwar ganz, mit allen seinen drey Söhnen. Der zweyte dieser Söhne hieß Tantalus, wie wir weiter unten hören werden; der Name des dritten aber kömmt in dem Stücke nicht vor. „Kaum, sagt Atreus, daß ich mich mäßigen, und die aus=„brechende Wuth zurücke halten kann. So wie ein Spierhund, der „an dem langen Leitbande das Wild ausspiert,[1] und mit gebückter „Schnauze die Wege beschnaubert. So lange er noch durch den schwachen „Geruch sich weit von dem Eber merkt, ist er folgsam, und durchirret „schweigend die Spur. Doch kaum fühlt er sich der Beute näher, so „stemmt er sich, kämpfet mit dem unbändigen Nacken, und ruft winselnd

[1] ausspärt [1764]

„seinen säumenden Führer, bis er sich ihm entreißt. Wenn der Zorn
„Blut wittert, wer kann ihn verbergen? Und doch muß ich ihn ver=
„bergen. — —" In dem Munde des Dichters würde dieses Gleichniß
sehr schön seyn, aber in dem Munde der Person selbst, welche diese
schwer zu zähmende Wuth fühlet, ist es ohne Zweifel zu gesucht und
zu unnatürlich. — Je näher Atreus seinem Bruder kömmt; desto
mehr verändert er seine Rede. Jetzt, da er ungesehr von ihm ge=
hört werden kann, beklagt er ihn schon, und erstaunt über seinen arm=
seligen Aufzug. „Ich will mein Wort halten, fährt er fort. Und
„wo ist er denn, mein Bruder? — —" Hier geht er endlich auf ihn
los: „Umarme mich, sehnlichst gewünschter Bruder! Aller Zorn sey
„nunmehr zwischen uns vorbey. An diesem Tage feyre man den
„Sieg des Bluts und der Liebe. Weg mit allem Hasse aus unsern
„Gemüthern."

    Thyest. Ach, Atreus, ich könnte alles rechtfertigen, wenn du
dich jezt nicht so erzeigtest! Ja, Bruder, ich gestehe es; ich gestehe
es, ich habe alles verbrochen, dessen du mich schuldig gehalten. Deine
heutige Liebe macht meine Sache zur schlimmsten Sache. Der muß
ganz schuldig seyn, den ein so guter Bruder hat für schuldig halten
können. Zu den Thränen muß ich nunmehr meine Zuflucht nehmen.
Siehe mich hier zu deinen Füßen! Laß diese Hände, die noch keines
Knie umfaßt haben, die deinigen umfassen. Laß uns allen Zorn bey
Seite legen; laß uns allen Unwillen aus den Gemüthern verbannen.
Empfange diese Unschuldigen als die Unterpfänder meiner Treue.

    Atreus. Verlaß diese erniedrigende Stellung, und umarme
mich, mein Bruder. Und auch ihr, ihr Stützen unsers Alters, edeln
Jünglinge laßt euch an meine Brust drücken. Lege das schmutzige
Kleid ab; verschone meine Augen mit einem solchen Anblicke; laß dir
einen Schmuck reichen, der dem meinen gleich ist; und tritt freudig
in den Besitz deines Antheils an dem brüderlichen Reiche. Ich will
mich des größern Lobes erfreuen, meinen Bruder unverletzt der väter=
lichen Würde wieder hergestellt zu haben. Ein Reich besitzen, ist Zu=
fall; ein Reich schenken, ist Tugend.

    Thyest. Möchten dir doch, Bruder, diese deine Wohlthaten
die Götter würdig vergelten. Meine Armseligkeit schlägt es aus, die
königliche Binde anzunehmen, und die unglückliche Hand scheuet sich

vor dem Scepter. Erlaube mir, daß ich mitten unter dem Volke ver=
borgen leben darf.

Atreus. Unſer Reich leidet zwey Regenten.

Thyeſt. Was du haſt, ſoll mir ſo gut ſeyn, als ob ich es
ſelbſt hätte.

Atreus. Wer wollte die freywillig zufließenden Güter des Glücks
verſchmähen?

Thyeſt. Der, welcher es erfahren hat, wie ſchnell ſie wieder
dahin ſind.

Atreus. So willſt du deinen Bruder die unſchätzbarſte Ehre
nicht erlangen laſſen?

Thyeſt. Deine Ehre hat bereits die erhabenſte Staffel erreicht,
und nun iſt es nur noch um meine zu thun. Ja, ich habe es feſt
beſchloſſen, das Reich auszuſchlagen.

Atreus. Wenn du deinen Antheil nicht wieder nimmſt, ſo will
ich meinen verlaſſen.

Thyeſt. Wohl ich nehme ihn. Ich will den Namen der mir
aufgelegten Herrſchaft führen; dir aber allein ſollen Geſetze und Waffen
mit mir dienen.

Atreus. So laß dir denn um die ehrwürdige Stirne das
Diadem binden. Ich will gehen, und den Göttern die verſprochnen
Opfer bringen.

Hiermit gehen beyde Theile ab, und der zu dieſem Aufzuge ge=
hörende Chor erhebt die brüderliche Liebe des Atreus, dem man
kaum einen Funken derſelben hätte zutrauen ſollen. Er vergleicht dieſe
nach langen Verfolgungen wieder hergeſtellte Freundſchaft, einer an=
genehmen Meerſtille, welche auf einen ſchrecklichen Sturm folgt. Er
macht dabey Schilderungen über Schilderungen, welche keinen andern
Fehler haben, als daß ſie die Aufmerkſamkeit des Zuſchauers zerſtreuen.
Vielleicht zwar, daß ſie dieſen Fehler nicht geäuſſert haben, wenn die
Alten anders die Kunſt, etwas ſo zierlich herzuſingen, daß man kein
Wort davon errathen kann, eben ſo gut verſtanden haben, als wir
Neuern ſie verſtehen. — — Der Schluß dieſes Chors ſind abermals
einige moraliſche Anwendungen über das veränderliche Glück, beſonders
der Groſſen. „O ihr, welchen der Herrſcher über Erd und Meer, das
„groſſe Recht des Lebens und des Todes anvertrauet hat, entſaget

„ben stolzen aufgeblasenen Gebehrden. Was der Geringere von euch
„fürchtet, eben das drohet euch ein größrer Herr. Jedes Reich stehet
„unter einem noch mächtigern Reiche. Oft sahe einen, den der an=
„brechende Tag im Glanze fand, der untergehende im Staube. Nie=
„mand traue dem ihn anlachenden Glücke; niemand verzweifle, wenn
„es ihm den Rücken zukehret. Clotho mischt gutes und böses, und
„treibt unaufhörlich das Rad des Schicksals um ꝛc.“

Vierter Aufzug.

In dem Zwischenraum dieses und des vorhergehenden Aufzuges,
muß man sich vorstellen, daß Atreus seine Grausamkeiten begangen
habe. Sie waren zu schrecklich, als daß sie der Dichter, der sich der
Regel des Horaz ohne Zweifel erinnerte:

Nec pueros coram populo Medea trucidet:

Aut humana palam coquat exta nefarius Atreus.

dem Zuschauer hätte zeigen sollen. Er läßt sie also blos erzehlen;
und giebt sich, diese Erzehlung mit dem Ganzen auf eine kunstmäßige
Art zu verbinden, so wenig Mühe, daß er weiter nichts thut, als einen
Mann, den er Nuncius nennt, herauskommen und dem Chore von
dem, was er gesehen hat, Nachricht geben läßt. Der Chor wird also
hier zu einer spielenden Person, welches in den alten Trauerspielen
nichts ungewöhnliches ist. Gemeiniglich führte alsdann der Cory=
phäus das Wort, der entweder mit dem ganzen Chore, oder nur
mit einem Theile desselben zurück blieb, nachdem es die Umstände er=
forderten. Wir werden unten sehen, warum man annehmen müße,
daß er hier nur mit einem Theile zurück geblieben sey. Seine Reden
sind sehr kurz, und geben blos dem Erzehler Gelegenheit, so um=
ständlich, als es nöthig ist, zu seyn. Dieser nun tritt voller Schrecken
und Entsetzen hervor, und wünscht von einem Wirbelwinde durch die
Lüfte gerissen und in eine finstre Wolke gehüllet zu werden, damit
er dem Anblicke eines so gräßlichen Verbrechens entkommen möge.
„O Haus, dessen sich selbst Pelops und Tantalus schämen müssen.“

Der Chor. Was bringst du neues?

Der Erzehler. Wo bin ich? Ist dieses das Land, in welchem
Argos, Corinth und das durch die frommen Brüder berühmte
Sparta liegt? Oder bin ich an dem Ister unter den wilden Alanen?

Oder bin ich unter dem ewigen Schnee des rauen Hircaniens? Oder
unter den schweifenden Scythen? Was ist es für eine Gegend, die zur
Mitschuldigen so abscheulicher Verbrechen gemacht wird?

Der Chor. Welcher Verbrechen? Entdecke doch — —

Der Erzehler. Noch staunet meine ganze Seele, noch ist der
vor Furcht starrende Körper seiner Glieder nicht mächtig. Noch schwebt
das Bild der gräßlichen That vor meinen Augen ꝛc.

Der Chor. Du marterst uns durch die Ungewißheit noch mehr.
Sage, wovor du dich entsetzest, und nenne den Urheber. Einer von
den Brüdern muß es seyn, aber welcher? Rede doch — — Nunmehr wäre es ohne Zweifel billig, daß der Erzehler sogleich zur
Sache käme, und diese geschwind in wenig kurzen und affectvollen
Worten entdeckte, ehe er sich mit Beschreibung kleiner Umstände, die
vielleicht ganz und gar unnöthig sind, beschäftige. Allein was glaubt
man wohl, daß er vorher thut? Er beschreibet in mehr als vierzig
Zeilen vor allen Dingen den heiligen Hayn, hinter der mitternächt-
lichen Seite des Pelopeischen Pallasts, in welchem Atreus die blutigen
Opfer geschlacht hatte, ohne dieser mit einer Sylbe zu gedenken. Er
sagt uns, aus was für Bäumen dieser Wald bestehe, zu welchen Handlungen ihn die Nachkommen des Tantalus geweihet; mit was für
gelobten Geschenken und Denkmählern er ausgeziert und behangen sey.
Er meldet, daß es darinne umgehe, und mahlt fast jede Art von Erscheinungen, die den Tag sowohl als die Nacht darinne schrecklich
machten. — — Ich begreife nicht, was der Dichter hierbey muß gedacht haben; noch vielweniger begreife ich, wie sich die Zuschauer eine
solche Verzögerung können gefallen lassen. Eine kleine Vorbereitung,
wenn etwas sehr wichtiges zu erzehlen ist, wird gar wohl erlaubt; sie
reizt die Zuhörer, ihre Aufmerksamkeit auf das, was folgen soll, gefaßt zu halten. Allein sie muß diese Aufmerksamkeit nicht vorweg er-
müden; sie muß das, was in einer Zeile eine sehr gute Wirkung thun
würde, nicht in vierzig ausdehnen. — — Doch damit ich auch meinen
Tadel nicht zu weit ausdehne, so will ich das Gemählde des Hayns
an seinen Ort gestellt seyn lassen, und mit dem Dichter wieder weiter
gehen. „Als nun, läßt er den Erzehler fortfahren, der rasende Atreus
„in Begleitung der Kinder seines Bruders in den Hayn gekommen
„war, wurden die Altäre sogleich geschmückt. Aber nun, wo werde ich

„Worte finden? — Die Hände werden den eblen Jünglingen auf den
„Rücken gebunden, und um ihre Stirne wird die traurige Opferbinde
„geschlagen. Da fehlt kein Weihrauch, kein geheiligter Wein; das
„Opfer wird mit Salzmehl bestreuet, ehe es das Schlachtmesser be-
5 „rühren darf. Alle Ordnung wird beybehalten, damit ja eine solche
„Lasterthat nicht anders als auf die beste Weise geschehe.“

Der Chor. Und wessen Hand führte das Eisen?

Der Erzehler. Er selbst ist Priester; er selbst hält das blutige Gebeth, und läßt aus schrecklichem Munde das Sterbelied tönen.
10 Er selbst stehet am Altare, befiehlt die dem Tode Geweihten, legt sie
zurechte, und ergreift den Stahl. Er selbst giebt Acht, und kein einziger
Opfergebrauch wird übergangen. Der Hayn erzittert; der ganze Pallast
schwankt auf dem durchschütterten Boden, und drohet bald hier bald
dahin zu stürzen. Oben zur Linken schießt ein Stern durch den Him-
15 mel, und ein schwarzer Schweif bemerkt seine Bahn. Der in das
Feuer gespritzte Wein wird Blut; dreymal entfällt dem Haupte das
Diadem; die Bildsäulen weinen, und ein jeder wird von diesen Vor-
bedeutungen gerührt. Nur Atreus allein bleibt unbeweglich und sich
selbst gleich, und hört nicht auf die drohenden Götter zu schrecken.
20 Länger will er nicht verweilen, er springt wieder zu dem Altare, und
schielet mit grimmigen Blicken um sich. So irret ein hungriges Tieger-
thier in den Gangetischen Wäldern zwischen zwey jungen Stieren. Es
ist auf den einen Raub so begierig, wie auf den andern, und nur ungewiß, welchen es zuerst zerreissen solle. Jezt bleckt es den Rachen auf
25 diesen; jezt bleckt es ihn auf jenen zurück, und hält seinen Hunger in
Zweifel. Nicht anders betrachtet der ruchlose Atreus die Schlachtopfer
seines verfluchten Zornes, und sieht bey sich an, welches er zuerst, und
welches er hernach abthun wolle. Es wäre gleichviel, aber doch sieht
er bey sich an, und freuet sich, über seine verruchte That zu künsteln.
30   Der Chor. Aber gegen wen braucht er endlich den Stahl
zuerst?

Der Erzehler. Das erste Opfer — — damit man, ohne
Zweifel, die kindliche Ehrfurcht nicht vermissen möge — — wird dem
Großvater geweihet. Tantalus ist dieses erste Opfer.

35   Der Chor. Mit welchem Muthe, mit welchem Gesichte duldete
der Jüngling den Tod?

Der Erzehler. Unbesorgt für sich selbst stand er da, und verschwendete keine Bitte vergebens. Aber der Wütrich stieß und drückte so lange nach, bis sich der Stahl in der Wunde verlohr, und die Hand an die Gurgel traf. Da er das Eisen zurückzog, stand der Leichnam; und als er lange gezweifelt hatte, ob er auf diese oder auf jene Seite fallen sollte, fiel er endlich auf den Vetter. Voller Wuth riß dieser hierauf den Plisthenes zum Altare, und schickte ihn dem Bruder nach. Er hieb ihm den Hals ab; der Rumpf fiel vor sich nieder, und der Kopf rollte mit einem unverständlichen kläglichen Murmeln auf den Boden hin.

Der Chor. Nachdem er diesen doppelten Mord vollbracht, was that er alsdann? Schonte er des Knabens? Oder häufte er Verbrechen auf Verbrechen?

Der Erzehler. So wie ein Löwe in Armenischen Wäldern mit siegender Wuth unter den Rindern tobet, und mit blutigem Rachen, auch nach gestilltem Hunger, seinen Grimm nicht ableget; sondern noch hier einen Stier und noch da einen anfällt, bis er mit müden Zähnen endlich auch den Kälbern drohet: eben so wüthet Atreus und schwellet vor Zorn. Er hält das vom doppelten Morde blutige Eisen, vergißt was für ein schwaches Kind er zu durchstoßen habe, und hohlt weit von dem Körper aus. (*) Der Stahl drang in der Brust ein, und fuhr durch den Rücken heraus. Das Kind fiel, löschte mit seinem Blute das Feuer auf dem Altar, und starb an der zwiefachen Wunde.

(*) Die Worte heissen in dem Originale:

> Ferrumque gemina caede perfusum tenens,
> Oblitus in quem rueret, infesta manu
> Exegit ultra corpus - - -

Alle Ausleger übergehen diese Stelle, und gleichwohl zweifle ich, ob sie von allen gehörig ist verstanden worden. Das exigere corpus ist mir ungemein verdächtig. Ich weis wohl, was bey dem Virgil exigere ensem per corpus heißt; allein ob schlechtweg exigere corpus eben dieses heissen könne, daran zweifle ich, und glaube nicht, daß man bey irgend einem Schriftsteller ein ähnliches Exempel finden werde. Ich erkühne mich daher, eine kleine Veränderung zu machen, und anstatt infesta manu zu lesen infestam manum; so daß ultra, welches man vorher adverbialiter nehmen mußte, nunmehr zur Präposition wird, die zu corpus gehöret. Was aber manum exigere heisse, und daß es gar wohl aushohlen heissen könne, wird man leicht einsehen. Vielleicht könnte auch die Bedeutung, da exigere versuchen, probiren heißt, hier zu Statten kommen.

Der Chor. Abscheuliche Lasterthat!

Der Erzehler. Ihr entsetzet euch? Wenn er hier inne ge=
halten hätte; so wäre er noch fromm.

Der Chor. Was kann noch verruchters in der Natur gefun=
den werden?

Der Erzehler. Ihr glaubt, es sey das Ende seines Ver=
brechens? Es ist nur eine Staffel desselben.

Der Chor. Aber was hat er weiter thun können? Er hat
vielleicht die Leichname den wilden Thieren zu zerreissen vorgeworfen,
und ihnen den Holzstoß versagt.

Der Erzehler. Wäre es doch nichts als das! — — — Nun=
mehr folgt eine sehr gräßliche Beschreibung, die aber so eckel ist,
daß ich meine Leser damit verschonen will. Man sieht darinne, wie
Atreus die todten Körper in Stücken zerhackt; wie er einen Theil
derselben an die Spiesse gesteckt, und den andern in Kessel geworfen,
um jene zu braten und diese zu kochen; wie das Feuer diesen grau=
samen Dienst verweigert, und wie traurig der fette Rauch davon in
die Höhe gestiegen. Der Erzehler fügt endlich hinzu, daß Thyest
in der Trunkenheit wirklich von diesen abscheulichen Gerichten gegessen;
daß ihm oft die Bissen in dem Schlunde stecken geblieben; daß sich die
Sonne, obgleich zu spät, darüber zurück gezogen; daß Thyest sein
Unglück zwar noch nicht kenne, daß es ihm aber schwerlich lange ver=
borgen bleiben werde.

Mehr hat der Erzehler nicht zu sagen. Er geht also wieder
fort und die vorhin abgegangene Helfte des Chors tritt herein, ihren
Gesang anzustimmen. Er enthält lauter Verwunderung und Entsetzen
über das Zurückfliehen der Sonne. Sie wissen gar nicht, welcher Ur=
sache sie dasselbe zuschreiben sollen, und vermuthen nichts geringers,
als daß die Riesen einen neuen Sturm auf den Himmel müßten ge=
wagt haben, oder daß gar der Untergang der Welt nahe sey. Hieraus
also, daß sie nicht wissen, daß die Sonne aus Abscheu über die Ver=
brechen des Atreus zurückgeflohen, ist es klar, daß sie bey der vor=
hergehenden Unterredung nicht können gegenwärtig gewesen seyn. Da
aber doch allerdings der Chor eine unterredende Person dabey ist, so
muß man entweder einen doppelten Chor annehmen, oder, wie ich ge=
than habe, ihn theilen. Es ist erstaunend, daß die Kunstrichter solcher

Schwierigkeiten durchaus nicht mit einem Worte gedencken, und alles
gethan zu haben glauben, wenn sie hier ein Wörtchen und da einen
Umstand, mit Auskramung aller ihrer Gelehrsamkeit, erklären — —
Vielleicht könte man auch sagen, daß der einzige Coryphäus nur mit
dem Erzehler gesprochen, und daß ausser ihm der gantze Chor ab- 5
gegangen seye. Vielleicht könnte man sich dieserwegen unter andern
darauf berufen, daß der Erzehler selbst ihn als eine einzelne Person
betrachtet und in der einfachen Zahl mit ihm spricht; als Zeile 746.

— — — Sceleris hunc finem putas?

Kurz vorher redet er ihn zwar in der vielfachen Zahl an, wenn er ihn 10
in der 744. Zeile fragt: exhorruistis? Allein dieses exhorruistis wäre
sehr leicht in exhorruisti zu verwandeln, welches ohnedem der Gleich-
förmigkeit wegen höchst nöthig ist. — — Von dem Chore selbst will
ich nicht viel sagen, weil er fast aus nichts, als aus poetischen Blümchen
bestehet, die der befürchtete Untergang der Welt, wie man leicht ver- 15
muthen kann, reichlich genug darbiethet. Unter andern geht der Dichter
den ganzen Thierkreiß durch, und betauert gleichsam ein jedes Zeichen,
das nunmehr herabstürzen und in das alte Chaos zurück fallen würde.
Zum Schlusse kömmt er wieder auf einige moralische Sprüche. „So
„sind wir denn, nach einer unzehligen Menge von Sterblichen, die, 20
„welche man für würdig erkannt hat, von den Trümmern der Welt
„zerschmettert zu werden? So sind wir es, die auf die lezten Zeiten
„verspart wurden? Ach, wie hart ist unser Schicksal; es sey nun, daß
„wir die Sonne verlohren, oder sie vertrieben haben! Doch, weg ihr
„Klagen! weg Furcht! Der ist auf das Leben zu begierig, der nicht 25
„einmahl sterben will, wenn die Welt mit ihm untergeht.“

Fünfter Aufzug.

Die grausame Mahlzeit ist vorbey. Atreus kann seine ruchlose
Freude länger nicht mäßigen, sondern kömmt heraus, sich seinen ab-
scheuligen Frolockungen zu überlassen. Diese sind der vornehmste In- 30
halt des ersten Auftritts in diesem Aufzuge. Aber doch ist er noch
nicht zufrieden; er will dem Thyest, zum Schlusse der Mahlzeit, auch
noch das Blut seiner Kinder zu trincken geben. Er befiehlt daher seinen
Dienern, die Thore des Pallasts zu eröfnen, und man sieht in der
Entfernung den Thyest am Tische liegen. Atreus hatte bey Zer- 35

meßlung der Kinder, ihre Köpfe zurücke gelegt, um sie dem Vater, bey
Eröfnung seines Unglücks, zu zeigen. Er freuet sich schon im voraus
über die Enterbung des Gesichts, mit welcher sie Thyest erblicken
werde. „Das, spricht er, muß ich mit ansehn. Ich muß es mit an=
„hören, welche Worte sein Schmerz zuerst ausstossen wird. Ich muß
„dabey seyn, wenn er starr und für Entsetzen wie entseelt da stehen
„wird. Das ist die Frucht meiner That! Ich mag ihn nicht sowohl
„elend seyn, als elend werden sehn. — —‟ Er wird mit Vergnügen
gewahr, daß Thyest schon fast trunken sey, und hoft daher, daß
ihm seine List mit dem Blute, welches er unter alten Wein von
einer starcken Farbe mischen wolle, desto eher gelingen werde. — —
„Ein solches Mahl muß mit einem solchen Truncke beschlossen werden.
„Er, der lieber mein Blut getruncken hätte, soll das Blut der Seinen
„trincken. Hört, schon stimmt er festliche Gesänge an, und ist seines
„Verstandes kaum mehr mächtig.‟

Hier nun kömmt Thyest langsam hervor, und sein Gesang ist
eine Ermunterung seiner selbst, alle traurige Vorstellungen fahren zu
lassen. „Heitere deine Blicke zur gegenwärtigen Freude auf, und ver=
„jage den alten Thyest aus deinem Gemüthe! Aber so sind die Elen=
„den! Sie trauen dem Glücke nie, wenn es sie gleich wieder anlacht,
„und freuen sich mit Widerwillen. Welcher ohne Ursache erregter
„Schmerz verbeuth mir diesen festlichen Tag zu feyern, und befiehlt
„mir, zu weinen? Was ist es, das mir mein Haupt mit frischen Blumen
„zu kränzen nicht erlauben will? Es will nicht; es will nicht! — Un=
„erwartete Thränen rollen die Wangen herab, und mitten unter meine
„Worte mischen sich Seufzer — — Ach, der sein Unglück ahndende
„Geist verkündiget mit diesen Zeichen ein nahes Leiden! — — Doch
„mit was für traurigen Erwartungen quälst du dich, Unsinniger?
„Ueberlaß dich deinem Bruder voll leichtgläubiger Liebe! Es sey nun
„was es sey, so fürchtest du dich entweder ohne Grund, oder zu spät.
„Gern wollt ich Unglücklicher mich nicht fürchten, aber mein Innerstes
„bebet vor Schrecken. Schnell strömet aus den Augen eine Fluth von
„Zehren, und strömet ohne Ursache. Ist es Schmerz, oder ist es Furcht?
„Oder hat auch eine heftige Freude ihre Thränen?‟

Nunmehr redet ihn Atreus an: „Laß uns, Bruder, unsere
„Freude verbinden, diesen glücklichen Tag würdig zu begehen. Heute

„wird mein Thron befeſtiget; heute wird ein Friede geſtiftet, wie er
„unſerer brüderlichen Treue geziemet.“

Thyeſt. Die reiche Tafel hat mich genung geſättiget; ich glühe
vom Weine. Aber wie unendlich könnte meine Freude vermehret wer=
den, wenn ich mich mit den Meinigen freuen dürfte.

Atreus. Glaube, daß ſie ſo gut verwahrt ſind, als ob du
ſie in deinen Armen hielteſt. Sie ſind hier, und werden hier bleiben.
Von beinen Kindern ſoll dir nichts verlohren gehen. Ich will dich ihre
Geſichter, die du ſo ſehnlich verlangſt, ſehen laſſen; ich will ſie dich
alle genieſſen laſſen. Deine Begierde ſoll geſättiget werden; fürchte
nichts. Sie liegen noch jetzt, mit meinen Kindern zugleich, an dem
frohen Tiſche; aber man ſoll ſie gleich herhohlen. Nimm nur unter=
beſſen dieſen unſern Geſchlechtsbecher, mit Bacchus Gaben erfüllet, aus
meiner Hand — Thyeſt vermuthet bey dieſen zweydeutigen Reden,
noch nichts arges. Er greift mit Danckſagung nach dem Becher, ihn
vor dem Angeſichte der väterlichen Götter auf eine ewige Liebe aus=
zuleeren, und iſt eben in der Stellung, ihn an den Mund zu führen;
als ſeine fürchterliche Ahndungen zunehmen. „Was iſt das? die Hand
„will nicht gehorchen? die Schwere des Bechers wächſt und ziehet die
„Rechte mit nieder? Ich bringe ihn dem Munde näher, und vergieſſe
„zitternd den Wein, ohne die betrogenen Lippen zu netzen. Sieh! ſelbſt
„der Tiſch ſpringt von dem erſchütterten Boden in die Höh! Kaum
„leuchtet das Feuer! Die ſchwere öde Luft erſtarret ſchrecklich zwiſchen
„Tag und Nacht! Das krachende Gewölbe des Himmels drohet zu
„ſtürzen! Schwartze Schatten verbicken die Finſterniß, und die Nacht
„verbirgt ſich in Nacht! Alles Geſtirne flieht! Es drohe, was uns auch
„drohe; nur daß es meinen Bruder, nur daß es meine Kinder ver=
„ſchone! Auf mein unwürdiges Haupt allein breche das Wetter los.
„Ach, jetzt, jetzt gieb mir meine Kinder wieder.“

Atreus. Ich will ſie dir geben, und kein Tag ſoll ſie dir
jemahls wieder rauben. — — Hier muß man ſich vorſtellen, daß
Atreus einen Wind giebt, und die zurück gelegten Häupter und Hände
der Kinder herbey bringen läßt, unterbeſſen daß Thyeſt in dem vorigen
Tone fortfährt: „Welch ein Aufruhr durchwühlet mein Eingeweide?
„Was zittert in meinem Innern? Ich fühle eine ungeduldige Laſt,
„und aus meiner Bruſt ſteigen Seufzer auf, die nicht meine ſind.

„Kommt doch, meine Söhne! Euer unglücklicher Vater ruft euch.
„Kommt doch! Euer Anblick wird diesen Schmerz verjagen. Hörte
„ich sie nicht? Wo sprachen sie? — —“ Nunmehr sind ihre traurigen
Ueberbleibsel hier, und Atreus siehet sich an seinem erwünschten
Augenblicke.

Atreus. Halte deine väterlichen Umarmungen bereit! Hier
sind sie! (indem er sie ihm zeigt,) Erkennst du deine Söhne?

Thyest. Ich erkenne den Bruder! Erbe! und so eine Schand=
that konntest du auf dir dulden? — — Dieses ist der Anfang von
den gräßlichsten Verwünschungen seines Bruders und seiner selbst. Das
ich erkenne den Bruder ist ohne Zweifel ein Meisterzug, der alles
auf einmal dencken läßt, was Thyest hier kann empfunden haben.
Er scheinet zwar etwas von einer spitzigen Gegenrede an sich zu haben,
aber gleichwohl muß seine Würckung in dem Munde des Schauspielers
vortreflich gewesen seyn, wenn er das dazu gehörige starrende Erstaunen
mit gnug Bitterkeit und Abscheu hat ausdrucken können. — — Es
fehlt so viel, daß Atreus von den Verwünschungen seines Bruders
sollte gerührt werden, daß er ihn vielmehr auf die spöttischste Art
unterbricht:

Atreus. Nimm sie doch lieber hin, die so lange begehrten
Kinder. Dein Bruder verwehrt es dir nicht länger. Geniesse sie; küsse
sie; theile unter alle' drey die Zeichen deiner Liebe.

Thyest. War das der Bund? War das die Aussöhnung? Ist
das die brüderliche Treue? So legst du deinen Haß ab? Ich kann
dich nun nicht bitten, mir meine Kinder unverletzt zu lassen; aber das
muß ich dich bitten, ein Bruder den Bruder, was du mir, deinem Ver=
brechen, deinem Hasse unbeschadet, verstatten kanst. Erlaube mir, ihnen
die lezte Pflicht zu erweisen. Gieb mir ihre Körper wieder, und du sollst
sie sogleich auf dem Scheiterhaufen brennen sehen. Ich bitte dich um
nichts, was ich besitzen, sondern um etwas, was ich verlieren will.

Atreus. Was von deinen Söhnen übrig ist, sollst du haben;
was von ihnen nicht mehr übrig ist, das hast du schon.

Thyest. Hast du sie den Vögeln zur Speise hinwerfen lassen?
Oder werden sie zum Frasse für wilde Thiere gespart?

Atreus. Du selbst hast deine Söhne in ruchlosen Gerichten
genossen.

Thyest. Das war es, wovor sich die Götter entsezten! Das trieb den Tag in sein östliches Thor zurück! In welche Klagen soll ich Elender ausbrechen? Welche Worte soll mein Schmerz wählen? Hier seh ich sie, die abgehauene Köpfe und die vom zerschmetterten Arme getrennten Hände! Das war es, was dem hungrigen Vater nicht herab wollte! Wie welzet sich das Eingeweide in mir! Der verschlossene Greuel tobet und suchet einen Ausgang. Gib mir, Bruder, das von meinem Blute schon trunckene Schwerd, um mit dem Eisen meinen Kindern den Weg zu öfnen. Man versagt mir das Schwerd? So mag denn die hohle Brust von traurigen Schlägen ertönen. Halt ein, Unglücklicher! Verschone die Schatten. Wer hat dergleichen Abscheulig= keit gesehen? Welcher Henioche auf den rauhen Felsen des unwirth= baren Caucasus? Welcher Procrustes, das Schrecken der attischen Gegenden? Ich Vater drücke die Söhne, und die Söhne den Vater. So kanntest du denn bey deinem Verbrechen keine Maaß?

Atreus. Maaß muß man in den Verbrechen halten, wenn man sie begehet, nicht aber wenn man sie rächet. Auch das ist mir noch zu geringe. Aus den Wunden selbst hätte ich das warme Blut in deinen Mund sollen fliessen lassen, damit es aus ihren lebendigen Leibern in deinen gekommen wäre. Mein Zorn hat mich hintergangen. Ich war zu schnell; ich that nichts, als daß ich sie mit dem Stahle am Altare niederstieß, und die Hausgötter mit diesem ihnen gelobten Opfer versöhnete. Ich trennte die Glieder von den todten Körpern und hieb sie in kleine Stücken. Diese warf ich in siebende Kessel, und jene ließ ich am langsamen Feuer braten. Ich hörte sie an dem Spiesse zischen; ich wartete mit eigener Hand das Feuer. Alles dieses hätte ihr Vater weit besser thun können. Meine Rache ist falsch aus= geschlagen. Er hat mit ruchlosem Munde seine Kinder zermalmt; aber er wußte es nicht; aber sie wußten es nicht. — — Thyest hebt hier= auf neue Verwünschungen an, und alles was er von dem Beherrscher des Himmels bittet, ist dieses, daß er ihn mit dem Feuer seines Blitzes verzehren möge. Auf diese einzige Art könne seinen Kindern der lezte Dienst, sie zu verbrennen, erwiesen werden. Oder wenn keine Gottheit die Ruchlosen zerschmettern wolle, so wünscht er, daß wenigstens die Sonne niemals wieder zurückkehren, sondern eine ewige Nacht diese unmenschlichen Verbrechen bedecken möge.

Atreus. Nun preise ich meine Hände! Nun habe ich die Palme errungen! Meine Laster wären umsonst, wenn es dich nicht so schmerzte. Nun dünket mich, werden mir Kinder gebohren. Nun dünket mich, dem keuschen Ehebette die verletzte Treue wiedergegeben zu haben.

Thyest. Was hatten aber die Kinder verbrochen?

Atreus. Daß sie deine Kinder waren.

Thyest. Dem Vater seine Söhne — —

Atreus. Ja, und was mich freuet, seine gewissen Söhne.

Thyest. Euch ruf ich an, ihr Schutzgötter der Frommen — —

Atreus. Warum nicht lieber die Schutzgötter der Ehen?

Thyest. Wer vergilt Verbrechen mit Verbrechen?

Atreus. Ich weiß, worüber du klagst. Es schmerzt dich, daß ich dir mit dem Verbrechen zuvorgekommen bin. Nicht das geht dir nahe, daß du diese gräßliche Mahlzeit genossen, sondern daß du sie nicht zubereitet. Du hattest im Sinne, deinem unwissenden Bruder gleiche Gerichte vorzusetzen, und mit Hülfe der Mutter, meine Kinder eines ähnlichen Todes sterben zu lassen; wenn du sie nur nicht für deine gehalten hättest.

Thyest. Die Götter werden Rächer seyn; und diesen übergeben dich meine Wünsche zur Strafe.

Atreus. Und dich zu strafen, will ich deinen Kindern überlassen.

Beurtheilung des Thyest.

So schließt sich dieses schreckliche Trauerspiel, dessen bloßer Inhalt, wenn er auch noch so trocken erzehlt wird, schon Entsetzen erwecken muß. Die Fabel ist einfach, und ohne alle Episoden, von welchen die alten tragischen Dichter überhaupt keine Freunde waren. Sie führten den Faden ihrer Handlung gerade aus, und verliessen sich auf ihre Kunst, ohne viele Verwicklung, fünf Acte mit nichts zu füllen, als was nothwendig zu ihrem Zwecke gehörte.

Atreus will sich an seinem Bruder rächen; er macht einen Anschlag; der Anschlag gelingt, und Atreus rächet sich. Das ist es alle; aber bleibt deswegen irgendwo unsere Aufmerksamkeit müßig? Es ist wahr, der Alte macht wenig Scenen;[1] allein wer hat es uns denn befohlen, derselben in jedem Aufzuge so eine Menge zu machen?

---

[1] wenig Scene; [1754]

Wir strengen das Gedächtniß unserer Zuhörer oft auf eine übermäßige
Art an; wir häufen Verwirrung auf Verwirrung, Erzehlung auf Erzehlung, und vergessen es, so zu reden mit Fleiß, daß man nicht viel
bencken muß, wenn man viel empfinden soll. Wenn der Verstand
arbeitet, so ruhet das Herz; und wenn sich das Herz zu zeigen hat, 5
so muß der Verstand ruhen können. — — Die Rache des Atreus
ist so unmenschlich, daß der Dichter eine Art von Vorbereitung nöthig
befunden hat, sie glaubwürdig genug zu machen. Aus diesem Gesichts-
puncte muß man den ganzen ersten Aufzug betrachten, in welchem er
den Schatten des Tantalus und die Furie nur deswegen einführet, 10
damit Atreus von etwas mehr, als von der Wuth und Rachsucht
seines Herzens, getrieben zu werden scheine. Ein Theil der Hölle und
das Schicksal des Pelopeischen Hauses muß ihn zu den Verbrechen
gleichsam zwingen, die alle Natur auf eine so gewaltige Art überschreiten. Zu der Handlung selbst trägt dieser Aufzug sonst gar nichts 15
bey, und das Trauerspiel würde eben so vollständig seyn, wenn es
auch erst bey dem zweyten Aufzuge seinen Anfang nähme. Ich werde
weiter unten noch eine andere Anmerckung hierüber machen — — Die
Einheit des Orts hat der Dichter glücklich beobachtet. Er läßt alles
vor dem königlichen Pallaste vor sich gehen, und nur in dem letzten 20
Aufzuge wird dieser Ort gleichsam erweitert, indem sich der Pallast
selbst öfnet, und den Thyest an der Tafel zeiget. Es muß dieses
ein ganz anderer Anblick gewesen seyn, als wenn ein jetziger Dichter
in gleichen Fällen den hintern Vorhang muß aufziehen lassen. Nur
wolte ich, daß der Römer bey dieser prächtigen Aussicht in einen starck 25
erleuchteten Speisesaal des Pallasts, ein wenig mehr Kunst angebracht
hätte. Atreus ist braussen vor dem Pallaste, und giebt selbst den
Befehl ihn zu öfnen: (Z. 901.)

                    turba famularis fores
          Templi relaxa; festa patefiat domus.   30

          Warum befiehlt er aber dieses? Der Zuschauer wegen, ohne
Zweifel, und wenn keine Zuschauer da wären, so würde er vielleicht
ohne diese weite Eröfnung zu seinem Bruder hinein gegangen seyn.
Ich würde es viel lieber sehen, wenn der Pallast gleich vom Anfange
des Aufzuges geöfnet wäre; Atreus könte in der Entfernung doch 35
wohl noch sagen, was er wollte, ohne von dem Thyest gehört zu

werden. So gut sich dieses bey der letzten Helfte seiner Rede thun
ließ, eben so gut hätte es auch bey der ersten geschehen können. — —
Es wäre gut, wenn ich bey der Einheit der Zeit, weiter nichts als
nur eben so eine Kleinigkeit zu erinnern hätte. Allein hier wird man
mit dem Dichter weniger zufrieden seyn können. Er setzt den Anfang
seines Stücks noch vor den Anbruch des Tages, und mußte nothwendig
einen Theil der Nacht zu Hülfe nehmen, weil er Geister wollte er=
scheinen lassen, und diese, nach der Meinung der Heiden, am Tage
nicht erscheinen durften. Die letzten Worte, welche die Furie zu den
Schatten des Tantalus sagt, zeigen es deutlich genug:

> En ipse Titan dubitat, an jubeat sequi,
> Cogatque habenis ire periturum diem.

Die Sonne also geht eben auf, als die Geister von der Bühne ver=
schwinden, und die Berathschlagungen des Atreus in dem zweyten
Aufzuge fallen am frühesten Morgen vor. Alles dieses hat seine Rich=
tigkeit. Aber nunmehr kömmt ein Punct, bey welchem es mehr wird
zu bedenken geben. Am Ende des zweyten Aufzuges beschließt Atreus
seine Söhne, den Menelaus und Agamemnon, an den Thyest
abzuschicken; und zu Anfange des dritten Aufzuges erscheinet Thyest
bereits mit seinen Söhnen. Was muß also in dem Zwischenraume
vorgefallen seyn? Atreus hat seinen Söhnen das Geschäfte auf=
getragen; sie haben es über sich genommen; sie haben den Thyest
aufgesucht; sie haben ihn gefunden; sie haben ihn überredet; er macht
sich auf den Weg; er ist da. Und wie viel Zeit kan man auf dieses
alles rechnen? Wir wollen es gleich sehen. Im vierten Aufzuge, nach=
dem Atreus den Thyest empfangen, nachdem er ihm alle Schmeiche=
leyen einer verstellten Aussöhnung gemacht, nachdem er ihm den könig=
lichen Purpur umlegen lassen, nachdem er sein grausames Opfer voll=
zogen, nachdem er das unmenschliche Mahl zubereitet, nach allem diesen,
sage ich, ist es, wenn die Sonne vor Entsetzen zurücke flieht, eben
Mittag. Der Dichter giebt diesen Zeitpunct in der 777ten Zeile:

> O Phoebe patiens, fugeris retro licet,
> *Medioque* ruptum merseris *coelo* diem etc.

und in der 792ten

> — — quo vertis iter
> Medioque diem perdis Olympo?

selbst an. Ist es nun aber da Mittag, so muß Thyest noch einige
Stunden vor Mittage angekommen seyn. Einige Stunden nach Sonnen=
Aufgang ward er gehohlt; und nun urtheile man selbst, wie viel Stun=
den zu obigem Zwischen=Raume übrig bleiben. Die natürlichste Ent=
schuldigung, die einem hieben einfallen kann, ist diese, daß man sagte,
Thyest müsse sich ganz in der Nähe aufgehalten haben; aber auch
mit dieser Nähe wird nicht alles gehoben seyn. Und wie nahe ist er
denn würdlich gewesen? Ich finde in dem ganzen Stücke zwey Stellen,
aus welchen sich dieser Umstand einigermassen bestimmen läßt. Die
erste sind die Worte des Atreus, Z. 297.

    — — relictis exul hospitiis vagus

      Regno ut miserias mutet etc.

Wenn hier hospitia einen Aufenthalt in ganz fremden Ländern, und
exul einen, der sich ausser seinem Vaterlande aufhält, bedeuten soll,
so wird die vorgebrachte Schwierigkeit nicht verringert, sondern unend=
lich vergrössert. Nicht Argos allein; der ganze Peloponnesus ge=
hörte dem Atreus, und hatte dem Thyest gehört, so lange er mit
seinem Bruder zugleich regierte. Soll sich dieser also ausserhalb dem=
selben befunden haben, so konnte er nicht in einigen Stunden, sondern
kaum in einigen Tagen herbey geschaft werden. Doch die andere
Stelle (Z. 412. u. f.) wird zeigen, daß man die erste in einem engern
Verstande nehmen müsse. Thyest sagt zu sich selbst:

    — — — repete sylvestres fugas,

    Saltusque densos potius, et mixtam feris,

    Similemque vitam. — —

Er hielt sich also nur in Wäldern verborgen, die freylich nicht allzu=
weit, aber auch nicht allzunahe seyn durften. Und in diesen mögen
ihn die Söhne des Atreus gesucht und auch sogleich gefunden haben,
so unwahrscheinlich es auch ist, daß sich ein Mann, der sich einmal
verbergen muß, nicht besser verbergen werde. Dennoch wird man
schwerlich die schleunige Ankunft desselben so leicht begreifen können,
als man sie, ohne anstößig zu seyn, begreifen sollte. Ich will mich
hierbey nicht länger aufhalten, sondern nur noch ein Wort von den
Charakteren sagen. — — Sie sind ohne Zweifel so vollkommen aus=
gedruckt, daß man wegen keines einzigen in Ungewißheit bleiben kann.
Die Abstechung, in welche übrigens der Dichter die beyden Brüder

gesetzt hat, ist unvergleichlich. In dem Atreus sieht man einen Un=
menschen, der auf nichts als Rache denckt, und in dem Thyest eines von
den rechtschaffenen Herzen, die sich durch den geringsten Anschein von Güte
hintergehen lassen, auch wenn ihnen die Vernunft noch so viel Ursachen,
nicht allzuleichtgläubig zu seyn, darbiethet. Was für zärtliche und edele
Gedancken äussert er, da er sich auf einmal blos deswegen für schuldig
erkennet, weil sein Bruder sich jetzt so gütig gegen ihm erzeige. Und
was für eine besorgte Liebe für diesen ruchlosen Bruder verräth die
einzige Wendung, da er eben sein Unglück erfahren soll, welches durch
die ganze Natur ein schreckliches Entsetzen verbreitet, und noch sagt:

   — — quicquid est, fratri precor

   Gnatisque parcat; omnis in vile hoc caput

   Abeat procella — —

Aber nun möchte ich wissen, warum der Dichter diesen vortreflichen
Charakter durch einen Zug hat schänden müssen, der den Thyest zu
nichts geringern, als zu einen Gottesleugner macht?

   — — et patrios deos

   (Si sunt tamen dii) cerno — —

Dieses sind fast seine ersten Worte, und ich gestehe es ganz gern, daß,
als ich sie zuerst las, ich mir einen sehr abscheulichen Thyest versprach.

Von andern alten Trauerspielen dieses Inhalts.

Das Alterthum hat mehr als eine Tragödie von der abscheulichen
Rache des Atreus gehabt, ob gleich nicht mehr als diese einzige auf
uns gekommen ist. Unter den Griechen hatten Agathon, Niko=
machus von Athen, Theognis, (nicht aber der Sittendichter,)
Kleophon, und andere diesen Stof bearbeitet; vornehmlich aber
Euripides, welchen ich zuerst hätte nennen sollen. Wenn uns das
Stück dieses Meisters übrig geblieben wäre, so würden wir vielleicht
sehen, daß ihm der Römer verschiedenes abgeborgt habe. Doch auch
in seiner eigenen Sprache hat es ihm hier nicht an Mustern, wenigstens
nicht an Vorgängern gefehlet, deren vielleicht jeder einen von den
Griechen nachgeahmet hatte. Nonius und Festus führen einen
Thyest des Ennius an; Fulgentius, einen Thyest des Pacu=
vius; Censorinus einen Thyest des Junius Gracchus; und
Quintilian einen von dem L. Varius. Wenn man dem Donat

und Servius glauben darf, so ist der eigentliche Verfasser dieses letztern Virgil gewesen. Er soll mit der Frau des L. Varius ein wenig vertraut gelebt, und ihr sein Stück gegeben haben. Von der Frau habe es der Mann bekommen, und dieser habe es alsbann unter seinem eigenen Namen öffentlich abgelesen. Virgil selbst soll auf 5 diese Begebenheit mit folgender Zeile in seinen Hirtengedichten zielen:

Quem mea carminibus meruisset fistula caprum.

Wenn aber die Begebenheit eben so ungewiß ist, als die Anspielung, so kann man sie ganz sicher unter diejenigen Mährchen rechnen, welche der Neid so gar gern auf die Rechnung grosser Geister schreibet. — — 10 Doch nicht diejenigen Stücke allein, welche den Namen Thyest führen, gehören hieher, sondern auch diejenigen, welche man unter der Benennung Atreus angezogen findet, und vielleicht auch wohl die, welche die Pelopiden überschrieben waren. Unter dem erstern Titel hat unter andern L. Attius ein Trauerspiel verfertiget, dessen Nonius 15 und Priscian gedencken. Aus den wenigen Zeilen, die sie daraus anführen, kann man nicht undeutlich schliessen, daß es mit unserm Thyest viel Gleichheit gehabt haben müsse. Ueber eine Stelle aber daraus kann ich nicht unterlassen, hier eine Anmerckung zu machen. Sie kömmt bey dem Nonius unter dem Worte *vesci* vor, und ist diese: 20

Ne cum Tyranno quisquam epulandi gratia
Accumbat mensam, aut eandem vescatur dapem.

Ich weiß nicht, ob ich der einzige seyn werde, dem es ein wenig wunderbar vorgekommen, daß Thyest bey einem öffentlichen Mahle ganz allein von den abscheulichen Gerichten habe essen können. Haben andere 25 mit ihm zu Tische gelegen, und sie sind ihm nur allein vorgesetzt worden, so hat er ja natürlicher Weise müssen Verdacht fassen. Hat ihm aber niemand an der Tafel Gesellschaft geleistet, wie es in unserm obigen Stücke zu seyn scheinet, wo nicht einmal Atreus mit ihm speiset, so hat ja diese Absonderung nothwendig auch Gebancken erregen 30 müssen. Diese Schwierigkeit also hatte der alte Attius vielleicht, wer weiß durch welchen glücklichen Einfall, gehoben. Wenigstens sind die angeführten Worte ein ausbrücklicher Befehl, daß sich niemand mit dem Thyest zu Tische legen, noch mit ihm von eben denselben Gerichten essen solle. Eine Ursache dieses Befehls wird er ohne Zweifel 35 auch angeführet haben, und zwar eine solche, die allein Argwohne

wegen der wahren Ursache vorzubeugen fähig war. Denn ohne diese
wäre der bloße Befehl noch weit schlimmer, als das völlige Stillschweigen über den bedenklichen Umstand gewesen; wie ein jeder auch
ohne mein Erinnern leicht einsehen wird.

Wahrscheinlicher Beweis, daß der rasende Herkules und der Thyest einen Verfasser haben.

Es ist hier noch nicht der Ort, zu zeigen, wem eigentlich das
eine und das andere dieser zwey Trauerspiele von alten Schriftstellern
beygelegt worden. Ich will thun als ob man gar keine Zeugnisse
hätte, und bloß aus ihren innern Kennzeichen so viel zu schließen
suchen, als in der Folge nöthig seyn wird, ein jedes von den zehn
Stücken kenntlich genug zu machen, um es mit Einsicht diesem oder
jenem beylegen zu können. Drey Stücke sind es, welche im Thyest
eben denselben Verfasser verrathen, den man im rasenden Herkules
hat kennen lernen; die Schreibart, die Kunst, die Fehler. Die Schreibart ist in beyden Stücken gleich kurz, gleich starck, gleich kühn, gleich
gesucht. Es herrscht durchaus einerley tragischer Pomp darinne; einerley
Wohlklang und einerley Art der Fügung. Alles dieses läßt sich ohne
Mühe entdecken, und will man diese Untersuchung ins Kleine treiben,
so wird man auch gar leicht gewisse Worte antreffen, die dem Verfasser so eigenthümlich sind, daß man sie schwerlich anderwärts wiederhohlt finden kann, ohne sich zu überreden, daß sie wohl das einemal
wie das andere aus eben derselben Feder könnten geflossen seyn. Ich
will eine einzige Probe von solchen Worten anführen. Man halte
den 1193ten Vers des Herkules:

　　　Quid hoc? manus refugit: hic *errat* scelus.

gegen den 473ten des Thyest:

　　　Rogat? timendum est: *errat* hic aliquis dolus.

Findet man nicht in beyden Stellen ein sehr gewöhnliches Wort in
einer sehr ungewöhnlichen Bedeutung gebraucht? Errare ist hier beydes-
mal so viel als subesse, und ich wenigstens kann mich nicht erinnern,
es bey irgend einem andern Schriftsteller in eben diesem Verstande
gelesen zu haben. Jedoch ich will dergleichen grammatische Anmerckungen
denjenigen überlassen, welchen sie eigentlich zugehören, und mich zu
dem zweyten Puncte wenden. Ueberhaupt zwar wird man die An-

merckung schon oben mit mir gemacht haben, daß sich in der Oekonomie
des Thyest weniger Kunst zeigt, als in dem rasenden Herkules;
gleichwohl aber ist in beyden ein gewisser Kunstgrif angebracht, an
welchem man die Hand ihres Meisters erkennet. Ich finde diesen
Kunstgrif in dem ersten Aufzuge sowohl des einen, als des andern,
und hier ist es, wo ich die oben versprochene Anmerckung darüber bey=
bringen will. Die Juno, welche in dem Herkules die Bühne er=
öfnet, hat ungemein viel ähnliches mit dem Tantalus und der
Megära, welche es im Thyest thun. Beyde sind als eine Art
von Prologen anzusehen; ich sage als eine Art, um sie von den ge=
wöhnlichen Prologen bey den Alten zu unterscheiden, die zu nichts als
zur Erklärung des Inhalts bestimmt waren, und mehr den Mangel
der Kunst, als die Kunst verrathen. Der römische Dichter hatte seine
Stücke so eingerichtet, daß sie aus sich selbst sattsam verstänblich waren,
und jener einleitenden Vorerinnerungen gar wohl entbehren konnten;
wie es denn offenbar ist, daß das eine wie das andre auch ohne die
ersten Aufzüge ganz seyn würde. Nur gewisse Wahrscheinlichkeiten
würden beyden ohne dieselben fehlen, die ihnen zwey verschiedene
Schriftsteller wohl schwerlich auf eine und eben dieselbe Art möchten
gegeben haben. In dem Herkules würde, wie wir schon gesehen, ohne
die vorläufige Einführung der Juno die Einheit der Handlung gelitten haben; und im Thyest, ohne die Vorbereitung der Furie,
die innere Wahrscheinlichkeit der Handlung, so sehr auch die Wahrheit
derselben durch die Geschichte ausser allem Zweifel gesetzt seyn konnte.
Diese Gleichheit nun, die ersten Aufzüge zu etwas mehr als zu blossen
trocknen historischen Einleitungen, welches sie in den meisten alten
Trauerspielen sind, zu machen, und durch sie einem etwanigen Tadel
zuvorzukommen, beweiset, sollte ich meinen, so ziemlich einerley Den=
kungsart, die sich in besondern Vergleichungen noch deutlicher zeigen
muß. Zum Exempel, in Schilderung der Charaktere[1] ist der Ver=
fasser des Herkules vollkommen der Verfasser des Thyest. Man.
erinnere sich aus jenem des Lycus und aus diesem des Atreus. Es
sind nicht nur beydes Tyrannen, sondern auch beydes Tyrannen von
einerley Grundsätzen, welches sie schwerlich seyn würden, wenn es nicht
die wiederholten Einfälle eben desselben Dichters wären. Lycus sagt:

---

[1] der Charaktern [1764]

    Qui morte cunctos luere supplicium jubet

    Nescit Tyrannus esse. Diversa irroga,

    Miserum veta perire, felicem jube.

Und Atreus sagt:

    De fine poenae loqueris, ego poenam volo.

    Perimat tyrannus lenis: in regno meo

    Mors impetratur.

Diese Gedanken könnten, ohne Zweifel, einander nicht gleicher seyn, und nur der Verfasser selbst kann das Recht haben, sich auf eine solche Art auszuschreiben. Ein Nachahmer aber läßt sich hier, auch um des= willen, nicht vermuthen, weil ausserdem weder der Dichter des Her= kules noch der Dichter des Thyest, als zwey verschiedene Dichter betrachtet, an Sinnsprüchen und schönen Gedanken so arm sind, daß einer dem andern ein solches Blümchen hätte stehlen dürfen — — Der dritte Punct, in welchem ich beyde Stücke sehr ähnlich finde, sind ihre Fehler. Als einen der größten hat man die häufigen Be= schreibungen bereits angemerkt. Man vergleiche aber nur die Be= schreibung des unterirdischen Reichs und der Thaten des Herkules, in dem britten Aufzuge dieses Trauerspiels, etwas umständlicher mit der Beschreibung des geheiligten Hayns, im vierten Aufzuge des Thyest, so wird man ohne Schwierigkeit in beyden Schildereyen eben denselben Pinsel, eben dieselben Farben entdecken. Beyde übrigens stehen auch vollkommen, die eine so wohl als die andre, ganz an der unrechten Stelle, und die Begierde zu mahlen muß bey dem Dichter ausserordent= lich groß gewesen seyn, daß er sie wenigstens nicht bis zur gelegenen Zeit hat mäßigen können. Ein andrer Fehler in unsern zwey Trauer= spielen, ist die öftere Auskrahmung einer zimlich gesuchten geographi= schen und astronomischen Gelehrsamkeit. An einem Orte in dem Her= kules habe ich den Dichter zwar dieserwegen gegen den P. Brumoy vertheidiget; (siehe oben S. 46. 47.)[1] allein man muß nicht glauben, .daß ich das, was einmal sehr wohl zu entschuldigen war, auch an allen andern Orten gut heissen wolle. Ich brauche dieses hier nicht weitläuftiger auszuführen, weil ich mich, in einer so deutlichen Sache, sicher auf die Unterscheidungskraft der Leser verlassen kann, und weil es überhaupt hier bloß auf die Gleichheit der Stellen, nicht aber auf

[1] [S. 193 dieser Ausgabe]

ihren innern Werth ankömmt. Man halte alſo folgendes aus dem
Herkules:

Quis Tanais, aut quis Nilus, aut quis Persica

Violentus unda Tigris, aut Rhenus ferox

Tagusve Ibera turbidus gaza fluens   5

Abluere dextram poterit?

gegen folgende aus dem Thyeſt:

Quaenam ista regio est, Argos et Sparte pios

Sortita fratres? et maris gemini premens

Fauces Corinthus? an feris Ister fugam   10

Praebens Alanis? an sub aeterna nive

Hyrcana tellus? an vagi passim Scythae?

beſonders aber den Chor des vierten Aufzuges im Thyeſt gegen den
Anfang des Herkules; und man wird ſich hoffentlich, alle angeführte
Umſtände zuſammen genommen, kein Bedenken machen, beyde Trauer= 15
ſpiele einem Verfaſſer zuzuſchreiben.

Von neuern Trauerſpielen, welche die Aufſchrift Thyeſt führen.

Auf dem italiäniſchen Theater ſtößt uns hier abermal Lud. Dolce
auf, welcher den lateiniſchen Thyeſt nach ſeiner Art in Verſen über=
ſetzt hat. Delrio ſagt von ihm: italice tragoediam Thyestem non 20
ineleganter Ludovicus Dulcis composuit; und ſcheint alſo die Arbeit
des Italiäners mehr für etwas ihm eignes, als für eine Ueberſetzung
zu halten. Als eine ſolche mag ſie auch wohl ſehr untreu gerathen
ſeyn, indem ihm, wie Brumoy anmerkt, ſo gar das oben gerühmte
agnosco fratrem entwiſcht iſt; deſſen Nachdruck er entweder nicht ein= 25
geſehen, oder in ſeine Sprache nicht überzutragen gewuſt hat. — —
Von der franzöſiſchen Bühne haben wir ſchon bey Gelegenheit des
Herkules, auch den Thyeſt des Roland Briſſet angeführet; er iſt
mit Chören, und wird alſo ſchwerlich etwas anders ſeyn, als eine
ſchlechte Ueberſetzung, wie ſie es zu ſeiner Zeit alle waren. Außer 30
dieſem hat auch ein gewiſſer Montleon 1633 einen Thyeſt drucken
laſſen. Deßgleichen will man von einem Thyeſt des Pouſſet de
Montauban wiſſen, der ſich aber nicht in der Sammlung ſeiner
Schauſpiele (von 1654 in 12mo) befindet. Man kennt dieſen Mon=
tauban als einen Freund des Racine, des Despreaux und 35

Chapelle, und behauptet so gar, daß er mit an des erstern Lustspiele
les Plaideurs arbeiten helfen. Doch alle diese drey französischen
Schriftsteller haben des Ruhms verfehlt, den ein neuer Dichter aus
ihrem Volke in diesen Schranken erwerben sollte. Ich würde mir daher
5 einen grossen Fehler der Unterlassung vorzuwerfen haben, wenn ich nicht

Von dem Atreus und Thyest des ältern Hrn. von Crebillon
etwas umständlicher handelte. Dieser schöne Geist, welcher, so zu reden,
mit dem Hr. von Fontenelle um die Wette lebt, kann, wenn er
will, auf den 29ten December dieses Jahres, sein theatralisches Jubi=
10 läum feyern. An diesem Tage nehmlich, vor funfzig Jahren, ward
sein erstes Trauerspiel in Paris zum erstenmale aufgeführt. Es war
dieses sein Idomeneus, mit welchem er Beyfall genug erhielt, um
sich aufmuntern zu lassen, der Tragödie, die damals in einer Art von
Entkräftung ganz darnieder lag, in seiner Person einen neuen würdigen
15 Dichter zu verschaffen. Die unnachahmlichen Werke des Corneille
und des Racine brachten alle, welche eben diese Bahn durchlaufen
wollen, zur Bewunderung nicht minder, als zur Verzweiflung. Sie
waren unfähig diesen grossen Meistern zu folgen, und gaben sich also
nur mit den kleinen Theilen dieser Dichtungsart ab. Einige mehr
20 schimmernde als natürliche Stellungen, einige ziemlich wohl ausgedrückte
Verse, machten den ganzen Werth ihrer Gedichte aus. Uebrigens war
weder glückliche Wahl des Stofs, noch kunstreiche Einrichtung darinnen
zu spüren; die Charaktere waren entweder falsch, oder verfehlt; die
Versification war hart und prosaisch. Das ist der wahre Abriß der
25 Stücke, welche eine Mademoiselle Barbier, ein la Grange=Chan=
cel, ein Velin, ein Pellegrin, ein Nadal, und andere von
diesem Schlage, lieferten. Unter diesen war also Crebillon gleich
Anfangs eine sehr wichtige Erscheinung, und man muß es ihm zu=
gestehen, daß er die Erwartung, die man von ihm hatte, nicht täuschte.
30 Man will sogar behaupten, daß er sich auf dem neuen Wege, welchen
er erwehlte, kühnlich zwischen den Corneille und Racine zu setzen
gewußt habe. Es ist mein Vorsaz nicht, diesen Lobspruch hier zu unter=
suchen, wo ich mich allein mit seinem Atreus und Thyest beschäf=
tigen will. Diesem Trauerspiele hat er zum Theil dasjenige Beywort
35 zu danken, durch welches ihn seine Landsleute vorzüglich zu charak=

terifiren pflegen. So wie ihnen Corneille der grosse, Racine
der zärtliche, Voltaire der prächtige heißt: so heißt ihnen
Crebillon der schreckliche. Wer sollte also nicht vermuthen, daß
er ein sehr starcker und kühner Copiste des lateinischen Thyest seyn
werde? Unter seiner Nation wenigstens mangelt es an Schriftstellern
nicht, (z. E. der Verfasser des Dictionaire portatif des Theatres,)
welche mit ausdrücklichen Worten sagen: Ce cruel sujet, traité par
Seneque, n'a pas été adouci par Mr. de *Crebillon*. Wie sehr sich
diese Herren aber betriegen, werden wir bald sehen. Es ist wahr=
scheinlich genug, daß sie das lateinische Original gar nicht mögen ge=
lesen haben; aber auch alsdenn hätten sie nicht nöthig gehabt, die
Wahrheit so weit zu verfehlen, wenn sie nur bey dem eignen Geständ=
nisse des Hrn. Crebillon geblieben wären. Er ist mit dem ganzen
Stoffe auf eine sehr eigenmächtige Art umgegangen, und hat so viel
Veränderungen damit vorgenommen, daß ich sie nothwendig vorher
anzeigen muß, ehe man einen kleinen Auszug aus seinem Stücke wird
verstehen können. Die Zeit der Handlung setzt er zwanzig Jahr nach dem
Verbrechen des Thyest, welcher die Aerope seinem Bruder, vor dem
Altare weg, muß geraubt haben. Er nimt an, Atreus habe zwar
seine entwandte Gemahlin durch Gewalt wieder bekommen, und sey
entschlossen gewesen, sie dem ohngeachtet seiner Liebe zu würdigen. Allein
diese habe sich mit dem Thyest schon zu weit eingelassen gehabt und
einen Sohn zur Welt gebracht, den sich jener nicht zueignen können.
Der erzürnte Atreus habe ihr darauf Gift beybringen lassen, und
es selbst aus einem ihrer Briefe ersehen, daß Thyest der Vater ihres
Sohnes sey, welchen der Dichter, nach Maßgebung der Geschichte,
Plisthenes nennet. Gleichwohl habe Atreus diesen Prinz als sein
eignes Kind auferziehen lassen, in dem festen Vorsatze, ihn künftig zu
dem Werckzeuge seiner Rache zu machen. Thyest sey unterdessen nach
Athen geflohen, wo er Schutz gefunden und eine andre Gemahlin ge=
nommen habe, mit welcher er eine Tochter, Namens Theodamia,
gezeugt. Atreus, der nunmehr geglaubet, daß Plisthenes, als ein
Jüngling von zwanzig Jahren, der sich in verschiedenen Feldzügen
schon rühmlich hervor gethan, reif genug sey, der Mörder seines Vaters
zu werden, habe mit dem Könige von Athen heimliche Unterhand=
lung gepflogen, und das Versprechen von ihm erhalten, daß er seinen

Bruder ausgeliefert bekommen solle, nur müsse er selbst vor Athen
kommen, und mit Gewalt darauf zu dringen scheinen. Atreus geht
also sogleich mit einer Flotte von Argos aus, die er den Lauf auf
die Insel Euböa nehmen läßt, damit Thyest nicht zu zeitig von
5 seinem Vorhaben Nachricht bekommen, und sich aus dem Staube machen
möge. Von Euböa aus will er alsdenn plötzlich wieder zurücksegeln
und vor Athen seyn, ehe es sich jemand versehen könne. Doch dieser
Vorsicht ungeachtet, erfährt Thyest das ihm drohende Unglück; flüchtet
nebst seiner Tochter auf einem Schiffe aus Athen fort, und will sich
10 während der Abwesenheit seines Bruders, wieder in Argos fest setzen,
um den Atreus durch diese Diversion wenigstens zu nöthigen, von
der Belagerung Athens abzustehen. Allein das Unglück verfolgt ihn,
und wirft ihn durch Sturm zu eben der Zeit gegen die Insel Euboea,
als Atreus wegen wiedrigen Windes mit seiner Flotte noch vor der=
15 selben liegen muß. Hier wird er und Theobamie von dem Pli=
sthenes selbst, unerkannter Weise, aus dem Wasser gerettet; und nun
müßte man die französische Tragödie ganz und gar nicht kennen, wenn
man etwas anders vermuthen könnte, als daß sich der Bruder in seine
Stiefschwester werde verliebt haben. Richtig! Unter diesen Umständen
20 fängt das Trauerspiel an, welches, Dank sey unter andern dem
Schiffbruche, nunmehr zu Chalcis, einer Stadt in Euboea vorgehen
kann, da man doch ganz gewiß vermuthen sollte, es werde entweder
in Argos, oder doch in Mycen vorgehen. Von dieser Erzehlung,
sieht man also wohl, stimmt das allerwenigste mit der Geschichte über=
25 ein. Doch da man dem tragischen Dichter nie ein Verbrechen daraus
gemacht hat, diese zu verändern; so würde es mir sehr übel stehen,
wenn ich den Herrn Crebillon deswegen tadeln wollte. Aber einer
andern Kleinigkeit wegen könnte ich ihn vielleicht mit mehrerm Rechte
tadeln; deswegen nehmlich, daß er die geographische Wahrscheinlichkeit
30 hin und wieder gar merklich verletzt habe. Denn man darf nur die
Charte von Griechenland vor sich nehmen, so wird man sich gar bald
wundern, was Thyest, der von Athen nach Argos schiffen wollte,
in dem Euripus zu suchen gehabt? und wie ihn ein Sturm bis
nach Chalcis habe verschlagen können? Man kann wohl die Ge-
35 schichte ändern; aber die Erdbeschreibung muß man ungeändert lassen.
Zwar wie hat Herr Crebillon wohl vermuthen können, daß ein

ängstlicher Deutscher seine Werke so genau betrachten werde? Kein
Wort also mehr davon. Man wirft denen, die sich an solche Schwierig=
keiten stossen, nur allzuoft vor, daß sie unfähig wären, wesentlichere
Schönheiten zu empfinden. Diesen Vorwurf möchte ich nicht gern zu
verdienen scheinen. Ich komme auf den Auszug des Stückes selbst: 5
     Erster Aufzug. Atreus giebt Befehl, daß sich die Flotte
fertig halten solle, wieder unter Segel zu gehen. Er bleibt hierauf mit
seinem Vertrauten, dem Euristhenes, allein, und entdeckt ihm sein
Vorhaben; daß Plisthenes sein Sohn nicht sey, sondern daß er ihn
nur beswegen so lange dafür ausgegeben, um sich an den Thyest,   10
durch die eigne Frucht seiner lasterhaften Liebe, rächen zu können. Diese
Scene ist zum Theil eine Nachahmung des zweyten Acts des latei=
nischen Dichters. In der folgenden erscheint Plisthenes, welchen sein
vermeinter Vater vor sich kommen lassen, um einen Eid von ihm zu
nehmen, daß er ihn nach Gefallen an seinem Feinde rächen wolle.   15
Plisthenes ist so unvorsichtig, diesen Eid zu thun, ehe er es noch
weis, wer der Feind des Atreus sey. Er hört endlich, daß es Thyest
sey, auf welchen diese ganze Zurüstung ziele; er erschrikt und will sein
Wort wieder zurük nehmen. Er verspricht zwar, allenfalls der Sieger
seines Vetters zu seyn; aber nicht sein Henker. Doch Atreus hält   20
ihn bey seinem Eide, und geht ab. Plisthenes beklagt sich gegen
seinen Vertrauten den Thessander, und tröstet sich einzig damit,
daß er vor Athen schon den Tod wolle zu finden wissen. Endlich
erkläret er ihm auch seine Liebe gegen die unglückliche Unbekannte, die
er nebst ihrem Vater aus den Wellen errettet habe. Sie ist es selbst   25
die diesen Auftritt unterbricht. Theobamia kömmt mit ihrer Ver=
trauten der Lonide, und bittet den Prinzen um ein Schif für ihren
Vater, weil sie gehört habe, daß die Flotte noch heut von Euboea
abstossen solle. Der Prinz betauert, daß er für sich nichts thun dürfe,
und verweiset sie an den Atreus, von dem sie die Erfüllung ihres   30
Wunsches um so viel eher erwarten könne, da er sie schon bereits den
ersten Tag sehr gnädig empfangen, und ihr allen Beystand versprochen
habe. Er spricht ihr hierauf von seiner Liebe, und will verzweifeln,
weil er sie vielleicht nie wieder werde zu sehen bekommen. Er erkun=
biget sich nach ihrem Vaterlande, nach der Ursache ihrer Reise, und   35
fragt sehr galant, ob ihre Reize nur das einzige seyn sollten, was er

von ihr kennen dürfe? Theodamie giebt ihm eine kurze Antwort;
er sieht, daß sie ihm ein Geheimniß daraus machen wolle; verspricht
aber dennoch bey seinem Vater für sie zu sprechen, so nachtheilig es
auch seiner Liebe seyn möge. Er geht ab und läßt die beyden Frauen-
5 zimmer allein. In dieser Scene nun erfährt es der Zuhörer wer
Theodamie und ihr Vater sind, und erfährt auch zugleich, daß die
erstere gegen die Liebe des Plisthenes nicht eben unempfindlich sey.
Sie bittet die Götter, den Thyest vor dem Atreus zu verbergen,
und hält es schon für Unglük genug, daß die Tochter des Thyest
10 den Sohn des Atreus liebe, für welchen sie ihren Prinzen nicht anders als noch halten kann. Sie begiebt sich weg, ihrem Vater von
der Wirkung ihrer gethanen Bitte Nachricht zu geben. Zwenter
Aufzug. Thyest und Theodamie eröfnen ihn. Der Vater bringt
in seine Tochter, daß sie bey dem Atreus um ein Schiff bitten soll,
15 und alle ihre Einwendungen von der Gefahr, die dabey zu besorgen
sey, sind umsonst. Er will auf dem Schiffe, wenn er es bekommen
sollte, nach Athen wieder zurük gehen, damit ihn die feindliche Flotte
nicht verhindere, diesem seinen einzigen Zufluchtsorte mit Rath und
Hülfe beyzuspringen. Er sieht seinen Bruder kommen und entfernt sich.
20 Ehe Atreus noch die Theodamie anredet, meldet ihm Alcime-
bou, einer von den Officieren der Flotte, daß ein von Athen kommendes Schif die Nachricht mitgebracht, daß sich Thyest schon seit
einem Monate nicht mehr daselbst aufhalte. Er will den Patron des
Schiffes selbst sprechen, und nachdem er Befehl gegeben, ihn herbey zu
25 bringen, fragt er die Theodamie, was ihr Begehren sey? Sie trägt
ihre Bitte vor, und antwortet ihm auf verschiedene Fragen, die er ihr
wegen ihres Unglüks, wegen ihrer Reise, wegen ihres Vaters vorlegt.
Endlich erinnert er sich, daß er diesen leztern noch nicht gesehen, und
will wissen, warum er sich vor ihm verborgen halte? Die Tochter ent-
30 schuldiget ihn, mit seinen kränklichen Umständen; doch dieser Entschuldigung ohngeachtet schickt er einen von seiner Wache ab, und will den
unglücklichen Fremdling mit aller Gewalt sehen. Die Wache bringt
ihn. Er thut eben die Frage an ihn, die er an seine Tochter gethan
hatte; bekömmt aber ganz widersprechende Antworten darauf. Endlich
35 erkennt er den Thyest an der Stimme, und noch mehr, wie er sagt,
an den plötzlichen Aufwallungen seines Zornes. Thyest verleugnet

sich nicht lange, und Atreus will ihn sogleich durch seine Trabanten
ermorden lassen, als er sich noch besinnt, daß er dem Plisthenes
diesen Mord vorbehalten müßte. Plisthenes erscheint; erfährt, daß
der Vater seiner Geliebten Thyest sey, und nimmt sich desselben mit
solchem Nachdrucke an, daß Atreus genöthigt ist, seinen Zorn zu ver: 5
bergen, und sich versöhnt zu stellen. Auf diese erfreuliche Veränderung
gehen alle ab; im Abgehen aber giebt Atreus dem Euristhenes
noch Befehl, diejenigen von den Soldaten bey Seite zu bringen, welche
dem Plisthenes etwa am meisten ergeben seyn könnten, und sich
selbst an diesem Orte wieder bald bey ihm einzufinden. Dritter Auf: 10
zug. Atreus freuet sich, daß er den Thyest nunmehr in seiner
Gewalt habe. Er hat es gemerkt, daß Plisthenes die Theodamie
liebe, und ist entschlossen beyde dieser Liebe zu überlassen, von der
er es fast nur allein wußte, wie lasterhaft sie sey. Ja diese lasterhafte
Liebe soll ihm so gar das Mittel werden, wodurch er den Plisthenes 15
desto eher zur Ermordung des Thyest zu bringen denkt. Er hatte ihn
durch den Euristhenes vor sich fordern lassen; er führt ihm seinen
gethanen Eid zu Gemüthe und läßt ihm die Wahl, ob er den Thyest
sogleich selbst ermorden oder seine Geliebte vor seinen Augen sterben sehen
wolle. Vergebens beruft sich der Prinz auf die geschehene Aussöhnung, 20
und will lieber selbst sterben, als das Werkzeug zu einer so unmenschlichen
That seyn: Atreus sieht den Thyest kommen, wiederhohlt seinen drohenden Befehl nochmals, und läßt ihn mit ihm allein. Dieser dankt dem
Plisthenes für seine ihm erwiesene Freundschaft, und versichert ihn einer
Liebe, die seiner väterlichen Liebe gegen seine Tochter gleich komme. 25
Plisthenes thut desgleichen, und gesteht, gegen den Thyest eine Zuneigung zu fühlen, die sein Herz mit ganz unbekannten Regungen erfülle.
Er giebt ihm von weiten alle das Unglück zu verstehen, das über seinem
Haupte hänge, und giebt ihm eben den Rath zu fliehen, als Atreus
wieder herein tritt. Er sagt ihm mit wenig Worten, daß er seinen Un: 30
gehorsam schon zu bestrafen wissen wolle, und schickt ihn fort. Thyest
erstaunt über diese Drohungen, wird aber auf eine gebietherische Art
von seinem Bruder erinnert, daß er sich deswegen zufrieden stellen
solle, weil sie nichts beträffen, was ihn angehen könne. Sobald
Atreus allein ist, läßt er seinen Verdruß über die verzögerte Rache 35
aus, und entschließt sich, den Thyest zwar leben zu lassen, aber

ihn sonst auf eine weit schreklichere Art zu strafen. Vierter Aufzug.
Plisthenes erscheint, mit seinem Vertrauten, voller Wuth, nachdem
er alle Anstalten zu einer plötzlichen Flucht nehmen lassen. Er kann
weder den Thyest noch die Theodamie finden, und ist besonders
wegen der letztern in der grausamsten Unruhe, als er sie zitternd und
weinend auf sich zu kommen sieht. Sie sagt ihm, daß sie wegen ihres
Vaters in den äussersten Sorgen sey, welcher wie rasend in dem Pallaste
herum irre, und dem Atreus den Dolch in das Herz stossen wolle,
weil er gewiß glaube, daß der Tyrann sowohl seinen als des Pli=
sthenes Tod geschworen habe. Der Prinz will ihn aufsuchen, aber
Thyest erscheinet selbst, und erfreut sich, daß seine Furcht vergebens
gewesen, in der er den Plisthenes schon für ermordet gehalten.
Dieser bringt mit aller Gewalt in ihn, sich sogleich auf die Flucht
zu machen, und will ihm seinen Vertrauten mitgeben, welcher ihn bis
in den Hafen bringen solle. Doch Thyest hält es für seiner Ehre
unanständig, sich zu retten, und denjenigen, dem er diese Rettung
würde zu danken haben, der größten Gefahr seinetwegen ausgesetzt zu
wissen. Während diesem großmüthigen Weigern kömmt Atreus dazu.
Er sieht ihre Bestürzung, und nimt von derselben Gelegenheit, auf
einmal sich als eine ganz veränderte Person zu zeigen. Er sagt, der
Himmel habe sein Herz verändert, und alle Rache daraus vertilget;
und damit er seinen Bruder von der Aufrichtigkeit dieses Bekennt=
nisses überzeugen möge, entdeckt er, wer Plisthenes sey, und zu
was für einer grausamen That er ihn bestimmt gehabt habe. Die
Erkennung ist rührend, und Plisthenes sieht mit Entsetzen auf die
Laster zurück, in die ihn sein grausames Schicksal beynahe gestürzt
hätte. Fast wäre er ein Vatermörder und ein Blutschänder geworden!
Doch Atreus will dieses, daß er dem Thyest seinen Sohn wieder=
schenkt, nicht die einzige Versicherung seiner völligen Aussöhnung seyn
lassen; sondern erbietet sich auch, mit seinem Bruder aus dem väter=
lichen Becher zu trinken, welcher für die Söhne des Tantalus eben
das sey, was den Göttern der Schwur bey dem Styx zu seyn pflege.
Thyest nimmt dieses Erbieten an, und es gehen alle mit einem Scheine
von Zufriedenheit ab; nur Plisthenes behält Verdacht, und giebt
seinem Vertrauten Befehl, die Schiffe im Hafen noch immer in Be=
reitschafft zu halten. Fünfter Aufzug. Auch zu Anfange dieses Auf=

zuges kämpfet er noch mit schrecklichen Ahndungen. Theffander will ihn beruhigen, und räth ihm, nicht zu entfliehen, weil diese Flucht den Atreus aufs neue aufbringen möchte, welcher sich jezt gegen den Thyeft ganz ausnehmend freundschaftlich bezeige, und ein präch= tiges Feft ihm zu Ehren anstellen laffe. Doch dem ohngeachtet hört Plifthenes nicht auf, zu fürchten, und schickt den Theffander fort, die Theodamie abzuholen, und sich mit ihr nach den Hafen zu begeben. Er felbft will den Thyeft in gleicher Absicht auffuchen, und eben fortgehen, als Atreus mit feiner Wache herein tritt, und ihm aus der vorgefezten Flucht, die er erfahren habe, ein Verbrechen macht, unter deffen Vorwande er ihn zum Tode verdammt. Pli= fthenes entschuldiget sich nur wenig, und ist bloß für feinen Vater und feine Schwefter beforgt, von welchen er versichert, daß sie keinen Antheil an feiner Veranftaltung zur Flucht gehabt hätten. Er bittet für sie; doch der Tyrann läßt ihn von der Wache fortschleppen, um ihn in der schmerzlichsten Ungewißheit von dem Schickfale diefer ge= liebten Perfonen hinrichten zu laffen. Nunmehr frohlocket Atreus vor sich felbft, und kizelt sich im voraus mit der Rache, die er durch das Blut des Sohnes gegen den Vater ausüben wolle. Beynahe er= schrickt er zwar felbft, über feinen graufamen Anschlag; doch er erinnert sich gar bald wieder, daß er Atreus fey, und den Thyeft, wenn er ihn ftrafen wolle, nicht anders als auf eine unerhörte Art ftrafen müffe. Der unglückliche Bruder erscheint mit einem Gesichte, auf welchem sich Furcht und Traurigkeit zeigen. Er bittet, um wieder ruhig zu werden, daß man feine Kinder zu ihm laffe, und Atreus hält ihn fo lange mit zweydeutigen Tröftungen auf, bis der väterliche Becher herbey gebracht wird. Thyeft ergreift ihn, und will ihn an den Mund bringen, als er das Blut darinne gewahr wird. Er er= schrickt; feine Tochter kommt dazu und meldet den Tod ihres Bruders; er merkt, daß es das Blut feines Sohnes fey, und bricht gegen den Atreus in Vorwürfe und Verwünfchungen aus. Er verlangt nicht länger zu leben; doch eben darum, weil ihm das Leben nunmehr zur Laft fey, will es ihm der Tyrann laffen. Doch Thyeft verschmähet diefe graufame Gnade, und erftickt sich felbft. Sterbend beruhiget er noch feine Tochter, und läßt sie auf die Rache des Himmels hoffen. Atreus geht mit feiner Bosheit zufrieden ab, und das Stük schließt = = =

Ich habe diesen troknen Auszug nicht in der Absicht vorgelegt, den Werth des Dichters daraus zu bestimmen; ich würde sonst eben so thörigt seyn, als derjenige, welcher nach einem Skelet die völlige Schönheit beurtheilen wollte, welche der ganze Körper könne gehabt haben. Wie man aber doch aus dem Skelet wenigstens auf etwas schliessen kann, nehmlich auf den regelmässigen Bau der Glieder; so wird auch mein Auszug wenigstens darzu nützen können, daß man ohngefehr die Art und Weise sieht, mit welcher ein neuer Dichter einen so alten und von den Sitten unsrer Zeit so abweichenden Stof habe bearbeiten können. Nach meinem Urtheile kann man dem Hrn. Crebillon wohl weiter nichts vorwerfen, als daß er seinen Atreus und Thyest ein wenig gar zu neumodisch gemacht; daß er die Haupthandlung mit einer unnöthigen Episode, und zwar mit einer verliebten Episode, geschwächt, und das Ganze durch die Einführung so vieler Vertrauten, welches immer nichts anders als sehr frostige Personen sind, die bloß die Monologen müssen vermeiden helfen, matt gemacht habe. Wie weit er aber überhaupt unter dem Schrecklichen des lateinischen Dichters geblieben sey, wird man schon von sich selbst abgenommen haben. Er hat die stärksten Züge in seinem Muster unberührt gelassen, und ausser dem so gelinderten Hauptinhalte, kaum hier und da einige glänzende Gedanken von demselben erborgt. Doch auch diese hat er oft ziemlich gewässert, und die Stärcke gar nicht gezeigt, mit welcher der ältere Corneille die schönsten und prächtigsten Gedanken der römischen Trauerspiele in seine überzutragen wußte. Einigemal ist es ihm so ziemlich gelungen; besonders bey dem agnosco fratrem, welches er durch folgende Zeile ausgedrückt hat:

A. Meconnois-tu ce sang? *Th.* Je reconnois mon frere.

Auch noch eine Stelle hat er sehr wohl anzuwenden gewußt, und zwar eine solche, welche manchem Ausleger des alten Dichters selbst nicht recht verstänblich gewesen ist. Ich meine die 1052te Zeile:

Sceleri modus debetur, ubi facias scelus,
Non ubi reponas — —

welche er sehr kurz und schön so übersezt hat:

Il faut un terme au crime, et non à la vengeance.

Ich will zum Schlusse noch das mittheilen, was Herr Crebillon selbst von diesem seinem Stücke sagt. Es ist ein Theil der Vor-

rede, in welchem man verschiedene hieher gehörige Gedanken finden
wird. „Fast ein jeder, sagt er, hat sich wider den Inhalt dieses Trauer=
„spiels empört. Ich kann weiter nichts darauf antworten, als dieses,
„daß ich nicht der Erfinder davon bin. Ich sehe wohl, daß ich Un=
„recht gethan habe, mir die Tragödie allzusehr als eine schrekliche
„Handlung vorzustellen, die den Zuschauern unter rührenden Bildern
„müsse gezeigt werden, und die sie zum Mitleiden und Schrecken be=
„wegen solle, doch ohne Züge, welche den Wohlstand und die Zärtlich=
„keit beleidigen könnten. Es kömmt also nur darauf an, ob ich diesen
„so nöthigen Wohlstand beobachtet habe. Ich glaube mich dessen
„schmeicheln zu dürfen. Ich habe nichts vergessen, was meinen Stof
„lindern und unsern Sitten gemäß einrichten könne. Um den At r e u s
„unter keiner unangenehmen Gestalt zu zeigen, lasse ich die A e r o p e
„von dem Altare selbst entführet werden, und setze diesen Prinz, (wenn
„ich hier diese Vergleichung brauchen darf,) gerade in eben den Fall
„des bezauberten Bechers bey dem l a F o n t a i n e.
L'etoit-il? ne l'etoit-il point?
„Ich habe durchaus die Fabel verändert, um seine Rache weniger
„schrecklich zu machen, und mein At r e u s ist bey weiten nicht so grau=
„sam, als der At r e u s des Seneca. Ich habe mich begnügt, für den
„T h y e st alle den Greuel des von seinem Bruder ihm bestimmten
„Bechers fürchten zu lassen, und er bringt nicht einmal seine Lippen
„daran. Ich gestehe es zwar, daß mir diese Scene selbst schrecklich
„schien. Es überfiel mich ein Schauder; aber nichts destoweniger glaubte
„ich, daß sie sich in ein Trauerspiel sehr wohl schicke. Ich sehe nicht,
„warum man sie mehr davon ausschliessen solle, als die Scene in der
„R o d o g u n e, wo C l e o p a t r a, nachdem sie einen von ihren Söhnen
„schon ermordet, den andern vor den Augen der Zuschauer vergiften
„will. So unwillig man auch gegen die Grausamkeit des At r e u s
„gewesen, so glaube ich doch nicht, daß man ein vollkommener Bild
„auf die tragische Scene bringen könne, als das Bild von der Stel=
„lung des unglücklichen T h y e st, welcher sich ohne Hülfe der Wuth
„des barbarischsten unter allen Menschen ausgesetzt sieht. Ob man sich
„nun aber schon von seinen Thränen und seinem Jammer erweichen
„ließ; so blieb man mir dennoch deswegen aufsätzig. Man hatte die
„Güte, mir alle Abscheulichkeit der Erfindung zu lassen, und rechnete

„mir alle die Lasterthaten des A t r e u s an. An einigen Orten be=
„trachtet man mich auch noch als einen fürchterlichen Menschen, bey
„welchem man nicht recht sicher sey; gleich als ob alles, was der Witz
„erdenket, seine Quelle in dem Herzen haben müsse. Eine schöne
5 „Lection für die Schriftsteller, welche sie nicht nachdrücklich genug wird
„lehren können, mit wie vieler Behutsamkeit sie vor dem Publico er=
„scheinen müssen. Ein artiges Frauenzimmer, welches sich in Gesell=
„schaft mit ehrbaren Scheinspröden befindet, darf sich lange nicht mit
„so vieler Sorgfalt beobachten. Und endlich hätte ich mir es nimmer=
10 „mehr vorgestellt, daß in einem Lande, in welchem es so viel gemiß=
„handelte Ehemänner giebt, A t r e u s so wenig Vertheidiger finden sollte.
„Was die doppelte Aussöhnung, die man mir vorwirft, anbelangt,
„so erkläre ich gleich voraus, daß ich mich in diesem Puncte niemals
„für schuldig erkennen werde. A t r e u s erziehet den P l i s t h e n e s,
15 „um einmal den T h y e st durch die Hände seines eigenen Sohnes um=
„bringen zu lassen; er erschleicht von diesem jungen Prinzen einen
„Eid, welcher aber gleichwohl bey Erblickung des T h y e st nicht ge=
„horchet. A t r e u s kann also zu nichts andern seine Zuflucht nehmen,
„als zur Verstellung; er erdichtet ein Mitleiden, welches er nicht fähig
20 „ist, zu empfinden; er bedient sich hierauf der allergewaltsamsten Mittel,
„den P l i s t h e n e s zur Vollziehung seines Eides zu vermögen, von
„welcher dieser aber durchaus nichts wissen will. A t r e u s, welcher
„sich an dem T h y e st auf eine seiner würdige Art rächen will, muß
„also nothwendig zu einer zweyten Versöhnung schreiten. Ich getraue
25 „mir zu sagen, daß dieser grausame Prinz alle Geschicklichkeit anwendet,
„die ein Betrieger nur immer anwenden kann. Es ist unmöglich, daß
„T h y e st dieser Falle entgehen sollte, wenn er auch schon selbst ein
„eben so grosser Betrieger wäre, als sein Bruder. Man darf das
„Stück nur ohne Vorurtheil lesen, so wird man finden, daß ich nicht
30 „Unrecht habe. Je betriegerischer aber A t r e u s ist, desto besser habe
„ich seinen Charakter ausgedrückt; weil Verrätherey und Verstellung
„fast immer von der Grausamkeit unzertrennlich sind 2c.“

Von den übrigen lateinischen Trauerspielen in den folgenden
Stücken.

VIII.

Des Hrn. Ludewig Riccoboni

Geschichte der italiänischen Schaubühne.

Nachricht von dem Verfasser.

Ludewig Riccoboni war ein Modeneser von Geburt, welche ohngefehr in die Jahre 1682 oder 83 fällt. Er mochte aus einer ganz guten Familie seyn, weil er selbst, an einem Orte seiner Schriften, den Antonius Riccoboni, einen Professor zu Padua, aus der Mitte des sechzehnten Jahrhunderts, für einen seiner Vorfahren wahrscheinlicher Weise hält. Er mußte aber sehr jung diejenige Lebensart ergriffen haben, in welcher er sich hernach auf eine doppelte Art sehr rühmlich hervorthat. Denn schon in seinem zwey und zwanzigsten Jahre, wie man es weiter unten aus seinem eignen Munde hören wird, war er das Haupt einer Gesellschaft von Schauspielern, die in den Städten der Lombarden und besonders zu Venedig mit vielem Beyfalle spielte. Er gab sich ganzer zehn Jahre lang in seinem Vaterlande sehr viel Mühe, die Bühne aus ihrem damaligen Verfalle wieder in die Höhe zu bringen, und sie besonders von dem unregelmäßigen Wuste zu reinigen, welcher damals auf derselben herrschte. Doch weil ihm diese Bemühungen so glücklich nicht ausschlagen wollten, als sie es wohl verdient hätten, ward er es überdrüßig, unter einem Volke nur Undank damit zu verdienen, dessen Hauptgeschmack auf nichts als Possen ging. Er nahm also den Vorschlag an, den man ihm damals that; nehmlich eine Gesellschaft italiänischer Schauspieler für den König von Frankreich zusammen zu bringen, und mit derselben nach Paris zu gehen. Er langte daselbst im May 1716 an. Sein Theatername, unter welchem er sich bekannt machte, war Lelio. Als Acteur fällte man das Urtheil von ihm, daß ihm zwar das Anmuthige und Reizende fehle, daß sich aber sein finstres Ansehen vollkommen wohl schicke, traurige und übertriebene Leidenschaften auszubrücken, die auch in der That niemand besser und wahrscheinlicher vorgestellt habe, als er. Er blieb auf dem italiänischen Theater zu Paris bis 1729, in welchem Jahre

er daſſelbe mit ſeiner Frau und ſeinem Sohne, verließ, und eine Haus=
hofmeiſterſtelle bey dem Herzoge von Parma annahm. Nach dem Tode
dieſes Herzogs kam er zwar wieder nach Paris, nicht aber wieder
auf das Theater, von welchem er für ſich und ſeine Frau eine doppelte
5 Penſion, jede von 1000 Livres, beybehalten hatte. Er ſtarb den
6ten December 1753. Als einen Theatraliſchen Schriftſteller hatte er
ſich ſchon bekannt gemacht, ehe er aus ſeinem Vaterlande ging; doch
hat er ſeine vornehmſten Werke in Frankreich, und zwar auch fran=
zöſiſch, geſchrieben. Unter die erſtern, die er italiäniſch abgefaßt, ge=
10 hören verſchiedne Luſtſpiele, und ein Gedicht über die Kunſt zu decla=
miren, welches den Titel l'Arte representativa führet. Auch hat er
eine Sammlung alter italiäniſcher Stücke beſorgt, welche er für ge=
ſchickt hielt, den Ausländern eine beſſere Meinung von der eigentlichen
dramatiſchen Poeſie ſeiner Landsleute beyzubringen. Diejenigen Luſt=
15 ſpiele, welche er in Paris für das italiäniſche Theater machte, ſind
weder ganz welſch, noch ganz franzöſiſch, ſondern die Scenen ſind aus
beyden Sprachen vermengt. Dergleichen ſind ſein Pere partial, ſeine
Diana et Endymion und ſein Italien marié à Paris, welche Stücke
er ganz allein, ſo wie folgende, la Desolation des deux Comedies,
20 le Procès des Theatres, und la Foire renaissante, in Geſellſchaft
mit dem Hrn. Dominique verfertiget hat. Diejenigen Werke aber,
die er ganz franzöſiſch geſchrieben hat, und die man ohne Zweifel für
ſeine beträchtlichſten halten muß, ſind ſeine Histoire du Theatre Italien, und ſeine Reflexions historiques et critiques sur les differens
25 Theatres de l'Europe. Die erſtere beſtehet aus zwey Theilen in
groß Octav, deren erſter 1727 und der zweyte 1731 zu Paris an das
Licht getreten ſind. Jener enthält die Geſchichte des italiäniſchen Theaters,
wovon nachſtehendes eine Ueberſetzung iſt; ein Verzeichniß aller welſchen
Komödien und Tragödien, und eine Abhandlung über das Trauerſpiel
30 der Neuern. Dieſer beſtehet aus Auszügen aus fünf der beſten italiä=
niſchen Tragödien, und eben ſo vielen Komödien, welchen noch ein
Brief des Rouſſeau an den Verfaſſer, nebſt der Antwort vorgeſetzet,
und die in Kupfer geſtochenen Charaktere der welſchen Bühne, nebſt
einer Erklärung, beygefügt worden. Die Reflexions des Hrn. Ricco=
35 boni kamen das erſtemal 1738 heraus, und betreffen die italiäniſche,
die ſpaniſche, die franzöſiſche, die engliſche, die holländiſche und die

deutsche Bühne. Am Ende hat der Verfasser noch Pensées sur la Declamation hinzugethan, welche man aber nicht mit dem oben angeführten Gedichte vermengen muß.

Ich verspare es auf ein andermal von diesem oder jenem genannter Aufsätze nähere Nachricht zu geben, wie man denn auch seiner Frau und seines Sohnes, welche beyde noch leben, bey einer andern Gelegenheit soll gedacht finden.[1]

[Seite 166, Anmerkung.[2]]

Ich will aus diesem Verzeichnisse, welches in eben diesem Theile der Geschichte der italiänischen Bühne vorkömmt, ein andermal die vornehmsten anführen. Ueberf.

[Seite 199, Anmerkung.[3]]

Hier wird eben der rechte Ort seyn, einen Fehler wieder gut zu machen, den ich, oben auf der 135. Seite,[4] in meiner Handschrift zu verbessern vergessen hatte. Es erhellt nehmlich aus den Datis, welche Herr Riccoboni hier einfliessen lassen, daß er 1677. und nicht 1682. oder 83. wie ich aus einem andern Umstande geschlossen hatte, müsse seyn gebohren worden. Ueberf.

[Seite 212, Anmerkung.[5]]
Bis auf das Jahr 1727. versteht sich.

---

[1] [Hier folgt die Übersetzung der Geschichte der italiänischen Schaubühne in acht Hauptstücken, doch ohne Riccobonis Avertissement au lecteur, ohne seine verschiedenen Verzeichnisse der italienischen Dramatiker, Trauerspiele und Lustspiele und ohne seine Dissertation sur la tragedie moderne. Außer den drei oben mitgeteilten Anmerkungen fügte Lessing zu der Übersetzung nichts hinzu.]
[2] [Zu folgenden Worten des vierten Hauptstücks: „Diesen zwey geschickten Männern (Ariost und Trissino) folgte eine grosse Anzahl von Dichtern, welche vortrefliche Komödien, Theils in Prosa, Theils in Versen, verfertigten, und von welchen man mein Verzeichniß nachsehen kann."]
[3] [Zu folgenden Worten des siebenten Hauptstücks: „Als ich im Jahre 1690, in einem Alter von dreyzehn Jahren, die Bühne zu besuchen anfing, ꝛc."]   [4] [S. 243, Z. 6. dieser Ausgabe]
[5] [Zu folgenden Worten des achten Hauptstücks: „Dieses ist die Geschichte des italiänischen Theaters bis auf die letzten Zeiten."]

IX.

Auszug aus der Sophonisba des Trißino
und der Rosemonda des Ruccelai.

In dem vierten Hauptstücke der vorhergehenden Geschichte der italiänischen Schaubühne, wird man angemerkt haben, daß die Sophonisba des Trißino und die Rosemonda des Ruccelai für die ersten italiänischen Trauerspiele anzusehen sind, welche nach den Regeln und in dem Geschmacke der Alten in dieser Sprache verfertiget worden. Ich vermuthe daher, daß man begierig seyn wird, sie näher kennen zu lernen, und in dieser Vermuthung will ich die Auszüge mittheilen, welche eben der Herr Riccoboni, in dem zweyten Theile seiner Geschichte, davon geliefert hat. Sie werden in dieser Bibliothek schwerlich einen bessern Platz finden können.[1]

X.

Auszug aus der Calandra
des Kardinal Bernardo da Bibiena.

Auch aus diesem Stücke, welches man in dem vierten Hauptstücke der obigen Geschichte, als das erste regelmäßige italiänische Lustspiel hat kennen lernen, wird man hoffentlich einen Auszug hier nicht ungern finden. Er ist gleichfalls von dem Herrn Riccoboni.[2]

Drittes Stück.

1755.

XI.

Des Abts du Bos

Ausschweifung

von den theatralischen Vorstellungen der Alten.

Vorbericht.

„Der Abt du Bos war einer von den Vierzigern, und beständiger Sekretär der französischen Akademie. Der Herr von Voltaire „hat ihn mit unter die Schriftsteller gezehlet, welche das Jahrhundert „Ludewigs des XIV. erleuchtet haben. Er hat sich der Welt als ein „Geschichtschreiber und als ein Kunstrichter gezeigt. Als jener in seiner „Histoire de la ligue de Cambrai, welcher der Herr von Voltaire „das Lob zugestehet, daß sie ein Muster in ihrer Art sey. Als dieser, „in seinen critischen Betrachtungen über die Dichtkunst und „Mahlerey, (Reflexions critiques sur la Poesie et sur la Pein- „ture) von welchen ich hier etwas mehrers melden muß. Ich kann „es jetzt nicht gleich wissen, in welchem Jahre sie zu erst ans Licht „traten. Ich habe blos die fünfte Ausgabe vor mir, welche von 1746 „ist. Es ist die letzte, meines Wissens, und auf dem Titel wird ge- „sagt, daß sie von dem Verfasser selbst durchgesehen, verbessert und „vermehrt worden. Sie ist in Paris in groß Duodez gedruckt, und „bestehet aus drey Theilen, deren stärkster ein Alphabet hat. Der „Inhalt, wie ihn der Verfasser selbst entwirft, ist kurz dieser. In dem „ersten Theile erklärt er, worinn die Schönheit eines Gemähldes und „die Schönheit eines Gedichts vornehmlich bestehe; was für Vorzüge „so wohl das eine, als das andere, durch die Beobachtungen der Re- „geln erlange, und endlich was für Beystand sowohl die Werke der „Dichtkunst, als der Mahlerey, von andern Künsten erborgen können, „um sich mit desto größerm Vortheile zu zeigen. In dem zweyten

„Theile handelt er von den Theils natürlichen, Theils erworbenen
„Eigenschaften, welche sowohl grosse Mahler, als grosse Dichter, haben
„müssen, und forscht den Ursachen nach, warum einige Jahrhunderte
„so viele, und einige fast gar keine berühmte Künstler gesehen haben.
5 „Hierauf untersucht er, auf welche Weise die Künstler zu ihrem Ruhme
„gelangen; an welchen Kennzeichen man es voraussehen könne, ob der
„Ruhm, in welchem sie zu ihren Zeiten stehen, ein wahrer Ruhm sey,
„oder ob sie nur ein flüchtiges Aufsehen machen; und endlich aus
„welchen Merkmalen man es zuverläßig schliessen dürfe, daß der Name
10 „eines von seinen Zeitgenossen gerühmten Dichters oder Mahlers, immer
„mehr und mehr wachsen, und in den folgenden Zeiten noch grösser
„seyn werde, als er selbst zu seiner Zeit gewesen ist. In dem dritten
„Theile endlich trägt unser Abt verschiedene Entdeckungen vor, die er
„in Ansehung der theatralischen Vorstellungen der Alten gemacht zu
15 „haben glaubet. In den ersten Ausgaben seines Werks, war diese
„Materie dem ersten Theile mit eingeschaltet. Weil sie aber doch nichts
„anders als eine Ausschweifung war, durch die man die Hauptsache
„allzulange aus den Augen verlohr, so folgte er dem Rathe einiger
„Freunde, und machte einen besondern Theil daraus. Dieser besondre
20 „Theil nun, oder diese Ausschweifung ist es, welche ich hier meiner
„theatralischen Bibliothek einverleiben will. Ich werde aber dabey
„für diesesmal nichts, als die Pflichten eines getreuen Uebersetzers
„beobachten; und meine Gedanken über verschiedene besondere Mei-
„nungen des Verfassers auf eine andere Gelegenheit versparen." [1]

---

[1] [Hier folgt die Übersetzung, welche das ganze dritte Stück einnimmt. Wieder abgedruckt ist die-
selbe von Anfang bis zu Ende in „Historisch-Kritische Beyträge zur Aufnahme der Musik von
Friedrich Wilhelm Marpurg. Berlin, Verlegts Gottlieb August Lange." Bd. II, Stück 5 — Bd. V
Stück 4 (1756—1762).]

Viertes Stück.

1758.

[XII. Geschichte der englischen Schaubühne.][1]

XIII.

Von Johann Dryden
und dessen dramatischen Werken.

Dieser grosse Dichter warb gebohren den 6ten August 1631 zu Aldwincle, bey Dundle, in der Grafschaft Northampton, aus einer ganz ansehnlichen Familie. Seine erste Unterweisung bekam er in der Schule zu Westmünster, unter dem berühmten D. Busby. Von ba kam er 1650 in das Dreyfaltigkeitscollegium zu Cambrigde.

Man findet eben nicht, baß er sein grosses poetisches Genie sehr frühzeitig gezeigt habe. Er war bereits über dreyßig Jahr, als er sein erstes Lustspiel verfertigte. Ehe ich aber von biesem ein mehrers sage, erlaube man mir von seinem

Versuch über die dramatische Poesie

(Essay of Dramatick Poesie) zu reden. Wenn ein Schriftsteller in seiner Gattung beydes Regeln und Beyspiele gegeben, so erfordert es bie Natur der Sache, sich jene zu erst bekannt zu machen.

Der gebachte Versuch warb 1668 zum erstenmale gedruckt; ich bebiene mich aber eines neuen Abbrucks von 1693, zu London auf sieben Quartbogen. Dryben hat ihn Carln, Grafen von Dorset und Mibblesex zugeeignet, unb sagt in der Zuschrift, baß er ihn zu der Zeit geschrieben, als ihn bie Wuth der Pest aus der Stadt

---

[1] [Dieser Aufsatz ist von Friedrich Nicolai verfaßt, nach seiner eignen Erklärung in den Anmerkungen zu seinem Brief an Lessing vom 31. August 1756. Lessing scheint an der Arbeit seines Freundes nur eine Kleinigkeit geändert zu haben, nämlich die Worte, mit denen Nicolai in seiner Übersicht über die englischen Dramatiker Dryden charakterisiert hatte. Diese scheint Lessing gestrichen und statt ihrer mit Rücksicht auf den nächsten Aufsatz der Theatralischen Bibliothek nur gesetzt zu haben (S. 38):] 2. Johann Dryden. Von diesem und seinen sämmtlichen dramatischen Werken werde ich in dem folgenden XIIIten Artikel umständlich zu handeln anfangen.

getrieben. Dieses war das Jahr 1665. Die Theater waren während
dieser Landplage in London alle geschlossen, und Dryden konnte sich
mit nichts als den Gedanken davon auf dem Lande unterhalten, und
that dieses, wie er sagt, mit eben dem Vergnügen, mit welchem ein
Liebhaber an seine abwesende Gebieterin denket.

Es hat aber Dryden seinen Versuch in eine Unterredung zwischen
vier Freunden, Namens Eugenius, Crites, Lisibejus und
Neander, eingekleidet, und der Tag dieser Unterredung ist der merk-
würdige Tag, an welchem der damalige Herzog von York (nachher
Jacob II.) über die holländische Flotte unter dem Admiral Obbam
den grossen Sieg erhielt. Die vier Freunde befanden sich auf einem
Boote, auf welchem sie nach Greenwich zufuhren, um das Kanonen-
feuer zwischen den streitenden Flotten von weiten mit anzuhören. Als
sich nun der Schall immer nach und nach von den englischen Küsten
entfernte, und Eugenius dieses für ein günstiges Omen des für
seine Nation ausgefallenen Sieges hielt, fielen ihm zwar alle bey,
Crites aber, ein Mann von einer sehr scharfen Beurtheilungskraft,
und einem etwas allzueckeln Geschmacke, der ihn oft in den Verdacht
eines bösartigen Gemüths brachte, sagte lächelnd: Wenn auf dieses
Seegefecht nicht so gar viel ankäme, so würde er den Sieg kaum gewünscht haben, da er schon im voraus wisse, wie theuer er ihm werde
zu stehen kommen, und wie viel elende Verse er darauf werde hören
und lesen müssen. Er setzte hinzu, daß diesen ewigen Reimern keine
Gelegenheit entwischen könne, und daß sie auf ein Treffen mit eben
so heißhungriger Begierde, als Raben und andere Raubvögel, lauerten.
— Einige von ihnen, fuhr Lisibejus fort, haben sich bereits, wie
ich weis, auf jeden Fall so gefaßt gemacht, daß sie nicht allein mit
einem Lobgesange auf den Sieg, sondern wenn es nöthig wäre, auch
wohl mit einer Trauerode auf den Tod des Herzogs, sogleich bey der
Hand seyn können ꝛc. — Die Unterredung kömmt allmälig auf einige
schlechte Dichter ins besondere und Crites schließt, daß es überhaupt
itzt wenig gute Schriftsteller gebe, die man mit den Alten vergleichen
könne, oder sich auch nur zu der Würde des letzt vergangenen Weltalters erhieben. — (Er verstehet unter diesem letzt vergangenen Weltalter, die kurz vor dem bürgerlichen Kriege vorhergegangenen Jahre,
die Regierung der Königin Elisabeth und Jacobs des ersten,

unter welcher Shakespear, Johnson und andere grosse Genies
lebten.)

„Wenn sich Ihr Unwille gegen die itzigen schlechten Scribenten,
„erwiderte Eugenius dem Crites, bloß auf Ihre Verehrungen des
„Alterthums gründet, so kann niemand williger seyn, jene grossen
„Griechen und Römer zu bewundern, als ich. Dem ohngeachtet
„aber kann ich doch auch von dem Zeitalter, in welchem ich lebe, und
„von meinem Lande unmöglich so verächtlich denken, daß ich nicht
„glauben sollte, wir kämen in den meisten Gattungen der Poesie den
„Alten gleich, und überträfen sie sogar in einigen. Und warum sollte
„ich auch nicht für die Ehre meines Weltalters eben so eifrig seyn,
„als ich finde, daß die Alten für die Ehre des ihrigen gewesen sind?
„Denn auch Horaz sagt:

> Indignor quidquam reprehendi, non quia crasse
> Compositum, illepideve putetur, sed quia nuper,

„und darauf:

> Si meliora dies, ut vina, poemata reddit,
> Scire velim pretium chartis quotus arroget annus?

„Doch ich sehe, daß ich in ein allzuweites Feld gerathe; die Poesie
„ist von allzu grossem Umfange; es haben sich in jeder Gattung der=
„selben so manche Alte und Neue so sehr hervorgethan, daß es nöthig
„seyn wird unsern Streit auf eine einzelne Gattung einzuschränken.“
Eugenius fragt also den Crites, auf welche? Crites wehlt das
Drama, und von diesem will er beweisen, daß sowohl die Alten die
Neuern, als das vergangene Weltalter das itzige darinn übertroffen.

Nachdem sie für gut befunden, eine etwanige Erklärung, oder
vielmehr Beschreibung, von dem Schauspiele überhaupt voraus zu setzen;
nehmlich, ein Schauspiel sey eine wahre und lebhafte Ab=
schilderung der menschlichen Natur, welche die Leiden=
schaften und Launen derselben, (Humours) nebst den Ab=
wechselungen des Glückes, denen sie ausgesetzt ist, zum
Vergnügen und Unterricht, vorstelle: fängt Crites zum
Behuf der Alten folgender Gestalt an zu reden.

„Wenn Zuversicht eine Vorbedeutung des Sieges ist, so hat
„Eugenius, seiner Meynung nach, bereits über die Alten trium=
„phiret. Nichts scheinet ihm leichter, als diejenigen zu übertreffen,

„welche wohl nachgeahmt zu haben, unser größter Ruhm ist; denn
„wir bauen nicht allein auf ihren Grund, sondern auch nach ihren
„Modellen. Die dramatische Poesie hatte, von dem Thespis (welcher
„sie zuerst erfand) bis auf den Aristophanes zu rechnen, Zeit genug,
„gebohren zu werden, zu wachsen, und zu ihrer besten Reise zu ge-
„langen. Man hat die Anmerkung von Künsten und Wissenschaften
„gemacht, daß sie immer in einem und eben demselben Jahrhunderte
„ihre größte Vollkommenheit erreicht haben; und es ist auch kein Wun-
„der, indem fast in jedem Weltalter ein gewisser allgemeiner Genius
„herrschet, der die darinn Lebenden zu gewissen besondern Studien
„geneigt macht. Das Werk wird alsdenn durch mehrere Hände be-
„trieben, und muß nothwendig von Statten gehen.

    „Ist es nicht augenscheinlich, daß uns in den letzten hundert
„Jahren, da das Studium der Weltweisheit das Geschäft fast aller guten
„Köpfe in der Christenheit gewesen, eine fast ganz neue Natur offen-
„baret worden? Daß mehr Irrthümer der Schulen entdeckt, mehr nütz-
„liche Experimente in der Naturlehre gemacht, mehr Geheimnisse in
„der Optik, Medicin, Anatomie, Astronomie aufgeschlossen worden, als
„in allen den leichtgläubigen und aberwitzigen Jahrhunderten von dem
„Aristoteles bis auf uns? So wahr ist es, daß sich nichts ge-
„schwinder ausbreitet, als die Wissenschaften, wenn sie gehörig und
„durchgängig getrieben werden.

    „Hierzu kömmt noch der mehr als gemeine Eifer, den man in
„diesen Zeiten, wohl zu schreiben hatte. Zwar findet er sich in allen
„Zeitaltern und bey allen Personen, die auf die nehmliche Ehre An-
„spruch machen; doch die Poesie war damals in größerm Ansehen,
„als itzt, und auf die, welche sich darinn hervorthaten, warteten größere
„Ehren; die Nacheiferung war folglich unter ihnen stärker; sie hatten
„ihre Richter, die über ihre Verdienste sprechen mußten, und Be-
„lohnungen, die sie zu erlangen hoffen konnten; die Geschichtschreiber
„vergaßen eines Aeschylus, Euripides, Sophokles, Lyko-
„phrons und anderer von ihnen nicht, sondern merkten fleißig an,
„wer sie gewesen, die in diesen Theaterkriegen siegten, und wie oft
„sie gekrönet worden, indessen da die asiatischen Könige und grie-
„chischen Republiken ihnen keinen edlern Stof, als die unmänn-
„lichen Schwelgereyen eines wollüstigen Hofes, oder die leichtsinnigen

„Meutereyen einer unruhigen Stadt darboten. Alit aemulatio in-
„genia, sagt Paterculus, et nunc invidia, nunc admiratio inci-
„tationem accendit.

„Itzt aber, da es keine Belohnungen der Ehre mehr giebt, hat
„sich diese tugendhafte Nacheiferung in offenbare Bosheit verkehret, und
„noch dazu in eine niederträchtige träge Bosheit, die sich andere zu
„verschreyen und zu verdammen, begnügt, und es besser zu machen,
„auch nicht einmal versucht. Der Ruhm, den man itzt erlangen kann,
„ist ein zu unfruchtbarer Ruhm, als daß man sich die nöthige Mühe
„darum geben sollte; man wünscht ihn unterdessen zu haben, und diese
„Begierde darnach, ist Anreizung genug, andere an der Erhaltung
„desselben zu hindern. Und kurz, dieses ist die Ursache, warum wir
„itzt so wenig gute Poeten und so viel scharfe Richter haben. Gewiß,
„die Alten wohl nachzuahmen, erfordert grosse Arbeit und ein an-
„haltendes Studium; diese Mühe aber, wie schon gesagt, zu über-
„nehmen, dazu fehlt es unsern Dichtern an Aufmunterung, wenn sie
„auch schon Geschicklichkeit hätten, das Werk durchzusetzen. Die Alten
„sind getreue Nachahmer und weise Bemerker der Natur gewesen, die
„in unsern Schauspielen so gemißhandelt und so schlecht geschildert
„wird; sie haben uns die vollkommensten Aehnlichkeiten von ihr über-
„liefert; wir aber haben sie, gleich elenden Nachzeichnern, wohl in
„Augenschein zu nehmen, vergessen, und dadurch ungeheuerlich entstellt.
„Damit Sie aber, wie viel Sie diesen Ihren Meistern zu danken
„haben, sehen, und sich Ihrer geringen Erkenntlichkeit schämen mögen,
„muß ich Ihnen zu Gemüthe führen, daß alle die Regeln, nach welchen
„wir itzt das Drama ausarbeiten (sie mögen nun die Richtigkeit und
„Symmetrie der Anlage, oder die episodischen Zierrathen betreffen,
„dergleichen die Beschreibungen, Erzehlungen, und andre den Schau-
„spielen eben nicht wesentliche Schönheiten sind) durch die Anmerkungen
„auf uns gebracht worden, welche Aristoteles sowohl über die
„Dichter, die vor ihm, als über die, die zu seiner Zeit gelebt, gemacht
„hat; wir haben von dem unsrigen nichts hinzu gethan, wir müßten
„denn sagen wollen, daß unser Witz besser sey, dessen sich aber zu
„unsrer Zeit niemand rühmet, als der, welcher den Witz der Alten
„nicht verstehet. Ueber das Buch, welches uns Aristoteles περι
„της Ποιητικης hinterlassen hat, scheinet mir die Dichtkunst des Horaz

„ein vortreflicher Commentar zu seyn, und sie ersetzt uns, wie ich
„glaube, das zweyte Buch, die Komödie betreffend, welches von jenem
„Werke verloren gegangen.

„Aus diesen zweyen hat man die bekannten Regeln gezogen, die
5 „wir, nach den Franzosen, die drey Einheiten nennen, und die in
„jedem regelmäßigen Schauspiele beobachtet werden müssen; nehmlich
„die Einheit der Zeit, des Orts und der Handlung.

„Die Einheit der Zeit schränkten sie auf vier und zwanzig Stunden,
„als die Dauer eines natürlichen Tages, ein, und verlangten, daß
10 „man sich, so viel möglich, in diesen Grenzen halten sollte. Die
„Ursache hievon leuchtet einem jeden in die Augen; weil nehmlich die
„Zeit der erdichteten Handlung oder der Fabel des Schauspiels, der
„Dauer der Zeit, in welcher es vorgestellt wird, so nahe als möglich
„kommen muß. Da also alle Schauspiele in einer weit geringern
15 „Zeit, als vier und zwanzig Stunden, auf der Bühne vorgestellt
„werden, so ist dasjenige Schauspiel für die genaueste Nachahmung
„der Natur zu halten, dessen Handlung in eben so vieler Zeit vor-
„gehen kann. Und dieser nähmlichen Regel, die uns dieses allgemeine
„Verhältniß der Zeit vorschreibt, zu Folge, müssen auch alle Theile
20 „des Schauspiels der Zeit nach, unter sich, so viel möglich, gleich ab-
„gemessen seyn, daß z. E. kein Aufzug einen ganzen halben Tag weg-
„nehmen muß, weil er alsdenn in Ansehung der übrigen, kein Ver-
„hältniß haben würde, und auf die andern viere auch nicht mehr
„als ein halber Tag käme. Denn ist es nicht unnatürlich daß die
25 „Zuschauer einen Aufzug, der, wenn er gelesen oder gespielt wird,
„nicht viel länger als ein anderer dauert, dennoch für viel länger
„halten sollen? Es ist daher des Dichters Pflicht, daß er in keinem
„Aufzuge viel mehr Zeit verstreichen läßt, als so viel er auf der Bühne
„vorgestellt zu werden braucht; und daß er die Zwischenräume und
30 „Ungleichheiten der Zeit, zwischen die Aufzüge zu bringen suchen muß.

„Wie genau diese Regel der Zeit von den Alten beobachtet
„worden, können die meisten von ihren Schauspielen bezeugen. Man
„sieht in ihren Tragödien, (in welchem es gleichwohl am schwersten
„ist, wider diese Einheit nicht zu verstoßen) daß sie ganz nahe vor
35 „demjenigen Theile der Geschichte anfangen, den sie zu ihrer Handlung
„oder vornehmstem Gegenstande ersehen haben; was weiter vorher-

„gegangen ist, wird, wo es nöthig, durch eine Erzehlung beygebracht;
„und so stellen sie gleichsam ihre Zuhörer an das Ende der Rennbahn,
„ersparen ihnen die eckele Erwartung, den Poeten aufsteigen und aus=
„reiten zu sehen, und zeigen ihnen denselben nicht eher, als bis er
„das Ziel bereits in Augen hat und ihnen ganz in der Nähe ist.   5

„Unter der zweyten Einheit, nehmlich der Einheit der Zeit, ver=
„standen die Alten, daß die Scene durch das ganze Schauspiel an
„eben demselben Orte bleiben sollte, an welchen sie zu Anfange ver=
„legt worden. Denn da die Bühne, auf welcher es vorgestellet wird,
„nur ein und eben derselbe Ort ist, so ist es unnatürlich, ihn sich 10
„als viele, und noch dazu von einander weit entlegene Orte, vor=
„zustellen. Ich will nicht leugnen, daß, mit Hülfe der Veränderung
„der gemahlten Scenen, die Einbildungskraft (die in dergleichen Fällen
„sich nicht ungern hintergehen läßt) nicht manchmal die Bühne für
„mehr als einen verschiednen Ort, mit einer Art von Wahrscheinlich= 15
„keit, sollte halten können; es kömmt doch aber immer der Wahrheit
„ungleich näher, wenn man annimmt, daß diese verschiedne Orte
„einander so nahe liegen, daß sie wenigstens in eben derselben Stadt
„sind, und folglich unter der weitläuftigen Benennung des einzigen
„Ortes mit können begriffen werden. Eine größere Entfernung würde 20
„zu der kurzen Zeit, in welcher die spielenden Personen, während der
„Vorstellung, von einem Orte zu dem andern kommen, kein Verhältniß
„haben. Nach den Alten sind, wegen Beobachtung dieser Regel, die
„Franzosen am meisten zu loben. Sie binden sich so genau an die
„Einheit des Orts, daß man kein Schauspiel bey ihnen finden wird, 25
„in welchem sich die Scene mitten in einem Aufzuge änderte; wenn
„der Aufzug in einem Garten, auf einer Straße oder in einem Zimmer
„anfängt, so wird er auch an dem nähmlichen Orte zu Ende gebracht;
„und damit man es deutlich merken möge, daß die Bühne immer
„eben derselbe Ort bleibet, so lösen die Personen einander so darauf 30
„ab, daß sie nicht einen Augenblick leer bleibet; wenn denn die zweyte
„Person auftritt, so muß sie mit der, die zuerst da war, zu thun
„haben; und die zweyte Person muß nicht eher abtreten, als bis eine
„dritte dazu kömmt, die mit ihr zu thun hat.

„Dieses nennt Corneille la Liaison des Scenes, die un= 35
„unterbrochne Verbindung der Scenen; und es ist ein gutes Merk=

„mahl eines wohl angelegten Schauspiels, wenn alle Personen einander
„kennen, und eine jede mit allen übrigen etwas zu thun hat.

„Was die dritte Einheit, die Einheit der Handlung, anbelangt,
„so verstanden die Alten nichts anders darunter, als was die Ver=
„nunftlehrer unter ihrem *finis* verstehen, den Endzweck oder die Ab=
„sicht der Handlung; das Erste, dem Vorsatze nach, und das Letzte
„der Ausführung nach. Der Dichter soll eine große und vollständige
„Handlung zum Zwecke haben, zu deren Betreibung alles, was in dem
„Stücke vorkömmt, auch so gar die Hindernisse, behülflich seyn müßen.
„Die Ursache ist bey dieser Regel eben so augenscheinlich, als bey den
„vorhergehenden.

„Denn zwey Handlungen, beyde zugleich bearbeitet und be=
„trieben, würden die Einheit des Gedichts aufheben: es würde nicht
„ein Schauspiel, sondern es würden zwey Schauspiele seyn. Dieses
„will aber nicht so viel sagen, daß überhaupt nicht mehr als eine
„Action in einem Stücke seyn dürfte; sondern sie müßen nur alle einer
„einzigen großen untergeordnet seyn. Eine solche Nebenhandlung ist
„z. E. in dem Eonucho des Terenz die Uneinigkeit und Versöhnung
„der Thais und des Phädria, als worinn die vornehmste Hand=
„lung des Stücks zwar nicht liegt, wodurch aber die Verheyrathung
„des Chärea und der Schwester des Chremes, die der Dichter
„vornehmlich zur Absicht hatte, befördert wird. Es muß nur eine
„Handlung seyn, sagt Corneille, das ist, nur eine vollständige
„Handlung, die das Gemüth der Zuhörer völlig befriediget; dieses
„kann aber nicht anders, als durch verschiedne andere unvollständige
„Handlungen geschehen, die zu der Haupthandlung das ihre beytragen,
„und die Zuhörer in einer angenehmen Ungewißheit des Ausganges
„unterhalten.

„Wenn wir nach diesen Regeln (verschiedner anderer, die man
„gleichfalls den Vorschriften und Mustern der Alten zu danken hat,
„nicht zu gedenken) unsere neuern Schauspiele beurtheilen sollten, so
„würden, wahrscheinlicher Weise, sehr wenige die Probe aushalten;
„was in einem einzigen Tage geschehen sollte, nimmt in einigen von
„ihnen ein ganzes Weltalter weg; anstatt einer Handlung machen sie
„kurze Inbegriffe des ganzen Lebens eines Mannes; und anstatt eines
„einzigen Ortes, den die Bühne vorstellen sollte, befinden wir uns

„manchmahl in mehr Ländern, als man auf einer Karte zusammen
„sehen kann.

  „Wenn wir aber zugestehen wollen, daß die Alten ihre Schau=
„spiele gut angelegt haben, so müssen wir auch bekennen, daß ihre
„Ausführung nicht schlechter gewesen. Mit dem Menander, unter
„den griechischen Dichtern, und mit den Cäcilius, Africanus
„und Varius unter den römischen, haben wir, ohne Widerspruch,
„einen grossen Vorrath an Witz verloren; Menanders Vortreflich=
„keit kann man aus den Lustspielen des Terenz abnehmen, der ver=
„schiedne von ihm übersetzte, gleichwohl aber noch so weit hinter ihm
„zurück blieb, daß ihn Cäsar nur den halben Menander nennte;
„von dem Varius können wir uns aus den Zeugnissen des Horaz,
„Martial und Vellejus Paterculus einen Begriff machen.
„Wenn wir dieser ihre Werke wieder finden könnten, so würde, wahr=
„scheinlicher Weise, der Streit auf einmal entschieden seyn. Doch so
„lange wir den Aristophanes und Plautus noch haben; so lange
„die Trauerspiele des Euripides, Sophokles und Seneca noch
„in unsern Händen sind, kann ich keines von unsern neuerlich ge=
„schriebenen Schauspielen ansehen, ohne daß sich meine Bewunderung
„der Alten dadurch vermehrt. Dabey aber muß ich noch gestehen,
„daß um sie so zu bewundern, wie sie es verdienten, wir sie besser
„verstehen müßten, als es geschieht. Verschiednes scheinet uns, ohne
„Zweifel, bey ihnen plat, weil der Witz davon von irgend einer Ge=
„wohnheit oder Geschichte abhängt, die uns niemals zu Ohren ge=
„kommen; oder vielleicht auch von einer Feinheit in ihrer Sprache,
„die als eine todte, und nur noch in den Büchern vorhandene Sprache,
„unmöglich vollkommen von uns verstanden werden kann. Ich habe nur
„den Macrobius lesen dürfen, wo er die eigenthümliche Bedeutung
„und Zierlichkeit verschiedner Wörter des Virgils erklärt, die ich
„vorher als gemeine Dinge übergangen hatte, um mich zu überzeugen,
„daß ein gleiches auch wohl bey dem Terenz Statt haben könnte,
„und daß in der Reinigkeit seines Styls (welche Cicero so hoch
„schätzte, daß er seine Werke beständig um sich hatte) noch manches
„zu bewundern seyn möchte, wenn wir es nur erst wüßten. Unter
„dessen muß ich Sie zu erwägen bitten, daß der größte Mann des
„nächst vergangenen Weltalters (Ben Johnson) nicht anstand, den

„Alten in allen Stücken den Vorzug zu lassen. Er war nicht allein
„ein ausdrücklicher Nachahmer des Horaz, sondern auch ein gelehrter
„Plagiarius aller andern; so daß wenn Horaz, Lucan, Pe=
„tronius Arbiter, Seneca und Juvenal alle das ihrige von
5 „ihm wieder zurück fordern sollten, er wenig ernsthafte Gedanken, die
„neu bey ihm wären, behalten würde. Sie werden mir also verzeihen,
„wenn ich glaube, daß der ihre Mode müsse geliebt haben, der ihre
„Kleider getragen. Weil ich aber sonst eine grosse Hochachtung für
„ihn habe, und Sie, Eugenius, ihn allen andern Poeten vorziehen,
10 „so will ich itzt weiter keine Gründe, als dieses sein Exempel anführen.
„Ich will Ihnen Ihren Vater Ben mit allen Kleidern und Farben
„der Alten ausgeputzt zeigen, und das wird hinlänglich seyn, Sie auf
„unsere Seite zu ziehen. Denn Sie mögen nun entweder die schlechten
„Schauspiele unsrer Zeit, oder die guten der nächst verflossenen be=
15 „trachten, so werden beyde, die schlechtesten sowohl als besten neuen
„Dichter, Sie die Alten bewundern lehren.“
    Kaum hielt[1] Crites hier inne, als Eugenius, der mit einiger
Ungeduld darauf gewartet hatte, also anfing:
    „Ich habe in Ihrer Rede bemerkt, daß der erste Theil derselben,
20 „betreffend dasjenige, was die Neuern den Regeln der Alten zu danken
„haben, überzeugend war; allein in dem zweyten Theile haben Sie
„es sorgfältig zu verbergen gesucht, wie sehr jene diese übertroffen.
„Wir sind nicht in Abrede, daß wir den Alten vieles zu danken haben,
„und es fehlet uns weder an Hochachtung noch Dankbarkeit, wenn wir
25 „bekennen, daß wir uns, um sie zu übertreffen, der Vortheile bedienen
„müssen, die wir von ihnen erhalten haben. Allein zu diesem ihren
„Beystande ist unser eigener Fleiß hinzugekommen; denn hätten wir
„uns an ihrer blossen knechtischen Nachahmung begnügt, so würden
„wir manches von der alten Vollkommenheit verloren, und nie irgend
30 „eine neue dazu erlangt haben. Wir zeichnen also nicht sowohl ihnen,
„als der Natur nach; und da wir das Leben, nebst aller ihrer Er=
„fahrung vor uns haben, so ist es kein Wunder, wenn wir einige
„Bildungen und Züge, die sie verfehlt haben, treffen. Was Sie von
„den Künsten und Wissenschaften gesagt haben, daß sie nehmlich in
35 „einem Weltalter mehr als in dem andern geblühet, leugne ich gar

[1] hörte (1758)

„nicht; das Beyſpiel aber, das Sie·von der Philoſophie hernehmen,
„kömmt mir zuſtatten.   Denn wenn die Urſachen und Wirkungen der
„Natur itzt beſſer bekannt ſind, als zu den Zeiten des Ariſtoteles,
„und zwar deswegen, weil man ſich mehr darum bekümmert, ſo folget,
„daß auch die Poeſie und andere Künſte, mit eben der Mühe, der   5
„Vollkommenheit immer näher kommen können; und wenn Sie dieſes
„einräumen, ſo werden Sie noch beweiſen müſſen, daß die Alten voll=
„kommenere Schilderungen von dem menſchlichen Leben gemacht haben,
„als wir.   Denn in Ihrer Rede ſind Sie den Beweis hiervon ſchuldig
„geblieben; und daher will ich mir itzt angelegen ſeyn laſſen, Ihnen   10
„einen Theil von den Fehlern der Alten, und zugleich einige wenige
„Vortreflichkeiten der Neuern zu zeigen.   Ich glaube nicht, daß mich
„jemand hierunter irgend eines Neides beſchuldigen wird; denn welchen
„Vortheil an Ruhm oder Gewinn, können die Lebendigen durch die
„Ehre, die den Todten widerfähret, verlieren? Andern Theils aber   15
„iſt es eine groſſe Wahrheit, was Vellejus Paterculus ſagt:
„Audita visis libentius laudamus, et praesentia invidia, praeterita
„admiratione prosequimur, et his nos obrui, illis instrui credimus.
„Das aufrichtigſte·Lob und der aufrichtigſte Tadel, iſt ſicherlich der,
„den uns die unbeſtochene Nachwelt ertheilen wird.   20

      „Erlauben Sie mir alſo, Ihnen vors erſte vorzuſtellen, daß die
„griechiſche Poeſie, von welcher Crites vorgegeben, daß ſie unter
„der Regierung der alten Komödie ihre Vollkommenheit erreicht habe,
„noch ſo weit davon entfernt war, daß man nicht einmal die Ein=
„theilung in Aufzüge kannte; oder wenn man ſie ja kannte, ſo iſt   25
„doch ſo wenig Nachricht davon auf uns gekommen, daß ſich nichts
„gewiſſes davon ſagen läßt.

      „Alles was wir davon wiſſen, muß aus dem Singen ihrer
„Chöre geſchloſſen werden; und auch dieſes iſt noch ſo ungewiß, daß
„wir in verſchiedenen von ihren Schauſpielen mit Grund vermuthen   30
„müſſen, daß ſie mehr als fünfmal geſungen haben.   Ariſtoteles
„zwar giebt vier weſentliche Theile eines Schauſpieles an: Erſtlich,
„die Protaſis, oder der Eingang, worinn bloß die Charaktere der
„auftretenden Perſonen ins Licht geſtellt werden, und von der Hand=
„lung ſelbſt noch wenig vorkömmt; zweytens, die Epitaſis, wo   35
„die Verwicklung des Stückes anfängt, und man den Zweck oder die

„Handlung desselben von weiten erblickt; drittens, die Katastasis,
„von den Römern genannt Status, der höchste Anwachs des Stückes
„gleichsam, wo alle unsere Erwartung vernichtet, und die Handlung
„in neue Schwierigkeiten verwickelt wird, so daß wir von der Hoff=
5 „nung, in welcher wir zu Anfange dieses Theils waren, wieder weit
„abkommen, gleich einem gewaltigen Strome, der sich an einem engen
„Durchgange stößt, wo das abprellende Wasser ungleich geschwinder
„wieder zurück fließt, als es zugeflossen war; endlich, die Kata=
„strophe, welche die Griechen auch λυσις. die Franzosen le denoue-
10 „ment, wir die Entwicklung oder den Ausgang der Handlung nennen,
„und wo alles wieder in sein erstes Gleiß fällt, die Hindernisse, die
„sich bey der Handlung oder dem Zwecke hervorgethan, gehoben werden,
„und das ganze Stück sich so natürlich und wahrscheinlich endet, daß
„die Zuschauer mit dem Verfolge desselben zufrieden seyn können. Und
15 „dieses ist der Abriß, welchen uns dieser grosse Mann von einem
„Schauspiele macht; ein sehr richtiger Abriß, muß ich bekennen, der
„zu der nachfolgenden vollkommenern Abtheilung in Aufzüge und
„Auftritte ein grosses Licht aufgesteckt. Welcher Dichter aber die An=
„zahl der Aufzüge zuerst auf fünfe eingeschränkt habe, weis ich nicht;
20 „so viel sehen wir, daß es zu den Zeiten des Horaz bereits so fest
„gesetzt war, daß er es zu einer Regel der Komödie macht: Neu bre-
„vior quinto, neu sit productior actu: Sie sehen also, daß man den
„Griechen nicht nachrühmen kann, diese Kunst zur Vollkommenheit ge=
„bracht zu haben, indem sie vielmehr in verschiedenen Absätzen als in ge=
25 „wissen Aufzügen geschrieben, und mehr einen allgemeinen unverbauten
„Begrif von einem Schauspiele gehabt haben, als daß sie hätten wissen
„sollen, welcher eigenthümlichen Schönheiten es hier und da fähig ist.
     „Da aber die Spanier einem Schauspiele noch bis itzt nur drey
„Aufzüge verstatten, die sie Jornadas nennen; und da ihnen die
30 „Italiäner hierinn sehr oft folgen, so will ich die Alten nicht deswegen
„verdammt wissen, weil sie nicht jedem von ihren Stücken fünf Auf=
„züge gegeben, sondern weil sie sich nicht an eine gewisse Anzahl der=
„selben gebunden; denn das heißt ein Haus ohne ein Modell bauen;
„und wenn sie dem ohngeachtet in dergleichen Unternehmungen glück=
35 „lich waren, so hatten sie mehr dem Glücke als den Musen ein Dank=
„opfer dafür zu bringen.

„Was nun die Fabel des Schauspiels anbelangt, welche Ari=
„stoteles ὁ μυϑος und oft auch των πραγματων συνϑεσις nennet,
„so hat bereits ein neuer Schriftsteller angemerkt, daß ihre Tragödien
„weiter nichts als irgend ein Mährchen von Theben und Troja,
„oder ein Geschichtchen aus dieser beyden Weltalter enthalten, welches
„von den Federn aller epischen Poeten, und selbst von der Tradition
„der geschwätzigen Griechen bereits so abgenutzt war, daß es alle Zu=
„hörer wußten, ehe es noch auf die Bühne kam. Sobald das Volk
„den Namen Oedipus hörte, so wußte es eben so gut wie der Poet,
„daß er vor dem Schauspiele unwissender Weise seinen Vater um=
„gebracht, und mit seiner Mutter Blutschande getrieben; es wußte,
„daß man ihm nunmehr von einer grossen Pest, von einem Orakel,
„von dem Geiste des Lajus erzehlen werde, und saß also in einer
„Art von gähnender Erwartung, bis er mit ausgestochenen Augen
„herauskam, und, sein Unglück zu beklagen, hundert oder mehr Verse
„in einem tragischen Tone hersagte. Ein Oedipus, ein Herkules,
„eine Medea wäre noch erträglich gewesen; allein so wohlfeil kam
„das arme Volk nicht weg; es ward ihm immer einerley aufgewärmter
„Kohl vorgesetzt, worüber es allen Appetit verlieren mußte. Da also
„die Neuigkeit wegfiel, so fiel auch das Vergnügen weg, und einer
„von den vornehmsten Endzwecken der dramatischen Poesie, den
„wir mit in die Erklärung derselben gebracht haben, war folglich
„gänzlich vernichtet.

„In ihren Lustspielen borgten die Römer meisten Theils die
„Fabeln von den griechischen Dichtern. Und wie waren dieser ihre
„Fabeln? Gemeiniglich liefen sie auf ein junges Mädchen hinaus,
„das ihren Aeltern war gestohlen worden, oder sich sonst von ihnen
„verloren hatte; sie kömmt unbekannter Weise wieder in die Stadt,
„und wird von einem lüderlichen jungen Menschen geschwängert, der,
„mit Hülfe seines Bedienten, seinen Vater ums Geld schnellt; wenn
„denn nur ihre Zeit da ist und sie, Juno Lucina fer opem! ruft,
„so wird dieser oder jener eine kleine Büchse oder Schachtel gewahr,
„die mit ihr zugleich gestohlen worden; er entdeckt sie also ihren Freun=
„den wieder, wo ihm nicht etwa noch ein Gott zuvor kömmt, der in
„der Maschine herabfährt, und den Dank für sich selbst einerndtet.
„Von der Fabel mag man auf die Charaktere der Personen

„schliessen. Ein alter Vater, der gern, noch ehe er stürbe, seinen Sohn
„wohl verheyrathet wissen möchte; sein lüberlicher Sohn, voller Zärt=
„lichkeit gegen seine Schöne und mit erbärmlich leerem Beutel; ein
„Bedienter oder Sclave, der witzig genug ist, sich seines jungen Herrn
5 „anzunehmen und den Alten betriegen zu helfen; ein großsprechrischer
„Soldat; ein Schmarutzer; und eine Buhlschwester.

„Was das arme ehrliche Mädchen anbelangt, auf welche die
„ganze Geschichte gebauet ist, und die folglich eine von den vornehmsten
„Personen des Stückes seyn sollte, so spielt sie gemeiniglich die stumme
10 „Rolle; sie ist nach der guten alten Weise erzogen, nach welcher sich
„die Mädchen nur sollen sehen, aber nicht hören lassen; und genug,
„daß man von ihrer Bereitwilligkeit überzeugt ist, sich, wenn es der
„fünfte Aufzug erfordert, heyrathen zu lassen.

„Es sind nun zwar diese Charaktere wirkliche Nachahmungen der
15 „Natur, aber so eingeschränkte, furchtsame Nachahmungen, daß sie bloß
„ein Auge oder eine Hand nachgezeichnet zu haben scheinen, ohne sich
„an die Züge des Gesichts, oder die schönen Verhältnisse des Körpers
„wagen zu dürfen.

„Doch ich wollte es ihnen gern übersehen, daß sie ihre Fabeln
20 „und Charaktere in so engen Schranken gehalten haben, wenn ihre
„Ausführungen nur sonst regelmäßig wären, und sie die drey Ein=
„heiten, die wir, wie Sie sagen, von ihnen kennen gelernet, vollkommen
„beobachtet hätten. Vors erste aber erlauben Sie mir zu sagen, daß
„die Einheit des Orts, sie mögen sie noch so sehr beobachtet haben,
25 „doch niemals eine von ihren Regeln gewesen ist; wir finden sie weder
„bei dem Aristoteles, noch Horaz, noch bey sonst einem, der von
„der Kunst geschrieben, und sie ist nur erst neuerlich von den Franzosen
„zu einer Vorschrift der Bühne gemacht worden. Die Einheit der
„Zeit hat selbst Terenz, der doch ihr bester und regelmäßigster
30 „komischer Dichter ist, vernachläßiget; sein Heavtontimorumenos
„oder Selbstpeiniger, braucht offenbar zwey Tage, sagt Scaliger;
„die ersten zwey Aufzüge nehmen den ersten Tag weg, und die drey
„letzten den zweyten. Euripides aber hat, da er sich an einen
„einzigen Tag binden wollen, eine Ungereimtheit begangen, die man
35 „ihm nimmermehr vergeben kann; denn in einer von seinen Tragödien
„läßt er den Theseus von Athen nach Theben gehen, (ein Weg

„von ohngefehr vierzig englischen Meilen) läßt ihn vor den Mauern
„dieser letztern Stadt eine Schlacht liefern, und in dem nächst folgenden
„Aufzuge als Sieger zurück kommen; und gleichwohl haben, von der
„Zeit seiner Abreise, bis auf die Zurückkunft des Bothen, welcher
„die Nachricht von dem Siege bringt, Aethra und der Chor nicht
„mehr als sechs und dreyßig Verse zu sagen, da denn auf jede Meile
„noch nicht ein Vers kömmt.

„Der nehmliche Irrthum ist in dem Eunucho des Terenz
„eben so augenscheinlich, wo der alte Laches von ungefehr in das
„Haus der Thais kömmt; denn zwischen seinem Abtritte und dem
„Auftritte der Pythias, die[1] herauskömmt und eine weitläuftige Be=
„schreibung von dem Lermm, den jener darinn angerichtet, macht, hat
„Parmeno,[2] der auf der Bühne zurück geblieben, nicht viel über
„fünf Zeilen zu sagen; c'st bien employer un temps si court, sagt
„ein französischer Dichter, von dem ich eine dieser Anmerkungen ent=
„lehnt habe. Und es werden sich fast in allen ihren Tragödien ähn=
„liche Exempel finden lassen.

„Es ist wahr, die ununterbrochne Folge der Auftritte, (la Liai-
„son des Scenes) haben sie etwas besser beobachtet; es treten nicht
„immer ihrer zwey mit einander auf, um mit einander zu plaudern,
„und auch wieder mit einander abzutreten; es folgen jenen zwey nicht
„zwey andere, und thun den ganzen Aufzug durch ein gleiches, welches
„die Engländer einzelne Scenen (single Scenes) nennen. Allein
„die wahre Ursache hiervon ist, weil sie selten mehr als zwey oder
„drey eigentlich so genannte Scenen in jedem Aufzuge haben; denn
„es fängt sich eine neue Scene an, nicht bloß so oft die Bühne leer
„wird, sondern so oft eine Person auftritt, wenn sie gleich nur zu
„andern dazukömmt. Da nun die Fabeln ihrer Schauspiele sehr klein,
„und der Personen sehr wenige sind, so ist einer von ihren Aufzügen
„oft nicht einmal so groß, als bey uns ein etwas voller Auftritt; und
„dennoch sind sie auch hierinn nicht ganz ohne Fehler. So sieht man
„z. E., nur bey dem Terenz zu bleiben, in dem Eunucho, den
„Antipho mitten in dem dritten Aufzuge ganz allein auftreten, nach=
„dem Chremes und Pythias vorher abgegangen; in eben dem=
„selben Stücke fängt Dorias den vierten Aufzug gleichfalls ganz

---

[1] des Pythias, der [1756]   [2] Parmenio, [1756]

„allein an, und nachdem sie alles, was bey der Gasterey des Soldaten
„vorgefallen, erzehlt, (welches, im Vorbeygehen zu erinnern, von dem
„Dichter eben auch nicht sehr künstlich angelegt war, indem er sie auf
„diese Weise gerade zu mit den Zuschauern sprechen, und ihnen, was
5 „sie wissen sollen, ohne Umstände erzehlen läßt, da es doch vielmehr
„eine spielende Person der andern hätte erzehlen, und auf solche Art
„dem Volke bekannt machen sollen) so verläßt sie die Bühne, und
„Phädria tritt nach ihr auf, und zwar abermals allein; er erzehlt
„abermals seine Zurückkunft vom Lande, und was ihn sonst angeht,
10 „in einer Monologue, welcher unnatürlichen Art der Erzehlung sich
„Terenz in allen seinen Lustspielen schuldig macht. In seinen
„Adelphis, oder Brüdern, treten Syrus und Demea auf, nach=
„dem die Scene durch den Abtritt der Sostrata, des Geta und
„der Canthara unterbrochen worden; kurz man kann kaum einen
15 „Blick in eines von seinen Lustspielen thun, ohne auf eine solche
„Unterbrechung zu stossen.

  „So wie sie aber, beydes in der Anlage und Einrichtung ihrer
„Fabeln fehlerhaft sind, indem sie von den Regeln ihrer eigenen Kunst
„abweichen, und uns die Natur mißschildern, wodurch sie dem ganzen
20 „einem Endzwecke des Schauspiels, dem Vergnügen nehmlich, ein
„schlechtes Gnüge leisten; so haben sie in Ansehung des zweyten End=
„zwecks, der Unterrichtung, noch weit gröber geirrt. Denn anstatt das
„Laster zu bestraffen, und die Tugend zu belohnen, haben sie nicht
„selten die Ruchlosigkeit glücklich und die Frömmigkeit unglücklich seyn
25 „lassen; sie zeigten uns in der Medea ein blutiges Bild der Rache,
„und geben ihr Drachen, um der verdienten Strafe damit zu ent=
„kommen. Ein Priamus und Astyanax werden ermordet, und
„eine Cassandra wird geschändet, und Mord und viehische Lust
„werden am Ende durch den Sieg ihrer Verbrecher gekrönet; kurz,
30 „man soll mir keine Unanständigkeit in einem von unsern neuern
„Schauspielen nennen, die ich zu entschuldigen, nicht mit einem Bey=
„spiele aus den Alten bemänteln könnte.

  „Und noch eine Anmerkung muß ich zum Schluße über sie
„machen. Es schrieb damals nicht eine und eben dieselbe Person, ohne
35 „Unterschied Tragödien und Komödien; sondern wenn jemand zu dieser
„oder jener Fähigkeit zu haben glaubte, so gab er sich mit der andern

„ganz und gar nicht ab. Dieſes iſt ſo offenbar, und die Beyſpiele
„davon ſind ſo bekannt, daß ich ſie kaum anzuführen brauche; Ari=
„ſtophanes, Plautus und Terenz haben nie ein Trauerſpiel
„geſchrieben; Aeſchylus, Euripides, Sophokles und Seneca
„haben ſich nie an das Luſtſpiel gewagt; den tragiſchen Stiefel, und
„die komiſche Socke, war eben derſelbe Dichter nicht gewohnt zu tragen.
„Da ſie es alſo ihre ganze Sorge ſeyn ließen, nur in der einen Art
„groß zu werden, ſo hat man es ihnen um ſo viel weniger zu ver=
„zeihen, wenn es ihnen nicht gelungen iſt. Und hier würde ich Ge=
„legenheit haben ihren Witz in Erwägung zu ziehen, wenn mich nicht
„Crites ſo ernſtlich gewarnet hätte, in meinem Urtheile darüber nicht
„zu kühn zu ſeyn; denn da es todte Sprachen wären, und manche
„Gewohnheit oder kleiner Umſtand, von welchem das feinere Ver=
„ſtändniß abgehangen, für uns verloren gegangen, ſo könnten wir,
„meinet er, keine rechtmäßige Richter darüber abgeben. Doch ob ich
„gleich zugeſtehe, daß es uns hier und da an der Anwendung eines
„Sprichworts, oder einer Gewohnheit, fehlen kann, ſo muß doch gleich=
„wohl, was in einer Sprache Witz iſt, es auch in allen ſeyn; und
„wenn es auch ſchon in der Ueberſetzung etwas verlieret, ſo muß es
„doch für den, der das Original lieſet, immer das nehmliche bleiben.
„Er wird von der Vortreflichkeit deſſelben einen Begriff haben, ob er
„ihn gleich in keinem andern Ausdrucke, oder in keinen andern Worten,
„als in welchen er es findet, von ſich geben kann. Wenn Phädria,
„in dem Eunucho zwey Tage von ſeiner Geliebten abweſend ſeyn ſoll,
„und ſich ſelbſt, dieſen Zwang auszuhalten, mit den Worten ermuntert:
„Tandem ego non illa caream, si opus sit, vel totum triduum? ſo
„erhebt Parmeno,[1] um über die Weichlichkeit ſeines Herrn zu ſpotten,
„Augen und Hände, und ruft gleichſam voller Verwunderung aus: Hui!
„universum triduum! Die Zierlichkeit dieſes universum kann nun zwar
„in unſrer Sprache nicht ausgedrückt werden, es bleibt aber doch ein Ein=
„druck davon in unſern Seelen zurück. Viele dergleichen Stellen kom=
„men bey dem Terenz nicht vor, mehrere aber bey dem Plautus,
„welcher in ſeinen Metaphern und neugeprägten Wörtern unendlich
„kühner iſt; in dieſen beſtehet nicht ſelten ſein ganzer Witz, daher Horaz
„auch ohne Zweifel ein ſo ſtrenges Urtheil von ihm gefällt hat:

---
[1] Parmenio, (1768)

Sed Proavi nostri Plautinos et numeros, et
Laudavere sales, nimium patienter utrumque
Ne dicam stolide etc.

    „Bey dem Seneca (fährt Eugenius fort, nach einer kurzen
Ausschweifung über die harte, unnatürliche Art sich auszubrücken, deren
sich unter den englischen Dichtern besonders der Satyricus Cleve-
land schulbig gemacht,) „finde ich zwar manchen vortreflichen Ge=
„banken; doch derjenige der unter den römischen Dichtern die größten
„Gaben für das Theater halte, war, meinem Bedünken nach, Ovi=
„bius. Er weis die angenehme Bewunderung und das zärtliche
„Mitleid, welches die Gegenstände des Trauerspiels sind, so glücklich
„zu erregen, und die verschiednen Bewegungen einer mit verschiednen
„Leidenschaften kämpfenden Seele zu schildern, daß, wenn er in unsern
„Zeiten gelebt hätte, ober er zu seinen Zeiten unsere Vortheile gehabt
„hätte, ihn niemand hierinn würde übertroffen haben. Ich kann mir
„auch daher nicht einbilden, daß die Medea, die sich unter den
„Senecaischen Trauerspielen befindet, sein Werk seyn sollte; denn
„ob ich sie schon wegen ihres spruchreichen Ernstes schätze, der, wie er
„selbst sagt, der Tragödie vornehmlich zukömmt, Omne genus scripti
„gravitate Tragoedia vincit: so rührt sie mich doch bey weitem
„nicht so, daß ich glauben sollte, der Dichter, der in der Epischen
„Dichtungsart verschiednes dem Drama so nahe kommendes, als die
„Geschichte von der Myrrha, von Caunus und Byblis, ge=
„schrieben, hätte mich da nicht stärker rühren können, wo es auf die
„Rührung vornehmlich angesehen war. Das Meisterstück des Seneca,
„halte ich dafür, ist die Scene in den Trojanerinnen, wo Ulysses
„ben Astyanax sucht, um ihn umzubringen; die Zärtlichkeit einer
„Mutter ist daselbst, in der Person der Andromacha so vortreflich
„geschildert, daß unser Mitleiden kaum höher steigen kann; es ist auch
„biese Scene dasjenige, was aus allen alten Trauerspielen den rührenden
„Scenen im Shakespear und Fletcher am nächsten kömmt. Ver=
„liebte Scenen wird man wenige bey ihnen finden; ihre tragischen
„Dichter machten sich mit dieser sanften Leidenschaft nicht viel zu thun,
„sondern mehr mit sträflicher Brunst, mit Grausamkeit, mit Rache und
„Ehrgeiz und deren blutigen Folgen, wodurch sie nicht sowohl Mit-
„leiden als Schrecken bey ihren Zuschauern erregten ꝛc.

„Unter ihren Luſtſpielen finden wir eine oder zwey zärtliche
„Scenen, und zwar wo man ſie am wenigſten vermuthen ſollte, bey
„dem Plautus. Ueberhaupt aber davon zu reden, ſo ſagen ihre
„Liebhaber wenig mehr, als anima mea, vita mea, ζωη και ψυχη,
„ſo wie das Frauenzimmer zu Juvenals Zeiten in ihren zärtlichen
„Entzückungen auszurufen pflegte. Der plötzliche Ausbruch einer Leiden-
„ſchaft (z. E. die Ekſtaſis der Liebe bey einer unerwarteten Zuſammen-
„kunft) kann zwar nicht beſſer als durch ein Wort, und einen Seufzer,
„die einander unterbrechen, ausgebrückt werden; denn die Natur iſt
„bey ſolchen Gelegenheiten ſtumm, und ſie hier viel reden laſſen, würde
„eine ganz falſche Vorſtellung von ihr machen heiſſen. Doch fallen ja
„tauſend andere Dinge zwiſchen Liebhabern vor, als Eiferſucht, Klagen,
„Anſchläge ſich einander zu überkommen, worüber ſie ſich nothwendig
„gegen einander umſtänblich erklären müſſen, wenn ſie ihrer Liebe
„und der Erwartung der Zuhörer ein Genüge leiſten wollen, die auf
„ihre Gemüthsveränderungen eben ſo aufmerkſam warten, als auf die
„Veränberungen ihres Glücks; denn die Erbichtung der erſtern iſt das
„eigentliche Geſchäfte des Dichters, indem er die andern von dem Ge-
„ſchichtſchreiber entlehnet.“

Hier unterbrach Crites den Eugenius. „Ich ſehe wohl,
„ſagte er, daß ich und Eugenius in dieſer Streitigkeit ſchwerlich
„zuſammen kommen werden; denn er behauptet, daß die Neuern im
„Schreiben eine neue Vollkommenheit erlangt haben, und ich kann ihm
„auf höchſte nur zugeſtehen, daß ſie die Art und Weiſe verändert
„haben. Homer beſchreibet ſeine Helden als Männer von gutem
„Appetite, als Liebhaber von geröſtetem Rindfleiſche und gute Geſellen;
„die Helden der franzöſiſchen Romanen hingegen führen ſich ganz
„anders auf; ſie eſſen und trinken nicht, und thun für Liebe kein
„Auge zu. Virgil läßt ſeinen Aeneas ſich kühnlich ſeiner eigenen
„Tugenden rühmen,

Sum pius Aeneas fama super aethera notus;

„welches bey unſern Dichtern, die beſſer zu leben wiſſen, der Charakter
„eines Windbeutels und Bramarbas iſt; ſie führen ihren Ritter lieber
„ein wenig ſpazieren, oder laſſen ihn ſchlafen, damit er ſeine Geſchichte
„nicht ſelber erzehlen darf, die ſie ſeinem getreuen Stallmeiſter dafür
„in den Mund legen. So iſt es auch mit den verliebten Scenen, von

„welchen Eugenius zuletzt sprach; die Alten waren treuherziger, und
„wir sind schwatzhafter; sie schrieben von der Liebe so, wie man sie
„damals zu treiben gewohnt war, und ich will es dem Eugenius
„gern zugestehen, daß vielleicht dieser und jener von ihren Dichtern,
„wenn er zu unsern Zeiten lebte,

　　　　Si foret hoc nostrum fato delapsus in aevum,

„(sagt Horaz von dem Lucilius) verschiedenes ändern würde; nicht
„zwar, weil das, was er geschrieben, nicht natürlich genug wäre,
„sondern um sich nach dem Zeitalter, in welchem er lebte, mehr zu
„bequemen. Wir müssen uns daher nicht übereilen, zum Nachtheile
„dieser großen Männer etwas daraus zu schliessen, sondern sie viel=
„mehr für unsere Meister erkennen, und ihrem Andenken (quod Libi-
„tina sacravit) diejenige Ehre erweisen, die wir zum Theil von unsern
„Nachkommen werden verlangen und erwarten dürfen.“

　　　Diese bescheidene Mäßigung des Crites machte dem ganzen
Streite ein Ende, oder gab vielmehr Gelegenheit ihn auf eine andere
Seite zu lenken. Lisidejus wirft nehmlich die Frage auf, ob man
die englischen Schauspiele den Schauspielen andrer Völker vorziehen
könne? — Die Franzosen kommen hier vornehmlich in Betrachtung,
für die sich Lisidejus selbst in folgenden erkläret.

　　　„Wäre die Frage, ob die Franzosen oder ob Engländer
„am besten geschrieben hätten, vor vierzig Jahren aufgeworfen worden,
„so würde diese Ehre unstreitig unserer Nation zu Theil geworden
„seyn. Aber seit dieser Zeit sind wir, leider, so schlimme Engländer
„gewesen, daß wir nicht Zeit gehabt haben, gute Dichter zu seyn.
„Beaumont, Fletcher, Johnson, (die allein fähig waren, uns
„auf die Staffel der Vollkommenheit, auf der wir uns befinden, zu
„erheben) verliessen eben die Welt; gleich als ob in dieser Zeit des
„Greuels und der Verwüstung, der Witz und jene sanftern Künste
„nichts mehr unter uns zu schaffen hätten. Allein die Musen, die
„stets dem Frieden nachfolgen, zogen in ein ander Reich, ihre Woh=
„nungen da aufzuschlagen; Richelieu nahm sie zuerst in seinen
„Schutz, und auf seine Veranlassung machten sich Corneille und
„einige andere Franzosen, an die Verbesserung ihres Theaters, welches
„vorher eben so weit unter dem unsrigen war, als es nun über daß=
„selbe, und über alle andere Theater in Europa, erhaben ist. Weil

„mir aber Crites in seiner Rede für die Alten zuvorgekommen, und
„die verschiednen Regeln der Bühne, welche die Neuern von ihnen
„geborgt haben, bereits angemerkt hat; so will ich Sie nur kurz
„fragen, ob Sie nicht überzeugt sind, daß unter allen Völkern die
„Franzosen diese Regeln am besten beobachtet haben? In der Ein=
„heit der Zeit sind sie so gewissenhaft, daß sich ihre Dichter noch nicht
„darüber verglichen haben, ob Aristoteles nicht vielmehr den bürger=
„lichen Tag von zwölf Stunden, als den natürlichen von vier und
„zwanzig Stunden, verstanden habe, und ob man folglich nicht alle
„Schauspiele innerhalb dieser Zeit einschliessen müsse? So viel kann
„ich bezeugen, daß ich unter allen ihren Stücken, die in diesen letzten
„zwanzig Jahren, oder drüber, geschrieben worden, nicht ein einziges
„bemerkt habe, in welchem die Zeit bis auf dreyssig Stunden aus=
„gedehnet wäre. In der Einheit des Orts sind sie nicht weniger ge=
„nau, denn verschiedne von ihren Kunstrichtern schränken ihn auf den
„nehmlichen Platz und Boden ein, auf welchem das Spiel anfängt;
„alle aber halten sich doch wenigstens in dem Bezirke einer und eben=
„derselben Stadt.

„Die Einheit der Handlung fällt in allen ihren Stücken noch
„deutlicher in die Augen; denn sie überhäufen sie nicht mit Neben=
„handlungen, wie wir Engländer; daher es denn kömmt, daß so
„manche Scenen in unsern Tragikomödien auf etwas hinaus lauffen,
„was mit der Hauptsache gar keine Verwandtschaft hat, und daß wir
„in einem Schauspiele, wie in einem schlechtgearbeiteten Zeuge zwey
„ganz verschiedne Weben, zwey ganz verschiedne Handlungen, das ist
„zwey Schauspiele wahrnehmen, die man, den Zuhörer bloß verwirrt
„zu machen, mit Fleiß durch einander geflochten zu haben scheinet;
„denn kaum hat dieser sich für den einen Theil zu interessiren an=
„gefangen, als ihn der andere davon abzieht, so daß ihm am Ende
„beyde gleichgültig geblieben sind. Daher kömmt es ferner, daß die
„eine Helfte unsrer spielenden Personen die andre gar nicht kennt.
„Sie machen sich so wenig mit einander zu thun, als ob sie Moun=
„tagues und Capulets wären, und werden oft nicht eher als in
„der letzten Scene des fünften Aufzuges, wo sie alle zusammen auf
„die Bühne kommen, mit einander bekannt. Es muß kein Theater
„in der Welt etwas so abgeschmacktes haben, als die englische Tragi=

„komödie ist. Es ist dieses ein D r a m a von unsrer eignen Er-
„findung, welches man ihm auch sogleich aus dem Schnitte ansiehet;
„bald kömmt ein Strom von lustigen Einfällen, bald von Traurigkeit
„und zärtlichen Leidenschaften, bald von Bedenklichkeiten der Ehre, die
5 „sich mit einem Zweykampfe enden; kurz in zwey und einer halben
„Stunde müssen wir durch alle Anfälle des Tollhauses hindurch. Die
„Franzosen können uns mit eben so viel Veränderungen in einem
„Tage ergetzen, sie thun es aber nur nicht so zur Unzeit und so mal
„à propos als wir. Unsere Dichter mengen die Tragödie und das
10 „Possenspiel in eins; denn sie kennen ihre Zuhörer, die noch
        — ursum et pugiles media inter carmina poscunt.
„Der Ausgang des Trauerspiels, sagt A r i s t o t e l e s, soll Bewunderung
„und Mitleiden erregen; sind aber nicht Lustigkeit und Mitleiden ganz
„widersprechende Dinge? und ist es nicht augenscheinlich, daß der
15 „Dichter das eine, durch die Vermischung mit dem andern vernichten
„muß? daß er die vornehmste Absicht, den einzigen Endzweck des
„Trauerspiels aufgeben muß, um etwas mit einzumischen, was sich
„ihm nicht anders als mit Gewalt einverleiben läßt? Würde man
„einen Arzt nicht für toll halten, der erst eine Purganz, und gleich
20 „darauf ein Restringens verschriebe?
        „Doch von unsern Schauspielen wieder auf ihre zu kommen, so
„habe ich einen sehr großen Vortheil, den sie bey der Anlage ihrer
„Tragödien haben, zu bemerken geglaubt; diesen nehmlich, daß sie
„allezeit auf irgend eine bekannte Geschichte gegründet sind; und hierinn
25 „haben sie die Alten so nachgeahmt, daß sie ihnen so gar vorzuziehen
„sind. Denn die Alten, wie schon zuvor angemerkt worden, gründeten
„ihre Trauerspiele auf wenige poetische Erdichtungen, deren Ausgang
„den Zuschauern schon so bekannt war, daß sie wenig davon gerühret
„werden konnten; der Franzose aber gehet weiter,
30   Atque ita mentitur; sic veris falsa remiscet,
        Primo ne medium, medio ne discrepet imum.
„Er weis die Wahrheit mit der wahrscheinlichen Erdichtung so zu ver-
„weben, daß er uns auf die angenehmste Weise hintergehet; er lindert
„die strengen Schlüsse des Schicksals und verläßt in etwas die Ge-
35 „nauigkeit der Geschichte, um die Tugend zu belohnen, die uns jene
„als unglücklich vorgestellet hat. Manchmal hat auch die Geschichte

„den Ausgang so zweifelhaft gelassen, daß der Scribent, nach der den
„Dichtern zukommenden Freyheit, sich auf eine Seite lenken kann, auf
„welche es ihm beliebt; so ist es zum Exempel mit dem Tode des
„Cyrus, von dem Justinus und einige andere melden, daß er in
„dem Scythischen Kriege umgekommen, da Xenophon doch von ihm
„behauptet, daß er in einem hohen Alter auf seinem Bette gestorben
„sey. Ja auch alsdenn noch, wenn der Ausgang schon außer allem
„Streite ist, lassen wir uns nicht ungern betriegen, und der Dichter
„hat sicherlich, wenigstens so lange, als die Vorstellung dauert, und
„wenn er nur die Wahrscheinlichkeit beobachtet hat, alle Zuhörer auf
„seine Seite; denn wo unser eigen Interesse nur nicht mit im Spiele
„ist, lieben wir die Tugend von Natur so sehr, daß wir sie als die
„allgemeine Sache der Menschheit betrachten. Erwägen wir aber auf
„der andern Seite die historischen Schauspiele des Shakespear,
„so finden wir, daß sie so manche Chroniken von Königen sind, wo
„die Begebenheiten oft von dreyßig bis vierzig Jahren, in eine Vor-
„stellung von zwey und einer halben Stunde zusammen gepreßt sind,
„welches aber nicht sowohl die Natur nachahmen und schildern, als
„vielmehr verkleinern und in Miniatur bringen heißt. Man betrachtet
„sie gleichsam durch das verkehrte Ende des Perspectivs, da ihre Bilder
„denn nicht bloß unendlich kleiner, sondern auch unendlich unvoll-
„kommener, als sie wirklich sind, erscheinen; und dieses macht ein Schau-
„spiel unstreitig mehr lächerlich als angenehm.

Quodcunque ostendis mihi sic, incredulus odi.
„Denn die menschliche Seele begnügt sich mit nichts andern, als mit
„Wahrheit, oder wenigstens Wahrscheinlichkeit; und ein Gedicht muß,
„wo nicht ἔτυμα, doch ἐτυμοισιν ὁμοια, wie es ein alter griechischer
„Dichter ausdrückt, enthalten.

„Noch ein Punct, worinn die Franzosen von uns und den Spaniern
„abgehen, ist, daß sie sich nicht mit allzuviel Fabel und Verwicklung
„verwirren und überhäuffen. Sie stellen von der Geschichte nur so
„viel vor, als nöthig ist, Eine ganze und große Handlung für Ein
„Schauspiel auszumachen; wir aber, die wir mehr auf uns zu nehmen
„wagen, vervielfältigen nur bloß die Begebenheiten, und da diese nicht
„eine aus der andern, als Wirkungen aus ihren Ursachen, fliessen,
„sondern bloß der Zeit nach auf einander folgen, so bringen wir ver-

„schiedne Handlungen in das Drama und machen folglich mehr als
„ein Schauspiel daraus.

　„Indem die Franzosen aber genau bey einer Sache bleiben, die
„nicht alle Augenblicke unterbrochen wird, so haben sie dadurch für
„ihre Verse, in welchen sie schreiben, mehr Freyheit gewonnen; sie
„können sich bey jedem Umstande verweilen, der sich der Mühe ver=
„lohnt, und können die Leidenschaften, (die eigentlich, wie wir bereits
„erkannt haben, des Dichters Werk sind) mit aller Bequemlichkeit vor=
„stellen, ohne beständig von einem auf das andere gerissen zu werden,
„so wie es in den Stücken des Calderon geschieht, die wir neulich
„unter dem Titel der spanischen Lustspiele, auf unserm Theater ge=
„sehen haben. Ich habe bey uns nur eine einzige Tragödie finden
„können, welche die Regelmäßigkeit und Einheit der Handlung hätte,
„die ich an den französischen gerühmt habe; und dieses ist Rollo,
„oder vielmehr, unter dem Namen Rollo, die Geschichte des Baßia=
„nus und Geta beym Herodian; in dieser ist die Handlung weder
„vielfach noch zu verwickelt, sondern gerade groß genug, das Gemüth
„der Zuhörer zu füllen, ohne es zu überladen. Uebrigens ist sie auf
„die historische Wahrheit gegründet, und nur die Zeit der Handlung
„will sich unter die Strenge der Regeln nicht bringen lassen; auch
„guckt an einigen Orten noch das Possenspiel vor, welches mit der
„Würde der übrigen Theile nicht übereinstimmt. Aber hierinn sind
„alle unsere Dichter ungemein fehlerhaft, und selbst Ben Johnson
„hat uns in seinem Sejanus und Catilina ein solches dra=
„matisches Ragout vorgesetzt; eine unnatürliche Vermischung nehmlich
„von Komödie und Tragödie, die mir eben so lächerlich vorkömmt, als
„die Geschichte Davids mit den Lustbarkeiten des Goliaths. Im
„Sejanus gehöret hierher die Scene zwischen der Livia und dem
„Arzte, welches eine feine Satire wider die künstlichen Hülfsmittel
„der Schönheit ist; und im Catilina, das Parlament der Weiber,
„und alles was zwischen dem Curio und der Fulvia vorgehet:
„alles zwar in ihrer Art vortrefliche Scenen, die sich aber zu den
„übrigen nicht schicken.

　„Doch ich komme auf die französischen Scribenten wieder zurück,
„die, wie ich schon gesagt habe, sich nicht mit allzuviel Handlung
„überladen, welches ihnen von einem witzigen Manne aus unsrer

„Nation als ein Fehler vorgeworfen worden; denn er giebt ihnen
„Schuld, daß sie in ihren Spielen gemeiniglich nur eine Person be=
„merkungswürdig machen; bey ihm und bey allen, was ihn angehet,
„verweilten sie sich allein, und die übrigen Personen wären bloß da,
„um ihn hervorstechen zu lassen. Wenn er hiermit meinet, daß in 5
„ihren Stücken beständig eine Person vorkomme, die von größrer
„Würde als die übrigen ist, so muß er nicht allein ihre Schauspiele,
„sondern auch alle Schauspiele der Alten, und, was er gewiß nicht
„gern thun würde, die besten von den unsrigen tadeln; denn es kann
„unmöglich anders seyn, als daß sich eine Person mehr als die andere 10
„ausnehmen muß, weil immer ein grosser Theil der Handlung mehr
„auf diese, als auf jene fällt. Wir sehen dieses ja bey Verwaltung
„aller Geschäfte in der Welt; selbst in der alle gleich getheiltesten[1]
„Aristokratie, kann das Gleichgewicht nicht so genau beobachtet werden,
„daß die Wage nicht für diesen oder jenen den Ausschlag geben sollte, 15
„es sey nun in Ansehung seiner natürlichen Gaben, oder seiner Glücks=
„güter, oder der Ehre wegen seiner rühmlichen Thaten, wovon eines
„schon genug ist den größern Theil der Geschäfte in seine Hände
„fallen zu lassen.

„Hat aber der gedachte Kunstrichter so viel damit sagen wollen, 20
„daß durch die Erhebung des einen Charakters alle übrigen vernach=
„läßiget werden, und daß sie nicht alle einen oder den andern Antheil
„an der Handlung des Stücks haben, so wollte ich ihn wohl ersuchen,
„nur eine einzige Tragödie vom Corneille zu nennen, in der nicht
„jede Person, gleich so vielen Bedienten in einer wohlregierten Familie, 25
„ihre gewisse Verrichtung habe, und nicht zur Betreibung der Hand=
„lung, oder wenigstens zum Verständnisse derselben, nothwendig sey.

„Es giebt zwar bey den Alten einige protatische Personen, deren
„sie sich in ihren Schauspielen, entweder eine Erzehlung zu machen,
„oder mit anzuhören, bedienen; allein die Franzosen vermeiden dieses 30
„mit vieler Geschicklichkeit, indem sie ihre Erzehlungen bloß solchen und
„durch solche[2] Personen machen lassen, die gewissermaaßen an der
„Hauptabsicht Antheil haben. Und da ich itzt von den Erzehlungen
„spreche, so kann ich nicht unterlassen, zum Lobe der Franzosen, noch
„dieses hinzuzufügen, daß sie sich derselben oft mit mehr Ueberlegung, 35

---

[1] (vielleicht verdruckt für) der aller gleich getheiltesten   [2] solchen (1756)

„und zu gelegener Zeit bedienen, als wir Engländer. Ich will zwar
„die Erzehlungen überhaupt nicht anpreisen; es giebt aber eine doppelte
„Gattung derselben. Die eine nehmlich betrift diejenigen Dinge, die
„vor dem Schauspiele vorhergegangen, und beßwegen beygebracht werden
5 „müssen, um uns das Nachfolgende verständlich zu machen; es ist aber
„ein Fehler, daß man einen solchen Stoff für die Bühne wählet, der
„uns an diese Klippe nothwendig treiben muß. Denn wir sehen ja,
„daß die Zuhörer selten darauf Achtung geben, welches sehr oft den
„Fall des ganzen Stücks verursacht. Sie dürfen auch nur eine Kleinig=
10 „keit manchmal überhören, und sie werden durch das ganze Spiel durch
„nicht wissen, woran sie sind. Ist es also nicht in der That unbillig,
„daß man es ihnen so sauer macht, daß sie das, was vor ihren Augen
„vorgeht, nicht verstehen können, ohne ihre Zuflucht zu dem, was zehn
„oder zwanzig Jahr vorher geschehen, zu nehmen?

15   „Man hat aber noch eine andre Art Erzehlungen; von solchen
„Dingen nehmlich, die während der Handlung des Stücks vorfallen,
„und als hinter der Scene geschehen zu seyn, betrachtet werden. Solche
„Erzehlungen sind sehr oft so bequem, als schön; denn durch ihre
„Hülfe vermeiden die Franzosen allen Tumult, dem unsere Bühne so
20 „sehr ausgesetzt ist, indem wir Zweykämpfe, Schlachten und dergleichen
„darauf vorgehen lassen. Es kann auch leicht nichts lächerlicher seyn,
„als wenn ein Trommelschläger, und fünf Mann hinter ihm, eine
„ganze Armee vorstellen, die der Held von der andern Seite vor sich
„hertreiben muß; oder wenn bey einem Zweykampfe einer den andern
25 „mit ein Paar Stößen eines stumpfen Rappiers zu Boden setzet, mit
„welchem er Mühe haben sollte, seinen Mann im Ernste in Zeit einer
„guten Stunde umzubringen!

        „Ich habe auch angemerkt, daß sich die Zuschauer in allen unsern
„Trauerspielen des Lachens auf keine Weise enthalten können, so oft
30 „eine von den spielenden Personen sterben soll; es ist dieses allezeit
„der lustigste Theil des Schauspiels. Es können alle L e i d e n s c h a f t e n
„auf der Bühne lebhaft vorgestellt werden, wenn sie von dem Dichter
„nur wohl ausgedruckt sind, und es dem Schauspieler dabey an einer
„gefälligen Stimme und an einem sich wohl und leicht tragenden und
35 „bewegenden Körper nicht fehlet; gewisse H a n d l u n g e n aber können
„nimmermehr mit der gehörigen Vollkommenheit nachgeahmet werden;

„das Sterben insbeſondre iſt eine Sache, die nur ein römiſcher Fechter
„auf der Bühne gut verrichten könnte, wenn er es nicht ſowohl nach=
„ahmte und vorſtellte, als vielmehr wirklich vollzog; und folglich iſt
„es am beſten, die Vorſtellung davon zu unterlaſſen.

　　„Die Worte eines guten Dichters, die es lebhaft beſchreiben,
„werden einen weit tiefern Eindruck machen, und ſich unſrer Ueber=
„zeugung weit gewiſſer verſichern, als wenn ſich der Schauſpieler noch
„ſo viel Mühe giebt, vor unſern Augen für todt niederzufallen; ſo
„wie auch der Dichter durch die Beſchreibung einer ſchönen lieblichen
„Gegend unſre Einbildungskraft weit mehr vergnügen kann, als der
„wirkliche Anblick derſelben unſere Augen vergnügen würde. Wenn
„wir den Tod vorgeſtellt ſehen, ſo ſind wir überzeugt, daß es nur
„eine Erdichtung iſt; wenn wir ihn aber bloß erzehlen hören, ſo fehlen
„die ſtärkſten Zeugen, unſere Augen, die uns von dem Irrthume über=
„führen könnten, und wir kommen dem Betruge des Dichters, weil
„er ſo grob nicht iſt, ſelbſt zu Hülfe. Wer ſich alſo einbildet, daß
„dergleichen Erzehlungen keinen Eindruck auf die Zuhörer machen
„könnten, der irret ſich ſehr, indem er ſie mit den erſt gedachten Er=
„zehlungen lange vor dem Schauſpiele geſchehener Dinge, vermengt;
„jene werden größten Theils den Zuhörern bey kaltem Blute gemacht,
„bey dieſen aber hilft uns unſer Mitleiden, das in dem Schauſpiele
„erregt worden, in Feuer und Affect ſetzen. Was die Weltweiſen von
„der Bewegung ſagen, daß, wenn ſie einmal angefangen, ſie von ſich
„ſelbſt, bis in alle Ewigkeit fortdaure, wenn ſie durch keine Hinder=
„niſſe aufgehalten würde, iſt auch bey dieſer Gelegenheit augenſchein=
„lich wahr; die Seele, die einmal durch die Charaktere und Glücks=
„fälle dieſer eingebildeten Perſonen in Bewegung geſetzt worden, gehet
„ihren Gang fort, und wir hören das, was mit ihnen auſſer der
„Bühne vorgegangen, mit eben der Begierde an, mit welcher wir die
„Nachricht von einer abweſenden Geliebten vernehmen. Aber, wirft
„man ein, wenn ein Theil des Schauſpiels erzehlt werden darf, warum
„erzehlen wir nicht alle? Ich antworte hierauf: einige Stücke der
„Handlung laſſen ſich beſſer vorſtellen, und andere beſſer erzehlen.
„Corneille ſagt ſehr wohl, daß der Poet nicht verbunden iſt, uns
„alle einzelne Handlungen, welche die Haupthandlung bewirken, vor
„Augen zu ſtellen; er muß nur ſolche zu ſehen geben, deren Anblick

„wirklich schön ist, es sey nun in Ansehung ihres Gepränges, oder
„der Heftigkeit der dabey vorkommenden Leidenschaften, oder eines
„andern ihnen beywohnenden Reitzes; das übrige alle muß man den
„Zuhörern durch Erzehlungen beybringen. Es ist ein großer Irrthum,
5 „wenn wir glauben, daß die Franzosen keinen Theil der Handlung
„auf der Bühne vorstellen; jede Veränderung, jedes Hinderniß, das
„sich bey einer Absicht äußert, jede neu entstehende Leidenschaft und
„Abänderung derselben, ist ein Theil der Handlung, und zwar der
„edelste derselben, wir müßten denn glauben, daß nichts eher Hand=
10 „lung sey, als bis es mit den spielenden Personen zu Thätlichkeiten
„komme; gleich als wäre die Schilderung des Gemüths der Helden
„nicht weit eigentlicher des Dichters Werk, als die Stärke ihres Körpers.
„Auch widerspricht dieses im geringsten nicht der Meynung des Horaz,
„wenn er sagt: .

15   Segnius irritant animos demissa per aurem,
          Quam quae sunt oculis subjecta fidelibus —
„Denn er sagt gleich darauf:
          — — — — Non tamen intus
          Digna geri promes in scenam; multaque tolles
20   Ex oculis, quae mox narret facundia praesens.
„Und von diesen vielen, nennt er einiges:
          Nec pueros coram populo Medea trucidet,
          Aut in avem Progne mutetur, Cadmus in anguem etc.
„Das ist: solche Handlungen, die, wegen ihrer Grausamkeit, Abscheu
25 „in uns erregen, oder die wir, wegen ihrer Unmöglichkeit, nicht glauben
„können, müssen von dem Dichter entweder gänzlich vermieden, oder
„bloß durch die Erzehlung beygebracht werden. Hierzu können wir
„auch mit Recht alle diejenigen Handlungen setzen, die wir zur Ver=
„meidung des Tumults, (wie ich schon zuvor angemerkt habe) oder
30 „wegen ihres Mangels an Schönheit, oder zu Erhaltung einer regel=
„mäßigern Dauer der Zeit, besser erzehlen als dem Auge vorstellen
„lassen. Beyspiele von allen diesen Arten kommen häufig so wohl bey
„den Alten, als bey unsern besten englischen Dichtern vor. Wir finden,
„daß Ben Johnson in einem seiner Lustspiele (Magnetick Lady)
35 „dieses in Acht genommen hat, wo einer vom Tische kömmt, und die
„Zänkereyen und Unordnungen, die dabey vorgefallen, erzehlt, um die

„ungeziemende Vorstellung derselben auf der Bühne zu vermeiden,
„und die Geschichte abzukürzen; und dieses zur ausdrücklichen Nach=
„ahmung des Terenz, welcher vor ihm in seinem Eonucho ein
„gleiches gethan, und die[1] Pythias alles, was bey des Soldaten
„Gasterey vorgefallen, bloß erzehlen läßt. Die Erzehlungen von dem
„Tode des Sejanus und den vorhergegangenen Wunderzeichen, sind
„gleichfalls in dieser Absicht merkwürdig; jener mußte den Zuschauern
„aus den Augen gebracht werden, um das Abscheuliche und Tumul=
„tuöse der Vorstellung zu vermeiden, und diese durften nicht gezeigt
„werden, weil es lauter unglaubliche Dinge waren. Fletcher gehet
„in seinem vortreflichen Stücke: The King and no King noch weiter;
„denn die ganze Auflösung geschiehet in dem fünften Aufzuge, nach
„dem Muster der Alten, durch eine bloße Erzehlung, welche die Zu=
„schauer dennoch ungemein rühret, ob sie gleich nur Dinge enthält,
„die viel Jahre vor dem Stücke geschehen. Ich könnte noch mehr
„Beyspiele anführen; doch diese sind bereits hinlänglich, zu beweisen,
„daß man gar wohl einen Stoff wählen kann, der dergleichen Erzeh=
„lungen erfordert; da liegt der Fehler noch nicht, aber in der schlechten
„Ausführung und Bearbeitung kann er liegen.

„Doch ich finde, daß ich mich bey diesem Puncte allzulange auf=
„halte, indem die Franzosen noch viele andere Vortreflichkeiten besitzen,
„deren wir uns nicht rühmen können; diese zum Exempel, daß sich
„bey ihnen niemals ein Stück mit einer Bekehrung oder bloßen Willens=
„änderung endet, welches der gewöhnliche Schluß ist, den unsere Dichter
„ihren Schauspielen geben. Man zeigt bey dem Ausgange eines dra=
„matischen Gedichts wenig Kunst, wenn diejenigen, die während den
„vier ersten Aufzügen die Hindernisse der Glückseligkeit gewesen, in
„dem fünften auf einmal es zu seyn aufhören, ohne daß sie eine
„wichtige Ursache dazu bewogen; und ob ich gleich nicht leugne, daß
„sich eine solche Ursache wohl finden läßt, so ist es doch immer ein
„sehr gefährlicher Schritt, und der Dichter muß ganz gewiß wissen,
„daß er die Zuhörer von der hinlänglichen Stärke derselben über=
„zeugen werde. So scheinet mir, zum Exempel, die Aenderung des
„Wucherers in dem Lustspiele The scornful Lady, ein wenig zu ge=
„zwungen; denn da er ein Wucherer, und folglich ein Liebhaber des

___
[1] den (1768; vielleicht auch zu verbessern in] der

„Geldes bis zum höchsten Grade des Geitzes ist, (wie ihn denn auch
„der Dichter als einen solchen vorstellt,) so ist die Ursache, die er von
„seiner plötzlichen Veränderung giebt, weil er nehmlich von dem wilden
„jungen Menschen betrogen worden, nicht sehr natürlich; denn diese
„Ursache sollte ihn vielmehr bewogen haben, in Zukunft behutsamer
„zu gehen, und sich selbst mit geringerer Kost und elenderer Kleidung
„zu bestrafen, um auf diese Weise, was er verloren, wieder zu ersparen;
„daß er aber seinen Verlust als eine gerechte Strafe ansehen und
„Reue dabey empfinden sollte, das hätte sich nicht übel in eine Predigt
„geschickt, nur in einem Schauspiele ist es durchaus nicht zu dulden.

„Ich will hiervon nichts weiter sagen; auch will ich mich bey
„ihrer Sorgfalt nicht aufhalten, keine Person, nach ihrem ersten Auf=
„tritte, wieder erscheinen zu lassen, ohne daß ihr Geschäfte sie offenbar auf
„die Bühne bringt. Wenn diese Regel gehörig beobachtet wird, müssen
„uns nothwendig alle Begebenheiten in dem Schauspiele weit natürlicher
„erscheinen; denn man siehet von jeder einen wahrscheinlichen Grund,
„woraus sie geflossen, und alles, was wir in dem Schauspiele sonst für
„bloßen Zufall gehalten hätten, kömmt uns nunmehr nicht bloß ver=
„nünftig, sonst fast nothwendig vor, indem keine Person abtritt, ohne daß
„wir auf ihr Vorhaben und Absehen, bey dem nächstfolgenden Auftritte
„derselben, vorbereitet werden, obgleich in einer wohl ausgearbeiteten
„Scene der Ausgang mit unserer Erwartung selten übereinkommen
„wird. Nichts kann abgeschmackter seyn, sagt Corneille, als wenn
„eine Person bloß deswegen abtritt, weil sie nichts mehr zu sagen hat.

„Ich sollte nunmehr auch von der Schönheit ihrer Reime, und
„von der Ursache reden, warum ich diese Art Tragödien abzufassen,
„der unsrigen in ungereimten Versen vorziehe. Doch weil sie auch
„zum Theil bey uns angenommen, und ihnen folglich nicht eigenthüm=
„lich ist, so will ich nichts weiter davon sagen rc.“

Hier bricht Lisibejus, nachdem er nur noch etwas weniges
hinzugesetzt, ab, und Neander antwortet ihm in folgenden:

„Ich will dem Lisibejus, ohne lange zu streiten, einen grossen
„Theil von dem, was er wider uns beygebracht, zugeben; denn ich
„bekenne es, daß die Franzosen ihre Trauerspiele regelmäßiger an=
„legen, und daß sie die Gesetze der Komödie und das Decorum der
„Bühne, überhaupt zu reden, genauer beobachten als die Engländer;

„ich leugne auch nicht, daß wir wegen verschiebner von ihm erwähnter
„Unregelmäßigkeiten mit Recht zu tabeln sind: doch bin ich, bey dem
„allen, noch der Meinung, daß weder unsere Fehler, noch ihre Tugenden
„von der Beträchtlichkeit sind, ihnen den Vorzug vor uns einzuräumen.

„Denn da die lebhafte Nachahmung der Natur mit in die Er- 5
„klärung des Schauspiels gehört, so müssen auch diejenigen, die dieses
„Gesetz am besten erfüllen, auch vor den andern am meisten geschätzt
„werden. Wahr ist es, die Schönheiten der französischen Poesie sind
„von der Beschaffenheit, daß sie die Vollkommenheit, wo sie schon vor=
„handen ist, erhöhen; allein diese Vollkommenheit, wo sie fehlet, zu 10
„verschaffen, das sind sie nicht im Stande. Es sind Schönheiten einer
„Bildsäule, aber nicht eines Menschen, weil sie nicht durch die Seele
„der Poesie belebt sind, welche in der Nachahmung der Leidenschaften
„und Launen bestehet; und dieses wird weder Lisidejus, noch ein
„anderer, wenn er für ihre Parthey auch noch so[1] sehr eingenommen ist, 15
„in Abrede seyn können, so bald er die Launen in unsern Lustspielen,
„und die Charaktere in unsern ernsthaften Schauspielen mit den ihrigen
„vergleicht. Wer die Stücke durchgehen will, die sie ohngefehr seit
„zehn Jahren geschrieben haben, dem soll es schwer werden zwey oder
„drey erträgliche Launen darinn aufzutreiben. Was hat Corneille 20
„selbst, ihr vornehmster Dichter, in dieser Art hervorgebracht, aus=
„genommen seinen Lügner, dieses in Frankreich so gepriesene Stück?
„Und dennoch, als es in einer recht guten Uebersetzung auf die englische
„Bühne kam, und der Charakter des Dorante auch so gut gespielt
„wurde, als er in Frankreich nur immer hat können gespielt werden, 25
„wollten es keine auch von seinen eifrigsten Lobrednern wagen, es mit
„irgend einem guten Stücke des Fletchers oder Ben Johnsons in
„Vergleichung zu setzen. In den übrigen Stücken des Corneille kömmt
„noch weniger Laune vor; er sagt uns selbst, seine Gewohnheit sey, zu
„Anfange ein Paar Liebhaber in gutem Verständnisse zu zeigen, hier= 30
„auf, gegen die Mitte des Stücks, durch irgend einen Irrthum, Un=
„einigkeit und Verwirrung unter ihnen zu stiften, und endlich am Ende
„den Streit zu schlichten und sie wieder mit einander zu versöhnen.

„In den letzten Jahren aber scheinen Moliere, der jüngere
„Corneille, Quinault und einige andere, die launigten Einfälle 35

<hr>

[1] so [fehlt 1768]

„und Annehmlichkeiten der englischen Bühne, von weitem nachgeahmt
„zu haben. Sie haben ihre ernsthaften Stücke mit lustigen Einfällen
„untermengt; und sich auf diese Weise, seit dem Tode des Carbinals
„Richelieu, unsern Tragikomödien genähert, welches Lisibejus
5 „und viele andere hätten bedenken sollen, damit sie nicht etwas als
„eine Tugend an ihnen lobten, was sie selbst nicht mehr ausüben.
„Die meisten von ihren neuen Stücken sind eben so wie viele von
„unsern, aus Spanischen Novellen gezogen; fast kein einziges ist ohne
„eine Florkappe, und einen getreuen Diego, nach dem Schlage der
10 „irrenden Ritter. Ihre Launen aber, wenn sie anders diesen Namen
„verdienen, sind so dünne gesäet, daß in einem Stücke niemals mehr
„als eine vorkömmt; und ich getraue mir in einem einzigen Stücke
„von Ben Johnson mehrere und verschiedenere zu finden, als in
„allen ihren Stücken zusammen.

15 „Ich gebe es zu, was sich nur immer auf den Grund eines
„spanischen Stückes hat bauen lassen, das haben die Franzosen darauf
„gebauet; was vorher lustig und ergetzend war, das haben sie regel=
„mäßig gemacht. Es läßt sich aber nicht mehr als ein einzig gutes
„Stück über alle diese Intriguen machen; sie sind einander zu ähnlich,
20 „als daß sie oft gefallen könnten, welches wir nicht erst durch die Er=
„fahrung auf unsrer eignen Bühne bestätigen dürfen. Was ihre neue
„Gewohnheit anbelangt, lustige Scenen in ernsthafte Stücke zu mischen,
„so will ich nicht, wie Lisibejus, die Sache selbst verdammen,
„sondern nur die Weise, wie es bey ihnen geschieht, kann ich nicht
25 „billigen. Er sagt, wir könnten nach einer rührenden und affectvollen
„Scene, nicht so geschwind wieder zu uns kommen, um gleich darauf
„an einer launigten und lustigen Geschmack zu finden. Aber warum
„sollte die Seele des Menschen träger seyn, als seine Sinne? Kann
„nicht das Auge in einer weit kürzern Zeit, als in jenem Falle er=
30 „fordert wird, von einem unangenehmen zu einem angenehmen Gegen=
„stande übergehen? Und macht nicht die Unannehmlichkeit des erstern,
„die Schönheit des andern um so viel reizender? Die alte Regel der
„Logik hätte sie schon überzeugen können: Contraria juxta se posita
„magis elucescunt. Eine anhaltende Ernsthaftigkeit strenget den Geist
35 „allzusehr an; wir müssen uns manchmal erhohlen, so wie wir auf
„einer Reise dann und wann einkehren, um sie desto gemächlicher fort=

„setzen zu können. Eine lustige Scene in einer Tragödie hat eben die
„Wirkung, welche die Musik zwischen den Aufzügen hat, die uns auch
„nach dem interessantesten Aufzuge, wenn er nur ein klein wenig zu
„lange gedauert hat, eine willkommene Erhohlung gewähret. Man
„muß mir daher erst stärkere Gründe bringen, wenn ich überzeugt seyn 5
„soll, daß Mitleiden und Fröhlichkeit in eben demselben Gegenstande
„einander aufreiben; bis dahin aber werde ich zur Ehre meiner Nation
„glauben, daß wir eine weit angenehmere Weise für die Bühne zu
„schreiben, erfunden, ausgebildet und zur Vollkommenheit gebracht haben,
„als allen Alten und Neuern irgend einer Nation bekannt gewesen; 10
„die Tragikomödie nehmlich.
„Ich muß mich daher sehr wundern, wie Lisibejus und viele
„andere die Unfruchtbarkeit der französischen Intriguen, über die
„Mannigfaltigkeit und den Reichthum der englischen, erheben können.
„Ihre Intrigue ist einfach; sie haben nur eine einzige Absicht, die 15
„alle spielende Personen betreiben, und welcher uns jede Scene immer
„näher bringt; unsre Stücken aber haben, außer der Haupthandlung,
„noch Nebenhandlungen und kleinere Intriguen, die mit jener zugleich
„fortgeführet werden; so wie man sagt, daß der Kreiß der Firsterne,
„und der Kreiß der Planeten, ob sie gleich ihre eigene Bewegung 20
„haben, durch die Bewegung des Primum mobile zugleich mit fort=
„gerissen werden. Und dieses Gleichniß passet auf die englische Schau=
„bühne sehr wohl; denn wenn selbst in der Natur entgegengesetzte
„Bewegungen bey einander Statt haben, wenn sich ein Planet zu
„gleicher Zeit gegen Abend und Morgen bewegen kann; das eine, 25
„Kraft seiner eignen Bewegung, und das andre durch die Gewalt des
„ersten Bewegers: so läßt es sich ja auch gar wohl einbilden, wie
„eine Nebenhandlung, die von der Haupthandlung nur unterschieden,
„und keinesweges ihr entgegengesetzt ist, ganz natürlich mit ihr zu=
„gleich fortgeführet werden kann. 30
„Eugenius hat uns bereits, dem eignen Bekenntnisse der
„französischen Dichter zu Folge, gezeigt, daß die Einheit der Handlung
„genugsam beobachtet ist, wenn alle die unvollkommenen Handlungen
„des Stücks zu der Haupthandlung etwas beytragen; wenn aber freylich
„diese kleinen Intriguen weder mit jener, noch unter sich zusammen= 35
„hangen, so hat Lisibejus Recht, diesen Mangel der gehörigen Ver=

„bindung zu tabeln; denn die Coordination ist in einem Schauspiele
„eben so unnatürlich und gefährlich als in dem Staate. Unterdessen
„muß er doch bekennen, daß unsere Mannigfaltigkeit, wenn sie wohl
„geordnet ist, den Zuhörern ein weit grösseres Vergnügen gewähren kann.

5   „Was seinen andern Grund anbelangt, daß sie bey Betreibung
„nur einer einzigen Handlung, Musse und Gelegenheit haben, die
„Leidenschaften wirksamer zu zeigen und besser auszubrücken, so wollte
„ich wohl wünschen, daß er sein Vorgeben mit irgend einem Beyspiele
„erhärtet hätte; denn ich muß bekennen, ihre Verse sind für mich die
10 „kältesten, die ich jemals gelesen habe. Es ist auch nach ihrer Me-
„thobe nicht wohl möglich, die Leidenschaften so stark auszubrücken,
„daß das Gemüth der Zuhörer badurch in Regung gesetzt würde, in-
„dem ihre Reden fast nichts als langweilige Declamationen sind, die
„uns nicht den eingebilbeten Helden, sondern uns selbst zu betauern
15 „zwingen, daß wir ein so eckeles Gewäsche mit anhören müssen. Als
„sich der Carbinal Richelieu der französischen Bühne annahm, so
„kamen diese langen Reden auf, um sich nach der Gravität des geist-
„lichen Herrn zu bequemen. Betrachten Sie einmal den Cinna und
„Pompejus, ob sie wohl Schauspiele, oder nicht vielmehr lange
20 „Unterredungen über die Staatskunst zu nennen sind, so wie der feyer-
„liche Polyeuct über die Religion? Seit dem ist es bey ihnen auch
„eingerissen, daß ihre Schauspieler gleichsam nach dem Stunbenglase,
„wie unsere Prebiger, reden, und es für das schönste in ihrer Rolle
„halten, wenn ihnen der Poet den Gefallen erwiesen, die Zuhörer in
25 „einem Stücke wenigstens zwey bis breymal mit einer Rede von
„ein Hundert Zeilen unterhalten zu bürfen. Es kann wohl seyn, daß
„sich dieses zu dem Naturelle der Franzosen recht gut geschickt; denn
„so wie wir, als ein weit mürrischer Volk in die Komöbie gehen, um uns
„da aufgeräumt zu machen, so gehen sie, bie von einer weit leicht-
30 „sinnigern und lustigern Gemüthsart sind, in der Absicht bahin, eine
„kurze Zeit ernsthafter als gewöhnlich zu seyn. Und dieses, so viel ich
„einsehe, mag eine von den vornehmsten Ursachen seyn, warum wir
„lieber Komöbien, und sie lieber Tragöbien haben mögen. Ueberhaupt
„aber davon zu reden, so ist es unleugbar, daß kurze Reden und Ant-
35 „worten, die Leidenschaften zu erregen und uns in Hitze zu setzen, ge-
„schickter sind, als andre. Denn es ist unnatürlich, wenn eine Person

„in einem aufwallenden Affecte viel hintereinander ſpricht, oder wenn
„bie andere, die in gleicher Gemüthsverfaſſung iſt, ihr lange ohne
„Unterbrechung zuhört ꝛc. — Beſonders iſt in der Komödie eine ge=
„ſchwinde Antwort, eine von den größten Annehmlichkeiten derſelben;
„und das größte Vergnügen, das die Zuſchauer haben können, iſt,   5
„wenn die Perſonen einander ihre Einfälle, gleichſam wie in einem
„Ballſpiele, geſchickt und geſchwind zuwerfen. Und dieſes hatten unſere
„Vorältern, wenn auch wir ſchon nicht mehr, in Fletchers Stücken
„in einem weit höhern Grade der Vollkommenheit, als die franzöſiſchen
„Dichter jemals erreichen werden.   10

     „Es iſt noch ein Punct in der Rede des Liſibejus, wo er
„unſere Nachbarn nicht ſo wohl gelobt, als entſchuldiget hat; dieſer
„nehmlich, daß ſie in ihren Stücken immer nur eine Perſon ſich aus=
„nehmen laſſen. Es iſt zwar ganz richtig was er ſagt, daß in allen
„Schauſpielen, auch ohne Beyhülfe des Dichters, ein Charakter immer   15
„vor dem andern vorſtechen, und den größten Theil an der Handlung
„des ganzen Drama haben wird. Doch das hindert nicht, daß nicht
„mehrere glänzende Charaktere, und verſchiedne Perſonen von einer
„zweyten aber der erſten ſo ähnlichen Größe darinn ſeyn könnten,
„daß man Größe gegen Größe ſetzen kann, und alle Perſonen nicht   20
„bloß ihrem Range ſondern auch ihrer Handlung nach in Betrachtung
„kommen. Es iſt augenſcheinlich, je mehr Perſonen ſind, deſto größer
„iſt die Mannigfaltigkeit des Stücks. Wenn nun ihre verſchiednen
„Rollen ſo wohl verbunden ſind, daß die Schönheit des Ganzen nichts
„darunter leidet, und die Mannigfaltigkeit kein verwirrtes Gemenge   25
„von Zufällen wird, ſo wird man finden, daß es kein geringes Ver=
„gnügen iſt, in einem Labyrinth von Abſichten herum zu gehen, wo
„man zwar manchen Weg vor ſich hat, den Ausgang aber doch nicht
„eher vorher ſieht, als bis man ganz nahe dabey iſt ꝛc. — ·

     „Doch endlich auf den letzten Theil der Rede des Liſibejus   30
„zu kommen, welcher die Erzehlungen betraf, ſo muß ich mit ihm be=
„kennen, daß die Franzoſen wohl daran thun, wenn ſie diejenigen
„Stücke der Handlung, die auf dem Theater einen Tumult verurſachen
„würden, verbergen und ſie den Zuſchauern nur durch eine Erzehlung
„bekannt werden laſſen. Ferner halte ich es auch mit ihm für ſehr   35
„zuträglich, daß alle unglaubliche Handlungen aus dem Geſichte ge=

„bracht werden. Es sey nun aber, daß die Gewohnheit unter unsern
„Landsleuten schon so tief eingerissen, oder daß wir von Natur wil=
„derer Art sind; Zweykämpfe und andere Gegenstände des Schauders
„und Schreckens lassen wir unsern Blicken nicht gerne entziehen. Und
„in der That ist die Unanständigkeit des Tumults alles, was man
„wider das Fechten einwenden kann; denn warum sollte sich unsere
„Einbildung nicht eben so gern durch die Wahrscheinlichkeit dieses,
„als eines andern Vorfalls in dem Schauspiele hintergehen lassen?
„Ich wenigstens kann mich eben so leicht überreden, daß die Stöße
„in allem Ernste gethan werden, als daß die, die sie thun, Könige,
„Prinzen und die nehmlichen Personen sind, die sie vorstellen. Was
„unglaubliche Gegenstände anbelangt, so wünschte ich vom Lisidejus
„wohl zu hören, ob auf unserm Theater wohl etwas von allem An=
„scheine der Wahrheit so weit entferntes vorkomme, als in der An=
„dromeda des Corneille, welches Stück so viel Beyfall, als irgend
„eines von seinen übrigen erhalten hat? Wessen Glauben stark genug
„ist, den Perseus, den Sohn einer heydnischen Gottheit, den Pega=
„sus und das Ungeheuer zu verdauen, der mag nur ja keine von
„unsern Vorstellungen tadeln. Es sind dieses nun zwar angenehme
„Gegenstände; allein in Ansehung der Wahrscheinlichkeit ist es alles
„eins; denn der Dichter macht kein Ballet, keine Masquerade daraus,
„sondern ein Drama, welches der Wahrheit gleichen soll. In An=
„sehung des Sterbens aber, welches nicht vorgestellt werden sollte,
„haben wir, ausser den vom Lisidejus angeführten Gründen, das
„Ansehen Ben Johnsons selbst, der es in seinen Tragödien ver=
„mieden hat; denn sowohl der Tod des Sejanus als des Cati=
„lina werden erzehlt, ob ich mich gleich nicht enthalten kann in dem
„letztern eine Unregelmäßigkeit dieses großen Dichters anzumerken. Er
„verlegt nehmlich in eben demselben Aufzuge die Scene von Rom
„zu der Armee des Catilina, und von da wieder gen Rom; und
„über dieses verstattet er, nach der Rede des Catilina, zu Lieferung
„des Treffens bis zu der Zurückkunft des Petrejus, der dem Senate
„die Nachricht davon bringen soll, viel zu wenig Zeit. Ich würde
„dieses Versehen an ihm, der das πρεπον der Bühne sonst so ängstlich
„beobachtet, nicht einmal gerügt haben, wenn er nicht selbst gegen den
„unvergleichlichen Shakespear, wegen eines ähnlichen Fehlers, eine

„ganz auſſerordentliche Strenge geäuſſert hätte. Um dieſen Punct
„von den Erzehlungen endlich zu ſchließen, ſo darf ich wohl ſagen,
„daß wenn wir zu tadeln ſind, weil wir allzuviel Handlung zeigen,
„ſo ſind es die Franzoſen noch weit mehr, weil ſie uns zu wenig
„davon ſehen laſſen; ein jeder vernünftiger Scribent ſollte daher die 5
„Mittelſtraße zwiſchen beyden beobachten, damit die Zuhörer, wenn
„man ihnen gar nichts ſehen läßt, wenn es ſich auch noch ſo ſchön
„ausnähme, nicht verdrießlich gemacht, und auch nicht beleidiget würden,
„wenn man ihnen unglaubliche oder unanſtändige Dinge zeiget. Ich
„hoffe, in dieſer meiner Rede bereits gezeigt zu haben, daß, ob wir 10
„gleich die Geſetze der Komödie nicht ſo pünctlich erfüllen, als die
„Franzoſen, unſere Fehler doch ſo wenig und ſo gering, diejenigen
„Stücke aber, worinn wir ſie übertreffen, ſo beträchtlich ſind, daß wir
„mit Recht ihnen vorgezogen zu werden verdienen. Was wird aber
„Liſibejus ſagen, wenn er hört, daß ſie ſelbſt, durch dieſe Regeln 15
„allzuſehr eingeſchränkt zu ſeyn bekennen, deren Uebertretung er an
„den Engländern getadelt hat. Ich will die Worte des Corneille
„anführen, die ich am Ende ſeiner Abhandlung über die drey Ein=
„heiten finde: Il est facile aux Speculatifs d’etre severes etc.
„Die Kunſtrichter können leicht ſtreng ſeyn; wenn ſie 20
„aber nur zehn oder zwölf Gedichte von dieſer Art ans
„Licht ſtellen wollten, ſie würden gewiß die Regeln noch
„viel weiter ausdehnen, als ich es gethan habe, ſo bald
„ſie aus der Erfahrung erkennten, was ihre genaue Be=
„folgung für ein Zwang ſey, und wie viel Schönes des= 25
„wegen nicht auf die Bühne gebracht werden kann. Um
„was er hier ſagt ein wenig zu erleutern; ſo ſind ſie eben durch
„ihre knechtiſche Beobachtung der Einheiten der Zeit und des Orts,
„und ihre Ununterbrochenheit der Scenen, in jene Magerkeit der In=
„trigue und Unfruchtbarkeit der Einbildungskraft verfallen, die man 30
„an allen ihren Stücken bemerken kann. Wie viel ſchöne Zufälle
„können ſich nicht ganz natürlich in zwey oder drey Tagen ereignen,
„die ſich in dem Umfange von vier und zwanzig Stunden mit keiner
„Wahrſcheinlichkeit zutragen können? Da hat man doch noch Zeit ge=
„nug, einen Anſchlag reif werden zu laſſen, welches unter groſſen und 35
„klugen Leuten, dergleichen meiſtentheils in der Tragödie vorgeſtellt

„werden,[1] in so wenig Augenblicken mit ganz und gar keinem An=
„scheine von Wahrheit geschehen kann. Ferner sind sie dadurch, daß
„sie sich so genau an die Einheit des Orts und die Ununterbrochenheit
„der Scenen binden, nicht selten gezwungen, verschiedne Schönheiten
„wegzulassen, die man an dem Orte, wo der Aufzug angefangen, nicht
„zeigen kann, wohl aber sehr gut hätte zeigen können, wenn die Scene
„wäre unterbrochen und geleeret worden, damit andere Personen an
„einem vermeintlich andern Orte auftreten können. Denn wenn der
„Aufzug in einem Zimmer anfängt, so müssen alle spielende Personen
„eines oder das andere daselbst zu thun haben, oder sie können in
„dem ganzen Aufzuge nicht gezeigt werden, und manchmal verstattet
„es ihr Charakter gar nicht, da zu erscheinen: als gesetzt, die Scene
„wäre in des Königs Schlafzimmer, so muß auch die allergeringste
„Person in der Tragödie, was sie zu thun hat, nirgends als da ver=
„richten, ob sie sich gleich weit besser in das Vorzimmer, oder in den
„Schloßhof geschickt hätte, nur damit die Bühne nicht leer und die Folge
„der Auftritte nicht unterbrochen werde. Manchmal verfallen sie hier=
„durch noch in grössere Ungereimtheiten; denn sie unterbrechen die
„Scene nicht, und ändern gleichwohl den Ort, wie es in einem von
„ihren neuesten Stücken geschehen, wo der Aufzug in einer Strasse
„anfängt, hernach aber fast jeder Auftritt einen besondern Ort er=
„fordert, ob sich gleich die Personen richtig abwechseln ꝛc.

„Und nun sagen Sie mir, ich bitte Sie, was ist leichter, als
„ein regelmäßiges französisches Schauspiel zu schreiben? Und was ist
„schwerer, als ein unregelmäßiges englisches, dergleichen Fletchers
„oder Shakespears Stücke sind? Wenn man sich, wie Corneille
„gethan, mit einer einzigen kahlen Intrigue begnügen will, die man,
„wie ein schlechtes Räthsel, schon ganz weis, ehe sie noch halb vor=
„getragen ist, so können wir eben so leicht regelmäßig seyn als sie.
„Wenn sie hingegen ein reiches Stück von einer mannigfaltigen Ver=
„wicklung machen wollen, wie es einige von ihnen versucht haben, seit
„dem Corneille nicht mehr in solchem Ansehen steht, so schreiben
„sie eben so unregelmäßig als wir, und wissen es nur ein wenig künst=
„licher zu verstecken. Daher ist die Ursache auch augenscheinlich, warum
„noch kein übersetztes französisches Stück auf der englischen Bühne

---

[1] worden, [1768]

„Beyfall gefunden hat, und auch nie finden wird. Denn unsere Stücke
„sind, in Betrachtung der Anlage, von weit mehr Abwechslung, und
„in Ansehung der Ausführung, weit reicher an Witz und Einfällen.
„Es ist auch ein seltsamer Irrthum, wenn man die Gewohnheit, Schau-
„spiele in Versen abzufassen, als etwas, das wir den Franzosen nach-
„gemacht hätten, verschreyen will. Wir haben von ihnen nichts ge-
„borgt; unsere Stücke sind auf unsern eigenen englischen Stühlen
„gewebt; in der Mannigfaltigkeit und Grösse der Charaktere, bemühen
„wir uns dem S h a k e s p e a r und F l e t c h e r nachzufolgen; den Reich-
„thum und die geschickte Verbindung der Intriguen haben wir vom
„J o h n s o n; und selbst in den Versen haben wir englische Muster,
„die weit älter sind als die Stücke des C o r n e i l l e. Denn ohne
„unsere alten Lustspiele vor S h a k e s p e a r n zu gedenken, welche alle
„in sechsfüßigen Versen, oder Alexandrinern, wie sie die Franzosen
„itzt brauchen, geschrieben waren, kann ich sowohl beym S h a k e s p e a r,
„als auch in Ben J o h n s o n s Tragödien, manche gereimte Scene
„weisen; im C a t i l i n a und S e j a n u s nehmlich oft dreyßig bis
„vierzig Zeilen hinter einander, ausser den Chören und Monologen,
„welches genugsam zeiget, daß B e n kein Feind von dieser Art zu
„schreiben war, besonders wenn man seinen b e t r ü b t e n S c h ä f e r
„lieset, der bald aus gereimten, bald aus ungereimten Versen bestehet,
„nicht anders als ein Pferd, das zu seiner Erleichterung mit Paß und
„Trab abwechselt. Er selbst preiset auch F l e t c h e r s Pastorelle von
„der getreuen Schäferin an, welche größtentheils in Reimen abgefaßt ist,
„obgleich freylich nicht in so reinen und fliessenden, wie man sie nachher
„gemacht hat. Und diese Beyspiele sind hinlänglich, die Beschuldigung
„einer knechtischen Nachahmung der Franzosen, von uns abzulehnen.
        „Doch wieder auf das vorige zurück zu kommen, so kann ich
„kühnlich behaupten, Erstlich daß wir verschiedene Schauspiele haben,
„die eben so regelmäßig sind als ihre, und über dieses noch reicher
„an Intriguen und Charakteren; und zweytens, daß sich in den meisten
„unregelmäßigen Stücken von S h a k e s p e a r und F l e t c h e r (denn
„B e n J o h n s o n s sind größten Theils regelmäßig) eine männlichere
„Einbildungskraft und mehr Geist und Witz zeiget, als in irgend einem
„französischen Stücke. Auch unter S h a k e s p e a r s und F l e t c h e r s
„Werken könnte ich verschiedne zeigen, die beynahe vollkommen richtig

„angelegt sind, als The merry Wives of Windsor und The scorn-
„ful Lady; doch weil, überhaupt zu reden, Shakespear, der zuerst
„schrieb, die Gesetze der Komödie nicht vollkommen beobachtete, und
„Fletcher, der sich der Vollkommenheit mehr näherte, aus Unacht=
5 „samkeit manche Fehler begieng, so will ich das Muster eines voll=
„kommnen Stücks vom Johnson nehmen, der ein sorgfältiger Be=
„obachter der dramatischen Regeln war, und will von seinen Lustspielen,
„The silent Woman dazu wehlen, das ich nach den Regeln, welche
„die Franzosen beobachten, kürzlich untersuchen will.“
10   Ehe es hierzu kömmt, ersuchet Eugenius den Neander,
den Charakter ihrer vier vornehmsten dramatischen Dichter zu ent=
werffen, welches er in folgenden thut.
     „Shakespear, um mit diesem anzufangen, sagt Neander,
„war von allen neuern, und vielleicht auch alten Dichtern derjenige,
15 „der den ausgebreitesten, uneingeschränktesten Geist hatte. Alle Bilder
„der Natur waren ihm stets gegenwärtig, und er schilderte sie nicht
„sowohl mühsam als glücklich; er mag beschreiben was er will, man
„sieht es nicht bloß, man fühlt es so gar. Die ihm Schuld geben,
„daß es ihm an Gelehrsamkeit gefehlt habe, erheben ihn um so viel
20 „mehr; er war gelehrt, ohne es geworden zu seyn; er brauchte nicht
„die Brillen der Bücher, um in der Natur zu lesen; er blickte in sich
„selbst, und da fand er sie. Ich kann nicht sagen, daß er sich beständig
„gleich sey; wäre er dieses, so würde ich ihm Unrecht thun, wenn ich
„ihn mit dem allergrößten unter den Menschen vergliche. Er ist oft
25 „plat, abgeschmackt; sein komischer Witz artet in Possen aus; sein
„Ernst schwellet zu Bombast auf. Er ist allezeit groß, wenn sich ihm
„eine grosse Gelegenheit darbietet. Kein Mensch kann sagen, daß er
„jemahls einen würdigen Gegenstand für seinen Witz gehabt hätte,
„ohne sich alsdenn eben so weit über alle andere Poeten zu schwingen,
30   Quantum lenta solent inter viburna cupressi.
„Und daher hat auch Hales gar wohl sagen können, daß man nichts
„gutes bey irgend einem Dichter finden müsse, welches er nicht beym
„Shakespear weit besser zeigen wollte rc.
     „Beaumont und Fletcher hatten, ausser dem Gebrauche den
35 „den sie von Shakespears, als ihres Vorgängers, Geiste machen
„konnten, grosse natürliche Gaben, die durch gute Studien ausgebildet

„waren. Beaumont besonders war ein so genauer Kunstrichter in
„dem Dramatischen Theile der Poesie, daß ihm Ben Johnson,
„so lange er lebte, alle seine Werke zur Beurtheilung unterwarf, und,
„wie man meint, sich seiner Einsichten nicht allein zum Verbessern,
„sondern auch zum Entwerffen bediente. — Das erste Stück welches
„Fletchern und Beaumont in Ansehen brachte, war Philaster;
„denn vorher hatten sie zwey oder drey Stücke mit schlechtem Glücke
„geschrieben, wie denn das nehmliche auch vom Ben Johnson er=
„zehlt wird, ehe er mit seinem Every Man in his Humour zum
„Vorschein kam. Ihre Anlagen und Intriguen sind meistentheils regel=
„mäßiger als Shakespears; besonders diejenigen, die vor Beau=
„monts Tode gemacht worden; sie kannten auch den Ton der großen
„Welt besser, und wußten die wilden Ausschweifungen, und den ge=
„schwinden Witz im Antworten, der den Personen aus ihr eigen ist,
„so vortreflich zu schildern und nachzuahmen, als noch kein Dichter
„vor ihnen gethan hatte. Mit der Laune, welche Ben Johnson
„von einzeln Personen nachschilderte, gaben sie sich nicht sehr ab; sie
„stellten dafür alle Leidenschaften, und besonders die Liebe, ungemein
„lebhaft vor. Ich bin nicht ungeneigt zu glauben, daß in ihnen die
„englische Sprache zu ihrer höchsten Vollkommenheit gelangte; alle
„Wörter, die man seitdem darinn aufgenommen hat, sind mehr zum
„Ueberflusse als zur Zierde. Ihre Stücke werden itzt am häufigsten,
„und mit dem meisten Beyfall gespielt; durch das Jahr durch immer
„wenigstens zwey gegen eines von Shakespear und Johnson;
„und die Ursache ist, weil in ihren Komödien eine gewisse Lustigkeit,
„und in ihren ernsthaftern Stücken so etwas Pathetisches herrscht, das
„überhaupt allen Menschen gefällt. Shakespears Sprache ist zu=
„gleich ein wenig altvätrisch, und Ben Johnsons Witz kömmt dem
„ihrigen nicht gleich.

„Ich komme nunmehr auf Johnson. Wenn wir diesen Mann
„betrachten, als er noch Er war, (denn seine letzten Stücke sind Träume=
„reyen seines Alters,) so müssen wir ihn für den gelehrtesten und ver=
„nünftigsten Scribenten halten, den jemals ein Theater gehabt hat.
„Er war der strengste Richter sowohl seiner selbst, als anderer. Man
„kann nicht sowohl sagen, daß es ihm an Witz gemangelt habe, als
„vielmehr, daß er sparsam damit umgegangen. In seinen Werken

„finbet man wenig, was man außzuſtreichen oder zu ändern Urſach
„hätte. Witz, Sprache und Humor haben wir in gewiſſem Maaße
„bereits vor ihm; allein an Kunſt fehlte es dem Drama noch in
„etwas, bis er ſich damit abgab. Er kannte ſeine Stärke beſſer und
5 „wußte ſie vortheilhafter zu gebrauchen, als irgend ein Dichter vor
„ihm. Man wird wenig verliebte Scenen, oder wo er Affect zu er-
„regen bemüht geweſen wäre, bey ihm finden; denn ſein Geiſt war
„zu mürriſch und ſaturniniſch, als daß es ihm damit hätte gelingen
„ſollen, und er ſahe auch wohl, daß er nach Männern gekommen, die
10 „es in beyden zu einer mehr als gewöhnlichen Vollkommenheit gebracht
„hatten. Humor war ſeine eigentliche Sphäre, und in dieſer war es
„beſonders ſeine Luſt, Handwerksleute und dergleichen vorzuſtellen. Er
„war mit den Alten, ſowohl Griechen als Lateinern ſehr genau
„bekannt, und borgte von ihnen frey und keck; es iſt faſt kein einziger
15 „Dichter oder Geſchichtſchreiber unter den römiſchen Scribenten, aus
„dem er in ſeinem Sejanus und Catilina nicht etwas überſetzt
„hätte. Er begeht aber ſeine Räubereyen ſo öffentlich, daß man deut-
„lich ſieht, er müſſe durchaus keine Verurtheilung der Geſetze befürchten.
„Er fällt über die Autores wie ein Monarch her, und was man bey
20 „einem andern Dichter für Diebſtahl halten würde, das iſt bey ihm
„bloß Sieg. Mit der Beute, die er dieſen Scribenten abgenommen,
„ſtellt er uns das alte Rom, nach ſeinen Gebräuchen, Ceremonien und
„Sitten, ſo vollſtändig vor, daß wenn einer von ihnen¹ ſelbſt dieſe oder
„jene ſeiner Tragödien geſchrieben hätte, wir davon weit weniger bey
25 „ihm würden gefunden haben. Wenn er einen Fehler in ſeiner Sprache
„hatte, ſo war es dieſer, daß er ſie allzu dicht und mühſam in einander
„webte, beſonders in ſeinen Komödien; vielleicht romaniſirte er auch
„ein wenig zu ſehr, indem er die Worte, die er überſetzte, beynahe
„eben ſo lateiniſch ließ, als er ſie fand, welches ſich für unſere Sprache
30 „nicht allzuwohl ſchicken wollte. Wenn ich ihn mit Shakeſpearn
„vergleichen wollte, ſo müßte ich ſagen, daß er ein correctrer Dichter,
„Shakeſpear aber ein gröſſer Genie ſey. Shakeſpear war der
„Homer, oder Vater unſrer bramatiſchen Dichter; Johnſon war
„der Virgil, das Muſter der ſorgfältigen Ausarbeitung; ich be-
35 „wundre ihn, aber ich liebe Shakeſpearn.“

¹ vor ihm (1758; im Original: one of their poets)

Hierauf folgt die Beurtheilung des gedachten Stücks vom Johnson, die ich mir bey einer andern Gelegenheit zu Nutze machen werde. Vor itzo will ich nur die Erklärung mitnehmen, welche Dryden von dem, was die Engländer Humor nennen, giebt. Ich erinnere zugleich, daß ich Humor, wo ich das Wort übersetzen will, durch Laune gebe, weil ich nicht glaube, daß man ein bequemers in der ganzen deutschen Sprache finden wird.

„Humor, sagt Dryden, ist die lächerliche Ausschweifung im „Umgange, wodurch sich ein Mensch von allen übrigen unterscheidet. — „Die Alten hatten in ihren Lustspielen sehr wenig davon, denn das „$\gamma\varepsilon\lambda o\iota o v$ der alten griechischen Komödie, deren Haupt Aristophanes „war, hatte nicht sowohl den Zweck, einen gewissen Menschen nach- „zuahmen, als vielmehr das Volk durch einen seltsamen Einfall, der „meistentheils etwas unnatürliches oder unflätiges bey sich hatte, lachen „zu machen. Zum Exempel, wenn Sokrates auf die Bühne gebracht „warb, so warb er nicht durch die Nachahmung seiner Handlungen, „sondern dadurch lächerlich gemacht, daß man ihn etwas begehen ließ, „das sich für ihn gar nicht schickte; etwas so kindisches und abgeschmack- „tes, daß es, mit der Ernsthaftigkeit des wahren Sokrates ver- „glichen, ein lächerlicher Gegenstand für die Zuschauer warb. In ihrer „darauf folgenden neuen Komödie suchten nun zwar die Dichter, das „$\eta\vartheta o\varsigma$, so wie in ihren Tragödien das $\pi\alpha\vartheta o\varsigma$ des Menschen auszubrücken. „Allein dieses $\eta\vartheta o\varsigma$ enthielt bloß die allgemeinen Charaktere der „Menschen und ihre Sitten; als ba sind alte Leute, Liebhaber, Be- „biente, Buhlerinnen, Schmarutzer, und andere solche Personen, wie „wir sie in ihren Lustspielen finden. Und biese alle machten sie einander „so ähnlich, einen Alten ober Vater bem andern, einen Liebhaber bem „andern, eine Buhlerin der andern, als ob ber erste alle übrigen von „seiner Art erzeugt hätte: ex homine hunc natum dicas. Eben biese „Gewohnheit beobachten sie auch in ben Tragödien. Was aber die „Franzosen anbelangt, ob sie gleich das Wort Humeur in ihrer Sprache „haben, so machen sie boch nur einen sehr geringen Gebrauch in ihren „Komödien und Possenspielen davon, die weiter nichts als schlechte „Nachahmungen des $\gamma\varepsilon\lambda o\iota o v$, oder des Lächerlichen der alten Komödien „sind. Bey den Engländern aber ist es ganz anbers, die unter Humor „irgend eine ausschweifende Gewohnheit, Leidenschaft oder Neigung

„verstehen, die, wie ich schon gesagt habe, einer Person eigenthümlich
„ist, und durch deren Seltsamkeit sie sich sogleich von allen übrigen
„Menschen unterscheidet. Wenn dieser Humor lebhaft und natürlich
„vorgestellt wird, so erzeugt er meistentheils das boshafte Vergnügen,
5 „welches sich durch das Lachen verräth, wie denn alle Abweichungen
„von dem Gewöhnlichen am geschicktesten sind, es zu erregen. Das
„Lachen aber ist dabey nur zufällig, wenn nehmlich die vorgestellten
„Personen fantastisch und närrisch sind; das Vergnügen hingegen ist
„ihm wesentlich, so wie einer jeden Nachahmung der Natur. In der
10 „Beschreibung dieser Humors oder Launen nun, die er an gewissen
„einzeln Personen bemerkt hatte, bestand das eigentliche Genie und
„die größte Geschicklichkeit unsers Ben Johnsons.“

Zu Ende des Versuchs wird die Unterredung auf den Gebrauch
der Reime in den Schauspielen gelenkt, wider welchen sich Crites
15 mit sehr guten Gründen erklärt. „Ich bin der Meinung, sagt er, daß
„der Reim in den Schauspielen höchst unnatürlich ist, weil die Unter=
„redung darinn als die Wirkung des plötzlichen Denkens vorgestellt
„wird. Denn das Schauspiel ist eine Nachahmung der Natur; und
„da niemand, ohne vorhergegangene Ueberlegung, in Reimen spricht,
20 „so muß es auch auf der Bühne niemand thun. Die Reden und
„der Ausdruck können zwar erhabner seyn, als sie im gemeinen Leben
„zu seyn pflegen; denn es ist nicht unwahrscheinlich, daß ein Mann
„von vortreflichen und allezeit bereitem Geiste, sehr edle Dinge ex
„tempore sagen kann. Allein diese edeln Dinge werden doch niemals
25 „in Sylbenmaaß und Reime gefesselt seyn, ohne daß er darauf studiret
„hat. — Und wenn man einwenden wollte, daß man auch ungereimte
„Verse nicht aus dem Stegreife mache, so sind sie doch deswegen vor=
„zuziehen, weil sie der Natur am nächsten kommen.“

Er wendet hierauf zwey Gründe, die man für den Reim hat
30 brauchen wollen, wider denselben sehr geschickt an. „Man giebt zwar
„vor, sagt er, daß die Geschwindigkeit der Antworten in den Scenen,
„wo Gründe gegen Gründe gesetzt werden, durch den Reim eine be=
„sondre Zierde erlange. Allein was kann man sich schwerer einbilden,
„als daß ein Mensch nicht allein auf den Witz, sondern in der Ge=
35 „schwindigkeit auch auf den Reim denken werde? In des andern Sylben=
„maaß so einzufallen, daß sich am Ende auch ein ähnlicher Schall mit

„dem Vorhergehenden findet, ist so ein ausserordentliches Glück, daß
„man die Personen des Stücks wenigstens alle für gebohrne Poeten
„halten muß; Arcades omnes et cantare pares et respondere
„parati; sie müssen die Fertigkeit des Quicquid conabar dicere erlangt
„haben; sie müssen Verse machen können, sie mögen wollen oder nicht ꝛc.   5

„Ferner, sagt man, soll der Reim eine allzu flüchtige und
„schwelgerische Einbildungskraft zurückhalten und einschränken, die sich
„sonst über jede Gegenstände allzuweit ausbreiten würde, wenn ihr
„nicht die Mühe, welche gute gereimte Verse erfordern, Grenzen setzte.
„Allein wenn man diesen Grund schon zugeben wollte, so würde er   10
„doch nur beweisen, daß man in gereimten Versen besser, aber nicht
„natürlicher schreiben könne. Und auch dieses läßt sich noch nicht be=
„haupten; denn derjenige dem es an Beurtheilungskraft fehlt, seine
„Einbildung in ungereimten Versen im Zaume zu halten, dem wird
„sie auch sicherlich in gereimten Versen mangeln; und wer sie hin=   15
„gegen besitzt, der wird den Fehler der Ausschweifung in beyden Arten
„zu vermeiden wissen. Die lateinischen Verse waren der Einbildung
„ihrer Dichter ein eben so guter Zaum, als der Reim für unsere
„Dichter ist; und dennoch siehet man, daß Ovidius fast von allen
„Dingen zu viel sagt. Nescivit, sagt Seneca, quod bene cessit,   20
„relinquere; wovon er uns das bekannte Beyspiel aus seiner Be=
„schreibung der Wasserfluth giebt:
　　　　Omnia pontus erat, *deerant quoque litora Ponto.*"
Neander sucht auf diese Gründe verschiednes zu antworten.
Er erinnert besonders gegen den letzten Grund, daß Crites das   25
Wort Beurtheilungskraft allzu unbestimmt genommen habe. „Freylich,
„sagt er, wird ein Dichter von einer so tiefen, so starken, oder viel=
„mehr so untrieglichen Beurtheilungskraft, daß er durchaus keiner
„fremden Hülfe, sie aufrecht zu erhalten, bedarf, niemals Fehler be=
„gehen, er mag in Reimen oder ohne Reime schreiben. Und derjenige   30
„Gegentheils, der eine so schwache und armselige Beurtheilungskraft
„hat, daß sie durch kein Hülfsmittel zu bessern oder zu stärken ist,
„wird elend ohne Reime, und noch weit elender in Reimen schreiben.
„Allein jene Beurtheilungskraft ist nirgends zu finden, und diese dienet
„zum Schreiben überhaupt nicht. Von der Beurtheilungskraft also   35
„zu sprechen, wie sie bey den besten Dichtern anzutreffen ist, so haben

„auch diejenigen, die das reichste Maaß davon besitzen, noch andre
„Hülfsmittel außer ihr, vonnöthen. Wollten Sie zum Exempel wohl
„sagen, daß ein Mann von gesunder Beurtheilungskraft, weder Historie,
„noch Geographie noch Moral, um richtig zu schreiben, brauche? Die
5 „Beurtheilungskraft ist zwar der vornehmste Werkmeister bey Verferti=
„gung eines Schauspiels; er hat aber noch viel andere untergeordnete
„Mitarbeiter, noch eine Menge Werkzeuge nöthig; und hierunter, be=
„haupte ich, ist auch der Reim mit zu rechnen. — Kurz, reimen ist
„zwar die langsamste und beschwerlichste, aber doch die sicherste Weise
10 „zu arbeiten.“

Neander ist Dryden selbst, wie er nicht undeutlich zu ver=
stehen giebt. Er hatte die wenigen Stücke, die er damals noch für die
Bühne gemacht hatte, alle gereimt, und er vertheidiget also seine eigene
Sache, indem er dem Reime das Wort spricht. Sobald er aber mehr
15 und geschwinder zu schreiben, durch äusserliche Umstände gezwungen ward,
setzte er seine Theorie bey Seite, und opferte, wie wir in der Folge
sehen werden, den widerspänstigen Reim reellen Vortheilen auf.

Die Fortsetzung in dem nächsten Stücke.

XIV.

20 Entwürfe ungedruckter Lustspiele
des italiänischen Theaters.

Es ist bekannt, daß die Italiäner den größten Theil ihrer Ko=
mödien aus dem Stegreife spielen; und sich dabey bloß nach kurzen
geschriebenen Entwürfen richten, in welchen ohngefehr die In=
25 trigue überhaupt, die Anzahl der spielenden Personen, die Folge der
Scenen, einige der scherzhaftesten Einfälle, und hier und da ein Theater=
spiel bemerkt sind; die Ausführung der Rollen wird eines jeden Schau=
spielers eigener Geschicklichkeit überlassen. Viele von diesen Entwürfen
sind sehr alt, und haben sich seit unbenklichen Zeiten von einer Bühne
30 auf die andere, von einem Acteur auf den andern fortgepflanzt. Und
je älter sie sind, desto vortreflicher sind sie oft; ja sie scheinen nicht
selten Ueberbleibsel alter verlorner römischen Lustspiele eines plau=
tinischen Kopfes, wenigstens von der geringern Art der Mimen, zu

seyn; verunstaltete Ueberbleibsel zwar, aber doch Ueberbleibsel. Neuere Komödienschreiber haben sich ihrer auch sehr wohl zu bedienen gewußt, und besonders will man von Molieren wissen, daß er sich ungemein aus ihnen bereichert, und daß er, wenn man ihn zur Wiedererstattung dieses gelehrten Raubes zwingen könnte, der große komische Kopf vielleicht nicht mehr scheinen dürfte, für den er itzt durchgängig gehalten wird. Es ist diese Beschuldigung nicht ganz ohne Grund; nur muß man nicht glauben, daß sie dem Manne, dem man sie macht, schimpflich sey. Ein komischer Dichter von Molieres Gattung kann ohnmöglich alles aus seinem Kopfe nehmen; andere Dichter können es weit eher; auch vielleicht andere komische Dichter, deren Personen man es aber auch ansiehet, daß sie alle in einem Gehirne erzeugt worden. Und was bekümmert sich endlich das Publicum darum, wo ein Moliere den Stof, es zu belustigen, hernimt? Wenn das stehlen heißt, sagt das Publicum, so wollten wir wohl alle komische Dichter höflich ersucht haben — gleichfalls zu stehlen.

Dieses nun, und die Betrachtung, daß wir Deutsche, ohne Widerrede, unter allen gesitteten Völkern, in dieser Art von Poesie, die meisten Hülfsmittel bedürfen, haben mich bewogen, die besten Entwürfe ungedruckter italiänischer Lustspiele zu sammeln, und gleichsam ein Magazin für unsere komische Dichter anzulegen, aus welchem sie sich sicherer und zugleich unschuldiger versorgen können, als aus ganzen gedruckten Stücken, die leicht selbst in einer Uebersetzung auf unserer Bühne erscheinen, und sie also der Gefahr, verglichen zu werden, aussetzen möchten.

Ich werde mich zwar bloß auf das italiänische Theater zu Paris einschränken müssen; doch da auf diesem so viel berühmte Schauspieler ohne Zweifel ben ganzen Reichthum aller italiänischen Bühnen zusammen gebracht und ausgeleget haben: so wird meine Sammlung dadurch zwar leichter, aber hoffentlich nicht unvollständiger werden. Ich muß noch erinnern, daß die wenigsten dieser Entwürfe alt seyn werden; — (Ich komme zu spät; die alten sind schon verbraucht) — auch daß nicht alle, Entwürfe in italiänischer Sprache gespielter, sondern nur in dem italiänischen Geschmacke abgefaßter Komödien seyn werden. Dieses letztere zwar hätte ich kaum erinnern dürfen; denn wem ist es unbekannt, daß sich die italiänischen Schauspieler in Paris

gleichsam nationalisiret haben, und eben so wohl in der französischen,
als in ihrer eignen Sprache spielen? Genug, daß es Entwürfe von
lauter ungedruckten Stücken seyn werden, welche den oben angezeigten
Nutzen für unsere theatralischen Dichter haben können.

Die Entwürfe selbst sind Theils zu Paris auf einzeln Blättern,
den Zuschauern zur Nachricht, gedruckt worden; Theils hat man sie
periodischen Schriften, und besonders dem bekannten Merkur einver=
leibet. Ein neues Werk aber, welches im Jahr 1756. unter dem
Titel: Histoire des Theatres de Paris etc. in sieben nicht kleinen
Duodezbänden zu Paris herausgekommen, hat seinen vornehmsten Werth
von diesen gesammelten Entwürfen erhalten.

Nachdem ich also auch meine Quellen angezeigt, will ich nun die
Entwürfe selbst vorlegen, und sie so viel als möglich unter die ver=
schiednen Verfasser zusammen bringen. Der erste von diesen Verfassern
sey der ältere Riccoboni.*) Ihm mögen die übrigen, doch ohne
alle Ordnung der Zeit, wie sie mir vorkommen, folgen.

1) Le Joueur, in drey Aufzügen. Nach dem Entwurfe des äl=
tern Riccoboni den 6ten December 1718. zum erstenmale
aufgeführt.

Der Beyfall, welchen dieses Stück erhielt, war ein hinlänglicher
Beweis, daß dieser Charakter, welchen Regnard bereits so glücklich
auf das Theater gebracht hatte, auch noch von einer andern Seite,
mit nicht geringerm Glücke, vorgestellt werden können. Der neue
Spieler war in allen seinen Handlungen Spieler, und der Zuschauer
erkannte ihn durchgängig darinn. Sein Bedienter war der einzige,
dem die herrschende Leidenschaft seines Herrn für das Spiel bekannt
war; seine Gebieterin selbst wußte von dieser seiner Schwachheit nichts;
sie bildete sich vielmehr ein, daß er sein einziges Vergnügen an der
Weltweisheit und an den schönen Wissenschaften habe, und daß er es
nur aus Bescheidenheit und Wohlstand nicht eingestehen wolle. Dahin
deutete sie denn auch alle Handlungen, die etwa seine wahre Meynung
hätten verrathen können. Die Verwicklung des Stücks war einfach

*) Von seinem Leben sehe man das zwente Stück der Theatralischen
Bibliothek S. 135. und 199. in der Note.[1]

[1] (S. 243 und 245 dieser Ausgabe)

und voller Handlung, deren Feuer sich bis an das Ende vermehrte. Die Fabel war folgende.

In dem ersten Aufzuge ist der Spieler auf dem Puncte sich zu verheyrathen, und der Oheim seiner Braut kömmt mit dem Notarius, ihn den Heyrathscontract unterzeichnen zu lassen. Der Notarius ver= langt seine Bezahlung von ihm, da er aber alles die vorhergehende Nacht verloren hat, so weis er ihn in der Geschwindigkeit nicht besser los zu werden, als daß er ihm eine goldene Tabatiere verspricht, und ihn also sehr zufrieden fortschickt. Kaum ist der Notarius weg, so kömmt ein Schuldner, der ihn um fünf und zwanzig Pistolen mahnet, die er ihm ehedem geliehen. Eine neue Verwirrung, und neue Compli= mente; doch der Schuldner bleibt hartnäckig und läßt sich nicht ab= weisen; was ist also zu thun? Der Spieler giebt ihm seinen Hey= rathscontract zum Unterpfande, und verspricht ihm, daß er ihn vor allen andern von der Mitgift bezahlen wolle. Kurz darauf meldet man seine Gebieterin bey ihm an; und weil er von ihr für keinen Spieler angesehen seyn will, so steckt er geschwind ein Spiel Karten, welches auf dem Tische lieget, zu sich in die Tasche. Indem er aber das Schnupftuch herauszieht, reißt er zum Unglücke einen Theil der= selben mit heraus, welche seiner Gebieterin vor die Füsse fallen, die doch im geringsten keine üble Auslegung davon macht, sondern ihn mit dem Gebrauche, den Gelehrte gemeiniglich von den Karten machen, auf eine verbindliche Weise entschuldiget. Und für einen Gelehrten hält sie ihn in allem Ernste.

In dem zweyten Aufzuge giebt er seiner Gebieterin ein Festin, und eben als der Ball seinen Anfang nehmen soll, kömmt ein See= officier von seinen Freunden dazu. Dieser Mensch hat ganz und gar keinen Geschmak am Tanzen, und beredet den Spieler unvermerkt, in ein Seitenzimmer mit ihm zu gehen, um eine Viertelstunde mit ein= ander da zu doppeln. Unser Spieler, der jetzt ziemlich bey Gelde ist, und das Spiel weit mehr, als seine Gebieterin liebt, bittet sie, den Ball unterdessen immer zu eröfnen, mit der Versicherung, daß er den Augenblick bey ihr seyn wolle. Er hält ihr auch wirklich Wort, kömmt aber in einer solchen Verwirrung und mit so wilden Augen wieder zurück, daß man leicht errathen kann [1], er müsse alles verloren haben.

---

[1] kann [fehlt 1759]

Seine Gebieterin, die nichts weniger, als die wahre Ursache seiner
Verwirrung und Unruhe vermuthet, zwingt ihn, in diesem peinlichen
Zustande eine Menuet mit ihr zu tanzen. Er weigert sich vergebens;
sie führt ihm zur Ursache an, daß ihm das Tanzen am allerersten den
philosophischen Streit wieder aus dem Kopf bringen werde, den er
ohne Zweifel eben itzt mit seinem Freunde, dem Seeofficier, gehabt
habe. Der Spieler, um die wahre Ursache seiner Verwirrung zu verbergen, giebt seiner Gebieterin also die Hand; da aber seine Zer-
streuung gar zu stark ist, so unterbricht er nicht selten den Tanz und
ist bloß mit seinem Verluste beschäftiget. Bald sagt er seinem Bedienten, dem Harlequin, etwas ins Ohr, welches denn nicht selten[1]
Verwünschungen seiner selbst sind; bald sucht er überall in seinen
Taschen, ob er gar nichts übrig behalten: und endlich überläßt er sich
dem Unglücke, das ihm zugestoßen, so sehr, daß er zum Schlusse der
Menuet ganz allein auf dem vordersten Theile des Theaters tanzet,
indem seine Gebieterin ganz hinten gleichfalls allein tanzet, welches
zu einem sehr lächerlichen Theaterspiele wird. Kaum aber hat sich
der Spieler aus dieser Verwirrung herausgerissen, als er in eine andere verfällt. Harlequin, den er vor seinem Verluste zu dem Tracteur
geschickt hatte, um ein grosses Abendessen, nach dem Balle zu bestellen,
bringt ihm die traurige Nachricht, daß der verdammte Tracteur eher
durchaus nichts hergeben will, bis seine alten Rechnungen bezahlt
wären; alles was er habe ausrichten können, wäre dieses, daß er den
Tracteur mit hergebracht, um selbst mit ihm zu sprechen. Der Tracteur
kömmt: der Herr und der Bediente bitten ihn leise und thun ihm alle
mögliche Versprechungen; er bleibt unerbittlich. Seine Gebieterin wird
unterdessen ungeduldig, siehet nach ihrer Uhr und findet, daß sie stehen
geblieben ist; sie giebt sie dem Spieler, um von ihm zu erfahren, ob
sie wirklich nicht gehe. Der Spieler nimt sie und wendet sich wieder
zu dem Tracteur, um ihn, wo möglich, noch zu bewegen; dieser aber,
als er die Uhr sieht, fragt ihn geschwind, ob er sie ihm zum Unterpfande geben wolle? Der Spieler hält diesen Einfall für eine Ein-
gebung, und sieht sich auf einmal aus seiner Verwirrung. Er giebt
ihm die Uhr sogleich, wendet sich zu seiner Gebieterin, und sagt ihr,
daß ihre Uhr wirklich stehen geblieben sey; wenn sie es aber für gut

[1] nicht seltner [1758]

befände, so wolle er sie diesem Manne (indem er auf den Tracteur
zeiget) mit geben, welcher ohne Zweifel der geschickteste Uhrmacher in dem
ganzen Reiche sey. Das junge Frauenzimmer ist es zufrieden, und der
Spieler läßt die Uhr dem Tracteur mit den Worten, daß er sie morgen
früh nur wieder bringen und seine Bezahlung sogleich dafür erhalten solle. 5

In dem ersten Auftritte des dritten Aufzuges sieht man den
Spieler voller Verzweiflung; nachdem er sich so lange zwingen müssen,
und sich nun allein befindet, fängt er sein übles Glück, nach aller
Bequemlichkeit, an, zu verwünschen und zu verfluchen. Harlequin, als
ein redlicher Diener, nimt sich die Freyheit, ihm wegen seiner Auf= 10
führung Vorstellungen zu machen; allein er fällt ihm so gleich ins Wort,
und versichert auf das theureste, daß er nunmehr fest beschlossen habe,
niemals wieder zu spielen; nach diesem Entschlusse fühle er sich auch
wieder in der vollkommensten Ruhe; in eben dem Augenblicke aber
verrathen seine Gebehrden und seine Augen eine innere Verzweiflung, 15
die seinem Vorgeben widerspricht. Unterdessen nimt er sich doch vor,
um die müßige Zeit, die er sonst auf das Spiel verwandt, anderwerts
anzuwenden, sich auf die Poesie zu legen. Nachdem er die verschiedenen
Gattungen derselben erwogen, so wählt er die dramatisch komische, weil
ihm sowohl die Vortheile, als das Vergnügen in die Augen stechen, 20
die ein Verfasser nothwendig geniessen müsse, dessen Werke öffentlich
aufgeführet werden, und den Beyfall des Publicums erhalten. Um
seinen Geist nun immer darauf vorzubereiten, so befiehlt er dem
Harlequin, ihm ein poetisches Werk zu hohlen. Harlequin bringt ihm
eines, welches den Titel führt: der Spieler, ein Lustspiel des 25
Herrn Regnard. Kaum aber hat Lelio, so heißt unser Spieler,
die Augen auf diesen Titel fallen lassen, als er es zornig wegwirft,
und die Unverschämtheit der Schriftsteller verwünscht, die sich, einen
so wackern Mann, als ein Spieler sey, auf die Bühne zu bringen,
unterstehen dürfen. In eben dem Augenblicke kömmt der Bruder seiner 30
Gebieterin zu ihm und fragt, ob er ihm nicht die Zahlung eines
Wechselbriefes von vier tausend Livres vorstrecken könne. Lelio be=
kömmt die Gedanken, daß er sich mit diesem Wechselbriefe vielleicht
um so viel eher wieder helfen könne, da sich eben neue Spieler bey
ihm eingefunden haben; er macht sich also kein Bedenken dem Mario, 35
dem Bruder seiner Braut, zu versprechen, daß er es mit Vergnügen

thun wolle, und indem er den Wechsel vor sich hat, läßt er sich auch
sogleich in das Spiel ein. Der Gläubiger, der in dem ersten Aufzuge
vorgekommen, und dem er seinen Heyrathscontract zum Unterpfande
gegeben, kömmt zu dem Mädchen der Flaminia, und fragt sie, ob ihre
Gebieterin wirklich den Lelio heyrathe. Er läßt sich übrigens nicht
lange bitten, ihr zu sagen, daß ihm Lelio, zur Versicherung einer be=
trächtlichen Summe, den Heyrathscontract eingehändiget habe. Violette
giebt sogleich ihrer Gebieterin davon Nachricht; diese aber, die noch
immer für den Lelio eingenommen ist, will es nicht glauben, und kömmt
auch eher nicht aus ihrem Irrthume, als bis sich der Tracteur wieder
einstellt, sich entdeckt, ihr die Geschichte des Lelio erzehlt, und ihn für
den entschlossensten Spieler erklärt. Endlich wird sie völlig davon
überzeugt, als sie zwey Spieler aus dem Hause des Lelio kommen
sieht, die das Silberzeug und die Stoffe, welche sie ihrem Bräutigam
geschenkt, mit sich wegtragen. Sie entschließt sich den Tracteur zu be=
zahlen, um ihre Uhr wieder zu haben, und verspricht den beyden
Spielern, das Silberzeug und die Stoffe einzulösen. Lelio kömmt dazu,
voller Verzweiflung wegen seines neuen Unglücks, und findet sich zwischen
seiner Gebieterin, dem Oheim und dem Mario, den er um den Wechsel
so schändlich gebracht hat. Jeder nimmt von ihm auf die empfindlichste
Art so wie es sein unordentliches Leben verdienet, Abschied; und er
bleibt stumm und ohne Verantwortung da stehen. Zu seinem Glücke
kömmt noch ein Freund dazu, der ihn aus dieser Verwirrung reißt;
er sey, sagt dieser Freund, im Begriffe sich einzuschiffen und nach Peru
zu gehen, und komme also, von ihm Abschied zu nehmen. Lelio ant=
wortet ihm kein Wort, sondern hohlet seinen Degen, seinen Mantel
und seinen Hut, und bietet sich ihm zum Reisegefährten an. Der
Freund ist es sehr wohl zufrieden; sie gehen also mit einander ab,
nachdem Lelio vorher von dem Harlequin, dem er das Wenige, das
ihm noch übrig geblieben, läßt, Abschied genommen, und ihn gebeten,
seine Gläubiger zu versichern, daß er sie in Peru nicht vergessen wolle.

　2) L'Italien francisé; in fünf Aufzügen, nach dem Entwurfe des
　　ältern Riccoboni, den 30 Junius 1717 zum erstenmale auf=
　　geführt.

Personen. Pantalon. Lelio, dessen Sohn. Harlequin,

Bedienter des Lelio. Der Doctor. Silvia die Tochter des Doctors. Flaminia, des Doctors Nichte. Scapin der Flaminia Bedienter. Ein zweyter Bedienter der Flaminia, in ein Frauenzimmer verkleidet. Mario und dessen Bedienter Scaramouche. Die Scene ist in Mayland, vor und in dem Hause des Pantalon.

Lelio, ein junger, reicher von Adel, hatte zu Mayland Gelegenheit gehabt, mit Franzosen öfters umzugehen, und dadurch an allen französischen Manieren einen ausserordentlichen Geschmack bekommen. Diese Neigung ist mit der Zeit so stark geworden, daß das, was Anfangs nur ein leichtes Vergnügen war, zu einer herrschenden Leidenschaft angewachsen. Er hat keine andre Ergetzung in der Welt, als daß er dieser galanten Nation nachzuahmen sucht, deren beständiger Anbeter er ist; er schätzet alles, was sich nicht aus Frankreich herschreibt, für gering und verachtet ohne Unterschied was Italien schönes und vortrefliches aufzuweisen hat.

Pantalon, des Lelio Vater, ist gesonnen ihn zu verheyrathen, und bestimmt ihm ein junges sehr schönes Frauenzimmer, von gutem Stande, Namens Silvia, zur Gemahlin; weil er aber wider die Italiänerinnen eingenommen ist, und glaubt, daß sie voller Fehler, und an Annehmlichkeit mit den französischen Damen gar nicht zu vergleichen wären, so will er von dieser Heyrath durchaus nichts hören, blos aus der Ursache, weil Silvia keine Französin ist.

Eben da dieses vorgeht kömmt Flaminia, bey ihrem Oheim dem Doctor, zu Mayland an, und erfährt die wenige Achtung welche Lelio gegen das italiänische Frauenzimmer hat, und wie sehr er hingegen für das französische eingenommen sey. Sie findet sich ungemein dadurch beleidiget, und in der Absicht die Sache ihres Geschlechts und ihres Vaterlands zu vertheidigen, läßt sie sich dem Lelio, unter dem Namen einer Französin, die sich einige Zeit bey dem Doctor aufhalten werde, vorstellen. Dieses giebt dem Lelio, der sich sogleich in sie verliebt, Gelegenheit seine übertriebene Achtung der Französinnen durch neue Entzückungen an den Tag zu legen, und ihre Vorzüge vor den Italiänerinnen unendlich zu erheben. Da Harlequin, der schon seit langer Zeit Violetten liebt, seinen Herrn alle Augenblicke von französischen Damen reden und sie so ausserordentlich loben höret; so fängt es ihm an zu gereuen, daß er diesem Mädchen sein Wort gegeben,

und entschließt sich, so wie sein Herr, gleichfalls keine andere, als eine
Französin zu heyrathen. Violette, die über diese Untreue in Verzweif=
lung geräth, ersucht die Flaminia um ihren Beystand, die sogleich einen
von ihren Bedienten als ein Frauenzimmer verkleiden läßt, und ihn
5 mit zu dem Lelio nimt, wo Harlequin, der ihn für eine Französin
hält, tausend Ausschweifungen mit ihm begeht. Und dieser doppelte
Betrug ist der Inhalt dieser Komödie, deren Verwickelung und Auf=
lösung darinn besteht und die sich endlich mit der Verheyrathung der
Flaminia und des Lelio endet.

10   3) Il Marito vitioso; in fünf Aufzügen, nach dem italiänischen
        Entwurfe des ältern Riccoboni, den 29 Junius 1716 zum
        erstenmale aufgeführt.

        Personen. Pantalon, ein venetianischer Kaufmann, der sich
zu Neapolis niedergelassen, Vater der Flaminia, des Mario und
15 des Silvio. Harlequin und Violette, Bediente des Pantalon.
Lelio, Liebhaber der Flaminia. Der Doctor. Scaramouche.
Scapin.

        Das Stück ist den Sitten von Venedig gemäß abgefaßt; und
die Scene liegt in, und vor dem Hause des Pantalon.

20   Pantalon, ein venetianischer Kaufmann, der sich zu Neapolis
niedergelassen, überläßt sich dem Trunke, und geräth unter lüderliche
Leute, die ihn zu einem vollkommenen Trunkenbolde machen. Er ver=
sagt seine Tochter Flaminia dem Lelio, der sie heftig liebt, weil er
ihn nicht für reich genug hält. Von den zwey Söhnen, welche er hat,
25 Namens Mario und Silvio, nimt sich der eine der Handlung sehr
eifrig an, und der andre will durchaus reisen, wozu aber der Vater
seine Einwilligung zu geben sich weigert.

        Das lüderliche Leben des Pantalons macht, daß er seine An=
gelegenheiten gänzlich vernachläßiget, und in der Trunkenheit hat er
30 den Doctor und den Scaramouche beleidiget, die sich deswegen zu
rächen suchen. Harlequin liebt Violetten, welche eben so wie er bey
dem Pantalon in Diensten ist; er wird aber von ihr abgewiesen, weil
sie den Scapin liebt. Gleichwohl verführt ihn die Liebe, die er zu
ihr trägt, daß er ihr, seinen Herrn zu bestehlen, verspricht, weil er
35 sich Hoffnung macht, nach geschehenem Diebstahle mit ihr davon zu

fliehen, und sie zu heyrathen. Scapin macht sich die Trunkenheit des Pantalon zu Nutze, und schiebt ihm, anstatt einer Quittung, die er unterschreiben soll, eine Handschrift unter, in welcher er zu der Verbindung des Lelio mit der Flaminia seine Einwilligung giebt. Als der Alte wieder nüchtern wird, und gleichwohl seine Unterschrift nicht leugnen kann, geräth er in ausserordentliches Erstaunen darüber. Der Doctor, dem Pantalon schulbig ist, um sich wegen des von ihm angethanen[1] Schimpfes zu rächen, läßt alle Waaren aus seinem Lager wegnehmen. Den Augenblick darauf bringt man ihm den Mario[2] geführt, den Scaramouche in einem Zweykampfe verwundet hat, um die ihm gleichfalls von dem Vater erwiesene Beleidigung an dem Sohne zu rächen.

Sein zweyter Sohn Silvio nimt ihm, als er schläft, den besten Theil seiner Kasse, und flieht damit fort, die Welt zu durchstreichen. Und damit das Unglück endlich vollkommen werde, stiehlt ihm auch Harlequin, den er allezeit für einen sehr getreuen Diener gehalten, auf Anstiften der Violette, eine sehr beträchtliche Summe, und giebt sie diesem Mädchen, die ihn aber zum besten hat, und mit dem Scapin davon geht. Pantalon erkennt nunmehr, daß sein lüberliches Leben die Quelle aller dieser Unglücksfälle ist, versichert vom Trinken gänzlich abzulassen, und endiget das Stück durch die Einwilligung, die er zu der Heyrath der Flaminia mit dem Lelio ertheilet.

4) l'Imposteur malgré lui; in fünf Aufzügen, nach dem Entwurfe des ältern Riccoboni den 4. Julius 1714. zum erstenmale aufgeführt.

Personen. Lelio Lindori ein ebler Genueser. Harlequin, dessen Bedienter. Capandro Ardenti, ein Alter. Flaminia, dessen Tochter. Mario, dessen Sohn. Silvia, Schwester des Lelio. Scaramouche, Liebhaber der Flaminia.

Die Scene ist zu Mayland, und dieser Entwurf selbst ist eigentlich aus einem spanischen Lustspiele des Moreto gezogen.

Lelio hatte in Genua, seinem Vaterlande, einen unbekannten Cavalier in einer vertrauten Unterredung mit seiner Schwester Silvia betroffen, sich mit ihm geschlagen und ihn verwundet. Weil er die

---

[1] [vielleicht verdruckt für] des ihm angethanen   [2] Lelio [1768]

Folgen dieses Zweykampfs fürchtet, welcher seinen Feinden Gelegenheit
giebt, ihn in einen schlimmen Handel zu verwickeln, so flieht er nach
Mayland. Als er in dieser Stadt ist, wird er in die Flaminia ver=
liebt, von deren Familie er nichts weiß, und die er auch nicht anders
als auf Spatziergängen sehen kann. Unterdessen (und hier fängt sich
die Komödie an,) trift Scaramouche, ein vertrauter Freund eines alten
Bürgers von Mayland, des Capandro Arbenti, dessen Tochter, die
eben gedachte Flaminia, er heyrathen soll, den Lelio an. Er wird
durch die grosse Gleichheit, die er an ihm mit einem Portrait des
Mario, des Sohnes des Capandro, findet, betrogen, und nimt ihn
für eben diesen Mario, den man alle Augenblicke von Lissabon erwartet,
wo er sich seit einigen Jahren aufgehalten. Lelio versichert den Scara=
mouche, daß er sich irre, und bemüht sich vergebens, ihn aus seinem
Irrthum zu bringen. Dieser besteht darauf, daß er nothwendig Mario
seyn müsse, und überredet es auch dem alten Capandro, der sich durch
die nehmliche Aehnlichkeit hintergehen läßt und ihn zwingen will, sein
Sohn zu seyn, und seine Wohnung bey ihm zu nehmen.

Harlequin, des Lelio Bedienter, ist voller Unwille, daß sich sein
Herr diesen Irrthum nicht zu Nutze machen will, der ihm um so viel
nützlicher seyn könnte, da ihnen das Geld zu mangeln anfängt, weil
sie allzuplötzlich abgereiset und die erwarteten Wechselbriefe aussenblieben.
Er entschließt sich also die Weigerung seines Herrn durch eine in der
Geschwindigkeit ersonnene Fabel wieder gut zu machen. Er erzehlt dem
Scaramouche und dem Capandro, daß sein Herr durch eine sehr ge=
fährliche Krankheit das Gedächtniß gänzlich verloren habe, so daß man
ihm alles, was er vorher gewußt, wieder von neuem beybringen müsse.
Und gleich diejenigen Dinge, die ihm vorher am geläufigsten gewesen,
würden ihm itzt am schwersten zu behalten; zum Exempel, sein eigener
Name, und der Name seiner Familie. Dabey habe er sich denn in
den Kopf gesetzt, daß er nicht Mario Arbenti, sondern ein gewisser
Lelio Lindori sey, der Genua, wegen eines gehabten Zweykampfs,
verlassen habe. Uebrigens spreche er von allen Dingen sehr vernünftig,
daß man leicht mit ihm betrogen werden könne, wenn man nicht die
wahren Umstände wisse. Capandro und Scaramouche glauben diese
Fabel; und je mehr Mühe sich Lelio also giebt, sie aus dem Irrthum
zu bringen, desto hartnäckiger bestehen sie darauf, daß er Mario sey.

Endlich sieht sich Lelio gezwungen, nachzugeben, zwar nicht sowohl wegen des Mangels, in welchem er sich befindet, sondern vielmehr aus Gefälligkeit gegen den Alten, dessen Irrthum ihn zum Mitleiden bewegt, und den er sonst zur Verzweiflung zu bringen besorgen
muß. Er folgt ihm also in sein Haus, aus bloßer Höflichkeit; als 5
er aber sieht, daß Flaminia des Alten Tochter ist, so verführet ihn
die Liebe, in die Erdichtung des Harlequins mit einzustimmen. Da
es ihm sehr schwer wird, seine Leidenschaft zu verbergen, so spielt er
nicht sowohl die Rolle eines Bruders, als vielmehr eines Verliebten
mit der Flaminia. Er widersetzt sich ihrer Verheyrathung mit dem 10
Scaramouche, und verlangt sie für sich selbst. Die Ausschweifungen,
zu welchen ihn seine Liebe bringt, werden auf die Rechnung seines
verlornen Gedächtnisses geschrieben. Harlequin weis sich dieser Erdichtung auch so wohl zu bedienen, daß nicht allein Capandro aus
seinem Irrthum nicht kömmt, sondern auch Flaminia selbst nicht weis, 15
was sie glauben, und ob sie ihn für ihren Bruder oder für ihren
Liebhaber halten soll.

Unterdessen kömmt Mario, welches eben der Cavalier ist, mit
welchem sich Lelio geschlagen, nach Mayland, stellt sich seinem Vater
vor, wird aber nicht erkannt, und als ein Betrieger abgewiesen. Auf 20
der andern Seite getraut sich auch Silvia, nach ihrem Abentheuer,
nicht länger in Genua zu bleiben; und da sie erfährt, daß ihr Geliebter nach Mayland gereiset ist, so kömmt sie, ihn daselbst aufzusuchen,
und erhält ihren Aufenthalt bey der Flaminia, bey welcher sie Nachricht von ihrem Geliebten einzuziehen hoffet. — Dieses ist nun der 25
ganze Knoten dieses Lustspiels, welches sich endlich mit einer doppelten
Heyrath zwischen dem Lelio und der Flaminia, und dem Mario und
der Silvia beschließt.

5) La Metempsicose d'Arlequin, in einem Aufzuge. Nach dem
    Entwurf des ältern Riccoboni zum erstenmale aufgeführt 30
    den 19. Jenner 1718.

Flaminia will durchaus den Mario nicht heyrathen, den ihr ihr
Vater Pantalon vorschlägt, weil ihr, wie sie sagt, das Andenken des
Adonis, dessen Geschichte sie gelesen, viel zu kostbar sey, als daß sie
einen andern lieben sollte. Sie fügt hinzu, ob Adonis gleich todt sey, 35

so zweifle sie doch im geringsten nicht, daß seine Seele, nach der Lehre
des Pythagoras, von der sie völlig überzeugt ist, nicht in einen andern
Körper übergegangen seyn sollte, und zwar aller Wahrscheinlichkeit nach,
in den Körper eines Jägers, weil er an der Jagd ehedem so viel
5 Vergnügen gefunden. Nach dem Exempel dieses ihres Liebhabers, wolle
sie sich auch gänzlich der Jagd widmen, um endlich einmal den liebens=
würdigen Jäger, in welchen die Seele des Adonis gefahren, zu finden,
und ihn zu ihrem Gemahle zu machen. Pantalon ist hierüber in eben
so grosser Verzweiflung als Mario, der die Flaminia auf das zärt=
10 lichste liebt, und beyde suchen bey dem Scapin Rath und Hülfe, der
sich die Unwissenheit des Harlequins zu Nutze macht und ihn ohne
Mühe überredet, daß die Seele des Adonis in seinen Körper gefahren
sey. Er stellt ihn also der Flaminia in der Verkleidung eines Jägers
vor, und glaubet zuversichtlich, daß sein häßliches Gesicht sie von ihrer
15 seltsamen Grille abbringen werde. Doch weit gefehlt, daß dieser Be=
trug diese Wirkung haben sollte, so unterhält er vielmehr die Flaminia
in ihrem Wahne, und sie beschließt den Harlequin, seiner Häßlichkeit
ungeachtet, zu lieben, weil sie es aufrichtig glaubt, daß die Seele des
Adonis in diesen Jäger gefahren sey. Doch endlich nimmt Scapin
20 auch daher Gelegenheit, sich der Grillen der Flaminia und der Leicht=
gläubigkeit des Harlequins noch weiter zu bedienen, und versichert, daß
Mars, auf die inständige Bitte des Mario, den Harlequin verwandelt
habe; daß dieser Gott die Verheyrathung der Flaminia mit dem Mario
durchaus verlange, dabey aber verspreche, daß die Seele des Adonis
25 in den Körper des ersten Kindes, welches aus dieser Heyrath ent=
springen werde, fahren solle. Flaminia heyrathet also den Mario. Das
Theater öfnet sich; es erscheinen Bauern und Bäuerinnen, welche die
Verwandlungen des Narcissus, des Hyacinthus, der Daphne und
Clitia vorstellen; und das Stück wird mit Singen und Tanzen be=
30 schlossen.

> 6) Le Pere partial, in fünf Aufzügen, nach dem Entwurfe des
> ältern Riccoboni den 29 May 1718. zum erstenmale auf=
> geführt.

Lelio, ein Edelmann von Ferrara, hatte sich, nach dem Tode
35 seiner Frau, zu Venedig niedergelassen, und seinen Sohn und seine

Tochter, Mario und Flaminia, mit dahin gebracht. Die letzte ist der einzige Gegenstand seiner väterlichen Zuneigung; er hat seine Augen nur für sie, und in allen Stücken ist er, ihren Wünschen zuvorzukommen bemüht. Der Sohn hingegen ist der Gegenstand seiner Gleichgültigkeit, ja gar seines Unwillens; er kann ihn nicht ausstehen. Das Vorurtheil, welches er noch über dieses für die Sitten Frankreichs hat, wo er sich einige Zeit aufgehalten, wird gleichfalls ein Anlaß zur Uneinigkeit zwischen ihm und seinem Sohne. Denn weil dieser bloß die italiänischen Sitten kennet, so ist er oft ganz anderer Meinung, als sein Vater; da ihn hingegen Flaminia, welche ihre Rechnung bey der französischen Freyheit findet, in der Meinung bestärkt, daß dieses die einzige wahre und gute Lebensart sey. Durch diese List hat sie die völlige Freyheit erhalten, die Bälle, Schauspiele und Spaziergänge zu besuchen; und ist also von der Einsamkeit, in welcher das Frauenzimmer sonst gemeiniglich in Italien lebt, weit entfernt.

Ein junger Mensch, Namens Silvio, der in französischen Diensten stehet, und nach Bologna gehet, um seinen Oheim da zu besuchen, den er lange nicht gesehen, siehet, auf seiner Durchreise durch Venedig, die Flaminia auf einem Balle; ihr Witz, ihre Manieren bezaubern ihn, und er wird auf das heftigste in sie verliebt. Er hatte nicht erfahren können, wer sie sey, denn da sie Französisch sprechen konnte, und dieser Cavalier der Gesellschaft als ein Franzose vorgestellet war, so hatte sie sich, um destomehr verborgen zu bleiben, dieser Sprache bedienet. Unterdessen war er doch so glücklich gewesen, ihre Wohnung zu entdecken, und suchte seit dem Tage alle mögliche Gelegenheit sie wieder zu sehen, als er einst von ohngefehr die Violette, das Mädchen der Flaminia, die auf dem Balle um sie gewesen war, antraf. Er macht sich diesen glücklichen Augenblick zu Nutze, erkundiget sich nach ihrer Gebieterinn, und bemerkt mit unendlichem Vergnügen, daß sie seiner Begierde, sie wieder zu sehen, und selbst seiner Liebe, nichts weniger als zuwider ist. Allein Mario, der diesen Cavalier so oft um sein Haus hatte schleichen sehen, kömmt in eben dem Augenblicke mit dem Harlequin, seinem Bedienten dazu, und bezeigt seinen Unwillen gegen die Violette und den Silvio so laut, daß Lelio aus dem Hause heraus kömmt, um die Ursache dieses Lerms zu erfahren. Violette entschuldiget sich, und Silvio weis seine Sachen so gut zu machen, daß Lelio, als er von ihm erfährt, daß er ein Franzose sey, seinem Sohne Verweise giebt, und dem jungen Fremden zugleich ungemein viel Höflichkeiten erweiset, ja sich sogar erbietet ihn seiner Tochter vorzustellen, ob sie sich gleich noch vor ihrem Nachttisch befände. Silvio, der eine solche Gunst nie hätte hoffen dürffen, nimt das Anerbieten an. Mario will sich dagegen setzen, Lelio aber, den seine Verwegenheit erzürnt, jagt ihn von sich, und verbietet ihm, den Fuß wieder in sein Haus zu setzen. Der ver= meintliche Franzose hat also das Vergnügen, seine geliebte Flaminia zu sehen, und sich an ihrem Nachttische zu befinden; allein sein Glück wird durch die Ankunft des Pantalon, welches der Schwager des Lelio und der Oheim der Flaminia ist, unterbrochen. Dieser Mann, ein Italiäner von altem Schlage, hatte von seinem Neffen Mario erfahren, was bey dessen Vater eben itzt vorgegangen, und kömmt also sogleich, sich näher darnach zu erkundigen, und weil er es selbst sieht, daß man ihm keine Unwahrheit gesagt, so wird er gegen seinen Schwager un= gemein aufgebracht. Silvio will sich wegbegeben, und die listige Fla= minia, die sich fürchtet, ihr Vater möchte endlich dem Pantalon Recht geben, läßt ein Paar erpreßte Thränen fallen, und sagt zu ihrem Vater, damit sie ihm den Verdruß, den er täglich mit ihrem Oheim und ihrem Bruder ihretwegen habe, ersparen möge, so sey sie ent= schlossen, sich ins Kloster zu begeben, und bitte um seine Einwilligung dazu. Lelio wird durch die Thränen seiner Tochter erweicht, und sagt seinem Schwager, daß er allein Herr in seinem Hause seyn wolle; und ihm dieses zu beweisen, wolle er nicht allein, daß der fremde Cavalier seine Tochter besuchen, sondern sogar zu ihm in das Haus ziehen solle; und wem dieses nicht anstehe, der dürfte nur von ihm weg bleiben. Dieses Compliment setzet den Pantalon und Mario in die größte Verwirrung; das hieß, nach ihrer Meinung, den Wolf in die Horden lassen. Sie mußten also auf ein Mittel wider dieses Uebel bedacht seyn; allein ihr aufgebrachtes Gemüth verhinderte sie, auf ein gutes zu fallen. Sie beschlossen unter sich, Harlequin solle bey dem Lelio um Verzeihung bitten, damit er ihn wieder in sein Haus auf= nehme, und Harlequin auf alle Handlungen und Reden des jungen Franzosen und der Flaminia Acht haben könne; allein sie hatten nicht vorher gesehen, daß die zwey Verliebten französisch mit ein= ander sprechen würden, und Harlequin also eben so wenig ausrich=

ten könnte, als ob er bey ihrem Umgange ganz und gar nicht zu=
gegen wäre.

Unſre zwey Verliebte genoſſen das Vergnügen, ſich zu lieben,
und es einander zu ſagen, in Ruhe; ſie hatten ſich eine ewige Treue
geſchworen, als ein unvermutheter Zufall ſie bald auf ewig getrennt
hätte. Der Doctor, des Silvio Oheim, hatte vernommen, daß man
ſeinen Neffen zu Venedig geſehen habe, und war alſo von Bologna
dahin abgereiſet. Weil er den Pantalon kannte, ſo wandte er ſich zu
allererſt an ihn, um nähere Nachricht einzuziehen; doch da ihm dieſer
keine geben konnte, ſo hatte der Doctor beynahe die Hoffnung, ſeinen
Vetter zu finden, aufgegeben, als ihm endlich ein bloſſer Zufall, was
er mit aller ſeiner Mühe nicht hatte erfahren können, entdeckte; er
ſahe nehmlich den Silvio in das Haus des Lelio gehen, und erkannte
ihn. Er giebt ſogleich ſeinem Freunde, dem Pantalon, davon Nach=
richt, und bittet ihn, ihm eine Unterredung mit dem Silvio zu ver=
ſchaffen. Pantalon, der nichts eifriger wünſcht, als dieſen jungen
Menſchen von ſeiner Muhme zu entfernen, bewilliget ihm dieſe Bitte
ſehr gern; wie ſehr aber erſtaunte der Doctor, als er ſeinen Neffen
bey Erblickung ſeiner in der größten Verlegenheit ſahe! Der junge
Menſch ſahe, daß Lelio zugegen war und auf alle ſeine Handlungen
Acht hatte, und ſchloß bey ſich, wenn er ſeinen Oheim erkennte, ſo
würde man ihn für einen Betrüger halten, und von ſeiner geliebten
Flaminia trennen. Unterdeſſen drang der Oheim in ihn, er ſolle ant=
worten, und bald hätte ihn ſein Stillſchweigen für ſchuldig erklärt,
als ihn Scapin, ſein Bedienter, aus dieſer Verwirrung reißt. Er
nimt nehmlich den Lelio bey Seite, und ſagt ihm, daß dieſer ehrliche
Mann der Oheim des Silvio nicht ſey, ſich es aber zu ſeyn einbilde;
er ſey über den Tod eines Neffen, der in franzöſiſchen Dienſten ge=
ſtanden, ganz vom Verſtande gekommen; und hielte ſeitdem alle junge
Leute, welche Franzöſiſch ſprächen, für dieſen geliebten Neffen; weil
nun Silvio bereits zu Bologna einmal dieſer ſeiner Thorheit ausgeſetzt
geweſen, ſo komme ſeine Verwirrung nur daher, weil er ſich ſeinen
Verfolgungen aufs neue bloß geſtellet ſehen müßte. Lelio läßt ſich
dieſes Märchen einreden, und findet in der Phyſiognomie dieſes ehr=
lichen Mannes wirklich etwas Wahnwitziges; endlich aber ſpricht dieſer
ſo gar vernünftig, daß er den Lelio überzeugt, man wolle ihn betriegen,

er der Doctor sey wirklich der Oheim des Silvio, und dieser junge
Mensch ein Italiäner, und ganz und gar kein Franzose. Um sich noch
mehr davon zu überzeugen, schlägt Pantalon vor, den Oheim mit dem
Neffen allein zu lassen, und ihres Theils aus einem nahen Zimmer
auf das Betragen zwischen ihnen Acht zu haben. In diesen Fallstrick
nun fiel Silvio, nicht mehr wie billig. Lelio und sein Schwager über=
raschen ihn, indem er eben mit seinem Oheim italiänisch spricht, und
machen ihn durch ihre Gegenwart ganz verwirrt. Flaminia, die diesen
Betrug erfährt, erzürnt sich gleichfalls darüber, allein Silvio weis sich
so wohl zu entschuldigen, und sagt ihr so viel zärtliche Dinge, daß
sie ihm ohne viele Mühe vergiebt. Da aber gleichwohl die beyden
Oheime und Harlequin dabey zugegen sind, so fällt Flaminia auf eine
List. Sie sagt zum Silvio, ob sie gleich eine fremde Sprache redeten,
so würden sie doch ihre Gebehrden, und ihr Ton verrathen, wenn sie
nicht verdrießliche Gebehrden und einen erzürnten Ton annähmen, um
die Anwesenden dadurch zu hintergehen. Diese scheinen auch wirklich
sehr vergnügt darüber zu seyn, so erzürnte Gebehrden zu sehen, und
einen so erbitterten Ton zu hören, eben da sich unsre zwey Verliebte
eine ewige Liebe darinn schwören, und beyde, niemals eines andern
zu seyn, sich wechselsweise versprechen. Doch Verliebte denken selten
weiter, als auf das Gegenwärtige; und so war es auch mit den unsrigen.
Der Doctor drang in seinen Neffen, mit ihm abzureisen, und Flaminia
sahe sich nunmehr auf dem Puncte, den Grafen Antonio wider Willen
zu heyrathen, dem sie ihr Vater bestimmt hatte. Sie mußten sich also
noch einmal sehen, um einander aus der Verwirrung, in der sie sich
beyder Seits befanden, zu reissen. Es würde aber fast unmöglich ge=
wesen seyn, wenn der Witz der Flaminia ihr nicht eine neue List an
die Hand gegeben hätte. Sie verlangt den Silvio noch einmal zu
sehen, und unter dem Vorwande ihm die Briefe wieder zuzustellen,
die sie von ihm erhalten zu haben vorgiebt, händiget sie ihm einen
ein, worinn sie ihm alles vorschreibt, was er nunmehr thun müsse;
und dieses zwar in Gegenwart ihres Vaters, ihres Oheims, und des
Oheims ihres Silvio. Der entzückte junge Mensch geht sogleich ab,
um den Anschlag der Flaminia auszuführen, die sich ihres Theils
gleichfalls an den Ort begiebt, den sie dem Silvio benennt hat. Bis
hierher war jedermann zufrieden; allein es ändert sich nun gar bald.

Harlequin, welcher die Flaminia auf Befehl des Lelio begleitet hatte,
kömmt kurz darauf wieder, und meldet ihm, daß sich seine Tochter
habe entführen lassen, und zwar von dem vermeinten französischen
Cavalier. Was für ein Donnerschlag für ihn, und was für Gedanken
fallen ihm nicht zugleich wegen seiner Partheylichkeit bey! Er beweinet 5
eben sein Unglück, als sein Schwager ihm zu melden kömmt, daß er
auf dem Wege nach seinem Landgute, seine Nichte mit ihrem Liebhaber in einer Gondel angetroffen, und sie sogleich angehalten habe;
den Entführer habe er auf der Stelle ins Gefängniß bringen lassen,
die Nichte aber unterdessen in seinem Hause verschlossen, bis sie ein 10
weiteres deswegen mit einander verabredet hätten. Lelio bezeiget seinem
Schwager seine Dankbarkeit, und gesteht ihm seine Ungerechtigkeit gegen
seinen Sohn, der eben dazu kömmt, und von ihm mit aller erfinn-
lichen Zärtlichkeit empfangen wird. Er bittet für seine Schwester um
Gnade; der erbitterte Lelio aber schlägt sie ihm ab, und erklärt, daß 15
er sie durchaus auf Zeit ihres Lebens wolle einschliessen lassen; weil
es sonst, wie er sich ausdrückt, vielmehr eine Belohnung als eine Strafe
für sie seyn würde, wenn er sie ihren Liebhaber heyrathen liesse.

Es ist etwas ausserordentliches, daß sich eine Komödie ohne Heyrath
und ohne Freude schliessen sollte. Harlequin hält daher auch in dieser 20
den Acteur, welcher abdanken will, auf, und fragt ihn, ob die Komödie
schon aus sey, und ob er nicht wisse, daß nach den Regeln des Aristoteles, ein Lustspiel sich nicht wie ein Trauerspiel mit Traurigkeit und
Moral enden müsse; wenigstens hätte der Verfasser den Entführer
wieder auf das Theater bringen müssen, damit er, oder zum minbesten 25
sein Bedienter, ihren verdienten Lohn erhalten könnten. In eben dem
Augenblicke bringen die Sbirren den Scapin, des Silvio Bedienten,
geführt, und Harlequin ergreift diese Gelegenheit, die Komödie lustig
zu beschliessen, fällt über den armen Scapin und über die Sbirren
her, prügelt sie alle tüchtig herum, und kömmt endlich wieder vor, dem 30
Parterre zu sagen, daß sich nunmehr die Komödie nach den Regeln
schliesse.

7) L'Italien marié à Paris, in fünf Aufzügen, von dem ältern
  Niccoboni zum erstenmale aufgeführt den 29 November 1729.
  Es ist dieses das erste Stück, welches der ältere Niccoboni in 35

Paris verfertigte. Anfangs wurde es nur in drey Aufzügen und in
italiänischer[1] Sprache gespielet, und zwar bereits im Jahr 1716. Weil
es aber vielen Beyfall fand, so brachte es der Verfasser selbst ins
Französische, und erweiterte es zu fünf Aufzügen. De la Grange
5 hat es hernach wieder in drey Aufzüge gebracht, und in freye Verse
übersetzt, nach welcher Uebersetzung es auch den 15 Junius 1737.
abermals gespielt, und in eben demselben Jahre gedrukt worden. Weil
aber diese letztere Uebersetzung von dem Originale, welches nie ganz
bekannt geworden, in vielen Stücken abgeht, so verdient folgender
10 Auszug aus diesem allhier eine Stelle.

Lelio öfnet die Scene mit Colombinen, dem Mädchen der Clarice.
Diese letztere ist eine Tochter des Pantalons, und Lelio hat sie zu
Paris geheyrathet, wo sie von ihrer zartesten Kindheit an erzogen
worden. Lelio, der zwar das Land, aber nicht seine Sitten verändert
15 hat, verlangt, daß seine neue Gattin in Frankreich eben so leben solle,
als ob sie in Italien wäre. Claricen will diese Art von Sklaverey,
der sie nicht gewohn ist, gar wenig gefallen, und Lelio verlangt durch=
aus, daß sie der süssen Freyheit, in deren Besitz das schöne Geschlecht
bey uns ist, entsagen soll. Er macht eine sehr satyrische Abschilderung
20 gegen die Colombine davon, und giebt ihr zum Schlusse eine Liste
von allen denjenigen Personen, die er, nach seiner neuen Einrichtung,
aus seinem Hause verbannet wissen will. Singemeister, Tanzmeister,
Claviermeister, und besonders Putzmacherinnen und Modenhändlerinnen,
alle diese sollen nun und nimmermehr zu Claricen gelassen werden.
25 Vergebens bittet ihn Colombine um Gnade, vergebens macht sie ihm
wegen dieses und jenen Artickels Schwierigkeiten; dem Eifersüchtigen
scheinet alles verdächtig, der damit noch nicht einmal zufrieden ist, daß
er seiner Gattin diese kleinen Ergetzlichkeiten entziehet, sondern ihr gar
ihr Zimmer zu einem undurchdringlichen Gefängnisse, und sich selbst
30 zu dem unerbittlichen Kerkermeister desselben machen will. Indeß, daß
er noch mit diesen gefährlichen Anschlägen beschäftiget ist, kömmt ein
Bedienter und sagt, daß der Graf, sein Herr, in Gesellschaft eines
Barons und Ritters, ihn schicke, um sich zu erkundigen, ob er (Lelio)
zu Hause sey? Lelio, der ihm schon, noch ehe er in den Saal ge=
35 treten, entgegen geruffen, daß er nicht zu Hause sey, nennt ihn einen

---

[1] französischer (1768)

Unverschämten, daß er ihm nicht auf sein Wort habe glauben wollen; doch findet er noch für gut, ihm ein Trinkgeld zu geben, damit er denen, die ihn geschickt, sagen solle, daß er ihn nicht zu Hause getroffen. Der Bediente nimt das Geld, geht ab, und wird von dem Lelio bis auf die Gasse begleitet. Während der Zeit hat Harlequin, der Bediente der Gräfin, Mittel gefunden, sich bey dem Lelio, mit einem Briefe von seiner Gebieterin, den er der Clarice in ihre eigene Hände geben soll, einzuschleichen. Lelio, der den Augenblick dazu kömmt, reißt dem Harlequin diesen Brief aus den Händen, und eröfnet ihn ohne Umstände. Alle die gewöhnlichen Ausdrücke der Freundschaft, deren sich ein Frauenzimmer gegen das andre bedient, scheinen ihm die zärtlichsten Erklärungen eines Liebhabers an seine Geliebte zu seyn; und damit sein Verdruß vollkommen werde, so meldet man ihm noch, daß die Frau Gräfin, der Graf, der Baron und der Ritter an seiner Thüre hielten. Er will sagen lassen, daß niemand zu Hause sey; zum Unglücke aber hat sich Clarice schon von dieser ungestümen Gesellschaft am Fenster sehen lassen; er bindet ihr also nur ein, den Besuch abzukürzen. Doch er hätte es nicht nöthig gehabt, Claricen diese Sorge aufzutragen; seine Eifersucht richtet es weit besser aus. Jeder Kuß, den man seiner Frau giebt, durchsticht ihm das Herz; er begeht tausend Ausschweifungen, und nachdem er der ganzen Gesellschaft, sie mag wollen oder nicht, ihren Abschied gegeben, bringt er Claricen wieder in ihr Zimmer, und betheuret hoch, daß sie nie mehr heraus kommen solle. Dieses, was bisher angeführt worden, ist ungefehr der Inhalt des ersten Aufzuges. Die übrigen enthalten kürzlich folgendes.

Lelio erfährt, daß sein Schwiegervater Pantalon mit ehstem eintreffen soll, und besorgt, daß sich Clarice wegen seiner Eifersucht beklagen möge. Er entschließt sich also, ihr mit der Wiedererlangung ihrer Freyheit zu schmeicheln; sie aber macht ihm wegen seiner ausserordentlichen Härte Vorwürffe, und versichert, daß sie, ihrem Elende ein Ende zu machen, fest entschlossen sey zu sterben. Lelio, der über diesen Entschluß erschrickt, verspricht ihr, sich in Zukunft gütiger gegen sie zu bezeigen, und bittet sie, um ihr Beweise davon zu geben, von ihm alles, was sie nur wünsche, zu verlangen. Clarice läßt sich besänftigen, und schlägt ihm einen Spaziergang in die Thuilleries vor, beßgleichen die Oper und die französische und italiänische Komöbie zu besuchen. Alles das scheint dem Lelio allzugefährlich; sie bittet ihn also, sie wenigstens auf einen Ball gehen zu lassen, der noch an eben demselben Tage in einem benachbarten Hause gegeben werde. Weil sie in der Maske da erscheinen muß, und sie es gern sehen würde, wenn er sie selbst maskiert dahin begleitete, so ist er es endlich zufrieden. Der Graf, der Baron und der Ritter finden sich gleichfalls auf diesem Balle ein. Clarice tanzt, und Lelio selbst kann sich nicht zu tanzen weigern. Unter dem Tumulte des Balls wird Clarice weggeführt; ihr eifersüchtiger Ehemann suchet sie vergebens, ruft sie überall, und hält sie auf immer verloren. Endlich bringt man sie ihm wieder; er empfängt sie als ein grober Eifersüchtiger, und schließt sie aufs neue ein, um einem solchen Unglücke nicht ferner ausgesetzt zu seyn. Kurz darauf trift Pantalon ein, und stellt ihm eine vermeintliche Nichte vor. Lelio hat eine Unterredung mit ihr, und findet daß ihre Sitten von den Sitten der französischen Damen so weit entfernt sind, daß er sie vor Vergnügen, sie den italiänischen Sitten so ergeben zu wissen, umarmen will; sie aber beweiset ihm die Strenge ihrer Tugend mit einer Ohrfeige, worüber er vollends für Freuden ganz ausser sich kömmt. Er steht nicht einen Augenblick länger an, ihr die Aufsicht über Claricen anzuvertrauen, und verspricht dieser letztern eine völlige Freyheit, nur mit dem Beding, daß sie sich nie aus den Augen der tugendhaften Nichte entferne. Er befiehlt Claricen, sie zu umarmen, und sie aus Liebe für ihn, zu küssen. Was aber geschieht? Pantalon entdeckt dem Lelio daß diese Nichte nichts anders als ein verkleideter Neffe ist, um vor den Verfolgungen seiner Feinde und der Gerechtigkeit sicher zu seyn; er fügt hinzu, daß er zu dieser Verkleidung gezwungen worden, weil er zu Venedig einen Nebenbuhler bey einer gewissen Dame, die er geliebt, erstochen. Plötzlich verläßt Lelio seinen Schwiegervater, und eilet seine Frau von diesem Cavaliere wieder zu trennen; er jagt den letztern schimpflich aus seinem Hause, und verbietet ihm, den Fuß jemals wieder hinein zu setzen. Unterdessen kann Clarice die Verfolgung ihres Mannes nicht länger ausstehen, und findet Gelegenheit zu entfliehen. Sie begiebt sich mit der Gräfin, ihrer Freundin, nach einem Hause zu Chaillot, welches dieser letztern gehört; und hier ist es, wo sich das Stück schließt. Clarice befindet sich da in guter und lustiger Gesellschaft; man singt, man tanzt; ehe sie sichs aber ver-

sehen, wird ihre Lustbarkeit durch die Ankunft des Eifersüchtigen unter=
brochen, der mit grossem Geschrey seine Frau, als ein Gut, das man
ihm geraubet, wieder verlangt. Clarice aber erklärt sich rund und
frey, daß sie den Rest ihres Lebens lieber in einem Kloster zubringen,
als wieder in ihr Gefängniß zurückkehren wolle. Lelio schwört, daß 5
er ihr alle Freyheit, die sie nur wünschen könne, lassen wolle; sie ist
zu verständig, als daß sie dieses Anerbieten mißbrauchen sollte; sie
verspricht, nie anders als in seiner Gesellschaft auszugehen, und bey
keiner Lustbarkeit ohne ihm sich einzufinden. Die Aussöhnung kömmt
also, vermittelst der Gräfin und der übrigen gemeinschaftlichen Freunde 10
zu Stande; und das Stück schließt sich vollends mit Tanzen und Singen.

8) La Moglie gelosa, in drey Aufzügen nach dem Entwurf des
ältern Riccoboni.

Dieses ist das Stück, dessen Riccoboni, in seiner Geschichte der
italiänischen Schaubühne selbst gedenket. Er hatte es bereits 1704 in 15
Italien verfertiget; zu Paris aber ward es den 4 Junius 1716 zum
erstenmale aufgeführt.

Die Personen sind: Lelio der Gemahl der Flaminia. Vio=
lette und Harlequin, Bediente des Lelio. Mario, ein Freund
des Lelio und Liebhaber der Silvia. Silvia ein Frauenzimmer von 20
Stande aus Genua, die sich von dem Mario entführen lassen. Scapin,
Bedienter der Silvia. Pantalon, Vater der Flaminia. Scara=
mouche, Liebhaber der Silvia und Nebenbuhler des Mario.

Die Handlung der Komödie geht zu Mayland vor, zwischen
dem Lelio und der Flaminia, dem Mario und der Silvia; und die 25
Scene ist in und vor dem Hause des Lelio. Die beyden erstern sind
seit einiger Zeit mit einander verheyrathet; und ob Lelio gleich es
niemals weder an Achtung noch an Zärtlichkeit gegen seine Frau fehlen
lassen, die ihn auf das allerheftigste liebt, und von Natur einen sehr
argwöhnischen Charakter hat, so kann sie doch nichts beruhigen, son= 30
dern die Eifersucht bemächtiget sich bald ihres ganzen Herzens; sie
glaubt, daß ihr Mann sie verrathe, und daß die Sorgfalt, mit der
er ihr seit einigen Tagen alles was er thut verbirgt, ein ungezwei=
felter Beweis seiner Untreue sey. Verschiedne Zwischenfälle, die sich
während dem Stücke ereignen, und auch wohl eine Person unruhig 35

machen könnten, die der Eiferſucht am wenigſten fähig iſt, beſtärken die Flaminia vollends in ihrem Verdachte.

Mario iſt ein alter und vertrauter Freund des Lelio. Er hat zu Genua ein Frauenzimmer von Stande, Namens Silvia, die ihn liebte und von ihren Anverwandten dem Scaramouche, einem Manne von vielem Anſehen, verſprochen war, entführt. Nachdem Mario ſeine Gebieterin eine Zeitlang in einem Kloſter verborgen, ſahe er ſich endlich genöthiget, einen ſichern Zufluchtsort gegen die Verfolgungen der Anverwandten ſeiner Silvia und ſeines Nebenbuhlers, zu ſuchen. In dieſer Verlegenheit flüchtet er nach Mayland zu dem Lelio, der ihn in ſeinem Hauſe verbirgt und in einem Kabinette ſeines Zimmers verſchloſſen hält, ohne jemanden in der Welt, auch nicht einmal ſeiner Frau etwas davon zu ſagen. Er fürchtet, das Geheimniß möchte von ungefehr auskommen, wenn mehrere darum wüßten, und die Anver= wandten der Silvia, denen es zu Mayland nicht an mächtigen Freunden fehlt, möchten den Mario in ſeinem Hauſe ſelbſt in Verhaft nehmen laſſen, wenn ſie erführen, daß er ſich da verborgen hielte.

So ſtehen die Sachen, als ſich das Stück anfängt. Flaminia, welche über die Veränderung, die ſie ſeit einigen Tagen in dem Be= zeigen ihres Mannes bemerkt, und über die Sorgfalt, mit der er ein Kabinet in ſeinem Zimmer verſchloſſen hält, unruhig geworden, be= ſchuldigt ihn, daß er eine Maitreſſe darinn verborgen halte. Lelio ſucht ſie durch Verſicherungen ſeiner Treue zu beruhigen, doch ohne ihren Argwohn auf Unkoſten ſeines Freundes und mit Gefahr, ihn zu verrathen, heben zu wollen. Flaminia erfährt, daß ſich ihr Mann alle Tage in ſein Zimmer zu eſſen bringen läßt, welches ſie noch mehr in ihrer Meinung beſtärkt. Nichts aber ſcheint ſie mehr von der Un= treue ihres Mannes zu überzeugen, als daß ſie zu zwey verſchiedenen malen die Silvia in dem Zimmer des Lelio antrift, wohin ſie unter zweyerley Kleidung gekommen war, um Nachricht von ihrem Mario einzuziehen. Unterdeſſen kömmt Scaramouche in Mayland an, und bringt Empfehlungsſchreiben an den Lelio mit. Er findet in dem Zimmer des Lelio ein Kleid der Silvia, welches ihr Mario ablegen heiſſen, weil ſie es ſonſt in Genua getragen. Scaramouche erkennt es für das Kleid ſeiner Geliebten, und Flaminia, welche die Silvia darinn geſehen hat, ſteht länger nicht an, ſie für ihre Nebenbuhlerin zu halten.

Sie trift noch dazu den Lelio und Mario auf eine Art verkleidet und maskirt an, die sie in ihrem Verdachte zu bestärken vermag, und die Dazwischenkunft des Scaramouche verhindert auch den Lelio, ihren Argwohn durch die endliche Entdeckung des ganzen Geheimnisses zu heben. Endlich aber, da sie sich alle in der größten Verwirrung befinden, und Flaminia die ganze Welt von der Untreue ihres Mannes überzeugen zu können glaubt, wird sie selbst von dem schlechten Grunde ihrer Eifersucht überführt. Sie erfährt das Geheimniß, dessen Unwissenheit ihren Argwohn verursacht, und bittet ihren Mann, den sie mit Unrecht beschuldiget, um Verzeihung. Scaramouche ist genöthiget seine Ansprüche auf die Silvia fahren zu lassen. Mario heyrathet seine Geliebte, und alles gewinnt einen glücklichen Ausgang.

9) Le Sincere à contretems, in einem Aufzuge von dem ältern Riccoboni; zum ersten male aufgeführt den 21 October 1717.

Personen. Pantalon, Vater der Flaminia; Lelio, Sohn des Pantalon; Flaminia, Tochter des Pantalon; Mario, Liebhaber der Flaminia; Albert, des Pantalon Freund; Hortense, des Albert Tochter, an den Lelio[1] versprochen; Scaramouche, des Lelio Freund; Harlequin, Bedienter des Pantalon. Die Scene ist in dem Hause des Pantalon.

Pantalon eröfnet die Scene, indem er den Harlequin aus dem Hause jagt, weil er ihn wegen seiner Dummheit, und seiner übrigen bösen Eigenschaften, die er ihm vorwirft, unmöglich länger im Dienste behalten könne. Lelio kömmt dazu, tröstet den Harlequin und verspricht ihn bey seinem Freunde, dem Scaramouche, unterzubringen. Er schreibt ihm daher ein Empfehlungsschreiben, welches Harlequin mit vielem Vergnügen hintragen will. Lelio, der sich einer ausserordentlichen Aufrichtigkeit überall befleißiget, rühmt anfangs in seinem Briefe die guten Eigenschaften dieses neuen Bedienten, kann sich aber doch nicht enthalten hinzuzusetzen, daß Harlequin ein dummer Teufel, ein Säufer, ein Taugenichts sey ꝛc. Harlequin händiget den Brief dem Scaramouche ein, der ihn, nachdem er den Brief gelesen, geschwind wieder abweiset, und sich wegbegiebt. Pantalon tritt mit seinem Sohne Lelio auf; er sagt ihm gleich anfangs, daß er seine

[1] Mario (1750)

Heyrath mit Hortensen, der Tochter des Herrn Albert, richtig gemacht, und nun auch die Verbindung der Flaminia mit dem Mario zu Stande bringen wolle.

Pantalon sagt seinem Sohne im Vertrauen, daß er sehr wich=
tige Ursachen habe, diese beyden Heyrathen zu gleicher Zeit vollziehen zu lassen; und zwar sey dieses die vornehmste, weil er wegen des wichtigen Processes, den er itzt habe, dem Mario die funfzig tausend Thaler nicht geben könne, die er ihm als die Aussteuer der Flaminia versprochen, und daß also, um doch sein Wort zu halten, Lelio die Hortense auf das eheste heyrathen müsse, damit das Heyrathsgut, welches er mit ihr bekomme, unterdessen dem Mario, als die Mitgift der Flaminia gegeben werden könne. Dieses nun, was Pantalon hier seinem Sohne vertrauet, will sich durchaus nicht zu der Aufrichtigkeit schicken, deren sich der letztere befleißiget; unterdessen verspricht er doch, nichts davon zu sagen, und Pantalon geht ab. Flaminia kömmt hierauf und findet ihren Bruder; der ihr sagt, er habe eben itzt ge= hört, daß sie den Mario heyrathen solle, er könne sich daher nicht enthalten, ihr als ein ehrlicher Bruder zu entdecken, daß Mario allen Arten des Vergnügens sehr ergeben sey, und besonders gern allen Frauenzimmern, die ihm vorkommen, Schmeicheleyen sage. Flaminia ist zwar über das, was sie von dem Charakter des Mario erfährt, verdrüßlich, gleichwohl aber ist es ihr auch lieb, davon Nachricht zu haben, und begiebt sich weg. Nun findet Mario den Lelio; dieser wünscht ihm zu seiner Verheyrathung mit der Flaminia Glück, und bezeigt, wie viel Vergnügen und Ehre ihm diese Verbindung bringen werde; doch sagt er ihm auch zugleich, daß er, als sein Freund und künftiger Schwager, ihm unmöglich den Charakter seiner Schwester verbergen könne, die von einer so stolzen und gebietherischen Gemüths= art sey, daß niemand mit ihr leben könne. Mario dankt seinem Freunde für die ertheilte Nachricht und geht ab. Albert kömmt mit seiner Tochter Hortense, und stellt sie ihm als seine versprochene Braut vor. Nach einigen Höflichkeiten von beyden Theilen, bemerkt Albert eine gewisse Verwirrung und fragt ihn um die Ursache. Lelio er= wiedert, daß es seine Aufrichtigkeit nicht erlaube, ihm etwas zu ver= bergen, und gesteht ihm gerade zu, daß die Aussteuer, die er seiner Tochter mitgeben wolle, aus seinen Händen in die Hände des Mario,

als die Mitgift für seine Schwester Flaminia, welche Mario heyrathe, kommen solle. Pantalon, der dazu kömmt, ist nicht wenig erstaunt, seinen schönen Anschlag durch die allzugrosse Aufrichtigkeit seines Sohnes vernichtet zu sehen. Mario und Flaminia werffen sich ihre beyderseitigen Fehler vor, und Albert sagt dem Pantalon, daß er seiner Tochter keine Aussteuer gebe, damit eine andere damit ausgesteuert werden könne; ein jeder geht also höchst mißvergnügt ab, und besonders flucht Pantalon auf seinen Sohn und dessen unzeitige Aufrichtigkeit. Dieser bleibt ganz allein und beschließt das Stück damit, daß er sagt, er könne unmöglich länger in einer Stadt bleiben, wo er die Aufrichtigkeit, deren er sich befleisse, nicht ausüben dürfe; er wolle sich daher an den Hof begeben, und da die Kunst sich zu verstellen lernen, um in Zukunft weniger aufrichtig zu seyn.

10) Le Soupçonneux, in drey Aufzügen von dem ältern Riccoboni, den 29 Jenner 1721 zum erstenmale aufgeführt.

Personen. Lelio; Silvia, dessen Schwester; Harlequin, dessen Bedienter; Pantalon; Flaminia, dessen Tochter; Violette, ihr Mädchen; der Doctor; Mario, dessen Sohn; verschiedene Bediente. Die Scene ist in Neapolis.

Erster Aufzug; das Theater stellt das Zimmer des Lelio vor. Lelio eröfnet die Scene; er ist allein und scheinet unruhig. Er hat zwey Briefe in der Hand, einen von dem Mario, der sich auf dem Lande befindet, und den andern von der Flaminia, seiner versprochenen Braut. Der eine bringt in ihn, seine Heyrath mit der Silvia, der Schwester des Lelio, zum Schlusse zu bringen; der andre Brief ist voller Zärtlichkeiten, die dem Lelio ein eitles Romanengeschwätze dünken, und seine natürliche Unruhe nicht stillen können. Er sucht das Mittel, in das Herz seiner Geliebten sehen zu können, in sich selbst, schmeichelt sich, es gefunden zu haben, bezeigt, daß er den Mario mit Ungeduld erwarte, auf dessen Beystand er sich bey dieser Gelegenheit Hoffnung macht, und ruft seinen Bedienten, Harlequin. Weil dieser noch nicht lange bey ihm in Diensten ist, so fragt er ihn nach seiner Familie, nach seiner vorigen Aufführung, und dieses alles mit so augenscheinlichen Merkmalen des Argwohns, daß Harlequin verdrüßlich und unruhig wird und durch seine Unruhe das

Mißtrauen des Lelio vermehrt. Er fragt hierauf den Harlequin, wie
es um sein Liebesverständniß mit Violetten stehe; Harlequin antwortet,
daß er sich glücklich schätze, und sein Herr hält sich über seine dumme
Beruhigung auf; doch Harlequin erwiedert, daß er sich wohl hüten
werde, der Violette einigen Argwohn spüren zu lassen, denn entweder
sie liebe ihn nicht, und alsdenn wäre sein Argwohn umsonst, oder
sie liebe ihn wirklich, und alsdenn könnte ihr ein unverdienter Arg=
wohn leicht Gelegenheit geben, ihre Gesinnung zu ändern. Lelio
findet sich durch die Anmerkung seines Bedienten einen Augenblick be=
troffen, er fällt aber bald wieder in seinen Charakter und sagt, daß
er wenigstens kein Glück zu schmecken wisse, ohne es ganz zu kennen,
und daß er daher durchaus seine Gebieterin auf die Probe stellen
wolle. Man klopft an die Thüre; Harlequin meldet den Mario an,
der vom Lande zurück kömmt; nachdem Mario hereingetreten, läßt
Lelio den Bedienten abgehen, und schlägt jenem vor, der Flaminia
einen Liebesantrag zu thun, um ihm hernach hinterbringen zu können,
wie er aufgenommen worden, weil er bey seiner angebohrnen Auf=
richtigkeit unmöglich eher ruhig seyn könne, als bis er von der Auf=
richtigkeit derjenigen, mit denen er zu thun habe, völlig überzeugt
worden. Mario entschuldiget sich mit seiner Liebe gegen die Silvia,
mit der ihn diese Verstellung leicht veruneinigen könnte; Lelio aber
antwortet, daß er nach der verlangten Probe die Flaminia entweder
heyrathen, oder ihr auf ewig entsagen, und den Mario schon wieder
mit seiner Schwester aussöhnen und ihre Heyrath sogleich zu Stande
bringen wolle; da er hingegen seine Einwilligung niemals geben werde,
wenn seinem Verlangen kein Genüge geschehe, oder ihn Mario gegen
die Silvia oder sonst jemanden in der Welt verriethe. Mario muß
sich alles gefallen lassen und Lelio geht ab, nachdem er ihm vorher
gesagt, daß er der Flaminia antworten wolle, und daß sie seinen Brief
durch ihn, den Mario, noch vor Mittage, erhalten müsse; er wolle ihr
melden, daß er sich unbaß befinde, damit er einen Vorwand habe,
sie den ganzen Tag nicht sehen zu dürfen, und Mario seine Erklärung
desto ungehinderter anbringen könne. Harlequin kömmt wieder auf
die Scene und bittet den Mario, ihm einen Herren zu verschaffen;
seiner sey allzu argwöhnisch, als daß man mit ihm leben könne.
Mario gesteht es bey Seite zu, ermahnt aber den Harlequin, den

Lelio nicht zu verlassen, der übrigens ein guter Herr und mit ihm
zufrieden sey. Harlequin sagt ihm hierauf, daß ihn Silvia mit ihrem
Bruder habe reden sehen, und ihn, ehe er weggehe, sprechen wolle.
Mario antwortet, Lelio sey itzt in seinem Kabinet und schreibe, diesen
Augenblick müsse man sich also zu Nutze machen, und er wolle er= 5
warten, was Silvia zu befehlen habe. Harlequin verläßt ihn, und
Mario bleibt wegen dessen, was ihm Lelio aufgetragen, in größter
Besorgniß. Silvia kömmt, und fragt ihren Liebhaber, ob er die Ein=
willigung ihres Bruders erhalten habe; Mario erwiedert, daß Lelio,
bey dem er eben itzt aufs neue angehalten, den Tag zu ihrer Ver= 10
mählung noch nicht fest gesetzt, sondern ihm nur versichert habe, daß
sie mit seiner Vermählung an einem Tage zu Stande kommen solle.
Lelio kömmt dazu, sieht sie mit einander reden, und schöpft Verdacht.
Harlequin der mit ihm hineintritt, sagt, ohne Zweifel werde Mario
seiner Schwester die öfentlichen Neuigkeiten des Krieges erzehlen. Lelio 15
antwortet ihm mit einem gezwungnen Lächeln, daß er sehr daran
zweifle; er ziehet den Mario darauf bey Seite, und dieser versichert
ihm, daß er wegen des bewußten alle Verschwiegenheit beobachtet.
Lelio, ohne sehr beruhiget zu seyn, giebt ihm den eben itzt geschriebenen
Brief. Mario geht mit einem Complimente gegen die Silvia ab, und 20
bittet sie leise, wegen ihrer Heyrath in den Bruder zu bringen. Lelio,
der sie beobachtet, sagt zu dem Harlequin, daß Mario ohne Zweifel
seine Schwester bitte, ihm von ihrer gehabten Unterredung nichts zu
sagen. Harlequin ist aus Gefälligkeit seiner Meinung, und Lelio
bringt hierauf in seine Schwester ihm nichts von dem zu verhehlen, 25
was ihr Mario gesagt habe. Sie erröthet, und gehorcht; Lelio wird
dadurch noch unruhiger, will noch mehr wissen, und droht ihr, ihre
Heyrath mit dem Mario zu verhindern, wenn sie nicht alles aufrichtig
bekenne. Harlequin ist auf seines Herrn Seite, und Silvia, die nichts
weiter zu sagen weis, geht mit Thränen ab. Doch hat Lelio seinen 30
Verdacht noch nicht verloren, sondern ruft vielmehr, indem er hitzig
auf und abgeht: Mir! mir einen solchen Streich zu spielen!
Uns! sagt Harlequin, ihn nachäffend. Ich dachte es wohl! setzt
Lelio hinzu. O wahrhaftig, sagt Harlequin, wir können so
gut betriegen wie sie, und uns soll man so leicht nicht 35
weiß machen! Indem wird an die Thüre geklopft; Pantalon und

ber Doctor treten herein und sagen dem Lelio, daß sie den Augen=
blick, sich mit ihm näher zu verbinden, ungedulbig erwarteten; Pan=
talon nehmlich soll sein Schwiegervater, und der Doctor der Schwieger=
vater seiner Schwester werden. Lelio dankt ihnen, und da sie hinzu=
setzen, daß ihre Kinder ihm wegen seiner Uneigennützigkeit verbunden
seyn müßten, weil so wohl er als seine Schwester reichere Gatten
leicht hätten finden können, so giebt Lelio zu verstehen, daß ihm alle
diese Complimente verdächtig vorkommen; ja da die zwey Alten noch
weiter in ihn bringen, einen gewissen Tag fest zu setzen, so antwortet
er ihnen gar nicht, forbert von dem Harlequin seinen Hut und Degen,
und geht fort. Pantalon und der Doctor erstaunen darüber, und da
sie den Harlequin um die Ursache dieses kaltsinnigen Bezeigens fragen,
spielt er die Rolle seines Herrn nach, nimt seinen Hut, seinen Gürtel,
und was er sonst braucht, vom Tische, und verläßt sie ohne alle Um=
stände. Sie lauffen ihm nach, und der erste Aufzug ist zu Ende.

    Zweyter Aufzug; das Theater stellt die Gasse vor,
in welcher Pantalon wohnet. Mario tritt auf, und ist in der
größten Verlegenheit, daß er etwas thun soll, was mit allen seinen
Neigungen streitet, klopft aber doch an die Thüre des Pantalon an.
Flaminia kömmt heraus, mit ihm zu sprechen; Violette ist bey ihr,
die Mario wieder hinein zu schicken bittet. Hierauf, nachdem er ihr
den Brief des Lelio übergeben, fängt er an, sich in sie verliebt zu
stellen, und thut dieses auf eine sehr ungeschickte Weise. Endlich sagt
er bey Seite, daß er unmöglich länger eine falsche Person spielen
könne; er wirft sich der Flaminia zu Füssen und bittet sie das, was
er ihr entdecken wolle, verschwiegen zu halten. Sie verspricht es, und
er erzehlt ihr die Thorheit seines Freundes, die er seiner Zärtlichkeit
beymißt, und die sie ihm um so vielmehr verzeihen müsse, da Lelio
ihre und seiner Schwester Heyrath ohne Anstand vollziehen wolle, so=
bald ihm in diesem Stücke ein Genüge geschehen. Flaminia hört ihm
ruhig zu, indem sie ihm aber antwortet, geräth sie in solche Hitze,
daß ihm wegen seines Geheimnisses bange wird, und er sie, sein Un=
glück nicht zu machen, beschwören muß. Sie besänftiget sich, und sagt
ihm, sie besorge es nicht heute zum erstenmale, daß sie die Gemüths=
art des Lelio unglücklich machen werde; sie wolle daher ihre Maaß=
regeln nehmen, ohne daß ihm Lelio etwas vorwerffen könne; er solle

ihm nur unterdessen sagen, daß seine Liebeserklärung übel aufgenommen
worden, und sich selbst eine Antwort, wie er glaube, daß sie sich am
besten schicke, erdenken. Mario dankt ihr, und geht den Lelio aufzu=
suchen. Flaminia ist noch voller Unwillen und ruft Violetten. Sie
erzehlt ihr alles, denket auf Mittel sich zu rächen, und bittet sie, gleich= 5
falls darauf bedacht zu seyn. Harlequin kömmt, Violetten zu besuchen,
und erzehlt ihr, daß ihn Lelio argwöhnisch gegen sie machen wollen;
Violette geräth darüber in Zorn, und ihre Gebieterin sagt ihr ins
Ohr, daß ihr ein Mittel, sich zu rächen, beyfalle; sie setzt hinzu, sie
wolle dem Mario schreiben, daß sie ihn gern die folgende Nacht 10
sprechen möchte, Violette solle unterdessen sich des Harlequins ver=
sichern, damit man von allen Tritten und Schritten seines Herren
Nachricht haben könne. Nachdem Violette wider den Lelio genug los=
gezogen, schlägt sie dem Harlequin vor, sie wenn es Nacht geworden
zu besuchen, doch mit der Vorsicht, sich zu verkleiden; sie wolle ihn, 15
sagt sie, nahe an dem Zimmer verbergen, wo sich ihre Gebieterin mit
dem Mario unterhalten werde; wenn Mario alsdenn weg sey, würden
sie Zeit genug haben, mit einander zu plaudern. Harlequin findet
diese Einrichtung sehr vernünftig, nur befürchtet er, sein Herr werde
ihm nicht auszugehen erlauben; unterdessen verspricht er doch, sein 20
Bestes zu thun. Violette wünscht sich, bey Seite, einen glücklichen
Fortgang dieser Intrigue, blos um das Vergnügen zu haben, den
Lelio eifersüchtig zu machen, und sich dadurch an ihm zu rächen. Har=
lequin, der seinen Herren mit dem Mario kommen sieht, gehet ab,
sich zu verkleiden. Mario stattet dem Lelio von dem, was er ihm 25
aufgetragen, Bericht ab, erzehlt wie strenge sich Flaminia gegen ihn
erzeigt habe, und wünschet seinem Freunde von Herzen Glück. Lelio
glaubt ihm bald, und bald ist er wieder mißtrauisch, endlich hält er
es für völlig ausgemacht, daß die vorgegebene Liebe des Mario der
Flaminia nicht mißfallen habe, und verläßt ihn also voller Unruhe. 30
Mario ist in der größten Verwirrung, und eben kömmt Violette und
bringt ihm den Brief ihrer Gebieterin, mit Bitte, dem Lelio davon
Wind zu geben. Sie versichert ihm, daß der Dienst, welchen er der
Flaminia hierdurch erweise, ihm auf keine Weise nachtheilig seyn solle;
er verspricht zu gehorchen, gehet ab, und Violette begiebt sich gleich= 35
falls sehr vergnügt weg. Das Theater verändert sich, und stellt das

Zimmer des Lelio vor. Man sieht, wie Harlequin daselbst unter ver=
schiednen Verkleidungen wählet, wie er sich entschließet, zwey auf ein=
mal zu nehmen, um desto unerkenntlicher zu seyn, und sich wirklich in
dieser Absicht auszukleiden anfängt. Lelio überrascht ihn in dieser
Beschäftigung, und fragt ihn, was er machen will. Harlequin bekennt
ihm, daß Violette ihn zu sich bestellt habe, und bittet ihn bald mit
Weinen, bald mit Lachen, sein gutes Glück nicht zu verhindern. Lelio
verspricht es ihm, sagt aber, daß es noch nicht Nacht sey, und er also
noch Zeit genug habe, sich zu verkleiden. Harlequin umarmet seinen
Herrn, und macht verschiedne freudige Lazzis. Indem tritt ein Be=
dienter herein, der dem Lelio einen Brief vom Mario bringt, in
welchem ihm dieser meldet, daß Flaminia ihn (den Mario) zu einer
nächtlichen Unterredung gebeten habe, daß er gehindert worden, ihm
mündlich davon Nachricht zu geben, und daß er ohne seine Einwilli=
gung nichts unternehmen wolle. Lelio schließt hieraus, daß er die
Flaminia mit Recht in dem Verdacht gehabt habe, daß ihr die Liebe
des Mario nicht mißfalle, und er folglich nicht so sehr geliebt werde,
als man es ihm bereden wolle. (Der Schauspieler muß hier wohl
Acht haben, daß er Unruhe, aber nicht Eifersucht verrathe; und eben
diesen Unterschied zwischen beyden soll der Verfasser dieses Stücks,
welcher die Rolle des Lelio selbst spielte, unnachahmlich beobachtet
haben.) Lelio fasset den Entschluß, dem Mario zu schreiben, daß er
die Einladung der Flaminia annehmen, und ihm morgen davon Nach=
richt geben solle. Er ruft, fordert von dem Harlequin die nöthigen
Dinge zum Schreiben, und unter andern auch Licht. Licht? sagt
Harlequin ganz freudig; also ist es Nacht? Nein, antwortet
Lelio; sondern ich brauche nur Licht. Harlequin bringt ihm
alles, was er gefordert hat; sein Herr schreibt, versiegelt den Brief,
giebt ihn dem Bedienten des Mario, fertiget ihn ab, steckt den Brief
des Mario zu sich, und sagt, daß ihm eben eine gute List beygefallen
sey. Harlequin findet, daß die Nacht diesesmal länger aussenbleibe,
als gewöhnlich. Lelio sieht ihn mit einem kaltsinnigen Blicke an, und
wirft ihm vor, daß er ihm nicht die Art und Weise vertrauet habe,
wie ihn Violette in das Haus hineinbringen wolle. Harlequin ant=
wortet ihm, daß sie ihn an der Thüre erwarten werde, und wieder=
hohlt alles, was man in der vorigen Scene zwischen ihm und der

Violette vorgehen sehen. Alle Augenblicke aber unterbricht er seine
Rede, indem er sagt, es sey Nacht, er müsse fort. Lelio hält ihn
jedesmal auf; endlich kehrt sich Harlequin um, macht eine Verbeigung
und spricht: Ha! seyn Sie willkommen, gnädige Frau
Nacht! Ich wünsche Ihro Gnaden eine gute Nacht! Und 5
hierauf will er mit Gewalt fort; Lelio aber hält ihn nochmals zurück,
und sagt, weil er selbst diese Nacht ausgehen wolle, so müsse er (Har=
lequin) zu Hause bleiben. Er läßt sich auch durch die Bitten des
Harlequins im geringsten nicht bewegen, sondern sagt, daß er ihn
sogar, um sich seines Gehorsams zu versichern, verschliessen werde; 10
weil es aber noch Tag ist, so geht er, seiner Schwester zu sagen,
daß sie ihn nicht erwarten dürfe, und läßt sich in der Absicht den
Mantel umgeben, den Harlequin sich zu verkleiden zurecht gelegt hatte.
Er geht ab, Harlequin, voller Verzweiflung macht sich den Augenblick
zu Nutze, Violetten von dieser Verhinderung Nachricht zu geben. Das 15
Theater verändert sich und stellt eine Strasse vor. Flaminia erscheint,
und sagt Violetten, daß Lelio, bey einer so gegründeten Ursache zum
Verdacht, sie ganz gewiß ausspioniren werde. Harlequin kömmt dazu,
und Flaminia geht bey Seite, damit ihn Violette desto ungehinderter
ausfragen kann. Sie empfängt ihn mit vielen Liebkosungen; anfangs 20
will er sich trösten, und fängt an mit ihr zu lachen, bald aber er=
zehlt er ihr sein Unglück weinend, und macht sich geschwind davon,
weil er sieht, daß es Nacht wird. Flaminia kömmt wieder zu Vio=
letten, und sagt, daß sie alles hinter der Thüre gehört habe, und daß
ihr ein Mittel beygefallen sey, wie sie sich an dem argwöhnischen Lelio 25
rächen könne. Sie sehen Licht kommen, und begeben sich weg. Der
Doctor und Pantalon erscheinen; dieser hat eine Laterne in der Hand,
und sagt jenem, daß er wohl bey ihm zu Abend speisen wolle, nur
müsse er es vorher in seinem Hause melden. Er ruft Violetten, sagt,
daß sie mit dem Abendessen nicht auf ihn warten sollen, und geht 30
mit seinem Freunde fort. Lelio erscheint in einen Mantel eingehüllet;
er verbirgt sich in einen Winkel, siehet die beyden Alten in das Haus
des Doctors hineingehen, nähert sich dem Hause des Pantalons und
ruft Violetten, die sich stellt, als ob sie ihn für den Harlequin halte.
Nach verschiednen Lazzis von beyden Seiten, empfiehlt er ihr mit 35
leiser Stimme, ja wohl Acht zu haben, daß sie nicht durch irgend

ein Licht verrathen würden. Indem kömmt gleich Flaminia, die ein
Licht in der Hand hat; sie will sich nach dem Fortgange ihres An:
schlages erkunbigen; Violette läuft ihr voller Zorn entgegen, und
schmält, daß sie so ungebulbig und unvorsichtig ist, sie zu so unrechter
Zeit zu beleuchten. Flaminia begiebt sich weg. Violette sagt zu dem
Lelio, daß sie das Licht aus dem Zimmer genommen habe, in welches
sie ihn führen wolle; sie nennt ihn beständig Harlequin, läßt ihn zu
der Thüre hinein, die mitten auf dem Theater ist, und schließt nach
ihm zu. Flaminia kömmt abermals wieder, mit einem Wachslichte
in der Hand, ruft Violetten und schilt, daß sie itzt allein und ohne
Licht in dem Zimmer sey, da sie vielmehr den Mario an der Thüre
erwarten sollte. Sie befiehlt ihr um so vielmehr zu eilen, weil sie
von dem Balcon einen vorbeygehen sehen, von dem sie glaube, daß
er es gewesen sey. Inzwischen aber geben sie einander mit Zeichen
zu verstehen, daß Lelio dort eingeschlossen sey, und sie also leise reden
müßten. Violette geht, den Mario zu erwarten, und Flaminia bleibt
allein und wünschet sich heimlich zu ihrer bevorstehenden Rache Glück.
Mario kömmt; Flaminia begegnet ihm sehr hart, und sagt, daß sie
ihn nur deswegen habe ruffen lassen, um ihm zu verbieten, jemals
wieder vor ihre Augen zu kommen. Er geht, dem Ansehen nach, in
der größten Bestürzung fort, und Flaminia fährt, nach seinem Ab:
tritte, fort, vor sich theuer zu versichern, daß sie nie einen andern
als den Lelio lieben werde. Dieser hört es, macht ein Geräusch und
will sich vor Freuden zu den Füssen der Flaminia werffen; Flaminia
aber thut, als ob sie furchtsam wäre, und einen Dieb zu hören glaubte,
und ruft um Hülfe. Alle Bediente aus dem Hause kommen bewaffnet
herzu; sie befiehlt ihnen ganz laut, sich eines Diebes zu versichern,
der in dem nächsten Zimmer verschlossen sey, leise aber sagt sie, daß
sie alles, was sie ihnen befohlen habe, ja wohl beobachten und es
genug seyn lassen sollten, ihm Furcht einzujagen. Man öfnet die
Thüre; Lelio bringt heraus, rennt die Bedienten übern Hauffen, einer
von ihnen thut einen Pistolenschuß in die Luft, der vermeinte Dieb
verlieret Hut und Perücke, und macht sich davon.
    Dritter Aufzug. Die Bühne stellt das Zimmer des
Lelio vor. Harlequin liegt auf einem Tische, und ist eingeschlaffen.
Er träumt, und glaubt mit Violetten zu sprechen. Er bewegt sich und

fällt herunter; er erwacht darüber, sucht Violetten, und da er sie nicht
findet, merkt er endlich, daß er geträumt und der Tag ihn auf=
geweckt habe. Lelio tritt herein. Harlequin erkennt ihn nicht so gleich,
und fürchtet sich vor ihm; nach einer Menge Lazzis erkennt er ihn
endlich und fragt, was er mit seinem Hute, und seiner Perücke ge= 5
macht habe. Lelio giebt seinen Verlust einem heftigen Winde schuld,
der sie ihm weggenommen. Indem wird an die Thüre geklopft, und
Harlequin bringt einen Bedienten der Flaminia hereingeführt, der
dem Lelio einen Brief giebt, in welchem sie ihm meldet, daß ihr ein
grosser Verdruß zugestossen, und daß, wenn ihre Heyrath nicht noch 10
diesen Tag zu Stande käme, sie sich morgen auf Zeitlebens in ein
Kloster einschliessen wolle. Lelio schmeichelt sich, daß die Liebe des
Mario ohne Zweifel dieser grosse Verdruß sey, und sagt zu dem Be=
dienten, daß er ihr sogleich selbst die Antwort bringen wolle, und
sie unterdessen versichern lasse, daß er alle Augenblicke bereit sey, ihr 15
zu gehorchen. Er erkundiget sich bey dem Bedienten nach der Ge=
sundheit seiner Gebieterin; dieser antwortet, daß sie sich nicht allzu=
wohl befinde, weil sie sich von dem Schrecken noch nicht erhohlt, den
sie vergangene Nacht gehabt habe, indem man einen Dieb bey ihr
eingeschlossen gefunden, der seinen Hut und seine Perücke in Stiche 20
gelassen. Das muß also, sagt Harlequin, eine sehr unglück=
liche Nacht für die Hüte und Perücken gewesen seyn.
Sein Herr befiehlet ihm zu schweigen, und fertiget den Bedienten der
Flaminia ab. Harlequin fängt wieder an, von den Hüten und Perücken
zu reden; Lelio wird ungedulbig; indem wird angeklopft und der 25
Doctor tritt mit dem Pantalon herein. Die zwey Alten liegen dem
Lelio aufs neue an, den Tag zu seiner und der Silvia Verheyrathung,
fest zu setzen; er antwortet, er sey bereit zu schliessen, und wolle ihnen
mit seiner Schwester zu dem Pantalon folgen, wo sie den Notarius
könnten hinkommen lassen. Silvia kömmt hierauf, und sagt ihm, daß 30
sie ihn im Traume in grosser Noth, unter wilden Thieren gesehen
habe, die ihn zerreissen wollen. Lelio gestehet vor sich, daß es diesem
Traume nicht ganz an Wahrheit fehle. Mario kömmt dazu; grüsset
die Silvia und ziehet den Lelio bey Seite, und erzehlt ihm, daß er
seinetwegen sehr gemißhandelt worden. Lelio unterbricht ihn, und sagt, 35
er wisse bereits alles und werde ihm die Ruhe seines künftigen Lebens

zu danken haben. Mario und Silvia dringen wegen ihrer Verbin=
dung in ihn; er sagt ihnen, was er eben itzt mit dem Pantalon
und dem Doctor abgeredet habe, und sie fallen ihm beyde um den
Hals. Auch ich? sagt Harlequin, auch ich werde Violetten
heyrathen dürfen? Ohne Zweifel; antwortet Lelio; und Har=
lequin fällt ihn gleichfalls um den Hals. Die Umarmungen fangen
von neuem an, und so gehen sie endlich mit einander ab. Das Theater
verändert sich, und stellt die Straße vor, wo Pantalons Haus ist.
Man erblickt den Doctor, den Pantalon und den[1] Notarius, die auf
das Haus zueilen, damit sie Lelio finden und keinen Verdacht zu irgend
einem Argwohne haben möge. Doch Lelio, Silvia und Mario hohlen
sie noch ein, und sie gehen alle zusammen hinein. Das Theater ver=
ändert sich abermals, und stellt das Zimmer der Flaminia vor, wo
sie zu Violetten sagt, daß sie noch gar nicht wisse, wie sie mit dem
Lelio, ohne Nachtheil des Mario, werde brechen können. Violette giebt
ihr den Brief des Mario an den Lelio, den dieser, als er sich davon
machen müssen, verloren hatte. Flaminia lieset ihn mit grosser Freude,
und sagt, daß sie ihn sehr gut werde brauchen können. Indem kommen
die Väter und die Liebhaber dazu. Man unterzeichnet die beyden
Contracte. Flaminia bemächtiget sich derselben, giebt dem Mario den,
der ihn angehet, wirft dem Lelio seinen Argwohn und sein be=
schimpfendes Verfahren vor, welches sie durch den Brief, den er bey
seiner Flucht verloren, erfahren habe, und zerreißt den Contract, den
sie kurz zuvor unterzeichnet hatte. Pantalon billiget das Verfahren
seiner Tochter und begiebt sich mit ihr weg. Lelio bleibt ganz ver=
wirrt; Silvia tröstet ihn, und giebt ihm den Rath, in Zukunft nicht
mehr so argwöhnisch zu seyn. Lelio aber nimmt sich im Zorne vor,
es mehr als jemals zu seyn; denn, sagt er, dieser Brief ent=
hält eine Verrätherey, gegen die ich nicht genug auf
der Hut gewesen bin. In Zukunft will ich mich auch
vor dem Hunde und der Katze in dem Hause in Acht neh=
men, und auch meinem Hembe nicht mehr trauen. Er
gehet voller Wuth ab. Mario und Silvia folgen ihm in der Ab=
sicht, ihn mit Flaminien wieder auszusöhnen; und Harlequin sagt, er
wolle gehen und sehen, ob die Thorheit seines Herren auch nicht

---

[1] den [fehlt 1769]

seiner Heyrath Unglück gebracht habe; womit die Komödie sich endet.

11) Les Erreurs de l'Amour, ou Arlequin Notaire maltraité;
in drey Aufzügen nach dem Entwurfe des ältern Riccoboni,
zum erstenmale aufgeführt den 23 May 1717.

Lelio liebt die Silvia und wird wieder von ihr geliebt, und Flaminia liebt den Lelio, der sie aber nicht liebt. Sie verfolgt ihn also überall, wo sie ihn mit der Silvia zusammen findet, und dieses unter verschiedenen Verkleidungen; kurz sie thut alles, was die Eifersucht einem Frauenzimmer eingeben kann. Harlequin, der als ein Notarius verkleidet erscheinet, wird ausgeprügelt, und lacht als ob er toll wäre, weil sich die, die ihn prügeln, wie er sagt, in der Person irreten. — Das Stück war nach den Sitten von Venedig eingerichtet.

Coypel.*)

1) L'Education perdue; in einem Aufzuge. Von dem Herrn Coypel entworffen, und den 23 Octobr. 1717 zum erstenmale aufgeführt.

Ein italiänischer Herr, Namens Lelio, hat aus seiner Ehe nicht mehr als ein einziges Kind, welches ein Sohn ist, den er bey einer Müllerin auf dem Lande in die Kost gegeben. Als er nach der Zeit Wittwer wird, will er diesen seinen Sohn, den er Mario nennen lassen, wieder zu sich nehmen, und da er eine Kette und das Portrait seiner Mutter, welches beydes er ihm um den Hals gehangen, als er ihn in die Kost gethan, nicht bey ihm findet, so fragt er die Müllerin nach der Ursache, die ihm denn sagt, daß sie das eine wie das andre verloren habe. Lelio glaubt ihr und nimt den Sohn, den sie ihm vorgestellt, und er für den seinen hält, mit. Auf seinem Rückwege findet er ein Kind an dem Ufer des Flusses, von dem Alter seines Sohnes, und das viel Artigkeit zeiget; er erbarmt sich über dieses

*) Charles Antoine Coypel war erster Mahler des Königs und Director der königlichen Akademie der Mahlerey und Bildhauerkunst zu Paris. Er starb an diesem Orte den 14 Junius 1752. in einem Alter von 58 Jahren. Er hat so wohl für die französische als italiänische Bühne gearbeit. Seine Stücke für die letztere aber, waren weiter nichts als Entwürffe, dergleichen dieser und der folgende ist, und die von den Schauspielern aus dem Stegreife ausgeführt, und daher niemals gedruckt worden.

Kind, nimt es mit und läßt es mit seinem Sohne, unter dem Namen
Lindori, zugleich erziehen. Bey dem Lindori schlägt die Erziehung sehr
wohl an, und seine Aufführung ist ungemein sittsam, da hingegen
Mario ein lüderlicher Wildfang wird. Lindori macht mit der Silvia,
der Tochter des Pantalons, der sie mit dem Mario verheyrathen will,
weil ihn Lelio darum angesprochen, Bekanntschaft. Ehe aber Pantalon
seine Tochter den Mario zu heyrathen zwingen will, erkundiget er sich
vorher bey dem Harlequin, dem Bedienten des Mario, wegen der Auf=
führung seines Herren. Harlequin, in einer Kleidung mit Bändern, ein
spanisches Rohr unter dem Arme, und ein Reibeisen und Tabak in den
Händen, spielt einen lächerlichen Petitmaiter, und erklärt dem Pantalon,
daß sein Herr der glücklichste und zugleich der freyeste und lustigste
junge Mensch von der Welt sey, der sich alle Tage neue Ergötzlich=
keiten, in der Oper, in der Komödie, vor dem Spieltische, im Wein=
hause, bey Frauenzimmern, zu machen wisse. Da Pantalon dieses
hört, sagt er dem Lelio den Handel auf, und will seine Tochter dem
Mario nicht geben. Unterdessen führt dieser den Lindori nebst zwey
Frauenzimmern in die Oper, und wie sie wieder herauskommen, zwingt
Mario den Lindori, den Degen zu ziehen. Mario wird von ihm ent=
waffnet, und Lindori schenkt ihm aus Grosmuth und aus Dankbarkeit
das Leben, worauf aber Mario angehalten und in das Gefängniß ge=
bracht wird. Unterdessen kömmt der Bruder von der Amme an, und
bringt einen Brief an den Lelio, in welchem sie ihm meldet, daß sie
bey Annäherung ihres Todes ihr Gewissen zwinge, ihm zu entdecken,
wie Mario ihr eigner Sohn sey, und daß der seinige in dem Flusse
bey der Mühle umgekommen, weßwegen sie denn vorgegeben, daß die
Halsschnur und das Portrait verloren gegangen wären. Da Lindori
von der Halsschnur und dem Portrait reden höret, so zeigt er beydes
vor, wird dadurch für den Sohn des Lelio erkannt und heyrathet die
Silvia. Lelio will hierauf den Mario von sich stossen, Lindori aber
bewegt seinen Vater, daß er ihn auf eben demselben Fusse, auf welchem
Lindori vorher gewesen, bey sich behält.

2) Le Defiant; in drey Aufzügen von Ch. An. Coypel, den
10 Julius 1718. zum erstenmale aufgeführt.

Personen des Stücks. Lelio, der Mißtrauische. Flaminia,

des Lelio Tochter. Pantalon, des Lelio Bruder. Mario, Liebhaber
der Flaminia und Freund des Pantalon. Violette, der Flaminia
Mädchen. Arlequin, des Lelio Bedienter. Scapin, ein andrer ver=
trauter Bedienter des Lelio. Pierrot, ein Anverwandter des Scapin.

Lelio hat nur eine Tochter, (Flaminia) die er gern an einen
Mann von Stande verheyrathen wollte. Pantalon, sein Bruder, kömmt
und will für den Mario um sie werben, welches ein junger Mensch
von Familie ist, und den Flaminia liebt. Allein Lelio will sie ihm
nicht geben, weil man ihm gesagt hat, daß Mario ein wenig frey lebe,
und sein Vermögen eher als ein andrer durchbringen werde. Dieser
abschläglichen Antwort wegen ist Mario ziemlich verlegen, und weis
nicht wie er mit seiner Gebieterin zu sprechen kommen soll, weil Lelio
so mißtrauisch ist, daß sich niemand seinem Hause nähern darf, von
dem er nicht glaube, daß er ihn bestehlen wolle. Gleichwohl findet
Mario ein Mittel hineinzukommen und die Flaminia zu sehen, die ihm
verspricht, daß sie niemals eines andern, als die seinige seyn wolle.
Sie verlassen einander eben da Lelio dazukömmt, und aus vollem
Halse, als ein Besessener, schreyt: Dieb! Dieb! man bestiehlt
mich! Er hält einen Menschen am Kragen, der einen Sack mit tausend
Livres trägt, und den er aus seinem Cabinete herauskommen sehen,
das er nach sich zuzuschliessen vergessen hatte. Lelio bildet sich ein,
daß ihm dieser Mensch das Geld gestohlen habe; es ist aber gleich
das Gegentheil. Denn dieser Mensch ist ein Bedienter eines Freundes
vom Lelio, dem er hundert Pistolen geliehen hatte, und der Freund
schickt sie ihm itzt durch seinen Diener wieder, welchem Lelio bis itzt
weder Zeit noch Freyheit gelassen, seine Commißion auszurichten. Nach=
dem er es nun gethan, läßt ihn Lelio zwar wieder gehen, befiehlt aber
dem Harlequin, ihn bis auf die Strasse zu begleiten, damit er nicht
noch etwas bey dem Herausgehen mitnehmen möge. Lelio fragt den
Scapin, welches sein vornehmster Bedienter und sein Vertrauter ist,
wegen der Heyrath seiner Tochter um Rath, und läßt sich verlauten,
daß er sie dem Mario nicht geben wolle. Scapin sagt, er kenne einen
sehr reichen Marquis, der sich wohl für seine Tochter schicken möchte;
da ihm aber seine Aeltern sehr früh gestorben wären, und er auf dem
Lande erzogen worden, so könne es leicht seyn, daß er nicht alle die
Artigkeiten einer in der Stadt und in der grossen Welt erzogenen

Person besitze. Lelio aber erwiedert, daß dieses nichts zu bedeuten
habe, und daß er ihn nur solle kommen lassen. Dieser Marquis ist
Pierrot, der Sohn eines reichen Bauers, des Bruders vom Scapin,
der diesen seinen Vetter gern mit der Flaminia verheyrathen wollte.
Er läßt ihn sehr prächtig auskleiden, und stellt ihn dem Lelio und
der Flaminia unter dem Namen des Marquis de la Pierre vor, und
Lelio sagt seiner Tochter, daß dieses der Gemahl sey, den er ihr be=
stimme. Der Marquis sagt tausend abgeschmackte Dinge; er nennt
den Scapin seinen Vetter, ob es ihm dieser gleich ausdrücklich ver=
bothen. Und nun kömmt auch Harlequin dazu, der vollends alles zu
nichte zu machen drohet; denn da er den Pierrot auf dem Dorfe ge=
kannt hat, wo er sein Spielgeselle sonst gewesen war, so läuft er auf
ihn zu, umfasst ihn und sagt ihm tausenderley närrisches Zeug. Scapin
macht dieses alles, so viel ihm möglich, bey dem Lelio wieder gut.

　　　Unterdessen ist Mario wegen der Ankunft dieses Marquis und
wegen der Hartnäckigkeit des Lelio, ihm seine Tochter nicht zu geben,
sehr verlegen. Er wendet sich an Violetten, welches Scapins Liebste
ist, und bittet sie, die Heyrath hintertreiben zu helfen. Violette, die
sonst bey dem Scapin alles vermag, thut ihm den Vorschlag, und ver=
spricht ihn zu heyrathen, wenn er den Lelio dahin bringen wolle, daß
er dem Marquis de la Pierre seinen Abschied ertheile 2c. Scapin
aber, der gleich, da ihm Violette diesen Vorschlag thut, seinen Herrn
kommen sieht, sagt ganz laut, daß er sich wohl hüten werde, seinen
Herrn zu verrathen, und daß Flaminia nichts bessers thun könne, als
den Marquis de la Pierre zu heyrathen 2c. In diesem Augenblicke
kömmt Harlequin dazu, und sagt, daß in dem Hause, und zwar in
Scapins Kammer, Feuer ausgekommen sey. Lelio läuft sogleich hin,
läßt das Feuer löschen, und steckt eine Brieftasche, die dem Scapin
gehört, und die er auf dem Tische gefunden, zu sich. Ehe er sie ihm
aber wieder giebt, sucht er sie vorher durch, um zu sehen, ob Scapin
nicht irgend eine Rechnung für ihn bezahlt bekommen. Da findet er
nun unter seinen Papieren einen Brief von Pierrots Vater, der dem
Scapin schreibt, daß es sehr viel gewagt sey, den Pierrot für einen
Marquis ausgeben zu wollen, weil er viel zu ungeschliffen wäre, diesen
Charakter lange zu behaupten. Ehe Lelio aber durch diesen Brief,
den er in der Brieftasche gefunden, Licht erhält, hat sein Bruder

Pantalon eine sehr lustige Scene mit ihm. Pantalon will mit dem Lelio wegen der lächerlichen vorhabenden Verheyrathung sprechen; dieser aber, nach seiner mißtrauischen Gemüthsart, glaubt, daß er ihm Wagen und Pferde abborgen wolle, und bringt daher, ohne ihm Zeit zu lassen, sich zu erklären, eine lange Reihe von Entschuldigungen vor, warum er sie ihm nicht leihen könne. Und als er hört, daß itzt von ganz etwas andern die Rede sey, bildet er sich ein, daß er Geld von ihm borgen wolle, und läßt sich daher weitläuftig über die elenden, geld=klemmen Zeiten aus 2c. Endlich wird Lelio, durch die Gründe seines Bruders, und durch den gefundenen Brief von der Untreue des Scapins überzeugt, jagt ihn mit samt dem Pierrot fort, ruft seine Tochter und verspricht sie dem Mario 2c.

Die Kunstrichter setzten an diesem Stücke aus, daß der Charakter des Mißtrauischen nur sehr oben hin behandelt sey, und mit dem Geizigen des Moliere zu viel ähnliches habe 2c. Deßgleichen schien es ihnen sehr seltsam zu seyn, daß ein so mißtrauischer Mensch, als Lelio ist, gleichwohl gegen den Scapin, der ihn bey der Nase herumführt, nicht das geringste Mißtrauen bezeige.

Noch hatte Harlequin eine sehr lustige, episodische Scene darinn; als er nehmlich aus dem Hause seines Herrn heraus kam, und sein Ränzel mit sich brachte, damit es nicht etwa mit verbrennen möge. Er sucht es durch, und da er sein bestes Hembe nicht darinn findet, so geht er wieder hinein, um dieses noch zu hohlen. Er bringt es auch wirk=lich, sieht aber, als er zurück kömmt, daß ein Dieb mit seinem Ränzel, davon geht. Er betrachtet ihn, sieht ihm nach, und der Dieb läßt sich auch, auf eine komische Weise, auf allen Seiten und in mancher=ley Stellungen von ihm betrachten, so daß diese stumme Scene, nach vielfältigem hin und wiedergehen, sehr lächerlich ausfällt. Der Dieb kömmt endlich mit dem Ränzel davon und Harlequin kömmt allein wieder vor auf das Theater, und spottet über den Dieb, daß er gleich=wohl sein bestes Hembe nicht bekommen habe, welches er den Zuschauern in einem sehr elenden Zustande weiset.

3) L'Impatient; in einem Aufzuge, nach dem Entwurfe des Herrn Coypel, den 10 November 1717. zum erstenmale aufgeführt.
Lelio, welches der Charakter eines sehr ungeduldigen Menschen

ist, der sich in beständiger Bewegung befindet, wird Knall und Fall in die Flaminia, die Tochter des Doctors verliebt, und wird wegen der Heyrathspunkte so geschwind einig, als ob es die größte Kleinigkeit beträffe. Flaminia, die diesen ihren künftigen Gemahl nicht liebt, fällt auf eine List, ihm die Verbindung mit ihr zuwider zu machen. Sie redet nehmlich, in der ersten Zusammenkunft, die sie mit ihm hat, mit einer so merklichen Langsamkeit, daß sie jedes Wort zu articuliren, eine geraume Zeit nöthig hat. Lelio verräth alle Augenblicke seine Ungeduld, und da er es endlich nicht länger aushalten kann, verläßt er die Flaminia auf einmal, begiebt sich zum Doctor und ersucht ihn, ihn seines gegebenen Wortes, dessen Tochter zu heyrathen, zu erlassen. Mario, der Liebhaber der Flaminia, macht sich diesen Bruch zu Nutze, hält bey dem Doctor um sie an, und bekömmt sie.

De Lisle. *)

1) Arlequin Astrologue; in drey Aufzügen von dem Herrn de Lisle, auf dem italiänischen Theater in Paris den 13 May 1727. zum erstenmale aufgeführt.

    1. Aufzug. Harlequin eröfnet die Scene. Er sucht seinen Herrn den Erast, der ihm seit einigen Tagen aus den Augen gekommen ist. Er findet ihn endlich als Gärtner verkleidet, in Diensten der Dorimene, unter dem Namen Lucas. Anfangs erkennt er ihn unter dieser Verkleidung nicht, welches den Erast hoffen läßt, daß ihn auch weder Dorimene noch Julia darunter erkennen werde. Mit dieser Vorsicht hat der Verfasser ohne Zweifel den Einwürfen, die ihm die Kunstrichter etwa darüber machen könnten, im Voraus begegnen wollen. Wir wollen nicht untersuchen, in wie weit dergleichen Einwürfe gegründet seyn möchten; genug daß man über Facta nicht streiten muß; und das ist eines, daß Erast von seinem eignen Bedienten nicht erkannt worden. Wo die Erfahrung spricht, giebt uns der Verfasser zu verstehen, da muß die Vernunft schweigen. Erast entdeckt dem Harle-

*) Dieser dramatische Schriftsteller lebt, so viel mir bekannt ist, noch. Er hat nur für das italiänische Theater gearbeitet. Sein Timon, der Menschenfeind, sein Falke 2c. sind seit geraumer Zeit, auch auf dem deutschen Theater. Die Stücke aber, deren Entwürfe hier vorkommen, sind nie gedruckt worden.

quin die Ursachen, die ihn bewogen, sich als Gärtner bey der Dorimene in Dienste zu begeben. Dorimene will die Julia an den Oronte verheyrathen, und eben um diese Heyrath zu hintertreiben, hat sich Erast verkleidet. Er schlägt dem Harlequin vor, sich selbst als einen Sternseher zu verkleiden, um Dorimenen zu hintergehen, die aus den Wahrsagern sehr viel macht. Und um den Harlequin desto leichter zu bewegen, ihm unter dieser Verkleidung zu dienen, faßt er ihn bey seiner Schwäche. Harlequin liebt die Colombine, welche er in dem Verdachte hat, daß sie den Trivelin, den Bedienten des Oronte, den Dorimene ihrer Tochter Julia bestimmet, liebe. Erast führet den Harlequin mit sich fort, damit er sich niemanden zeigen soll. Sie begeben sich in ein Weinhaus, um ihre Maaßregeln, wegen der List, die Erast erdacht hat, mit einander zu nehmen. Dorimene kömmt mit der Julia, eben da Erast und Harlequin abgehen. Sie macht sich die unverstellte Aufrichtigkeit ihrer Tochter zu Nutze, um zu erfahren, was in ihrem Herzen vorgeht. Julia gesteht ihr gerade zu, daß sie den Oronte zu ihrem Manne nicht haben möge, weil sie sich schon einen andern Liebhaber, der mehr nach ihrem Geschmacke sey, ausgesucht habe. Dorimene, welche in den Erast eben so verliebt ist, als ihre Tochter, und die ihm nur beswegen den Zutritt in ihr Haus versagt hat, weil Julia in seinem Herzen die Oberhand über sie erhalten, verbietet ihr durchaus an den Erast weiter zu gedenken, und befiehlt ihr, sich fertig zu halten, die Hand des Oronte anzunehmen, dessen Reichthümer sie glücklich machen könnten. Oronte kömmt, Dorimene läßt ihre Tochter abtreten, Julia gehorcht, giebt aber durch ein B e y s e i t e zu verstehen, daß sie sich an einem Ort verstecken wolle, wo sie die Unterredung ihrer Mutter und des alten Liebhabers, der ihr Gemahl werden solle, mit anhören könne. Dorimene sagt dem Oronte, daß sie in dem Herzen der Julia wegen der ihr vorgeschlagenen Heyrath, sehr viel Widerstand antreffe. Oronte schmeichelt sich, durch Hülfe seiner Reichthümer alle Hindernisse aus dem Wege zu räumen. Dorimene verläßt ihn, um wegen verschiedener Dinge Anstalt zu machen. Den Augenblick darauf kömmt Julia; sie sagt dem Oronte, daß sie seine ganze Unterredung, mit ihrer Mutter, mit angehört habe, und daß sich diese sehr betriege. Oronte glaubt, daß ihm diese Reden günstig wären, und daß er der Julia so unangenehm nicht sey, als ihre Mutter es glaube. Doch

Julia läßt ihn nicht länger in seinem Irrthume, und erklärt ihm ohne die geringste Zweydeutigkeit, daß sie ihn nicht liebe, und auch niemals lieben werde. Nach diesem aufrichtigen Geständnisse begiebt sie sich weg; und Dronte geräth darüber ein wenig in Verwirrung, doch verlieret er noch nicht alle Hofnung.

2. Aufzug. Harlequin, ob es ihm gleich Erast ausdrücklich verbothen, sich vor seiner Verkleidung in den Sternseher, jemanden zu zeigen, kann dennoch seiner Begierde mit Colombinen zu reden nicht wiederstehen, um von ihr zu erfahren, ob sie ihm wirklich den Trivelin vorziehe. Colombine kömmt, und ist eben nicht sehr erfreut, ihn zu sehen, weil sie seinen Nebenbuhler liebt. Allein sie verstellt ihr Mißvergnügen; sie fragt ihn nach dem Erast und sagt, daß er seiner Abwesenheit ungeachtet, der Julia in ihren Gedanken beständig gegenwärtig sey, und auf das zärtlichste von ihr geliebt werde. Harlequin antwortet ihr, daß er bey dem Erast nicht mehr diene, und einen unendlich bessern Herren gefunden habe. Er sey nehmlich vor itzt bey dem großen Sternseher Beniscraque, der eine unumschränkte Gewalt besitze, in Diensten. Er giebt ihr zugleich zu verstehen, daß er den Trivelin, wenn er sich unterstehen sollte, ihm ihr Herz streitig zu machen, durch Hülfe gewisser Geister, die ihm sein Herr leihen werde, ein wenig in der Luft wolle herum tanzen lassen. Colombine die hierüber sehr erschrickt, verstellt sich noch weiter, und schwört ihm, daß sie den Trivelin durchaus nicht leiden könne, sondern ihren Harlequin einzig und allein liebe. Hier kömmt nun Erast dazu, der noch immer als Gärtner verkleidet ist; er geräth wider den Harlequin in Zorn, und droht ihm leise, ihn wegen seines Ungehorsams zu strafen. Harlequin thut, als ob er ihn nicht kenne, und nimmt einen Ton gegen ihn an, der sich für den Diener des großen Beniscraque, wenn er mit einem schlechten Gärtner spricht, schicket. Harlequin geht ab, um sich zu verkleiden; und der verstellte Gärtner erfährt von der Colombine, daß Julia die Hand des Dronte ausgeschlagen, weil sie ihr Herz bereits an einen andern jungen Liebhaber, Namens Erast, verschenkt habe. Der vermeinte Gärtner sagt ihr, daß er der Julia in dieser Liebe, so weit es in seinem Vermögen stehe, dienen wolle. Julia kömmt, und bezeigt eine große Begierde, sich mit dem Sternseher eher, als ihre Mutter, zu unterhalten. Sie bittet zugleich den Lucas, bey ihr zu

bleiben, weil sie sich vor dergleichen Leute, die mit Geistern Umgang
haben, fürchte. Erast bringt sie mit einer guten Art auf das Kapitel
von ihrer geheimen Liebe, und hat das Vergnügen zu hören, daß er
heftiger, als er immer hoffen dürffen, von ihr geliebt werde. Er giebt
ihr die Hand, sie zu dem Beniscraque zu führen, auf dessen Ankunft 5
Dorimene mit Ungebuld wartet.

3. Aufzug. Der erste Auftritt dieses letzten Aufzuges ist zwischen
Trivelin und dem in den[1] Sternseher verkleideten Harlequin. Harlequin macht dem Trivelin so viel Angst, daß er ihm das Versprechen
abzwingt, der Colombine zu entsagen. Der Vorwand, unter welchem 10
der verstellte Beniscraque dem Trivelin diese Entsagung abnöthiget,
ist dieser, weil er den Harlequin, der bey ihm in Diensten stehe, unter
seinen Schutz genommen habe. Trivelin macht sich zitternd davon,
und schwört, sich niemals einer solchen Gefahr wieder auszusetzen.
Dorimene und Dronte kommen, den Sternseher um Rath zu fragen; 15
Dronte aber ist bey weiten nicht so leichtgläubig, als Dorimene.
Beniscraque läßt sie beyde abtreten, und will mit der Colombine den
Anfang machen, die ihn gleichfalls zu Rathe zu ziehen verlangt. Sie
giebt ihm zu erkennen, daß sie zwey Liebhaber habe, aber nur einen
davon liebe; sie setzt hinzu, daß sie gezwungen sey, das Geheimniß 20
ihres Herzens zu verbergen, weil der Herr desjenigen, den sie nicht
liebe, in diesem Hause gegenwärtig sey. Sie versteht unter diesem
Herrn den Beniscraque, weil ihr Harlequin in dem ersten Aufzuge
gesagt hat, daß er bey diesem berühmten Manne in Dienste getreten
sey. Harlequin aber betriegt sich, und glaubt, daß sie den Trivelin, 25
der bey dem Dronte in Diensten stehe, meine. Diese Zweydeutigkeit
verursacht dem Harlequin eine große Freude; er kömmt aber gar
bald aus seinem Irrthume. Colombine sagt ihm, daß es Trivelin sey,
den sie liebe. Hierbey nun kan sich Harlequin nicht halten, er wirft
seinen Rock und seinen Bart auf die Erde, und läßt der Colombine 30
den Liebhaber in ihm erkennen, dem sie den Trivelin vorzuziehen, die
Ungerechtigkeit habe. Auf das Geschrey und die Scheltworte, die er
der Colombine sagt, kommen sowohl Dorimene und Dronte, als auch
der vermeinte Lucas herzu; und jene erstaunen nicht wenig, anstatt
des Beniscraque den Harlequin zu finden. Anfangs scheinet dieser 35

[1] den [fehlt 1768]

unbesonnene Streich die ganze List des Erast zu vernichten; doch es
wird gar bald alles beygelegt. Da Dronte höret, daß Julia den Erast
liebet, und diesen Liebhaber bey seiner künftigen Gattin verkleidet an=
trift, so entsagt er einer für ihn so gefährlichen Heyrath; und Dori=
mene faßt, nach einem so öffentlichen Ausbruche, den weisen Ent=
schluß, in die Verbindung ihrer Tochter mit dem Erast zu willigen,
dem sie noch dazu ihre Freundschaft verspricht. Der einzige Harlequin
sieht sich unglücklich; er kann aber niemand andern, als sich selbst
die Schuld geben.

2) Arlequin Grand Mogul, in drey Aufzügen, nach dem Ent=
    wurfe des Hrn. de Lisle zum erstenmale aufgeführt den
    14 Jenner 1734.

Asouf, General der Truppen des Cha=Jean, Kaysers von Mogol,
empört sich gegen diesen Monarchen, weil er seine Tochter verstossen
hat, und die Roxane, eine Enkelin des Sultan Amajou, heyrathen
will. Um seiner Parthey ein Gewichte zu geben, bedient sich Asouf
des Harlequins, eines einfältigen Schäfers, welchen er den Rebellen
unter dem Namen des Prinzen Voulakis, ältesten Bruder des Cha=
Jean, der bereits seit einigen Jahren todt ist, vorstellet. Man kan
sich leicht einbilden, wie schlecht der vorgegebene Prinz die Person,
die man ihm zu spielen gegeben, behauptet. Er hat sich noch dazu
in eine junge Schäferin, Namens Zaide, verliebet, die sich über seine
Unbeständigkeit beklagt, und es ihn endlich bereuen läßt, daß er die
Stelle, die ihm Asouf aufgetragen, angenommen habe. Endlich schlägt
Cha=Jean die Rebellen, Asouf bleibet in der Schlacht und Harlequin
heyrathet die Zaide. — Dieses Stück fand wenig Beyfall, ob es gleich
verschiedene Scenen hatte, welche die Naivetet des Harlequin und
der Zaide sehr interessant machten.

3) Les Caprices du Coeur et de l'Esprit, in drey Aufzügen
    von dem Hrn. de Lisle; zum erstenmale aufgeführt den 25
    Junius 1739.

Personen. Dorimon, der Angelique Vater; Dorante, Lieb=
haber der Angelique; Valere, gleichfalls der Angelique Liebhaber;
Angelique, dem Dorante versprochen; Isabelle, Nichte des Dori=

mon, dem Valere versprochen; Lisette, Mädchen der Angelique; Frontin, Bedienter des Dorante. Die Scene ist auf dem Lande bey dem Dorimon.

Dorimon eröfnet die Scene und fragt Lisetten, was sie von dem Dorante, den er seiner Tochter bestimme, und von dem Valere, dem er seine Nichte versprochen, sage? Lisette antwortet: sie wären beyde liebenswürdig; Valere sey sehr lebhaft, und wisse sich hervor zu thun; Dorante aber gefalle ihr deswegen un= enblich, weil man einen vernünftigen Mann in ihm be= merke, von der gefälligsten Gemüthsart, obgleich sein Aeußerliches sehr ernsthaft sey. Dorimon schmeichelt sich, in der Wahl dieser Ehemänner für seine Tochter und seine Nichte, sehr glücklich gewesen zu seyn; indem Angelique, welche er dem Dorante bestimmt, so wie er, philosophisch, und Isabelle, so wie Valere, leb= haft und aufgeräumt sey. Sie kommen beyde dazu, und Dorimon sagt, daß er mit ihnen von einer ernsthaften Sache reden wolle. Er er= klärt sich, daß es ihre Verheyrathung betreffe; Isabelle findet nicht, daß dieses eben eine sehr ernsthafte Sache sey, allein Angelique denket ganz anders. Dorimon gehet ab, um sich zu den zwey Liebhabern zu begeben, und sie hernach zu seinen Töchtern zu führen. Isabelle bezeiget ihrer Muhme ihre Freude, daß man sie nun bald verhey= rathen werde; Angelique aber ist ganz traurig, weil, wie sie sagt, die Heyrath uns mit einem Manne verbindet, dessen Verstand man oft eben so wenig kennet, als die Ge= müthsart. Hierauf schildert sie die Liebhaber, die ihre Fehler in liebenswürdige Eigenschaften zu verwandeln wissen, und sich den Augen ihrer Gebieterinnen ganz anders darstellen, als sie wirklich sind. Isa= belle antwortet, daß das Frauenzimmer den Mannspersonen, wie sie glaube, in dem Stücke der Verstellung nichts schuldig bleibe. Die Unterredung wird durch die Ankunft des Dorimon und der zwey Liebhaber unterbrochen. Bey dieser Zusammenkunft fallen nichts als Höflichkeiten vor, und Dorimon, unter dem Vorwande, verschiedenes anzuordnen, läßt sie alle viere beysammen. Bey dieser Gelegenheit nun verrathen Angelique und Isabelle ihre Neigungen; Angelique findet den Dorante allzuverdrießlich, und Isabelle siehet in dem Valere nichts als einen unbesonnenen Flattergeist. Jene schließt aus den satyrischen

Zügen, welche dem Dorante entwischen; und diese aus dem leicht=
sinnigen Tone des Valere, der unter andern sagt, daß sich Dorante,
über alles, was ihm zu wieder sey, ärgere, und daß hin=
gegen er, über alles, was ihn ärgere, lache. Dorimon
kömmt wieder zu ihnen; Isabelle erhebt gegen ihren Oheim den Ver=
stand und Charakter des Dorante, und Angelique lobt ungemein den
Valere, so daß Dorimon sagt: das ist ja recht lustig; jede
rühmt den Liebhaber ihrer Muhme, untersteht sich aber,
aus Schamhaftigkeit, nicht, ihren eignen zu loben. Lisette
melbet, daß man angerichtet habe, und die Gesellschaft begiebt sich
weg. Lisette hält den Dorimon zurück, um ihn zu fragen, ob die
Verliebten an einander Geschmack finden. Dorimon ist voller Freuden
und sagt, daß das Schicksal seine Wahl deutlich zu billigen scheine,
und daß man auf der ganzen Welt keine sympathetischere Gemüther
finden könne; doch empfiehlt er ihr, bey dem Abgehn, nochmals die
Herzen der beyden Frauenzimmer gegen ihre Liebhaber zu erforschen.
Frontin kömmt und wird von der Schönheit der Lisette ungemein ge=
rührt. Er hält sie anfangs für eine von den Gebieterinnen des Hauses,
nachdem ihn aber Lisette aus dem Irrthume gezogen, wird er freyer
und sagt: Du wirst nichts dabey verlieren, daß Frontin
seine Ehrfurcht gegen dich zu verlieren anfängt. Lisette
fragt ihn, was er suche? Frontin antwortet: ich suchte einen Herrn,
und finde eine Gebieterin. Sie unterhalten sich hierauf von
ihrer Herrschaft, und jeder mahlet die seinige mit sehr komischen Zügen
vollkommen nach dem Leben.

Angelique und Lisette fangen den zweyten Aufzug an. Dieses
vernünftige und einsichtsvolle Frauenzimmer sagt, je mehr sie den
Dorante untersuche, desto weniger könne sie Geschmack an ihm finden,
und sie möge ihn durchaus nicht haben; er scheine ihr zu viel Ver=
stand zu besitzen, und sie fürchte, daß er für seine Einsichten allzusehr
eingenommen sey. Sie gesteht, daß sie eben die Fehler habe, welche
sie Doranten vorwirft. Und eben diese Uebereinstimmung in
unserer Art zu denken, sagt sie, würde unserm Umgange
nothwendig sehr gefährlich seyn. Dorante, setzt sie hinzu,
muß eine gelehrige Frau, so wie ich einen Mann haben,
der mehr Biegsamkeit des Geistes besitzet. Sie trägt Li=

setzten auf, zum Dorimon zu gehn, und ihm die Neigungen ihres Herzens zu entdecken. Valere kommt dazu, weil er aber in tiefem Nachdenken ist, wird er Angeliquen nicht gewahr, ob sie gleich eben die Person ist, von der seine ganze Seele eingenommen. Sie zeiget sich ihm, welches ihn anfangs ein wenig verwirrt macht; doch faßt er sich bald wieder, und gesteht ihr, daß seine Gedanken eben mit ihr beschäftiget gewesen. Angelique wird durch dieses Geständniß sehr betroffen, und giebt ihm zu bedenken, daß er ihrer Muhme bestimmt sey; doch Valere fährt fort, sie zu versichern, daß er zwar Isabellens Verdienste wohl einsehe, daß aber Angelique über sein Herz triumphirt habe. Endlich bekennt ihm Angelique, daß sie eben so ausschweifend sey als er, und nicht die geringste Neigung gegen Doranten habe. Valere wird darüber entzückt, fällt ihr zu Füssen, und bittet sie um Erlaubniß, hoffen zu dürfen, weil er sie nunmehr lieben könne, ohne die Freundschaft, die er für Doranten habe, zu verrathen. Angelique hebt ihn auf, und sagt: Geben Sie mir die Hand; ich will Sie von Ihrem Irrthume zurückbringen, und meiner Muhme wieder schenken. Dorante kömmt dazu, und weil er Angeliquen fliehen sieht, so zweifelt er an ihrer Gleichgültigkeit gegen ihn nicht länger, und ist sehr wohl damit zufrieden. Er fügt hinzu: ein Frauenzimmer ist von Natur gebieterisch; alsdenn aber hat ihr Stolz keine Grenzen, wenn sie grössere Talente zu besitzen glaubt, als ihrem Geschlechte sonst zukommen. Er ruft den Frontin, und befiehlt ihm, die Pferde zu satteln, damit er sogleich abreisen könne. Dem Frontin ist dieses ganz und gar nicht gelegen, und er thut alles was er kann, seinen Herrn zu bereden, daß er sich nicht entbrechen könne, Angeliquen zu heyrathen, weil bereits alle Anstalten dazu vorgekehret werden; er setzt hinzu, daß noch über dieses er sich selbst in Lisetten verliebt habe. Frontin geht endlich in größtem Verdrusse ab. Dorante bleibt einen Augenblick allein; Isabelle kömmt in Gedanken vertieft dazu, und Dorante sieht sich verbunden, sie nach der Ursache ihrer Traurigkeit zu fragen. Sie gesteht ihm, daß sie Valeren nicht liebe, und daß er für sie allzu jung und allzu zerstreut sey. Dorante nimmt Valerens Parthey und beweiset Isabellen, daß er alle Verdienste habe, die man nur haben könne. Doch dieses alles verringert Isabellens Besorgnisse wegen der

Jugend des Valere nicht im geringsten; sie läßt sich vielmehr darüber
aus, daß sie schwer zu überstehen seyn werde. Erzeigen
Sie mir also die Gefälligkeit, fährt sie fort, und bringen
ihm auf eine gute Art bey, daß er nicht mehr an mich
denken solle. Dorante nimmt die Commißion, obgleich ungern,
über sich, und verspricht, ihr Antwort zu bringen. Isabelle geht
ab, nachdem sie sich diesen Stein vom Herzen geschaft. Dorante,
der anfangs allein abzureisen glaubte, freuet sich, daß ihm Valere
werde Gesellschaft leisten müssen. Valere kömmt herbey, ohne den
Dorante zu sehen, und ist wegen der Art sehr verlegen, mit
welcher er ihm das Vorgefallene beybringen will. Wenn er Ange=
liquen liebt, sagt er, und erfährt, daß ich sie auch liebe,
so wird er es für einen sehr schlechten Streich halten.
Hier ist er; ich muß das, was mir Angelique an ihn
aufgetragen, ausrichten. Sie bringen also nunmehr einer
dem andern bey, daß sie von den Personen, für welche sie be=
stimmt worden, nicht geliebt werden. Als aber Dorante dem Valere
abzureisen vorschlägt, stutzet er nicht wenig, daß ihm dieser ant=
wortet: ich kann nicht. Er gestehet ihm endlich, daß er Ange=
liquen anbete, daß er von ihr geliebt werde, und daß ihr seine
Philosophie besser gefalle, als Dorantens. Dorante umarmt ihn, und
wünschet ihm Glück. Leben Sie wohl, mein Freund, sagt er;
ich will noch zu Isabellen gehen, ihr von meiner Unter=
handlung Bericht abzustatten, und Abschied von ihr zu
nehmen.

Isabelle eröfnet den dritten Aufzug mit einer Monologue, in der
sie die Unruhe ihres Herzens zu erkennen giebt; sie fürchtet ihren
Vater zu kränken, wenn sie die angetragene Heyrath ausschlägt, und
ist zugleich bange, was Dorante werde ausgerichtet haben, den sie eben
wahrnimmt. Er entdeckt ihr, daß es Valeren sehr angenehm sey, daß
sie ihn nicht liebe, daß er hingegen ihre Muhme liebe und von ihr
wieder geliebet werde. Isabelle erstaunet nicht wenig, daß ihre Muhme
ihrem Verstande so zu nahe trete und den Dorante nicht liebe, der
es doch so wohl verdiene; sie scheinet wider das Betragen der Ange=
lique ganz aufgebracht zu seyn. Hier fängt sich die Liebe des Do=
ranten an zu entdecken. Er kann sich nicht enthalten, ihr ihren Sieg

über sein Herz zu gestehen. Sie empfängt seine Erklärung mit einem freudigen Erstaunen; glaubt aber noch immer, daß sie Dorante hinter=gehen wolle. Dorante braucht alle Mittel, sie zu überreden und end=lich läßt sie sich überreden. Frontin, der das Ende dieser Scene mit angehöret hat, schließt, daß die Abreise nunmehr verschoben sey, und er Lisetten wieder sehen könne. Unterdessen fasset er doch den Anschlag, sich auf Unkosten seines Herrn zu belustigen, und sagt ihm, daß die Pferde fertig stehen. Dorante antwortet ihm, daß er nicht abreise, denn er sey verliebt. Frontin kann nicht anders glauben, als daß er es in Angeliquen sey; und da Dorante abgeht und Frontin den Dori=mon kommen sieht, so macht er sich gefaßt, diesem davon Nachricht zu geben. Dorimon sagt im Hereintreten: ich fürchte, alle meine Vorsicht wird vergebens seyn; denn wenn ich mich nicht sehr irre, so haben die jungen Leute, von welchen ich mir eine so grosse Uebereinstimmung versprach, wenig Neigung gegen einander. Frontin sucht ihm diesen Irrthum zu benehmen, und der erfreute Dorimon giebt ihm für diese gute Nach=richt eine Belohnung. Lisette kömmt und sagt gleich das Gegentheil von dem, was Frontin vorgegeben. Angelique, sagt sie, kann den Dorante nicht ausstehen; er ist ihr zu philosophisch; Dorante seines Theils ist nichts zärtlicher; und was Isabellen anbelangt, so findet sie den Valere für sie allzu jung und allzu lebhaft. Kurz, die Sympathie hat alles verdorben. Dorimon beruft sich auf den Frontin, daß aller=dings eine wechselsweise Liebe unter ihnen zu herrschen anfange; und Lisette bestehet auf ihrer Rede. Dorimon geht ab, um besser hinter die Wahrheit zu kommen. Lisette ist auf den Frontin erzürnt, daß er den Dorimon betrogen; Frontin versichert, daß er nichts als die lautere Wahrheit gesagt, und daher auch kein Bedenken getragen habe, Geld dafür zu nehmen, welches ihm seine Aufrichtigkeit gewiß nicht erlaubt hätte, wenn er seiner Sache nicht ganz gewiß wäre. Ihr es zu beweisen, macht er eine ausschweifende Erzehlung. Da ich sahe, sagt er, daß mein Herr, Valere, Angelique, und Isabelle, und Sie, Jungfer Lisette, der Liebe sich nicht unterwer=fen wollten, so bin ich auf der Post zu ihr gereiset, um euch alle zu Paaren zu treiben. Ich habe den kleinen

Schalk von einem Liebesgotte mit mir gebracht, und
kaum hat er den Fuß hier auf die Erde gesetzt, so ist es
auch schon richtig; die Verliebten sind in einander wie
vernarrt. Lisette will von diesem allen nichts glauben, und er läßt
sie mit Angeliquen allein, um sich selbst davon zu überzeugen. Lisette
will also Angeliquen überreden, daß sie den Dorante liebe, und Angelique versichert sie, daß nichts daran sey, daß er ihr unerträglich falle,
und daß, bey Gelegenheit da sie den Valere ihrer Muhme wieder
zuführen wollen, sie in diesem ein so liebenswürdiges Betragen, so
schöne Gesinnungen entdeckt habe, daß sie sich nicht enthalten können,
ihn selbst zu lieben. Lisette antwortet hierauf, daß sie nunmehr vollends
nicht wisse, woran sie sey. Angelique hat Isabellen rufen lassen, und
sie kömmt; und nun entdecken beyde einander ihre Gesinnungen auf
eine feine Art. Dorimon, der sie behorcht und gehört hat, daß beyde
von sich gestanden, sie liebten, glaubt, daß sie die lieben, die er ihnen
bestimmt hat, und freuet sich ungemein, daß seine Wahl nach ihrem
Geschmacke sey. Lisette sagt bey Seite: die Freude wird nicht
lange dauern. Angelique und Isabelle bringen ihn aus seinem
Irrthume, und bekennen ihm, daß weder Angelique zu dem Dorante,
noch Isabelle zu dem Valere einige Neigung fühle, worüber Dorimon
ganz bestürzt wird. Die Liebhaber kommen dazu, und Dorimon
verlangt, daß sie sich erklären sollen. Dorante gesteht, daß er
Isabellen liebe, und Valere, daß er seine ganze Liebe Angeliquen
gewidmet habe. Da sie Dorimon beyde gleich hoch schätzt, so ist
es ihm gleich viel, welchem von ihnen er seine Tochter oder seine
Nichte giebt. Er verspricht, daß er die Einwilligung ihrer Aeltern
zu diesen Heyrathen auswirken wolle, und erklärt sie für so gut
als geschlossen. Die Verliebten bezeigen darüber ihre Freude, und
Frontin erhält zugleich das Jawort von Lisetten, worauf das Stück
mit einer Lustbarkeit, die Frontin besorgen müssen, beschlossen
wird. *)

*) Die Fabel dieses Stückes hat mit der Fabel meines Freygeistes
so viel Gleichheit, daß es mir die Leser schwerlich glauben werden, daß ich den
gegenwärtigen Auszug nicht dabey sollte genutzt haben. Ich will mich also ganz
in der Stille verwundern, in der Hofnung, daß sie mir wenigstens, eine fremde
Erfindung auf eine eigene Art genutzt zu haben, zugestehen werden.

Saint-Foix. *)

1) Le Contraste de l'Hymen et de l'Amour, in drey Aufzügen, von dem Herrn von Saint=Foix; auf dem italiänischen Theater zum erstenmal aufgeführt, den 7ten März 1725.

Personen. Horatius, Oheim des Pamphilus. Pamphilus, Neffe des Horaz. Julia, mit dem Pamphilus vermählt. Hortense. Alceste, Liebhaber der Hortense. Harlequin, Bedienter des Pamphilus. Trivelin, Bedienter des Alceste. Mademoif. Amila, Sängerin und Frau des Trivelin. Mademoif. Beccarre, Sängerin und Frau des Harlequin. Die Scene ist in dem Hause des Horatius.

Erster Aufzug. Gleich vom Anfange des Stücks läßt der Verfasser zu verstehen geben, daß man bey dem Oheim des Pamphilus einen Ball geben werde. Zwey Sängerinnen sind eingeladen, sich dabey hören zu lassen. Pamphilus hat das, was sie singen sollen, selbst componirt. Die eine von diesen Sängerinnen ist die Frau des Harlequins, und die andere ist mit dem Trivelin verheyrathet; sie wissen aber beyde nicht, daß ihre Männer, von welchen sie weggelauffen sind, der eine bey dem Pamphilus und der andere bey dem Alceste in Diensten stehen. Der erste ist mit der Julia vermählet, und der andere soll sich mit Hortensen verbinden. Harlequin hat sich in die Frau des Trivelins, und Trivelin in die Frau des Harlequins verliebt. Harlequin öffnet die Scene. Er empfiehlt sich der Mademoiselle Amila, die er eben verläßt. Pamphilus, sein Herr, heißt ihm, einen Brief wegtragen; Horatius, des Pamphilus Oheim, kömmt in dem Augenblicke dazu, da sein Neffe dem Harlequin den Brief giebt, bemächtiget sich desselben, und fragt in einem zornigen Tone, an wen diese verliebte Gesandtschaft gehen solle? Pamphilus antwortet ihm ganz ruhig, er dürfe, um es zu wissen, nur die Aufschrift lesen. Horatius erstaunt nicht wenig, da er sieht, daß Pamphilus an seine Frau schreibt, und von ihr zu wissen verlangt, um welche Stunde er das Vergnügen haben könne, ihr aufzuwarten. Er fragt seinen

---

*) Der Herr von Saint=Foix ist noch am Leben. Wir haben eine gute Ueberfetzung von feinen dramatischen Werken. Folgende Auszüge aus zwey Stücken, die er nie drucken lassen, werden dem Lefer also hoffentlich um so viel angenehmer feyn.

Neffen, ob das die Art sey, wie zwey verehelichte Personen mit einander umgehen sollten? Pamphilus erklärt ihm die Feinheit dieses Betragens in Ausdrücken, die den Horaz erbittern und zu der Drohung bringen, daß er ihn enterben wolle, wenn er nicht klüger werde. Alceste kömmt und bezeigt dem Pamphilus, den er für seinen Freund hält, wie sehr er sich freue, daß er nun bald mit Hortensen solle verbunden werden. Pamphilus spottet über alles, was er ihm sagt. Alceste redet von Juwelen, die er für seine Braut einkaufen will; Pamphilus bietet ihm die Juwelen seiner Frau an, und giebt ihm den Rath, sie gleichfalls, fünf oder sechs Monate nach der Hoch= zeit, wieder zu verkauffen. Alceste aber findet den Antrag der An= nehmung eines ehrlichen Mannes unwürdig. Hortense kömmt dazu und giebt durch ein Seitab zu verstehen, daß sie den Pamphilus eben so sehr hasse, als sie den Alceste liebe. Pamphilus, um den Alceste eifersüchtig zu machen, spricht mit Hortensen in dem vertrau= lichen Tone eines beglückten Liebhabers; Alceste weis nicht, was er denken soll, und Hortense mag sich über die Unverschämtheit des Pam= philus noch so sehr erbittern, so drehet dieser doch noch immer alles, was sie ihm hartes sagt, zu seinem Vortheile. Sie verläßt ihn endlich, und giebt ihrem geliebten Alceste die Hand. Zu Ende dieses Aufzuges erkennet Harlequin, unter dem Namen der Mademoisell Beccarre, seine Frau, die er längst todt geglaubt; sie überhäuffen einander mit Schelt= worten und verlassen sich mit einem: Adieu! hohl dich der Teufel! Zweyter Aufzug. In der Zwischenzeit hat Pamphilus einen Brief an Hortensen geschrieben, in welchem er ihr meldet, daß er seiner Frau durch eine falsche Nachricht beybringen lassen, als ob eine von ihren Anverwandten zu Versailles gefährlich krank geworden, welches sie ohne Zweifel bewegen werde, sogleich dahin abzureisen. Er setzt in diesem Briefe hinzu, daß er sie, vermittelst dieser List, unter dem Namen und den Kleidern der Julia, auf dem Balle werde unterhalten können. Hortense wird über diesen Anschlag, an dem sie durchaus keinen Theil haben will, und den sie höchst ausschweifend und unver= schämt findet, ungemein aufgebracht, und schicket den Brief an Julien. Diese aber verlieret ihn und er fällt dem Alceste in die Hände, der bereits den Argwohn gefaßt, daß Hortense gegen die Liebe des Pam= philus so unempfindlich vielleicht nicht sey, als sie sich in dem ersten

Aufzuge gestellt. Er giebt es zu Anfange des zweyten Aufzuges dem
Horaz zu verstehen, und zeiget ihm den unglücklichen Brief, den er
gefunden. Horaz vergißt nichts, ihn wegen seines Neffens zu beruhigen,
dessen Charakter es sey, leere Einbildungen für Wirklichkeiten zu
nehmen. Alceste scheinet auch von seinem eifersüchtigen Argwohne
wieder geheilet. Es sind noch verschiedene andere Scenen in diesem
Aufzuge, deren Ordnung vielleicht, aus Mangel des Gedächtnisses, ein
wenig verrückt worden, deren Inhalt aber ohngefehr dieser ist: In
einer von diesen Scenen hat Pamphilus eine Unterredung mit seiner
Ehegattin, der Julia, welche, nachdem sie ihres Mannes Anschlag aus
dem Briefe, den ihr Hortense zugeschickt und sie nachhero verloren,
ersehen, List gegen List setzet, und ihren Mann beredet, daß sie nicht
auf den Ball gehen werde, weil die Pflicht sie zu ihrer kranken An-
verwandtin nach Versailles rufe. Pamphilus spottet über dieser Pflicht,
die sie an ihrem Vergnügen hindere. Er hat dem Harlequin aufgetragen, der Julia eine Trennung vorzuschlagen, und erinnert ihn
itzt ganz leise daran. Harlequin gehorcht, und sagt zur Julia, daß
die Gleichgültigkeit, die ihr Gemahl gegen sie habe, ohne Zweifel daher komme, weil sie einander beständig vor Augen hätten, und daß
sie sich seltener sehen müßten, wenn sie sich lange mit Vergnügen sehen
wollten. Pamphilus giebt dieser neuen Entdeckung des Harlequins
seinen Beyfall; Julia aber erzürnt sich wider ihren unwürdigen Gemahl, der sich zu der Trennung so bereit finden läßt. Pamphilus
antwortet, daß es eigentlich keine Trennung, sondern vielmehr ein
Mittel sey, sich desto fester zu vereinigen. In einer andern Scene ist
Hortense ungemein betrübt, weil sie ihren Alceste verdrießlich sieht;
da sie aber von Julien hört, daß sie den Brief des Pamphilus, den
sie ihr zukommen lassen, verloren habe, so zweifelt sie eben so wenig
als ihre Freundin, daß Alceste ihn müsse gefunden und Argwohn
daraus geschöpft haben. Es schließt sich der zweyte Aufzug mit einer
Scene in dem italiänischen Geschmacke, welche sehr vielen Beyfall fand.
Sie ist folgende: Da der Ball nunmehro bald angehen soll, so kömmt
Trivelin als ein Cavalier verkleidet, um seiner geliebten Mademoiselle
Beccarre unter dieser Verkleidung Liebkosungen vorzusagen; Harlequin
erscheinet gleichfalls seiner lieben Amila wegen, und hat die Kleider
seines Herrn, des Pamphilus angezogen. Von diesen Bedienten also,

die beyde auf gutes Glück ausgegangen, will gern keiner einen über-
lästigen Zeugen um sich leiden, und es bittet daher einer den andern,
geschwind abzutreten, wozu sich aber weder dieser noch jener verstehen
will. Sie vertrauen sich wechselsweise die Ursache, warum sie hieher
gekommen, und dieses auf eine so unbesonnene Art, daß sie beyde gar
bald sehen, daß einer in des andern Frau verliebt ist, und keiner un-
erhört geblieben. Jeder sagt von seinem Nebenbuhler, was er nur
schlimmes von ihm weis, und sie machen eine so wahre Abschilderung
von einander, daß sie sich unmöglich verkennen können. Sie gerathen
beyde darüber in Wuth, und wollen sich beyde rächen; der eine fordert
seinen Degen, und der andere seine Pistolen. Weil diese Scene zur
Nachtzeit vorgehet, so verirren sich ihre Weiber, die unter dem Namen
Amila und Beccarre dazu kommen, und jede von ihnen wendet sich
an ihren Mann, indem sie mit ihrem Liebhaber zu sprechen glaubt.
Die Männer fangen an zu zanken, allein die Weiber nehmen noch einen
weit trotzigern Ton an, und es kömmt zu Schlägen. Sie prügeln ihre
Männer wacker durch, und lassen sie trefflich zerzauset stehen. Die
beyden Männer sehen einander eine Zeitlang an, ohne eine Wort zu
sprechen; hierauf hebt einer dem andern Perücke und Hut auf, machen
sich wechselsweise wieder zurecht, und umarmen sich sehr zärtlich, womit sich der zweyte Aufzug endet.

  Dritter Aufzug. Die Anschläge, die in den vorigen Aufzügen gemacht worden, werden in diesem nun ausgeführt. Die Scene
ist in dem Saale, wo der Ball gegeben wird. Pamphilus begiebt sich
in den Kleidern seiner Julia dahin, so wie er es sich in dem Briefe
an Hortensen vorgenommen; und Julia, die er in Versailles zu seyn
glaubt, erscheint als ein Cavalier verkleidet, und thut, als ob er der
vermeinten Julia Schmeicheleyen vorsagen wolle. Vergebens versichert
ihm Pamphilus, daß er nicht Julia sey; der vorgegebene Cavalier
bringt nur um so viel stärker in ihn. Endlich räumt es Pamphilus,
um ihn los zu werden, ein, daß er Julia sey, und bittet ihn nur,
ihr einen Augenblick Ruhe zu lassen. Ihre Unterredung wird durch
die Ankunft der Sängerinnen Amila und Beccarre unterbrochen, und
Pamphilus macht sich davon. Als Julia den Oheim des Pamphilus
kommen sieht, sagt sie zu den Sängerinnen, daß es Pamphilus selbst
sey; und dieses zwar in der Absicht, weil sie voraus sieht, daß sich

Horaz durch das, was sie ihm in der Meynung, daß er Pamphilus sey, sagen werden, vollends gegen seinen Neffen werde aufbringen lassen. Es geschieht auch wirklich; Horaz erfährt von den beyden Sängerinnen, daß die ganze Lustbarkeit, von welcher sie die Hauptpersonen sind, von seinem Neffen in dem Vorsatze angestellt worden, Uneinigkeit zwischen Alcesten und Hortensen zu stiften. Zum zweytenmale verkleidet sich Julia als Hortense, der sich Pamphilus unter der Kleidung seiner Frau zu zeigen versprochen. Die vorgegebene Hortense spielet ihre neue Person vortrefflich, und macht sie sich verschiedentlich zu Nutze. Einmal in so weit, daß sie ihren Mann, der sie für Hortensen hält, nöthiget, dreyßig Pistolen, die sie einem Gasconier schuldig ist, welcher sie itzt auf dem Balle sehr dringend darum mahnet, für sie zu bezahlen, damit er in seiner Unterredung mit der vermeinten Hortense nicht länger gestört werde. Und der zweyte Vortheil, den sie aus ihrer Verkleidung unter dem Namen Hortense ziehet, bestehet darinn, daß sie sich ihre Juwelen wiedergeben läßt, die er Alcesten verkaufen wollen. Nach dieser doppelten Verrichtung kömmt Alceste mit dem Horatius dazu. Alceste irret sich eben sowohl wie Pamphilus, und glaubet Hortensen in einer geheimen Zusammenkunft mit dem Pamphilus zu treffen. Doch die wahre Hortense erscheinet in eben dem Augenblicke, und macht ihm wegen seines ungerechten Argwohns Vorwürfe. Julia macht den Pamphilus vollends verwirret, indem sie sich zu erkennen giebt; und dieser Streich, den ihm seine Frau gespielt, bestärkt ihn in dem Vorsatze, den er schon vorher geäussert, sich von ihr scheiden zu lassen. Julia ist es zufrieden; Horatius findet, daß sie Recht hat und sagt zu seinem unwürdigen Neffen, daß er auf seine Erbschaft weiter keine Rechnung machen dürffe. Das Stück schließt sich also auf der einen Seite mit einer Ehescheidung und auf der andern mit der festgesetzten Vermählung des Alceste und der Hortense.

2) La Veuve à la Mode; in drey Aufzügen, von dem Herrn von Saint-Foix, zum erstenmal aufgeführt den 26. März 1726.

Personen. Dorante, Presibent und Oheim des Damon und der Eliante. Damon, Liebhaber der Eliante. Eliante, eine junge Wittwe und Liebhaberin des Damon. Pasquin, Bedienter

des Damon. Dorimene. Marthon, Mädchen der Eliante. Li=
sette, Mädchen der Dorimene.

Damon und Eliante, ob sie gleich in einander verliebet sind,
lieben ihre Freyheit doch weit mehr, als selbst das leichte Band, welches
sie itzo noch vereiniget. Sie sind beyde gleich geneigt, eine ernsthaftere
Verbindung, dergleichen die Heyrath seyn würde, zu fliehen. Dorante,
des Damons Oheim, hat sich vorgenommen, ihn mit Elianten zu ver=
heyrathen, die gleichfalls seine Nichte ist. Beyde aber setzen sich gleich
sehr darwider und geben ihre Gesinnungen, indem sie mit ihrem Oheim
sprechen, auf folgende Art zu verstehen.

„Eliante. Uns mit einander zu verheyrathen! So sind Sie es
„überdrüßig, uns als gute Freunde zu sehen?

„Pasquin. Es ist auch wahr! Warum wollen Sie nun unter
„Anverwandten Uneinigkeit stiften?

„Dorante. Wie? Euch mit einander verheyrathen, heißt Un=
„einigkeit unter euch stiften? Liebt ihr euch denn nicht?

„Damon. Madame gefällt mir. Meine Gedanken beschäftigen
„sich mit ihrem Bilde lieber, als mit dem Bilde einer andern. Aber
„da alle artige Frauenzimmer einander gewissermaaßen ähnlich sind,
„so unterhalte ich die Zärtlichkeit, die ich gegen sie habe, ohne Unter=
„schied mit allem, was ich liebenswürdiges finde.

„Dorante. Nun wohl! Das ist ein guter Anfang zur Liebe;
„die Heyrath wird das Band derselben schon fester knüpfen.

„Eliante. Nichts weniger; sie würde vielmehr alles verderben.
„Wir lieben uns itzo, ohne daß wir uns sehr zu lieben glauben; wir
„suchen einander, ohne fast daran zu denken, ohne es vielleicht jemals
„überlegt zu haben; wir haben einerley Freunde, einerley Ergetzungen,
„einerley Besuche. Aber ach! so bald wir verheyrathet seyn sollten,
„würden wir gar bald diese beyderseitige Aehnlichkeit, die sich bey allen
„unsern Handlungen findet, bemerken; sie würde uns nach und nach
„zur Last werden; jeder von uns würde sie für Eifersucht, für Miß=
„trauen zu halten anfangen; wir würden uns Zwang anthun; die
„Ungleichheiten, die Unbeständigkeiten, die unter Liebhabern nichts zu
„bedeuten haben, weil sie denselben nicht weiter ausgesetzt seyn dürfen,
„als sie es seyn wollen, würden ihren Namen verändern; sie würden
„zu übler Laune, zu Eckel, zu Abneigungen unter Mann und Frau

„werben, die ein unglückliches Band beständig um einander zu seyn
„nöthigte.

„Damon. O meine allerliebste Muhme, wie vortrefflich ist das
„gesagt! Ich liebe Sie; ich bete Sie an! Nein; ich will Sie nie=
„mals heyrathen."

Dorante wird durch den Widerstand, den ihm sein Neffe und
seine Nichte thun, aufs Aeusserste gebracht, und sagt in einem ge=
bietenden Tone, daß sie einander durchaus heyrathen sollen, und zwar
noch heute, oder daß er ihnen sonst seine Erbschaft entziehen, und selbst
eine junge Person, Namens Dorimene, heyrathen, und dieser alle sein
Vermögen verschreiben wolle. Er fügt hinzu, daß diese Dorimene seine
Hand gewiß nicht ausschlagen werde, weil ihr alles Vermögen, das
sie zu hoffen habe, von einer ihrer Anverwandtinnen nur mit dem
Bedinge vermacht worden, daß sie nicht anders als mit seiner Ge=
nehmhaltung heyrathen, ja ihren Gemahl selbst von seiner Hand blind=
lings annehmen solle. Diese Drohung scheinet der Eliante und dem
Damon gleich schrecklich; sie besitzen nichts, als was sie von ihm zu
hoffen haben, und zu seiner Erbschaft sollen sie sich bloß durch ihre
Verbindung berechtigen können; gleichwohl bleiben sie fest auf dem
Entschlusse, einander niemals zu heyrathen. Sie sinnen beyde auf
Mittel, wie sie ihren Oheim an der Verschenkung seines Vermögens,
womit er ihnen gedrohet, hindern wollen. Damon schmeichelt sich, daß
ihn Dorimene genugsam liebe, um sie zu bewegen, die Hand des
Dorante nicht anzunehmen; er verspricht sich, sie durch neue Auf=
wartungen, die er ihr machen wolle, noch mehr für sich einzunehmen.
Eliante findet dieses Mittel allzu gefährlich, und wird so gar ein wenig
eifersüchtig darüber; sie verbietet dem Damon, bey Dorimenen durch=
aus nichts zu versuchen, und nimmt alles über sich. Sie fängt es
folgender maassen an. Sobald sie Damon verlassen hat, so theilt sie
ihrem Mädchen der Marthon einen Anschlag mit, auf den sie eben
gefallen; sie sagt ihr, daß sie Dorimenen erst gestern zum erstenmal
auf dem Balle gesehen, daß sie ihr unter der Kleidung eines Cavaliers
zärtliche Dinge vorgesagt, und in kurzer Zeit einen ziemlich starken
Eindruck auf ihr Herz gemacht habe. Sie setzt hinzu, daß sie unter
eben derselben Kleidung, die ihr so vortheilhaft gewesen, Dorimenen
in ihrem Hause besuchen wolle, und verlangt, daß Marthon gleichfalls,

unter dem Namen Eliante, einen Besuch bey ihr ablegen soll. Das
Mädchen ist es zufrieden, sich für die Gebieterin auszugeben, und da=
mit endet sich der erste Aufzug. In der Zwischenzeit reden sie
noch alles mit einander ab, was zu dem glücklichen Ausgange ihrer
5 List etwas beytragen kann.

Den zweyten Aufzug eröffnet Dorimene mit ihrem Mädchen,
Lisette. Dorimene thut Lisetten zu wissen, daß sie Dorante heyrathen
werde, wenn Damon und Eliante sich nicht noch heut einander zu
ehelichen entschlössen. Lisette fragt sie, ob sie sich, des zärtlichen
10 Versprechens ungeachtet, das sie dem Valere gethan, keines andern,
als die seinige zu seyn, den Dorante zu heyrathen, werde entschliessen
können. Dorimene antwortet ihr so, daß sie an ihrer Beständigkeit zu
zweifeln anfängt, und endlich gestehet sie ihr offenherzig, daß ein junger
Unbekannter, den sie vorgestern Abends auf dem Balle gesehen, und der
15 ihr von Liebe vorgeredt, die schwerste Hinderniß sey, die Dorante in ihrem
Herzen zu übersteigen habe. Durch diese Scene erfährt man nicht allein
das Vergangene, sondern sie dienet auch zur Vorbereitung auf das Fol=
gende. Marthon wird unter dem Namen Eliante, angemeldet. Dorimene
befiehlt, sie hereinzuführen. Nach einigen Complimenten, so wie sie bey
20 einem ersten Besuche vorzufallen pflegen, bittet die vermeinte Eliante
Dorimenen um Erlaubniß, einem von den Bedienten ins geheim etwas
befehlen zu dürfen. Dorimene vergönnt es, worauf sie sich beyde nieder=
setzen und Eliante sogleich ihr Herz folgender Gestalt ausschüttet.

„Marthon, oder die vermeinte Eliante. Nicht in dem Ge=
25 „räusche der Welt, wo uns tausend Ergetzungen zerstreuen, haben wir
„die Ueberraschungen der Liebe am meisten zu fürchten. Das Jahr
„der Stille und Eingezogenheit, welches ich dem Andenken meines ver=
„storbenen Gemahls gewidmet hatte, war noch nicht ganz verflossen,
„als eine von meinen Freundinnen einen ihrer Anverwandten zu mir
30 „brachte. Wie liebenswürdig war er! Welcher Anblick für ein Herz,
„das der Wohlstand seit zehn Monaten nöthigte, sich nur mit traurigen
„Ideen zu beschäftigen, und dessen Begierden sich durch die wenige
„Thätigkeit, die ich ihnen erlauben durfte, nur vermehrten. Dieser
„junge Mensch legte verschiedene Besuche bey mir ab; und endlich
35 „gestand er mir, daß er mich liebe. Ich antwortete ihm, ich sey ent-
„zückt darüber, und liebe ihn auch recht sehr.

„Dorimene. Dieser Anfang verspricht viel.

„Marthon. Er ward über meine Antwort unwillig.

„Dorimene. Nun? Und was wollte er denn?

„Marthon. Er wollte, ich hätte mir bey dem Bekenntnisse seiner
„Leidenschaft ein strenges Ansehen geben sollen; ich hätte ihn miß=
„handeln sollen. Kurz, er wollte, daß ich mich grausam gegen ihn
„bezeigte; ich aber war viel zu fein, ihm hierinn seinen Willen zu thun.

„Dorimene. Zu fein? Von dieser Feinheit verstehe ich nichts.

„Marthon. Und gleichwohl ist sie höchst vernünftig. Darf ein
„Frauenzimmer, das sich von ihrem Liebhaber am Nachttische gesehen zu
„werden fürchten muß, das ihm nur durch erborgte Reitze Liebe einzuflössen
„weis, darf so ein Frauenzimmer auf ihre Eroberung wohl stolz seyn?

„Dorimene. Gewiß nicht.

„Marthon. Was sind aber die kleinen Weigerungen, die Hinder=
„nisse, die Schwierigkeiten, wodurch wir die Leidenschaft eines Lieb=
„habers reitzen? Sie sind unserer Person eben so wenig eigen, eben
„sowohl erborgt als Bleyweiß und Schminke; und man kann sich also
„auch auf dasjenige Herz, das sie uns erhalten müssen, wenig oder
„nichts zu gut thun. Allein es wissen, daß unsere Bereitwilligkeit einen
„Liebhaber leicht nachläßig, kalt und schläfrig machen kann, und ihm
„dennoch diese Hülfe wider unsere Reitze selbst leihen, um ihn mit
„desto mehr Ehre überwinden zu können, das, das nenne ich fein ge=
„dacht, und so wie eine Heldin denken muß, die sich ihres Werths
„bewußt ist, und ihre Siege nur sich selbst zu danken haben will. —
„Kurz, er mußte sich nach meiner Moral bequemen.

„Dorimene. Ich sollte auch meinen, daß sie bequemlich genug wäre.

„Marthon. Er wollte in dem Geschmacke der Romanen, die
„er gelesen hatte, lieben; jetzt aber ist er kein solcher Neuling mehr,
„wie Sie bald selbst sehen und mir es zugestehen sollen.

„Dorimene. Ich? Madame!

„Marthon. Er liebt Sie; Sie entreissen mir ihn 2c.“

Diese Scene gefiel bey der Vorstellung wegen ihres paradoxen
und seltsamen Inhalts ungemein. Zum Schlusse macht Eliante Dori=
menen sehr lebhafte Vorwürfe, daß sie ihr einen Gefangenen entführe,
den sie mit der besten Art gemacht habe. Dorimene vertheidiget sich
wegen des Raubes, den Marthon ihr Schuld giebt; doch die wahre

Eliante, die als Cavalier verkleidet dazu kömmt, überzeugt sie desselben
vollends. Ehe aber dieser vermeinte Cavalier erscheinet, sagt Marthon
zu Dorimenen, daß sie ihn selbst, in Dorimenens Namen, habe rufen
und ihm sagen lassen, daß er sich, um nicht erkannt zu werden, in
einem Mantel verhüllt, zu ihr begeben solle. Sie verlange, daß er
sich über sie beyde erkläre, und bittet um Erlaubniß, sich einen Augen=
blick verbergen zu dürfen. — Einige Stellen aus der nun folgenden
Scene, werden dem Leser nicht unangenehm seyn.

„Eliante. (im Tone eines Petitmaitres) Wenigstens hat mich niemand
„erkannt. Ohne uns zu schmeicheln, wir sind bey dergleichen Aben=
„theuern öfterer gewesen.

„Dorimene. Mein Herr — —

„Eliante. Zum Henker, Mademoiselle, wie glücklich bin ich!
„Ich komme auf Ihren Befehl hierher; und was noch mehr ist, ich
„komme verkleidet. Unser erster Besuch ist geheimnißvoll! O das Ge=
„heimnißvolle! Es ist zu allen gut; aber besonders in der Liebe, be=
„sonders da lebe das Geheimnißvolle!

„Dorimene. Mein Herr —

„Eliante. Ich bekannte Ihnen meine Liebe; und Sie glaubten
„mir auf der Stelle. Das ist die gewöhnliche Wirkung der Wahrheit;
„man darf sie nur hören, um sogleich überzeugt zu werden.

„Dorimene. Mein Herr —

„Eliante. Ja, Mademoiselle, wenn ich Ihnen auch meine Liebe
„nicht bekannt hätte; so hätten Sie sie doch mit allem Recht vermuthen
„können, da Sie so schön, so reizend sind! Erlauben Sie, daß ich
„Ihre schönen Hände küssen darf. (Er wirft sich ihr zu Füßen.)

„Dorimene. Stehen Sie doch auf¹, mein Herr ꝛc.“

Auf diese Scene folgen noch verschiedene andere, die mit gleichem
Feuer, und gleicher Leichtigkeit geschrieben sind. Marthon, oder die
falsche Eliante, hatte sich, wie man gesehen, weggebegeben, um dem ver=
meinten Cavalier bey Dorimenen freyes Feld zu lassen. Nun kömmt
sie wieder, begiebt sich aber auch bald zum zweytenmale weg, nachdem
sie sich gestellt, als ob die Liebe in ihrem Herzen dem Verdruße, sich
aufgeopfert zu wissen, Platz gemacht. Dorimene kann dem vermeinten
Cavalier nicht länger widerstehen; sie capituliret; sie ergiebt sich; das

¹ auf [fehlt 1768]

Gesetz, welches ihr der Sieger vorschreibt, bestehet darinn, daß sie den Damon nicht mehr sehen, und die Hand des Dorante durchaus nicht annehmen soll. Dorimene läßt sich alles gefallen; und indem kömmt Damon dazu. Eliante hatte ihm aus dem Streiche, den sie Dorimenen spielt, ein Geheimniß gemacht, und fährt also fort, unter ihrer Verkleidung auch ihn zu hintergehen; sie nimt noch dazu den Gasconischen Accent an, damit er sie nicht an der Stimme erkennen soll. Dorimene läßt sie beysammen, und sagt dem vermeinten Cavalier in einem zärtlichen Tone, daß sie ihn diesen Abend erwarte. Die Scene zwischen dem Damon und der Eliante, ist ungemein lustig; denn da Damon seine Gebieterinn nicht erkennt, so sagt er ihr Dinge, die sie ungemein verbriessen, und in dem Vorsatze, sich nie mit ihm zu verheyrathen, bestärken. Auch sie macht es ihm nicht besser, und bringt ihm, indem sie sich rühmt, auch über Elianten bald zu triumphiren, einen unüberwindlichen Abscheu vor dieser Heyrath bey. Der vermeinte Cavalier begiebt sich endlich weg; Damon befiehlt dem Pasquin, ihm zu folgen; Lisette, die von Dorimenen den nämlichen Befehl erhalten hat, gesellt sich zum Pasquin, um ihn gleichfalls kennen zu lernen.

In der Zwischenzeit zum dritten Aufzuge, hat Lisette erfahren, daß der vermeinte Cavalier Eliante selbst ist; Pasquin aber hat diese Entdeckung nicht gemacht, sondern sagt seinem Herren bloß, daß der Cavalier, dem er auf seinen Befehl nachgefolgt, geraden Weges zu Elianten gegangen sey, und sich da Freyheiten herausgenommen habe, die nur einem beglückten Liebhaber, oder einem Gemahle zustünden. Dieses Wort Gemahl, stehet in Ansehung der Entwicklung nicht umsonst; der Verfasser hat es sich folgendermaaßen zu Nutze gemacht. Dorimene wird durch den Streich, den ihr Eliante gespielt, erbittert, und schwöret sich dafür zu rächen. Da sie nun die grosse Abneigung kennt, welche Damon und sie vor der Heyrath haben, so glaubt sie sie nicht besser bestraffen zu können, als wenn sie sie, Trotz dieser Abneigung, mit einander verheyrathet. Sie beredet also den Damon, daß Eliante seit sechs Monaten insgeheim vermählt sey; und ein gleiches heftet sie auch Elianten von dem Damon auf. Sie fallen beyde so glücklich in dieses Netz, daß sie dem Dorante versichern, sie wären nun bereit die Verbindung, vor welcher sie so viel Widerwillen bezeigt, zu vollziehen. Dorante faßt sie bey dem Worte; sie unter=

zeichnen den Contract, und jeder bildet sich ein, daß er wegen der
frühern Verbindung, wegen der sie einander in Verdacht haben, null und
nichtig seyn werde. Da aber diese frühere Verbindung eine blosse Erfindung von Dorimenen ist, so sind sie verbunden den Contract zu erfüllen.
5 Dorante erzeigt sich dafür gegen Dorimenen so erkenntlich, daß er ihr
erlaubt, sich mit ihrem ersten Liebhaber, dem Valere, zu verheyrathen.

<h2 style="text-align:center">Gandini. *)</h2>

1) Le Mari supposé; in drey Aufzügen, nach dem Entwurfe des
Hrn. Gandini, zum erstenmal aufgeführt den 16. May 1746.
10   Personen. Pantalon, Vater des Mario. Mario, Liebhaber der Flaminia. Flaminia, Schwester des Lelio. Lelio. Octavio. Lucinde, Schwester des Octavio. Der Doctor, Richter.
Scapin, Bedienter des Pantalon. Coraline. Häscher. Die
Scene ist zu Bologna.

15   Pantalon ruft seinen Sohn Mario, der in Florenz den Rechten
obgelegen, nach Bologna zurück, ihn mit Lucinden zu verheyrathen;
den Scapin aber hat er nach Florenz geschickt, um die Flaminia daselbst aus dem Wege zu räumen, weil er weis, daß sein Sohn sterb-
lich in sie verliebt ist. Scapin läßt sich bey Erblickung der Flaminia
20 erweichen, entdeckt ihr den bösen Vorsatz des Pantalons und giebt ihr
den Rath, sich zu verbergen. Unterdessen darf es Mario nicht wagen,
seinem Vater ungehorsam zu seyn, sondern reiset von Florenz ab,
nachdem er seiner Gebieterin tausend Versprechungen einer ewigen
Treue gethan, ohne zu wissen, welche Gefahr ihr bevorstehet. Er wird
25 unter Wegens unbaß, und kömmt also vier Tage später bey seinem
Vater an, so daß Harlequin, sein Bedienter, den er bey seiner Geliebten zurückgelassen, einen Tag eher als er, in Bologna mit einem
Briefe von der Flaminia ankömmt, deren Tod er, so wie sie ihm befohlen, überall ausbreitet.
30   Erster Aufzug. (Das Theater stellt die Strasse vor, in der

*) Dionisio Gandini, von Verona gebürtig; ein noch lebender Schau-
spieler und dramatischer Dichter. Er kam 1754. auf das italiänische Theater zu
Paris, wo er vornehmlich die Rolle des Scaramouche spielte. Im Jahre 1755.
hat er dieses Theater wieder verlassen. Die folgenden Entwürffe sind von seiner
35 eigenen Erfindung; dieser erste ausgenommen, welches ein alter Entwurf ist, den
er nur geändert.

Pantalon wohnet.) Scapin kömmt von Florenz an, und hinterbringt dem Pantalon den Tod der Flaminia. Weil Pantalon schon weiß, daß sich sein Sohn gehorsam erzeigt, scheinet er über das Geschehene verdrüßlich zu seyn, giebt dem Scapin einen Beutel Geld, damit er schweigen soll, und schickt ihn zur Ruhe, nachdem er ihm vertraut, daß er Lucinden aus Frankreich erwarte, mit der er seinen Sohn verheyrathen wolle.

Arlequin, als Courier, sucht den Mario, und giebt zu verstehen, daß ihm ein wichtiges Geheimniß, die Flaminia betreffend, aufgetragen sey. Pantalon erblickt ihn, und will ihn auslocken. Anfangs hätte sich Harlequin bald verschnappt, doch auf einmal besinnt er sich, daß sein Geheimniß von grosser Wichtigkeit ist, und wickelt sich, so gut er kann, aus seinen Reden, welche die Neugierde des Alten auf das äusserste reitzen, wieder heraus. Der Doctor kömmt dazu, und sagt dem Pantalon, daß sein Neffe verwundet worden, und daß er, als Richter des Orts, sogleich die nöthigen Nachsuchungen deswegen wolle thun lassen; hiermit geht er ab. Lucinde tritt auf, mit ihrem Bruder dem Octavio und dem Lelio, den sie unter Wegens haben kennen lernen; Lelio ist der Flaminia Bruder, und hat sich in Lucinden verliebt. Octavio und Lucinde erkundigen sich nach der Wohnung des Pantalon bey dem Pantalon selbst, der sich nach einigen Complimenten zu erkennen giebt, und sein Mädchen, die Coraline, ruft. Sie kömmt, und thut um die Neuangekommenen sehr geschäftig. Octavio reiset unter dem Vorwande, daß sein Vater krank sey, wieder zurück; Coraline bringt in den Lelio, es sich bey dem Pantalon gefallen zu lassen; Pantalon verweiset ihr, daß sie sich so gemein mache, und führt sie mit Lucinden ab, nachdem er sich von dem Lelio mit Ehren los gemacht, der ganz allein stehen blieb, und zu verstehen giebt, daß er sich zwar eilends nach Florenz machen sollte, weil ihm sein Vater geschrieben, daß seine Schwester Flaminia unsichtbar geworden, daß ihn aber seine Liebe zu Lucinden hier in Bologna zurück halte; er geht ab.

Mario langet von Florenz an, und scheinet fest entschlossen, niemals eine andere, als die Flaminia zu heyrathen. Er trift den Harlequin an, der ihn überall sucht, und erkundiget sich sogleich bey ihm nach seiner Gebieterin. Harlequin sagt ihm, daß sie gestorben sey, erzehlt ihm alle Umstände ihres Todes, und übergiebt ihm den Brief der Flaminia, in welchem sie ihm meldet, daß sie ihm getreu und als

die Seinige sterbe. Mario schreyet, dieser Brief sey ein tödtliches Gift
für ihn, und fällt ohnmächtig nieder. Der Doctor kömmt mit den
Häschern dazu, und sucht den Mörder seines Neffen; er erkennt den
Mario und hält ihn für todt. Er fragt den Harlequin um die Ur=
5 sache, und dieser antwortet, daß er an einem vergifteten Briefe, den
er ihm eben gegeben, gestorben sey. Auf dieses Geständniß wird er
fest gehalten, und ins Gefängniß geführt. Pantalon und Scapin er=
scheinen, und freuen sich über die Ankunft der Braut; allein der Doctor
meldet ihnen den Tod des Mario, und zugleich, daß man sich seines
10 Mörders bereits versichert, und ihm sein Recht wiederfahren lassen
wolle. Pantalon will verzweifeln; Scapin gehet ab, um den Brief,
den er für vergiftet hält, zu verbrennen, und sich alsdenn nach dem
Gefängnisse zu begeben, zu sehen, ob er den Schuldigen kenne. Panta=
lon, Lucinde und Coraline nahen sich traurig dem Mario, der durch
15 Seufzer noch einige Zeichen des Lebens von sich giebt. Endlich kömmt
er wieder zu sich, zu grosser Freude der Zeugen seiner Auferstehung,
die ihn mit nicht geringem Erstaunen eiligst zu dem Richter lauffen
sehen, sobald er vernommen, daß man seinen Bedienten eingezogen
und den Brief der Flaminia verbrannt. Das Theater verändert sich
20 und stellt die Gerichtsstube vor. Mario kömmt eben dazu, als man
den Harlequin, auf sein eigen Geständniß, zum Tode verurtheilen
will; das Urtheil wird wiederruffen; die Häscher wollen bezahlt seyn,
und Harlequin bezahlt sie mit Schlägen; die spielende Personen ver=
lassen alle die Scene, und der erste Aufzug ist zu Ende.
25   Zweyter Aufzug. (Das Theater stellt wieder die Straasse
vor, in welcher Pantalon wohnet.) Auf einer Seite tritt Scapin auf,
und auf der andern Flaminia. Sie erkennen einander, und sie er=
kundiget sich nach dem Mario. Scapin stockt, und endlich erzehlt er
ihr das vermeinte Unglück ihres Liebhabers. Flaminia begiebt sich
30 voller Verzweiflung in das Haus des Pantalon, wohin ihr Scapin
folgt, um es zu verhindern, wenn sie sich etwa zu erkennen geben
wollte. Harlequin kömmt in vollem Lauffe, und sucht sich vor den
Häschern zu retten, die eine andere Bezahlung verlangen, als die er
ihnen bereits gegeben. Als er eben in das Haus des Pantalon herein=
35 springen will, kömmt Coraline heraus, mit der er eine verliebte Scene
hat. Pantalon kömmt mit Lucinden und seinem Sohne dazu, dem er

wegen ſeiner Liebe zu Florenz einige Vorwürfe macht. Mario und
Lucinde machen einander ziemlich froſtige Höflichkeitsbezeigungen; und
auf einmal erſcheinet Flaminia, als eine Raſende, zwiſchen ihnen, und
fragt, was man mit dem Körper ihres Geliebten gemacht habe. Sie
erblickt den Mario, erkennt ihn, und wird von ihm erkannt; beyde
thun einen gewaltigen Schrey und bleiben ohne Bewegung. Scapin
giebt die Flaminia für ſeine Muhme aus, Namens Brunette, und ſagt,
er habe ſie kommen laſſen, um ſie bey Lucinden in Dienſte zu bringen.
Er bemäntelt das Erſtaunen der beyden Verliebten ſo gut als möglich,
und iſt auch ſo glücklich, dem Alten ſeinen Verdacht zu benehmen.
Harlequin kömmt dazu, und nun hätte beynahe dieſer alles wieder
verdorben; Scapin jagt ihn zweymal fort, und trägt ihn endlich auf
den Schultern weg, indem Pantalon unterbeſſen der Lucinde ihr Zimmer
anweiſet. Mario verſichert der Flaminia aufs neue ſeine Treue, und
erfährt von ihr, daß ſie dem Scapin ihr Leben zu danken habe.
Scapin kömmt nebſt Coralinen dazu, die er mit dem Harlequin ge=
troffen hat, und macht ihr deswegen Vorwürfe. Pantalon kömmt
gleichfalls mit Lucinden wieder, und will den Mario zwingen, ihr die
Hand zu geben. Flaminia nimmt des Vaters Parthey, und erklärt
ſich wider ihren Liebhaber; Pantalon befiehlt ſeinem Sohne, Bru=
netten zu gehorchen, der er ſein ganzes Anſehen hiermit ertheile.
Mario verſpricht, ſich ihr mit Freuden zu unterwerfen, nur müſſe
ſie ihm nicht befehlen, ſeine Geliebte zu Florenz zu vergeſſen. Harle=
quin kömmt und melbet den Fremden an, der mit Lucinden gekommen
iſt, und mit ihr zu ſprechen verlange. Pantalon begiebt ſich mit ihr
hinein, um ihn in ihrem Zimmer zu erwarten, und trägt es der ver=
meinten Brunette auf, ihn zu empfangen. Lelio erkennt im Herein=
gehen ſeine Schweſter und will mit ihr ſchelten; ſie beſänftiget ihn
aber, indem ſie ſich für verheyrathet ausgiebt, und der Bruder und
die Schweſter umarmen ſich. Mario, der auf ſie Acht gegeben, ihre
Reden aber nicht hören können, wird eiferſüchtig, und zwingt den Lelio,
den Degen zu ziehen. Harlequin verſucht, ſie mit ſeinem hölzern
Seitengewehre aus einander zu bringen, läuft aber, als es nichts
verfangen will, davon und ſchreyet um Hülfe. Flaminia ruft dem
Mario zu, daß er ſich mit ihrem Bruder ſchlage; und Scapin dem
Lelio, daß er mit dem Gemahl ſeiner Schweſter zu thun habe. Panta=

lon kömmt auf das Geschrey dazu, Harlequin kömmt ihm nach, und
wirft mit alten Töpfen um sich, womit sich der zweyte Aufzug be=
schließt.

Dritter Aufzug. Flaminia eröffnet den dritten Aufzug mit
dem Mario, dem sie den Rath giebt, seinem Vater zu gehorchen;
hierauf umarmt sie ihn, und nimmt Abschied. Mario erschrickt darüber
und begiebt sich mit dem Harlequin weg; Lelio aber, der dazu kömmt,
sucht seine Schwester wegen des Unglücks zu beruhigen, welches sie für
sich und den Mario befürchtet, wenn er sich seinem Vater zu wider=
setzen fortführe, und verspricht, den Pantalon zur Einwilligung in ihre
Heyrath zu vermögen. Flaminia begiebt sich weg; der Doctor kömmt
und Lelio erkennt ihn für einen Freund seines Vaters. Er verklagt
den Pantalon und den Mario bey ihm, und ersucht ihn, beyde in
Verhaft nehmen zu lassen; der Doctor gehet ab, um die nöthigen Be=
fehle deswegen zu ertheilen, und Lelio folgt ihm. Flaminia kömmt
wieder, und freuet sich, daß sie nunmehr Hoffnung habe, den Mario
zu heyrathen; Coraline, die sie belauscht, und sie für weiter nichts,
als für Brunetten hält, erstaunt über ihre Verwegenheit; sie geht ab,
dem Pantalon hiervon Nachricht zu geben, sucht ihn aber überall ver=
gebens, weil er unterdessen nebst dem Mario in Verhaft genommen
worden. Sie kömmt mit Lucinden wieder, die sie anstatt Pantalons
getroffen hat, und erzehlt ihr, auf was sich Brunette Rechnung mache.
Lucinde erzürnt sich über die Flaminia, und indem kömmt Scapin
und meldet, was mit dem Pantalon und Mario vorgegangen, worauf
sich alle wegbegeben, sie in dem Gefängnisse zu besuchen. Das Theater
verändert sich, und stellet die Gerichtsstube vor. Alle spielende Per=
sonen sind hier beysammen. Der Doctor macht sich fertig, den Pan=
talon zu verhören, der es sogleich von selbst gesteht, daß er die Fla=
minia habe umbringen lassen. Der Doctor antwortet, es sey itzt von
keinem Morde die Rede, sondern die Sache wäre diese, daß Mario
die Schwester des Lelio, seinem Versprechen gemäß, heyrathen solle,
oder er werde ihn als einen Verführer zu gebührender Strafe ziehen.
Lelio erkläret seines Theils, daß der Verklagte derjenige sey, der seiner
Schwester die Ehe versprochen; Harlequin wendet dagegen ein, daß
Mario sich bereits mit seiner Gebieterin eingelassen habe; Lucinde
beklagt sich gleichfalls, daß sich Mario, ohngeachtet ihn Pantalon mit

ihr verbinden wolle, mit aller Welt und sogar mit Brunetten ver=
spreche; Scapin endlich will die Rechte eines vornehmen Frauen=
zimmers in Florenz behaupten, welche die erste Hypothek auf den
Mario habe. Der Richter will den Mario auch schon als einen Er=
verführer verurtheilen, doch Scapin erkläret das Räthsel und es findet
sich, daß die Schwester des Lelio, die Gebieterin des Harlequin, das
vornehme Frauenzimmer von Florenz und Brunette, nicht mehr als
eine und die nehmliche Person sind, und Mario sich nur mit der
einzigen Flaminia versprochen hat. Pantalon wird gezwungen in die
Heyrath zu willigen; Lelio heyrathet Lucinden, Harlequin Coralinen,
und die Komödie hat ein Ende.

2) Les Bohemiens; in fünf Aufzügen nach dem Entwurfe des Hrn.
Gandini, zum erstenmal aufgeführet den 6ten Junius 1748.
Personen. Der Doctor. Mario, des Doctors Sohn.
Harlequin, Bedienter des Doctors. Pantalon. Scapin, Haupt=
mann einer Zigeunerbande. Lelio und Lucinde, erkannte Kinder
des Pantalon. Coraline, Zigeunerin. Eine Bande Zigeuner und
Zigeunerinnen. Ein Müller. Bauern.
Erster Aufzug. (Das Theater stellt einen Wald und ver=
schiedne Häuser vor.) Der Doctor erscheint, und ist auf den Pantalon
sehr erzürnt. Er sagt, daß dieser seine Bosheit gegen ihn nun auf
das äußerste getrieben, indem er ihm seinen Zaun niederreißen lassen
und dadurch verursacht, daß ihm die wilden Thiere vielen Schaden
gethan. Pantalon antwortet ihm, er müsse toll im Kopfe seyn. Harle=
quin kömmt mit einem Bauer dazu, den er abprügelt, weil er Feigen
von dem Hinterhofe des Doctors gestohlen. Pantalon wird sehr un=
gehalten darüber, daß man seinen Bauer so mißhandelt. Der Doctor
versetzt, daß wenn man ihm (dem Pantalon) Recht wiederfahren lassen
wollte, man ihm eben so begegnen müßte, weil er an allen seinem
Unglücke Schuld sey. Pantalon straft ihn Lügen; der Doctor ant=
wortet mit einer Ohrfeige; Pantalon ziehet seinen Dolch; Harlequin
aber treibet ihn mit einer guten Tracht Schläge vom Platze, und be=
giebt sich mit dem Doctor weg.
(Das Theater stellet ein Feld mit Zelten vor.) Zigeuner
und Zigeunerinnen legen dem Scapin die Beute vor, die sie gemacht

haben; nur Lelio hat ihm nichts vorzulegen, und Scapin wirft ihm
den wenigen Geschmack vor, den er an ihrer Profeßion habe. Coraline macht Lucinden aus, daß sie den Leuten so schlecht wahrzusagen
wisse. Lucinde antwortet ihr, daß sie vor diese Lebensart allzuviel
5 Abneigung habe. Scapin liest beyden, dem Lelio und der Lucinde
den Text, und sagt ihnen, daß sie sehen müßten, wo sie was verdienten, und heißt diejenigen, die sich die vergangene Nacht ermüdet
haben, zur Ruhe gehen. Er macht der Coraline tausend Schmeicheleyen und empfängt einen Beutel von ihr. Nachdem er dem Lelio und
10 der Lucinde noch mehr als einmal wiederhohlt, daß sie so ihrem
Exempel folgen sollten, begiebt er sich mit Coralinen weg.

　　　Lelio und Lucinde sind nichts weniger als geneigt, dergleichen
Ermahnungen nachzukommen. Lelio giebt der Lucinde den Rath, die
Flucht mit ihm zu nehmen, und verspricht ihr, sie zu heyrathen.
15 Lucinde antwortet, daß sie ihn zwar liebe und hochschätze, allein sie
wisse selbst nicht, warum sie nicht die geringste Neigung habe, ihn zu
heyrathen. Lelio antwortet ihr mit aller möglichen Zärtlichkeit, ohne
über ihre abschlägliche Antwort verdrießlich zu seyn. Sie gehen mit
einander ab.

20　　　Der Doctor kömmt und erzehlt dem Mario seinen Streit mit
dem Pantalon. Mario ist um so viel weniger damit zu frieden, da
er weiß, daß Pantalon sehr reich ist, und daher verdrießliche Folgen
besorget.

　　　Harlequin kömmt dazu und hinterbringt, daß Pantalon beschlossen
25 habe, die ganze Familie des Doctors umbringen zu lassen. Der Alte
wird darüber ganz unruhig; Harlequin glaubt ihn zu beruhigen, indem
er ihm seine Tapferkeit rühmet. Doch kaum läßt sich Pantalon mit
seinen Bauern sehen, als der furchtsame Harlequin die Flucht nimmt.
Mario vertheidiget den Doctor, und Scapin, der mit seinem Gefolge
30 dazu kömmt, bringt sie aus einander. Als Harlequin niemanden mehr
sieht, will er alles todt machen, und beschließt den Aufzug mit seinen
Großsprechereyen.

　　　Zweyter Aufzug. Lucinde, nachdem sie über die Liebe des
Lelio, und über die Härte, mit welcher ihr Scapin begegnet, ihre Be-
35 trachtungen angestellt, fühlt sich sehr ermüdet, läßt sich auf eine Rasen-
bank nieder, und schläft ein.

Mario erblickt sie, findet sie ungemein reitzend, wird in sie ver=
liebt, nahet sich ihr und weckt sie dadurch auf. Anfangs will sie fliehen;
Mario aber hält sie auf, und sie sagt ihm wahr. Mario ärgert sich,
daß er sie eine so unwürdige Profeßion treiben sieht, und sagt ihr,
daß sie ja wohl auf eine anständigere Art ihr Glück finden könne;
er bietet ihr hierauf seinen Beutel an, den sie aber ausschlägt. Scapin
schilt die Lucinde, daß sie das Geschenke, das man ihr machen wollen,
nicht angenommen. Mario entschuldiget sie, erkennt den Scapin, er=
zeigt sich gegen ihn sehr freundschaftlich und bittet ihn, seinen Vater
und ihn gegen die Verfolgungen des Pantalons zu vertheidigen. Scapin
verspricht, ihn und seine ganze Familie in Sicherheit zu setzen, wenn
sie ihre Zuflucht in seine Zelte nehmen wollten, und führt Lucinden
mit sich fort: Mario wird über das Weggehen der Lucinde empfindlich
und folgt ihr nach, nachdem er dem Harlequin befohlen, seinem Vater
zu sagen, daß er in die Zelte des Scapins flüchten solle.

Coraline kömmt dem Harlequin unter die Augen, und er findet
sie nach seinem Geschmacke. Indem sie ihn mit Wahrsagen unterhält,
visitiren ihm zwey kleine Zigeuner die Schubsäcke. Harlequin bekennt
hierauf der Coraline seine Liebe, die sie erwiedern zu wollen sich
stellet. Sie beredt ihn, sein Kleid abzulegen; die kleinen Zigeuner
tragen es weg, und Coraline schleicht sich auch davon.

Der Doctor, der in dem Augenblicke dazu kömmt, ist Ursache,
daß Harlequin den ihm gespielten Streich nicht sogleich merkt, sondern
vor allen Dingen die ihm von dem Mario an den Alten aufgetragene
Commißion ausrichtet. Der Alte ist sogleich bereit, sich die Nachricht
zu Nutze zu machen. Unterdessen sucht Harlequin seine Kleider ver=
gebens; er erblickt den Scapin, bey dem er sich wegen des erlittenen
Raubes beklagt. Scapin giebt insgeheim seiner Bande Befehl, die
Kleider wieder zu bringen. Harlequin setzt noch hinzu, es thue ihm
leid, daß er sich über die Zigeunerin, die ihn beraubt, beklagen müsse,
da sie ihm so wohl gefalle. Scapin giebt ihm den Rath, nicht so
zärtlich zu seyn, sonst könnte ihn leicht der Hauptmann der Bande,
wenn er seine Liebe zu der Zigeunerin erführe, zu Tode prügeln
lassen. Coraline bringt des Harlequins Kleider wieder, und dieser
kann sich nicht enthalten, ihr seine Liebe nochmals zu verstehen zu
geben. Scapin giebt sich ihm hierauf als den Hauptmann der Bande

zu erkennen; Harlequin zittert und kann kaum vor Erschrecken wieder
zu sich kommen. Scapin will die Zigeunerin wegen ihres Diebstahls
bestrafen, und sie bittet den Harlequin, ihr Gnade auszuwirken.
Harlequin bittet darum; Scapin gesteht sie ihm zu, und gehet mit
seinen Leuten ab.

Kaum sieht sich Harlequin mit Coralinen allein, als er ihr um
den Hals fallen will. Auf einmal steht Scapin zwischen ihnen; er
ist wider den Harlequin aufgebracht und will ihn binden lassen, weil
es nur einem Zigeuner erlaubt sey, eine Zigeunerin zu lieben. Um
ihn zu besänftigen, sagt Harlequin, daß er sich mit Vergnügen unter
sie wolle aufnehmen lassen. Scapin ist es zufrieden, nur soll er vor=
her eine Probe von seiner Geschicklichkeit ablegen, wozu eben eine Ge=
legenheit vorfällt. Zwey Zigeuner bringen einen Esel, mit Federvieh
beladen, unter die Zelte, den sie einem Müller gestohlen. Scapin
läßt das Federvieh abladen, und befiehlt dem Harlequin, den Esel an
den Müller wieder zu verkauffen, und ihm bey der Gelegenheit seinen
Beutel zu stehlen; wenn er dieses bewerkstelliget, so solle er Zigeuner
seyn und Coralinen heyrathen dürfen. Harlequin versteht sich dazu,
und Scapin giebt ihm einen Bart und einen Mantel, sich zu verkleiden.
Der Müller kömmt, ganz ausser Athem, und fragt ihn, ob er nicht
wisse, wohin die Zigeuner ihren Weg genommen. Harlequin antwortet,
er habe darauf nicht Acht gegeben, sondern suche vielmehr selbst, diesen
Spitzbuben auf das eiligste zu entkommen; er wünsche sogar, sagt er,
daß er seinen Esel loswerden könne, damit er nicht gar darum käme.
Dem Müller steht der Esel an, und indem er dem Harlequin Geld
dafür geben will, stiehlt ihm dieser seinen Beutel. Der Müller merkt
es, und läuft ihm nach; doch die Zigeuner vertheidigen ihren künftigen
Mitbruder, umringen den Müller tanzend, und vermitteln es, daß
Harlequin sich mit dem Esel, den er ihm verkauft, wieder davon
machen kann.

Dritter Aufzug. (Das Theater stellt einen Wald und Zelte
vor.) Die Zigeuner und Zigeunerinnen spielen neben ihren Zelten.
Da Scapin merkt, daß Lucinde und Lelio durchaus nicht geneigt sind,
ihre Profeßion zu treiben, so möchte er ihrer gern los seyn. Er giebt
zu verstehen, daß der Hauptmann der Bande, der vor ihm gewesen,
ihm sie bestens empfohlen, und zugleich ein Papier anvertrauet habe,

das er nicht eher, als nach Verlauf eines Jahres, erbrechen solle. Da nun das Jahr eben um ist, so öfnet er die Schrift, und findet daß Lucinde und Lelio des Pantalons Kinder sind; er ruft sie, und sie kommen von ihrem Spiele zu ihm. Scapin spricht sehr freundlich mit ihnen und sagt, daß sie nun nicht mehr lange bey der Profeßion bleiben sollten, die sie so sehr verabscheuten; er kenne ihren Vater, und dieser sey vollkommen im Stande, sie in glückliche Umstände zu setzen. Er ersucht sie, ihm auf einige Augenblicke zwey Schaumünzen, die sie bey sich haben, anzuvertrauen. Lucinde und Lelio geben sie ihm. Der Doctor und Mario kommen, bey dem Scapin ihre Zuflucht zu nehmen, der sie auch sehr wohl aufnimmt, und sie mit dem Pantalon auszusöhnen verspricht. Unterdessen daß sich der Doctor unter den Zelten umsieht, kömmt Lucinde dazu, gegen die sich Mario sehr höflich erzeiget; sie entdecken einander beyde ihre Liebe.

Harlequin, der es dem Scapin nachthun will, macht hierüber ein grosses Geschrey, und sagt den Verliebten, daß niemand eine Zigeunerin lieben dürfe, wenn er nicht selbst von der Profeßion wäre. Scapin giebt dem Harlequin Recht, worüber sich dieser sehr frölich erzeigt. Doch als sich Coraline ungemein vergnügt stellt, daß nunmehr auch Mario bald von ihrer Gesellschaft seyn werde, fängt er an, eifersüchtig zu werden.

Pantalon kömmt und bittet den Scapin, ihn zu rächen, und macht ihm ein Geschenk; Scapin nimmt es an, und schickt ihn wieder fort. Er freuet sich sehr, da er sieht, daß die Liebe die Familien des Doctors und des Pantalons ohne Schwierigkeit wieder vereinigen werde; und der Aufzug endiget sich mit der Aufnahme des Harlequins, welche Scapin vorzunehmen befiehlt.

Vierter Aufzug. Scapin giebt dem Mario den Rath, ohne Bedenken Zigeuner zu werden, um Lucinden heyrathen zu können; er versichert ihn, daß er ihm in einigen Stunden beweisen wolle, daß sie von eben so gutem Geschlechte sey, als er, und daß es für sie beyde gut seyn werde, wenn er seinem Rathe folge. Da Mario den Scapin kennet, und von ihm hintergangen zu werden, sich nicht fürchten darf, so williget er in alles, was er von ihm verlangt.

Harlequin giebt dem Doctor den Rath, Zigeuner zu werden, weil es doch sein Sohn auch bald seyn werde; der Doctor aber giebt auf seine Reden nicht Acht. Indem erblickt Pantalon den Harlequin, erinnert sich an die Schläge, die er von ihm bekommen, zieht seinen Dolch und will sich rächen. Harlequin läuft davon.

Scapin hält den Pantalon auf, und sagt ihm, daß er ein Ge=
5 heimniß besitze, durch welches er ihm einen sehr wichtigen Dienst leisten könne; wenn er ihn nehmlich an seinen Feinden werde gerächet haben, wolle er ihm das Vergnügen machen, zwey Kinder, die er für ver= lohren halte, wieder zu finden. Pantalon ist für Freuden ausser sich, und will wissen, wenn ihm dieses Glück wiederfahren solle. Scapin
10 befiehlt ihm, in die nächste Grotte zu gehen, wo er seine Beschwörungen machen wolle. Pantalon gehorcht, Scapin folgt ihm, nachdem er zu verstehen gegeben, daß er zu seiner List alles vorbereitet habe.

Der Doctor hat sich von einer gewaltigen Liebe zu Coralinen einnehmen lassen, und sucht sie, sich ihr zu entdecken. Seine Leiden=
15 schaft wird in Coralinens Gegenwart immer stärker; sie merkt die Liebe, die der Alte gegen sie empfindet, stellt sich, sie erwiedern zu wollen, und da er ihr, sie zu heyrathen, verspricht, scheinet sie ganz traurig, weil sie seine Frau, wie sie sagt, nicht seyn könne, wenn er nicht Zigeuner würde. Sie fügt hinzu, daß er sich zwar, wenn er sie
20 wirklich liebe, kein Bedenken machen dürfe, es zu werden, indem sein Sohn bereits Zigeuner geworden, um Lucinden zu heyrathen. Der Doctor erstaunet über diese Nachricht; es wird ihm schwer, sich zu entschliessen; doch endlich siegt die Liebe bey ihm, er begiebt sich mit Coralinen weg, und ist bereit, alles zu thun, was sie von ihm verlangt.
25 (Das Theater stellt einen Wald und einen grossen Felsen vor.) Scapin befiehlt dem Pantalon, auf den Felsen zu steigen, wo er ihm einen Beweis von seiner Wissenschaft geben wolle. Seine Beschwörungen erschrecken den Pantalon; er erschrickt aber noch weit mehr, als er Mitten in Flammen die Devisen erscheinen sieht,
30 die auf den Schaustücken seiner Kinder stehen. Pantalon verlangt sie von dem Scapin, und dieser verspricht sie ihm auch; indem aber ruft er unterirdische Geister, die ihn wegführen, und von dem Felsen hinunter rollen lassen, womit sich der Aufzug endet.

Fünfter Aufzug. Lelio und Lucinde führen den Pantalon,
35 der nach seinem Falle kaum mehr gehen kann. Sie erzeigen sich dem Alten ungemein behülflich, der ihnen seine Dankbarkeit nicht genug

ausdrücken kann. Die Sympathie verurſacht bey allen dreyen Bewe=
gungen, von welchen ſie die Urſache nicht begreifen können. Lelio und
Lucinde umarmen den Pantalon mit Ehrfurcht, und Pantalon um=
armt ſie mit Zärtlichkeit.

Da Harlequin und der Doctor den Pantalon wahrnehmen, ſo
wollen ſie ihn umbringen; Lelio und Lucinde vertheibigen ihn, und
dieſer Zufall verdoppelt des Pantalons Liebe gegen ſie.

Scapin, der alles, was vorgegangen, insgeheim mit angeſehen,
läßt den Doctor und den Harlequin, desgleichen den Lelio und die
Lucinde abgehen; vorher aber erhebt er die Großmüthigkeit dieſer
letztern. Pantalon betrübt ſich, da ſie ihn verlaſſen ſollen. Scapin
bewundert die Macht des Bluts, und führt den Pantalon mit ſich fort.

(Das Theater ſtellt einen Wald vor, mit den Zelten
des Scapin.) Die ganze Bande des Scapin iſt zum Aufbruche
fertig. Pantalon erſtaunet, da er den Doctor und den Mario unter
den Zigeunern gewahr wird. Scapin ſagt ihm, daß ſie keine Zigeunerin
hätten heyrathen können, ohne es ſelbſt zu ſeyn. Pantalon glaubt
nunmehr an ſeinen Feinden genug gerächet zu ſeyn, da ſie ſich ſo weit
erniedriget. Scapin bittet ihn, ſeinen Groll nicht weiter zu treiben,
und zu bedenken, daß ſich die liebſten Zweige ſeiner Familie gleichfalls
unter der Bande befänden. Zugleich fragt er ſeine Leute, ob ſich einer
von ihnen den Vater des Lelio und der Lucinde zu haſſen unterſtehe?
Sie beſchwören alle einmüthig das Gegentheil. Und nun giebt Scapin
dem Lelio und der Lucinde ein Zeichen, die ſich dem Pantalon zu
Füßen werfen, und ihm ihre Schaumünzen überreichen. Pantalon
vergießt Freudenthränen, und umarmt ſie. Er ſieht nun, daß ſich die
Natur ſchon vorher für ſie erkläret; er ſöhnt ſich mit ſeinem Feinde
aus, und freuet ſich über die Verbindung ihrer Kinder.

Harlequin iſt wider den Scapin in der größten Wuth, weil er
ihm ſein Wort nicht gehalten, ſondern Coralinen an den Doctor ver=
heyrathet, und will nicht länger Zigeuner ſeyn. Scapin aber be=
ſänftiget ihn, mit der Hofnung, daß Coraline, die itzt einen alten
Mann heyrathe, bald Wittwe werden, und ihm alsbenn eine reiche
Erbſchaft zubringen werde. Hierauf giebt ſich Harlequin zufrieden, und
die Komödie endiget ſich mit der Verheyrathung des Mario mit Lu=
cinden, und des Doctors mit Coralinen.

3) Arlequin et Scaramouche Voleurs, nach dem Entwurfe des
Hrn. Gandini, in fünf Aufzügen, zum erstenmal aufgeführt
den 5 December 1747.

Personen. Pantalon. Der Doctor. Flaminia, des
Pantalons Tochter. Lucinde des Doctors Tochter. Mario des
Doctors Sohn. Lelio, des Pantalons Sohn. Coraline, Kammer-
frau bey der Flaminia. Nicolo, Bedienter des Pantalon. Ein
Hauptmann. Scaramouche, das Haupt einer Bande Spitzbuben.
Harlequin, Spitzbube. Spitzbuben, als Soldaten, Häscher und
Bediente verkleidet. Verschiedene Nebenpersonen.

Erster Aufzug. (Das Theater stellt eine Straasse vor, in
welcher man das Haus des Doctors und des Pantalon siehet.) Harlequin, ein Spitzbube, beklagt sich bey seinem Hauptmann, dem Scaramouche, daß er nicht die gehörige Achtung vor ihn habe. Scaramouche
antwortet ihm, es sey seine eigene Schuld, weil er sich der Profeßion
nicht besser befleißige. Hierauf giebt er ihm verschiedene Lehren, die
sich Harlequin zu Nutze zu machen verspricht, und beyde begeben sich
weg. Mario tritt auf, und giebt in einem Monologue zu verstehen,
daß er sich in Flaminien, des Pantalons Tochter verliebte; er klopft
an des letztern Thüre an; Coraline kömmt heraus, und giebt ihm
von ihrer Gebieterin, der Flaminia, einen Brief. Er fängt ihn an
zu lesen; Scaramouche wird ihn von weiten gewahr, und zeigt ihn
dem Harlequin. Dieser nahet sich ihm, und da er siehet, daß Mario
den Brief der Flaminia einsteckt, so bittet er ihn, weil er doch lesen
könne, die Gütigkeit zu haben, und ihm auch einen Brief zu lesen, den
er ihm dabey einhändiget. Mario will ihm diese Gefälligkeit erweisen,
und indem er es eben thun will, stiehlt ihm Harlequin sein Schnupftuch, und macht sich mit davon. Mario wird es gewahr und läuft
ihm nach. Der Doctor tritt auf, und sagt, daß Pantalon, sein guter
Freund, eben itzt die Heyrath seiner Tochter mit einem sehr reichen
Fremden geschlossen habe, welcher Fremde ein Landsmann und Anverwandter von demjenigen sey, dem er seine Tochter bestimmt, er wolle
also gehen, und ihm Glück wünschen. Er klopft bey dem Pantalon
an; Coraline macht auf und sagt ihm, daß sich Pantalon eben an-
ziehe. Der Doctor sagt, er wolle ihn auf dem Caffeehause erwarten,
und geht fort. Pantalon kömmt aus seinem Hause heraus; Coraline

beſtellt bey ihm, was ihr der Doctor eben geſagt; er heißt ſie wieder
ins Haus gehen, und will ſich zu ſeinem Freunde[1] begeben. Als er
fort iſt, kömmt Lelio und unterhält ſich ganz allein mit ſeiner Liebe
zu Lucinden, des Doctors Tochter. Scaramouche, als ein vornehmer
Herr gekleidet, den Harlequin als Stallmeiſter, und verſchiedene Spitz=
buben in Livrey hinter ſich, redet ihn höflich an. Er ſagt ihm, daß
er ein Frember von Stande ſey, der zu ſeinem Vergnügen reiſe, und
nicht gerne in einem Wirthshauſe einkehren wolle; er bittet ihn, ihm
ein Haus irgend einer angeſehenen Perſon in der Stadt zu nennen,
wo er ſich ſieben oder acht Tage mit Ehren aufhalten könne. Lelio
läßt ſich durch den Namen, welchen ſich Scaramouche giebt, hinter=
gehen, und verſichert, daß ihn ſein Vater, Pantalon, mit Vergnügen
aufnehmen werde. Da Lelio zugleich hört, daß dieſer Herr ſeinem
Stallmeiſter befiehlt, die Mauleſeltreiber, welche ſeine Bagage geführt,
zu bezahlen, der Stallmeiſter aber kein Geld bey ſich zu haben vor=
giebt, ſo erbietet ſich Lelio, die nöthige Summe vorzuſchieſſen, und wird
beym Worte gehalten. Er zahlt den Mauleſeltreibern das geforderte
Geld, und will ſeinen Beutel wieder zu ſich ſtecken; Harlequin aber
practiciret ihm den Beutel weg, ohne daß er es merkt. Lelio nimmt
von dem fremden Herren Abſchied, nachdem er ihm das Haus ſeines
Vaters gewieſen, und ſagt, er wolle gehen, die Zimmer für ihn zu=
recht machen zu laſſen. Er kömmt aber den Augenblick wieder, weil
er ſeinen Beutel vermißt; er erſucht den Fremden, ihm zu ſagen, ob
nicht etwa einer von ſeinen Leuten ſeinen Beutel aufgehoben, den er
ohne Zweifel fallen laſſen, indem er ihn einzuſtecken geglaubt. Mein
Herr, ruft Scaramouche, Sie können leicht Recht haben. Und
huy, daß mein Stallmeiſter dieſen Fund gethan hat. Ich
habe ſeit einiger Zeit ohnedem Urſache, dem Burſchen
nicht zu trauen; und ſobald ich von meinen Reiſen wieder
zu Hauſe komme, werde ich ihn ſicherlich zum Henker
jagen. Der Stallmeiſter nimmt den Verdacht ſehr übel, und ant=
wortet trotzig, daß dieſe Rede ſeinem Herrn das Leben koſten ſolle.
Lelio bittet für ihn um Gnade, und indem er ſich zwiſchen ſie beyde
ſtellen will, kömmt er ins Gedrenge, und verlieret ſeinen Hut. Der
Herr, der Stallmeiſter und die Bedienten ſprengen auseinander, der

5
10
15
20
25
30
35

---

[1] zu ſeinen Freunden [1758]

eine dahin und der andre dorthin; Lelio verfolgt sie, und der erste
Aufzug ist aus.

      Zweyter Aufzug. Harlequin und Scaramouche eröfnen, so
wie den ersten, also auch den zweyten Act. Harlequin weis sich sehr
viel damit, daß er die Lehren, die ihm Scaramouche gegeben, so gut
in Ausübung gebracht; und dieser gesteht ihm auch zu, daß er sich
zu bilden anfange. Sie hören jemand kommen, und begeben sich weg.
Mario tritt auf, und beklagt sich über die Heyrath, welche Pantalon
zwischen seiner Tochter und einem Fremden geschlossen. Scaramouche
erscheint, und scheinet, gegen die hinterste Scene redend, sehr ver=
drießlich, daß ein Mensch, an den er zwanzig Louisb'or auf sein Wort
verloren, Mißtrauen in ihn setzt und ihm nicht einmahl vier und
zwanzig Stunden nachsehen will. Er sey so rasend, sagt er, daß er
einen Demant, den er am Finger habe und der gern hundert Louisb'or
werth sey, lieber gleich für zwanzig verkauffen möchte, damit er nur
mit einem so unbilligen Menschen weiter nichts zu thun haben dürfe.
Mario, der den Wechsel des Spiels auch schon oft erfahren, läßt sich
seinen Verdruß nahe gehen, redet ihn an, und erbietet sich großmüthig,
ihn aus der Verlegenheit zu reissen und ihm, so viel er nöthig habe,
zu leihen. Scaramouche nimmt das Anerbieten mit der Bedingung
an, daß er seinen Ring zum Unterpfande nehmen soll. Mario, der
seinen Beutel schon aufgemacht hat, weigert sich dessen; Scaramouche
aber wirft ihm wider seinen Willen den Ring in den Beutel, und
faßt zugleich darnach, indem Mario die zwanzig Louisb'or herauslangen
will. Mario erstaunt, und will den Beutel wieder an sich ziehen;
der Doctor kömmt dazu, und Scaramouche beklagt sich, daß ihm Mario
einen Beutel, den er fallen lassen, nicht wiedergeben wolle; zum Be=
weise, daß der Beutel ihm gehöre, könne der und der Ring dienen,
der sich nebst seinem Gelde darinn befinde. Nachdem der Doctor die
Sache so befunden, giebt er seinem Sohne, ohne ihn anzuhören, Un=
recht, und überliefert dem Scaramouche den Beutel, der sich vergnügt
davon macht. Endlich bringt Mario, aber zu spät, seinen Vater aus
dem Irrthume, und eilet dem Spitzbuben nach. Der Doctor bleibt
allein, und giebt zu verstehen, daß Soldaten in die Stadt gekommen
und er einen Officier in sein Haus werde einnehmen müssen. Er klopft
an sein Haus an, und befiehlt seiner Tochter, welche herauskömmt,

den neuen Gast zu empfangen; sie verspricht zu gehorchen und gehet wieder hinein. Scaramouche und Harlequin, welche den Doctor behorcht, begeben sich schleunig weg; aber in dem Augenblicke ist Harlequin auch wieder da, und zeigt sich dem Doctor als einen zerstümmelten Officier, dem beyde Beine abgeschossen worden. Er sitzt in einer Sänfte, und die Träger sind als Soldaten verkleidete Spitzbuben. Indessen aber, daß Harlequin dem Doctor seine Heldenthaten erzehlt, und dieser ihn eben zu sich hineinführen will, kömmt der wahre Capitain, der bey ihm logiren soll, und der Betrug wird entdeckt. Die Träger sowohl als der Krüppel nehmen Reißaus, und der zweyte Aufzug schließt sich mit grossem Tumulte.

Dritter Aufzug. Pantalon sagt zu seiner Tochter Flaminia, daß er itzt nicht bey baarem Gelbe sey, und da ihre Heyrath, die er nunmehr richtig gemacht, ihm ganz gewiß starke Ausgaben machen werde, so wolle er ein Theil von seinem Silberwerke versetzen, damit ihm bey solchen Umständen nichts fehle. Er befiehlt also seiner Tochter, die entbehrlichen Stücke bey Seite zu setzen. Harlequin und Scaramouche haben alles mit angehört, und dieser sagt jenem etwas ins Ohr. Sie gehen beyde fort, kommen aber sogleich wieder, Harlequin als Gerichtsfrohn, mit Spitzbuben, die sich in Häscher verkleidet, und Scaramouche, als ein Kaufmann, den man Schulden halber, in Verhaft genommen. Scaramouche erblickt den Pantalon und ersucht ihn um Hülfe; er sey, sagt er, sehr unglücklich, daß man ihn um tausend Thaler setzen wolle, da er doch bey sich zu Hause für noch einmal so viel Waaren habe. Aber, setzt er hinzu, da mir diese Trabanten nicht erlauben wollen, nach Hause zu gehen, so haben Sie doch die Gütigkeit, ich bitte Sie, und schreiben ein Paar Worte für mich an meine Tochter; denn wie Sie sehen, (er zeigt ihm seinen Arm, den er in der Binde trägt) ich kann es selbst nicht thun. Pantalon, der sich nichts böses vermuthet, schreibt folgende Worte, die er ihm vorsagt: Liebe Tochter, Ueberbringern dieses händige sogleich das Bewußte ein. Indem Pantalon den Zettel schreibt, mauset ihm Harlequin die Uhr, und Scaramouche begiebt sich, sobald er den Pantalon weit genug von seinem Hause vermuthet, mit dem Zettel zu der Flaminia, die ihm sogleich, weil sie ihres Vaters Hand kennet,

die ausgesetzten Stücke Silber überliefert. Als Pantalon bald darauf
mit einem Wucherer, der das Silber abhohlen will, nach Hause kömmt,
und von Flaminien und Coralinen, was bereits damit geschehen, er=
fährt, läuft er plötzlich fort, um den Dieb, wo möglich, noch einzu=
hohlen; und Flaminia geht mit Coralinen wieder hinein. Lelio tritt
allein auf, und sagt, daß er mit seiner Geliebten gern sprechen möchte;
er klopft an des Doctors Thüre an, und Lucinde kömmt heraus. Sie
haben eine zärtliche Scene mit einander, in welcher ihm Lucinde mel=
det, daß sie ihr Vater an einen Fremden versprochen, der ein Lands=
mann desjenigen sey, dem Pantalon die Flaminia zugesagt. Lelio ver=
sichert sie, daß er diese Heyrath schon zu verhindern wissen werde; sie
geht wieder hinein, und ihr Liebhaber begiebt sich fort. Pantalon
und der Doctor treten mit einander auf; der Doctor sagt seinem
Freunde, daß er den Augenblick einen Brief erhalten, in welchem man
ihm die baldige Ankunft ihrer künftigen Schwiegersöhne berichte, daher
sie alle Augenblicke zu erwarten stünden. Scaramouche, der sie be=
ständig auf dem Korne hat, sagt dem Harlequin etwas ins Ohr und
geht mit ihm ab. Den Augenblick darauf kömmt Harlequin, als ein
Bedienter verkleidet, und meldet dem Pantalon die Ankunft des künf=
tigen Gemahls der Flaminia, und bittet ihn, die Thüre offen zu
halten, um seinen Koffer und übrige Equipage einzunehmen; hiemit
geht er ab, und der Doctor verläßt den Pantalon, um sich zu er=
kundigen, ob sein künftiger Schwiegersohn nicht auch zugleich mit an=
gelangt; Pantalon gehet aber in sein Haus, um das Nöthige zu ver=
anstalten. Das Theater verändert sich und stellt ein Zimmer mit
einem Bette und einem Schreibtische vor; auf dem Tische stehet ein
angezündetes Wachslicht, weil es Nacht geworden. Man sieht Fla=
minien, die sich gegen Coralinen wegen des Schicksales beklagt, das
ihr Vater ihr zugedacht; diese tröstet sie; Pantalon kömmt dazu und
meldet ihr die Ankunft ihres Bräutigams; sie fängt ihre Klagen aufs
neue an, die aber durch den Nicolo, einen Bedienten aus dem Hause,
unterbrochen werden, der ihnen meldet, daß der Bediente des Herrn,
den Flaminia heyrathen solle, mit dessen Koffer angekommen sey. Fla=
minia geht voller Verdruß ab, und Coraline folgt ihr. Harlequin, als
ein Bedienter verkleidet, bringt einen sehr schweren Koffer, den ihm
Nicolo hereintragen hilft. Pantalon befiehlt diesem, es dem erstern an

nichts fehlen zu lassen, und begiebt sich weg. Nicolo will den Har=
lequin mit zum Abendessen nehmen; Harlequin schlägt es aus; Nicolo
bringt vergebens in ihn, und stellt ihm vergebens vor, daß er ihn
selbst um eine gute Mahlzeit, die er auf Kosten seines Herrn mit ihm
thun könnte, brächte, dem Harlequin ist allzuviel daran gelegen, allein 5
zu bleiben, als daß er sich erbitten lassen sollte. Da endlich Nicolo
sieht, daß er nichts ausrichten kann, so schlägt er ihm vor, zu Bette
zu gehen, und sagt, daß er bey ihm werde schlafen müssen, weil noch
keine Kammer für ihn zurecht gemacht worden. Dieses setzt den Har=
lequin in eine neue Verlegenheit; er giebt dem Nicolo zu verstehen, 10
daß er gern allein schlafe, und lieber die Nacht hier auf seinem Koffer
zubringen, als bey einem andern im Bette liegen wolle. Nicolo ver=
setzt, daß er zu wohl zu leben wisse, als daß er ihn auf dem Koffer
werde schlafen lassen. Um ihn los zu werden, vertraut ihm Harlequin,
daß er ihm eine gewisse kleine Krankheit, die er seit einigen Tagen 15
merke, mitzutheilen fürchte; doch Nicolo versteht gleich, was er für eine
Krankheit meine, und heißt ihn deswegen ausser Sorgen seyn, weil er
ihm das nicht erst mittheilen dürfe, was er schon habe. Harlequin
wird ungedulbig, und vertrauet ihm ferner, daß er sehr unruhige
Träume zu haben pflege; daß er sich oft im Schlafe, von seinen Fein= 20
den verfolgt zu werden einbilde; daß er auch schon einmal das Un=
glück gehabt, einen seiner besten Freunde, der an seiner Seite ge=
schlafen, mit dem Dolche zu erstechen, weil ihm geträumt, als müsse
er sich gegen einen Mörder vertheidigen. Aber diese Gefahr schreckt
den Nicolo noch weniger ab, weil er gleichfalls sehr schlimme Träume 25
zu haben pflege, und wohl gar, wenn man sich an seiner Seite nur ein
wenig rühre, im Schlafe seinen Mann anfasse, und ihn zum Fenster
herauswerfe. Harlequin bekömmt also noch weniger Lust, das Bette
mit dem Nicolo zu theilen; er wird in allem Ernste auf ihn böse,
und da dieser Bediente dem Pantalon zu mißfallen fürchtet, wenn er 30
den Diener seines Schwiegersohns durch eine überlästige Höflichkeit
noch ungehaltener mache, so läßt er ihn endlich zufrieden und begiebt
sich fort. Sogleich kömmt Scaramouche aus dem Koffer, in welchem
er verschlossen war, hervor; Harlequin leuchtet ihm und sie nahen sich
dem Schreibtische, ihn zu erbrechen. Scaramouche hat Meissel und 35
Hammer, und will das Schloß damit aufsprengen; kaum aber hat er

ben ersten Schlag mit dem Hammer gethan, als ein Hund, der in
einem Winkel des Zimmers gelegen, und den sie nicht wahrgenommen,
aufspringt und an zu bellen fängt. Scaramouche hält inne; Harlequin
schmeichelt dem Hunde, um ihn zum Schweigen zu bringen; Scara=
5 mouche thut einen andern Schlag mit dem Hammer; der Hund ver=
doppelt sein Bellen, bis endlich Pantalon es hört, und dazu kömmt.
Scaramouche hat kaum so viel Zeit, sich wieder in den Koffer zu
werfen; und Harlequin* kriecht geschwind unter das Bette, mit dem
brennenden Lichte in der Hand, und thut, als ob er in dieser Stellung
10 schlafe. Pantalon sieht unter das Bette, und glaubt, er müsse ausser=
ordentlich müde seyn, daß ihn der Schlaf so überfallen; er nimmt ihm
das Licht aus der Hand, und setzt es wieder auf den Tisch, ohne ihn
aufzuwecken, und geht fort. Scaramouche verläßt sogleich seinen Koffer,
und Harlequin will ihm aufs neue leuchten; sobald aber jener wieder
15 mit dem Hammer an zu schlagen fängt, fängt der Hund aus allen
Kräften wieder an zu bellen; die zwey Spitzbuben wollen verzweifeln;
Harlequin ist der Meinung, dem nichtswürdigen Hunde mit dem
Hammer eines vor den Kopf zu versetzen, allein sie können ihn nicht
erhaschen, und bewegen ihn nur desto stärker zu bellen. Pantalon
20 kömmt dazu, und die Spitzbuben eilen wieder auf ihre Posten; Pan=
talon erstaunt über die seltsame Rücke des Harlequins, daß er nicht,
ohne sich zu leuchten, schlafen kann, denn er hat auch diesesmal das
Licht aus den Händen zu setzen vergessen; er nimmt es ihm wieder
weg, setzt es auf den Tisch und begiebt sich zum zweytenmale fort.
25 Die Spitzbuben machen sich wieder an ihre Arbeit, und der Hund
hebt aufs neue an zu bellen ꝛc. Dieses Theaterspiel mit den ver=
gebnen Versuchen des Scaramouche und des Harlequin und der Dazu=
kunft des Pantalon auf das Bellen des Hundes, kann nach Belieben
wiederhohlt werden. Endlich ist Pantalon den Spitzbuben so geschwind
30 auf dem Dache, daß sich Harlequin über Hals und über Kopf, mit
dem brennenden Lichte in der Hand, in den Koffer wirft, und den
Scaramouche, statt seiner unter das Bette zu kriechen, nöthiget. Pan=
talon sieht durch die Spalte des Koffers Licht schimmern, und glaubt,
er brenne; indem er ihn aber näher betrachtet, sieht er, daß er nicht
35 verschlossen ist; er eröfnet ihn und findet zu seinem grossen Erstaunen
weiter nichts als den Harlequin darinn, der noch immer das brennende

Wachslicht hält. Nun wird dem Pantalon der Handel verdächtig; er nimmt dem Harlequin das Licht zum letztenmale aus der Hand und sucht in der Kammer herum, um wenigstens nachzusehen, ob dieser mit dem Lichte nicht etwa Schaden gemacht; er sieht unter das Bette, erschrickt, als er einen Unbekannten darunter erblickt, und ruft: Diebe! Auf sein Geschrey kömmt das ganze Hausgesinde, nur halb an= gekleidet und mit verschiedenen Instrumenten bewaffnet, herbey; doch sie sind alle zu erschrocken, als daß sie in der Geschwindigkeit die Spitzbuben verhindern könnten, zu entkommen; und so endet sich der dritte Aufzug.

Vierter Aufzug. (Das Theater wird wie zu Anfange des er= sten Aufzuges. Es ist Tag.) Mario klopft an die Thüre des Pantalon, und will mit Flaminien sprechen. Coraline macht auf, und sagt ihm, daß seine Geliebte vor Schrecken über die Spitzbuben in vergangner Nacht, krank geworden; sie hören den Pantalon kommen, und Mario begiebt sich weg. Pantalon erscheint, befiehlt der Coraline, den Arzt zu holen, und geht wieder hinein. Coraline geht ihre Commißion zu verrichten; und Scaramouche und Harlequin, die den Befehl des Panta= lons mit angehört, nehmen sich eine neue Verkleidung vor, und treten ab. Der Doctor kömmt, und sagt in einem Monologue, er habe eben itzt erfahren, daß die Aeltern derjenigen, die er, und Pantalon zu ihren Schwiegersöhnen ersehen, nicht so gut stünden, als man sie habe bereden wollen; und dieses sey ohne Zweifel die Ursache ihres Aussen= bleibens, welche Vermuthung er itzt seinem Freunde mittheilen wolle. Coraline kömmt wieder und sagt ihm, daß sie einen Arzt für die Flaminia holen müssen, worauf sie beyde zum Pantalon hineingehen. Das Theater verändert sich und stellt ein Schlafzimmer vor. Man erblickt darinn Flaminien, in dem Anzuge und der Stellung einer unbäßlichen Person, nebst dem Pantalon, dem Doctor und Coralinen, die ihr Muth einsprechen. Man klopft an; Coraline geht und sieht wer es ist, kömmt wieder und meldet den Arzt an. Pantalon befiehlt ihr, ihn hereinzubringen; sie führt den Harlequin, als Arzt verkleidet hinein, und geht ab. Während der Scene, in welcher sich Harlequin, so gut ihm möglich, aus der Rolle, die er über sich genommen, zu wickeln sucht, kömmt Coraline in größter Bestürzung wieder, und sagt, daß Mario und Lelio von Spitzbuben angefallen worden; man eilet voller Verwirrung ihnen zu Hülfe; die Kranke bleibt mit dem Arzte

allein, und dieser packet, ihres Geschreys ohngeachtet, alles Silberzeug, das er in dem Zimmer findet, zusammen, und geht damit fort. Pan=talon kömmt auf das Geschrey der Flaminia wieder zurück, und sagt, sie solle sich nur trösten, es habe nichts zu sagen. Sie
5 sind also noch, versetzt sie, zu rechter Zeit dazu gekommen? Ohne Zweifel; erwiedert Pantalon. Flaminia wünscht ihm Glück, daß er den Spitzbuben also noch angehalten, der alle sein Silberzeug weggetragen, und Pantalon wird über diese nähere Erklärung sehr bestürzt; denn als er sagte, es habe nichts zu sagen, hatte er
10 es von der Gefahr verstanden, in welcher man ihm gemeldet, daß sich sein und seines Freundes Sohn befänden. Das Theater verändert sich abermals und wird wie zu Anfange des ersten Aufzuges. Man erblickt den Doctor, seinen Sohn Mario und den Lelio beysammen. Der Doctor bezeigt ihnen seine Freude, sie außer Gefahr zu sehen. Panta=
15 lon kömmt dazu; er hinterbringt dem Doctor, was er wegen der Liebe des Mario zu seiner Tochter, und seines Sohnes zu Lucinden, erfahren; und nach dem, was er wegen des Vermögens ihrer gehoften Schwieger=söhne von ihm selbst gehört, hielte er es, setzt er hinzu, für das beste, wenn sie ihre alte Freundschaft durch eine doppelte Heyrath noch enger
20 verknüpften, ohne auf die, welchen sie ihre Töchter bereits versprochen, länger zu warten. Der Doctor giebt seine Einwilligung; die zwey Väter klopfen an ihre Thüren und rufen Lucinden und Flaminien, die sich wieder besser befindet, heraus. Sie sind über diese Nachricht sehr erfreut; allein Scaramouche und Harlequin haben ihre Unter=
25 redung abermals mit angehöret, und machen sich fertig, ihnen bey der Gelegenheit neue Streiche zu spielen. Das Theater ändert sich und stellet den Garten an dem Hause eines Traiteurs vor; Mario, Fla=minia, Lelio, Lucinde, Coraline, Pantalon und der Doctor treten herein, in dem Vorsatze, sich lustig zu machen. Sie rufen den Traiteur;
30 Scaramouche erscheinet unter dieser Gestalt, und versichert sie, daß sie sich in einem Hause befänden, wo es ihnen an nichts fehlen solle, und wo man sie auf den Wink bedienen werde; er bittet sie, nur alles, was ihnen beschwerlich seyn könnte, abzulegen, und unter diesem Vor=wande, bemächtiget er sich ihrer Degen, Stöcke, Hüte, Fecher, und was
35 sonst Mannspersonen oder Frauenzimmer abzulegen pflegen, wenn sie sich zu Tische setzen wollen. Er verschwindet damit, und Harlequin,

als ein Petitmaitre gekleidet, tritt statt seiner herein, und sagt ihnen, da er gehört, daß sich eine Gesellschaft braver Leute hier in dem Garten lustig mache, so habe er geglaubt, daß es ihr nicht unangenehm seyn könne, wenn ein Mann von seinem Stande und seinen Verdiensten an ihrem Vergnügen Theil zu nehmen, sich gefallen liesse. Er fordert hierauf eine Prise Taback von ihnen; und nachdem er eines jeden von der Gesellschaft gekostet, findet er zwar keinen nach seinem Geschmacke, allein die Tabatieren kommen ihm ausserordentlich schön vor, und unter dem Vorwande, sie genauer zu betrachten, behält er sie alle bey sich. Er verspricht ihnen hierauf, sie einen ganz vortreflichen Taback kosten zu lassen, und bietet ihn auch wirklich in einer hölzern Dose nach der Reihe herum, und zwar kömmt er an den Pantalon zuletzt, der den Taback aus Gefälligkeit lobet. Nun wohl, sagt Harlequin, ich schenke Ihnen den Taback und die Dose! Aber eben fällt es mir ein, daß ich noch eine kleine Verrichtung habe, die mir das Vergnügen nicht erlauben will, länger bey Ihnen zu bleiben. Und hiermit will er fortgehen; man hält ihn aber zurück und sagt, daß es ihm zwar frey stehe fortzugehen, nur werde er so gut seyn, und vorher eines jeden Dose wieder heraus geben. Sie scherzen, antwortet Harlequin; ich habe ja dem Herrn (indem er auf den Pantalon weiset) gesagt, daß ich sie ihm schenke. Er versucht aufs neue sich loszureissen, da er aber sieht, daß man ihm allzusehr auf dem Halse ist, und daß er durchaus sein Geschenke wiedernehmen, und alle zu sich gesteckte Dosen herausgeben soll, so wird er zornig, und fragt, für wen man ihn ansehe, und ob man einen Mann, wie ihn, für einen Spitzbuben halten könne? Kurz, er bietet ihnen Trotz, und will sich mit einem jeden von ihnen den Hals brechen. Sie laufen alle nach ihren Degen und Stöcken, doch Scaramouche ist dem Unglücke, das daraus entstehen könnte, zuvor gekommen, und hat ihnen alle angreiffende Waffen weislich aus den Händen gerückt. Das Hausgesinde des Traiteurs kömmt auf ihr Schreyen dazu, so wie, zu Ende des dritten Aufzuges, das Hausgesinde des Pantalons, auf das Geschrey ihres Herrn dazukam; sie sind auf die nehmliche Weise, aber mit eben so wenig Nutzen bewaffnet, weil Harlequin Gelegenheit findet, sich während des Lerms davon zu machen, womit sich der vierte Aufzug beschliesst.

Fünfter Aufzug. (Das Theater stellet ein Coffeehaus vor.) Alle die Personen, die sich in dem[1] Garten des Traiteurs lustig machen wollen, sind auf dem Coffeehause beysammen. Scaramouche kömmt als ein Juwelenhändler verkleidet herein, und stiehlt ihnen ihre Uhren, indem sie seine Waaren besehen und feilschen. Er gehet ab, und Harlequin kömmt an seiner[2] Statt, in einen Kaufmann verkleidet, der mit Lotterielosen handelt. Seine geschickte Hand hält Nachlese, und sammelt vollends alles ein, was dem Fleiße des Scaramouche entwischt war. Gleichwohl merkt niemand eher, daß er bestohlen worden, als bis Harlequin bereits weg ist; sie halten sich an den Herrn des Caffeehauses und an dessen Leute; es entstehen darüber Händel, und man schickt nach einem Commissar. Scaramouche kömmt in der Kleidung einer Gerichtsperson und Harlequin spielt die Rolle seines Schreibers. Indem der Commissar sein Interrogatorium hält, und alle auf ihn Acht geben, ist sein Schreiber bemüht, eine schöne Uhr von der Wand herab zu häckeln; allein es wird es jemand gewahr und der Schreiber, mit samt dem Commissar, machen sich mit der Flucht davon und werden verfolgt. Das Theater verändert sich und stellt ein Zimmer in dem Hause des Pantalon vor. Der Doctor tritt mit ihm herein; sie sagen, daß die Spitzbuben abermals entkommen, daß man es aber der Obrigkeit gemeldet, die deswegen Nachsuchung werde thun lassen. Mario und Lelio kommen dazu, und erzehlen ihnen, daß man die Schelme endlich doch ergriffen; man bringt sie geführt, und thut ihnen kund, daß sie sich aufs Rudern nur gefaßt halten sollen. Sie bitten um Gnade, sehen aber nicht die geringste Wahrscheinlichkeit sie zu erhalten. Auf einmal fängt Harlequin an zu schreyen: Feuer! Feuer! Man erschrickt, und jeder drengt sich, zu sehen wo es ist. Die Spitzbuben machen sich den Augenblick zu Nutze, und entkommen. Sie werden verfolgt und das Theater wird wieder, wie es zu Anfange des ersten Aufzuges war. Harlequin und Scaramouche kommen in vollem Lauffe, der eine auf dieser, und der andere auf jener Seite, herein; sie treffen sich, und sagen, daß sie ihren Feinden zwar noch glücklich entkommen, daß sie aber allzu berühmt zu werden anfingen, und es also wohl nicht wagen dürften, in dem Lande länger zu bleiben; das beste wäre wohl, wenn sie mit einander wieder in ihr Vaterland, nach

[1] den [1754]   [2] seine [1756]

Bergamo, reiseten. Sie gehen mit einander ab, und die Komödie hat ein Ende.

> 4) La Vengeance d'Arlequin, in drey Aufzügen, nach dem Entwurfe des Herrn Gaudini, zum erstenmal aufgeführt den 30 August 1747.

Personen. Der Doctor, Vater der Flaminia, die in dem Stücke aber nicht zum Vorschein kömmt. Lelio, Liebhaber der Flaminia. Mario, in die Flaminia verliebt. Coraline. Pantalon, in die Coraline verliebt. Harlequin, gleichfalls in Coralinen verliebt. Scapin, Harlequins Freund und Coralinens Geliebter. Bauern. Ein Geist. Die Scene ist in einem Walde, und in einem Landhause des Doctors, welches nicht weit davon liegt.

Erster Aufzug. (Das Theater stellet einen Walb und auf der Seite ein Landhaus vor.) Mario eröffnet den Aufzug mit dem Doctor, bey dem er um seine Tochter Flaminia anhält. Der Doctor weigert sich, sie ihm zu versprechen, weil er dem Lelio, der sehr reich sey, sein Wort bereits gegeben habe. Mario verspricht, ihn in den Besitz eines Schatzes zu setzen, wenn er ihm seine Tochter geben wolle; der Doctor sagt sie ihm mit dieser Bedingung zu, und sie gehen mit einander ab, der Doctor den Schatz zu sehen, und Mario, ihm denselben zu weisen. Coraline tritt mit dem Harlequin auf, der ihr einen jungen Hasen schenken will, den er auf der Jagd geschossen; allein Coraline, wie sie sagt, liebt nichts als Rebhühner. Harlequin verspricht, ihr welche zu bringen; und nun erklärt sie ihm frey heraus, daß er sich nur vergebene Mühe mache, weil sie den Scapin bereits liebe. Harlequin spielt den Großsprecher, und will den Scapin umbringen, der eben dazu kömmt. Coraline geht ihm entgegen, und macht ihm tausend Liebkosungen, die Scapin, zu großem Verdrusse des Harlequins nicht ungeneigt aufnimmt. Coraline sagt zum Scapin, daß Harlequin ihr gemeinschaftlicher Feind sey; Scapin wirft ihr ihre Härte gegen seinen Freund vor, und da Coraline hinzu setzt, daß sie niemand anders als ihn, lieben und heyrathen wolle, so antwortet er ihr, daß er keine Lust zum heyrathen habe. Coraline gehet ab; schwöret ihm einen ewigen Haß, und drohet, sich wegen seiner Verachtung zu rächen. Harlequin beklagt sich über sein Unglück; Scapin

tröstet ihn, bietet ihm seinen Beystand an, und giebt ihm den Rath,
Coralinen zu versprechen, daß er ihn, sie zu rächen, umbringen wolle,
wenn sie sich entschlösse, ihn zu heyrathen; sie gehen mit einander ab.
Mario kömmt mit dem Doctor wieder, dem er den Schatz gewiesen,
und verspricht ihm denselben zu geben, so bald er ihn Flaminien hey=
rathen lassen. Der Doctor sagt, er solle auf den Abend nur zu ihm
kommen, da er das nöthige mit ihm verabreden, und ihn an des Lelio
Stelle annehmen wolle, den er gleichfalls, zu eben der Stunde, zu sich
bestellt hat, und hiermit gehen sie wieder ab. Coraline tritt abermals
auf, und sagt, daß sie entschlossen sey, den ersten den besten zu hey=
rathen, der sie an dem Scapin rächen wolle. Harlequin stellt sich ihr
vor, und sie stößt ihn zurück; er verspricht ihr durch Lazzis und
großsprecherische Gebehrden, den Scapin aus dem Wege zu räumen;
sie ist es zufrieden, ihn mit diesem Bedinge zu heyrathen, verlangt
aber vorher den Gegenstand ihres Hasses todt zu sehen. Harlequin
giebt ihr durch neue Lazzis zu verstehen, daß er sie befriedigen wolle;
sie geht ab und Scapin tritt auf. Er und Harlequin überlegen, wie sie
Coralinen hinter das Licht führen wollen. Sie wollen sich einer gewissen
Grube, die in dem Walde ist, dazu bedienen, in die sich Scapin für todt
hinlegen soll. Scapin kriecht sogleich in diese Grube, und Harlequin
begiebt sich weg. Pantalon tritt auf und sieht sich überall um, ob er
nicht jemand wahrnehme; er sagt, daß er an einem Orte des Waldes,
auf den er weiset, ein Kästchen verstecken sehen, worinn ein Schatz sey,
und werde, wenn es Nacht geworden, ihn wegholen. Coraline kömmt
dazu; Pantalon spricht mit ihr von Liebe; sie sagt ihm aber, daß sie
keinen Alten heyrathen wolle. Nachdem ihr Pantalon das Schweigen
eingebunden, gelobet er ihr, sie zur Besitzerin eines Schatzes zu machen,
wenn sie ihn heyrathen wolle. Auf das Wort Schatz, giebt es Coraline
näher. Pantalon verspricht, sie in der Nacht abzuruffen, da sie ihn
denn mit einander hohlen wollten. Er geht ab, und Coraline sieht den
Harlequin ganz freudig auf sie zu kommen; er rühmt sich den Scapin
umgebracht zu haben, und Coraline verlangt den Leichnam zu sehen.
Harlequin führt sie an die Grube, in die sich Scapin verkrochen; sie
will ihn heraus ziehen; Harlequin redet es ihr aus; sie schimpft noch
auf ihren todten Feind, und läßt es dabey bewenden. Harlequin ver=
langt die Erfüllung ihres Versprechens; sie will vorher wissen, ob er

reich ist; er sagt, nein; sie erklärt ihm, daß ihr Mann nothwendig Vermögen haben müsse; er droht ihr, sie gerichtlich anhalten zu lassen, ihr Wort zu erfüllen, weil er sein Wort erfüllt habe; sie antwortet, daß dieses für ihn der nächste Weg sey, sich hängen zu lassen, geht spöttisch fort und läßt ihn voller Verzweiflung stehen. Scapin kömmt aus der Grube wieder hervor, und giebt dem Harlequin mit einer Menge Lazzis zu verstehen, was er wegen des Schatzes gehört habe. Sie sehen, daß es Nacht wird, und begeben sich weg, die nöthigen Werkzeuge zu hohlen, um sich des Schatzes zu bemächtigen und denen vorzukommen, die den nehmlichen Anschlag darauf haben. Pantalon kömmt mit einer Schauffel, und einer Hacke; er hat Coralinen bey sich, die ihm mit Zittern folgt, und der er Muth einzusprechen sucht, da ohnebem der Mond nunmehr aufgehe und sie sich vor nichts fürchten dürften. Das Theater verändert sich und stellt einen tiefen Ort im Walde vor, der zum Theil von dem Monde erleuchtet ist, und wo hin und wieder ein Baum steht. Scapin erscheint mit einem Kästchen, und Harlequin mit eben solchen Werkzeugen, als man den Pantalon gesehen; er bezeigt sich sehr furchtsam; Scapin spricht ihm Muth ein; sie graben das Kästchen mit dem Schatze aus, legen das andere, das sie mitgebracht haben, an dessen Stelle, und bedecken es mit Erde. Es erscheint ein Geist, und giebt ihnen ich weis nicht was für ein Papier, auf welchem, wie er sagt, das Geheimniß stehen soll, wie sie in ihrem Unternehmen glücklich seyn können. Nachdem sie sich sehr erschrocken bezeigt, eilen sie mit dem Schatze, und dem Geschenke des Geistes davon. An ihrer Statt treten Pantalon und Coraline auf, die das Kästchen, welches Harlequin und Scapin für das rechte zurück- gelassen, ausgraben; sie eröffnen es hastig, und es springt ein Schwein heraus, das den erschrockenen Pantalon übern Haufen rennt. Sie laufen voller Angst davon und der erste Aufzug ist zu Ende.

Zweyter Aufzug. (Das Theater stellt zwar noch den Wald und das Landhaus vor, aber von einer andern Lage, mit einem Felsen auf der andern Seite des Hauses.) Mario erscheint mit dem Doctor, der ihm sein Versprechen erneuert, und begiebt sich fort, den Erfolg davon zu erwarten. Lelio erscheinet gleichfalls und klopft bey dem Doctor an, der wieder ins Haus gegangen war, um ihn an sein gegebenes Wort zu erinnern. Der Doctor kömmt, und ist, wie er ihn

erblickt, ganz verlegen; er sagt, die bewußte Heyrath könne noch nicht
sobald zu Stande kommen, weil er noch gar keine Anstalten dazu ge=
macht. Lelio stellt ihm die Unnöthigkeit dieser Anstalten vor, und da
ihn der Doctor kaltsinnig verlassen will, so geht er gerade zu in das
Haus hinein, und der Doctor hat nicht das Herz, ihm zu folgen.
Mario kömmt dazu, und da er den Lelio zu dem Doctor hineingehen
sehen, so schließt er daraus, daß ihm dieser nicht Wort halte, und
sagt, daß er gehen, und seinen Schatz an einen andern Ort bringen
wolle. Der Doctor, voller Verwirrung und Mißvergnügen, begiebt
sich in sein Haus. Coraline tritt mit dem Pantalon auf, sie sagt,
daß er sie betrogen habe, und will ihm den Abschied geben. Dieser
schwört, daß er den Räuber des Schatzes schon entdecken wolle; Harle=
quin kömmt dazu; Coraline macht ihm Liebkosungen, dem Pantalon
zum Trotze, und nennt ihn ihren kleinen Mann. Pantalon will den
Harlequin prügeln; Coraline setzt sich dargegen; Harlequin, da er
sieht, daß sie seine Parthey nimmt, bekömmt Muth und jagt den Panta=
lon mit Schlägen vom Platze. Sobald der Alte fort ist, stößt Cora=
line den Harlequin, der sie umarmen will, von sich, und verbirgt ihm
die Ursache, warum sie ihn so wohl aufzunehmen geschienen, im ge=
ringsten nicht. Scapin der alles mit angehört hat, und sich während
der Scene versteckt gehalten, stellt sich auf einmal zwischen sie, und
sagt zu Coralinen: du sollst ihn doch heyrathen müssen, du
magst wollen oder nicht. Coraline, die ihn für todt hält, er=
schrickt ungemein; Harlequin stellt sich, als ob er gleichfalls sehr er=
schrecke, und sagt zu Coralinen, daß sie ja keinen Augenblick verlieren
solle. Sie kann sich aber nicht entschließen und Scapin drohet ihr,
sie bis an ihren Tod zu verfolgen, wenn sie bey ihrer Weigerung
verharre. Das Schrecken nimmt bey Coralinen zu, und da sie Scapin
anfassen will, und zu ihr sagt: heyrathe ihn gleich auf der
Stelle! so thut sie einen grossen Schrey und läuft davon. Harle=
quin und Scapin bleiben allein, und Scapin erklärt seinem Freunde
das Geheimniß, welches ihnen der Geist mitgetheilet; er läßt ihn die
Worte auswendig lernen, in welchen es bestehet, und darauf begeben
sie sich weg. Der Doctor und Lelio treten auf; dieser macht jenem
sehr lebhafte Vorwürfe, daß er ihm sein Wort nicht halten wolle; er
schwöret, sich zu rächen und geht zornig fort. Mario, der dazu kömmt,

begegnet ihm nicht besser, er beschuldiget ihn, den Schatz, den er ihm
gewiesen, entwendet zu haben, und verläßt ihn gleichfalls ganz wütend,
mit der Drohung, daß es ihm das Leben kosten solle, wenn er ihm
den Schatz nicht wieder heraus gäbe. Der Doctor geräth ganz ausser
sich barüber; Pantalon kömmt bazu, und fragt ihn nach der Ursache; 5
der Doctor vertraut ihm den Verdacht des Mario, und Pantalon
vertraut ihm seinen, in Ansehung des Harlequins, und weiß ihn höchst
wahrscheinlich zu machen. Der Doctor bittet den Pantalon, ihm bey=
zustehen, und sie werden einig, ihre Leute zusammen zu bringen, sich
des Harlequins zu bemächtigen, und ihm das Geständniß abzubringen; 10
sie gehen ab, um sogleich zum Werke zu schreiten. Scapin tritt mit
dem Lelio auf, den er wegen des Doctors zu besänftigen sucht, von
welchem er, wegen der erhaltenen Beleidigung, durchaus Genugthuung
haben will. Scapin versichert ihm, daß es keiner harten Mittel be=
dürfen werde; Flaminia liebe ihn, und habe ihn (den Scapin) ge= 15
beten, ihrem Liebhaber beyzustehen; er habe es ihr versprochen, und
werde sein Wort zu halten wissen. Hiermit führt er ihn mit sich fort;
die zwey Alten treten mit einander auf, haben verschiedne Bauren bey
sich und scheinen den Harlequin zu suchen. Coraline erscheint; sie ist
von ihrem Schreck noch nicht wieder zu sich gekommen, und erzehlet 20
ganz laut, daß Harlequin ihr zu Liebe, und weil sie ihm Hoffnung
gemacht, ihn zu heyrathen, den Scapin umgebracht habe; itzo habe
sie keinen Augenblick Ruhe, und werde ohne Unterlaß bald von dem
Mörder, bald von dem Schatten des Ermordeten verfolgt. Diese Rede
macht dem Doctor Hoffnung, den Harlequin wegen aller seiner Ver= 25
brechen bald bestraft zu sehen, und Pantalon naht sich Coralinen, mit
Bitte, ihm doch näher zu erklären, was sie itzt von dem Scapin ge=
sagt habe. Ueber den Namen Scapin, und bey der unvermutheten
Erblickung des Pantalon, erhebt Coraline ein grosses Geschrey und
läuft davon. Der Doctor und Pantalon bleiben und sagen, daß sie 30
ihr möglichstes thun müßten, den Harlequin zu finden; in dem Augen=
blicke hören sie die Stimme dessen, den sie suchen; gleich darauf er=
blicken sie ihn; der Doctor, Pantalon und ihre Gehülfen verfolgen
ihn und wünschen ihm höhnisch zu dem gefundenen Schatze Glück; er
macht verschiedene Lazzis und leugnet es nicht ab; man will ihn 35
zwingen, sich zu ergeben; er rettet sich hinter einen Felsen, und seine

Feinde, die ihn nicht wollen entkommen laſſen, ſind nicht wenig be=
ſtürzt, da ſie ſtatt ſeiner nichts als einen Affen finden, der auf ſie
zuſpringt und ſie in die Flucht treibt. Dieſes muß für eine Wirkung
des Geheimniſſes angeſehen werden, das der Geiſt ihn und den Scapin
gelehrt. Dieſer Affe beſchließt den zweyten Aufzug, ſo wie das Schwein
den erſten beſchloſſen.

    Dritter Aufzug. (Das Theater wird wieder, wie es zu An=
fange des erſten Aufzuges war.) Pantalon und der Doctor fangen den
dritten Aufzug an; ſie ſind noch ganz erſchrocken, und ſagen, daß Har=
lequin ganz gewiß ein Zauberer.ſeyn müſſe. Scapin kömmt, und ſtellt
ſich, ohne ein Wort zu ſagen, zwiſchen die beyden Alten, welches ihnen
eine groſſe Furcht einjaget, weil ſie ihn auf das Wort der Coraline wirk=
lich für todt halten. Scapin bringt ſie aus dem Irrthume, und da ſie
dem Harlequin die Entwendung des Schatzes Schuld geben, ſo ver=
ſpricht er, daß ſie ihn wieder finden ſollen, aber mit der Bedingung,
daß der Doctor nicht mehr daran denken ſoll, ſeine Tochter an den
Mario zu verheyrathen, der ohnedem Händel genug bekommen werde,
da er bey den Gerichten verſchiedentlich angegeben worden, daß er mehr
als einem Frauenzimmer, mit welchem er es gehalten, die Ehe ver=
ſprochen habe. Scapin verſichert, daß er ſelbſt mit den Leuten ge=
ſprochen, die wider den Mario zeugen würden, und erbietet ſich ſogar,
ſie zu dem Doctor zu bringen, wenn er es haben wolle. Der Doctor
faſſet ihn beym Worte, geht mit dem Pantalon herein, und Scapin
bleibt allein auf der Bühne. Lelio kömmt; Scapin ſagt ihm, daß es
gut ſeyn werde, wenn er ſich in einem Augenblicke bey dem Doctor
einfände, weil Harlequin daſelbſt, ſo wie ſie es mit einander abgeredet,
in verſchiedener Geſtalt verſchiedene Zeugniſſe wider den Mario ablegen
werde. Scapin ſagt hierauf dem Lelio etwas ins Ohr, und ſie gehen
mit einander zu dem Doctor hinein. Das Theater verändert ſich, und
ſtellet das Zimmer in dem Hauſe dieſes letztern vor. Man ſiehet den
Herrn des Hauſes, nebſt dem Pantalon und dem Scapin hereintreten,
der ihm eine Liſte von den Zeugen giebt, und abtritt, ſie herein=
zubringen. So wie ſie nun Pantalon, die Liſte in der Hand, ruft,
ſo kommen ſie einer nach dem andern herein, oder vielmehr kömmt
Harlequin zu verſchiedenen malen unter verſchiedenen Verkleidungen
herein. (Dieſe Verkleidungen müſſen als eine neue Wirkung des von

dem Geiste mitgetheilten Geheimnisses betrachtet werden.) Das Verhör wird von dem Mario unterbrochen, der eben, als Scapin abtritt, um den Harlequin unter einer neuen Gestalt wieder hereinzubringen, mit Coralinen dazu kömmt, und den Doctor, ohngeachtet ihn dieses Mädchen zurück zu halten gesucht, umbringen will. Lelio erscheinet, und nimmt die Vertheidigung des Doctors über sich, der nunmehr Muth faßt, und dem Mario Schuld giebt, daß er sich ja bereits mit mehr als einem Frauenzimmer versprochen habe. Mario leugnet es, und Pantalon sagt, daß man ihn leicht überzeugen könne, wenn man ihm die Zeugen vorstellte, die Scapin vorgeführt habe. Coraline sagt, daß dieses nicht möglich seyn könne, weil Scapin todt sey; der Doctor benimmt ihr ihren Irrthum, und ruft den vermeinten Toden, ihn mit dem Mario zu confrontiren. Anfangs scheinet Scapin ein wenig betroffen, er faßt sich aber bald wieder, und klagt den Mario an, der ihn dafür umbringen will. Harlequin kömmt eben zu rechter Zeit dazwischen, seinen Freund aus der Verlegenheit zu reissen; er bezaubert den Mario und macht ihn unbeweglich, welches abermals eine Wirkung von dem Schutze des Geistes ist. Endlich verspricht Harlequin die Helfte des Schatzes wieder herauszugeben, dessen Verlust den Mario so sehr aufgebracht, aber mit dem Bedinge, daß man die andere Hälfte ihm und dem Scapin lasse, und daß Coraline ihn, so wie Flaminia den Lelio heyrathe. Er droht ihnen allen, daß den, der sich seinem Willen nicht sogleich unterwerffen wolle, die Geister, die ihm zu Gebothe stünden, durch die Luft mit sich fortführen sollten. Man kann leicht denken, daß niemand Lust haben wird, sich dieser Gefahr auszusetzen; man geht daher alles ein; der Doctor erfüllt sein erstes dem Lelio gethanes Versprechen, und giebt ihm seine Tochter Flaminia; Coraline entsagt dem Scapin, und heyrathet den Harlequin, und die Komödie ist aus.

5) La Vengeance de Scaramouche; in fünf Aufzügen, nach dem Entwurfe des Herrn Ganbini, zum erstenmal aufgeführt den 13. Sept. 1745.

Personen. Der Marquis. Der Doctor, Vater der Flaminia. Flaminia, mit dem Marquis versprochen. Silvia. Lelio, Vetter der Silvia, und Liebhaber der Flaminia. Pantalon, Haus=

hofmeister des Marquis und in Coralinen verliebt. Coraline und
Harlequin, Bediente des Marquis. Scaramouche, ein anderer
Bediente des Marquis und Liebhaber der Coraline. Verschiedene
andere Bediente. Ein Genius, und zwey Gespenster. Die
Scene ist in einer Stadt in Italien, und einem nahgelegenen Walde.
      Erster Aufzug. (Das Theater stellt ein Zimmer in dem
Schlosse des Marquis vor.) Pantalon eröffnet den ersten Aufzug mit
dem Harlequin und Scaramouche. Er befiehlt diesem lezteren, mit den
Anstalten zur Hochzeit zu eilen, weil der Marquis mit der Person,
die er heyrathen solle, angekommen sey. Scaramouche geht ab, und
Pantalon befiehlt dem Harlequin, den Hegereitern des Marquis zu
sagen, daß sie aufs geschwindeste einen Vorrath von Wildpret auf das
Schloß bringen sollen. Sie gehen mit einander ab, und an ihrer Statt
treten Coraline und Scaramouche, ihr Liebhaber, auf. Coraline erzehlt diesem, daß man ihr die Flaminia, die Tochter des Doctors und
künftige Gemahlin des Marquis zur Aufsicht anvertrauet, und daß sie
die Stelle einer Oberaufseherin bey ihr bekleiden werde. Scaramouche
bezeigt ihr seine Eifersucht in Ansehung des Harlequins und des Pantalons; sie findet Mittel ihn zu beruhigen; er verläßt sie und Harlequin
kömmt an seiner Statt; er macht der Coraline Liebkosungen, die sich
darüber aufhält; der Haushofmeister kömmt dazu, und thut, als ob
er der Coralinen etwas zu sagen habe, heißt seinen Nebenbuhler abtreten, und wird befolgt. Coraline thut, als ob sie ihn sehr liebenswürdig fände, und erhält von ihm ein Kästchen mit Silber. Harlequin, der sie belauscht hat, kömmt wieder herein, und drohet, dem
Herrn des Hauses alles wieder zu sagen; Pantalon aber verdammet
ihn zu Wasser und Brot, und er geht weinend fort. Sobald er weg
ist, umarmt Pantalon Coralinen, und wird abermals von dem Scaramouche betroffen, der ihnen harte Vorwürfe macht; Scaramouche und der
Haushofmeister werden mit einander handgemein, und Coraline läuft
davon. Der Marquis kömmt auf den Lerm dazu, läßt sich die Ursache
ihrer Schlägerey erzehlen, giebt dem Scaramouche Unrecht und befiehlt
ihm, abzutreten. Scaramouche geht, mit drohenden Gebehrden gegen
den Pantalon, ab, und mit diesem begiebt sich der Marquis auch bald
weg, nachdem er ihm vorher alles anzuwenden befohlen, daß sein Hoch-
zeitfest ja recht prächtig werde. Harlequin und Scaramouche kommen

wieder auf die Bühne; der erste weinet, weil er, wie er sagt, bereits
vor Hunger sterbe; der andere weinet über die Untreue seiner Geliebten, und flucht auf seinen Nebenbuhler und auf seinen Herrn. Sie
geloben einander wechselweise Dienste, gehen ab und der erste Aufzug ist zu Ende.

Zweyter Aufzug. (Das Theater stellet einen Wald vor, in
welchem man ein Grabmahl erblickt.) Scaramouche, um sich an seinem
Nebenbuhler dem Pantalon, und an seinem Herrn, der ihn in Schutz
genommen, zu rächen, kömmt einen Geist um Rath zu fragen, der, wie
man ihm gesagt hat, seine Wohnung in dem Grabmahle habe, das
sich in dem nahgelegenen Walde befindet. Der Geist erscheint, verspricht ihm zu helfen, schenkt ihm zwey Talismans, oder bezauberte
Ringe, deren Eigenschaften er ihm erkläret, und verschwindet. Das
Theater ändert sich, und stellt das Innere der Stadt vor. Man erblickt die Silvia mit ihrem Vetter, dem Lelio. Silvia, ob sie gleich
als Mannsperson verkleidet ist, fürchtet dennoch sehr, der Marquis
möchte sie erkennen, ehe sie den Anschlag, den sie im Sinne habe,
ausgeführt. Sie giebt vor, auf sein Herz und seine Hand einen Anspruch zu haben, und kömmt ihres Theils, seine vorhabende Heyrath
zu verhindern. Lelio, der sich in Flaminien verliebt hat, hat sich gleichfalls vorgenommen, sie nicht so ruhig vollziehen zu lassen. Die zwey
Neuangekommenen treffen unter Wegens den Scaramouche, der den
Lelio erkennt, ihn anredet und fragt, wer sein Reisegefährte sey. Lelio
antwortet, es sey ein Goldstücker, den er bey dem Marquis in Dienste
bringen wolle. Scaramouche, dem einer von seinen Talismans, dessen
er sich statt eines Ringes bedient, die Wahrheit entdeckt, giebt dem
Lelio zu verstehen, daß er sich nichts aufheften lasse, verspricht aber
ihm und der Silvia seine Dienste und steckt ihr seinen zweyten Talis-
mann an den Finger, der den Marquis sie zu erkennen verhindern
werde. Hierauf führt er sie mit sich fort, sie seinem Herrn als geschickte Stücker vorzustellen, die ihm ihre Dienste anbieten wollten. Der
Doctor tritt mit dem Pantalon auf, der ihm wegen der bevorstehenden
Heyrath seiner Tochter Glück wünscht. Der Doctor zeiget ihm die Juwelen, die er der jungen Frau bestimme, und auf die neueste Manier
habe fassen lassen. Scaramouche kömmt als ein Bettler, der nur einen
Arm hat, dazu, und bittet sie um eine Gabe; er verläßt sie nach ver-

schiednen Lazzis, und der Doctor und Pantalon gehen ihren Weg
nach dem Schlosse des Marquis. Das Theater ändert sich und stellt
wie in dem ersten Aufzuge ein Zimmer in diesem Schlosse vor, wo
man den Herrn des Hauses mit seiner Braut in Unterredung erblickt;
er fragt sie um die Ursache ihrer Melancholie; sie antwortet, daß sie
diese Ursache selbst nicht wisse, und verläßt ihn. Scaramouche tritt
herein und meldet zwey berühmte Goldstücker bey dem Marquis, die
der Ruf von seiner Pracht und bevorstehenden Vermählung hergelockt.
Der Marquis befiehlt sie hereinzubringen; Scaramouche geht deswegen
ab, und kömmt mit ihnen wieder zurück. Der Marquis nimmt sie in
seine Dienste, und befiehlt dem Scaramouche, ihnen ein Zimmer anzu=
weisen, worauf sie Scaramouche mit sich abführt. Der Doctor kömmt,
und will dem Marquis die Juwelen zeigen, die er seiner Tochter geben
wolle, kann sie aber nicht finden. Pantalon, der mit ihm zugleich ge=
kommen ist, vermißt desgleichen seinen Beutel, und da sie sich des ein=
händigen Bettlers erinnern, so argwohnen sie mit Grund, daß er ihnen
die Juwelen und den Beutel gestohlen habe. Der Marquis tröstet sich
dieses Zufalls wegen sehr leicht, und sagt, daß es seiner Frau darum
an Juwelen nicht fehlen solle. Harlequin kömmt, und meldet weinend,
daß der Schneider in dem Zimmer der Flaminia sey; der Marquis
fragt ihn, warum er weine; er erzehlt seine Begebenheit; Pantalon
sagt dem Herrn, daß er ein Taugenichts sey, der sich beständig be=
trinke, und seine Strafe haben müsse. Harlequin macht verschiedne
Lazzis, seinen Hunger auszubrücken, und bewegt endlich den Herrn
zum Mitleiden, daß er ihm zu essen zu geben befiehlt. Harlequin
fährt mit seinen Lazzis fort, sie sind aber nunmehr von einer andern
Art und drücken nichts als Freude aus; er springt dem Marquis um den
Hals; der Marquis stehet auf, sich seiner unbequemen Umarmungen
zu entwehren; Harlequin verdoppelt sie, und folgt ihm nach; und Pan=
talon und der Doctor folgen dem Harlequin gleichfalls. Coraline er=
scheinet und sucht den Vorwürfen und der Verfolgung des Scaramouche
auszuweichen; er tritt mit ihr zugleich auf, und da sie sieht daß sie
ihn nicht verhindern kann, mit ihr zu reden, so faßt sie den Anschlag
ihn zu überschreyen, um ihn wenigstens so zum Stillschweigen zu
bringen. Auf einmal erscheinet der Geist, der dem Scaramouche seinen
Schutz versprochen hat, mitten unter ihnen, und droht sie wegen ihrer

Buhlerey und Frechheit zu strafen. Coraline, und Scaramouche selbst, erschrecken über diese unvermuthete Erscheinung und laufen davon, womit sich der zweyte Aufzug beschließt.

Dritter Aufzug. Der Marquis kömmt mit dem Pantalon, und sagt zu ihm, da die Hochzeit noch den Abend vor sich gehen solle, so sey es Zeit, daß er die Leute, welche die Anstalten dazu machen helfen, bezahle; er solle sie also, einen nach dem andern ruffen lassen, und ihnen ihren bedungenen Lohn geben; er solle keinem, setzet der Marquis hinzu, etwas abziehen, sondern ihnen vielmehr noch etwas zulegen, damit sie Theil an seiner Freude hätten. Er geht ab und Coraline kömmt und zanket mit dem Harlequin, der einen Kapaun entwendet; Pantalon befiehlt diesem Vielfrasse, den Arbeitsleuten zu sagen, daß sie ihren Lohn hohlen sollen; und zugleich heißt er ihm, in der Stube, wo er ihn ihnen austheilen wolle, alles zurecht zu machen. Harlequin geht ab, und läßt dem Haushofmeister und seiner Lieblingin alle Freyheit, einander Lieblosungen zu machen; sie machen sich den Augenblick auch wohl zu Nutze, und gehen bald darauf ab. Das Theater verändert sich, und stellt eine Stube mit einem Kleiderschranke vor; Harlequin ist beschäftiget, alles in Ordnung zu bringen; der Haushofmeister kömmt und befiehlt dem Harlequin, die Arbeitsleute herein zu bringen; Harlequin bringt den Scaramouche unter verschiednen Gestalten herein und dieser empfängt also, unter Springen und Singen, einzig und allein, was Pantalon unter eine grosse Anzahl von Personen auszutheilen glaubt, womit sich der dritte Aufzug endet.

Vierter Aufzug. (Das Theater wird wieder, wie es zu Anfange des ersten Aufzuges war.) Pantalon schlägt Coralinen vor, sie aus den Diensten des Marquis zu bringen und sie zu heyrathen, sie ist es zufrieden und Pantalon geht ab. Scaramouche, der alles mit angehört hat, kömmt und verlanget den Vorzug, mit dem Zusatze, daß er bald eben so reich als sein Mitbuhler seyn werde; er verträgt sich mit ihr, umarmt sie, und geht mit ihr ab. Der Doctor und der Marquis erscheinen; der Schwiegervater hinterbringt seinem Schwiegersohne, daß Flaminia geschworen habe, ihn nicht eher zu heyrathen, als bis sie eine Gnade von ihm erlangt; der Marquis zeigt sich geneigt, ihr alles zu gewähren, und der Doctor ruft seine Tochter.

Flaminia kömmt, und sagt dem Marquis, daß ein Frauenzimmer von Stande ihre Zuflucht zu ihr genommen, damit er ihr mit seinem Ansehen wider einen Mann beystehen möge, den sie verklagen wolle, weil er sie zu heyrathen geschworen und nun sein Wort zu halten sich weigere; sie setzt hinzu, die Gnade, die sie von ihm verlange, bestehe darinn, sich dieser unglücklichen Person anzunehmen. Der Marquis verspricht alles, was man von ihm begehrt, und geht mit Flaminien und dem Doctor ab. Das Theater verändert sich und stellt das Zimmer der Coraline vor; sie sitzt an einem Tische, und hat neben sich einen grossen Koffer stehen und unterhält sich mit dem Scaramouche. Pantalon läßt sich an der Thüre vernehmen, und verlangt herein gelassen zu werden; Scaramouche versteckt sich in den Koffer; Coraline macht dem Pantalon die Thüre auf, der sehr vergnügt darüber ist, daß er mit ihr auf einen so guten Fuß stehe. Scaramouche läßt sich sehen; Pantalon erschrickt und thut einen lauten Schrey; Scaramouche kömmt ganz aus dem Koffer heraus; dieser macht drohende, jener erschrokene und furchtsame Lazzis; es erscheinen auf Befehl des Scaramouche zwey Gespenster; Pantalon läuft aus allen Kräften davon; Scaramouche verfolgt ihn, und so ist der vierte Aufzug zu Ende.

Fünfter Aufzug. (Das Theater wird abermals, so wie es zu Anfange des ersten Aufzuges war.) Scaramouche fängt mit Coralinen den fünften Aufzug an, und sagt ihr, daß der Augenblick ihres Glücks nahe sey, und daß die Dienste, die er der Silvia und dem Lelio erwiesen, gnugsam belohnet werden würden, so daß sie es nicht werde bereuen dürfen, ihm den Pantalon aufgeopfert zu haben; er fügt hinzu, daß ihm Flaminia beyzustehen versprochen, und daß sie bereits wisse, was sie zu thun habe. Pantalon kömmt dazu und ruft dem Scaramouche, der sich davon macht, nach: Halt! Der Marquis kömmt dazu; Pantalon klagt den Scaramouche wegen Zauberey an; Scaramouche leugnet es nicht ab, sondern gesteht alles freymüthig zu. Der Doctor und Flaminia erscheinen mit Silvien, die sich das Gesicht mit einem Flore verdeckt hat. Silvia erinnert den Marquis an das Versprechen, das er der Flaminia ihretwegen gethan, und bittet ihn, sie zu den Richtern zu führen, bey welchen sie ihren Ungetreuen verklagen wolle. Der Marquis verspricht ihr aufs neue eid-

lich, sein Bestes zu thun, daß man ihr schleunige Gerechtigkeit wider=
fahren lasse; und nun entdeckt sie sich; er erkennt sie, und bleibt ganz
verwirrt. Endlich wird alles beygelegt; er erbietet sich, sie zu hey=
rathen, und Lelio heyrathet die Flaminia. Man höret hinter dem
Theater ein großes Lermen; alle Bedienten des Hauses, die von den
Gespenstern, welche dem Scaramouche zu Gebothe stehen, beunruhiget
worden, kommen, bey ihrem Herrn Hülfe zu suchen; Scaramouche
verspricht ihnen Ruhe zu schaffen, nachdem ihn Coraline zu heyrathen
versprochen, und die Komödie ist aus.

Vermiſchte Schriften
des Hrn. Chriſtlob Mylius,
geſammelt von Gotthold Ephraim Leßing.
Berlin, bey Ambr. Haude und Joh. Carl Spener. 1754.[1]

5   Vorrede.

Es würde ſchwer zu beſtimmen ſeyn, ob Herr Chriſtlob My:
lius ſich mehr als einen Kenner der Natur, oder mehr als einen
witzigen Kopf bekannt gemacht habe, wenn nicht die letzten Unter:
nehmungen ſeines Lebens für das erſtere den Ausſchlag geben müßten.
10 Sein Beſtreben war allezeit, dieſen gedoppelten Ruhm zu verbinden,
den nur diejenigen für widerſprechend anſehn, welche die Natur ent:
weder zu plumb oder zu leicht gebildet hat.

Ich war verſchiedene Jahre hindurch einer ſeiner vertrauteſten
Freunde, und jetzt bin ich ſein Herausgeber geworden; zwey Titel, die
15 mir hinlängliche Erlaubniß geben könnten, mich weitläuftig in ſein Lob
einzulaſſen, wenn ich mir nicht ein Gewiſſen machte, denjenigen im
Tode zu ſchmeicheln, welcher mich nie in ſeinem Leben als einen
Schmeichler gefunden hat.

Mit dieſem Vorſatze würde ich eine ſehr kurze und kahle Vor:
20 rede machen müſſen, wenn ich nicht, zum Glücke, eine kleine Folge
von Briefen in Bereitſchaft hätte, durch welche zum Theil dieſe Samm:
lung vermiſchter Schriften iſt veranlaſſet worden. Sie ſind an
einen Freund geſchrieben, welcher den Hrn. Mylius nur bey dem
letzten Geräuſche, welches er machte, recht kennen lernte. Ich beſtimmte
25 ſie zwar nur für zwey Augen; da ich aber niemals gern für zwey
Augen etwas zu ſchreiben pflege, welches nicht allenfalls tauſend Augen
leſen dürften: ſo mache ich mir kein Bedenken, ſie dem Leſer vorzu:
legen. Er wird alles darinnen finden, was ihn in den Stand ſetzen
kann, von den folgenden proſaiſchen und poetiſchen Aufſätzen, zugleich

---

[1] [XLVIII und 600 Seiten 8°; nach dem Meßkatalog erſt zur Oſtermeſſe 1755 erſchienen.]

auch von allen übrigen Schriften des Hrn. Mylius, ein richtiges
Urtheil zu fällen. Sie bedürfen keiner weitern Einleitung.

Erster Brief.
Vom 20. März 1754.

Ja, mein Herr, die Nachricht ist gegründet; Herr Mylius ist
zwischen den 6ten und 7ten dieses in London gestorben. Ich nehme
Ihr Beyleid, welches Sie mir in diesem Falle bezeugen wollen, an.
Sie kennen mich zu wohl, als daß Sie mir bey diesem Verluste nicht
alle die Empfindlichkeit zutrauen sollten, deren ein zur Freundschaft
gemachtes Herz fähig ist. Es macht einen ganz besondern Eindruck
auf mich, ihn nunmehr in einer Welt zu wissen, die etwas mehr und
etwas anders als die See, von der unsrigen trennet. Die Art, mit
welcher ich von ihm Abschied nahm, war eine Beurlaubung auf einige
flüchtige Tage, und kein Abschied, so gewiß bildete ich mir ein, ihn
wieder zu sehen. Ich spottete über die, welche ihm gar zu gern das
Herz schwer gemacht hätten.

> Wohin, wohin treibt dich mit blutgen Sporen,
> Die Wißbegier, dich, ihren Held?
> Du eilst, o Mylius! im Auge feiger Thoren,
> Zur künftgen, nicht zur neuen Welt.

So redete ich ihn in einem kleinen Gedichte, noch wenige Tage vor
seiner Abreise, an. Aber ach, die Vermuthung dieser feigen Thoren
ist richtiger gewesen, als meine Hoffnung! Und gleichwohl war sie
auf die Kenntniß seines Körpers, den ich nie einer merklichen Unbäß=
lichkeit unterworfen gesehen hatte, und auf das Urtheil erfahrner Leute
gebauet, welche eben die Reisen gethan hatten, die er zu thun Willens
war, und die darauf schworen, daß er das vollkommne Ansehen eines
guten Seefahrers habe. Sagen Sie mir, möchte man nicht die Lust
verlieren, sich auf irgend etwas schmeichelhaftes, das noch nicht gänz=
lich in unserer Gewalt ist, mehr Rechnung zu machen? Wäre es nicht
besser, wenn man auf gut stoisch in den Tag hinein lebte, und das
Künftige das für uns seyn ließe, was es in der That ist; nichts? = =
Zwar die Herren, welche ihm den Tod prophezeyten, haben doch nicht
recht prophezeyt, obgleich dasjenige, was sie prophezeyten, eingetroffen
ist. Die See und Amerika war das, wofür er sich fürchten sollte;

England war es nicht. Eine Reise nur von etliche tausend Meilen
sollte ihm tödlich seyn; und ich kann noch immer behaupten, daß sie
es ihm nicht würde gewesen seyn, wenn er nicht vorher gestorben
wäre = = So viel ist gewiß, er hat sie nicht thun sollen. Wenn ich
von den allweisen Einrichtungen der Vorsehung weniger ehrerbiethig
zu reden gewohnt wäre, so würde ich keck sagen, daß ein gewisses nei=
disches Geschick über die deutschen Genies, welche ihrem Vaterlande
Ehre machen könnten, zu herrschen scheine. Wie viele derselben fallen
in ihrer Blüthe dahin! Sie sterben reich an Entwürfen, und schwanger
mit Gedanken, denen zu ihrer Größe nichts als die Ausführung fehlt.
Sollte es aber wohl schwer seyn, eine natürliche Ursache hiervon an=
zugeben? Wahrhaftig sie ist so klar, daß sie nur derjenige nicht sieht,
der sie nicht sehen will. Nehmen Sie an, mein Herr, daß ein solches
Genie in einem gewissen Stande gebohren wird, der, ich will nicht
sagen, der elendeste, sondern nur zu mittelmäßig ist, als daß er noch
zu der sogenannten gülbnen Mittelmäßigkeit zu rechnen wäre. Und
Sie wissen wohl, die Natur hat einen Wohlgefallen daran, aus eben
diesem immer mehr große Geister hervor zu bringen, als aus irgend
einem andern. Nun überlegen Sie, was für Schwierigkeiten dieses
Genie, in einem Lande als Deutschland, wo fast alle Arten von Er=
munterungen unbekannt sind, zu übersteigen habe. Bald wird es von
bem Mangel der nöthigsten Hülfsmittel zurück gehalten; bald von dem
Neide, welcher die Verdienste auch schon in ihrer Wiege verfolgt, unter=
brückt; bald in mühsamen und seiner unwürdigen Geschäften entkräftet.
Ist es ein Wunder, daß es nach aufgeopferten Jugendkräften dem
ersten starken Sturme unterliegt? Ist es ein Wunder, daß Armuth,
Aergerniß, Kränkung, Verachtung endlich über einen Körper siegen,
der ohnedem schon der stärkste nicht ist, weil er kein Körper eines
Holzhackers werden sollte? Und glauben Sie mir, mein Herr, in
diesem Falle war unser Mylius, oder es ist nie einer darinne ge=
wesen. Er warb in einem Dorfe gebohren, wo er gar bald mehr
lernen wollte, als man ihn daselbst lehren konnte. Er warb von
Aeltern gebohren, beren Vermögen es nicht zuließ, ihn aus einer an=
dern Ursache studiren zu lassen, als daß er einmal, nach der Weise
seiner Väter, von einer geschwind erlernten Brobwissenschaft leben
könne. Er kam auf eine Schule, die ihn kaum zu dieser Brobwissen=

schaft vorbereiten konnte. Er kam auf eine Akademie, wo man bey=
nahe nichts so zeitig lernt, als ein Schriftsteller zu werden. Er fiel
einem Manne in die Hände, welcher durch Wohlthaten manchen jungen
Witzling zu seinem Vorfechter zu machen wußte. Er besaß eine natür=
liche Leichtigkeit zu reimen, und seine Umstände zwangen ihn, sich diese
Leichtigkeit mehr zu Nutze zu machen, als es dem Vorsatze ein Dichter
zu werden zuträglich ist. Er schrieb, und die grausame Verbindlichkeit,
daß er viel schreiben mußte, raubte ihm die Zeit, die er seiner liebsten
Wissenschaft, der Kenntniß der Natur, mit bessern Nutzen hätte weihen
können. Er verließ endlich die Akademie, und begab sich an einen Ort,
wo es ihm mit seiner Gelehrsamkeit beynahe wie denjenigen ging, die
von dem, was sie einmal erworben haben, zehren müssen, ohne etwas
mehrers dazu verdienen zu können. Nach einiger Zeit warb er zu
einem Unternehmen für tüchtig erkannt, von welchem einige Leute
sagten, daß man sich nur aus Verzweiflung dazu könne brauchen lassen.
Er wollte und sollte reisen; er reisete auch, allein er reisete auf fremder
Leute Gnade; und was folgt auf fremder Leute Gnade? Er starb. = =
Ja, mein Herr, das ist sein Lebenslauf. Ein Lebenslauf, ohne Zweifel,
in welchem das Ende das unglücklichste nicht ist. Und doch behaupte
ich, daß er mehr darinne geleistet hat, als tausend andere in seinen
Umständen nicht würden geleistet haben. Der Tod hat ihn früh, aber
nicht so früh überrascht, daß er keinen Theil seines Namens vor ihm
in Sicherheit hätte bringen können. Hiermit tröste ich mich noch; noch
mehr aber mit der gewissen Ueberzeugung, daß er in einer vollkommen
philosophischen Gleichgültigkeit wird gestorben seyn. Seine Meinungen,
die er von dem Zustande der abgeschiedenen Seelen hatte,*) haben es
nicht anders zulassen können. Es ist wahr, er ward in einem großen
Vorhaben gestört, aber nicht so, daß er es ganz und gar hätte auf=
geben dürfen. Sein Eifer, die Werke der Allmacht näher kennen zu
lernen, trieb ihn aus seinem Vaterlande. Und eben dieser Eifer führt
seine entbundene Seele nunmehr von einem Planeten auf den andern,
aus einem Weltgebäude in das andre. Er gewinnet im Verlieren,
und ist vielleicht eben jetzt beschäftiget mit erleuchteten Augen zu unter=
suchen, ob Newton glücklich gerathen, und Brabley genau gemessen
habe. Eine augenblickliche Veränderung hat ihn vielleicht Männern

*) Man sehe in diesen vermischten Schriften. S. 146.

gleich gemacht, die er hier nicht genug bewundern konnte. Er weis
ohne Zweifel schon mehr, als er jemals auf der Welt hätte[1] begreifen
können. Alles dieses hat er sich in seinem letzten Augenblicke gewiß
zum voraus vorgestellt, und diese Vorstellungen haben ihn beruhiget,
ober es sind keine Vorstellungen fähig, einen sterbenden Philosophen
zu beruhigen == Ich will aufhören, Sie mit diesen traurigangenehmen
Ideen zu beschäftigen. Ich will aufhören, um mich ihnen desto leb=
hafter überlassen zu können. Es ist bereits Mitternacht, und die herr=
schende Stille ladet mich dazu ein. Leben Sie wohl.

Zweyter Brief.

Vom 9. April.

Ich soll Ihnen, mein Herr, einige Nachricht von den Schriften
des Hrn. Mylius, welche Sie noch nicht kennen, und unter diesen
besonders von denen ertheilen, in welchen er sich als einen schönen
Geist hat zeigen wollen? Mit Vergnügen. Aber erlauben Sie mir,
daß ich Sie vorher an eine kleine Anmerkung erinnern darf. Ein
gutes Genie ist nicht allezeit ein guter Schriftsteller, und es ist oft
eben so unbillig einen Gelehrten nach seinen Schriften zu beurtheilen,
als einen Vater nach seinen Kindern. Der rechtschaffenste Mann hat
oft die nichtswürdigsten, und der klügste die dümmsten; ohne Zweifel,
weil dieser nicht die gelegensten Stunden zu ihrer Bildung, und jener
nicht den nöthigen Fleiß zu ihrer Erziehung angewendet hat. Der
geistliche Vater kann oft in eben diesem Falle seyn, besonders wenn
ihn äußerliche Umstände nöthigen, den Gewinnst seine Minerva, und
die Nothwendigkeit seine Begeisterung seyn zu lassen. Ein solcher ist
alsdann meistentheils gelehrter als seine Bücher, anstatt daß die Bücher
derjenigen, welche sie mit aller Muße und mit Anwendung aller Hülfs=
mittel ausarbeiten können, nicht selten gelehrter als ihre Verfasser zu
seyn pflegen == Nun lassen Sie mich anfangen. Aber wo wollen Sie,
daß ich anfangen soll? == Das erste, was unter seinem Namen ge=
druckt ward, war eine Ode auf die Schauspielkunst, oder vielmehr eine
Ode auf die Verdienste des Hrn. Prof. Gottscheds um die Schau=
spielkunst. Ihr Inhalt gab ihr ein Recht auf eine Stelle in den Ve=

---

[1] habe [1754]

lustigungen, die sie in dem sechsten Bande derselben fand. Ich
nenne sie eine Ode, weil sie Herr Mylius selbst so nennt, und ein
Verfasser ohne Zweifel seine Geburten nennen kann, wie er will. Was
halte ich mich dabey auf? Er hat sie nach der Zeit selbst verachtet,
und die letzte Strophe ziemlich boshaft parodieren helfen, wie Sie es
in dem ersten Theile des Liebhabers der schönen Wissenschaften finden können. So geht es fast immer, wenn man Leute
von zweydeutigen Verdiensten allzusehr erhebt, ehe man sie näher untersucht hat. Man schämt sich endlich, daß man sich bloß gegeben hat,
und will allzuspät durch eben so übertriebene Beschimpfungen die Lobsprüche vertilgen, die uns bereits lächerlich gemacht haben. Auf diese
Ode folgten seine Betrachtungen über die Majestät Gottes,
welche aus einer oratorischen Uebung entstanden waren, mit der er
sich in der vertrauten Rednergesellschaft gezeigt hatte. Er fügte in der
Umschmelzung, die natürliche Erklärung des Wunders mit dem Sonnen-
zeiger Ahas hinzu, welche mehr Aufsehen machte, als sie verdiente.
Sie wissen, daß der Herr Inspector Burg sich alle Mühe gegeben
hat, sie zu widerlegen. Ich, meines Theils, habe sie allezeit bloß
wegen der Dreistigkeit des Herrn Mylius bewundert. Der Einfall
war nicht seine, sondern der Recensent der Parentschen Untersuchungen in den Actis Eruditorum hatte ihn bereits gehabt.
Allein was dieser als einen flüchtigen Gedanken, der keine Billigung
verdiene, vorgetragen hatte, das trug unser Schriftsteller, grade weg,
als eine Wahrheit vor. Und so ist es auch schon recht! Ernsthafte
gesetzte Männer müssen zweifeln; und wir, wir jungen Gelehrten,
müssen entscheiden. Wer würde es auch sonst wagen, gebilligten Meinungen die Stirne zu biethen, wenn wir es nicht wären, die wir noch
alle unser Feuer beysammen haben? = = Sie finden diese Betrachtungen,
mein Herr, in eben dem angeführten Bande der Belustigungen; sie
enthalten überhaupt viel gemeine Gedanken, und die Schreibart ist
die Schreibart eines Declamators, welcher die Beobachtung der Schul-
regeln für Ordnung, und das O und das Ach für das schönste Recept
zum Feurigen und Pathetischen hält. Fast von eben diesem Schlage
sind seine Abhandlung von der Dauer des menschlichen Lebens;
seine Untersuchung, ob die Thiere um der Menschen willen
geschaffen worden; und sein Beweis, daß man die Thiere

physiologiſcher Verſuche wegen gar wohl lebendig er=
öffnen dürfe = = Aus dieſen letztern Aufſatze kann man unter andern
ſehen, daß Herr Mylius die Buchſtabenrechnung damals müſſe gelernt
haben. Er wirft mit a und x um ſich, wie einer, der noch nicht
5 lange damit bekannt iſt. Das aber hat er mit ſehr großen Analyſten
daſelbſt gemein, daß es ihm vollkommen gelungen iſt, eine Wahrheit,
die, in ſchlechten Worten ausgedrückt, ſehr faßlich wäre, durch die
allgemeinen Zeichen für die Hälfte ſeiner Leſer zum Räthſel zu machen.
Zwar = = als wenn man nur die Leſer klug zu machen ſchriebe! Gnug,
10 wenn man zeigt, daß man ſelbſt klug iſt. = = Außer dieſen proſaiſchen
Stücken werden Sie auch verſchiedene Gedichte in den Beluſtigungen
von ihm finden; beſonders einige ſapphiſche Oden, die dieſes zärtliche
Sylbenmaaß ſehr wohl beobachten, und viel artige Stellen haben.
Das vornehmſte aber iſt wohl das Gedicht auf die Bewohner
15 der Kometen. Ich muß Ihnen ſagen, bey was für Gelegenheit es
gemacht worden. Der Hr. Prof. Käſtner hatte kurz vorher ſein
philoſophiſches Gedicht über die Kometen in den Beluſtigungen drucken
laſſen. Sie haben es doch geleſen? Es iſt in der That ein Gedicht;
und in der That philoſophiſch. Sein Verfaſſer hat ſich längſt den
20 nächſten Platz nach Hallern erworben, und Reimen und Denken nie
getrennt. Ich führe folgende Stelle aus dem Gedächtniſſe an:

> Was aber würde wohl dort im Komet gebohren?
> Ein widriges Gemiſch von Lappen und von Mohren,
> Ein Volk, das unverletzt vom Aeußerſten der Welt,
25 > Wo Nacht und Kälte wohnt, in lichte Flammen fällt.
> Wer iſt der dieſes glaubt?

Ohne Zweifel brachte dieſe Frage den Hrn. Mylius auf. Er wollte
es ſeyn, der es glaubte. Noch mehr, er wollte es ſeyn, der auch andre,
es zu glauben, nöthigte. Er ſetzte ſich alſo, und ſchrieb ein ziemlich
30 lang Gedichte, worinnen er von der Möglichkeit der Bewohner der
Kometen, die der Hr. Prof. Käſtner nicht geleugnet hatte, und von
ihrer Wahrſcheinlichkeit, die aber unter ſeinen Händen noch ziemlich
unwahrſcheinlich blieb, handelte.

> Der Vorſatz an ſich ſelbſt war keines Tadels werth;
35 wie ein Dichter, den Herr Mylius nicht wohl leiden konnte, bey
einer ähnlichen Gelegenheit ſpricht. Nur Schade, daß er ſeine Ein=

bildungskraft nicht besser dabey anstrengte; nur Schade, daß er den
kurzen und nervenreichen Ausdruck nicht in seiner Gewalt hatte; nur
Schade, daß er sich von dem Reime fortreissen ließ, und in sein ganz
Gedicht noch lange nicht so viel gute Gedanken brachte, als wir gute
Beobachtungen von Kometen haben. Ein Freund hat so gar nicht
mehr, als eine einzige schöne Zeile darinne gefunden; diese nämlich:
　　　Was nützt der größte Stern, der ewig müßig geht?
Er glaubte eine feine Anspielung auf die grossen einflußlosen Sterne
unter den Menschen darinne zu sehen, von der sich noch zweifeln läßt,
ob sie unser Poet dabey gedacht hat. Was für einen artigen physi=
kalischen Roman hätte er uns machen können, wenn er den innern
Reichthum seiner Materie recht gekannt und ihn gehörig zu brauchen
gewußt hätte! Aber war es von ihm damals zu verlangen? War es
von dem geschwornen Schüler eines Meisters zu verlangen, der Reimer
die Menge, aber auch nichts als Reimer gezogen hat? Genug, daß
Hr. Mylius in den Aufsätzen, die von seiner Feder in den Be=
lustigungen stehen, alles geleistet hat, was ein Gottschedianer leisten
kann. Die poetischen sind fließend, und ohne Mittelwörter; und die
prosaischen sind gedehnt und rein = = Sie sehen wohl, mein Herr, daß
ich mir heute kein Blatt vors Maul nehme. Ich wäre auf guten
Wegen; wenn ich nur nicht abbrechen müßte. Leben Sie wohl!

<h2 style="text-align:center">Dritter Brief.</h2>
Vom 22. April.

Freylich hat sich Herr Mylius auch in wöchentlichen Sitten=
schriften versucht. = = Sie wissen, mein Herr, wer die ersten Verfasser
in dieser Art waren. Männer, denen es weder an Witz, noch an Tief=
sinn, noch an Gelehrsamkeit, noch an Kenntniß der Welt fehlte. Eng=
länder, die in der größten Ruhe und mit der besten Bequemlichkeit,
auf alles aufmerksam seyn konnten, was einen Einfluß auf den Geist
und auf die Sitten ihrer Nation hatte. = = Wer aber sind ihre Nach=
ahmer unter uns? Größtentheils junge Witzlinge, die ungefehr der
deutschen Sprache gewachsen sind, hier und da etwas gelesen haben,
und, was das betrübteste ist, ihre Blätter zu einer Art von Renten
machen müssen. = = = Hr. Mylius war noch nicht lange in Leipzig,
als er mit dem Jahr 1745. seinen Freygeist anfing, und ihn durch

zwey und funfzig Wochen glücklich fortsetzte. Der Titel versprach viel,
und ich glaube nicht, daß man zu unsern Zeiten leicht einen anlocken=
dern finden könnte. Ich weis es aus dem Munde des Verfassers, daß
er sich nie hingesetzt, ein Blat von demselben zu machen, ohne vorher
einige Stücke aus dem Zuschauer gelesen zu haben. Diese Art sich
vorzubereiten und seinen Geist zu einer edeln Nacheiferung aufzu=
muntern, war ohne Zweifel sehr lobenswerth. Freylich kann sie nur
bey denen von einiger Wirkung seyn, die schon vor sich Kräfte genug
hätten, nichts gemeines zu schreiben. Denn denen, welchen diese Kräfte
fehlen, wird sie zu weiter nichts nützen, als die äußerliche Einrichtung
zu ertappen. Sie werden uns bald ein Briefchen, bald ein Gespräch,
bald eine Erzehlung, bald ein Gedichtchen vorlegen, und in dieser ab=
wechselnden Armuth sich ihren Mustern gleich dünken, deren wahre
Schönheiten sie nicht einmal einsehen. = = Hr. Mylius sahe sie aller=
dings ein, und man kann nicht leugnen, daß sich nicht ein großer
Theil von seinem Freygeiste sehr wohl lesen lasse. Verschiedene kleine
Züge, die er seiner Person darinne giebt, sind etwas mehr als bloße
Erdichtungen. Was er zum Exempel in dem dreyzehnten Blatte von
des Boethius Troste der Weltweisheit sagt, ist gänzlich nach
den Buchstaben zu verstehen. Er hatte von diesem geliebten Buche
eine Ausgabe in sehr kleinem Formate, die er eine lange Zeit, an=
statt der geriebnen Wurzeln und Kräuter, welche andre
aus Artigkeit in die Nase stopfen, in einer Schnupftabacks=
dose bey sich trug. Die Uebersetzung, die er an angeführtem Orte
daraus mittheilt, macht ihn zum Erfinder einer im Deutschen noch nie
gebrauchten Versart, der adonischen nämlich; und es ist seine Schuld
ohne Zweifel nicht, wenn er keine Nachahmer darinne gehabt hat.
Was übrigens den Inhalt des Freygeistes anbelangt, so wird auch
der eigensinnigste Splitterrichter nicht das geringste darinne finden,
was der christlichen Tugend und Religion zum Schaden gereichen
könnte. Gleichwohl aber ward es = = = und dieses muß ich Ihnen zu
melden nicht vergessen = = seinem guten Namen einigermaaßen nach=
theilig, ihn geschrieben zu haben. Er behielt von der Zeit an den
Titel seines Buchs statt eines Beynamens, und seine Bekannten waren
noch lange hernach gewohnt, die Namen Mylius und Freygeist
eben so ordentlich zu verbinden, als man jetzt die Namen Edelmann

und Religionsspötter verbindet. Sie können sich leicht einbilden, daß diese Verbindung bey denen, welche die wahre Ursache davon nicht wußten, oft ein sehr empfindliches Mißverständniß werde verursacht haben. Es ist aber so ungegründet, daß ich es auch nicht mit einem Worte weiter widerlegen will. Ich will Ihnen vielmehr noch etwas von seiner zweyten moralischen Wochenschrift sagen, die er bald nach seiner Ankunft in Berlin heraus gab. Sie hieß der Wahrsager. Er kam nicht weiter damit, als bis auf das zwanzigste Stück. Die fernere Fortsetzung ward ihm höheres Orts verbothen, und es wäre seiner Ehre zuträglicher gewesen, wenn man ihm gleich den Anfang untersagt hätte. Ich kann Ihnen nicht sagen, wie ungleich er sich darinne sieht! Die Schreibart ist nachläßig, die Moral gemein, die Scherze sind pöbelhaft und die Satyre ist beleidigend. Er schonte niemanden und hatte nichts schlechters zur Absicht, als seine Blätter zur scandalösen Chronicke der Stadt zu machen. Man schrie daher überall wider ihn, bis ihm das Handwerk gelegt ward. Als ein neuer Ankömmling in Berlin hatte er sich ohne Zweifel einen allzu großen Begrif von der hiesigen Freyheit der Presse gemacht. Er hatte gesehen, daß wichtige Wahrheiten hier Scherz verstehen müssen, und glaubte also, daß ihn die Einwohner auch ertragen würden, wenn er auch schon ein wenig maßiv wäre. Allein er irrte sich! Die erstern können durch die allergrößte Mißhandlung nichts verlieren; die andern aber können auch durch die allerkleinste alles verlieren, nämlich ihre Ehre. Was also die Obrigkeit dort aus Sicherheit verstattet, das muß sie hier aus Mitleiden verbiethen. = = = Das erste Blatt des Wahrsagers kam Donnerstags heraus. Den Sonntag vorher wußte Hr. Mylius noch nicht, wie es heißen sollte. Er lief hundert Namen durch, und konnte keinen finden, der ihm recht gelegen gewesen wäre. Endlich half ihm der geschwinde Witz eines guten Freundes noch aus der Noth. Sie können sich nicht entschließen, wie Sie Ihr Blatt nennen wollen? sagte der Herr von K** zu ihm; Nennen Sie es den Wahrsager. Die zu dumm waren, Sie als einen Freygeist zu hören, die werden gewiß nicht zu klug seyn, Ihnen als einem Wahrsager zu folgen. Dieser Einfall ward gebilliget, ob er gleich ein wenig boshaft war, und in drey Stunden war das erste Stück fertig. Mit eben dieser Geschwindigkeit

hat Hr. Mylius auch die übrigen ausgearbeitet, und wenn dieſer
Umſtand ſchon nicht ihren geringen Werth entſchuldiget, ſo verhindert
er doch wenigſtens zu glauben, daß unſer Tachngraphus ſie nicht beſſer
habe machen können. = = Ich bin ꝛc.

Vierter Brief.
Vom 6. May.

Herr Mylius hat drey Luſtſpiele und ein muſikaliſches Zwiſchen=
ſpiel geſchrieben. Das ſind ſeine theatraliſchen Lorbeern! Das erſte
Luſtſpiel ward 1745. in Hamburg gedruckt und heißt die Aerzte.
Es iſt in Proſa; es hat fünf Aufzüge; es beobachtet die drey Ein=
heiten; es läßt die Bühne vor dem Ende eines Aufzugs niemals leer;
es hat keine unwahrſcheinliche Monologen. = = Warum darf ich nun
nicht gleich darzu ſetzen: kurz, es iſt ein vollkommnes Stück? Warum
giebt es gewiſſe ſchwer zu vergnügende ekle Kunſtrichter, welche eine
anſtändige Dichtung, wahre Sitten, eine männliche Moral, eine ſeine
Satyre, eine lebhafte Unterredung, und ich weis nicht, was noch ſonſt
mehr, verlangen? Und warum, mein Herr, ſind Sie ſelbſt einer von
dieſen Leuten? Ich hätte Ihnen ein ſo vortrefliches Cuibproquo machen
wollen, daß Sie meinen Freund den deutſchen Moliere nennen ſollten.
Ein deutſcher Moliere! und dieſer mein Freund! O wenn es doch
wahr wäre! Wenn es doch wahr wäre! = = Hören Sie nur, Hr. My=
lius mußte ſeine Aerzte auf Verlangen machen, was Wunder, daß
ſie ihm geriethen, wie = = wie alles, was man auf Verlangen macht.
Kurz vorher waren die Geiſtlichen auf dem Lande zum Vor=
ſchein gekommen. Sie kennen dieſes Stück; es hatte einen jungen
Menſchen zum Verfaſſer, der hier in Berlin noch auf Schulen war,
der aber nach der Zeit beſſere Anſprüche auf den Ruhm eines guten
komiſchen Dichters der Welt vorlegte, und ſelbſt aus Liebe zur Bühne
ein Schauſpieler ward, nämlich den verſtorbenen Hrn. Krieger. In
ſeinen Geiſtlichen hatte er die Satyre auf eine unbändige Art über=
trieben, und ich weis überhaupt nicht, was ich von der Satyre halten
ſoll, die ſich an ganze Stände wagt. Doch Galle, Ungerechtigkeit und
Ausſchweifung haben nie ein Buch um die Leſer gebracht, wohl aber
manchem Buche zu Leſern verholfen. Die Welt konnte ſich an den
Geiſtlichen nicht ſatt leſen; ſie wurden mehr als einmal gedruckt; ja

sie wurden, was die Leser immer um die Hälfte vermehrt, confiscirt.
So eine vortrefliche Aufnahme stach einem Buchhändler in die Augen.
Er versprach sich keinen kleinen Gewinnst, wenn man auch andre Stände
eine solche Musterung könnte paßiren lassen, und trug die Abfertigung
der Aerzte dem Hr. Mylius auf, der es auch annahm, ob er gleich
selbst unter die Söhne des Aesculaps gehörte. Er brachte sonderbares
Zeug in sein Lustspiel: eine Jungfer, der man es ansehen kann, daß
sie keine Jungfer mehr ist; ein Paar Freyer, die sich über eine künftige
Frau zur Hälfte vergleichen, und ein Haufen Züge, die vollkommen
wohl in eine schlechte englische Komödie passen würden. = = Doch wie
steht es um sein zweytes Lustspiel? Es heißt der Unerträgliche
und ist gleichfalls in Prosa und fünf Aufzügen. Es sollte eine persönliche Satyre seyn; muß ich Ihnen im Vertrauen sagen. Allein es
gelang ihm mit dem Individuo eben so schlecht, als dort mit der
Gattung. Denn mit wenigen alles zu sagen, er schilderte seinen Un-
erträglichen, ich weis nicht ob so glücklich, oder so unglücklich, daß sein
ganzes Stück darüber unerträglich ward. Die Aerzte und den Un-
erträglichen machte Hr. Mylius bald nacheinander; sein drittes Stück
aber, von welchem ich gleich reden will, folgte erst einige Jahre darauf.
Es heißt die Schäferinsel; es ist in Versen und hat drey Aufzüge.
Wenn ich doch wüßte, wie ich Ihnen einen deutlichen Begrif davon
machen sollte. = = Kennen Sie den Geschmack der Frau Neuberin?
Man müßte sehr unbillig seyn, wenn man dieser berühmten Schauspielerin eine vollkommne Kenntniß ihrer Kunst absprechen wollte. Sie
hat männliche Einsichten; nur in einem Artikel verräth sie ihr Geschlecht. Sie tändelt ungemein gerne auf dem Theater. Alle Schauspiele von ihrer Erfindung sind voller Putz, voller Verkleidung, voller
Festivitäten; wunderbar und schimmernd. = = Vielleicht zwar kannte sie
ihre Herren Leipziger, und das war vielleicht eine List von ihr, was
ich für eine Schwachheit an ihr halte. Doch dem sey, wie ihm wolle;
genug, daß nach diesem Schlage ungefehr die Schäferinsel seyn sollte,
welche Hr. Mylius auch wirklich auf ihr Anrathen ausarbeitete. Er
hätte sie am kürzesten ein pseudopastoralisch-musikalisches Lust- und
Wunderspiel nennen können. Nachdem er einmal den Entwurf davon
gemacht hatte, kostete ihm die ganze Ausarbeitung nicht mehr als vier
Nächte; und so viele bringt ein andrer wohl mit Einrichtung einer

einzigen Scene ſchlaflos zu. So lange er damit beſchäftiget war, habe
ich ihn, ſeiner Geſchwindigkeit wegen, mehr als einmal beneidet; ſo
bald er aber fertig war, und er mir ſeine Geburt vorgeleſen hatte,
war ich wieder der großmüthigſte Freund, in deſſen Seele ſich auch
nicht die geringſte Spur des Neides antreffen ließ. = = Noch ein Wort
von ſeinem Zwiſchenſpiele. Es heißt der Kuß; es ward com=
ponirt, und auf der Neuberiſchen Bühne in Leipzig aufgeführt. Es
fanden ſich Leute, welche es bewunderten, weil eine gewiſſe Schau=
ſpielerin die Schäferin darinne machte. Der Inhalt war aus der
Schäferwelt. = = = Verzeihen Sie, mein Herr, daß mir die Schäferwelt
den Frühling in die Gedanken bringt; verzeihen Sie, daß das heutige
angenehme Wetter mich verleitet, ihn immer ein wenig zu genießen,
und daß ich alſo, Zeit zu gewinnen, ſchließe. Ich will lieber den ganzen
Spaziergang an niemanden, als an Sie gedenken, als noch ein Wort
mehr ſchreiben; ausgenommen: Leben Sie wohl!

Fünfter Brief.
Vom 4. Junius.

An Kenntniß der vortreflichſten Muſter fehlte es dem Hrn. My=
lius gar nicht. Und wie hätte es ihm auch ſo leicht daran fehlen
können, da er das Hülfsmittel der Sprachen vollkommen wohl in ſeiner
Gewalt hatte? Die vornehmſten lebendigen und todten waren ihm ge=
läufig. Von der lateiniſchen werden Sie mir es ohne Beweis glauben.
In Anſehung der griechiſchen beruf ich mich auf ſeine Ueberſetzungen,
die er aus dem Ariſtophanes und Lucian gemacht hat. Dieſe letztern
werden Sie in der Sammlung auserleſener Schriften dieſes
Sophiſten, welche im Jahr 1745. bey Breitkopfen gedruckt iſt, finden.
Der Hr. Prof. Gottſcheb machte eine unverlangte Vorrede dazu,
mit der er dem Publico einen ſchlechten Dienſt erwies. Die Beſorger
wurden darüber ungehalten, und anſtatt, daß ſie uns den ganzen
Lucian deutſch liefern wollten, ließen ſie es bey dieſer Probe bewenden.
Ich würde einen langen und trocknen Brief ſchreiben müſſen, wenn
ich Ihnen auch alle ſeine Ueberſetzungen aus dem Franzöſiſchen, Ita=
liäniſchen und Engliſchen anführen wollte. Unter den erſtern verdienen
ohne Zweifel die Kosmologie des Hrn. von Maupertuis, und
des Hrn. Clairaut Anfangsgründe der Algebra die vor=

züglichste Stelle. Beyde Werke zu übersetzen, ward etwas mehr als
die bloße Kenntniß der Sprache erfordert; einer Sprache in der er
übrigens seine Briefe am liebsten abzufassen pflegte. Und ich muß es
Ihnen nur beyläufig sagen, daß sein Briefwechsel sehr groß war;
größer als ihn vielleicht mancher in dem einträglichsten Amte sitzender
Gelehrte, aus Furcht vor den Unkosten, übernehmen möchte. Er war
nicht bloß in Deutschland eingeschlossen; er erstreckte sich noch viel
weiter, und es war allerdings eine Ehre für ihn, daß er die verbind=
lichsten Antworten von einem Reaumur, Linnäus, Watson, Lyonet ꝛc.
aufweisen konnte. = = Aus dem Italiänischen hat Hr. Mylius unter
andern in den Beyträgen zur Historie und Aufnahme des
Theaters, die Clitia des Machiavells übersetzt; und aus dem Eng=
lischen, Popens Versuch über den Menschen. Durch diese letztere Ueber=
setzung, welche in Prosa ist und in dem zweyten Bande der hälli=
schen Bemühungen steht, wollte er die Arbeit des Hrn. Brockes
ausstechen. Das Weitschweifende und Wäßrichte seines paraphrastischen
Vorgängers hat er zwar leichtlich vermeiden können, allein daß es sonst
ohne Fehler auf seiner Seite hätte abgehen sollen, das war so leicht
nicht. Ohne Zweifel wußte er damals so viel Englisch noch nicht, und
konnte es auch nicht wissen, als er während seines Aufenthalts zu
London, in seinem letzten Jahre, durch die Uebersetzung von Hogarths
Zergliederung der Schönheit, zu wissen gezeigt hat. Ja er ist
so gar noch selbst, mitten unter den Engländern, ein Schriftsteller in
ihrer Sprache geworden. Und zwar ein kritischer Schriftsteller. Er
ließ nehmlich über ein neues Trauerspiel des Hrn. Glover einen
Brief drucken, in welchem er sich Christpraise Myll nannte. Ohne
Zweifel wollte er die englischen Leser durch seinen deutschen Namen
nicht abschrecken. Noch habe ich diesen Brief nicht gesehen, und ich
kenne ihn nur zum Theil aus dem Monthly Review, wo er ganz kalt=
sinnig und kurz angezeigt wird. Er hat dem Hrn. Glover die Ver=
absäumung einiger dramatischen Regeln vorgerückt; und Sie wissen
wohl, mein Herr, was die Regeln in England gelten. Der Britte
hält sie für eine Sklaverey und sieht diejenigen, welche sich ihnen
unterwerfen, mit eben der Verachtung und mit eben dem Mitleid an,
mit welchem er alle Völker, die sich eine Ehre daraus machen, Königen
zu gehorchen, betrachtet, wenn auch diese Könige schon Friedriche

sind. Doch ich zweifle, ob Hr. Mylius zu einer wichtigern Kritik aufgelegt war; sein Geist war in Gottscheds Schule zu mechanisch geworden, und der unglückliche Tadler der ewigen Gedichte eines Hallers konnte unmöglich mit seinem Geschmacke bey einem Volke be= wundert werden, welches uns dieses Dichters wegen zu beneiden Grund hätte. Wie? werden Sie sagen, der unglückliche Tadler Hallers? Ja, mein Herr, dieses war Hr. Mylius; denn er ist es, aus dessen Feder die Beurtheilung des Hallerischen Gedichts, über den Ursprung des Uebels, in den ersten Stücken der hällischen Be= mühungen, geflossen ist. Ich sage mit Fleiß, aus seiner Feder und nicht aus seinem Kopfe. Der Hr. Prof. Gottsched dachte damals für ihn, und mein Freund hat es nach der Zeit mehr als einmal be= reuet, ein so schimpfliches Werkzeug des Neides gewesen zu seyn. Doch ich weis schon, auf wen die größte Schande fällt; auf den ohne Zweifel, auf welchen alle seine Schüler ihre Vergehungen bürden, und ihn, wie den Versöhnungsbock, in die Wüste schicken sollten. = = Aber, bewundern Sie doch mit mir den Hrn. von Haller! Entweder er hat es gewußt, daß ihn Hr. Mylius ehedem so schimpflich kritifirt habe; oder er hat es nicht gewußt. In dem ersten Falle bewundre ich seine Großmuth, die auf keine Rache dieser persönlichen Beleidigung gedacht, sondern sich den Beleidiger vielmehr unendlich zu verbinden gesucht hat. In dem andern Falle bewundre ich = = seine Großmuth nicht weniger, die sich nicht einmal die Mühe genommen hat, die Na= men seiner spöttischen Tadler zu wissen = = Leben Sie wohl. Ich bin 2c.

Sechster Brief.
Vom 20. Junius.

O, ich glaube es Ihnen sehr wohl, mein Herr, daß verschiedene in Ihrer Gegend, welche an der Myliusischen Reise Theil gehabt, über den unglücklichen Ausgang derselben verdrüßlich sind, und ihr Geld bereuen. Was haben wir nun davon? heißt es bey einigen auch hier. Ehre! habe ich denen, die ich näher kenne, geantwortet. Ehre! = = „Nichts weiter? versetzte man. Wir glaubten, wie vortreflich wir unsre „Naturaliensammlungen würden vermehren können.“ = = Ey! und also sahen Sie den Hrn. Mylius nicht so wohl für einen Gelehrten, welcher Entdeckungen machen sollte, als für einen Commißionair an,

ber für Sie nach Amerika reisete, um die Lücken Ihres Cabinets, so
wohlfeil als möglich, zu erfüllen? = = „Nicht viel anders!“ = = Nicht
viel anders? So nehme ich mir die Freyheit aufrichtig zu gestehen,
daß ich Ihnen den vorgegebenen Schaden von Grund des Herzens
gönne. Aber wissen Sie wohl, bin ich in meinem Complimente fort= 5
gefahren, für was Hr. Mylius eigentlich Sie, und alle Beförderer
seiner Reise angesehen hat? Für Verschwender; für Leute die ihr über=
flüßiges Vermögen zu sonst nichts bessern anzuwenden wüßten; die
nur Geld verschenkten, um es zu verschenken, und = = „Was? hat man
„mich unterbrochen; uns für Verschwender anzusehen?“ = = Wahrhaftig, 10
meine Herren, dafür hat Sie Hr. Mylius angesehen, noch ehe er
die Ehre hatte, Sie zu kennen. Ich habe ihnen hierauf, um sie recht=
schaffen zu kränken, eine Stelle aus dem satyrischen Sendschreiben*)
meines Freundes vorgelesen, in welchem er verschiedne Anschläge er=
theilet, wie man die Thorheiten und Laster der Menschen zum Auf= 15
nehmen der Naturlehre nützen könne. Er hat dieses Sendschreiben in
die Ermunterungen eingerückt, und die Stelle, auf welche ich ziele,
ist viel zu sonderbar, als daß mich die Mühe tauern sollte, sie Ihnen,
mein Herr, hier abzuschreiben. „Die Verschwender, sagt er, lasse man
„ihr Geld auf die Besoldung einer Anzahl Reisender wenden, welche 20
„die Welt die Länge und Quere durchreisen und durchschiffen, und,
„wenn es das Glück will, allerley physikalische und zur Natur=
„geschichte gehörige Entdeckungen machen. Man lasse auf ihre Unkosten
„Luftschiffe bauen, und den Erfolg auf ein Gerathewohl ankommen.
„Die Ausführung solcher Unternehmungen trage man irrenden Rittern, 25
„Don Quixoten und Wagehälsen auf, und erwarte mit Vergnügen
„und Gelassenheit, ob die Naturlehre dadurch mit neuen Erfindungen
„und Lehrsätzen wird bereichert werden. Die Sache mag so übel
„ausschlagen, als sie will, so werden doch weder die physikalischen Wissen=
„schaften, noch ihre uneigennützige Handlanger einigen Schaden davon 30
„haben.“ = = Was sagen Sie zu dieser Stelle, mein Herr? Vielleicht,
daß sie etwas prophetisches hat. Doch ich bin gewiß überzeugt, daß
Hr. Mylius ein sehr lobenswürdiger und vorsichtiger Wagehals würde
gewesen seyn, wenn ihm der Tod vergönnt hätte, seine Geschicklichkeit
zu zeigen. Er würde sich nicht begnügt haben, wo er hingekommen 35

*) Man sehe diese vermischten Schriften, Seite 280. u. folg.

wäre, bloß mit den Augen eines Naturforschers zu sehen, und um
nichts, als um einen Stein oder um ein Kraut sich Gefahren auszu=
setzen. Er würde ein allgemeiner Beobachter gewesen seyn, und die
Kenntniß des Schönsten in der Natur, des Menschen, für keine Kleinig=
keit angesehen haben, ob sie gleich in dem gemeinen Plane seiner
Reise nicht in Betrachtung gezogen war. = = Doch, erlauben Sie mir,
mein Herr, daß ich Ihnen auch endlich einmal von etwas andern
schreibe. Die Erinnerung der Geschicklichkeiten meines Freundes ist mir
zu peinlich, und ich empfinde seinen Verlust zu lebhaft, wenn ich der=
selben allzusehr nachhänge. = = = Lassen Sie uns vielmehr 2c. = = =

* * * * * * *

Hier geriethen wir in unserm Briefwechsel auf eine andre Ma=
terie, welche für den Leser wenig reizendes haben würde und hierher
nicht gehöret. Alles, was ich noch für ihn hinzuthun muß, ist etwas
weniges, was diese Sammlung genauer angeht. Sie bestehet aus lauter
Stücken, welche theils in verschiednen Monatsschriften zerstreut, theils
auch einzeln gedruckt waren. Alles dessen, was in den vorstehenden
Briefen gesagt worden, ungeachtet, glaube ich, daß sehr viele Leser
die meisten nicht ohne besonderes Vergnügen lesen werden. Die Poesien
insbesondere habe ich überall zusammen gesucht, und hätte zwar mit
leichter Mühe noch weit mehrere, bessere aber wohl schwerlich auftreiben
können. Mit was für Augen man sie betrachten müsse, habe ich deut=
lich gnug zu verstehen gegeben, und ich füge nur noch hinzu, daß die
Gedichte des Hrn. Mylius ganz anders aussehen würden, wenn sie
alle mit dem Gefühle und dem Fleiße gemacht wären, mit welchem er
seinen Abschied aus Europa gemacht hat. Es schien, als ob er
erst um diese Zeit recht anfangen wollte, sein Herz und seinen Witz
zu brauchen. = = Mir ist jetzt weiter nichts zu thun übrig, als den
Leser den Innhalt der Sammlung auf einmal übersehen zu lassen,[1]
und mich seiner Gunst zu empfehlen.

---

[1] [in dem Inhaltsverzeichniß, das sogleich auf die Vorrede folgt.]

Pope ein Metaphysiker!

Danzig, bey Johann Christian Schuster.

1755.

Pope ein Metaphysiker!

[Pope ein Metaphysiker! von Lessing und Moses Mendelssohn gemeinschaftlich verfaßt, erschien nach dem Meßkatalog zur Michaelismesse 1755 in groß 8°, 2 Blätter und 60 Seiten
stark, mit einer Titelvignette, welche vor einer Urne zwei Knaben und einen Faun darstellt, der
sich eine bärtige Larve vor das Gesicht hält.]

————————

[Pope ein Metaphysiker! von Lessing und Moses Mendelssohn gemeinschaftlich verfaßt, erschien nach dem Meßkatalog zur Michaelismesse 1755 in groß 8°, 2 Blätter und 60 Seiten
stark, mit einer Titelvignette, welche vor einer Urne zwei Knaben und einen Faun darstellt, der
sich eine bärtige Larve vor das Gesicht hält.]

Vorbericht.

Man würde es nur vergebens leugnen wollen, daß gegenwärtige Abhandlung durch die neuliche Aufgabe der Königl. Preußischen Akademie der Wissenschaften, veranlaßt worden; und daher hat man auch diese Veranlassung selbst nirgends zu verstecken gesucht. Allein wenn der Leser deßwegen an eine Schöne denken wollte, die sich aus Verdruß dem Publico Preiß giebt, weil sie den Bräutigam, um welchen sie mit ihren Gespielinnen getanzt, nicht erhalten; so würde er ganz gewiß an eine falsche Vergleichung denken. Die Akademischen Richter werden es am besten wissen, daß ihnen diese Schrift keine Mühe gemacht hat. Es fanden sich Umstände welche die Einschickung derselben verhinderten, die aber ihrer Bekanntmachung durch den Druck nicht zuwieder sind. Nur einen von diesen Umständen zu nennen = = Sie hat zwey Verfasser, und hätte daher unter keinem andern Sinnspruche erscheinen können, als unter diesem:

Compulerant - - greges Corydon et Thyrsis in unum.

Gesetzt nun, sie wäre gekrönt worden! Was für Streitigkeit würde unter den Urhebern entstanden seyn! Und diese wollten gerne keine unter sich haben.

Aufgabe.

Die Akademie verlangt eine Untersuchung des Popischen Systems, welches in dem Satze alles ist gut enthalten ist. Und zwar so, daß man

Erstlich den wahren Sinn dieses Satzes, der Hypothes seines Urhebers gemäß, bestimme.

Zweytens ihn mit dem System des Optimismus, oder der Wahl des Besten, genau vergleiche, und

Drittens die Gründe anführe, warum dieses Popische System entweder zu behaupten oder zu verwerffen sey.

Die Akademie verlangt eine Untersuchung des Popischen Systems, welches in dem Satze: alles ist gut, enthalten ist.

Ich bitte um Verzeihung, wenn ich gleich Anfangs gestehen muß, daß mir die Art, mit welcher diese Aufgabe ausgedrückt worden, nicht die beste zu seyn scheinet. Da Thales, Plato, Chrysippus, Leibnitz und Spinosa, und unzählig andere, einmüthig bekennen: es sey alles gut; so müssen in diesen Worten entweder alle Systemata, oder es muß keines darinn enthalten seyn. Sie sind der Schluß, welchen jeder aus seinem besondern Lehrgebäude gezogen hat, und der vielleicht noch aus hundert andern wird gezogen werden. Sie sind das Bekenntniß derer, welche ohne Lehrgebäude philosophirt haben. Wollte man sie zu einem Kanon machen, nach welchem alle dahin einschlagende Fragen zu entscheiden wären; so würde mehr Bequemlichkeit als Verstand dabey seyn. GOtt hat es so haben wollen, und weil er es so hat haben wollen, muß es gut seyn: ist wahrhaftig eine sehr leichte Antwort, mit welcher man nie auf dem Trocknen bleibt. Man wird damit abgewiesen, aber nicht erleuchtet. Sie ist das beträchtlichste Stück der Weltweisheit der Faulen; denn was ist fauler, als sich bey einer jeden Naturbegebenheit auf den Willen GOttes zu berufen, ohne zu überlegen, ob der vorhabende Fall auch ein Gegenstand des göttlichen Willens habe seyn können?

Wenn ich also glauben könnte, der Concipient der Akademischen Aufgabe habe schlechterdinges in den Worten Alles ist gut ein System zu finden verlangt; so würde ich billig fragen, ob er auch das Wort System in der strengen Bedeutung nehme, die es eigentlich haben soll? Allein er kann mit Recht begehren, daß man sich mehr an seinen Sinn, als an seine Worte halte. Besonders alsdenn, wenn der wahre Sinn, der falschen Worte ungeachtet durchstrahlet, wie es hier in den nähern Bestimmungen des Satzes hinlänglich geschiehet.

Diesem zu folge stelle ich mir also vor, die Akademie verlange eine Unterſuchung desjenigen Syſtems, welches Pope erfunden oder angenommen habe, um die Wahrheit: daß alles gut ſey, dadurch zu erhärten, oder daraus herzuleiten, oder wie man ſonſt ſagen will. Nur muß man nicht ſagen, daß das Syſtem in dieſen Worten liegen ſolle. Es liegt nicht eigentlicher darinne, als die Prämiſſen in einer Concluſion liegen, deren zu eben derſelben eine unendliche Menge ſeyn können.

Vielleicht wird man es mir verdenken, daß ich mich bey dieſer Kleinigkeit aufgehalten habe. — — Zur Sache alſo! Eine Unter= ſuchung des Popiſchen Syſtems — —

Ich habe nicht darüber nachdenken können, ohne mich vorher mit einem ziemlichen Erſtaunen gefragt zu haben: wer iſt Pope? — — — Ein Dichter — — — Ein Dichter? Was macht Saul unter den Pro= pheten? Was macht ein Dichter unter den Metaphyſikern?

Doch ein Dichter braucht nicht alle Zeit ein Dichter zu ſeyn. Ich ſehe keinen Widerſpruch, daß er nicht auch ein Philoſoph ſeyn könne. Ebenderſelbe, welcher in dem Frühlinge ſeines Lebens unter Liebesgöttern und Grazien, unter Muſen und Faunen, mit dem Thyr= ſus in der Hand, herum geſchwärmt; eben derſelbe kann ſich ja leicht in dem reifen Herbſte ſeiner Jahre, in den philoſophiſchen Mantel ein= hüllen, und jugendlichen Scherz mit männlichem Ernſt abwechſeln laſſen. Dieſe Veränderung iſt der Art, wie ſich die Kräfte unſerer Seelen entwickeln, gemäß genug.

Doch eine andere Frage machte dieſe Ausflucht zu nichte. — — Wenn? Wo hat Pope den Metaphyſiker geſpielt, den ich ihm nicht zutraue? — — Eben, als er ſeine Stärke in der Dichtkunſt am meiſten zeigte. In einem Gedichte. In einem Gedichte alſo, und zwar in einem Gedichte, das dieſen Namen nach aller Strenge verdient, hat er ein Syſtem aufgeführet, welches eine ganze Akademie der Unter= ſuchung werth erkennet? So ſind alſo bey ihm der Poet und der ſtrenge Philoſoph — — ſtrenger aber als der ſyſtematiſche kann keiner ſeyn — — nicht zwey mit einander abwechſelnde Geſtalten, ſondern er iſt beydes zugleich; er iſt das eine, indem er das andere iſt?

Dieſes wollte mir ſchwer ein — — Gleichwohl ſuchte ich mich auf alle Art davon zu überzeugen. Und endlich behielten folgende Gedanken Platz, die ich eine

Vorläufige Untersuchung,

Ob ein Dichter, als ein Dichter, ein System haben könne?

nennen will.

Hier hätte ich vielleicht Gelegenheit eine Erklärung des Worts
System voraus zu schicken. Doch ich bleibe bey der Bescheidenheit,
die ich schon oben verrathen habe. Es ist so ungeziemend, als un=
nöthig, einer Versammlung von Philosophen, das ist, einer Versamm=
lung systematischer Köpfe zu sagen, was ein System sey?

Kaum daß es sich schickte, ihr zu sagen, was ein Gedicht sey;
wenn dieses Wort nicht auf so verschiedene Art erklärt worden wäre,
und ich nicht zeigen müßte, welche ich zu meiner Untersuchung für die
bequemste hielte.

Ein Gedicht ist eine vollkommene sinnliche Rede. Man weis,
wie vieles die Worte vollkommen und sinnlich in sich fassen,
und wie sehr diese Erklärung allen andern vorgezogen zu werden
verdienet, wenn man von der Natur der Poesie weniger seicht ur=
theilen will.

Ein System also und eine sinnliche Rede — Noch fällt der
Widerspruch dieser zwey Dinge nicht deutlich genug in die Augen. Ich
werde mich auf den besondern Fall einschliessen müssen, auf welchen
es eben hier ankömmt; und für das System überhaupt, ein meta=
physisches setzen.

Ein System metaphysischer Wahrheiten also, und eine sinnliche
Rede; beydes in einem — — Ob diese wohl einander aufreiben?

Was muß der Metaphysiker vor allen Dingen thun? — — Er
muß die Worte, die er brauchen will, erklären; er muß sie nie in
einem andern Verstande, als in dem erklärten anwenden; er muß sie
mit keinen, dem Scheine nach gleichgültigen, verwechseln.

Welches von diesen beobachtet der Dichter? Keines. Schon der
Wohlklang ist ihm eine hinlängliche Ursache, einen Ausdruck für den
andern zu wählen, und die Abwechslung synonymischer Worte ist ihm
eine Schönheit.

Man füge hierzu den Gebrauch der Figuren — Und worinn
bestehet das Wesen derselben? — — Darinn, daß sie nie bey der
strengen Wahrheit bleiben; daß sie bald zu viel, und bald zu wenig

sagen — — Nur einem Metaphysiker, von der Gattung eines B ö h = m e n s, kann man sie verzeihen.

Und die Ordnung des Metaphysikers? — — Er geht, in be= ständigen Schlüssen, immer von dem leichtern, zu dem schwerern fort; er nimt sich nichts vorweg; er hohlet nichts nach. Wenn man die Wahrheiten auf eine sinnliche Art auseinander könnte wachsen sehen: so würde ihr Wachsthum eben dieselben Staffeln beobachten, die er uns in der Ueberzeugung von derselben hinauf gehen läßt.

Allein Ordnung! Was hat der Dichter damit zu thun? Und noch dazu eine so sclavische Ordnung. Nichts ist der Begeisterung eines wahren Dichters mehr zuwider.

Man würde mich schwerlich diese kaum berührten Gedanken weiter ausführen lassen, ohne mir die Erfahrung entgegen zu setzen. Allein auch die Erfahrung ist auf meiner Seite. Sollte man mich also fragen, ob ich den L u c r e z kenne; ob ich wisse, daß seine Poesie das System des Epikurs enthalte? Sollte man mir andere seines gleichen anführen; so würde ich ganz zuversichtlich antworten: L u c r e z und seines gleichen, sind Versmacher, aber keine Dichter. Ich leugne nicht, daß man ein System in ein Sylbenmaaß, oder auch in Reime bringen könne; son= dern ich leugne daß dieses in ein Sylbenmaaß oder in Reime gebrachte System ein Gedicht seyn werde. — — Man erinnere sich nur, was ich unter einem Gedichte verstehe; und was alles in dem Begriffe einer sinnlichen Rede liegt. Er wird schwerlich in seinem ganzen Umfange auf die Poesie irgend eines Dichters eigentlicher anzuwenden seyn, als auf die Popische.

Der Philosoph, welcher auf den Parnaß hinaufsteiget, und der Dichter, welcher sich in die Thäler der ernsthaften und ruhigen Weis= heit hinabbegeben will, treffen einander gleich auf dem halben Wege, wo sie, so zu reden, ihre Kleidung verwechseln, und wieder zurück= gehen. Jeder bringt des andern Gestalt in seine Wohnungen mit sich; weiter aber auch nichts, als die Gestalt. Der Dichter ist ein philo= sophischer Dichter, und der Weltweise ein poetischer Weltweise geworden. Allein ein philosophischer Dichter ist darum noch kein Philosoph, und ein poetischer Weltweise ist darum noch kein Poet.

Aber so sind die Engländer. Ihre grossen Geister sollen immer die größten, und ihre seltnen Köpfe sollen immer Wunder seyn. Es

ſchien ihnen nicht Ruhms gnug, Popen ben vortreflichſten philo=
ſophiſchen Dichter zu nennen. Sie wollen, daß er ein eben ſo groſſer
Philoſoph als Poet ſey. Das iſt: ſie wollen das Unmögliche, ober
ſie wollen Popen als Poet um ein groſſes erniebrigen. Doch bas
leztere wollen ſie gewiß nicht; ſie wollen alſo bas erſtere.

Bisher habe ich gezeigt — — wenigſtens zeigen wollen — —
baß ein Dichter, als Dichter, kein Syſtem machen könne. Nunmehr
will ich zeigen, baß er auch keines machen will; geſetzt auch, er könnte;
geſetzt auch, meine Schwierigkeiten involvirten keine Unmöglichkeit,
und ſein Genie gebe ihm Mittel an die Hand, ſie glücklich zu über=
ſteigen.

Ich will mich gleich an Popen ſelbſt halten. Sein Gebicht
ſollte kein unfruchtbarer Zuſammenhang von Wahrheiten ſeyn. Er
nennt es ſelbſt ein moraliſches Gebicht, in welchem er die Wege Gottes
in Anſehung der Menſchen rechtfertigen wolle. Er ſuchte mehr einen
lebhaften Einbruck, als eine tiefſinnige Ueberzeugung — — Was mußte
er wohl alſo in dieſer Abſicht thun? Er mußte, ohne Zweifel, alle
bahin einſchlagende Wahrheiten in ihrem ſchönſten und ſtärkſten Lichte
ſeinen Leſern barſtellen.

Nun überlege man, baß in einem Syſtem nicht alle Theile von
gleicher Deutlichkeit ſeyn können. Einige Wahrheiten deſſelben ergeben
ſich ſo gleich aus bem Grundſatze; anbere ſind mit gehäuften Schlüſſen
baraus herzuleiten. Doch dieſe letzten können in einem anbern Syſtem
die deutlichſten ſeyn, in welchem jene erſtern vielleicht die bunkelſten ſind.

Der Philoſoph macht ſich aus dieſer kleinen Unbequemlichkeit
der Syſteme nichts. Die Wahrheit, die er burch einen Schluß er=
langet, iſt ihm barum nicht mehr Wahrheit, als bie, zu welcher er
nicht anbers als burch zwanzig Schlüſſe gelangen kann; wenn dieſe
zwanzig Schlüſſe nur untrüglich ſind. Genug, baß er alles in einen
Zuſammenhang gebracht hat; genug baß er dieſen Zuſammenhang mit
einem Blicke, als ein Ganzes zu überſehen vermag, ohne ſich bey ben
feinen Verbindungen deſſelben aufzuhalten.

Allein ganz anbers benkt der Dichter. Alles was er ſagt, ſoll
gleich ſtarken Einbruck machen; alle ſeine Wahrheiten ſollen gleich
überzeugend rühren. Und dieſes zu können, hat er kein anber Mittel,
als dieſe Wahrheit nach dieſem Syſtem, und jene nach einem anbern

auszudrücken. — — Er spricht mit dem Epikur, wo er die Wollust erheben will, und mit der Stoa, wo er die Tugend preisen soll. Die Wollust würde in den Versen eines Seneka, wenn er überall genau bey seinen Grundsätzen bleiben wollte, einen sehr traurigen Aufzug machen; eben so gewiß, als die Tugend, in den Liedern eines sich immer gleichen Epikurers, ziemlich das Ansehen einer Metze haben würde.

Jedoch ich will den Einwendungen Platz geben, die man hier= wider machen könnte. Ich will mir es gefallen lassen; Pope mag eine Ausnahme seyn. Er mag Geschicklichkeit und Willen genug besessen haben, in seinem Gedichte, wo nicht ein System völlig zu ent= werfen, wenigstens mit den Fingern auf ein gewisses zu zeigen. Er mag sich nur auf diejenigen Wahrheiten eingeschränkt haben, die sich nach diesem System sinnlich vortragen lassen. Er mag die übrigen um so viel eher übergangen seyn, da es ohnedem die Pflicht eines Dichters nicht ist, alles zu erschöpfen.

Wohl! Es muß sich ausweisen; und es wird sich nicht besser ausweisen können, als wenn ich mich genau an die von der Akademie vorgeschriebenen Puncte halte. Diesen gemäß wird meine Abhand= lung aus drey Abschnitten bestehen, welchen ich zuletzt einige historisch critische Anmerkungen beyfügen will.

Erster Abschnitt.

Sammlung derjenigen Sätze, in welchen das Popische System liegen müßte.

Man darf diese Sätze fast nirgends anders als in dem ganzen ersten Briefe, und in dem vierten, hin und wieder, suchen.

Ich habe keinen einzigen übergangen, der nur in etwas eine systematische Mine machte, und ich zweifele ob man ausser folgenden Dreyzehn noch einen antreffen wird, welcher in dieser Absicht in Betrachtung gezogen zu werden verdiente.

Die Ordnung nach welcher ich sie hersetzen will, ist nicht die Ordnung, welcher Pope in dem Vortrage gefolget ist. Sondern es ist die, welcher Pope im Denken muß gefolget seyn; wenn er anders einer gefolgt ist.

Erster Satz.

Von allen möglichen Systemen muß Gott das beste ge=
schaffen haben.

Dieser Satz gehört Popen nicht eigenthümlich zu; vielmehr
zeigen seine Worte deutlich genug, daß er ihn als ausgemacht annimt,
und von einem andern entlehnet.

1. B. Z. 43. 44.

Of Systems possible, if 'tis confest,
That Wisdom infinite must form the best etc.

Das ist: wenn man zugestehen muß, daß eine unend=
liche Weisheit aus allen möglichsten Systemen das beste
erschaffen müsse. Wenn kann hier keine Ungewißheit anzeigen;
sondern, weil er seine übrigen Sätze aus dieser Bedingung folgert, so
muß es hier eben das seyn, als wenn er gesagt hätte: da man noth=
wendig gestehen muß rc.

Zwenter Satz.

In diesem besten System, muß alles zusammenhangen,
wenn nicht alles in einander fallen soll.

1. B. Z. 45.

Where all must fall,[1] or all coherent be.

In dem gemeinen Exemplare, welches ich vor mir habe, heißt
die lezte Helfte dieser Zeile: or not coherent be. Ich vermuthe nicht
ohne Grund, daß es an statt not, all heissen müsse. Gesezt aber Pope
habe wirklich not geschrieben, so kann doch auch alsdenn kein anderer
Sinn darinne liegen, als der, welchen ich in dem Satze ausgedrückt
habe. — — Es kömmt hier nur noch darauf an, was Pope unter
dem Zusammenhange in der Welt verstehe. Er erklärt sich zwar nicht
ausdrücklich darüber; verschiedene Stellen aber zeigen, daß er die=
jenige Einrichtung darunter verstehe, nach welcher alle Grade der
Vollkommenheit in der Welt besetzt wären, ohne daß irgendwo eine
Lücke anzutreffen sey. Er setzt daher zu den angeführten Worten
hinzu (Z. 46.) and all that rises, rise in due degree. d. h. mit
dem vorhergehenden zusammen genommen: Es muß alles in ein=

---

[1] [Die Originalausgaben des Popischen Gedichts haben full; Leßings Konjektur setzt eine falsche
Lesart voraus. F. M.]

ander fallen, oder alles zusammenhangen, und was sich erhebt, muß sich in dem gebührenden Grade erheben. Folglich findet er den Zusammenhang darinn, daß sich alles stuffenweis in der Welt erhebe. Und ferner sagt er: (Z. 233.) wenn einige Wesen vollkommen werden sollen; so müssen entweder die niedrigern Wesen an ihre Stelle rücken, oder es muß in der vollen Schöpfung eine Lücke bleiben, da alsdenn die ganze Leiter zerrüttet werden müßte, so bald nur eine einzige Stufe zerbrochen wird. Each System in gradation roll: (Z. 239.) Ein jedes System gehet stufenweise fort; sagt überhaupt eben dieses. Und eben diese allmälige Degradation nennt er die grosse Kette, welche sich von dem Unendlichen bis auf den Menschen, und von dem Menschen bis auf das Nichts erstrecke. (1. Brief. Z. 232. 236.) Folgende Zeilen aus dem vierten Briefe machen des Dichters Meinung vielleicht noch deutlicher. (Zeile 47. und folgende.)

> Order is Heav'n's great Law: and this confest,
> Some are and must be, mightier than the rest,
> More rich, more wise etc.

Er nimmt also diese Einrichtung, nach welcher alle Grade der Vollkommenheit verschieden sind, für die Ordnung an. Auch aus den folgenden Sätzen wird man es sehn, daß er mit dem Zusammenhange in der Welt keinen andern Begrif verknüpfe, als den wir eben auseinander gesetzt haben.

Dritter Satz.

In der Kette von Leben und Empfindung müssen irgendwo solche Wesen, wie die Menschen sind, anzutreffen seyn. 1. B. Z. 47. 48.

> — in the scale of life and sense, 'tis plain
> There must be, some where, such a rank as Man.

Dieser Satz folgt unmittelbar aus dem vorhergehenden. Denn sollen in der besten Welt alle Grade der Vollkommenheit ihre Wirklichkeit erlangen; so muß auch der Rang, der für den Menschen gehört, nicht leer bleiben. Der Mensch hat also weder in der besten Welt ausbleiben, noch vollkommener geschaffen werden können. In beyden Fällen würde ein Grad der Vollkommenheit nicht wirklich geworden, und daher kein Zusammenhang in der besten Welt gewesen seyn.

Man bedenke nunmehr wie wenig Popens Schluß bindet, wenn wir den Zusammenhang in der Welt anders erklärten, als es in dem vorigen Satze geschehen ist.

Of Systems possible, if 'tis confest,
That Wisdom infinite must form the best,
Where all etc. — —
Then in the scale of life and sense, 'tis plain
There must be, some where, such a rank as Man.

Aus keiner andern Ursache, sagt Pope, mußte ein solcher Rang, ein solcher Grad der Vollkommenheit, als der Mensch begleitet, wirklich werden, als, weil in der besten Welt alles in einander fallen oder zusammenhangen, und in einem gehörigen Grade sich erheben muß; das heißt, weil kein Rang unbesetzt bleiben darf.

Besser hat Pope vermuthlich dem Einwurfe begegnen zu können, nicht geglaubt; warum so ein Wesen, wie der Mensch, erschaffen worden, oder warum er nicht vollkommener erschaffen worden? Auf das letztere noch näher zu antworten nimmt er (Brief 1. Zeile 251. und folgende) die Unveränderlichkeit der Wesen aller Dinge zu Hülfe, und sagt, daß dieses Verlangen eben so lächerlich sey als jenes, wenn der Fuß die Hand, die Hand der Kopf, und der Kopf mit seinen Sinnen nicht bloß das Werkzeug des Geistes zu seyn begehrten. In dem vierten Briefe (Zeile 160.) drücket er sich hierüber noch stärker aus, wo er behauptet: die Frage, warum der Mensch nicht vollkommen erschaffen worden, wollte mit veränderten Worten nichts anders sagen, als dieses, warum der Mensch nicht ein Gott, und die Erde nicht ein Himmel sey?

Vierter Satz.

Die Glückseligkeit eines jeden Geschöpfs bestehet in einem Zustande, der nach seinem Wesen abgemessen ist.

1 Brief. Zeile 175.

All in exact proportion of the state.

und in der 71ten Zeile eben desselben Briefes sagt er von dem Menschen insbesondere:

His being measur'd to his state and place.

Folglich, sagt Pope, kömmt es nur hauptsächlich darauf an, daß man beweise, der Mensch sey wirklich in der Welt in einen Zustand gesetzt worden, welcher sich für sein Wesen und seinen Grad der Vollkommenheit schickt:

1 Brief. 49. 50. Zeile.

And all the question (wrangle e're so long)
Is only this, if God has plac'd him wrong? 5

Fünfter Satz.

Der Mensch ist so vollkommen als er seyn soll.
1. Brief. Zeile 70.
Man's as perfect as he ought.

Das heißt: der Zustand des Menschen ist wirklich nach seinem Wesen 10 abgemessen, und daher ist der Mensch vollkommen. Daß aber jenes sey, erhelle klar, wenn man den Zustand, darinn der Mensch lebe, selbst betrachte; welches er in den folgenden Zeilen thut.

Sechster Satz.

GOtt wirkt nach allgemeinen, und nicht nach besondern 15 Gesetzen; und in besondern Fällen handelt er nicht wider seine allgemeine Gesetze um eines Lieblings Willen.
4. B. Z. 33. 34.
— — the universal cause
Acts not by partial but by general laws. 20
und Z. 119. ebb. B.
Think we like some weak Prince th' eternal Cause
Prone for his Fav'rites to reverse his Laws?

Diesen Gedanken führt der Dichter in dem Folgenden weiter aus, und erläutert ihn durch Beyspiele. Er scheint aber damit das System 25 des Malebranche angenommen zu haben, der nur die allgemeinen Gesetze zum Gegenstande des göttlichen Willens macht, und so den Urheber der Welt zu rechtfertigen glaubt, wenn gleich aus diesen allgemeinen Gesetzen Unvollkommenheiten erfolgten.

Die Schüler dieses Weltweisen behaupten folglich, Gott habe 30 seiner Weisheit gemäß handeln und daher die Welt durch allgemeine Gesetze regieren müssen. In besondern Fällen könnte die Anwendung dieser allgemeinen Gesetze wohl so etwas hervorbringen, das an und für sich selbst entweder völlig unnütze oder gar schädlich, und daher den

göttlichen Absichten eigentlich zuwider sey: allein es sey genug, daß
die allgemeinen Gesetze von erheblichem Nutzen wären, und daß die
Uebel, welche in wenigen besondern Fällen daraus entstehen, nicht ohne
einen besondern Rathschluß hätten gehoben werden können. Sie führen
zum Exempel an: die allgemeinen mechanischen Gesetze, nach welchen
der Regen zu gewissen Zeiten herunter falle, hätten einen unaussprech-
lichen Nutzen. Allein wie oft befeuchte der Regen nicht einen unfrucht-
baren Stein, wo er wirklich keinen Nutzen schaffe; und wie oft richte
er nicht Ueberschwemmungen an, wo er gar schädlich wäre? Ihrer
Meinung also nach, können dergleichen Unvollkommenheiten auch in
der besten Welt entstehen, weil keine allgemeine Gesetze möglich sind,
die den göttlichen Absichten in allen besondern Fällen genug thäten.
Oder, fragen sie, sollte Gott eines Lieblings Willen¹ — — der
wißbegierige Weltweise sey, zum Exempel, dieser Liebling — —
die allgemeinen Gesetze brechen, nach welchen ein Aetna Feuer speyen
muß?

4. B. Z. 121. 122.

Shall burning Aetna, if a sage requires,
Forget to thunder, and recall her fires?

Siebender Satz.

Kein Uebel kömmt von Gott.

Das ist: das Uebel, welches in der Welt erfolgt, ist niemals
der Gegenstand des göttlichen Willens gewesen.

4. B. Z. 110.

God sends not ill.

Pope hat dieses aus dem Vorhergehenden ohngefehr so geschlossen. Wenn das Uebel nur in besondern Fällen entsteht, und eine
Folge aus den allgemeinen Gesetzen ist; Gott aber nur diese allgemeine
Gesetze, als allgemeine Gesetze, für gut befunden, und zum Gegenstande
seines Willens gemacht hat: so kann man nicht sagen, daß er das
Uebel eigentlich gewollt habe, welches aus ihnen fließt, und ohne welches
sie keine allgemeine Gesetze gewesen wären. Unser Dichter sucht diese
Entschuldigung um ein grosses kräftiger zu machen, wenn er sagt, daß
noch dazu dieses aus den allgemeinen Gesetzen folgende Uebel sehr

---

¹ [wohl nur verdruckt für] um eines Lieblings Willen [vgl. S. 421, Z. 17]

ſelten ſey. Er hat hiermit vielleicht nur ſo viel ſagen wollen, daß
Gott ſolche allgemeine Geſetze gewählt habe, aus welchen in beſondern
Fällen die wenigſten Uebel entſtünden. Allein er drückt ſich auf eine
ſehr ſonderbare Art aus; er ſagt: (1. B. Z. 143.) th' exceptions
are few, und an einem andern Orte Nature lets it fall, das Uebel 5
nehmlich. Ich werde dieſen Punct in meinem dritten Abſchnitte be=
rühren müſſen.

Achter Satz.

In der Welt kann nicht die mindeſte Veränderung vor=
gehen, welche nicht eine Zerrüttung in allen Weltge= 10
bäuben, aus welchen das Ganze beſteht, nach ſich ziehen
ſollte.

1. Br. Z. 233.—236.

— — On superior pow'rs

Were we to press, inferior might on ours: 15
Or in the full creation leave a Void,
Where, one step broken, the great scale's destroy'd.

und Z. 239—242.

And if each System in gradation roll
Alike essential to th' amazing whole; 20
The least confusion but in one, not all
That system only, but the whole must fall.

Neunter Satz.

Das natürliche und moraliſche Böſe ſind Folgen aus den
allgemeinen Geſetzen, die Gott öfters zum Beſten des 25
Ganzen gelenkt, öfters auch lieber zugelaſſen hat, als
daß er durch einen beſondern Willen ſeinem allgemeinen
hätte zuwider handeln ſollen.

1. Br. Z. 145. 146.

If the great end be human happiness, 30
Then Nature *deviats*, and can man do less?

4. Br. Z. 112. 113.

Or partial ill is universal good
— — — — or Nature lets it fall.

1. Br. Z. 161. 162.
— all subsists by elemental strife
And Passions are the Elements of life.

Zehnter Satz.

Es iſt nicht alles um des Menſchen Willen geſchaffen wor=
den, ſondern der Menſch ſelbſt iſt vielleicht um eines an=
bern Dinges Willen da.

1. Br. Z. 57.
— man, who here seems principal alone,
Perhaps acts second to some sphere unknown.

3. Br. Z. 24.
Made beast in aid of man, and man of beast.

Eilfter Satz.

Die Unwiſſenheit unſers zukünftigen Zuſtandes iſt uns
zu unſerm Beſten gegeben worden.

Wer würde ohne ſie, ſagt der Dichter, ſein Leben hier ertragen
können? (1. Br. Z. 76.)

Und ebb. Z. 81.
Oh blindness of the future! kindly giv'n
That each etc.

Anſtatt der Kenntniß des Zukünftigen aber, ſagt Pope, hat
uns der Himmel die Hofnung geſchenkt, welche allein vermögend iſt,
uns unſre letzten Augenblicke zu verſüſſen.

Zwölfter Satz.

Der Menſch kann ſich, ohne ſein Nachtheil, keine ſchärfern
Sinne wünſchen.

Die Stelle, worinn er dieſes beweiſet, iſt zu lang, ſie hier ab=
zuſchreiben. Sie ſtehet in dem erſten Briefe, und geht von der 185ten
Zeile bis zu der 198ten. Dieſer Satz aber, und die zwey vorher=
gehenden, ſind eigentlich nähere Beweiſe des fünften Satzes, und ſollen
barthun, daß dem Menſchen wirklich ſolche Gaben und Fähigkeiten zu
Theil worden, als ſich für ſeinen Stand am beſten ſchicken. Die Frage

wäre also beantwortet, auf welche es, nach Popens Meinung, in
dieser Streitigkeit hauptsächlich ankömmt:

if God has placed him *(man)* wrong?

Dreyzehnter Satz.

Die Leidenschaften des Menschen, die nichts als ver=
schiedene Abänderungen der Eigenliebe sind, ohne welche
die Vernunft unwirksam bleiben würde, sind ihm zum
Besten gegeben worden.

2. B. Z. 83.

Modes of self-love the Passions we may call.

Ebend. Z. 44.

Self-love to urge, and Reason to restrain.

und 1. Br. Z. 162.

Passions are the Elements of life.

Pope gesteht zwar, daß unzählig viel Schwachheiten und Fehler
aus den Leidenschaften entstehen; allein auch diese gründen sich auf
ein allgemeines Gesetz, welches dieses ist: daß sie alle von einem wirklichen, oder einem anscheinenden Gute in Bewegung gesetzt werden
sollen. Gott aber habe (nach dem 9ten Satze) alle Uebel zulassen
müssen, die aus den allgemeinen Gesetzen erfolgten, weil er sonst die allgemeinen Gesetze durch einen besondern Rathschluß hätte aufheben müssen.

2. Br. Z. 84.

'Tis real good, or seeming, moves them all.

Schlußsatz.

Aus allen diesen Sätzen nun zusammen glaubt Pope den Schluß
ziehen zu können, daß alles gut sey; que tout ce qui est, est
bien. Ich drücke hier seinen Sinn in der Sprache seiner Uebersetzer
aus. Allein ist es wohl gut, sich auf diese zu verlassen? Wie wenn
Pope nicht gesagt hätte, daß alles gut, sondern nur, daß alles recht
sey? Wollte man wohl recht und gut für einerley nehmen? Hier
sind seine Worte: (1. Br. Z. 286.)

— Whatever is, is *right*.

Man wird hoffentlich einem Dichter, wie Pope ist, die Schande
nicht anthun, und sagen, daß er durch den Reim gezwungen worden,

right hier anſtatt irgend eines andern Worts zu ſetzen. Wenigſtens war er in dem vierten Briefe (Z. 382.) wo er dieſen Ausſpruch wieder=hohlt, des Reimzwanges überhoben, und es muß mit ernſtlichem Be=dacht geſchehen ſeyn, daß er nicht good oder well geſagt hat. Und warum hat er es wohl nicht geſagt? Weil es offenbar mit ſeinen übrigen Gedanken würde geſtritten haben. Da er ſelbſt zugeſteht, daß die Natur manche Uebel fallen laſſe; ſo konnte er wohl ſagen, daß dem ohngeachtet alles recht ſey, aber unmöglich, daß alles gut ſey. Recht iſt alles, weil alles, und das Uebel ſelbſt, in der Allgemeinheit der Geſetze, die der Gegenſtand des göttlichen Willens waren, gegründet iſt. Gut aber würde nur alsdenn alles ſeyn, wenn dieſe allgemeinen Geſetze allezeit mit den göttlichen Abſichten überein=ſtimmten. Zwar geſtehe ich gern, daß auch das franzöſiſche bien, weniger ſagt als bon, ja daß es faſt etwas anders ſagt; deßgleichen auch, daß das deutſche gut, wenn es adverbialiter und nicht ſubſtantive gebraucht wird, oft etwas ausdrückt, was eigentlich nur recht iſt. Allein es iſt die Frage, ob man an dieſen feinen Unter=ſchied ſtets gedacht hat, ſo oft man das Popiſche: es iſt alles gut, oder tout ce qui est, est bien gehöret?

  Ich habe hier weiter nichts zu erinnern. — — Will man ſo gut ſeyn, und die vorgetragnen Sätze für ein Syſtem gelten laſſen, ſo kann ich es unterdeſſen recht wohl zufrieden ſeyn. Ich will wün=ſchen, daß es ſich in dem Verſtande des Leſers wenigſtens ſo lange aufrecht erhalten möge, bis ich es in dem dritten Abſchnitte, zum Theil mit den eignen Waffen ſeines Urhebers, ſelbſt niederreiſſen kann. Ich würde mich der Gefahr, ein ſo ſchwankendes Gebäude nur einen Augenblick vor ſich ſtehen zu laſſen, nicht ausſetzen, wenn ich mich nicht nothwendig zu dem zweyten von der Akademie vorgeſchriebenen Punkte vorher wenden müßte.

Zweyter Abſchnitt.

Vergleichung obiger Sätze mit den Leibnitziſchen Lehren.

Wenn ich der Akademie andre Abſichten zuſchreiben könnte, als man einer Geſellſchaft, die zum Aufnehmen der Wiſſenſchaften be=ſtimmt iſt, zuſchreiben kann; ſo würde ich fragen: ob man durch dieſe befohlene Vergleichung mehr die Popischen Säße für philosophisch, oder mehr die Leibnißischen Säße für poetisch habe erklären wollen?

Doch, wie gesagt, ich kann meine Frage sparen, und mich immer zu der Vergleichung selbst wenden. Aufs höchste möchte eine gar zu übertriebene Meinung von dem, mehr als menschlichem, Geiste des Engländers zum Grunde liegen.

Ich will in meiner Vergleichung die Ordnung der obigen Säße beybehalten, doch ohne sie alle zu berühren. Verschiedne stehen nur der Verbindung wegen da; und verschiedne sind allzuspeciell, und mehr moralisch als metaphysisch. Beyde Arten werde ich füglich übergehen können, und die Vergleichung wird dennoch vollständig seyn.

Erster Saß.

Gott muß von allen möglichen Systemen das beste erschaffen haben. Dieses sagt Pope, und auch Leibniß hat sich an mehr als einem Orte vollkommen so ausgedrückt. Was jeder besonders dabey gedacht hat, muß aus dem Uebrigen erhellen. Warburton aber hat völlig Unrecht, wenn er diesen Saß, unabhängig von den andern Säßen, nicht sowohl für Leibnißisch als für Platonisch erkennen will. Ich werde es weiter unten zeigen. Hier will ich nur noch erinnern, daß der Concipient der akademischen Frage anstatt des Saßes: alles ist gut, nothwendig diesen und keinen andern hätte wählen müssen, wenn er mit einigem Grunde sagen wollen, daß ein System darinn liegen könne, welches vielleicht nicht das Leibnißische, aber doch etwa ein ähnliches wäre.

Zweyter Saß.

In dem besten System muß alles zusammenhangen. Was Pope unter diesem Zusammenhange verstehe, hat man gesehen. Diejenige Beschaffenheit der Welt nehmlich, nach welcher alle Grade der Vollkommenheit von Nichts bis zur Gottheit mit Wesen angefüllt wären.

Leibniß hingegen seßt diesen Zusammenhang darinn, daß alles in der Welt, eines aus dem andern, verständlich erkläret werden kann. Er siehet die Welt als eine Menge zufälliger Dinge an, die Theils neben einander existiren, Theils auf einander folgen. Diese verschiednen

Dinge würden zusammen kein Ganzes ausmachen, wenn sie nicht alle,
wie die Räder der Maschine, mit einander vereiniget wären: das heißt,
wenn sich nicht aus jedem Dinge deutlich erklären liesse, warum alle
übrigen so, und nicht anders neben ihm sind; und aus jedem vorher=
5 gehenden Zustande eines Dinges, warum dieser oder jener darauf
folgen wird. Dieses muß ein unendlicher Verstand völlig daraus be=
greiffen können, und der mindeste Theil der Welt muß ihm ein Spie=
gel seyn, in welchem er alle übrigen Theile, die neben demselben sind,
so wie alle Zustände, in welchen die Welt war, oder je seyn wird,
10 sehen kann.

Nirgends aber hat Leibnitz gesagt, daß alle Grade der Voll=
kommenheit in der besten Welt besetzt seyn müßten. Ich glaube auch
nicht, daß er es hätte sagen können. Denn wenn er gleich mit Popen
sagen dürfte: die Schöpfung ist voll; so müßte er dennoch einen
15 ganz andern Sinn mit diesen Worten verknüpfen, als Pope damit
verknüpft hat. Mit Leibnitzen zu reden, ist die Schöpfung in der
besten Welt deswegen allenthalben voll, weil allenthalben eines in dem
andern gegründet ist, und daher der Raum oder die Ordnung der
neben einander existirenden Dinge nirgends unterbrochen wird. Auf
20 gleiche Art ist sie auch der Zeit nach voll, weil die Zustände, die in
derselben auf einander folgen, niemals aufhören, wie Wirkungen und
Ursachen in einander gegründet zu seyn. Etwas ganz anders aber
versteht Pope unter seiner *full creation*, wie sich aus der Verbindung
seiner Worte schliessen läßt.

25 1. Br. Z. 235.

— — — On superior pow'rs
Were we to press, inferior might on ours:
Or in the full creation leave a Void.

Die Schöpfung nehmlich ist ihm nur deswegen voll, weil alle Grade
30 darinn besetzt sind.

Und dieses ist ein Beweis mehr, daß zwey verschiedne Schrift=
steller deswegen noch nicht einerley Meinung sind, weil sie sich an ge=
wissen Stellen mit einerley Worten ausdrücken. Pope hatte einen ganz
andern Begriff von leer und voll in Ansehung der Schöpfung, als
35 Leibnitz; und daher konnten sie beyde sagen: the creation is full,
ohne weiter etwas unter sich gemein zu haben, als die blossen Worte.

Dritter Satz.

Aus dem Vorhergehenden schließt Pope a priori, daß noth=
wendig der Mensch in der Welt angetroffen werden müsse, weil sonst
die ihm gehörige Stelle unter den Wesen leer seyn würde.

Leibnitz hingegen beweiset das nothwendige Daseyn des Men=
schen a posteriori, und schließt, weil wirklich Menschen vorhanden
sind, so müssen solche Wesen zur besten Welt gehört haben.

Sechster Satz.

Pope, wie man gesehen hat, scheinet mit dem P. Malebranche
in diesem Satze einerley Meinung gehabt zu haben. Er behauptet
nehmlich, Gott könne in der Welt blos deßwegen böses geschehen lassen,
weil er seinen allgemeinen Willen nicht durch besondre Rathschlüsse
aufheben wolle. Nothwendig müßten also in der Welt Mängel an=
zutreffen seyn, die Gott, der besten Welt unbeschadet, hätte vermeiden
können, wenn er seinen allgemeinen Willen in einigen Fällen durch
einen besondern Rathschluß hätte aufheben wollen. Man darf nur
folgende Stelle ansehen, um zu erkennen, daß dieses wirklich Po=
pens Meinung gewesen sey.

4. Br. Z. 112.

Or partial ill is universal good
— — or Nature lets it fall.

Dieses oder oder zeigt genugsam, daß das Uebel in dem
zweyten Falle zu der Vollkommenheit der Welt nichts beytrage, son=
dern daß es die Natur, oder die allgemeinen Gesetze fallen lassen.

Allein was behauptet Leibnitz von allem diesen? — Leib=
nitz behauptet, der allgemeine Rathschluß Gottes entstehe aus allen
besondern Rathschlüssen zusammen genommen, und Gott könne, ohne
der besten Welt zum Nachtheile, kein Uebel durch einen besondern
Rathschluß aufheben. Denn nach ihm hanget das System der Ab=
sichten mit dem System der wirkenden Ursachen so genau zusammen,
daß man dieses als eine Folge aus dem erstern ansehen kann. Man
kann also nicht sagen, daß aus den allgemeinen Gesetzen der Natur,
das ist, aus dem System der wirkenden Ursachen etwas erfolge, das
mit den göttlichen Absichten nicht übereinstimmt; denn bloß aus der

beften Verknüpfung der befondern Abfichten, find die allgemein wir=
kenden Urfachen und das allerweifefte Ganze entftanden. (Man fehe
hievon die Theodicee §. 204. 205. 206.)

Und hieraus nun erhellet, daß Pope und Leibnitz nicht ein=
mal in dem Begriffe der beften Welt einig feyn können. Leibnitz
fagt: wo verfchiedene Regeln der Vollkommenheit zufammengefetzt
werden follen, ein Ganzes auszumachen; da müffen nothwendig einige
derfelben wider einander ftoffen, und durch diefes Zufammenftoffen
müffen entweder Widerfprüche entftehen, oder von der einen Seite
Ausnahmen erfolgen. Die befte Welt ift alfo nach ihm diejenige, in
welcher die wenigften Ausnahmen, und diefe wenigen Ausnahmen noch
darzu von den am wenigften wichtigen Regeln gefchehen. Daher nun
entftehen zwar die moralifchen und natürlichen Unvollkommenheiten,
über die wir uns in der Welt befchweren; allein fie entftehen ver=
möge einer höhern Ordnung, die diefe Ausnahmen unvermeidlich ge=
macht hat. Hätte Gott ein Uebel in der Welt weniger entftehen laffen,
fo würde er einer höhern Ordnung, einer wichtigern Regel der Voll=
kommenheit zuwider gehandelt haben, von deren Seite doch durchaus
keine Ausnahme gefchehen follte.

Pope hingegen und Malebranche räumen es ein, daß Gott,
der beften Welt unbefchadet, einige Uebel daraus hätte weglaffen können,
ohne etwas merkliches in derfelben zu verändern. Allein dem ohn=
geachtet habe er die Allgemeinheit der Gefetze, aus welcher diefe Uebel
flieffen, lieber gewollt, und wolle fie auch noch lieber, ohne diefen
feinen Entfchluß jemals, um eines Lieblings willen, zu ändern.

Achter Satz.

Ferner, wie wir gefehen haben, behauptet Pope, die minbefte
Veränderung in der Welt erftrecke fich auf die ganze Natur, weil ein
jedes Wefen, das zu einer gröffern Vollkommenheit gelange, eine Lücke
hinter fich laffen müffe, und diefe Lücke müffe entweder leer bleiben,
welches den ganzen Zufammenhang aufheben würde, oder die untern
Wefen müßten heran rücken, welches durch die ganze Schöpfung nichts
anders, als eine Zerrüttung verurfachen könne.

Leibnitz weis von keiner folchen Lücke, wie fie Pope annimt,
weil er keine allmälige Degradation der Wefen behauptet. Eine Lücke

in der Natur kann, nach seiner Meinung, nirgend anders werden, als wo die Wesen in einander gegründet zu seyn aufhören; denn da wird die Ordnung unterbrochen, oder welches eben so viel ist, der Raum bleibt leer. Dennoch aber behauptet Leibnitz in einem weit strengern Verstande als Pope, daß die minbeste Veränderung in der Welt einen Einfluß in das Ganze habe, und zwar weil ein jedes Wesen ein Spiegel aller übrigen Wesen, und ein jeder Zustand der Inbegriff aller Zustände ist. Wenn also der kleinste Theil der Schöpfung anders, oder in einen andern Zustand versetzt wird, so muß sich diese Veränderung durch alle Wesen zeigen; eben wie in einer Uhr alles, sowohl dem Raume, als der Zeit nach, anders wird, so= bald das minbeste von einem Räbchen abgefeilet wird.

Neunter Satz.

Die Unvollkommenheiten in der Welt erfolgen, nach Popens System, entweder zum Besten des Ganzen (worunter man zugleich die Verhütung einer grössern Unvollkommenheit mit begreift) oder weil keine allgemeinen Gesetze den göttlichen Absichten in allen beson= dern Fällen haben genug thun können.

Nach Leibnitzens Meinung hingegen müssen nothwendig alle Unvollkommenheiten in der Welt zur Vollkommenheit des Ganzen dienen, oder es würde sonst ganz gewiß ihr Aussenbleiben aus den allgemeinen Gesetzen erfolgt seyn. Er behauptet, Gott habe die all= gemeinen Gesetze nicht willkührlich, sondern so angenommen, wie sie aus der weisen Verbindung seiner besondern Absichten, oder der ein= fachen Regeln der Vollkommenheit, entstehen müssen. Wo eine Un= vollkommenheit ist, da muß eine Ausnahme unvermeiblich gewesen seyn. Keine Ausnahme aber kann Statt finden, als wo die einfachen Regeln der Vollkommenheit mit einander streiten; und jede Ausnahme muß daher vermöge einer höhern Ordnung geschehen seyn, das ist, sie muß zur Vollkommenheit des Ganzen dienen.

— — Wird es wohl nöthig seyn, noch mehrere Unterschiede zwischen den Popischen Sätzen und Leibnitzischen Lehren anzuführen? Ich glaube nicht. Und was sollten es für mehrere Unterschiede seyn? In den besondern moralischen Sätzen, weiß man wohl, kommen alle Weltweisen überein, so verschieden auch ihre Grundsätze sind. Der

übereinklingende Ausdruck der erstern muß uns nie verleiten, auch die
letztern für einerley zu halten; denn sonst würde es sehr leicht seyn,
jeden andern, der irgend einmal über die Einrichtung der Welt ver=
nünfteln wollen, eben so wohl als Popen, zum Leibnitzianer zu
machen.

Verdient nun aber Pope diese Benennung durchaus nicht, so
wird auch nothwendig die Prüfung seiner Sätze etwas ganz anders,
als eine Bestreitung des Leibnitzischen Systems von der besten Welt
seyn. Die Gottsche de sagen, sie werde daher auch etwas ganz an=
ders seyn, als die Akademie gewünscht habe, daß sie werden möchte.
Doch was geht es mich an, was die Gottsche de sagen; ich werde
sie dem ohngeachtet unternehmen.

Dritter Abschnitt.

Prüfung der Popischen Sätze.

Ich habe oben gesagt, Pope, als ein wahrer Dichter, müsse
mehr darauf bedacht gewesen seyn, das sinnlich Schöne aus allen
Systemen zusammen zu suchen, und sein Gedicht damit auszuschmücken,
als sich selbst ein eignes System zu machen, oder sich an ein schon
gemachtes einzig und allein zu halten. Und daß er jenes wirklich ge=
than habe, bezeugen die unzähligen Stellen in seinen Briefen, die sich
mit seinen obigen Sätzen auf keinerley Weise verbinden lassen, und
deren einige sogar ihnen schnurstracks zuwieder lauffen.

Ich will diese Stellen bemerken, indem ich die Sätze selbst nach
der Strenge der Vernunft prüfe.

Zweyter Satz.

Durch welche Gründe kann Pope beweisen, daß die Kette der
Dinge in der besten Welt nach einer allmäligen Degradation der Voll=
kommenheit geordnet seyn müsse? Man werfe die Augen auf die vor
uns sichtbare Welt! Ist Popens Satz gegründet; so kann unsre
Welt unmöglich die beste seyn. In ihr sind die Dinge nach der Ord=
nung der Wirkungen und Ursachen, keines Weges aber nach einer all=
mäligen Degradation neben einander. Weise und Thoren, Thiere und
Bäume, Insecten und Steine sind in der Welt wunderbar durch ein=

anber gemiſcht, und man müßte die Glieder aus den entlegenſten
Theilen der Welt zuſammen klauben, wenn man eine ſolche Kette
bilden wollte, die allmälig vom Nichts bis zur Gottheit reicht. Das=
jenige alſo, was Pope den Zuſammenhang nennt, findet in unſrer
Welt nicht Statt, und dennoch iſt ſie die beſte, dennoch kann in ihr
keine Lücke angetroffen werden. Warum dieſes? Wird man hier nicht
augenſcheinlich auf das Leibnitziſche Syſtem geleitet, daß nehmlich, ver=
möge der göttlichen Weisheit, alle Weſen in der beſten Welt in ein=
ander gegründet, das heißt, nach der Reihe der Wirkungen und Ur=
ſachen neben einander geordnet ſeyn müßen?

Dritter Satz.

Und nun fällt der Schluß von dieſer eingebildeten Kette der
Dinge auf die unvermeidliche Exiſtenz eines ſolchen Ranges, als der
Menſch bekleidet, von ſich ſelbſt weg. Denn was war es nöthig, zu
Erfüllung der Reihe von Leben und Empfindung, dieſen Rang wirk=
lich werden zu laſſen, da doch ohnedem die Glieder derſelben in dem
unendlichen Raume zerſtreut liegen, und nimmermehr in der allmäligen
Degradation neben einander ſtehen?

Sechſter Satz.

Hier kömmt es, wo ſich Pope ſelbſt widerſpricht! — Nach ſeiner
Meinung, wie wir oben dargethan haben, müſſen aus den allgemeinen
Geſetzen manche beſondre Begebenheiten erfolgen, die zur Vollkommen=
heit des Ganzen nichts beytragen, und nur deswegen zugelaſſen werden,
weil Gott, eines Lieblings halber, ſeinen allgemeinen Willen nicht
ändert.

> Or partial ill is universal good,
>
> Or change admits, or Nature lets it fall.

So ſagt er in dem vierten Briefe. Nur manche Uebel alſo, die in
der Welt zugelaſſen worden, ſind nach ihm allgemein gut; manche
aber, die eben ſo wohl zugelaſſen worden, ſind es nicht. Sind ſie es
aber, nach ſeinem eigenen Bekenntniſſe, nicht, wie hat er am Ende
des erſten Briefes gleichwohl ſo zuverſichtlich ſagen können:

> All discord, harmony not understood:
>
> All partial evil, universal good?

Wie verträgt sich dieses entscheidende all, mit dem obigen or, or?
Kann man sich einen handgreiflichern Widerspruch einbilden?

Doch wir wollen weiter untersuchen, wie er sich gegen das System,
welches ich für ihn habe aufrichten wollen, verhält. Man sehe ein-
5 mal nach, was er zu der angezogenen Stelle aus dem ersten Briefe
— — the first almighty Cause

Acts not by partial, but by gen'ral Laws
unmittelbar hinzu setzt:
Th' Exceptious few.

10 Der Ausnahmen sind wenig? Was sind das für Ausnahmen?
Warum hat denn Gott auch von diesen allgemeinen Regeln, die ihm
allenthalben zur Richtschnur gedient, Ausnahmen gemacht? Eines
Lieblings wegen hat er sie nicht gemacht; (S. den 4. Brief Z. 119.)
auch zur Vermeidung einer Unvollkommenheit nicht; denn sonst hätte
15 er nicht die geringste Unvollkommenheit zulassen sollen. Er hat nur
wenige Ausnahmen gemacht? Warum nur wenige? — Gar keine,
oder soviel als nöthig waren.

Man könnte sagen: Pope verstehe unter dem Worte *Exceptions*
solche Begebenheiten, die nicht mit den göttlichen Absichten überein-
20 stimmen, und dennoch aus den allgemeinen Gesetzen fliessen. Dieser
giebt es wenige in der Welt; denn Gott hat solche allgemeine Gesetze erwehlt, die in den meisten besondern Fällen mit seinen Absichten
übereinstimmen. — Gut! Aber alsdann müßte sich das Wort *Exceptions* nicht auf *general laws* beziehen. Von Seiten der allgemeinen
25 Gesetze hat Gott nicht die geringsten Ausnahmen gemacht, sondern alle
Ausnahmen betreffen die Uebereinstimmung der allgemeinen Gesetze
mit den göttlichen Absichten. Nun übersehe man des Dichters Worte:
— — the first almighty Cause

Acts not by partial, but by general Laws;
30   Th' Exceptions few etc.
Bezieht sich hier das Wort *Exceptions* irgend auf etwas anders, als
auf *general Laws?* O! Ich will lieber zugeben, Pope habe sich in
einem einzigen Gedichte hundertmal metaphysisch widersprochen, als
daß ihm ein schlecht verbundner und verstümmelter Vers entwischt
35 wäre, wie dieser seyn würde, wenn sich *th' Exceptions few* nicht auf
die allgemeinen Gesetze, von welchen er gleich vorher spricht, sondern

auf die göttlichen Absichten beziehen sollten, deren er hier gar nicht
gedenkt. Nein! Ganz gewiß hat er sich hier wiederum alle Uebel als
Ausnahmen aus den allgemeinen Gesetzen eingebildet, und folglich das
Malebranchische System unvermuthet verworssen, das er sonst durchgehends angenommen haben muß, wenn er irgend eines angenom- 5
men hat.

Achter Satz.

Was Pope in diesem Satze behauptet, daß nehmlich keine Veränderung in der Welt vorgehen könne, ohne daß sich die Wirkung davon in dem Ganzen äusserte, kann aus andern Gründen hinlänglich 10
dargethan werden, als aus den seinigen, welche hier ganz und gar
nichts beweisen. Wenn wir, sagt er, die obern Kräfte ver-
bringen wollen, so müssen die untern an unsre Stelle
rücken, oder es bleibt eine Lücke in der vollen Schöpfung.
Ist es noch nöthig, diesen Schluß zu widerlegen, nachdem man ge- 15
sehen, daß in der Welt nicht alles so stuffenweise hinaufsteigt, wie
Pope annimt, sondern daß vollkommene und unvollkommene Wesen,
ohne diese eingebildete Ordnung, durch einander vermengt sind? Eben
so wenig werde ich die zweyte Stelle zu widerlegen nöthig haben, die
oben zur Bestätigung dieses achten Satzes angeführt worden. Pope 20
bezieht sich immer auf seine allmälige Degradation, die nur in seiner
poetischen Welt die Wirklichkeit erlangt, in unserer aber gar nicht Statt
gefunden hat.

Neunter Satz.

In diesem Satze sind oben zwey Ursachen des Uebels in der Welt, 25
nach Popens Meinung, angeführt worden; eine dritte Ursache aber,
die der Dichter gleichfalls angiebt, habe ich weggelassen, weil ich sie
nicht begreiffen konnte. Hier ist die Stelle aus dem vierten Briefe ganz:

> Or partial ill is universal good
>
> *Or change admits*, or Nature lets it fall. 30

Die Worte *Nature lets it fall* habe ich so erklärt, als ob sie eben
das sagten, was der Dichter mit den Worten *Nature deviates* sagen
will. Diese nehmlich, wenn sie einen verständlichen Sinn haben sollen,
können nichts anders bedeuten als, daß die Natur, vermöge der allgemeinen Gesetze, die ihr Gott vorgeschrieben, manches hervorbringe, 35

was den göttlichen Absichten zuwider sey, und nur deswegen von ihr[1]
zugelassen werde, weil er seinen allgemeinen Entschluß nicht ändern wolle.

    If the great end be human happiness,
        Then Nature deviats, and can Man do less?

5 D. i. Wenn die Glückseligkeit des Menschen der grosse
Zweck ist, und die Natur abweicht ꝛc. Eben diesen Gedanken
nun, glaub ich, hat Pope durch Nature lets it fall, die Natur
läßt es fallen, ausdrücken wollen. Die Natur bringt manche Uebel
als Folgen aus den allgemeinen mechanischen Gesetzen hervor, ohne
10 daß die göttliche Absicht eigentlich darauf gerichtet gewesen.

Allein was für einen Sinn verknüpfen wir mit den Worten Or
change admits, oder die Abwechslung läßt es zu? Kann nach
Popens System — — wenn man es noch ein System nennen will —
— etwas anders die göttliche Weisheit entschuldigen, daß sie Böses
15 in der Welt zugelassen, als die Vollkommenheit des Ganzen, welches
den besondern Theilen vorzuziehen gewesen, oder die Allgemeinheit der
Gesetze, die Gott nicht hat stöhren wollen? Was für eine dritte Entschuldigung soll uns die Abwechslung oder die Veränderung darbieten?

Ich denke hierbey nichts; und ich möchte um so viel lieber wissen,
20 was diejenigen dabey denken, die sich dem ohngeachtet ein Popisches
System nicht wollen ausreden lassen. Vielleicht sagen sie, eben diese
letztere Stelle beweise, daß ich das wahre System des Dichters verfehlt habe, und daß es ein ganz anders sey, aus welchem man sie
erklären müsse. Welches aber soll es seyn? Wenigstens muß es ein
25 ganz neues seyn, das noch in keines Menschen Gedanken gekommen;
indem allen andern bekannten Systemen von dieser Materie, hier und
da in den Briefen, eben so wohl widersprochen wird.

Zum Beweise beruffe ich mich auf eine Stelle, die in dem ersten Briefe
anzutreffen ist, und die eben so wenig mit unserm vorgegebenen Popischen
30 Systeme, als mit irgend einem andern bestehen kann. Es ist folgende:
        Z. 259 und folgende.
    All are but parts of one stupendous whole,
    Whose body Nature is, and God the soul;
    That, chang'd thro' all, and yet in all the same

35

---

[1] [vielleicht nur verdruckt für] von ihm

Lives thro' all life, extends thro' all extent,
Spreads undivided — — —

— — — —

He fills, he bounds, connects, and equals all.
D. i. Alle Dinge sind Theile eines erstaunlichen Ganzen, wovon die Natur der Körper und Gott die Seele ist. Er ist in allen Dingen verändert, und doch allenthalben eben derselbe — — Er lebt in allem was lebt; er dehnt sich aus durch alle Ausdehnung und verbreitet sich, ohne sich zu zertheilen — — Er erfüllt, umschränkt und verknüpft alles, und macht alles gleich. Ich bin weit davon entfernt, Popen hier gottlose Meinungen aufbürden zu wollen. Ich nehme vielmehr alles willig an, was Warburton zu dessen Vertheidigung wider den Herrn Crousaz gesagt hat, welcher behaupten wollen, der Dichter habe diese Stelle aus des Spinosa irrigem Lehrgebäude entlehnt. Durchgehends kann sie unmöglich mit Spinosens Lehren bestehen. Die Worte

Whose body Nature is, and God the soul,
Wovon die Natur der Körper und Gott die Seele ist, würde Spinosa nimmermehr haben sagen können; denn der Ausdruck, Seele und Körper, scheinet doch wenigstens anzudeuten, daß Gott und die Natur zwey verschiedne Wesen sind. Wie wenig war dieses die Meinung des Spinosa! Es hat aber andre irrige Weltweisen gegeben, die Gott wirklich für die Seele der Natur gehalten haben, und die vom Spinosismo eben so weit abstehen, als von der Wahrheit. Sollte ihnen also Pope diese seltnen Redensarten abgeborgt haben, wie steht es um die Worte Extends thro' all extent; Er dehnt sich aus durch alle Ausdehnung? Wird diese Lehre einem andern als Spinosen zugehören? Wer hat sonst die Ausdehnung der Natur für eine Eigenschaft Gottes gehalten, als dieser beruffene Irrgläubige? Jedoch, wie gesagt, es stehet nicht zu glauben, daß Pope eben in diesen Briefen ein gefährliches System habe auskrahmen wollen. Er hat vielmehr — — und dieses ist es, was ich bereits oben, gleichsam a priori, aus dem, was ein Dichter in solchen Fällen thun muß, erwiesen habe, — — bloß die schönsten und sinnlichsten Ausdrücke von jedem System geborgt, ohne sich um ihre Rich-

tigkeit zu bekümmern. Und daher hat er auch kein Bedenken getragen, die Allgegenwart Gottes, Theils in der Sprache der Spinofisten, Theils in der Sprache derjenigen, die Gott für die Seele der Welt halten, auszudrücken, weil sie in den gemeinen rechtgläubigen Ausdrücken all
5 zu idealisch und all zu weit von dem Sinnlichen entfernt ist. Eben so wie sich Thomson, in seiner Hymne über die vier Jahrszeiten, nicht gescheuet hat, zu sagen: these as the changes - - are but the varied God. Ein sehr kühner Ausdruck, den aber kein vernünftiger Kunstrichter tadeln kann.

10   Hätte sich Pope ein eignes System abstrahirt gehabt, so würde er ganz gewiß, um es in dem überzeugendsten Zusammenhange vor= zutragen, aller Vorrechte eines Dichters dabey entsagt haben. Da er dieses aber nicht gethan hat, so ist es ein Beweis, daß er nicht anders damit zu Werke gegangen, als ich mir vorstelle, daß es die meisten
15 Dichter thun. Er hat diesen und jenen Schriftsteller über seine Materie vorher gelesen, und, ohne sie nach eignen Grundsätzen zu untersuchen, von jedem dasjenige behalten, von welchem er geglaubt, daß es sich am besten in wohlklingende Verse zusammenreimen lasse. Ich glaube ihm so gar, in Ansehung seiner Quellen, auf die Spur gekommen zu
20 seyn, wobey ich einige andre historisch critische Anmerkungen gemacht habe, welchen ich folgenden Anhang widme.

Anhang.

Warburton, wie bekannt, unternahm die Vertheidigung un= sers Dichters wider die Beschuldigungen des Crousaz. Die Briefe,
25 die er in dieser Absicht schrieb, erhielten Popens vollkommensten Bey= fall. Sie haben mir, sagt dieser in einem Briefe an seinen Retter, allzuviel Gerechtigkeit wiederfahren lassen; so seltsam dieses auch klingen mag. Sie haben mein System so deut= lich gemacht, als ich es hätte machen sollen, und nicht ge=
30 konnt habe — — Man sehe die ganze Stelle unten in der Note, *)

*) I can only say, you do him (*Crousaz*) too much honour and me too much right, so odd as the expression seems, for you have made my system as clear, as i ought to have done, and could not. It is indeed the same system as mine, but illustrated with a ray of your own, as they say our natural

aus welcher ich nur noch die Worte anführe: Sie verstehen mich
vollkommen so wohl, als ich mich selbst verstehe; allein
Sie drücken mich besser aus, als ich mich habe ausdrücken
können.

Was sagt nun denn aber dieser Mann, welcher die Meinung 5
des Dichters, nach des Dichters eignem Geständnisse, so vollkommen
eingesehen hat, von dem Systeme seines Helden? Er sagt: Pope sey
durchaus nicht dem Hrn. von Leibnitz, sondern dem Plato gefolgt,
wenn er behauptet, Gott habe von allen möglichen Welten die beste
wirklich werden lassen. 10

Plato also wäre die erste Quelle unsers Dichters! — Wir
wollen sehen. — Doch Plato war auch eine Quelle für Leibnitzen.
Und Pope könnte also doch wohl noch ein Leibnitzianer seyn, indem er
ein Platoniker ist. Hierauf aber sagt Warburton „nein! denn Pope
„hat die Platonische Lehren in der gehörigen Einschränkung angenommen, 15
„die Leibnitz auf eine gewaltsame Art ausgedehnt. Plato sagte:
„Gott hat die beste Welt erwehlt. Der Herr von Leibnitz aber:
„Gott hat nicht anders können, als die beste wehlen.“

Der Unterschied zwischen diesen zwey Sätzen soll in dem Ver=
mögen liegen, unter zwey gleich ähnlichen und guten Dingen, eines 20
dem andern vorzuziehen; und dieses Vermögen habe Plato Gott ge=
lassen; Leibnitz aber ihm gänzlich genommen. Ich will hier nicht
beweisen, was man schon unzähligmal bewiesen hat, daß dieses Ver=
mögen eine leere Grille sey. Ich will nicht anführen, daß sie auch
Plato dafür müsse erkannt haben, weil er bey jeder freyen Wahl 25
Bewegungsgründe zugesteht; wie Leibnitz bereits angemerkt hat.
(Theodicee 1 Abth. §. 45.) Ich will nicht darauf bringen, daß folglich
der Unterschied selbst wegfalle; sondern ich will ihn schlechter Dings
so annehmen, wie ihn Warburton angegeben hat.

Plato mag also gelehrt haben: Gott habe die Welt gewehlt, 30
ob er gleich eine andre vielleicht eben so gute Welt hätte wehlen können;

body is the same still when it is glorified. I am sure i like it better, than
i did before, and so will every man else. I know i meant just what you
explain, but i did not explain my own meaning so well as you. You under-
stand me as well, as i do myself, but you express me better, than i could 35
express myself. In einem Briefe an Warburton vom 11 April 1739.

und Leibnitz mag gesetzt haben: Gott habe nicht anders können als
die beste wehlen. Was sagt denn Pope? Drückt er sich auf die erste
oder auf die andre Art aus? Man lese doch:

      Of systems possible, if 'tis confest
5   That Wisdom infinite *must* form the best etc.

„Wenn es ausgemacht ist, daß die unendliche Weisheit
„von allen möglichen Systemen das beste wehlen muß ꝛc.“
— — Daß sie muß? Wie ist es möglich, daß Warburton diesen
Ausdruck übersehen hat? Heißt dieses mit dem Plato reden, wenn
10 Plato anders, wie Warburton will, eine ohne alle Bewegungs=
gründe wirkende Freyheit in Gott angenommen hat?

      Genug von dem Plato, den Pope folglich gleich bey dem ersten
Schritte verlassen zu haben selbst glauben mußte! Ich komme zu der
zweyten Quelle, die Warburton dem Dichter giebt; und diese ist
15 der Lord Schaftesbury, von welchem er sagt, daß er den Pla=
tonischen Satz angenommen, und in ein deutlicher Licht gesetzt habe.
In wie weit dieses geschehen sey, und welches das verbesserte System
dieses Lords sey, will die Akademie jetzt nicht wissen. Ich will also
hier nur so viel anführen, daß Pope den Schaftesbury zwar
20 offenbar gelesen und gebraucht habe, daß er ihn aber ungleich besser
würde gebraucht haben, wenn er ihn gehörig verstanden hätte.

      Daß er ihn wirklich gebraucht habe, könnte ich aus mehr als
einer Stelle der Rhapsody des Schaftesbury beweisen, welche
Pope seinen Briefen eingeschaltet hat, ohne fast von dem Seinigen
25 etwas mehr, als das Sylbenmaaß und die Reime hinzu zu thun.
Statt aller aber, will ich nur diese einzige anführen. Schaftesbury
läßt den Philocles dem Palemon, welcher das physikalische Uebel
zwar entschuldigen will, gegen das moralische aber unversöhnlich ist,
antworten: The very Storms and Tempests had their Beauty in
30 your account, those alone excepted, which arose in human Breast.
„Selbst die Stürme und Ungewitter haben, Ihrem Be=
„dünken nach, ihre Schönheit, nur diejenigen nicht, die
„in der menschlichen Brust aufsteigen.“ Ist dieses nicht eben
das, was Pope sagt:

35   If Plagues or earthquakes break not heav'n's design,
      Why then a *Borgia* or a *Catiline?*

Doch Pope muß ben Schaftesbury nicht verstanden haben, ober er würbe ihn ganz anders gebraucht haben. Dieser freye Welt= weise war in bie Materie weit tiefer eingebrungen, unb brückte sich weit vorsichtiger aus, als ber immer wankenbe Dichter. Hätte ihm Pope gefolgt, so würben seine Gebanken einem System ungleich 5 ähnlicher sehen; er würbe ber Wahrheit unb Leibnißen ungleich näher gekommen seyn. Schaftesbury zum Exempel, sagt: Man hat auf vielerley Art zeigen wollen, warum bie Natur irre, unb wie sie mit so vielem Unvermögen unb Fehlern von einer Hand kömmt, bie nicht irren kann. Aber ich 10 leugne, baß sie irrt 2c. Pope hingegen behauptet: bie Natur weicht ab. — Ferner sagt unser Lorb: bie Natur ist in ihren Wirkungen sich immer gleich; sie wirkt nie auf eine ver= kehrte ober irrige Weise; nie kraftlos ober nachläßig; sonbern sie wirb nur burch eine höhere Nebenbuhlerin 15 unb burch bie stärkere Kraft einer anbern Natur über= wältiget.*) Leibniß selbst würbe ben Streit ber Regeln einer zusammengesehten Vollkommenheit nicht besser haben ausbrücken können. Aber was weis Pope hievon, ber bem Schaftesbury gleichwohl soll gefolgt seyn? Auch sagt bieser: Vielmehr bewundern wir 20 eben wegen bieser Orbnung ber untern unb obern Wesen bie Schönheit ber Welt, bie auf sich einanber entgegen= stehenbe Dinge gegrünbet ist, weil aus solchen mannig= faltigen unb wiberwärtigen Grunbursachen eine all= gemeine Zusammenstimmung entspringt.**) Die Worte 25 mannigfaltige unb wiberwärtige Grunbursachen bebeuten hier abermals bie Regeln ber Orbnung, bie oft neben einanber nicht bestehen können; unb hätte Pope bavon einen Begriff gehabt, so

---

*) Much is alledg'd in answer, to shew why Nature errs, and how she came thus impotent and erring from an unerring hand. But i deny she errs 30 — — Nature still working as before, and not perversly or erroneously; not faintly or with feeble Endeavours; but o'erpower'd by a superior Rival, and by another Nature's justly conquering Force. *Rhapsody Part. 2. Sect. 3.*

**) 'Tis on the contrary, from this Order of inferiour and superiour Things that we admire the World's Beauty, founded thus on Contrarietys: 35 whilst from such various and *disagreeing Principles* a Universal Concord is established. Eben baselbst.

würde er sich weniger auf die Seite des Malebranche geneigt haben.
Desgleichen von der Ordnung hat Schaftesbury einen vollkommenen [1]
richtigen Begriff, den Pope, wie wir gesehen, nicht hatte. Er nennt
sie a Coherence or Sympathizing of Things; und unmittelbar darauf
5 a Consent and Correspondence in all. Dieser Zusammenhang,
dieses Sympathisiren, diese Uebereinstimmung ist ganz etwas anders
als des Dichters eingebildete Staffelordnung, welche man höchstens
nur für poetisch schön erkennen kann.

Ueberhaupt muß ich gestehen, daß mir Schaftesbury sehr oft
10 so glücklich mit Leibnitzen übereinzustimmen scheinet, daß ich mich
wundre, warum man nicht längst beyder Weltweisheit mit einander
verglichen. Ich wundre mich sogar, warum nicht selbst die Akademie
lieber das System des Schaftesbury, als das System des Pope
zu untersuchen und gegen das Leibnitzische zu halten, aufgegeben. Sie
15 würde alsdenn doch wenigstens Weltweisen gegen Weltweisen, und
Gründlichkeit gegen Gründlichkeit gestellt haben, anstatt daß sie den
Dichter mit dem Philosophen, und das Sinnliche mit dem Abstracten
in ein ungleiches Gefechte verwickelt hat. Ja auch für die, würde bey
dem Schaftesbury mehr zu gewinnen gewesen seyn, als bey dem
20 Pope, welche Leibnitzen gern, vermittelst irgend einer Parallel
mit einem andern berühmten Manne, erniedrigen möchten. Das
Werk des Schaftesbury The Moralists, a Philosophical Rhapsody war bereits im Jahr 1709. herausgekommen; des Leibnitz
Theodicee hingegen trat erst gegen das Ende des Jahrs 1710. an
25 das Licht. Aus diesem Umstande, sollte ich meinen, wäre etwas zu
machen gewesen. Ein Philosoph, ein englischer Philosoph, welcher Dinge
gedacht hat, die Leibnitz erst ein ganzes Jahr nachher gedacht zu
haben zeiget, sollte dieser von dem letztern nicht ein wenig seyn ge=
plündert worden? Ich bitte die Akademie es überlegen zu lassen!
30 Und also hat Pope auch aus dem Schaftesbury die wenigsten
seiner metaphysischen Larven*) entlehnt. Wo mag er sie wohl sonst
her haben? Wo mag er besonders die her haben, die eine Leibnitzische
Mine machen? Ich verstehe diejenigen Sätze, die mit den Worten
mögliche Systeme und dergleichen ausgebrückt sind. Die Anweisung
35 　　　*) Eine beyläufige Erklärung der Vignette unsers Tittels!

----

[1] [vielleicht verdruckt für] vollkommen

Warburtons verläßt mich hier; ich glaube aber gleichwohl etwas entdeckt zu haben.

Man erinnere sich desjenigen Buches de Origine mali, über welches Leibnitz Anmerkungen gemacht hat, die man gleich hinter seiner Theodicee findet. Er urtheilet davon, der Verfasser desselben stimme, in der einen Helfte der Materie, von dem Uebel überhaupt, und dem physikalischen Uebel insbesondre, sehr wohl mit ihm überein, und gehe nur in der andern Helfte, vom moralischen Uebel, von ihm ab. Es war dieser Verfasser der Hr. W. King, nachheriger Erzbischof von Dublin. Er war ein Engländer, und sein Werk war schon im Jahr 1702. herausgekommen.

Aus diesem nun behaupte ich, hat sich unser Dichter ungemein bereichert; und zwar so, daß er nicht selten, ganze Stellen aus dem Lateinischen übersetzt, und sie bloß mit poetischen Blümchen durchwirkt hat. Ich will bloß die vornehmsten derselben zum Beweise hersetzen, und die Vergleichung den Lesern, welche beyder Sprachen mächtig sind, selbst überlassen.

1.

King. cap. III. p. m. Ed. Brem. 56.

Credendum vero est, praesens mundi Systema optimum fuisse, quod fieri potuit, habito respectu ad Dei mentem in eo fabricando.

Pope. Ep. I. v. 43. 44.

Of systems possible, if 'tis confest,
That Wisdom infinite must form the best.

2.

King. p. m. 58.

Oportet igitur multos perfectionum gradus, forte infinitos, dari in opificiis divinis.

Pope. Ep. I. v. 46. 47.

Where all must fall or not coherent be
And all that rises, rise in due degree etc.

3.

King. p. m. 72.

Opus erat in systemate mundi globo materiae solidae, qualis est terra, et eam quasi rotae vicem habere credimus in magno hoc avtomato.

Pope. Ep. I. v. 56. etc.
So man, who here seems principal alone,
Perhaps acts second to some sphere unknown,
Touches some wheel, or verges to some gole.
5 *'Tis but a part we see and not the whole.*

4.

King. p. m. 89.

— Quaedam ejusmodi facienda erant, cum locus his in opi-
ficio Dei restabat, factis tot aliis, quot conveniebat. At optes
10 alium tibi locum et sortem cessisse; fortasse. Sed si tu alterius
locum occupasses, ille alter aut alius aliqnis in tui locum suffi-
ciendus erat, qui similiter providentiae divinae ingratus, locum
illum quem jam occupasti, optaret. Scias igitur necessarium
fuisse, ut aut sis, quod es, aut nullus. Occupatis enim ab aliis
15 omni alio loco et statu, quem systema aut natura rerum fere-
bat, aut is, quem habeas, a te implendus, aut exulare te a rerum natura necesse est. An expectes enim, dejecto alio a statu
suo, te ejus loco suffectom iri? id est, ut aliorum injuria muni-
ficentiam peculiarem et exsortem tibi Deus exhiberet. Suspi-
20 cienda ergo est divina bonitas, non culpanda, qua ut sis, quod
es, factum est. Nec alius nec melior fieri potuisti sine aliorum
aut totius damno.

Den ganzen Inhalt dieſer Worte wird man in dem erſten Briefe
des Pope wieder finden; beſonders gegen die 157te und 233te Zeile.
25 Die Stellen ſelbſt ſind zu lang, ſie ganz herzuſetzen; und zum Theil
ſind ſie auch bereits oben angeführt worden, wo von dem Popiſchen
Begriffe der Ordnung, und der nothwendigen Stelle, die der Menſch
in der Reihe der Dinge erhalten müſſen, die Rede war.

Was kann man nun zu ſo offenbaren Beweiſen, daß Pope
30 den metaphyſiſchen Theil ſeiner Materie mehr zuſammen geborgt, als
gedacht habe, ſagen? Und was wird man vollends ſagen, wenn ich
ſogar zeige, daß er ſich ſelbſt nichts beſſer[1] bewußt zu ſeyn ſcheinet? —
Man höre alſo, was er in einem Briefe an ſeinen Freund den D.
Swift ſchreibt. Pope hatte ſeinen Verſuch über den Menſchen, ohne
35 ſeinem Namen drucken laſſen, und er kam Swiften in die Hände,

---

[1] [vielleicht nur verbruckt für] nichts beſſern [oder] nichts beſſers

ehe ihm Pope davon Nachricht geben konnte. Swift las das Werk, allein er erkannte seinen Freund darinn nicht. Hierüber nun wundert sich Pope und schreibt: ich sollte meinen, ob Sie mich gleich in dem ersten dieser Versuche aus dem Gesichte verlohren, daß Sie mich doch in dem zweyten würden erkannt haben*). Heißt dieses nicht ungefehr: ob Sie mir gleich die metaphysische Tiefsinnigkeit, die aus dem ersten Briefe hervor zu leuchten scheinet, nicht zutrauen dürfen; so hätten Sie doch wohl in den übrigen Briefen, wo die Materie leichter und des poetischen Putzes fähiger wird, meine Art zu denken erkennen sollen? — — Swift gesteht es in seiner Antwort auch in der That, daß er Popen für keinen so grossen Philosophen gehalten habe, eben so wenig als sich Pope selbst dafür hielt. Denn würde er wohl sonst, gleich nach obiger Stelle, geschrieben haben: Nur um eines bitte ich Sie; lachen Sie über meine Ernsthaftigkeit nicht, sondern erlauben Sie mir, den philosophischen Bart so lange zu tragen, bis ich ihn selbst ausrupfe, und ein Gespötte daraus mache**). Das will viel sagen! Wie sehr sollte er sich also wundern, wenn er erfahren könnte, daß gleichwohl eine berühmte Akademie diesen falschen Bart für werth erkannt habe, ernsthafte Untersuchungen darüber anzustellen.

*) I fancy, tho' you lost sight of me in the first of those Essays, you saw me in the second.

**) I have only one piece of mercy to beg of you; do not laugh at my gravity, but permit to me, to wear the beard of a Philosopher till i pull it off and make a jest of it myself. In einem Briefe an den D. Swift, welcher in dem 9ten Theile der Popischen Werke, der Knoptonschen Ausgabe von 1752. auf der 254 Seite stehet.